D1832702

# चारु चन्द्रलेख

# चारु चन्द्रलेख

हजारीप्रसाद द्विवेदी

राजकमल प्रकाशन

ISBN : 978-81-267-0134-6

**मूल्य :** ₹995

© अपर्णा द्विवेदी

**पहला संस्करण** : 1963
**पन्द्रहवाँ संस्करण** : 2024

**प्रकाशक :** राजकमल प्रकाशन प्रा.लि.
1-बी, नेताजी सुभाष मार्ग, दरियागंज
नई दिल्ली-110 002
**शाखाएँ :** अशोक राजपथ, साइंस कॉलेज के सामने, पटना-800 006
पहली मंजिल, दरबारी बिल्डिंग, महात्मा गांधी मार्ग, प्रयागराज-211 001
1, अनमोल सोराबजी संतुक लेन, धोबी तलाव, मरीन लाइंस, मुम्बई-400 002

वेबसाइट : www.rajkamalprakashan.com
ई-मेल : info@rajkamalprakashan.com

**मुद्रक** : बी.के. ऑफसेट
नवीन शाहदरा, दिल्ली-110 032

CHARU CHANDRALEKH
*Novel* by Hazari Prasad Dwivedi

इस पुस्तक के सर्वाधिकार सुरक्षित हैं। प्रकाशक की लिखित अनुमति के बिना इसके किसी भी अंश को फोटोकापी एवं रिकॉर्डिंग सहित इलेक्ट्रॉनिक अथवा मशीनी, किसी भी माध्यम से अथवा ज्ञान के संग्रहण एवं पुनर्प्रयोग की प्रणाली द्वारा, किसी भी रूप में, पुनरुत्पादित अथवा संचारित-प्रसारित नहीं किया जा सकता।

# कथामुख

*अवाच्यमुच्येत कथं पदन्तत,*
*अचिन्त्यमप्यस्ति कथं विचिन्तये।*
*अतो यदस्त्येव तदस्तु तस्मै,*
*नमोऽस्तु कस्मै वत नाथतेजसे॥*

गोरखनाथी सम्प्रदाय में दो जैन योगियों के सम्प्रदाय अब भी अन्तर्भुक्त हैं। एक को नीमनाथी (नेमिनाथी) कहते हैं और दूसरे को पारसनाथी (पार्श्वनाथी)। साधना-साहित्य के विद्यार्थियों के लिए यह बड़े कुतूहल का विषय रहा है कि जैन तीर्थंकरों के नाम पर अपना परिचय देनेवाले सम्प्रदाय नाथ-परम्परा में कैसे अन्तर्भुक्त हो गए। जैन अनुश्रुतियों से इस बात का समर्थन तो हो जाता है कि पारसनाथ के सामने विमर्दित रस (पारा) अमोघ हो जाता है, पर बहुत-सी गुत्थियाँ इस अनुश्रुति से सुलझने के स्थान पर और भी अधिक उलझ जाती हैं। बहुत दिनों से योगियों के बीच यह विश्वास फैला हुआ है कि चन्द्रलेखा नामक सिद्ध योगिनी अब भी नित्य ही द्वारका से कामरूप आया करती हैं। जिस समय वे कामरूप में उपस्थित होती हैं, उस समय अचानक पश्चिम की मन्द वायु काम-रूप के प्रत्येक गवाक्ष को आन्दोलित कर जाती है, और यदि पुरातन पुण्य के बल से किसी को उनका दर्शन हो जाता है, तो उसे निश्चित रूप से सिद्धि मिल जाती है। इस चन्द्रलेखा के विषय में प्राचीन साहित्य प्रायः मौन ही है। केवल मेरुतुंग के जैन-प्रबन्ध (प्रबन्ध चिन्तामणि) में एक अधभूली-सी कहानी दी हुई है। 'प्रबन्ध चिन्तामणि' का सम्पादन मुनिश्री जिनविजयजी ने किया है और अब उन्हीं के सम्पादन में हजारीप्रसाद द्विवेदी का हिन्दी भाषान्तर भी बम्बई से प्रकाशित हो गया है। 'प्रबन्ध चिन्तामणि' की कहानी इस प्रकार है :

''टंक नामक पर्वत पर रणसिंह नामक एक राजपूत रहा करता था। उसकी

पुत्री का नाम भूपलदेवी था। उसने अपने सौन्दर्य से नागलोक की बालाओं को भी जीत लिया था। इस अनिन्द्य-रूपा राजपुत्र-बाला को देखकर वासुकि नाग का उस पर अनुराग हो गया। इस प्रेम के फलस्वरूप भूपलदेवी के गर्भ से नागार्जुन का जन्म हुआ। पाताल-पाल वासुकि नाग ने पुत्र-स्नेह से मोहित होकर उसे समस्त औषधियों के फल-मूल और पत्तों का भक्षण कराया। इन औषधियों के प्रभाव से नागार्जुन को अनायास ही महासिद्धि प्राप्त हो गई। सिद्ध पुरुष होने के कारण वह पृथ्वी-पर्यटन करता हुआ सातवाहन राजा के पास पहुँचा और राजा को प्रभावित करने में समर्थ हुआ। वहाँ उसे राजा के कलागुरु होने की भारी प्रतिष्ठा प्राप्त हुई। नागार्जुन को अपने भीतर एक कमी बराबर खटकती रही। वह गगनगामी विद्या नहीं जानता था। इस विद्या को सीखने के लिए वह महासिद्ध जैन आचार्य पादलिप्तक (पालित्तिय) के पास गया और निरभिमान होकर उनकी सेवा करने लगा।

''पादलिप्ताचार्य अपने पैरों में एक सौ आठ औषधियों का लेप करके उड़ जाया करते थे और अष्टापद आदि समस्त तीर्थों में देवता-दर्शन कर भोजन के समय तक लौट आया करते थे। नागार्जुन बड़े प्रेम से उनके चरण धोता और भक्तिपूर्वक चरणोदक पी जाता। स्वाद से वह एक सौ सात औषधियों को पहचान गया। इन एक सौ सात औषधियों को पीसकर अपने पैर में लेपा और मोर और मुर्गों की भाँति थोड़ा-थोड़ा उड़ने लगा। उड़ने का प्रयत्न करता हुआ वह एक खड्ड में गिर पड़ा। चोट लगने से उसका शरीर लहूलुहान हो गया। गुरु ने उसकी दशा देखकर पूछा तो उसने सारा वृत्तान्त सच-सच बता दिया। उसकी चतुरता से प्रसन्न होकर गुरु ने उसके सिर पर अपना करकमल रखते हुए कहा, 'प्रीत हूँ वत्स, तुमसे केवल एक भूल हुई है। इन एक सौ सात औषधियों को साठी चावल के पानी में पीसकर पैर में लेप करो तो तुम्हें आकाश-गमन की विद्या सिद्ध हो जाएगी।' इस प्रकार पादलिप्ताचार्य के अनुग्रह से उसे वह विद्या सिद्ध हो गई। एक बार नागार्जुन ने अपने गुरु के मुख से सुना कि यदि कोई समस्त स्त्री-लक्षणों से युक्त युवती पार्श्वनाथ की रत्नमूर्ति के सामने अपने हाथों से पारद का मर्दन दीर्घकाल तक करे तो कोटिबेधी रस सिद्ध होता है।

''गुरु-मुख से यह संवाद सुनकर नागार्जुन कोटिबेधी रस सिद्ध करने के लिए व्याकुल हो उठा। पता लगाने पर उसे मालूम हुआ कि पार्श्वनाथ का वह बिम्ब समुद्र-विजय नामक दाशार्ह ने द्वारावती पुरी में स्थापित कराया था, परन्तु द्वारका जब समुद्र में डूब गई तो वह मूर्ति भी उसी के साथ जाती रही। बाद में देवता के प्रभाव से धनपति नामक एक व्यापारी का जहाज उस मूर्ति से टकराया। उस समय आकाशवाणी हुई कि यहाँ पार्श्वनाथ का सिद्ध-बिम्ब है। धनपति के नाविकों

ने सात कच्चे धागों के सहारे इस महिमामय रत्नबिम्ब का उद्धार किया और अपने नगर को ले आए। नागार्जुन ने उस बिम्ब को चुरा लिया और सेढ़ी नदी के किनारे उसे स्थापित किया।

"सातवाहन की एकमात्र रानी चन्द्रलेखा समस्त स्त्री-गुणों से विभूषित थी। नागार्जुन नित्य उसे सिद्ध-व्यन्तर (एक प्रकार के प्रेत) द्वारा उड़वाकर वहाँ ले जाता और रस-मर्दन कराता। चन्द्रलेखा भी बड़ी तत्परता से यह कार्य करती। दीर्घकाल तक यह प्रक्रिया चलती रही। दोनों में गाढ़ बन्धुता हो गई। पूछने पर एक दिन नागार्जुन ने रस-मर्दन का रहस्य उसे बता दिया। उसने अपने पुत्रों से कह दिया और वे दोनों भी गुप्त भाव से वहीं रहने लगे। नागार्जुन हर प्रकार से उसे प्रसन्न रखता। चन्द्रलेखा के दोनों पुत्र घात लगाते रहे कि जब रस सिद्ध हो जाए तो उसे चुरा लें। परम्परा से उन्हें यह ज्ञात हो गया था कि नागार्जुन वासुकि का पुत्र है, जिसने उसकी मृत्यु कुशास्त्र से बताई है।

"नागार्जुन के लिए एक स्त्री भोजन बना दिया करती थी। उस स्त्री को दोनों भाइयों ने बहुत सारा धन देकर अपने पक्ष में कर लिया। नागार्जुन चुपचाप भोजन करने बैठता और चुपचाप उठ जाता। उस स्त्री ने भोजन में ज्यादा नमक डालना शुरू किया। जब तक रस-सिद्धि में विघ्न पड़ने की आशंका थी, मन में विकार न आने देने की इच्छा से नागार्जुन चुप रहा। छह महीने बाद नागार्जुन ने नमक अधिक होने की चर्चा की। इससे उस स्त्री को मालूम हो गया कि अब रस-सिद्ध हो गया है। उसने चन्द्रलेखा के दोनों पुत्रों को इशारा किया। उन दोनों ने कुश के अस्त्र से नागार्जुन को मार डाला। पर उन्हें हत्या ही हाथ लगी। वह रस देवताधिष्ठित होने के कारण तत्काल तिरोहित हो गया। जहाँ पर वह रस स्तम्भित हुआ था, वहीं पर स्तम्भनक नामक पार्श्वनाथ तीर्थ प्रसिद्ध हुआ।"*

इसकी कहानी में यह नहीं बताया गया कि चन्द्रलेखा या उसके पुत्रों पर क्या बीती। हाल ही में अघोरनाथ नामक औघड़ साधु को विचित्र रूप से इस कथा का बाकी हिस्सा मिल गया है। अघोरनाथ गंगासागर-स्नान के बाद काम-रूप गए थे। जिस दिन वे पहुँचे, उसी रात को प्रत्यूष काल में पश्चिमी हवा के मृदुल झकोरे से जाग पड़े। उन्हें सामने एक अत्यन्त उदास स्त्री-मूर्ति दिखाई दी। उसके अंग-अंग से लावण्य की छटा छिटक रही थी तथा वस्त्र और अलंकार की आभा से उसका गौर मुखमंडल सूर्य-बिम्ब के समान दमक रहा था। उसके हाथ में एक त्रिशूल था। इसके सिवा उसमें योगिनी का कोई लक्षण नहीं दिखा। उस विचित्र स्त्री को देखकर अघोरनाथ का हृदय भक्ति से भर उठा। उसकी उदासी का कारण

---

* 'प्रबन्ध चिन्तामणि', हिन्दी भाषान्तर, पृ. 147-48 के आधार पर।

जानने के लिए वे व्याकुल हो उठे। उस स्त्री ने उन्हें ब्रह्मपुत्र के उतार पर चन्द्रद्वीप नामक उपत्यका में जाने का अनुरोध किया और बताया कि वे चन्द्रगुहा के पिछले हिस्से में उट्टंकित वृत्त पढ़ लें और इस प्रकार अपनी जिज्ञासा तृप्त कर लें। प्रातःकाल जब अघोरनाथ ने अन्य साधुओं को यह कहानी सुनाई तो सबने उन्हें सावधान किया कि कामरूप में योगिनियाँ नाना भाव से नवागन्तुकों को भरमाया करती हैं, वे इनके चक्कर में न पड़ें। पर अघोरनाथ कुछ फक्कड़ तबीयत के हैं। उन्होंने सुन रखा था कि कश्मीर के प्रसिद्ध सिद्ध वसुगुप्त ने इसी प्रकार स्वप्न में आदेश पाकर महादेवगिरि की शिला पर उट्टंकित शिव-सूत्रों का उद्धार किया था। वे कुछ अप्रत्याशित पाने की उमंग में ब्रह्मपुत्र की उस उपत्यका में पहुँचे। इसके बाद की कथा उन्हीं के शब्दों में इस प्रकार है :

"चन्द्रद्वीप हिमालय की एक उपत्यका में है, जो दोनों ओर ब्रह्मपुत्र की धाराओं से घिरा हुआ है। द्वीप में पुष्पों की इतनी अधिकता है कि पहले-पहल उनकी सुगन्धि से दिमाग अवसन्न-सा हो जाता है। दीप के पार्श्व में एक छोटी-सी गुहा है। मैंने अनुमान से समझा कि यही चन्द्रगुहा होगी। वस्तुतः वहाँ यही एक गुहा है। इसके पिछले हिस्से में जाना बहुत कठिन है, क्योंकि नीचे खरस्रोता नदी की धारा बड़ी भयंकर गति से दौड़ती रहती है और गुहा का पिछला हिस्सा औंधी हुई कड़ाही की तरह है, जहाँ पैर टिकाना बड़े साहस का काम है। मैं जब उस विकट गुहा-पृष्ठ को देखकर हिम्मत हार रहा था, उसी समय मैंने बड़े आश्चर्य से देखा कि एक गाय गुहा-पृष्ठ पर बड़े मजे से घूम रही है। मेरा साहस बढ़ गया। मैंने कागज-पेंसिल झोले में डाला और धीरे-धीरे गुहा के पिछले हिस्से की ओर बढ़ा। असल में वह दूर से जितना चिकना दीखता था, उतना चिकना था नहीं। पुष्पों का तो वहाँ भी साम्राज्य था। पैर टिकाना जितना कठिन पहले जान पड़ता था, उतना नहीं था; फिर भी कठिनाई तो थी ही। गुहा के पिछले हिस्से पर कुछ चिह्न थे। और समय होता तो मैं उसे गाय के खुर का चिह्न ही मानता, पर उस दिन मुझे कुछ दिव्यदृष्टि-सी मिल गई थी। मैं एक-एक चिह्न को पढ़ता गया और कुछ देर तो आविष्ट-सा बना लिखता गया। मैंने कुल सवा सौ पृष्ठ लिख डाले। अचानक मुझे ऐसा मालूम हुआ कि मेरा हाथ रुक रहा है। चारों तरफ पुष्पों की मादक महक थी, नीचे खर-धार ब्रह्मपुत्र का कल-कल सुनाई दे रहा था और सामने गुहा-पृष्ठ के विचित्र लेख मुझे अभिभूत से कर रहे थे। मैं सिर थामकर बैठ गया और न जाने कब लुढ़क गया। होश आने पर मैंने अपने को ब्रह्मपुत्र के किनारे पाया। परन्तु न कहीं मुझे चोट मालूम पड़ी, न क्लान्ति। मैंने दूसरी बार फिर बाकी हिस्से को पढ़ आने का प्रयत्न किया, पर फिर वही दशा हुई। एक बार और प्रयत्न व्यर्थ होने से मैंने समझ लिया कि उसके बाद कोई ऐसी बात है जिसके

ज्ञान के लिए अधिक साधना की आवश्यकता है। मैं उस कहानी को अधूरी लेकर लौट आया।"

अघोरनाथ चाहते हैं कि उनकी कथा का व्यापक प्रचार हो। उनका दृढ़ विश्वास है कि चन्द्रलेखा योगिनी के प्रसाद से ही यह कथा उन्हें मिली है, परन्तु वे यह भी जानते हैं कि आजकल के लोग इन बातों पर विश्वास नहीं करते और उनकी कथा श्रद्धा की दृष्टि से नहीं देखी जाएगी। इसीलिए वे चाहते हैं कि कथा पर मैं अपनी सम्मति देकर उसे जनता के सामने उपस्थित करने में उनकी सहायता करूँ। मैंने नीमनाथी और पारसनाथी नाथपन्थियों की समस्या की ओर जनता का ध्यान आकृष्ट किया था, इसलिए उनके मत से यह मेरा कर्तव्य भी हो जाता है।

मुझे स्वीकार करना चाहिए कि कथा के प्रति आरम्भ में मेरी विशेष श्रद्धा नहीं थी, पर पढ़ते-पढ़ते मुझे ऐसा लगा कि इसे एकदम अवज्ञा योग्य नहीं समझा जा सकता। कथा में प्राचीनता के चिह्न हैं, कम-से-कम प्राचीन साहित्य से वह असमर्थित नहीं कही जा सकती। प्राचीन साहित्य में जहाँ कहीं भी इस कथा से मिलते-जुलते अंश मुझे मिल सके हैं, उन्हें मैंने टिप्पणियों के रूप में संग्रह कर दिया है। अपना मत तो मैं अभी नहीं प्रकाशित कर रहा हूँ, क्योंकि उससे पाठकों को स्वतन्त्र निर्णय करने के मार्ग में शायद बाधा पड़ेगी। परन्तु सम्पूर्ण कथा प्रकाशित हो जाने के बाद उसे ज़रूर प्रकट कर दूँगा। तब तक कथा जैसी है वैसी ही पाठकों के सामने उपस्थित की जा रही है। साधु अघोरनाथ के अनुरोध से मेरी टिप्पणियाँ भी कथा के साथ हैं।

**—व्यो. शा.**

**पाद-टिप्पणियों के सन्दर्भ के लिए पुस्तक के अन्त में परिशिष्ट देखिए।**

# [1]

भारतवर्ष के उत्तरी भाग पर पूर्ण रूप से तुर्कों का राज्य स्थापित हो गया था। दक्षिण में गोपाद्रि दुर्ग तक वे बढ़ आए थे और, और भी आगे बढ़कर पैर जमाने की कोशिश में थे। परन्तु पूर्वी प्रदेश अभी तक उनके आक्रमणों से बचा हुआ था। मेरे गुप्तचरों ने पूर्वी प्रदेश के सम्बन्ध में जो सूचनाएँ दी थीं, वे बहुत उत्साहजनक नहीं थीं। लोगों को बाहुबल की अपेक्षा तन्त्र-मन्त्र पर अधिक विश्वास था। नालन्दा के बौद्ध-विहार में अनेक प्रकार की वाम-मार्गी साधनाओं का अबाध प्रवेश हो गया था। मैंने सुना था कि वहाँ ऐसे-ऐसे सिद्ध विद्यमान हैं जो आसमान में उड़ सकते हैं, खड़ाऊँ पहनकर नदी पार कर सकते हैं, पेड़ की डाल पर त्रैलोक्य का भ्रमण कर सकते हैं, आकाश से आग की वर्षा कर सकते हैं, और हुंकार-मात्र से समस्त जगत् में प्रलय की बाढ़ ला सकते हैं। मैं ठीक नहीं कह सकता कि ये बातें कहाँ तक सत्य हैं, परन्तु सोमेश्वर तीर्थ के कन्थड़ीनाथ और उनके गुरुभाई सिद्ध घोड़ाचूली से इस सम्बन्ध में बात करके मैंने जो कुछ समझा था, उससे मेरे मन में इन सिद्धियों के प्रति बहुत अधिक श्रद्धा नहीं हुई थी। मैं ऐसा अनुभव करता था कि आपतकाल में इन सिद्धों से बहुत अधिक आशा नहीं की जा सकती। परन्तु मेरा मन इसलिए उद्विग्न हो गया था कि मैंने सुना था, साधारण जनता और राजा के सैनिकों तक में यह विश्वास घर कर गया है कि यदि कभी आक्रमण हुआ तो शस्त्र-बल की अपेक्षा सिद्धों का मन्त्र-बल उनकी अधिक सहायता करेगा। सर्वत्र एक प्रकार की शिथिलता और लापरवाही का बोलबाला था। इसके दुष्परिणाम की सम्भावना से मैं बहुत व्याकुल था। मुझे पता चला कि उज्जयिनी से कोई पचास मील दक्षिण की ओर एक गाँव है, जिसमें कोई सिद्ध पुरुष आए हैं, ये हिन्दू-मुसलमान में कोई भेद नहीं मानते और मौज में आकर नमाज भी पढ़ लेते हैं और मन्दिर में पूजा भी कर लेते हैं, बड़े ही फक्कड़ सिद्ध हैं और जरूरत पड़ने पर आसमान में भी उड़ जाया करते हैं तथा धरती में भी प्रवेश

कर जाते हैं, यदि किसी कारणवश नाराज हुए तो जो सामने आया उसी पर गाली की बौछार शुरू कर देते हैं, नमाज पढ़नेवालों को भी फटकार देते हैं और सन्ध्या-पूजा करनेवालों को भी दुत्कार देते हैं, पूरे अवधूत हैं, धर्म-सम्बन्धी किसी भी नियम के पाबन्द नहीं हैं और न किसी वेशभूषा के प्रति ही आस्था या अनास्था रखते हैं, उनकी मौज का सवाल है—कभी दरवेशों का-सा वेश बना लेते हैं, कभी योगियों का-सा। परन्तु दिल्ली के अमीरों में इनका बड़ा मान है। सिद्ध होने के कारण वे सिद्ध हैं और मस्तमौला होने के कारण मौला हैं। मुसलमान लोग इनको सीदी मौला कहते हैं—सीदी अर्थात् सिद्ध। इनका एक बड़ा भारी गुण यह बताया जाता है कि प्रसन्न होने पर ताँबे को विशुद्ध सोने में परिवर्तित कर देते हैं। दिल्ली के अनेक अमीर सीदी मौला के कृपा-कटाक्ष के लोलुप हैं। सुनने में आया है कि सैकड़ों व्यक्ति उनकी कृपा से रंक से राव बन गए हैं। ये सीदी मौला कभी-कभी ही दिल्ली पहुँच पाते हैं, परन्तु जब पहुँचते हैं तो अमीरों की भीड़ लग जाती है। ये सींस्तान, कन्दहार, बुख़ारा और तुर्किस्तान का भ्रमण कर आए हैं और हाल ही में नालन्दा, लक्ष्मणावती और कामरूप की यात्रा करके लौटे हैं। मेरी बड़ी इच्छा थी, इनके दर्शन करूँ और दुनिया का कुछ हालचाल मालूम करूँ।

रास्ते में मुझे एक विचित्र वेशधारी साधु मिला, जो अपने को दरवेश कहता था। मैंने उससे पूछा कि बाबा, तुम किस देश के रहनेवाले हो, कहाँ से आ रहे हो? इस देश की भाषा वह बहुत कम बोल पाता था। आधी से अधिक बात तो वह इशारे से ही करता था। उसने अपने को सीस्तान का निवासी बताया। उसने यह भी बताया कि वह पूर्व में कामरूद तक गया है—कामरूद अर्थात् कामरूप। फिर उसने गौड़ देश और उसके राजा लखमनिया के बारे में भी बहुत-सी बातें बताईं। लखमनिया लक्ष्मणसेन का अपभ्रंश रूप था। उसने बताया कि राय लखमनिया की राजधानी नोदिया है। मैंने आशय समझ लिया; नोदिया अर्थात् नवद्वीप। दरवेश ने बताया कि लखमनिया माता के गर्भ में था, तभी उसके पिता की मृत्यु हो गई। राजमुकुट उसकी माता के पेट पर रख दिया गया। सब लोग उसकी माता की आज्ञा को राजाज्ञा समझकर सम्मान करते थे। जब प्रसवकाल निकट आया तो ज्योतिषियों ने बताया कि यदि इस समय इसका जन्म होगा तो बड़ा अशुभ होगा, यदि दो घड़ी बाद होगा तो शुभ होगा, उस समय यह बालक अस्सी बरस तक अखंड राज्य का अधिकारी होकर उत्पन्न होगा। माता ने जब यह बात सुनी तो उसने आज्ञा दी कि शुभ मुहूर्त आने तक दोनों पैर बाँधकर उसे उलटा लटका दिया जाए। ऐसा ही किया गया। ज्योतिषी लोग बैठकर ग्रह-गणना करते रहे। शुभ मुहूर्त में माता को सीधा लिटाया गया। उसी समय राय लखमनिया का जन्म हुआ। दरवेश ने कहा, "लखमनिया बहुत अच्छा राजा है, उसने कभी

किसी पर कोई अत्याचार नहीं किया। उसकी प्रजा उसके शुभ जन्म पर विश्वास करती है। उसके सैनिक लापरवाह रहते हैं; उनका दृढ़ विश्वास है कि अस्सी वर्ष तक कुछ भी दुर्घटना नहीं घटेगी।" लेकिन दरवेश ने जरा-सी व्यंग की हँसी हँसकर कहा, "अस्सी प्रायः पूज आया है।"[1]

मैं थोड़ी चिन्ता में पड़ गया। ग्रहों पर क्या इतना विश्वास करना ठीक है? क्या इससे देश की पुरुषार्थ-भावना दब नहीं रही है? इतिहास-विधाता की क्या इच्छा है? जो हो, मुझे सीदी मौला से मिलना था, मुझे जल्दी थी। इसलिए घोड़े की पीठ पर निरन्तर भागता हुआ मैं उस गाँव तक पहुँचा। गाँव के दक्षिण में एक छोटी-सी नदी बहती है। उसी के किनारे एक छोटा-सा शिवमन्दिर था। सीदी मौला वहीं ठहरे थे। परन्तु मेरे जाने के पहले ही वे कहीं और चले गए। कब उठकर चले गए, किसी को नहीं मालूम। लेकिन गाँव के लोगों ने बताया कि वे कदाचित् और दक्षिण की ओर गए होंगे। मैं निराश होकर उस शिवमन्दिर के पास एक बरगद के पेड़ के नीचे आसन बिछाकर बैठ गया। सोचने लगा, और दक्षिण की ओर जाना चाहिए कि नहीं। एक घड़ी तक मैं इसी प्रकार आगा-पीछा करता रहा, फिर मुझे थोड़ी-सी नींद आ गई। मैंने स्वप्न देखा कि कोई रूक्ष-वेश तापस मुझे जगा रहा है। नींद खुली तो सामने सचमुच ही एक तपस्वी खड़े थे। ऐसा जान पड़ा कि उन्होंने मुझे पहचान लिया। बोले, "राजन्, देर हो रही है। निद्रा में समय न गँवाओ, सीधे पश्चिम की ओर घोड़ा दौड़ाओ। सीदी मौला नहीं मिलेगा, सीदी देवी मिलेगी।" फिर हँसकर इस श्लेष का अर्थ समझाते हुए बोले, "सीदी से भेंट नहीं होगी, परन्तु सिद्धि तुम्हारी प्रतीक्षा कर रही है। उठो, देर न करो। एक क्षण के विलम्ब से सारा काम नष्ट हो जाएगा।" मैंने चकित होकर पूछा, "महाराज, मैं आपकी बात नहीं समझ सका, कौन-सी सिद्धि मेरी प्रतीक्षा कर रही है? कहाँ पर कर रही हैं? आप कौन हैं, मेरा चित्त आज बहुत उद्विग्न है। मेरी आँखों के सामने समूचा देश विदेशियों द्वारा आक्रान्त है। मुझे कुछ उपाय नहीं सूझ रहा है।" तापस ने कहा, "कोई परवा नहीं, सब मालूम हो जाएगा। अपने ऊपर विश्वास रखो। सबको अपने किए का फल भोगना पड़ता है—व्यक्ति को भी, जाति को भी, देश को भी। कोई नहीं जानता कि विधाता का कर्म-फल विधान कौन-सा रूप लेने जा रहा है। सारी दुनिया की चिन्ता छोड़ो, अपनी चिन्ता करो। भारतवर्ष की धर्म-व्यवस्था में बहुत छिद्र हो गए हैं। अपने ही रक्त, मांस और चर्म से जितना ढक सको, ढको। अपनी ही अंतड़ियों के तागे से जितना सी सको, सीओ। जाओ, वज्र की तरह दृढ़ बनकर इतिहास-विधाता के क्रूर प्रहारों को सहो।" मैं चकित होकर तपस्वी की बात सुन रहा था। उसका एक-एक शब्द मेरे अन्तर को बेध रहा था। मैं कुछ समझ रहा था और कुछ समझने की कोशिश कर

रहा था। तपस्वी मुड़े और एक ओर चलने को उद्यत हुए। मैंने चिल्लाकर कहा, "बाबा, यह तो बताते जाओ कि मेरी सिद्धि क्या है?" तपस्वी ने कहा, "आत्मदान। जहाँ तुम्हारा अन्तरतर अकारण सहस्र धाराओं में क्षरित होकर गल जाना चाहे वहीं तुम्हारी सिद्धि है। जाओ, देर न करो।" तब भी मैं अर्धचेतन अवस्था में ही था। मैं उनकी ओर एकटक ताकता रहा और जब तक वह आँखों से ओझल नहीं हो गए उसी प्रकार अवश भाव से पड़ा रहा। जब मेरी संज्ञा पूरी-पूरी लौट आई तो मैं सोचने लगा कि वह स्वप्न था या सत्य। यदि स्वप्न था तो कितना विचित्र स्वप्न था। जो भी हो, मुझे सीधे पश्चिम की ओर घोड़ा दौड़ाना है। क्या कोई सिद्धि मिलनेवाली है? वह भी आत्मदान की सिद्धि! विचित्र बात है। मैं कूदकर घोड़े पर सवार हुआ और बिना आगे-पीछे देखे पश्चिम की ओर घोड़ा दौड़ा दिया। थोड़ी दूर तक अमराइयों की घनी छाया में से मार्ग तय करना पड़ा। परन्तु उसके बाद ही घना जंगल मिला जिसमें एक मामूली पगडंडी के सिवा पश्चिम की ओर जानेवाला कोई और मार्ग दिखाई नहीं दिया। मैं उसी पगडंडी पर धीरे-धीरे आगे बढ़ने लगा। एक क्षण के लिए मेरा मन विचलित भी हुआ। यह कैसा पागलपन है! स्वप्न की बात पर विश्वास करके क्या इस प्रकार भटकना उचित है? एक स्थान पर मैं थोड़ा ठिठका और सोचा, लौट चलूँ और जिधर अच्छा रास्ता मिले उधर बढ़ूँ। परन्तु दूसरे ही क्षण फिर आगे बढ़ गया। दूर तक केवल खदिर की वृक्षावली और वन-पनस की झाड़ियाँ दिखाई दे रही थीं। कहीं-कहीं तो मार्ग इतना सँकरा था कि केवल कपड़े ही नहीं, शरीर भी काँटों से छिद जाता था। धूप काफी तेज हो आई थी और रह-रहकर आशंका होती थी कि आगे पीने के लिए पानी भी मिलेगा कि नहीं। आश्चर्य की बात यह थी कि घोड़ा मुझसे अधिक उत्साहित था, मानो आगे कुछ ऐसी प्रलोभनीय वस्तु देख रहा हो, जिसे पाये बिना उसे चैन न मिल रहा हो। वह मेरे आदेशों की प्रतीक्षा किए बिना तेजी से आगे बढ़ता जाता था। लगभग दो कोस की दूरी पार करने पर पगडंडी अपेक्षाकृत कम घने जंगलों में से होकर गुजरने लगी। मुझे सामने एक हिरन दिखाई दे गया। हिरन को देखकर मेरी शिकारी प्रवृत्ति जाग पड़ी और मैंने उसके पीछे घोड़ा दौड़ा दिया। हिरन अभी बच्चा ही जान पड़ता था—बड़ा ही सुन्दर, बड़ा ही कोमल। मैं सोचता था कि किसी प्रकार पकड़ लूँ तो बड़ा अच्छा हो। उस पर तीर फेंकने की मेरी बिलकुल इच्छा नहीं थी। लेकिन अभ्यास-दोष से मैंने अपना धनुष और तीर सँभाल लिया, और घोड़े को कसकर ऐड़ लगाई। बेचारा हिरन प्राणों के भय से आँधी की तरह भागा। ऐसा जान पड़ता था कि मारे भय के वह विक्षिप्त-सा हो गया है। मेरे घोड़े को भी जैसे आनन्द आ रहा था। वह भी विद्युद्वेग से दौड़ रहा था। मैं आशा कर रहा था कि कुछ दूर जाने पर हिरन जरूर थककर गिर जाएगा

और उसी अवस्था में मैं उसे उठा लूँगा। घोड़ा भी मेरे मन की बात समझ गया था। वह भी हिरन को परेशान कर रहा था, पास पहुँचकर भी उसे आगे बढ़ने का अवसर दे देता था। उस छोटे से मृगछौने की परेशानी से मुझे दया आ गई। घोड़े की पीठ ठोंककर मैंने कहा, "वज्र, ज़रा धीरे-धीरे।" वज्र मेरे घोड़े का नाम है। एक क्षण के लिए घोड़ा रुका, हिरन को कुछ और आगे बढ़ जाने दिया और फिर बिजली की तरह टूट पड़ा। हिरन सचमुच भहराकर गिर पड़ा। दूर से मैंने देखा कि लाल पल्लवोंवाली किसी लता में उलझकर वह बेहोश हो गया है। घोड़े की पीठ ठोंककर मैंने कहा, "वज्र, पकड़ लेना।" घोड़ा बात समझ गया और तेजी से हिरन की ओर बढ़ा। जहाँ हिरन गिरा था उस स्थान पर आकर खड़ा हो गया। उस समय प्रायः मध्याह्न का समय हो रहा था। सूर्य की प्रखर किरणें चारों ओर व्याप्त हो गई थीं। मेरी आँखें कुछ चौंधिया गईं। मैं घोड़े से उतरने ही जा रहा था कि किसी ने बहुत ही कोमलदृप्त कंठ से डांटा। शब्द तो मुझे याद नहीं हैं पर उनका भाव कुछ इस प्रकार था—'धिक्कार है ऐ सातवाहन! तुम्हारे विषदग्ध बाण क्या ऐसे कोमल मृगछौनों के लिए ही हैं? क्या यही वीरता है?' एक क्षण के लिए मेरा रोम-रोम सिहर गया। इस घोर जंगल में यह क्या देख रहा हूँ! जिसे मैंने लाल पल्लवोंवाली लता समझा था, वस्तुतः वह एक अपूर्व सुन्दरी देव-बाला थी। उसके कौसुम्भी वस्त्रों को देखकर मुझे लाल-लाल किसलयों का भ्रम हो गया था। उसके एक हाथ में थाली थी, दूसरे में भृंगार। मृगछौना उसकी साड़ी में मुँह छिपाकर इस प्रकार सो गया था जैसे भयत्रस्त बालक माँ की गोद में सो जाता है। मुझे कुछ भी समझ में नहीं आया कि मैं क्या देख रहा हूँ। ध्यान से देखा तो उसकी साड़ी फटी हुई थी, उसके पैरों में जाने कितने काँटे लगे हुए थे और वह व्याकुल भाव से मेरी ओर देख रही थी। क्या देख रहा हूँ। क्या कोई दूसरा स्वप्न है? इस घने जंगल में, भरी दोपहरी में, जहाँ मनुष्य तो क्या, जंगली जानवर भी नहीं दिखाई दे रहे हैं, वहाँ यह अपूर्व सुन्दरी कहाँ से आ गई! मुझे रंचमात्र भी सन्देह नहीं रहा कि यह कोई वन-देवी है। मैंने हाथ जोड़कर अपराधी भाव से कहा, "देवि, अपराध मार्जित हो। मैं इस मृगशिशु को जीवित पकड़ना चाहता था, इस पर बाण फेंकने की इच्छा नहीं थी। परन्तु देवि, क्या मैं यह जानने का प्रसाद पा सकता हूँ कि आप कौन हैं?" ऐसा जान पड़ा कि उस युवती के मन में मेरे प्रति जो विरूप भाव था, वह कम हो गया। उसकी तनी हुई भृकुटियों में सरलता आ गई, वह कुछ आश्वस्त हुई। मैंने उसे ध्यान से देखा। क्या देखा?

कस्तूरी के समान काले केश, अँगुलियों के प्रयत्न के अभाव में कुछ अस्त-व्यस्त से एक-दूसरे से उलझे हुए थे और उन पर सफेद जंगली फूल आ गए थे। इन फूलों को झाड़कर हटा देने का प्रयास नहीं था। ऐसा जान पड़ता था कि दूध का

कोई कटोरा रखा हुआ है, जिसे पीने के लिए सैकड़ों विषधर नाग परस्पर एक दूसरे को दबाकर आगे बढ़ जाने के प्रयास में लगे हुए हैं। इन केशों में एक विचित्र प्रकार की लहरदार गति थी, जो विषधर भुजंगों की जहरीली लहर के समान दिखाई दे रही थी। एक क्षण के लिए मन में आया कि मेरा मन क्या इसी विष के प्रभाव से लहरा उठा है? उन केशों के भीतर से सफेद माँग की लकीर साफ-साफ दिखाई दे रही थी। ऐसा लगता था कि किसी ने अँधेरी रात में राजमार्ग पर दीया जलाकर उसे उद्भासित कर रखा है। अभी भी उसे सिन्दूर का स्पर्श प्राप्त नहीं हुआ था। काले केशों के भीतर वह कुछ इस प्रकार जगमगा रहा था, मानो कसौटी पर कंचन की रेखा हो। घने काले मेघों के बीच बिजली की तरह प्रकाशित होकर यह मार्गदर्शक को कुछ नया देखने का अवसर देता था। क्या इस बारहबानी सोने के लिए किसी सुहाग की अपेक्षा है? द्वितीया के चन्द्रमा के समान चमकते हुए ललाट पर यह मनोहर सीमन्त-रेखा ऐसी सजी हुई थी मानो किसी अदृश्य देवता ने फूलों के धनुष पर बाण चढ़ा रखा हो। किसके लिए? वह भाग्यवान् कौन है जिसके लिए इस अदृश्य देवता ने इस प्रकार लक्ष्य बनाने की योजना बनाई है। नीचे भौहें ऐसी लग रही थीं मानो दो प्रतिभटों के काले धनुष हों। यह क्या कोई दो प्रतिद्वन्द्वियों का युद्ध है? क्या इनसे फेंके हुए बाण दर्शक पर ही गिरेंगे? मैं अभिभूत की भाँति देख रहा था कि ये तने हुए धनुष, जिन्हें अदृश्य देवताओं की प्रतिद्वन्द्विता का साधन बनना पड़ा, क्या दर्शकों को क्षत-विक्षत करने के ही उपाय हैं या ये उन बड़ी-बड़ी आँखों की रक्षा के लिए बने हैं जो भाव के समुद्र की भाँति उथल रहे हैं। ये आँखें मुँहजोर घोड़ों की तरह बाग नहीं मानतीं और उछलकर आकाश की ओर जाना चाहती हैं। मैंने सुना है कि विधाता ने आँखों की रचना बाह्य वस्तुओं के देखने के लिए की है। परन्तु यहाँ क्या देख रहा हूँ? ऐसा जान पड़ता है कि इन आँखों का उद्देश्य कुछ और भी हैं। इनके कोनों से एक अद्भुत द्रावक प्रभा क्षरित हो रही है, जिसके किंचित् स्पर्शमात्र से ही मेरा सारा हृदय गलकर और ढरककर उनके पास बिछ जाना चाहता है। आँखें मैंने बहुत देखी हैं, पर इस प्रकार का आकर्षण मैंने नहीं देखा। इसके प्रत्येक कटाक्ष से दिशाएँ विद्ध होती हैं और चराचर जगत खिंचकर सिमट आता है। इन आँखों के घूमने से सारा दिक्-चक्रवाल घूम जाता है। यह क्या मेरे मन का विकार है या सचमुच ऐसा हो रहा है? आँखें मेरे पास भी हैं, लेकिन वे तो जैसे इन बरौनियों से बँध गई हैं और उनकी क्रियाशक्ति लुप्त हो गई हैं। वे और कुछ देखना ही नहीं चाहतीं और देखना चाहें भी तो अन्यत्र जाने की उनकी शक्ति नष्ट हो गई हैं। मैं देर तक उन आँखों में उलझा रहा। मेरी वाणी रुद्ध हो गई थी और सोचने-विचारने की शक्ति क्षीण हो गई थी। मैं केवल देखता रहा, देखता रहा, देखता रहा। मुझे ऐसा

अनुभव हो रहा था कि आज मैंने अपनी समूची चरितार्थता पा ली है। यह क्या महामाया का कोई अर्थपूर्ण इंगित है? क्या मेरे समस्त पुण्य-फल आज ही उदित हुए हैं? क्या मैंने अब तक जो कुछ किया है वह किसी चरम बिन्दु तक पहुँचने का प्रयास-मात्र था। क्षण-भर के लिए ऐसा जान पड़ा कि मेरा सारा अस्तित्व मूक की भाँति, स्तब्ध की भाँति, नेय की भाँति इस अपूर्व रूप-माधुरी में विलीन हो गया है। ज़रा सँभलकर मैंने अपने को स्वस्थ बनाने का प्रयत्न किया। बड़े प्रयत्न से मैंने अपनी आँखें उन आँखों पर से हटाईं। वे भी झुकीं और ऐसा जान पड़ा कि एकदम धरती में गड़ गईं, और मेरी आँखें मुँहजोर घोड़े की तरह लोक-लाज की लगाम को तोड़कर फिर उसी रूप-माधुरी पर आ गईं।

मैंने देखा, दुपहरिया के फूल की तरह उसके लाल-लाल अधरों पर क्लान्ति की मलिनता आ गई है और नारंगी के समान मनोहर कपोलों पर स्वेद-धारा बह रही है। उसके एक हाथ में चाँदी की थाली और दूसरे में चमकता हुआ भृंगार ज्यों-का-त्यों पड़ा हुआ था, जैसे किसी निपुण शिल्पी की बनाई हुई सुवर्ण मूर्ति में ये वस्तुएँ थमा दी गई हों। उसकी कुसुम्भी रंग की साड़ी के निचले प्रान्त में मुँह छिपाकर वह मृगछौना तब भी शान्त, निस्पन्द सो रहा था। मुझे अपनी क्रूरता पर सचमुच उस दिन दुःख हुआ। दया और सहानुभूति के भाव मेरे मन में पहले भी आए थे, परन्तु आज मैंने जैसा अनुभव किया वैसा जीवन में कभी नहीं कर सका था। आज दया और सहानुभूति मेरे रक्त में प्रवेश करके प्रत्येक शिरा में एक विचित्र झनझनाहट उत्पन्न कर रही थी। ऐसा जान पड़ता था कि युग-युग का संचित ढोंग झाड़-पोंछकर फेंक दिया गया हो। मैं नहीं जानता कि किस दुर्वार शक्ति ने मुझमें आकस्मिक बल दिया। मैं झुककर उस मृगछौने को गोदी में उठाने का प्रयास करने लगा। वह उठना नहीं चाहता था। उसे मेरे ऊपर विश्वास नहीं था। मैं जितना ही प्रयत्न करता था, वह उतना ही साड़ी में मुँह छिपा लेने का प्रयास करता था। एक क्षण के लिए मुझे चरणों का स्पर्श प्राप्त हो गया। ऐसा लगा जैसे सहस्र-सहस्र विद्युत् एक ही साथ मेरे हृदय में प्रवेश कर गई हों। ऐसे कोमल चरण मुझे जीवन में प्रथम बार दिखाई पड़े थे। परन्तु आज वे कंटकों से बिंधे हुए थे और उनसे रक्त की धारा निकल रही थी। अनेक प्रकार के आवेग-संवेगों के आघात से मैं प्रायः मूर्च्छित होने जा रहा था कि फिर मुझे वही वाणी सुनाई पड़ी, "सातवाहन, छोड़ दो, यह मृग-शिशु डरा हुआ है।" एक क्षण के लिए मुझे ऐसा जान पड़ा कि मेरे जन्म-जन्मान्तर के पाप धुल गए। मैंने आँखें ऊपर उठाईं। मृग के नेत्रों के समान नेत्रों की चर्चा मैंने सुनी थी, इस बार प्रत्यक्ष देखा। कैसी शामक स्निग्ध ज्योति उनसे निकल रही थी! कितने सहज अनुभव उनसे तरंगित हो रहे थे!

मैंने विनीत भाव से कहा, "देवि, मेरा नाम सातवाहन नहीं है।"

उसने सहज भाव से उत्तर दिया, "हमारे गाँव में सब घुड़सवार सातवाहन कहे जाते हैं। 'सात' हम लोग घोड़े को कहते हैं। तुम सातवाहन नहीं तो और क्या हो?"

यह अद्भुत उत्तर सुनकर मैं स्तब्ध रह गया। दिगन्त विजयी सातवाहन क्या घुड़सवार होने के कारण 'सातवाहन' कहलाते थे? क्या मैं भी सातवाहन के समान इस देश में जातीय गौरव की पुनः प्रतिष्ठा करा सकता हूँ? मुझे ऐसा मालूम हुआ कि समस्त जगत् में व्याप्त त्रिजगन्मनोज्ञा कामकला ही मुझे सातवाहन होने का आशीर्वाद दे रही है। विनीत भाव से बोला, "देवि, मेरा, सातवाहन होना आज सार्थक है, परन्तु आप क्या हाथ में लिये हुए इन पात्रों को एक जगह रखकर थोड़ा विश्राम नहीं कर सकतीं? कमल के फूल के समान ये चरण क्षत-विक्षत होकर रक्तारक्त हो गए हैं। मृणालनाल के समान आपके ये दोनों कोमल बाहु थक गए हैं। धृष्टता क्षमा हो तो मैं कुछ सेवा करने का अवसर चाहता हूँ। देवि, मैं नारी जाति का सम्मान करना जानता हूँ। उसकी महिमा और मर्यादा का जानकार हूँ। मुझे यह भी मालूम है कि मेरे कुल का कोई भी बालक नारी-लम्पट नहीं होता है। परन्तु मैं स्पष्ट देख रहा हूँ कि आपको सेवा की आवश्यकता है। किस प्रकार सेवा करूँ, यह मुझे मालूम नहीं है, परन्तु यदि आज्ञा हो तो मैं किसी प्रकार की सेवा करने के लिए सदैव प्रस्तुत हूँ।"

उस युवती ने कहा, "सातवाहन, मैं तरुण-तापस की खोज में निकली हूँ जिसके लिए मैंने शक्ति-भर परिश्रम करके भोजन बनाया था, परन्तु उसे खिला नहीं सकी। गाँववालों ने उसका अपमान करके मार-पीटकर भगा दिया। वह बेचारा बिलकुल ही निर्दोष था। उसे लोक-व्यवहार का कुछ भी पता नहीं था। मैंने उसे भोजन करने के लिए उत्साहित किया था और उसने वचन दिया था कि वह मेरे हाथ का बनाया भोजन खाएगा। तुम्हारे पास घोड़ा है, तुम उसे ढूँढ़ने में मेरी मदद करो। यह अन्न और जल पृथ्वी पर रखकर मैं अपवित्र नहीं होने दूँगी। पता नहीं, वह कहाँ चला गया। तुम यदि उसे खोज सको, तो तुम मेरी सबसे बड़ी सेवा करोगे। मुझे और इस मृगछौने को घोड़े पर बैठा लो और उस तापस को खोजो। मैं तुम्हारे इस ऋण से जन्म-जन्मान्तर में भी उऋण नहीं होऊँगी।"

मैं कुछ सोच में पड़ गया। सोचने लगा कि यह भी क्या सम्भव है? मैं इस अपूर्व सुन्दरी को घोड़े पर बैठाकर घूमता फिरूँ तो दुनिया क्या कहेगी? हाथ जोड़कर बोला, "देवि, तुम यह थाली और भृंगार मेरे हाथों में दे दो और घोड़े पर इस मृग-शिशु के साथ बैठ जाओ। मैं तुम्हारे तरुण-तापस को खोज दूँगा। समय अवश्य लगेगा, पर खोज भी दूँगा। मैं प्रतिज्ञा करता हूँ कि तुम जो चाहोगी वह

सब करूँगा। परन्तु मेरे साथ तुम घोड़े पर नहीं बैठ सकतीं। लोग क्या कहेंगे? इस पर तो मेरे साथ मेरी रानी ही बैठ सकती है।"

सहज भाव से उस युवती ने कहा, "तुम मुझे रानी बना लो, पर उस तापस को खोज अवश्य दो।"

मैं जैसे आसमान से गिरा, "क्या कह रही हो, देवि! रानी बनाना क्या ऐसी सीधी-सी बात है?"

उसने सहज भाव से कहा, "हाँ।"

इस संक्षिप्त उत्तर से मैं काँप उठा। मैंने एक बार उद्दीप्त सूर्यमंडल की ओर देखा, 'हे कुल-गुरो! तुम्हीं साक्षी हो, मैं प्रतिज्ञा-पालन कर रहा हूँ।' मैंने कहा, "देवि, अपना हाथ मेरे हाथों में दे दो।"

हाथ सहज भाव से थाली समेत मेरे हाथों में आ गया। मैंने थाली ले लेनी चाही। उसने निषेध किया, "नहीं, मेरे ही हाथों में रहने दो।"

मैंने कहा, "यदि तुम्हारे हाथ खाली नहीं होंगे तो तुम घोड़े पर कैसे बैठोगी?"

सहज उत्तर मिला, "तुम बैठा दो।" मैंने अपने घोड़े की ओर देखा। वज्र मानो सब कुछ समझ रहा था। मेरी आँखें ज्यों ही उसकी ओर गईं, उसने तीन बार हिनहिनाकर इस अद्‌भुत पाणि-ग्रहण का समर्थन किया। निकट आकर उसने अपनी पीठ झुका दी। उसके रोम-रोम से यह ध्वनि निकल रही थी कि आज मैं कृतार्थ हो गया। मैंने रानी को गोद में उठाकर घोड़े पर बिठा दिया। मृगछौने ने कातर भाव से ऊपर की ओर देखा और दाँत से साड़ी का पल्ला पकड़ लिया। मैंने उसे भी उठाकर रानी की गोद में डाला।

स्वयं घोड़े पर सवार होने के पहले मैंने पूछा, "रानी, तुम्हारा नाम जान सकता हूँ?"

संक्षिप्त उत्तर मिला, "चन्द्रलेखा।"

चन्द्रलेखा! मेरे कानों में अमृत उँड़ेल देनेवाला यह नाम क्या नया है? क्या मैं पहली बार सुन रहा हूँ? ऐसा तो नहीं लगता। मैं क्या संज्ञा-शून्य हो गया हूँ, स्वप्न देख रहा हूँ, उन्मत्त हो रहा हूँ? चन्द्रलेखा! दीर्घकाल से मेरे कान इसी नाम को सुनने को व्याकुल थे क्या? मैं क्या अभिभूत हूँ, सम्मोहित हूँ, वशीकृत हूँ? यह सब क्या हो रहा है? ऐसा जान पड़ा कि मेरे सहस्र-सहस्र जन्मान्तर कृतार्थ हो गए। मैं पहचान गया हूँ। हे निरुपमे, तुम जन्म-जन्मान्तर की मेरी लीला-संगिनी हो। आज लता और वृक्ष चिल्लाकर कह रहे हैं, तुम क्या पहचान नहीं रहे हो, युग-युग से यही लीला चलती रही है, यह वीणा-निनाद से अधिक मधुर स्वर युग-युग का परिचित है, यह वही है जिसे तुम सहस्रों बार सुन चुके हो। सातवाहन, यह नया नहीं है, पुरातन भी नहीं है। चिरनवीन है, चिरपुरातन!

क्यों ऐसा हो रहा है? क्या अन्तरतर में युग-युग से उपेक्षित कोई स्मृति बाँध तोड़कर निकल पड़ी है? कहाँ छिपी थी यह स्मृति? मेरा सारा अस्तित्व आज उद्वेलित हो उठा है। मैं जड़ता से स्तब्ध नहीं हूँ, चैतन्य की दुर्वार धारा की तरंगों से व्याकुल हूँ, पहचानता हूँ, पहचानता हूँ। नाभिकुहर से उद्दाम लहरें उठ रही हैं और मस्तिष्क पर छाती जा रही हैं। यह आकस्मिक नहीं है। आज युग-युग के सुप्त देवता पुजारी को देखकर अधीर भाव से जाग पड़े हैं। मैं अपने को कैसे सँभालूँ?

लेकिन सँभालना पड़ा। रानी! चन्द्रलेखा! क्षण-भर के लिए मेरे मन में कुतूहल हुआ कि यह तरुण-तापस कौन है? परन्तु अवसर कुछ ऐसा था कि मैं पूछ नहीं सका। बाद में स्वयं चन्द्रलेखा ने अपनी और तापस की कहानी सुनाई थी। चन्द्रलेखा एक साधारण किसान की बेटी थी। वह गंगा-स्नान करने जाती और वहाँ एक कृच्छ्र तपस्वी को देखकर मन-ही-मन तरस खाया करती। तपस्वी की अवस्था बहुत अधिक नहीं थी। माघ की कठोर रात्रि में वह नग्न तापस भीगा कपड़ा ओढ़कर गंगा की धारा में बाँस के बँधे हुए मचान पर सो जाता। प्रातःकाल उसका शरीर ठिठुरकर काठ हो जाता। प्रायः ही वह बेहोश पाया जाता। गाँव के भक्तजन उसे उसी की धूनी का भस्म मलते और बड़ी कड़ी मेहनत के बाद तपस्वी की संज्ञा लौटती। चन्द्रलेखा उसकी यह अवस्था देखकर रो पड़ती। कभी-कभी वह उसकी मूर्खता पर झुँझलाया करती। ग्रीष्मकाल में तपस्वी गंगा की चिलचिलाती रेत पर चारों ओर अग्नि जलाकर बैठ जाता। ऊपर से सूर्य आग बरसाता। लोग इस तप को पंचाग्नि तापना कहते। परन्तु चन्द्रलेखा को सबसे कठिन कष्ट उस समय होता जब तपस्वी उलटा लटककर झूलता रहता और उसके सिर के नीचे उद्धूम अग्नि-शिखा जलती रहती। उस समय उसकी शिराएँ उखड़ जातीं और नीली हो जातीं। चन्द्रलेखा का हृदय फटने को हो आता। उन दिनों चन्द्रलेखा किशोरी थी। उसमें दया और स्नेह का पारावार उमड़ता रहता। उसने कई बार सोचा कि उस तापस से कृच्छ्राचार छोड़ देने का अनुरोध करे, पर संकोचवश बोल नहीं सकती थी। एक दिन वह गंगा-स्नान को आई तो तापस शान्त भाव से अपनी धूनी पर बैठा था। चन्द्रलेखा ने चारों ओर देखा, कहीं कोई नहीं था। वह तापस के पास चली गई। परन्तु उसके गले की सब नाड़ियों ने विद्रोह कर दिया। वह कुछ भी नहीं बोल सकी। जो कहना था, वह सब भूल गई। तापस के प्रसन्न मुख से अद्भुत माधुरी झड़ रही थी। वह अपने में ही मग्न था। चन्द्रलेखा देर तक खड़ी रही। न उससे आगे ही बढ़ा जाता था, न पीछे ही हटा जाता था। इसी समय तापस ने ऊपर सिर उठाया। चन्द्रलेखा को देखकर उसे आश्चर्य हुआ। वह एकाएक अचकचाकर उठ पड़ा। ऐसा लगा, जैसे कोई अपूर्व वस्तु देखकर वह

विस्मय-विमूढ़ बन गया है। उसकी बड़ी-बड़ी आँखें जो खुलीं, सो खुली ही रह गईं, जैसे अपनी सिद्धि मिल गई हो और उसे विश्वास ही नहीं हो रहा हो।

उस तापस की यह अवस्था देखकर चन्द्रलेखा का रोम-रोम पुलकित हो गया। यद्यपि वह समझ नहीं सकी कि तपस्वी क्या चाहता है, परन्तु उसे यह समझने में देर नहीं लगी कि तपस्वी के मानस में जो आलोड़न चल रहा है, उसका कारण चन्द्रलेखा ही है।

तपस्वी ने सहज भाव से किन्तु गद्‍गद भाषा में कहा, "देवि, अपूर्व देख रहा हूँ तुम्हारी शोभा। मेरी नस-नस आज उल्लास से चंचल है, बहत्तर सहस्र नाड़ियों में अपूर्व शक्ति-धारा प्रवाहित हो गई है, दसों प्राण आज उच्छ्वसित हो उठे हैं, रक्त में एक विचित्र आँधी बह रही है। देवि, आज मेरे ग्रह-गण प्रसन्न हैं, आज सविता का उदय सार्थक है, आज गंगा की धारा सफल काम है, आज मेरी सिद्धि मिल गई है। गुरु ने मुझे बताया था कि तुम्हारी सिद्धि का प्रथम सोपान सुलक्षणा किशोरी का दर्शन होगा। आज मुझे सिद्धि पाना सुगम जान पड़ रहा है।" इतना कहकर तापस अंजलि बाँधकर चन्द्रलेखा के सामने इस प्रकार बैठ गया, जैसे भक्त अपनी आराध्य देवी के सामने बैठ गया हो। चन्द्रलेखा में विचित्र भाव उदित और अस्तमित हो रहे थे। उसे रह-रहकर लज्जा अभिभूत कर देती थी, अज्ञात आनन्द से उसके मनप्राण सिहर उठते थे। चन्द्रलेखा को ऐसा मालूम हुआ, जैसे उसके भीतर के स्तब्ध-प्रसुप्त देवता को किसी ने प्रथम बार जगाया है। वह अपने भीतर एक प्रकार का देवत्व अनुभव करने लगी। उसने विनय-प्रकाश की भंगिमा से, परन्तु गौरव-बोध के साथ ही कहा, "तपस्वी, यह अनुचित कर रहे हो। मैं सामान्य किसान की लड़की हूँ। मुझे देवी कहकर इस प्रकार गद्‍गद होना क्या तुम्हें शोभा देता है?"

तपस्वी के ललाट पर विस्मय की दीर्घ देखा खिंच गई। बोला, "कौन कहता है देवि, तुम सामान्य कृषिवल-किशोरिका हो? यह उन्नत ललाट, यह कुंचित केश-राशि, यह दक्षिणावर्त्त रोम-राजि और यह तिलपुष्प के समान नासिका और घनी भृकुटियों के नीचे सघन अराल रेखा—ये तुम्हें सामान्य नारी नहीं रहने देंगी। तुममें रानी के सब लक्षण हैं। यह गंगा-प्रवाह के समान सीमन्त रेखा और किसी को भले ही धोखा दे ले, मुझे नहीं दे सकती। लेकिन तुम रानी से भी बड़ी होने के लिए पैदा हुई हो। शुभे, सिद्धयोगिनी के सभी लक्षण तुममें प्रकट हैं। एक बार हाथ तो दिखाना, देवि!"

चन्द्रलेखा ने हाथ बढ़ा दिया। तपस्वी ने उसका हाथ अपने करतल पर रख लिया और ध्यान से देखने लगा। उस समय चन्द्रलेखा किस प्रकार अपने को सँभाले रही, यह उसके अन्तर्यामी के सिवा और किसी को मालूम नहीं। उसकी

हथेली इस प्रकार द्रवित हो उठी, जिस प्रकार चन्द्रमा के दर्शन-मात्र से चन्द्रकान्त मणि पसीज जाती है। उसके भीतर से मानो हजार-हजार जन्मान्तर अपनी सफलता की घोषणा करने के लिए उमड़ पड़े। तपस्वी उल्लास के साथ चिल्ला उठा, "स्वस्तिका और मत्स्य का यह युगपत् सम्मिलन अपूर्व योग है। शंख, कमल और व्यजन के चिह्न केवल भगवती विमला के हाथ में प्रकट हुए थे। आश्चर्य है देवि, यदि तुम राज्ञी पद पर आसीन नहीं होती हो तो शास्त्र मिथ्या सिद्ध होंगे।" फिर उसने चन्द्रलेखा की कलाइयों को हाथ में लेकर कहा, "पद्मगर्भ के समान मणिबन्ध दुर्लभ लक्षण है। भविष्य में कौन जाने क्या घटनेवाला है? पर लक्षण तुम्हें रानी ही नहीं, रानी से बड़ी बनाएँगे। तुम्हारे हाथ में अपूर्व योग है।"

चन्द्रलेखा ने चकित भाव से कहा, "तपस्वी, तुम कृच्छ्राचार छोड़ दो।"

तापस की आँखें स्नेह-गद्गद थीं। उनमें पानी भरा हुआ था। बोला, "देवि, तुम्हारी आज्ञा अवश्य पालनीय है। मुझे आज अपने हाथ का प्रसाद खिला दो। मैं अब कृच्छ्राचार छोड़ दूँगा।" चन्द्रलेखा प्रसन्नता से खिल गई। घर आकर उसने सुन्दर व्यंजन बनाया। अपनी शक्ति-भर उसने कुछ भी उठा नहीं रखा। वह केवल यही सोचती रही कि किस प्रकार एकान्त में वह तापस के पास पहुँच सकेगी। उसे ऐसा लग रहा था कि अब तापस पर किसी का अधिकार नहीं है। केवल एकमात्र चन्द्रलेखा ही उसके साथ बात करने का अधिकार रखती है। चन्द्रलेखा इस प्रकार सोच ही रही थी कि तापस उसे घर में घुसता दिखाई दिया। उसमें कोई संकोच नहीं था, कोई लज्जा नहीं थी, कोई दुविधा नहीं थी। वह एकदम आँगन में आ गया। चन्द्रलेखा के पिता ने बाधा दी, पूछा, "कहाँ जा रहे हो?" तापस ने सहज भाव से कहा, "चन्द्रलेखा के पास।" पिता को इस व्यवहार से बड़ा क्रोध आया। दो-चार बातें हुईं, इसके बाद गाँव में हल्ला हो गया कि गंगातट का तापस भंड है, वह दिनदहाड़े भले आदमियों के घर में घुसा है। लोगों ने तापस को मार-पीटकर न जाने कहाँ खदेड़ दिया। चन्द्रलेखा सब देखती रही। वह मूर्च्छित तो नहीं हुई, पर उसमें कहीं भी कोई संवेदना बची नहीं रही। रात को उसकी माता ने खाने को कहा, लेकिन चन्द्रलेखा के मुँह में अन्न नहीं गया। उसने इतने प्रेम और यत्न से जो व्यंजन बनाए थे, वे जहाँ-के-तहाँ धरे रह गए। हाय, चन्द्रलेखा को क्या अन्न ग्रहण करना चाहिए?

आधी रात को वह नहीं रुक सकी। उसने बड़े यत्न से एक थाल में सब व्यंजन सजाए और चुपचाप घर से बाहर निकल पड़ी। कहाँ जा रही थी वह? पता नहीं। परन्तु वह निश्चित जानती थी कि भूखा तपस्वी कहीं उसकी प्रतीक्षा कर रहा है। वह चलती गई, चलती गई, चलती ही गई। सवेरे वह उस घने जंगल में पहुँची। परन्तु तपस्वी का कहीं पता नहीं। चन्द्रलेखा रुकी नहीं। उसके पैर

लहूलुहान थे, शरीर क्लान्त था, चित्त अवसन्न था, पर आशा सजीव थी। वह तापस कहीं-न-कहीं जरूर मिलेगा। कहाँ मिलेगा, पता नहीं, पर मिलेगा अवश्य। चन्द्रलेखा का चित्त उदास था, पर उसकी आत्मा सक्रिय थी। दूर तक केवल वन-पनस के झाड़, खदिर और बबूल के पेड़ तथा वन्य-वदरों की काँटेदार झाड़ियाँ दीख रही थीं। रास्ते का कहीं अन्त नहीं था, जंगल का कोई किनारा नहीं मिल रहा था, पर चन्द्रलेखा रुकी नहीं, वह चलती ही गई।

आज भी जब वह उस क्लान्तिहीन, आशाहीन, अनुभवहीन यात्रा को याद करती है तो उसके अंग-अंग में रोमांच और चित्त में सिहरन हो जाती है। मनुष्य क्यों इस प्रकार की दुराशा का आखेट हो जाता है? वह कौन-सी वस्तु है जो समस्त युक्ति-तर्कों का निरसन कर देती है, बुद्धि-विद्या को दबा देती है और ज्ञान-कर्म को चूरमार कर देती है? चन्द्रलेखा को उस दिन नहीं मालूम था। आज भी मालूम है कि नहीं, कौन जानता है!

चन्द्रलेखा घने जंगल को चीरती हुई आगे बढ़ी। सामने से एक हरिणशावक भागता हुआ आया। वह बहुत सुन्दर था। चन्द्रलेखा उस समय नहीं समझ सकी कि क्यों वह बहुत डरा हुआ था। उसकी बड़ी-बड़ी मनोहर आँखों में अपूर्व विवशता थी। वह चन्द्रलेखा की साड़ी में मुँह छिपाकर खड़ा हो गया, जैसे माता की गोद में आकर निश्चिन्त हो गया हो। चन्द्रलेखा को दया आई। उसने उस सुन्दर मृगपोत को गोद में उठा लिया। धीरे-धीरे उसके बदन पर हाथ फेरने लगी। वह इतना थक गया था कि एक क्षण में सो गया। चन्द्रलेखा का हृदय गल गया। आह, क्यों इतना डरा है! इसके बाद ही मैं आ गया। यह कहानी भी विचित्र ही है!

अस्तु, रानी राजधानी में पहुँचीं, पर उनके हाथ की झारी और थाली ज्यों-की-त्यों हाथ में बनी रहीं। घोड़े पर से उतारने में मुझे लज्जा अनुभव हुई, परन्तु उतारना पड़ा। वन में जिस समय उन्हें घोड़े पर बैठाया था, उस समय कोई देखनेवाला नहीं था, किन्तु नगर में भारी भीड़ इकट्ठी हो गई थी। रानी अविचलित रहीं। घोड़े से उतरकर उन्होंने मुझे 'महाराज' कहकर सम्बोधित किया। शायद उन्हें पूरा विश्वास हो गया कि मैं किसी राज्य का अधिपति हूँ। वे आदेश के स्वर में बोलीं, "महाराज, उस बाल-तपस्वी को ढूँढ़ो।" जो लोग मेरे स्वागत के लिए इकट्ठे थे उनमें वृद्ध मन्त्री विद्याधर भी थे और पुरोहित धीर शर्मा भी। किसी ने मुझसे एक बार भी नहीं पूछा कि यह स्त्री कौन है। सबने चुपचाप स्वीकार कर लिया कि यह मेरी रानी है। सहस्रों नर-नारियों के कंठ से बार-बार महारानी का जयघोष होता रहा। रानी अविचलित सहज भाव से सबका अभिनन्दन स्वीकार करती रहीं। मेरा चित्त इस जय-निनाद से त्रस्त, कम्पित और व्याकुल होता रहा। मैं मन-ही-मन

ऐसा सोचने लगा कि जनता राज-भय से जयघोष कर रही है। उसके चित्त में मेरे प्रति श्रद्धा का अभाव ही होगा। कम-से-कम विद्याधर उपाध्याय और धीर शर्मा की पैनी दृष्टियों ने मुझे नीचे से ऊपर तक बेध डाला। मैं उनकी आँखों में प्रश्न का भाव खोज रहा था, पर मैं आश्चर्य के साथ देख रहा था कि दोनों वृद्ध मेरी ओर बिलकुल ही नहीं देख रहे थे। वे हाथ जोड़कर एकटक रानी की ओर देख रहे थे, मानो स्वप्न में उन्होंने किसी देवी को प्रत्यक्ष देख लिया हो। मैं चाहता था कि वे मुझसे पूछें कि 'तुम इस स्त्री को कहाँ से उठा लाए?' किन्तु दोनों किसी दूसरी दुनिया में पहुँच गए थे। ऐसा जान पड़ता था कि उन्हें मेरे अस्तित्व का ध्यान ही नहीं है। अन्त में मैंने बिना प्रसंग के ही इस प्रसंग की सफाई देने का प्रयत्न किया। मैंने विद्याधर भट्ट उपाध्याय को सम्बोधित करके कहा, "आर्य, मार्ग में विचित्र रूप से इनका साक्षात्कार हुआ।" विद्याधर भट्ट ने बीच में ही टोककर कहा, "राजन्, बाद में तुम्हारी कहानी सुनूँगा। मैं इस समय ग्रहों की स्थिति पर विचार कर रहा हूँ। पता नहीं, आज की इस तिथि को जो कुछ घटित हो रहा है उसका क्या परिणाम होगा। परन्तु स्पष्ट दीख रहा है कि आज ग्रह-गण प्रसन्न हैं, सवितृ देवता प्रसन्नोदय हैं, योगिनियाँ ठीक स्थान पर हैं, किन्तु एक खतरा है। चलो, रानी को भीतर ले चलो। कुछ शान्ति-स्वस्त्ययन की आवश्यकता होगी। देर मत करो, मुहूर्त निकल जाएगा।" मैं ज़रा चिन्तित हुआ। पुरोहित धीर शर्मा ने मेरे सिर पर हाथ रखा, "बेटा! अस्सी वर्ष के जीवन में प्रथम बार बत्तीस शुभ लक्षणों से समन्वित सौभाग्यवती नारी का दर्शन पा रहा हूँ। तुम्हारी कुल-कुंडलिनी जाग्रत है, परन्तु इतने मंगल का बोझ बड़ा दुर्वह होगा। पहली बार तुममें संकोच और लज्जा का भाव देख रहा हूँ, जो रानी के सहज भाव की तुलना में हल्का लग रहा है।"

धीर शर्मा बड़े गम्भीर प्रकृति के विद्वान् थे, परन्तु उनका बड़ा भारी दोष यह था कि हर बात के बाद एक श्लोक बोला करते थे। इन श्लोकों के जंगल में उनकी मूल बात प्रायः खो जाती थी। बोले, "पुत्र, तुम्हें मनोहरा की प्राप्ति हुई :

*तुरंग-नेत्रां शरदिन्दु-वक्त्रां*
*बिम्बाधरां चन्दन-गन्ध-युक्तां;*
*चेलांशुकां पीनकुचां मनोज्ञां—*
*श्यामां सदा कामदुधां विचित्राम्॥*

"परन्तु इसमें थोड़ा जोखिम भी है। तुम्हें सावधानी से रहना होगा। चलो, विद्याधर की बताई विधियों का पालन करो। आज बड़ा शुभ मुहूर्त है, क्षण-मात्र के विलम्ब से अनर्थ हो सकता है।"

# [ 2 ]

शान्ति-स्वस्त्ययन के साथ-ही-साथ संक्षिप्त विवाह की विधि भी घटाटोप के साथ सम्पन्न हुई। धीर शर्मा बड़े उत्साह से याज्ञिक-क्रियाओं का अनुष्ठान करते रहे। विधि के अन्त में रानी को बुलाया गया और मेरी बाईं ओर बैठा दिया गया। अनुष्ठान के अन्त का यज्ञ समाप्त हुआ और धीर शर्मा ने रानी को अन्तःपुर में ले जाने की आज्ञा दी। दासियों के बीच चलती हुई रानी को देखकर ऐसा लगा मानो प्रफुल्ल उद्यान अपने मध्यभाग में सूर्यमुखी को लेकर चल रहा हो। अन्तःपुर में प्रवेश करते समय रानी ने मेरी ओर देखा और क्षीण कंठ से कहा, "राजन्, साधु को खोजो। जब तक मैं उसे खिला नहीं लेती, अन्न-ग्रहण नहीं करूँगी।" मैंने इसके पूर्व ही सभी दिशाओं में घुड़सवार भेज दिए थे। आश्वस्त करते हुए मैंने कहा, "कुछ चिन्ता न करो देवि, तुम्हारा तापस खोज दिया जाएगा।" रानी अन्तःपुर में पधारीं। दास-दासियों के हट जाने के बाद मैंने एकान्त में उन्हें जी भरकर देखा। वन में उनकी आँखों को ही विशेष रूप से देखा था, परन्तु उस देखने में भी केवल उनकी चंचल गतियों की ओर ही विशेष दृष्टि दी थी। इस बार मैंने उनकी स्निग्धता, विशालता, नीलता, शान्त भाव की लालिमा और बरौनियों की निविड़ता को अच्छी तरह देखा। वराहमिहिर ने जो नीलकमल की द्युति के हरण करनेवाली आँखों को प्रशस्त कहा है उसे मैंने रोम-रोम से अनुभव किया। सचमुच वे आँखें प्रशस्त थीं। कमल के समान आँखों की महिमा कवियों के मुख से मैंने बहुत सुनी थी। परन्तु क्या कमल के समान कहने से ही आँखें कमल के समान हो जाती हैं? उत्फुल्ल पद्म-पलाश में जो स्निग्धता, प्रफुल्लता और दीर्घकोरकता होती है, वह केवल अनुभव की वस्तु है। शुकतुंड के समान नाक कहने से कविजन क्या कहना चाहते हैं, वह मुझे आज मालूम हुआ। मैंने ध्यान से देखा, रानी की नासिका अग्रभाग में सचमुच किंचित् धनुषायित हो गई है और उसके नीचे ईषत्-स्फीत नासा-पुटों के भीतर से एक विचित्र प्रकार की सुषिरता दृष्टिगोचर हो रही है। जबसे मैंने रानी को घोड़े की पीठ पर बैठाया था, तभी से मुझे एक प्रकार की आमोद-सुरभित गन्ध अनुभूत हो रही थी। रानी के मुख के पास जब मैंने अपना मुख निकट से रखा तो मुझे अनुभव हुआ कि श्वासों से एक प्रकार की सुगन्धि निकल रही है। मैंने पहली बार अनुभव किया कि शास्त्रकार जिस वसतु को पद्मगन्धा कहा करते हैं वह यही वस्तु है। मुझे वृद्ध धीर शर्मा की समझदारी पर आश्चर्य हुआ। उन्होंने रानी को देखते ही कहा था, "बेटा! अस्सी वर्ष के जीवन में प्रथम बार सौभाग्यवती पद्मिनी नारी को देख रहा हूँ।" अनुष्ठान के समय भी उन्होंने मेरी पीठ पर हाथ फेरते हुए कहा, "बेटा, तुम्हारे ग्रहगण

प्रसन्न हैं, तुम्हें साक्षात् पद्मिनी नारी को प्राप्त करने का सौभाग्य प्राप्त हुआ है," और इसके बाद झमाझम पाँच-सात श्लोक बोल गए। उनके तुतले मुँह से श्लोकों की झड़ी झड़ती रहती है जो मुझे बिलकुल पसन्द नहीं। परन्तु उस समय उनका श्लोक पढ़ना अच्छा ही लगा। एक श्लोक तो उन्होंने कई बार कहा। श्लोक पढ़ते समय वे अपने-आपमें ही झूम उठते थे। जैसे सम्पूर्ण जीवन की सार्थकता उन्हें मिल गई हो। उन्होंने अपने तुतले मुँह से जिस श्लोक को कई बार कहा था, वह मुझे अब तक याद है :

*"भवति कमल-नेत्रा नासिका शुभ्र-दन्ता,*
*अविरल कुच-युग्मा दीर्घ-केशी कृशांगी।*
*मृदु-वचन-सुशीला नृत्य-गीताऽनुरक्ता,*
*सकलतनुसुवेशा पद्मिनी पद्मगन्धा॥"*

मैंने ध्यान से विद्याधर शर्मा के चेहरे की ओर देखा। वृद्ध पुरोहित की वाचालता उन्हें अच्छी नहीं लग रही थी। अन्तिम बार जब उन्होंने मेरे सौभाग्य की सराहना की और पीठ पर हाथ फेरने लगे, तब विद्याधर शर्मा से नहीं रहा गया था। बोले, "थोड़ा रुकिए पंडितजी, प्रसन्नता की मात्रा कुछ कम कीजिए!"

मेरा हृदय सनाका खा गया, परन्तु धीर शर्मा अविचलित रहे। बोले, "जोखिम की बात तो मैं ही कह चुका हूँ, लेकिन हमारा लड़का वीर है। इसकी कुंडलिनी जाग्रत है, उसमें संशय पर आरोहण करने की सामर्थ्य है।" और फिर श्लोक बोलने लगे :

*"न संशयमनारुह्य नरो भद्राणि पश्यति।*
*संशयं पुनरारुह्य यदि जीवति पश्यति॥"*

उस समय थोड़ी देर के लिए मैं विचलित हो गया था। क्या चन्द्रलेखा को रानी के रूप में स्वीकार करके कोई बहुत बड़ा जोखिम उठा लिया? दोनों पंडित कहना क्या चाहते हैं? क्या शान्ति-पाठ और स्वस्त्ययन से बाधा टल गई? उनकी बातों से तो ऐसा नहीं लगता था। रानी के मनोहर मुख को देखकर मैं जितना ही आनन्द-गद्गद होता था, उतना ही रह-रहकर मेरे चित्त में यह संशय या जोखिमवाली बात तेजी से बिजली की तरह कौंध जाती थी, रानी को घर में लाकर मैंने बहुत बड़ा जोखिम सिर पर उठा लिया था। रानी की ठुड्डी हाथ में पकड़कर मैं सोचने लगा, सुन्दर रूप क्या जोखिम है? आकृति-वर्ण, रेखा और मृदुता का यह सामंजस्य क्या केवल बाह्य वस्तु है? क्यों महाकवि कालिदास ने कहा था कि बाह्य रूप आन्तरिक पापकर्म को कभी प्रेरणा नहीं देता है। यह निश्चित रूप

से ऐसा वचन है जो कभी व्यभिचारित नहीं हुआ, सदा खरा उतरा—

*यदुच्यते पार्वति पापवृत्तये,*
*न रूपमित्यव्यभिचारि तद्वचः।*

तो क्या उन्होंने यह नहीं बताना चाहा था कि आन्तरिक प्रवृत्तियों का मंगलमय सामंजस्य बाहर मनोहर सौन्दर्य के रूप में प्रकट होता है। क्या यह महामाया का अकारण उद्भावित, संयोगवश घटित बाह्य विधान-मात्र है या अन्तःकरण की केवल ज्ञान-रूपा, केवल चित्त्-स्वरूपा भगवती परा-संवित् का यह लीला-विलास है? क्यों शास्त्रकारों ने बत्तीस लक्षणों से सम्पन्न मनोहर रूप को इतना प्रशस्त बताया है? मेरा मन कहता है कि बाह्य सौन्दर्य केवल आकस्मिक घटना नहीं है। वह परा-संवित्-स्वरूपा महामाया का चिन्मय विलास है, केवल जड़ प्रकृति का आकस्मिक संघटन-मात्र नहीं है। इसमें अमंगल की आशंका क्या हो सकती है? अमंगल कहीं अन्यत्र होना चाहिए। महनीय वस्तु का महनीय से सामंजस्य न होना अमंगल का द्योतक है। महनीय वस्तु यदि अपने-आपमें अमंगल का हेतु होगी तो मानना पड़ेगा कि यह दृश्यमान चराचर सृष्टि केवल जड़ तत्त्वों का आकस्मिक संघटन-मात्र है, उसके भीतर किसी प्रकार की चित् शक्ति की सामंजस्य-योजना नहीं है। मेरा अन्तरतर जो नवनीत की भाँति गलकर रानी के अस्तित्व में समा जाना चाहता है, वह क्या केवल भोगेच्छा-मात्र है? मेरे अन्तर्यामी इसकी कल्पना-मात्र से विद्रोह कर उठते हैं। निश्चय ही मेरे अन्तर में कहीं कोई एक बड़ा सम्बन्ध-सूत्र है जो रानी के दर्शन-मात्र से ही चंचल हो उठा है।

रानी चुपचाप मेरी ओर देखती रहीं। ज़रा मन्द-स्मित के साथ बोलीं, "इस तरह क्या देख रहे हो, महाराज! यह भी कोई देखने का ढंग है?"

अब मुझे अपने आचरण के अनौचित्य का ज्ञान हुआ। मैंने कहा, "देवि, मैं कुछ सोचने लगा था।"

रानी ने हँसकर पूछा, "क्या सोच रहे हो?"

मैंने उत्तर दिया, "देवि, मुझे अपना जन्म-जन्मान्तर कृतार्थ जान पड़ता है। तुम्हारे सान्निध्य से मुझे इतनी तृप्ति मिल रही है, जैसे कोई भीतर और बाहर सर्वत्र अमृत-रस का लेप कर रहा हो। मेरे वृद्ध पुरोहित, जो समस्त शास्त्रों के अविसंवादित पंडित हैं, आनन्द-गद्गद होकर आज कह रहे थे कि उन्होंने अस्सी वर्ष के जीवन में प्रथम बार बत्तीस लक्षणों से युक्त सौभाग्यवती पद्मिनी नारी को देखा है। वे मेरे भाग्य की सराहना कर रहे थे, परन्तु साथ ही मेरे वृद्ध मन्त्री विद्याधर के साथ वह सहमत थे कि मैंने कोई जोखिम उठाया है, संशय पर आरोहण कर रहा हूँ। मुझे ठीक समझ में नहीं आ रहा है कि तुम्हारी-जैसी देवि

को पाकर मैंने जोखिम कौन-सा उठाया।''

रानी ने सहज भाव से कहा, ''मैं गाँव की अबोध बालिका हूँ, मुझे शास्त्र का कुछ भी ज्ञान नहीं है, परन्तु इतना तो मैं भी समझ सकती हूँ कि तुमने जोखिम उठाया है।''

मुझे आश्चर्य हुआ, ''तुम भी ऐसा समझती हो, देवि! परन्तु कारण क्या है?''

रानी का चेहरा आनन्द की दीप्ति से उद्भासित हो उठा। वे खिलखिलाकर हँस पड़ीं। बोलीं, ''जोखिम तो है ही! मैं तो अपनी इच्छा से तुम्हारी रानी बनी हूँ। तुमने तो कभी मुझे रानी बनाने की इच्छा प्रकट नहीं की। फिर बिना विचारे तुमने यह स्वीकार कर लिया कि मैं जो चाहूँगी वह सब करोगे। यह क्या हो सकता है, महाराज? तुमने अगर मुझे रानी-रूप में स्वीकार किया होता तो तुम्हें मुझसे कहना चाहिए था कि मैं जो चाहूँगा वह सब तुम करोगी। मैं तो तुम्हारी रानी हो गई हूँ, परन्तु तुम मेरे सेवक बन गए। यह बिलकुल उलटी बात है। मेरे गाँव में यदि कोई सुनेगा तो हँस के लहालोट हो जाएगा। आज तक ऐसा कहीं हुआ है? मैंने कहा, 'मुझे अपनी रानी बना लो।' तुमने कहा, 'ठीक है।' मैंने कहा, 'मेरी सब इच्छाएँ पूरी होनी चाहिए।' तुमने कहा, 'जरूर होंगी।' यह अजीब विवाह है। और फिर भी कहते हो कि जोखिम नहीं है?''

ऐसा कहते-कहते रानी मेरी गोद में लेट गईं। मैं एक क्षण के लिए स्तम्भित रह गया। रानी की विदग्धता, परिहास-चातुरी और तीक्ष्ण बुद्धि ने मुझे अभिभूत कर लिया। रानी जब हँसती थीं तब ऐसा लगता था कि पुष्पों की वृष्टि हो रही है। मैं निर्निमेष उनकी ओर आँखें फाड़कर देखता रहा। रानी ने भी देर तक मेरे मुँह की ओर देखा। रानी की कपोल-पालि अभी तक ज्यों-की-त्यों हर्षातिरेक में विस्फारित थीं। उनकी बड़ी-बड़ी आँखों में अकृत्रिम उल्लास थिरक रहा था। मेरे अवाक् और विस्मय-विमूढ़ मुँह की ओर देखकर उन्हें फिर हँसी आ गई। बोलीं, ''बिलकुल ठीक तुम्हारे समान मेरे गाँव में जब मालिक हँसता है तब सेवक लोग चुपचाप इसी तरह उसकी ओर देखा करते हैं।''

मैं इस परिहास को समझ गया। मुझे लगा, रानी ने मेरी गलती ठीक स्थान पर पकड़ी है। मैंने रानी की हँसी में योग देते हुए कहा, ''इधर नगर के नौकर-चाकर ज़रा ढीठ होते हैं।'' मैंने कसके रानी को आलिंगन-पाश में बाँध लिया और उनके बन्धूक-समान अधरों को चूम लिया।

रानी ने हँसकर कहा, ''यह पहला जोखिम है,'' और फिर थोड़ी सँभलकर बैठ गईं। मेरा हाथ अपने कोमल करतलों में लेकर ज़रा गम्भीर होकर बोलीं, ''धीर शर्मा ठीक कह रहे थे। मगर ये विद्याधर कौन हैं? यह क्या काशी के प्रसिद्ध विद्याधर ज्योतिषी हैं?''

मैंने संक्षेप में उत्तर दिया, "हैं तो काशी के ही, लेकिन स्वर्गीय गाहड़वार नरेश जयित्रचन्द्र के मन्त्री थे। जब से काशी-कान्यकुब्ज पर तुर्क लोगों का अधिकार हो गया है तबसे यहीं रहने लगे हैं। ज्योतिष-शास्त्र के निश्चित रूप से बहुत बड़े विद्वान हैं। पर तुम जिस विद्याधर ज्योतिषी की बातें कह रही हो, ये वही हैं कि नहीं, कह नहीं सकता। परन्तु बात क्या है?"

रानी ने ज़रा सावधान होकर कहा, "बात कुछ नहीं है। मेरी माँ ने मेरे बचपन की एक कहानी बताई थी। मेरी अवस्था इस समय उन्नीस वर्ष की है। मेरे गाँव में इस अवस्था की कोई लड़की नहीं है जिसका विवाह न हो गया हो। सिर्फ मेरा ही विवाह अब तक नहीं हुआ था। मेरी कई समवयस्का सखियाँ तो दो-दो बच्चों की माँ बन चुकी हैं। आपको, महाराज, आश्चर्य होगा कि मैं अविवाहित क्यों रही! गाँव में मेरी सहेलियाँ मेरे अविवाहित रहने पर दुःख और आश्चर्य प्रकट किया करती थीं। कभी-कभी गाँव की वावदूक स्त्रियों के मुख से मैंने ऐसा भी सुना कि मेरी जाति-पाँति का कोई ठिकाना नहीं है, इसीलिए वर नहीं मिल रहा है। एक दिन मैंने अपनी माँ से पूछा कि, 'यह क्या सच है कि मेरी जाति-पाँति का कोई ठिकाना नहीं है?' उनका चेहरा क्रोध से तमतमा उठा और बोलीं कि 'तुमसे यह बात किसने कही?' मैंने वृद्धाओं की बातचीत का हवाला दिया। माँ ने मेरी बात का कोई जवाब नहीं दिया और घर से निकलकर गाँव-भर की औरतों से लड़ आईं। बड़ी देर बाद जब घर लौटीं तो गाँवभर के सात पुरखों को गाली देती रहीं। उस समय मेरे मन में दो बातें अंकुरित हुईं। पहली तो यह कि कदाचित् मेरी जाति-पाँति का प्रश्न सन्दिग्ध है, दूसरी यह कि लड़की को अविवाहित नहीं रहना चाहिए। सायंकाल जब पिताजी और उनके छोटे भाई कक्का खेत से लौटकर आए तब भी माँ का क्रोध ज्यों-का-त्यों बना हुआ था। माँ उनसे रो-रोकर गाँववालों की निन्दा करने लगीं और दूसरे दिन तड़के ही वे दोनों भाई लाठी लेकर घर से निकल पड़े। बाहर क्या हुआ यह तो मुझे नहीं मालूम, पर सारे गाँव में उस दिन कुहराम मच गया। नदी के किनारे बसा मेरा गाँव बहुत ही छोटा है, मुश्किल से उसमें पाँच-सात घर होंगे। इस दिन दोपहर तक गाँववालों का वाक्-युद्ध चलता रहा। जब पिताजी और कक्का लौटकर आए तो माँ शान्त हो चुकी थीं। फिर तीनों में देर तक बातचीत होती रही। मुझे एकदम अलग कर दिया गया। परन्तु उनकी जो फुसफुसाहट मेरे कानों में पड़ी, उससे मालूम हुआ कि ये लोग मेरे विवाह के बारे में बहुत चिन्तित हैं। उस दिन मुझे नींद नहीं आई। प्रातः पिताजी ने मुझे बुलाकर बड़े प्यार से कहा, 'तू किसी के घर मत जाया कर!' कक्का ने रोष के साथ भाष्य किया, 'घर से एक कदम भी बाहर निकली तो पैर तोड़ दूँगा। जानती नहीं, सब-के-सब चोर, नालायक और बदमाश हैं?' कक्का के पास ऐसी बहुत-सी

शब्दावली थी। पिताजी ने बीच ही में डाँट दिया, 'चुप रहो!' उन्होंने शान्त भाव से बड़े भाई की आज्ञा का पालन किया। लेकिन मैं देख रही थी कि उनके अधर और कुछ कहने के लिए फड़क रहे हैं। मुझे यह मालूम है कि कक्का मुझे पिताजी से भी अधिक मानते हैं। गाँव में उस दिन लड़ाई करके एकाध का सिर तोड़ दिया होता तो उन्हें कोई चिन्ता नहीं थी। पर पिताजी के स्वभाव के कारण ऐसा कुछ नहीं हुआ। मैं एक तरह से घर में बन्दिनी बन गई। यह आज से करीब एक वर्ष पहले की बात है।"

रानी ने मेरे मुँह की ओर चुहल-भरी दृष्टि से देखा। मैंने पूछा, "इससे विद्याधर का क्या सम्बन्ध है?"

रानी हँसने लगीं। बोलीं, "तुमने तो मेरी जाति-पाँति के बारे में सन्देह नहीं किया, महाराज? मैंने कहा, 'तुम मुझे अपनी रानी बना लो' और तुमने बना लिया। नगर में आई तो न वृद्ध पुरोहित ने ही कुछ कहा, न मन्त्री ने ही आपत्ति की। मैं शान से अन्तःपुर में चली आई और तुम नौकर की तरह पीछे-पीछे हो लिये। क्या यह आश्चर्य की बात नहीं है?"

"है तो आश्चर्य की बात। तुम्हें घोड़े पर बैठाने के समय मन में कई प्रकार के विचार आए। मुझे अधिक आश्चर्य तब हुआ जब लगा कि राजधानी के लोग पहले से इसके लिए तैयार थे। सबने मायाभिभूत की भाँति मेरा स्वागत किया।"

रानी फिर हँसने लगीं और बोलीं, "जहाँ सन्देह करना चाहिए वहाँ लोगों का सन्देह न करना सचमुच आश्चर्य की बात है। परन्तु मुझे बिलकुल आश्चर्य नहीं है। मैं जानती थी कि अब तक मेरे जितने जन्म हुए सबमें मैं तुम्हारी रानी थी। परन्तु मैं यह भी जानती हूँ कि अगले जन्म में तुम मुझे रानी के रूप में नहीं पा सकोगे। यह क्या अद्भुत बात नहीं है, महाराज?"

आश्चर्य से मेरी आँखें टँग गईं। यह तो मेरा रोम-रोम कह रहा है कि चन्द्रलेखा जन्म-जन्मान्तर की मेरी हृदयेश्वरी है। ऐसा न होता तो मैं परवश की भाँति इस प्रकार का आचरण न कर बैठता। परन्तु रानी को यह सब मालूम कैसे था? मुझे कुतूहल हुआ। मैंने ज़रा झुककर पूछा, "तुम कैसे जानती थीं, देवि?" रानी ने सहज भाव से कहा, "सब जानती थी।" "लेकिन कैसे?" मैंने पूछा। रानी ने कहा, "बताती हूँ। मैं एक दिन बहुत उदास थी। मैं यह नहीं जानती थी कि मेरी उदासी का ठीक कारण क्या था। जैसे कोई करुण रागिनी सुनकर मन मसोस उठता है और सुननेवाले को यह पता नहीं चलता कि वह क्यों उदास है, क्यों उसके चित्त में अहैतुक करुणा उमड़ आई है, ठीक उसी प्रकार मुझे ज्ञात नहीं हुआ कि मैं क्यों इतनी उदास हो गई। मेरी माँ ने मेरा उदास मुँह देखा तो खींचकर गोद में ले लिया। मेरी उदासी का कारण उन्होंने क्या समझा, यह तो मैं नहीं कह

सकती। केवल दुलार से मेरा मुँह चूमकर कहा, 'बेटी, तू राजरानी होगी। तू उदास मत हो।' मैंने पूछा, 'यह तुम क्या कह रही हो, माँ! मुझे राजरानी होने की इच्छा बिलकुल नहीं है।' माँ ने कहा, 'नहीं बेटी, तुझमें इच्छा क्यों होगी, तू सब इच्छाओं से बड़ी है, तुम्हारी भाग्य-रेखा तुझे राजरानी के पद पर अभिषिक्त करेगी। मुझे बहुत बड़े ज्योतिषी ने बताया है। उसने तो यह भी बताया है कि तू राजरानी से भी बड़ी होगी, परन्तु यह बात तो ज्योतिषी भी नहीं बता सका कि राजरानी से बड़ी चीज क्या होती है।' माता की सरलता पर मुझे हँसी आई। मैंने कहा, 'माँ, ज्योतिषी तो ऐसी पहेलियाँ बुझाया ही करते हैं।' माँ ने अँगुली से मेरा मुँह बन्द करते हुए कहा, 'नहीं बेटा, किसी ऐसे-वैसे ज्योतिषी ने मुझे यह बात नहीं बताई है। सभी जानते हैं कि काशी के उस ज्योतिषी की कोई भी बात आज तक असत्य नहीं हुई। तेरे पिताजी और तेरे कक्का तेरे विवाह के विषय में बहुत चिन्तित हैं, परन्तु मैंने ज्योतिषी की बात गाँठ बाँध ली है। बहुत बड़ा प्रतापी राजा तुझे स्वयं वरेगा। ज्योतिषी ने रेखा खींचकर यह बात कह दी थी। दिशाएँ इधर-से-उधर हो जाएँ तो हो जाएँ, विद्याधर की बात नहीं टल सकती।' मैंने कहा, 'माँ! काशी तो यहाँ से बहुत दूर है न! क्या विद्याधर ज्योतिषी कभी इधर आए थे?' अबकी बार माँ ज़रा असमंजस में पड़ीं। बोलीं, 'नहीं बेटा, मैं ही काशी गई थी।' मुझे बड़ा आश्चर्य हुआ। मैंने कहा, 'मेरे देखते तो तुम कभी काशी नहीं गईं।' 'तू कैसे जानेगी? उस समय तू बहुत छोटी थी...' और फिर चुप हो गईं। उनके चेहरे से स्पष्ट लगा कि वे कुछ छिपा रही हैं। मैंने बार-बार पूछना शुरू किया, 'विद्याधर ज्योतिषी ने क्या कहा था, माँ? क्यों तुम मुझे उनके पास ले गईं?' माँ ने थोड़ी देर तक इतस्ततः किया, फिर बोलीं, 'बेटी, तू अब सयानी हो गई है। तुझे पूरी बात बता देती हूँ।'

''माँ ने मेरे हठ पर पूरी कहानी सुना दी, 'बेटी, मेरा विश्वास है कि तू शीघ्र ही राजरानी होगी। विद्याधर ज्योतिषी की बात असत्य नहीं हो सकती। तेरे जन्म से पहले इस गाँव में मैं बाँझ समझी जाती थी। उस समय तेरे कक्का दो वर्ष के छोटे बालक थे। मेरे सास-ससुर उन्हें छोड़कर चल बसे। हम दोनों को उन्हें पालना पड़ा। तेरे पिताजी को इस बात का पूर्ण सन्तोष था कि उनका अपना पुत्र न सही, छोटा भाई पुत्र की साध पुजा रहा है। मुझे भी सन्तोष था। परन्तु गाँव की ये मुखरा झगड़ालू स्त्रियाँ कभी-कभी व्यंग्य कस दिया करती थीं। उससे मुझे बड़ा कष्ट होता था। चार-पाँच वर्ष तक मैंने सहा, परन्तु अन्त में सहा नहीं गया। बाँझ होना स्त्री का सबसे बड़ा अभिशाप है। जब तेरे कक्का सात वर्ष के हुए तो उन्हें मैंने ननिहाल भेज दिया। मुझे किसी ने बताया था कि काशी में कोई महादेवजी हैं जिनकी आराधना करने से सन्तान की प्राप्ति होती है। मैंने तेरे पिताजी को

रो-धोकर काशी जाने के लिए राजी कर लिया और हम दोनों दुर्गम मार्गों को पार करते हुए काशी जा पहुँचे। जहाँ हम स्नान कर रहे थे, वहीं संयोग से विद्याधर ज्योतिषी भी स्नान करने आए। वे बड़े दयालु प्रकृति के साधु पुरुष थे। उनके ज्ञान-दीप्त चेहरे से एक प्रकार की दीप्ति निकल रही थी, परन्तु उनके वस्त्रों को देखकर मुझे लगा कि उनके घर की स्थिति अच्छी नहीं है। मैंने ज़रा धृष्टता करके उनसे कहा, 'महाराज, बहुत कष्ट सहन करके बड़ी-बड़ी आशाओं के साथ हम लोग काशी आए हैं। यहाँ की रीति-नीति से अनभिज्ञ हैं। आप पंडित और साधु पुरुष हैं। हमें बताइए कि हमारी इच्छा कैसे पूरी होगी।' ज्योतिषी ने नीचे से ऊपर तक हमारे चेहरे की ओर देखा और कहा, 'माता, तुझे सन्तान-सुख तो है, लेकिन सन्तान नहीं है।' मुझे आश्चर्य हुआ। मैंने कहा, 'पंडित, यह तुम क्या कह रहे हो? सन्तान नहीं है और सन्तान-सुख है, ऐसा भी क्या सम्भव है?' विद्याधर ने कहा, 'हाँ, माता, कर्म-फल को कौन अन्यथा कर सकता है! आज महाशिवरात्रि का दिन है। तू विश्वेश्वर के मन्दिर में अर्द्धरात्रि तक भक्ति-भाव से प्रतीक्षा कर! निस्सन्देह तुझे सन्तति-सुख की प्राप्ति होगी। मैं स्वयं नहीं जानता, इस भाग्य-रेखा का क्या अर्थ है। कर्म की रेखा तो विश्वनाथ भी नहीं टाल सकते। पर तुझे सन्तान-प्राप्ति का सुख अवश्य मिलेगा।' इतना कहकर पंडित ने एक बार फिर ध्यान से मेरी ओर देखा और कहा, 'माता, मेरा घर नगर के उत्तर की ओर है, तेरा मनोरथ सिद्ध हो तो एक बार फिर मुझसे मिलना। इस समय इससे कुछ अधिक मैं नहीं कह सकता।'

"'इसके बाद विद्याधर पंडित चले गए। उनकी बातें तेरे पिताजी ने भी सुनीं। हम दोनों एक-दूसरे का मुँह देखने लगे। कुछ समझ में नहीं आया कि इसका क्या अर्थ है। हमने पंडित के बताए अनुसार विश्वेश्वर मन्दिर में आराधना की। उस दिन महाशिवरात्रि थी, दर्शनार्थ लाखों नर-नारी उपस्थित थे। हम लोग भी एक कोने में खड़े होकर ज्योतिर्लिंग को निर्निमेष दृष्टि से देखते रहे। अर्द्धरात्रि की प्रदक्षिणा करके साथ ही प्रणाम किया और गंगातट की ओर चले गए। गंगातट के सिवाय और कोई स्थान हमारा जाना नहीं था। काशी के मनोहर गंगातट को देखकर मेरा मन इतना प्रसन्न हुआ कि मानो उसे सब कुछ प्राप्त हो गया हो। नगर से थोड़ी दूर हटकर, जहाँ वरुणा और गंगा का संगम है, वहीं हम दोनों चुपचाप लेट गए। थोड़ी देर तक हम लोग ज्योतिषी की बताई पहेली का अपने ढंग से अर्थ समझने का प्रयास करते रहे और फिर गंगा और वरुणा की तरंगों में धुली हुई शीतल वायु ने हमें सुला दिया। कह नहीं सकती बेटी, कि उस दिन कैसी नींद आ गई। हम दोनों बुरी तरह थके हुए थे और दिन-भर के उपवास के कारण शिथिल-श्रान्त भी हो गए थे। हमारे पास ऐसी कोई सम्पत्ति भी नहीं थी

जिसके लिए हमें रात-भर जागने की चिन्ता करनी पड़े। पोटली में थोड़े-से भुने हुए चने और चावल-दाल तथा नमक के सिवा हमारे पास कुछ भी नहीं था। हम बिलकुल निश्चिन्त थे। हमें यह भी नहीं मालूम था कि लौटते समय रास्ते में क्या खाएँगे। कम्बल बिछाकर हम दोनों पास-ही-पास सो रहे।

" 'प्रातःकाल सूर्योदय होने पर भी हम दोनों सोते ही रहे। उसी समय एक साधु ने तेरे पिताजी को चिल्लाकर जगाया और डाँटते हुए कहा—कैसे सो रहे हो? नन्हा-सा बच्चा इतना रो रहा है, इसका भी ध्यान नहीं है?—हम दोनों अचकचाकर उठे। ठीक हमारी गोद के पास हम दोनों के बीच में छोटी नन्ही-सी बालिका रो रही थी। आश्चर्य से मैंने तेरे पिताजी की ओर देखा और उन्होंने मेरी ओर। एक क्षण में मेरे सूखे स्तनों से दूध की धारा बहने लगी। नन्ही-सी बच्ची काफी रो चुकी थी, उसके होंठ सूख चुके थे। मैंने झट से उठाकर अपना स्तन उसके मुँह में डाल दिया। वह निश्चिन्त होकर पीती रही। तेरे पिताजी तब भी आश्चर्य से स्तब्ध बैठे रहे। साधु डाँटते हुए चले गए। बोले, 'इस तरह अपनी सन्तान को अरक्षित छोड़कर सोया जाता है? गँवार कहीं के!' मैंने ध्यान से देखा कि उस छोटी बच्ची को बहुत ही सुन्दर क्षौम वस्त्र पर सुलाया गया था। एक छोटी-सी पुड़िया में पाँच स्वर्ण-मुद्राएँ थीं और काँपते हाथों से लिखी हुई एक छोटी-सी चिट्ठी थी। तेरे पिताजी ने बड़े प्रयास से वह पत्र पढ़ा। मोटे-मोटे अक्षरों में अनभ्यस्त कंपायमान हाथों ने सिर्फ इतना ही लिखा था, 'सौभाग्यवती माता को अपराधिनी माता की भेंट।' क्षण-भर में बात मेरी समझ में आ गई। बेटी, तू वही दान है,' कहकर माता ने प्यार से मुझे चूम लिया। उनकी आँखों से अविरल अश्रुधारा बह चली। रुंधे कंठ से उन्होंने कहा, 'आज वह अभागिनी कहाँ है? होती तो देख सकती कि मैंने उसके दान को कितना अपनाया है। बेटी, वे पाँच स्वर्ण-मुद्राएँ अब भी रखी हैं। मैं उन्हें विश्वनाथ का प्रसाद मानकर पूजती हूँ।'

"एक क्षण में मेरा मन म्लान हो उठा। मैंने माँ की गरदन कसकर पकड़ ली और जोर-जोर से चिल्लाकर कहा, 'गलत बात है, तू ही मेरी माँ है।' परन्तु आँसू मेरे भी नहीं रुके। उस दिन हम माँ-बेटी दोनों देर तक रोती रहीं। मेरे मन में अपनी अभागिनी जननी के विषय में सौ-सौ कल्पनाएँ उठीं और विलीन हुईं। उस दिन मैंने माँ से और कुछ नहीं कहा। रोते-रोते उनकी गोद में सो गई। मेरी माँ ने मुझे उस दिन प्यार से कसकर छाती से चिपका लिया। वे बैठी रहीं और मैं उनकी गोद में सोती रही।

"सोए-सोए मैंने स्वप्न में देखा कि मैं एक छोटी-सी चिड़िया हूँ जो एक सोने के पिंजरे में बन्द है। न जाने कितने लोग पिंजरा तोड़कर मुझे ले जाने आए। परन्तु पिंजरा टूटा नहीं। अन्त में एक घुड़सवार आया और पिंजरा ही उठाकर

चलता बना। मैंने घुड़सवार से कहा कि 'तुम पिंजरा क्यों ले जाते हो? इसे तोड़कर तुम मुझे निकालो, मैं तुम्हारे साथ चलूँगी।' परन्तु घुड़सवार ने कहा कि 'मुझे पिंजरा भी चाहिए और चिड़िया भी चाहिए।' मैंने कहा, 'तुम पिंजरे के सोने को अपने काम में लाओ और मुझे स्वतन्त्र विचरण करने के लिए छोड़ दो। जब चाहोगे मैं तुम्हारे पास आ जाऊँगी।' घुड़सवार ने कहा, 'मैं तुम्हें पहचानता हूँ, तुम और चिड़ियों से भिन्न हो। तुम पिंजरा छोड़कर नहीं उड़ सकतीं। उड़ोगी तो पिंजरा भी साथ-साथ उड़ेगा। मैं तुम्हें उड़ने दे सकता हूँ, लेकिन तुम्हें मैं पिंजरे से मुक्त नहीं कर सकता। उड़कर देखो कि पिंजरा तुम्हारे साथ-साथ उड़ रहा है कि नहीं।' मैंने उड़ने का प्रयत्न किया और सचमुच पिंजरा साथ-साथ उड़ने लगा। मैंने कहा, 'घुड़सवार, तुम क्या पिंजरे से मुझे नहीं छुड़ा सकते?' उसने कहा, 'मेरे वश की बात नहीं। तुम्हारा पिंजरा टूटने लायक है ही नहीं।' मैंने कहा, 'घुड़सवार, दया करो, मैं भी तुम्हारी, पिंजरा भी तुम्हारा।' घुड़सवार ने ताली बजाकर कहा, 'बेकार बात है। मैं तुम्हारा भी, और पिंजरे का भी। तुम उड़ती रहोगी, जितना चाहोगी उड़ोगी, पिंजरा भी साथ-साथ उड़ेगा। परन्तु तुम्हें मैं ले जरूर जाऊँगा।' एकाएक मेरी आँखें खुल गईं। मैं चकित भाव से सोचने लगी, इस स्वप्न का क्या अर्थ है?" इतना कहकर रानी ने मेरी ओर ध्यान से देखा। बोलीं, "विश्वास करोगे, महाराज! वह घुड़सवार बिलकुल तुम्हारे जैसा था।"

मुझे फिर आश्चर्य हुआ। रानी मेरी ओर देखती ही रहीं। देर तक उनकी दृष्टि मेरी ही ओर निबद्ध रही। फिर ज़रा सावधान होकर बोलीं, "ठीक तुम्हारे ही जैसा।"

थोड़ा सँभलकर रानी ने फिर आगे कहा, "माता की बताई गई कहानी तुम्हें आधी ही सुनाई है, बाकी आधी भी सुना रही हूँ। माता ने बताया कि वे लोग मुझे लेकर विद्याधर ज्योतिषी के पास पहुँचे और सारी घटना ज्यों-की-त्यों उन्हें सुना दी। विद्याधर ज्योतिषी ने निपुण भाव से मेरे हाथ, पैर, नाभि, ललाट आदि की परीक्षा की और गद्‌गद भाव से बोले, 'आज मैं धन्य हूँ जो बत्तीस लक्षणों से सम्पन्न कुमारिका का दर्शन पा रहा हूँ! देवि, इस कन्या के विवाह के बारे में कुछ चिन्ता मत करना, यह राजरानी होगी और इसका वर इसे स्वयं वरेगा। आज तक ऐसा लक्षण-समवाय मैंने एकत्र नहीं देखा था। अद्‌भुत है! प्रथम बार मैंने बत्तीस लक्षणों का एकत्र संयोग देखा है। यह अक्षय योग में रानी होगी और इसके प्रताप से इसका पति समस्त उत्तरापथ का उद्धारक होगा। केवल एक बात मेरी समझ में नहीं आ रही है। इसकी रेखाओं में कुछ ऐसा योग है जो कदाचित् आज तक इतिहास में नहीं देखा गया। इसके पुण्य प्रताप से इसका पति अक्षय कीर्ति का अधिकारी होकर सूर्यमंडल का भेद करेगा। लेकिन यह उनको फिर किसी जन्म

में नहीं पा सकेगी। इस योग का क्या अर्थ है, यह मेरी समझ में नहीं आ रहा है। लेकिन इस बात में मुझे कोई भी सन्देह नहीं कि तुम्हें बहुत दुर्लभ कन्या-रत्न की प्राप्ति हुई है। इसके विवाह के बारे में तुम्हें चिन्ता करने की आवश्यकता नहीं।' ''

रानी ने मेरी ओर एक बार देखा—''महाराज, क्या ज्योतिषी की बात सच-सच नहीं उतरी? मैंने तुम्हें जिस दिन देखा उसी दिन पहचान लिया कि तुम मेरे जन्म-जन्मान्तर के साथी हो। मुझे रंच-मात्र भी इस बात में अविश्वास नहीं है, परन्तु एक बात ज्योतिषी ने और बताई, वही खतरा है। और इसीलिए महाराज, तुमसे अनुरोध करती हूँ कि मुझे बहुत छूट मत देना।'' फिर सँभलकर उन्होंने कहा, ''मैं सावधान हूँ, तुम्हें कोई भी ऐसा अवसर नहीं दूँगी कि तुम्हें मुझे छूट देनी पड़े। देखो, यह तुम्हारी रानी तुम्हारी चेरी होकर ही धन्य हो सकती है। मैं तुम्हें पति-रूप में वरण कर रही हूँ, इस बात को तुम कभी भूल मत जाना।''

इतना कहकर रानी ने मुझे दृढ़ आलिंगन-पाश में बाँध लिया। क्षण-भर में मेरा सारा अस्तित्व जैसे विलुप्त हो गया। ऐसा जान पड़ा कि मुझमें और कुछ नहीं, केवल एक अखंड अनुभूति-मात्र है। मैं नहीं, मेरा शरीर नहीं, मेरी रानी नहीं, एक अखंड अविचल अनुभूति। नाभि-कुहर से एक बिजली की धारा-सी उत्थित हुई और मस्तिष्क के उपरले स्तर तक उसने अभिभूत कर डाला। जब मेरी संज्ञा लौटकर आई तो मुझे अनुभव हुआ कि मेरी कोई पृथक् सत्ता है, मैं अलग हूँ, रानी अलग। परन्तु मेरा सारा शरीर तब भी रोमांच-कंटकित था। आनन्द की स्रोतस्विनी ज्यों-की-त्यों प्रवाहित हो रही थी। अन्तर सिर्फ इतना ही था कि मैं अपने को प्रवाह से अलग खड़ा अनुभव कर रहा था और लगता था कि यह प्रवाह अपने उद्दाम वेग पर है।

रानी तब भी खोई-सी थीं, उनका कंठ रुद्ध था। आँखों की पलकों में प्रेम की आर्द्रता ने भारीपन ला दिया था और वे बुरी तरह झुक गए थे। उस अवस्था में वे आँखें और भी मनोहर मालूम हो रही थीं। मैंने दीर्घकाल तक छककर उस रूप-माधुरी का पान किया। धीरे-धीरे उनकी आँखें ऊपर को उठीं। स्पष्ट ही उनको मुझसे भी अधिक आनन्दोल्लास अनुभूत हो रहा था। एक क्षण मेरी ओर देखकर उन्होंने फिर आँखें झुका लीं और मन्दस्मिति के साथ बोलीं, ''चिड़िया भी तुम्हारी, पिंजरा भी तुम्हारा!''

मैंने आनन्दातिरेक में उत्तर दिया, ''मैं चिड़िया का भी, पिंजरे का भी।''

उस समय मैं ऐसा खो गया कि यह पूछना भी भूल गया कि ज्योतिषी ने जोखिम की कौन-सी बात बताई थी। शायद रानी भी भूल गई या शायद उन्होंने बताने की आवश्यकता ही नहीं समझी।

दूसरे दिन प्रातःकाल राजसभा में मन्त्री विद्याधर भट्ट का दर्शन हुआ। वे स्वभावतः गम्भीर थे, परन्तु आज की गम्भीरता विशेष प्रकार की थी। ऐसा जान पड़ता था कि उन्हें रात-भर नींद नहीं आई है और किसी चिन्ता से सम्प्रति भी आक्रान्त हैं। उनके वली-कुंचित मुखमंडल पर चिन्ता की रेखाओं ने और भी वलियाँ उभार दी थीं। जान पड़ता था कि अन्तःकरण में निरन्तर तरंगित होनेवाली चिन्ताधारा मुखमंडल पर अपनी निशानी छोड़ गई है। मेरे मन में उनके प्रति बड़ा सम्मान का भाव था। आवश्यकता से अधिक वे एक शब्द भी नहीं बोलते थे। एक-एक शब्द का उच्चारण वे इस प्रकार करते थे मानो तौल-तौलकर देख रहे हों। धीर शर्मा की भाँति श्लोकों की झड़ी लगा देना वे बिलकुल पसन्द नहीं करते थे। यदि आवश्यकता न हो, वे मौन रहना ही पसन्द करते थे। उनके मुख से एक शब्द भी तभी निकलता था, जब उसके बिना काम नहीं चल पाता था। स्पष्ट ही उनकी गम्भीरता और दिनों से भिन्न थी।

मैंने पूछा, "आचार्य आज कुछ चिन्तित जान पड़ते हैं।"

उन्होंने मेरी ओर देखे बिना ही सिर हिलाकर कहा, "हाँ।"

मैंने विनीत भाव से पूछा, "कारण जान सकता हूँ?"

विद्याधर भट्ट ने कहा, "महाराज, जब मैं राजप्रसाद नहीं प्राप्त कर सका था तब साधारण दीन ब्राह्मण था। एक दिन मैं गंगा से स्नान करके लौट रहा था, उस समय एक अनिन्ध सुन्दरी युवती ने आकर प्रणाम किया और हाथ जोड़कर पूछा, "महाराज, मैंने मार्ग में एक विचित्र दृश्य देखा है। मैं जानना चाहती हूँ कि क्या कोई शकुन है और इसका क्या फल होता है?' मेरे पूछने पर उस युवती ने बताया कि वह एक विधवा थी और पतिगृह की यातनाओं से तंग आकर भागकर पिता के घर जा रही थी। उसका नाम सूहवदेवी था, कुछ लोग सोहागदेवी भी कहते थे। मुझे उसके नाम और रूप में विचित्र विरोध दिखाई दिया। उसने आगे बताया, 'तो एक जगह मैंने देखा कि गोबर के ढेर पर एक विशाल सर्प फण निकालकर बैठा है और उसके फण पर एक खंजन पक्षी नाच रहा है। मैं जानना चाहती हूँ कि इस असाधारण शकुन के देखने का कोई फल होता है या नहीं।' मैंने ध्यान से उसकी ओर देखा। उसकी शोभा वर्णनातीत थी। यद्यपि वह साधारण वस्त्रों को धारण किए थी, परन्तु उसके अंग-अंग से प्रभा निकलकर उसे एक अपूर्व प्रभामंडल से आच्छादित किए हुए थी। उसके शरीर से पद्म की भीनी-भीनी सुगन्धि आ रही थी। कान तक फैले हुए उसके नेत्र पद्म-पलाश की भाँति मनोहर दिखाई दे रहे थे। उसके कपोल यद्यपि दरिद्रता के कारण अधिक उभरे हुए नहीं थे, तथापि वे बड़े ही मनोहर और सुडौल जान पड़ते थे। जो शकुन उसने देखा था उसका निश्चित फल राज-राजेश्वरी होना था। मैंने उसमें स्त्री को सौभाग्य देनेवाले सभी

लक्षणों को देखा और विनयपूर्वक कहा, 'देवि, यदि शास्त्र सत्य हैं तो तुम्हें सात दिन के भीतर राजराजेश्वरी बनना चाहिए।' उस स्त्री ने चकित होकर पूछा, 'पंडित, तुम क्या परिहास कर रहे हो या आशीर्वाद दे रहे हो? मैं दीन-हीन अधम नारी क्या राजराजेश्वरी हो सकती हूँ?' मैंने केवल हाथ जोड़कर निवेदन किया, 'देवि, मैं कुछ नहीं कह सकता, परन्तु यदि शास्त्र सत्य हैं तो सात दिन के भीतर तुम्हें इसका फल मिलना चाहिए। उस समय वाराणसी के उत्तर में जो द्विज-पाटन है, उसमें देवधर शर्मा के घर रहनेवाले और उनके भागिनेय विद्याधर को मत भूलना।' इसके बाद वह अपने पिता के घर चली गई। सात दिन बाद सचमुच ही वह काशी कान्यकुब्जेश्वर महाराजाधिराज गाहड़वार-नरेश जयित्रचन्द्र की राजरानी हुई। नगर में इसकी बड़ी चर्चा थी। कुछ लोग कहते थे कि धोबी की गलती से उसका कपड़ा राजघराने के साथ मिल गया और उसमें पद्म की सुगन्धि देखकर राजा ने उसे बुलवाया और अपनी रानी बना लिया। कुछ लोग कहते थे कि महाराज ने प्रातःकाल प्रतोली द्वार पर उसे स्वयं देखा और उसके रूप पर मुग्ध होकर उसे रानी बना लिया। एक प्रवाद यह भी था कि महाराज का कोई पद्माकर नाम का प्रधान पुरुष अणहिल्ल पत्तन गया था। वहाँ किसी धोबी के धोए वस्त्रों में भ्रमरों को गुंजार करते देखा। उसने पूछताछ की और इस प्रकार सूहवदेवी का पता लगाकर उसे राजा के अन्तःपुर में प्रवेश कराया। जितने मुँह उतनी बातें थीं। मैं ठीक नहीं जानता कि कौन-सी बात सच थी। कभी जानने का प्रयत्न भी नहीं किया। इतना सत्य है कि महाराज जयित्रचन्द्र उस पर रीझ गए थे। सात दिन बाद सचमुच ही मुझे राजभवन में बुलाया गया और मुझे सर्वमुद्राधिकारी के पद पर नियुक्त किया गया। महाराजाधिराज ने मुझे बहुत आदर दिया। मैं उनका मन्त्री, सभाकवि और सभा-पंडित हो गया। मुझे देश-भाषा की कविता करने में बड़ा आनन्द आता था और महाराज को ये कविताएँ बहुत पसन्द थीं। वे मुझे चतुर्दश विद्याधर कहा करते थे। महाराजा जयित्रचन्द्र बड़े ही प्रतपी नरेश थे। उनके भय से आसपास के राजा काँपते रहते थे और उन्हें कर दिया करते थे। एक बार जब वे अपनी विजय-यात्रा से लौटे तो मैंने उनकी प्रशस्ति में लोकभाषा की एक कविता पढ़ी। कविता इस प्रकार थी :

*भअ भंजिअ बंगा भग्गु कलिंगा,*<br>
*तेलंगा रण-मुक्कि चले।*<br>
*मरहट्ठा दिट्ठा लग्गिअ कट्ठा,*<br>
*सोरट्ठा भअ पाअ पले।*<br>
*चम्पारण कम्पा पव्वय झम्पा,*

*ओत्था-ओत्थी जीव हरे।*
*काशीसर राणा किअउ पआणा,*
*विज्जाहर भण मन्ति वरे॥*

"उस समय महाराज ने प्रसन्न होकर 'सर्व भार धुरन्धर' के विरुद से अपना प्रसाद दिया। परन्तु महाराज, वह मेरा अन्तिम प्रसाद था। राज-राजेश्वर जयित्रचन्द्र सूहवदेवी के प्रेम में कुछ ऐसे आसक्त हुए कि मैं चिन्तित हो उठा। उनको देखकर अपने-आप जो उल्लसित काव्यधारा उद्वेल उठती थी वह धीरे-धीरे सूख गई। सूहवदेवी कला-मर्मज्ञ थीं। महाराज उन्हें आदरपूर्वक कला-भारती कहा करते थे। उन दिनों नैषधकार महाकवि हर्ष का बड़ा सम्मान था। वे थे भी सम्मान के योग्य। महाराज उनकी बड़ी प्रशंसा किया करते थे, परन्तु रानी को उनसे ईर्ष्या हो गई। एक दिन उसने कविवर श्रीहर्ष को बुलाकर पूछा, 'तुम कौन हो?' श्रीहर्ष उन पंडितों में से थे जिन्हें अपनी विद्या का उचित गर्व हुआ करता है। वे कभी किसी के सामने झुके नहीं। महाराज जयित्रचन्द्र जैसा उदार राजा ही उनका सम्मान कर सकता था। रानी के प्रश्न से उन्होंने अपने को अपमानित समझा और गर्वपूर्वक उत्तर दिया, 'मैं कला-सर्वज्ञ हूँ।' रानी ने उद्धत भाव से कहा, 'सब कला जानते हो?' उत्तर मिला, 'हाँ।' रानी ने निष्ठुरतापूर्वक पूछा, 'मुझे जूता पहना सकते हो?' विद्यागर्वोद्धत ब्राह्मण तमतमा उठा। लेकिन सब कला के जाननेवाले को तो जूता पहनना आना ही चाहिए! रानी ने कहा, 'पहनाकर दिखाओ।' पंडित ने कहा, 'कल पहनाऊँगा।' दूसरे दिन उन्होंने ब्राह्मण-वेश त्याग दिया, शिखा और सूत्र उतार दिया और चर्मकार के वेष में रानी को जूता पहनाया एवं गंगातीर पर जाकर संन्यास ले लिया।[2] कान्यकुब्जेश्वर के गृह से अपमानित होकर सरस्वती निकली। मैं निश्चित जानता हूँ महाराज, जहाँ से सरस्वती निकल जाती है वहाँ लक्ष्मी टिक नहीं सकती। यद्यपि मैं सूहवदेवी की कृपा से ही राजकीय कृपा-पद का अधिकारी बना था, तथापि मुझे इतना कष्ट हुआ कि मानो सैकड़ों बिच्छुओं ने एक ही साथ डंक मार दिया हो। उस दिन मुझे लगा कि सचमुच ही मैं 'सर्व भार धुरन्धर' हूँ, सब भार को ढोनेवाला गर्दभ-मात्र हूँ। रानी सूहवदेवी मुझे अपना आदमी समझती थीं और आशा करती थीं कि मैं उनके सब भले-बुरे कामों का समर्थन करूँगा। परन्तु उस दिन मैंने रानी का समर्थन नहीं किया। पहली बार मुझे अनुभव हुआ कि भविष्यवक्ता होने का मेरा दम्भ झूठा था, गलत था और मुझे पतन के गर्त में ले जानेवाला था। सूहवदेवी चाहती थी कि उसी का पुत्र राजगद्दी का अधिकारी माना जाए। मैंने स्पष्ट शब्दों में इसका विरोध किया और महाराज जयित्रचन्द्र से कहा कि 'यदि ऐसा हुआ तो मैं समस्त अधिकारों पर लात मारकर चला जाऊँगा।' मेरे विरोधों का परिणाम यह हुआ कि राजा ने सूहवदेवी के पुत्र को युवराज बनाने

से साफ इनकार कर दिया। परन्तु उसका दुष्परिणाम महाराज जयित्रचन्द्र को ही नहीं भुगतना पड़ा, पूरे देश को भोगना पड़ा। सूहवदेवी के षड्यन्त्र से ही मुहम्मद गौरी आसानी से काशी-कान्यकुब्ज के राज्य को अपने कब्जे में ला सका। दोष कुछ महाराज जयित्रचन्द्र का भी था। जब मुहम्मद गौरी ने योगिनीपुर के और शाकम्भरी क्षेत्र के प्रतापी चाहमाण नरेश पर अन्तिम बार आक्रमण किया तो जयित्रचन्द्र ने उनकी कोई सहायता नहीं की। योगिनीपुर के पतन के बाद उन्होंने बड़े भारी उत्सव का आयोजन किया और मुझे काव्य लिखकर उत्साहित करने की प्रेरणा दी। मैंने सिर्फ एक वाक्य कहा, 'महाराज, आर्यावर्त्त का वज्र-कपाट टूट गया।' महाराज ने पहली बार मुझे अपशब्द कहा, 'तुम मूर्ख हो!' मैं राजा और रानी दोनों के कोप का भाजन बना और अन्त में मुझे अधिकार त्याग करने के लिए विवश होना पड़ा। साम्राज्य ध्वस्त हो गया और मैं तुम्हारी शरण में आया। राजाओं के आकस्मिक प्रेमोदय से अब मैं बहुत घबराता हूँ। कौन जाने महाराज, मुझे तुम्हारी शरण भी छोड़नी पड़े!"

इतना कहकर विद्याधर ने सिर झुका लिया। मैं भी लज्जा और संकोचवश चुप हो रहा।

## [ 3 ]

एक दिन मैं सीदी मौला को ढूँढ़ लेने में समर्थ हो ही गया।

सीदी मौला सचमुच विचित्र मनुष्य था। उसने दुनिया देखी थी। कई भाषाओं का वह जानकार था। साधारण जनता में यह विश्वास था कि उसकी अवस्था सौ से ऊपर हो चुकी है, परन्तु देखने में वह साठ-सत्तर के बीच का मालूम पड़ता था। उसका न तो किसी जाति या धर्म पर पक्षपात था, न देश पर। उसकी बोली में मिठास भी थी और दूरदर्शिता भी झलकती थी। जब कुछ कहने लगता तो उसकी वाग्धारा वेगवती नदी की भाँति रुकना नहीं जानती थी। वह साधुओं के बीच रह चुका था, सैनिकों के साथ लड़ाई के मैदान में जा चुका था, शत्रु द्वारा कैद किए बन्दियों के साथ रह चुका था, तिब्बत के वाम-मार्गियों के साथ साधना कर चुका था और मंगोलों के पुरोहित उइगुर नामक बौद्ध जाति में उनका अंग होकर विचर चुका था। साधु नाममात्र का ही था। उसके चेहरे पर केशों की दो लटें, कौड़ी-सी दो छोटी-छोटी आँखें और जरा-सी चपटी नाक के नीचे मूँछ के दस-पन्द्रह बाल थे। मुँह पर वह भस्म पोतता था, लेकिन लाल रेशम के सुन्दर चोगे से भी उसे परहेज नहीं था। उसके एक हाथ में एक टेढ़ी लकड़ी थी जो

खुरासान के किसी फकीर की दी बताई जाती थी और दूसरे हाथ में एक लम्बा चिमटा रहता था, जिससे वह अनेक प्रकार का काम लेता था। वह भाँग भी पीता था और गाँजा भी। लेकिन दोनों में अभिमन्त्रित सौंफ के दाने अवश्य डाल देता था। लोगों में उसकी सिद्धियों के बारे में अनेक प्रकार के विश्वास प्रचलित थे। ऐसा सुना जाता था कि वह आग और पानी पर अनायास चल सकता है और आवश्यकता पड़ने पर एकाएक अदृश्य हो जाता है। शत्रु की बन्दीशाला से उसके इसी प्रकार भाग निकलने की कहानियाँ प्रचलित थीं।

मैं जब उससे मिला तो उसने बड़ी प्रसन्नता प्रकट की। बातों-बातों में वह मंगोलों के विषय में मनोरंजक बातें कहने लगा। उसने बिलकुल परवा नहीं की कि सुननेवाले को इसमें रस मिलता है कि नहीं। वह अनर्गल कहता ही गया, "मंगोलों का देश भी कोई देश है! नगर भी नहीं, कस्बा भी नहीं, गाँव भी नहीं। दूर तक वृक्षों की हरियाली से सूना रेगिस्तान केवल खाँय-खाँय करता रहता है। चूल्हा जलाने के लिए वहाँ लकड़ी भी नहीं मिलती। बादशाह हो या गरीब, सभी घोड़े की लीद और चँवरी गाय के कंडों से रसोई बनाते हैं। गरमी आई तो ऐसा तूफान आया कि अनजान बटोही के ऊपर गरम बालू के ढूह छा जाते हैं और वे जीवित समाधि ग्रहण कर जाते हैं। सरदी आई तो ऐसी बर्फ गिरती है कि जो जहाँ होता है वहीं जम जाता है। ओले पड़ने लगते हैं तो दो-दो दिन तक पड़ते ही रहते हैं।

"मंगोलों का चेहरा बीभत्स और घृणोत्पादक होता है—दाढ़ी नहीं, मूँछ नहीं, गोल-गोल सफाचट चेहरे। हर किस्म के पशुओं का वे मांस खाते हैं और घोड़े का मांस मिल जाए तब तो उनके लिए महोत्सव हो जाता है। नमक की वहाँ बड़ी कमी है। बड़े-बड़े उत्सवों के अवसर पर ही नमक का व्यवहार किया जाता है। उस समय नमकीन पानी खौलाया जाता है और हर आदमी अपना मांस का टुकड़ा उसमें डुबा लेता है। बैठकर खाना तो ये भले आदमी जानते ही नहीं। खाने के बाद राजा-रंक सभी मिलकर एक प्रकार की शराब पीते हैं, जो घोड़ी के दूध से बनती है। हर सरदार अपने प्याले में इस 'कूमीस' नामक विचित्र मद्य को डालता है और आसमान की ओर तथा चारों दिशाओं में थोड़ा-थोड़ा फेंक देता है। फिर वह अपने नौकरों के होंठ से उसे सटाता है और गटगट करके पी जाता है। शादी चाहे जितनी करो, पर परस्त्री की ओर नहीं ताकना। कुदृष्टि डालनेवालों की आँखें फोड़ दी जाती हैं और व्यभिचारी को तुरन्त मृत्यु का दंड दिया जाता है। सीदी मौला के किसी साथी साधु को स्त्रियों पर कुदृष्टि डालते देखा गया तो तुरन्त उसकी आँखें फोड़ दी गईं और जीवित दफना दिया गया। परन्तु सीदी मौला पर किसी ने सन्देह नहीं किया। वह ऊर्ध्वरेता ब्रह्मचारी है और विषम परिस्थितियों

में भी अपने को सँभाल सकता है। वहाँ मरने के बाद कई दिन तक लाश रखने के बाद उसे जला दिया जाता है। अगर वह सरदार हुआ तो उसके घोड़े के साथ धरती में गाड़ देते हैं और उसके प्रिय दास-दासियों को भी जीवित समाधि लेनी पड़ती है।''

मेरे चेहरे पर आश्चर्य का भाव देखकर सीदी मौला ने कहा, ''तुम नहीं समझ सकोगे। इन दास-दासियों को मैंने कभी रोते-चीखते हुए सुना। उनका विश्वास है कि वे स्वर्ग में अनन्तकाल तक अक्षय सुख के अधिकारी होंगे। इस जीवन में उनकी जो अभिलाषाएँ और आकांक्षाएँ अतृप्त रह गई हैं उनकी तृप्ति अनन्तकाल तक होती रहेगी। अपनी आँखों से मैंने उन्हें हँसते-हँसते समाधि लेते देखा है।''

एक क्षण के लिए मैंने टोका, ''बाबा, उइगुर तो बौद्ध होते हैं, वे इस घोर हिंसा में कैसे सहयोग देते हैं?''

सीदी मौला ने रुककर कहा, ''हाँ, बौद्ध भी होते हैं और ईसाई भी होते हैं। उनको यह अच्छा भी नहीं लगता। परन्तु उन्हें पूछता ही कौन है? मंगोल लोग ऐसे पवित्र अवसरों पर किसी की सलाह नहीं लेते। बेचारे पढ़े-लिखे नहीं हैं, इसलिए उइगुरों से पढ़ने-लिखने का काम लेते हैं, कुछ से वे बख्शी का काम लेते हैं और कुछ से पुरोहितों का। 'बख्शी' असल में बौद्धों के भिक्षु शब्द का मंगोल रूपान्तर है। 'उइगुर' भी सम्भवतः भारतीय 'गुरु' का रूपान्तर है। ये लोग गृहस्थ होते हैं, पढ़े-लिखे और अच्छे विचारक होते हैं, पर डरपोक होते हैं। कहने को तो वे पुरोहित हैं, लेकिन शायद ईश्वर पर भी विश्वास नहीं रखते। लेकिन राजन्, मंगोलों की इस प्रथा को क्रूर मत समझना। उत्तर चीन से तुर्किस्तान और गोर तक की भूमि को मंगोलों ने एकछत्र शासन के नीचे संघटित किया है। वह इन्हीं समाधि-प्राप्त पुरुषों के बल पर। सुनोगे? मैं उनकी कहानी सुनाता हूँ :

''चंगिस् (चंगेज़) का नाम तो तुमने सुना होगा। तुमने यह भी सुना होगा कि जिन तुर्कों ने इस समय समूचे उत्तर भारत को ग्रास बना लिया है उनकी विशाल सेना को चंगिस् खाँ ने लोहे के चने चबवा दिए थे। जब उसने तुर्किस्तान पर धावा बोला था, तो उसके पास सिर्फ एक लाख घुड़सवार थे, जिसमें मंगोल तो सिर्फ पाँच हजार ही थे। बाकी सब रास्ते में पकड़े हुए खुरासानी, तातारी तथा और-और जातियों के लोग थे। मैं भी था। बातें तो मैंने बहुत सुनी हैं परन्तु एक घटना मेरी आँखों-देखी है, उसे सुनाता हूँ।

''उसी समय मैं पकड़ा भी गया। मैंने सुना था कि मंगोलों के राज्य में तिब्बत के उत्तरी हिस्से में जहाँ से रेगिस्तान शुरू होता है, वहाँ ज्वालादेवी का मन्दिर है। वहाँ दिन-रात एक ज्वाला जलती रहती है, जिसकी ऊँचाई मनुष्य के बराबर होती है। वह ज्वाला कभी-कभी सचमुच मनुष्य की आकृति धारण करती है और तब

माना जाता है कि देवी प्रसन्न हुई हैं। उस समय वहाँ जप करने का बड़ा माहात्म्य है। देवी के दर्शन करने के लिए मुझे बड़े बीहड़ मार्गों से यात्रा करनी पड़ी। तीन-तीन दिन तक ऐसे भयंकर रेगिस्तान से गुजरा कि वहाँ मनुष्य तो क्या पशु-पक्षी भी मुश्किल से मिलते थे। पीने के लिए पानी मिलना भी दुर्लभ था। कन्दाहार में ही मैंने चमड़े की एक छोटी मशक ले ली थी और उसी में पानी भरकर रेगिस्तान की यात्रा करता रहा। ज्वालामुखी के पास पहुँचा तो एक अजीब-सी गन्ध से मेरा मस्तिष्क चक्कर खाने लगा। मैंने सुना था कि जो लोग ज्वालामुखी के दर्शन के अधिकारी नहीं होते वे इस गन्ध से अभिभूत होकर बेहोश हो जाते हैं, आगे नहीं बढ़ पाते। पर मेरा मनोबल अविचलित था।

"मेरा यह दृढ़ संकल्प था कि चाहे जो हो, दर्शन करके ही लौटूँगा। मैं उस विकट गन्ध की उपेक्षा करके आगे बढ़ा। रास्ते में मुझे कुछ बेहोश साधुओं को देखने का मौका मिला। उनका उपचार करना आवश्यक कर्तव्य था, लेकिन मैंने उनकी ओर दृष्टि ही नहीं दी, सीधा अपने लक्ष्य की ओर बढ़ता गया। कुछ और आगे जाने पर वह गन्ध समाप्त हो गई और मुझे भीनी सुगन्धियों से भरी ठंडी हवा के झोंके मिले।

"जिस समय मैं ज्वालामुखी के मन्दिर के पास पहुँचा, उस समय सूर्य प्रायः अस्त हो चुका था। वह अद्भुत ज्वाला दूर तक प्रकाश बिखेर रही थी। मुझे मन्दिर तक पहुँचने में कोई कठिनाई नहीं हुई। मन्दिर वह नाम-मात्र का ही था। ज्वालामुखी के पास कुछ भक्तों ने पत्थर का चबूतरा बना दिया था और बहुत ऊँचे पर पतले काले पत्थरों की एक छत बना दी थी। चबूतरा चारों ओर से खुला हुआ था। चबूतरे के किनारे लकड़ी के बड़े-बड़े खम्भे थे और छत उन्हीं के सहारे टिकी हुई थी। जिस समय मैं पहुँचा उस समय ज्वाला की ऊँचाई डेढ़ हाथ से अधिक नहीं थी, लेकिन रह-रहकर भभक पड़ती थी और तीन-साढ़े तीन हाथ की ऊँचाई तक उठ जाया करती थी। जब-जब ज्वाला भभकती थी तब-तब अनेक देश के आए हुए अनेक भाषाएँ बोलनेवाले भक्त अपनी-अपनी भाषा में जय-जयकार करते थे और मन्त्रोच्चार करते थे। ये लोग चबूतरे के नीचे चारों ओर बैठे हुए थे और अपने-अपने ढंग से मन्त्रों का जाप किया करते थे।

"एक तिब्बती लामा थे जो भभक के समय मनुष्य की हड्डी से बनी हुई एक वंशी जैसे यन्त्र को जोर से फूँकते थे और खड़े-खड़े वहीं प्रदक्षिणा करके 'ओं मणि पद्मे हुँ' मन्त्र का जोर-जोर से उच्चारण करते थे। उनके मन्त्रोच्चार के समय अन्य साधु हाथ जोड़कर देवी को प्रणाम करते थे। वह एक विचित्र साधु-सम्मेलन था। यथासम्भव लोग आपस में बातचीत नहीं करते थे, कभी-कभी कुछ इंगित से कह लेते थे।

"मुझे नया आया देखकर एक मंगोल साधु ने इशारे से पूछा, 'कहाँ से आ रहे हो?' मैंने हाथ से दक्षिण दिशा दिखाकर इंगित से कहा, 'बहुत दूर से आ रहा हूँ।' उन्होंने मुझसे पूछा, 'हिन्द से?' मैंने सिर हिलाकर समर्थन किया। इशारे से उन्होंने फिर पूछा, 'कुछ खाया-पिया है?' मैंने तीन उँगलियाँ उठाकर अपने चमड़े की मशक को दिखाया और इशारे से उन्हें बतलाना चाहा कि तीन दिन से केवल पानी पर निर्वाह कर रहा हूँ। उन्होंने इशारे से कहा, 'प्रदक्षिणा कर लो और यहाँ आ जाओ।' मैंने प्रदक्षिणा की और उनके पास आ गया। हम दोनों ने देवी को प्रणाम किया और मैं उनके इशारे से उनके पीछे हो लिया। लगभग एक कोस जाने पर उनकी कुटिया मिली। कुटिया तो क्या, वह एक बिल-जैसी चीज थी। मुझे द्वार पर बैठाकर वे भीतर गए और चीनी-मिट्टी के बर्तन में कुछ लेकर निकले। वह कुछ खाद्य पदार्थ था। उन्होंने इंगित से कहा, 'खाओ।' मुझे बड़ी तेज भूख लगी थी, चुपचाप खा गया।

"उनके साथ रहते-रहते मैं थोड़ी मंगोल भाषा सीख गया। एक दिन मंगोल साधुओं में से एक ने कहा कि यहाँ से लगभग दस कोस की दूरी पर रेगिस्तान में मंगोलों के पुरखे इल्मिश खान की समाधि है। वहाँ आज बड़ा भारी उत्सव होनेवाला है। मंगोलों के प्रतापी सरदार चिल्मिश खान वहाँ स्वयं उपस्थित होनेवाले हैं। वहाँ अनेक मंगोल सिद्ध आज उपस्थित होंगे। चिल्मिश खान शक्तिशाली तुर्कों पर आक्रमण करनेवाले हैं, उसके पूर्व अपने पूर्व-पुरुष महान् सिद्धि-दाता इल्मिश खान का आशीर्वाद प्राप्त करने चाहते हैं। अब तक उन्होंने जितने राज्य जीते हैं सब उन्हीं के आशीर्वाद से जीते हैं। इस बार उनका संकल्प सुप्रसिद्ध खारेजियों को जीतने का है। अब तक जो खारेजी बचे हुए हैं, इसका कारण यह है कि चिल्मिश खान उनकी प्रचंड शक्ति से डरे हुए थे। परन्तु अब जान पड़ता है कि उन्होंने खारेजियों को जीतने का दृढ़ संकल्प कर लिया है। यह लड़ाई भारी भयंकर होगी। सुना है कि दोनों ओर से कठिन संघर्ष की तैयारियाँ हो रही हैं। तुम जानते ही हो कि मंगोल पहले तो संकल्प नहीं करता और यदि संकल्प पर लेता है तो उसके सामने दो ही रास्ते रह जाते हैं—लड़ते-लड़ते मर जाना या विजय प्राप्त कर लेना। चिल्मिश खान की भृकुटियाँ जब तन गई हैं तो संसार में एक बार प्रलय का दृश्य अवश्य आ जाएगा। परन्तु मैं यह भी जानता हूँ कि जब तक कुलगुरु इल्मिश खान का आशीर्वाद नहीं प्राप्त होता, तब तक चिल्मिश खान इस महान संकल्प को कार्यान्वित नहीं करेंगे। मैंने कुतूहलवश पूछा कि क्या इल्मिश खान साक्षात् दर्शन देकर आशीर्वाद देंगे। उन्होंने कहा, 'हाँ, परन्तु चलकर देखो।' उस साधु ने मुझे यह भी बताया कि उत्सव देखने की इच्छा हो तो मंगोल साधु का वेश धारण करना होगा और मेरा शिष्यत्व स्वीकार करना पड़ेगा। कुतूहलवश मैंने

सारी बातें स्वीकार कर लीं। साधु अपनी गुफा के भीतर ले गए, मुझे मकई के दाने की एक माला दी और उत्तराभिमुख बैठाकर कान में एक मन्त्र दिया। मन्त्र और कुछ नहीं था, 'ओं मणि पद्मे हुँ'। मैंने गुरु के सम्मुख बैठकर उस अट्ठाईस मनकोंवाली माला पर उसका जप किया और मेरी दीक्षा सम्पन्न हो गई। गुरु ने मुझे बताया, 'गुरु के सामने उत्तराभिमुख होकर जप करने से एक मन्त्रोच्चार का फल, दस लक्ष मन्त्र जपने के तुल्य होता है और ज्वालामुखी के सामने जपने से एक मन्त्र, कोटि के बराबर होता है। अब तुम साधु-वेश धारण करो और उत्सव देखने के लिए चलो।' गुरु की आज्ञा मैंने शिरोधार्य की और उत्सव देखने के लिए उनके पीछे हो लिया। जिस समय हम लोग पहुँचे उस समय सूर्यास्त हो चुका था और वहाँ सैकड़ों सैनिक और साधु एकत्र हो चुके थे। मेरे गुरु को देखकर साधुओं ने विचित्र प्रकार की जय-जयकार की। उसके बाद मैंने अनुभव किया कि मेरे गुरु मंगोल देश के बहुत ही प्रभावशाली सिद्ध थे। ज्यों-ज्यों अन्धकार घना होता गया त्यों-त्यों साधुओं का मन्त्रोच्चार भी तेज होता गया। अर्धरात्रि के कुछ पूर्व हड्डियों की बनी तुरही अत्यन्त प्रबल वेग से बज उठी। मेरे गुरु ने तथा अन्य साधुओं ने भी अपनी-अपनी वंशियाँ बजाईं। गुरु ने इंगित से कहा, 'महाप्रतापी मंगोल देशाधिपति चिल्मिश खान पधार रहे हैं।'

"थोड़ी देर में उइगुरों से घिरे हुए मंगोल देशाधिपति पधारे। मुझे यह देखकर आश्चर्य हुआ कि वे बिलकुल साधारण मंगोल वेश में थे। उनकी चपटी नाक के नीचे मूँछ के बहुत थोड़े बाल अस्त-व्यस्त झूल रहे थे और ऊपर दो गोल कौड़ी जैसी आँखें चमक रही थीं। उन आँखों में एक विचित्र प्रकार की मर्मोद्घाटिनी दृष्टि थी, चेहरे पर क्रूरता का कोई चिह्न नहीं था, बल्कि आस्था और भक्ति की रेखाएँ स्पष्ट दृष्टिगोचर हो रही थीं। वह किसी सवारी पर भी नहीं थे, यद्यपि उनके पीछे घोड़ों की पूरी कतार चल रही थी। वह चुपचाप आगे बढ़ रहे थे। साधु-मंडली ने सिर झुकाकर हाथों को घुटनों पर लगाकर उन्हें आशीर्वाद दिया। जब वह आगे निकल गए तो अत्यन्त संयत भाव से भीड़ उनके पीछे-पीछे चली।

"ठीक अर्धरात्रि को हम लोग मंगोल कुलगुरु इल्मिश खान की समाधि पर पहुँचे। मुझे बताया गया कि इल्मिश खान किसी युद्ध में यहीं मारे गए थे, परन्तु उनका घोड़ा जीवित रहा था। उसी घोड़े पर बैठाकर उन्हें समाधि दी गई और आसपास के अत्यन्त प्रिय सामन्तों और रानियों को भी जीवन्त समाधि दी गई। वे लोग आज भी जीवित हैं और प्रति चतुर्दशी को उनका दरबार लगता है। उस दिन यदि कोई जीवित मनुष्य वहाँ पहुँच जाए तो उसे भी जीवन्त समाधि लेनी पड़ती है। सारी भीड़ समाधि के पास पहुँची और सब लोगों ने इल्मिश खान मंगोल कुलगुरु की जय-जयकार की। चिल्मिश खान ने दोनों हाथ घुटनों पर रखकर धरती

में सिर रगड़कर उनको प्रणाम किया। समस्त जनता ने वैसा ही किया। उइगुर लोगों ने प्रणाम का मन्त्रोच्चार किया और पूजा की विधि आरम्भ हुई। समाधि को एक विशेष प्रकार के लाल-लाल मोम से बनी हुई मशालों से आलोकित किया गया और कुछ साधु जोर-जोर से मन्त्र पढ़ते हुए उसकी प्रदक्षिणा करने लगे। थोड़ी देर बाद एक प्रकार के मंगोल सेवक नंगे होकर विकट नृत्य करने लगे और हाथ में फावड़ा लेकर धरती फोड़ने लगे। मैं इसका कुछ रहस्य नहीं समझ सका। वहाँ कुछ बोलने का साहस भी नहीं हो रहा था। मेरे गुरु बिलकुल ध्यानावस्थ थे, इसलिए उस समय उनसे भी पूछने का कोई उपाय नहीं था। मगर मुझे वह भूतों का अद्भुत नाच-सा लग रहा था। मेरी उत्सुकता बढ़ती ही जा रही थी।

''एकाएक गुरु का ध्यान भंग हुआ और उन्होंने मेरी ओर देखा। बोले, 'मैं जिस तरह ध्यान कर रहा हूँ उसी तरह ध्यान करो।' मैंने विनयपूर्वक पूछा, 'किस बात का ध्यान करूँ?' उन्होंने संक्षेप में उत्तर दिया, 'जिस समय महाप्रतापी कुलगुरु को समाधि दी जा रही थी उस समय एकाएक धरती से विकराल ज्वालाएँ निकली थीं। उस समय मिट्टी डालकर उन ज्वालाओं को बुझाया गया था। उसी समय आकाशवाणी हुई कि घबराओ नहीं, ये ज्वालाएँ तुम्हारी रक्षा करेंगी। तब से उत्सव की तिथि को उन ज्वालाओं की खोज की जाती है। जब इल्मिश खान प्रसन्न होते हैं जो ज्वालाएँ प्रकट हो जाती हैं और यदि प्रसन्न नहीं होते तो ज्वालाएँ भी नहीं निकलतीं। केवल उनके साक्षात् वंशधर ही उन ज्वालाओं को प्रकट कर सकते हैं। जो लोग इस समय फावड़ा चला रहे हैं वे इल्मिश खान के निकट सम्बन्धी हैं। यदि चिल्मिश खान के संकल्प की सिद्धि होना है तो ज्वालाएँ आज अवश्य प्रकट होंगी। हम उन्हीं ज्वालाओं का ध्यान कर रहे हैं। ध्यान में बड़ी शक्ति है।' इतना कहकर गुरु चुप हो गए और फिर ध्यान में मग्न हो गए। प्रयत्न करने पर भी मैं आँखें मूँदकर ध्यान नहीं कर सका। रह-रहकर आँखें खुली जा रही थीं। रह-रहकर अस्थि-वंशियों की अनवरत ध्वनि की पृष्ठभूमि में फावड़ों का विकट नृत्य चलता रहा।

''थोड़ी देर बाद लगभग सौ मल्ल मशाल लेकर खोदी हुई भूमि में विकट चीत्कार करते हुए नाचने लगे। वे कोई हुडुत्कार जैसा शब्द करके मशालों को भूमि से स्पर्श कराते थे और सारी खोदी हुई भूमि में बार-बार नृत्य कर रहे थे। जान पड़ता था कि उन्हें इस नृत्य का अभ्यास दीर्घकाल से कराया गया था। कितनी ही बार ऐसा लगता था कि फावड़ा चलानेवाले मशाल की लपटों में जल जाएँगे, परन्तु ऐसा हुआ कुछ नहीं। एक ही साथ सौ मल्ल अलग-अलग स्थानों पर ज्वाला-नृत्य करते हुए भूमि-स्पर्श का अभिनय करते थे और नाचते-नाचते आगे बढ़ जाते थे। नियमित रूप से वे एक ही साथ हुडुत्कार करते थे और उसी समय

एक ही साथ भूमि-स्पर्श भी। अब मुझे फावड़ेवालों के नग्न रहने का रहस्य समझ में आया। ज़रा भी असावधानी से कपड़ों में आग लग सकती थी। परन्तु यह नृत्य विकटतर उद्दाम गति से चलता रहा और कहीं किसी के शरीर में आँच नहीं आई। एकाएक सभी उल्काएँ ऊपर उठ गईं, फावड़ेवालों ने फावड़े छोड़ दिए। एक क्षण तक ऐसा मालूम हुआ कि कुछ अघटित घट गया हो; और सब लोग उत्सुकतापूर्वक उसकी प्रतीक्षा करने लगे। फिर एक क्षण के मौन के बाद विकट जय-जयकार की ध्वनि हुई। नगाड़े बज उठे। मशालें समाधि के निकट चारों ओर सजा दी गईं और एक विचित्र-सी गन्ध फैल गई। एक अपेक्षाकृत निचले स्थान के गड्ढे में सचमुच ही ज्वाला धधकने लगी और मंगोल कुलगुरु इल्मिश की जय-ध्वनि से आसमान काँपने लगा। मेरे गुरु ने फुसफुसाकर कहा, 'सावधान, ज्वाला प्रकट हो गई।' मैंने आश्चर्य के साथ देखा, ज्वाला सचमुच प्रकट हुई। पहले तो वह क्षीण-सी थी, परन्तु बाद में काफी भयंकर और उग्र हो उठी।

''चिल्मिश खान ज्वाला की ओर मुँह करके खड़े हो गए। श्रद्धा और भक्ति के अतिरेक से उनकी आँखों से आँसू निकल आए। वे घुटने टेककर खड़े हो गए और दोनों हाथ पीठ पर रखकर धरती पर नाक रगड़कर उन्होंने अभिवादन किया। उनके साथी सहस्रों सैनिकों, उइगुरों और साधुओं का दल पीठ-पीछे हाथ बाँधकर नाक रगड़ने लगा। मैंने भी वैसा ही किया। दो-तीन बार नाक रगड़ने के बाद सिर उठाया, लेकिन मैंने अनुभव किया कि यह मेरी गलती थी, क्योंकि तब तक किसी ने सिर नहीं उठाया था। यह एक विचित्र भावावेश की अवस्था थी, जिसमें सहस्रों व्यक्ति तेजी से धरती पर नाक रगड़ रहे थे। मैं फिर वैसा ही करने लगा, लेकिन रह-रहकर मैं देख लिया करता था। मैं नाक रगड़ते समय कभी ज्वाला की ओर तो कभी चिल्मिश खान की ओर देख लेता था।

''कोई आधी घड़ी तक ऐसा ही होता रहा। एकाएक अस्थि-वंशियों की ध्वनि सुनाई पड़ी और सब लोग धीरे-धीरे सिर उठाने लगे। ऐसा जान पड़ता था कि उन्हें सिर उठाने में काफी प्रयास करना पड़ रहा है। मेरे गुरु ने कहा कि ज्वाला के पास खड़े हुए सज्जन महापंडित बख्शी उइगुर हैं। वे जवाला को ढक देने का आदेश दे रहे हैं। ज्वाला ढकने का आरम्भ स्वयं चिल्मिश खान ने मिट्टी डालकर किया। उइगुर पुरोहित द्वारा अभिमन्त्रित मिट्टी के बड़े ढोंके को ज्वाला में फेंक दिया गया। फेंकते ही एक विचित्र घटना हुई। चिल्मिश खान के सामने सटासट अग्नि-बाण निकलने लगे, जो आसमान में दूर तक फैलते हुए लगभग दो-तीन कोस की दूरी पर जाकर जलते हुए गिरते थे। स्वयं चिल्मिश खान की आँखें भी चौंधिया रही थीं। एक दूसरा अभिमन्त्रित ढोंका फेंका गया। उससे भी आग के गोले सामने की ओर छटकने लगे। उइगुर पुरोहितों ने चिल्लाकर कहा, 'मिल गया,

मिल गया।' मैंने अपने गुरु से पूछा, 'क्या मिल गया?' उन्होंने कहा, 'चुप, देखते रहो।' इसके बाद पुरोहितों ने स्वयं एक ढेला फेंका। इस बार ठीक उनके सामने की ओर फिर अग्नि-बाण छूटे। सहस्र-सहस्र कंठों ने फिर मंगोल-कुलगुरु इल्मिश का जय-निनाद किया और हाथ उठाकर तुमुल-ध्वनि की—'मिल गया।'[3] फिर उस स्थान पर मिट्टी किसी ने नहीं छोड़ी। दूसरे स्थान से मिट्टी लाकर ज्वाला को शान्त किया गया था। अब समाधि के पास आकर चिल्मिश खान ने पहले की भाँति ही कुलगुरु को प्रणाम किया और धीरे-धीरे उस स्थान से हटने लगे।

"रास्ते में मेरे गुरु ने बताया, 'मंगोल कुलगुरु इल्मिश ने तुर्कों को जीतने का अस्त्र दे दिया। बहुत दिनों से इस अग्निबाण की खोज हो रही थी! आज वह मिट्टी मिल गई, जिससे आग के गोले तैयार होते हैं। अब चिल्मिश खान अवश्य विजयी होंगे, क्योंकि कुल-देवता ने प्रसन्न होकर उन्हें अभिलषित शस्त्र दे दिया।' सावधानी से सुनो महाराज, मैंने स्वयं चिल्मिश खान की सेना में रहकर इन अग्नि-बाणों की लीला देखी है। इन्हीं अग्नि-बाणों की कृपा थी कि केवल पचास हजार सैनिक लेकर चिल्मिश खान ने अन्तर्वेद से लेकर कुस्तुन्तुनियाँ तक अखंड राज्य स्थापित किया। इन मंगोलों के पास तीन बड़ी शक्तियाँ हैं—प्राणदान के लिए सदा तत्पर मंगोल-सैनिक, तीर से भी अधिक तेज दौड़नेवाले घोड़े और यह भंयकर अग्नि-बाण। इन तीन शक्तियों के बल पर ही चिल्मिश खान ने खारेजियों के विशाल साम्राज्य को खाक में मिला दिया।

"वाह्लीक (बलख) से लौटते समय मैं फिर एक बार ज्वालामुखी के दर्शन करने गया। वहाँ मेरे गुरु ने मुझे एक रहस्य की बात बताई। चिल्मिश खान ने अपने विजयावेश में स्त्रियों और निरपराध व्यक्तियों की हत्या की, देवमन्दिर और साधुओं के पवित्र स्थानों को ध्वस्त किया। इसीलिए इल्मिश खान असन्तुष्ट हो गए। बहुत प्रयत्न करने पर भी इस बार अग्नि-ज्वाला नहीं जली। अब मंगोल-लक्ष्मी का भविष्य अनिश्चित हो गया। मैं नहीं जानता कि उनकी निराशा में कितनी सचाई है। परन्तु जो कुछ मैंने अपनी आँखों से देखा, वह अद्भुत है और तुम्हें सावधान करता हूँ कि शत्रु को छोटा मत समझो।"

थोड़ा रुककर सीदी मौला ने फिर कहना शुरू किया, "ज्वालामुखी से लौटते समय मैं मंगोल साधु के वेश में मंगोल सैनिकों द्वारा पकड़ा गया। गलती मेरी ही थी। यद्यपि मेरा वेश मंगोल साधुओं का-सा था तथापि मैं मंगोल भाषा बोल नहीं पाता था। सैनिकों को मेरे ऊपर सन्देह हो गया और मैं पकड़ लिया गया। उन्हें सन्देह हो गया कि मैं शत्रु का गुप्तचर हूँ। वे मेरा सिर भी उतार सकते थे। किन्तु मंगोल राजनीति के अनुसार शत्रु के चर को मारना वर्जित है। अनुभव से उन्होंने जाना है कि गुप्तचर युद्ध और शान्ति के समय कभी-कभी बहुमूल्य सहायता

पहुँचाता है, इसलिए उन्होंने मुझे मारा नहीं। केवल हाथ-पैर बाँधकर अपने सेनापति के पास पहुँचा दिया। सेनापति के पास तक पहुँचने में मुझे तीन दिन लगे। जैसे मरे ढोर को चमार ले जाते हैं उसी प्रकार वे लोग मुझे एक स्थान से दूसरे स्थान तक ले जाते रहे।"

मैंने टोककर पूछा, "बाबा, तुम्हें तो बड़ा कष्ट हुआ होगा!"

बाबा ने कहा, "कष्ट! कष्ट मुझे क्या होगा भला! मैंने तो प्राणायाम के द्वारा अपना शरीर साध लिया है। मुझे जिस भी स्थिति में रख दो, मेरे शरीर को कष्ट नहीं पहुँचेगा। मुझे जीवित गाड़कर देख लो, वर्षों तक जैसा-का-तैसा बना रह सकता हूँ। मुझे ढोते-ढोते मंगोल सैनिक तो कभी-कभी मुर्दा ही समझ लेते थे और जहाँ-तहाँ पटक दिया करते थे। उन्हें इस बात की चिन्ता थी कि सेनापति के पास पहुँचने पर मैं जीवित पाया जाऊँ। गुप्तचर को मारनेवाला सिपाही मंगोल राजनीति में कठोर दंड का भागी होता है। यही कारण है कि जब-तब वे मुझे खोलकर देख लिया करते थे, सीधा कर लेते थे, नाड़ी की परीक्षा करते थे, श्वास की गति देख लेते थे और जब उनको विश्वास हो जाता था कि यह अभी जीवित है तभी आगे बढ़ते थे। जब मैं सेनापति के पास ले जाया गया तो एक प्रकार की समाधि की अवस्था में ही था। उस समय मेरी नाड़ियों में रक्त का चलाचल तो था, पर ऊपरी स्तर पर कोई संवेदन नहीं था। मैं बेहोश भी नहीं था, क्योंकि उनकी बातें सुन रहा था और जब कभी परिचित शब्द आ जाते थे तो उनका भाव भी समझ जाता था। मुझे धरती पर लिटा दिया गया और बन्धन खोल दिए गए। सेनापति को यह बताया गया कि यह शत्रु का गुप्तचर जान पड़ता है।

"कुछ देर तक सिपाहियों ने मेरे हाथ-पैरों को रगड़ा, लेकिन उसकी जरूरत नहीं थी। धीरे-धीरे मैं प्राण-वायु को अंग-प्रत्यंग में संचारित करने लगा। थोड़ी देर बाद मैं उठकर बैठ गया। मुझमें क्लान्ति का भाव नहीं था, जड़िमा भी नहीं थी। बिलकुल स्वस्थ भाव से मैं खड़ा हो गया। सेनापति को आश्चर्य हुआ। उसने कड़ककर पूछा, 'तुम गुप्तचर हो?' मैंने स्वीकार किया। उसने पूछा, 'किसके चर?' निर्भीक भाव से मैंने सिर ऊपर उठाया और बताना चाहा कि मैं परमात्मा कर चर हूँ। सेनापति ने कहा, 'तुम बातें बना रहे हो! जानते हो, मैं तुम्हारी सब चमड़ी उधेड़ दूँगा।' मुझे जितनी मंगोल भाषा आती थी उतने का सहारा लेकर कहा, 'जानता हूँ।' सेनापति ने कहा, 'तुम्हें भय नहीं है?' मैंने सहज भाव से कहा, 'नहीं।' सेनापति ने पूछा, 'कहाँ के रहनेवाले हो?' मैंने संक्षेप में उत्तर दिया, 'हिन्द का।' उसने फिर पूछा, 'हिन्द की कुछ बातें बता सकते हो?' मैंने इशारे से प्राणायाम और समाधि की बात बताकर कहा, 'तुम्हें यह सिखा सकता हूँ।' सेनापति ने समझा कि मैं झूठ-मूठ अपने को साधु सिद्ध करना चाह रहा हूँ।

सेनापति ने कहा, 'इसे बाँधकर कैदखाने में डाल दो।'

"सेनापति के पड़ाव में सैकड़ों बन्दी थे। उनसे बड़ी कड़ी मेहनत ली जाती थी और जरूरत पड़ने पर लड़ाई के मैदान में भेज दिया जाता था। सभी के हाथ-पैर बँधे नहीं थे। जिनके विषय में कुछ जान लिया गया था, उनको कड़े पहरे में छोड़ दिया जाता था। लेकिन जो नए थे या जिन पर सन्देह था, उन्हें बाँध दिया गया था। मुझे बाँधकर ढोया नहीं गया, घसीटकर ले जाया गया। लेकिन बन्दीगृह का अनुभव बड़ा विचित्र हुआ। सुना था..."

सीदी मौला थोड़ी देर तक मौन रहे, मानो कुछ याद कर रहे हों। फिर बोले, "लेकिन आज देर हो गई। तुम थोड़ा विश्राम कर लो, फिर बात करेंगे।" और मेरे उत्तर की प्रतीक्षा किए बिना ही उठकर खड़े हो गए।

मुझे इस आदमी के प्रति उत्सुकता बढ़ गई थी और उसकी मनोरंजक बातों में जानने योग्य तथ्यों के मिलने से रस भी आ रहा था। लेकिन उसने एक ही झटके में सब तोड़ दिया। लगता है इसमें कहीं माया, मोह या आसक्ति है ही नहीं। बोलने लगता है तो ऐसा लगता है कि चुप ही नहीं होगा। चुप होता है तो ऐसा लगता है, अब बोलेगा ही नहीं। लेकिन है बड़ा मस्तमौला। बाध्य होकर मुझे विश्राम के लिए उठना पड़ा।

## [ 4 ]

दूसरे दिन प्रातःकाल फिर सीदी मौला से बात हुई। मैंने पूछा, "महाराज, क्या आप विश्वास करते हैं कि दैविक शक्ति की आराधना से भौतिक साधन प्राप्त होते हैं? क्या चिल्मिश खान ने अपने कुल-देवताओं की उपासना की है, वह दैविक सिद्धि के द्वारा आराधना की हुई भौतिक सिद्धि नहीं है?"

सीदी मौला मेरा प्रश्न सुनकर ठठाकर हँस पड़े। बोले, "राजन्, मैंने क्या कभी कहा है कि दैवी शक्ति और भौतिक शक्ति भिन्न-भिन्न हैं? तुम तो अपने मन से कल्पना करते हो और चाहते हो कि तुम्हारी कल्पना के आधार पर कोई और भी वैसा ही घरौंदा बनाकर खड़ा करे और फिर तुम्हारे स्तर पर बात करे। ब्रह्मांड में ऐसा कुछ भी नहीं है महाराज, जो पिंड में न हो। शक्ति चाहे दैवी हो, भौतिक हो, आध्यात्मिक हो, एक है और पिंड के भीतर विद्यमान है। अगर कहीं भी उसे पकड़ सको और उसे खींच सको तो निखिल ब्रह्मांड में जो कुछ भी दिखाई दे रहा है उसे खींच सकते हो और अपने वश में कर सकते हो। ये जो अनेक रूप-भेद देख रहे हो, वह एक ही शक्ति के प्रस्पन्द-विष्पन्द का परिणाम है। चाहे जिस

वस्तु को जिस रूप में बदला जा सकता है। मैं थोड़ा-बहुत रसायन-विद्या का जानकार हूँ। मैं ताँबे को सोने में बदल सकता हूँ और सोने को ताँबे में भी बदल सकता हूँ। मूर्ख धनिक ताँबे और सोने में भेद समझते हैं। भेद कुछ भी नहीं है महाराज। ताँबा भी कुछ परमाणुओं से बनता है और सोना भी कुछ परमाणुओं से बना है। मूर्ख यह नहीं जानता कि शक्ति किस प्रक्रिया से इन परमाणुओं का संघटन करती है। कुछ विशेष वस्तुओं के योग से ताँबे के परमाणुओं का संघटन बदल जाता है और उस प्रकार का हो जाता है जैसाकि सोने के परमाणुओं का हुआ करता है। मात्रा का ठीक-ठीक होना बहुत आवश्यक है। एक ही प्रकार की प्रक्रिया से, एक प्रकार के योग से सुवर्ण कभी सिद्ध भी हो जाता है, कभी नहीं भी होता। केवल अन्तर्यामी देवता ही जानते हैं कि कब मात्रा ठीक होगी और कब नहीं होगी। वे जानते अवश्य हैं और किसी-न-किसी दिन जब मनुष्य अधिक साधना करेगा तो जो अन्तर्यामी देवता बुद्धिरूप में अभिव्यक्त हो रहे हैं, वे उसे उचित मात्रा का भी ज्ञान करा देंगे। उन्होंने अभी अपने-आपको पूर्णतया अभिव्यक्त नहीं किया है। जिस दिन वे अणु-परमाणु में व्याप्त आद्या-शक्ति के संघटन-विधान को जाननेवाले के रूप में प्रकट होंगे, उस दिन तुम देखोगे महाराज कि आज के सिद्ध लोग जिन सिद्धियों को बहुत महत्त्वपूर्ण मानते हैं उन्हें बच्चों का खेल माना जाने लगेगा। मैं उसका कुछ भी रहस्य नहीं समझता। परन्तु संयोग से जितना हस्तगत हुआ है उसके आधार पर कह सकता हूँ कि किसी-न-किसी दिन इस रहस्य का उद्घाटन अवश्य होगा। मैं जो कह रहा हूँ महाराज कि विश्व-ब्रह्मांड में जो कुछ घटित हो रहा है वह छोटे-से-छोटे पिंड में भी है, यह ध्रुव सत्य है। विविध संयोगों के भीतर से निखिल ब्रह्मांड-बिहारी देवता जब मनुष्य को इस रहस्य का किंचित् आभास देते हैं तो उसका केवल यही अर्थ है कि तुम्हारे भीतर 'मैं' पूर्णरूप से विराज रहा हूँ, तुम्हारी अहमिका की क्षुद्रता के आवरण के भीतर से कभी-कभी जो प्रकाश की किरण पहुँचा देता हूँ, वह केवल इसलिए कि तुम जान लो कि तुम्हारा अहंभाव जो पृथक्त्व बुद्धि उत्पन्न कर रहा है, वह गलत है। समय आएगा महाराज, जब कलिका विकसित होगी और प्रफुल्ल पुष्प के रूप में अपना सौरभ इस जगत् में बिखेरेगी। घबराने या व्याकुल होने की बात नहीं है; महाराज! काल-देवता धीरे-धीरे एक-एक दल को प्रस्फुटित करते जा रहे हैं, उसे वर्ण, गन्ध और रूप से नित्य नवीन सज्जा से सज्जित करते जा रहे हैं। काल-देवता यथासमय बता देंगे कि निखिल ब्रह्मांड के अणु-परमाणु में व्याप्त शक्ति का जो रहस्य मन और बुद्धि के रूप में घटित होता है वह पिंडस्थ देवता की शक्ति से भिन्न नहीं है। चिल्मिश खान को उस दिन पृथ्वी में जलने और विस्फोटित होने की शक्ति का जो पता चला वह कोई नई बात नहीं थी। किन्तु मानव-पिंड में

बुद्धि-रूप में स्थित शक्ति के साथ उसका सामंजस्य नहीं हो पाया। जिस दिन सामंजस्य हो जाएगा, उस दिन आविष्कार भी हो जाएगा। किसी भी नई खोज का अर्थ है अन्तःकरण में स्थित और बाह्य जगत् में व्याप्त शक्ति का सामंजस्य। जो कुछ हम जानते हैं, जो कुछ हम देखते हैं, जो कुछ हम अनुभव करते हैं वह वस्तुतः हमारे अन्तःकरण में स्फुरित होनेवाली महाशक्ति का ही रूप है। हम देवता के लिए उपासना करते हैं, जप करते हैं, तपस्या करते हैं, वह अन्तःकरण में स्थित उस शक्ति का उद्बोधन-मात्र है। क्या कहोगे महाराज, इस रहस्यमय तथ्य पर कि वह आध्यात्मिक है, आधिदैविक है या आधिभौतिक है? सीदी मौला इसका रहस्य जानता है, इसलिए वह बेबुनियाद बातों के चक्कर से नहीं पड़ता। तुम्हारा प्रश्न मूढ़ चित्त का वितर्क है।

"चिल्मिश खान और उसके अनुयायियों के चित्त में भी यह मूढ़ विकल्प बना हुआ है। इसलिए जब उन्हें शक्ति प्राप्त हुई तो उन्होंने देवता का प्रसाद समझा। जब हाथ से जाती रही, तो उसे देवता का कोप समझा। उन्होंने कभी यह सोचने की जरूरत नहीं समझती कि क्यों उस मिट्टी में विस्फोटक शक्ति है और कैसे वह दूसरी मिट्टी में आ सकती है। वे भूल ही गए कि अन्तर्यामी देवता ने मनुष्य-बुद्धि को एक इंगित दिया है। वे मूढ़ हैं जो भौतिक और दैवी शक्तियों का सामंजस्य नहीं कर सकते।"

मैं सीदी मौला की बात समझने की कोशिश कर रहा था। ऐसा लगता था कि चित्त में कहीं एक चिनगारी क्षण-भर के लिए जल उठी है और फिर बुझ गई है। चिनगारी की हलकी-सी ज्योति में केवल इतना ही मालूम पड़ा कि अन्तर्जगत् और बहिर्जगत् में कोई अटूट सम्बन्ध अवश्य है। कैसा है, कितना है, क्यों है, यह समझने के पहले ही चिनगारी बुझ गई। मेरे अन्तर से व्याकुल आवाज उठी कि मुझे और भी प्रकाश चाहिए, और भी, और भी...।

सीदी मौला की बात की धारा खुल चुकी थी। अब वह रुकने को बिलकुल तैयार नहीं। उत्तेजित स्वर में उन्होंने कहा, "खुरासान के बाजार में विजय-मदमत्त मंगोल सेना प्रविष्ट हुई तो बड़ा भयंकर और डरावना दृश्य देखने को मिला। उन्मत्त सैनिक मासूम बच्चों को भालों की नोक से छेद देते थे और उसका विजय-ध्वज बनाकर किलकारियाँ मारते हुए घोड़े दौड़ाते थे। स्त्रियों पर निष्ठुरतापूर्वक भयंकर अत्याचार किए गए। न किसी की प्रतिष्ठा का ध्यान रखा गया, न किसी की अस्मत का खयाल। बाजार-के-बाजार फूँक दिए गए और लूट लिये गए। देवता के प्रसाद से प्राप्त अस्त्र ने उनकी सबसे निकृष्ट राक्षसी वृत्ति को उत्तेजित कर दिया। क्या नहीं किया इन सैनिकों ने! महाकाल देवता का क्रूर अट्टहास उन्हें सुनाई नहीं दिया। निश्चित था महाराज कि उनमें देवता के प्रसाद को समझने

का विवेक नहीं रह गया था। इसी को तमोगुण कहते हैं, जो सब ओर से विवेक-बुद्धि को आच्छादित कर लेता है। मिट्टी में जिस शक्ति का इंगित प्राप्त हुआ, वह मनुष्य के अन्तःकरण के सामंजस्य से उपलब्ध हुई थी। यह बात किसी को याद ही नहीं रही।"

इतना कहने के बाद सीदी मौला पागलों की भाँति ठहाका मारकर हँसे और बोले, "आगे भी होगा। जब-जब मनुष्य अपने अन्तर्यामी देवता के इंगित पर शक्ति के नवीन स्रोतों के रहस्य को ढूँढ़ निकालेगा, तब-तब तमोगुण जोर मारकर उसकी विवेक-बुद्धि पर आक्रमण करेगा। एक व्यक्ति के तमोगुण के उद्रेक से उतना अनर्थ नहीं होता, जितना सहस्र व्यक्तियों के मिलित तमोगुण से होता है। संघ का तमोगुण और भी भयानक होता है। तुम क्या समझते हो कि भौतिक शक्तियों के आविष्कार से ही विध्वंसक तमोगुण की प्रतिक्रिया होती है? नहीं महाराज, जो आध्यात्मिक, आधिदैविक शक्ति प्राप्त करता है वह भी भूल जाता है कि उसके अन्तःकरण में विद्यमान देवता उसे उद्‍बुद्ध कर रहे हैं, तब तमोगुण की प्रतिक्रिया प्रकट होकर उन्हें तंग करती है। खुरासान की गलियों में रक्त, मांस और मज्जा से पिच्छिल बने हुए मार्गों से जब मैं अचिन्तनीय कष्ट का शिकार हुआ तो सीधे पूरब की ओर भागा। कैसी बीभत्स यातना थी, कैसा मर्मन्तुद दुःख था, मैं कह नहीं सकता! मेरे मस्तिष्क की नसें फट रही थीं, एक-एक दृश्य को जब याद करता हूँ तो आज भी मेरे हृदय में भयंकर कम्पन उत्पन्न होता है। मगर उस समय न हृदय में कम्पन उत्पन्न हुआ था और न आँसू ही आए थे। मैं पूरब की ओर भागा और भागता ही गया। मेरा चित्त अवसन्न था, कहीं किसी प्रकार का संवेदन नहीं रह गया था। यदि मैं कहूँ कि मैं बेहोश था तो अत्युक्ति नहीं होगी। अत्याचार से मरी माताओं के स्तनों से चिपटे शिशुओं को मैंने देखा जिन पर झपटने के लिए सियार और गिद्ध कटिबद्ध थे। अधजले वृद्धों, खंड-खंड युवकों, क्षत-विक्षत पशुओं के दुर्गन्धित शवों को रौंदता हुआ मैं उन्मत्त भाव से भागता रहा। योजनों तक जले हुए डरावने गाँवों की चुप्पी के भीतर मैं उन्मत्त पिशाच की भाँति अकेला दौड़ता रहा। पता नहीं, मैंने क्या खाया और क्या पिया। जब तक मैं लद्‍दाख की पहाड़ियों तक पहुँच नहीं गया और बर्फीली चोटियों से निरन्तर झरनेवाले झरनों का शीतल पानी नहीं पी सका, तब तक भागता ही रहा। सामने गिरि-शृंखला देखकर मैंने उस पर चढ़ना शुरू किया। तब भी मुझमें सोचने-विचारने की शक्ति नहीं थी। जो कुछ भी पत्ता, फल, खाने लायक दीख जाता था, खा लेता था। मुझमें इतनी भी सोचने की ताकत नहीं थी कि इनको खाकर मैं जियूँगा या मरूँगा। अग-जग में व्याप्त महाशक्ति की उस प्रकृति के आधार पर ही मैं सब कुछ करता जा रहा था जिसमें चेतन-शक्ति सुप्त-भाव में

विराजमान रहती है। क्षीण धारा होकर क्षरित होनेवाली छोटी-छोटी स्रोतस्विनियों के किनारे मनुष्य पद-लांच्छित पगडंडियाँ दिखाई दीं और मैं उन्हीं को पकड़े निरुद्देश्य आगे बढ़ता गया और एक दिन उस भोट-देश में पहुँच गया जिसकी बहुत-सी बातें अपने मंगोल गुरु से सुन रखी थीं। भोट-देश में अनेक मठ हैं। उसमें अनेक प्रकार की तान्त्रिक साधनाओं के अड्डे हैं। मैं एक मठ में उपस्थित हुआ जिसमें स्त्री और पुरुष दोनों ही साधु-वेश में साधना करते थे। वहाँ कुछ दिन रहकर विचित्र साधना का सन्धान पाया। सुनोगे महाराज? सुनकर तुम समझ सकोगे कि आध्यात्मिक शक्ति का सन्धान पाकर भी यदि मनुष्य अन्तःकरण और बाह्य जगत् का सामंजस्य नहीं खोज सका, तो भयंकर तमोगुण का शिकार हो जाता है।''

सीदी मौला कुछ आविष्ट-से दिखाई पड़े। ऐसा जान पड़ता था कि उनके अन्तःकरण में थोड़ा संघर्ष है जो भाषा के माध्यम से प्रकट होने के लिए मार्ग खोज रहा है। सिर्फ दो-तीन मुहूर्त वे आविष्ट रहे, और मौन हो गए। परन्तु तुरन्त ही उन्होंने अपने को सँभाल लिया। वे एकाएक सीधे होकर बैठ गए, जैसे कोई भारी बोझ उतारकर फेंक दिया हो और अपने को हलका समझ रहे हों। बोले, ''सब सुनने के तुम अधिकारी नहीं। ऊपरली सतह से देखनेवाला मनुष्य उसमें केवल भ्रष्टाचार ही देखेगा। मैंने भी आरम्भ में ऐसा ही समझा था। परन्तु मैं कुछ ऐसी बातें भी देख चुका हूँ जो सहज विश्वास के योग्य नहीं लगेंगी। इस मठ में जौ और चावल के शराब की अबाध गति थी। मठ में उसके बनाने की भी व्यवस्था थी और खपत भी वहीं होती थी। साधना प्रायः रात्रि में होती थी। मनुष्य की हड्डियों से बनी हुई वंशियाँ और पशुओं के सींग से बने हुए बड़े-बड़े शृंगीवाद्य के साथ डमरू प्रायः गड़गड़ा उठता था। शुरू-शुरू में मुझे अलग ही रखा जाता था, परन्तु बाद में मठ के प्रधान लामा-साधु की आज्ञा से मुझे उसमें स्थान मिलने लगा। जो मद्य उस साधना-भूमि में व्यवहृत होता था, उसकी दुर्गन्धि भयंकर होती थी। आरम्भ में तो मैं उस उत्कट गन्ध के कारण मूर्च्छित-सा हो जाता था। परन्तु मैं भागा कभी नहीं। इस विचित्र घटना को मैं स्वयं देखना चाहता था और समझना चाहता था। पुरुषों और स्त्रियों में इस उत्कट मधु-पान की होड़-सी लगी रहती थी। प्रातःकाल वे सूर्योदय के बाद तक संज्ञा-शून्य पाए जाते थे।

''एक दिन अमावस्या की रात का दृश्य मुझे स्मरण है। उस दिन मैंने भी मधु-पान किया था। बीच में आग जला दी गई थी और उसके चारों ओर साधक-साधिकाओं का दल अस्थि-वंशी, शृंगीवाद्य और डमरू से सुसज्जित होकर आसन मारकर बैठा हुआ था। जप चल रहा था। अग्नि से एक विशेष प्रकार का पीला धुआँ निकल रहा था जो किसी हवनीय द्रव्य के सम्पर्क से ऐसा हो गया

था। हवनीय द्रव्य में मांस और चरबी भी थी, देवदारु की लकड़ी भी थी और गुग्गुलु और सिक्थक भी थे। अग्नि में आहुति केवल एक ही व्यक्ति दे रहा था, बाकी लोग जप में निमग्न थे। मैं भी जप कर रहा था और जिस प्रकार अन्यान्य साधक और साधिकाएँ आसन बाँधकर बैठे हुए थे, उसी प्रकार मैं भी बैठा हुआ था। हवन की विधि जब समाप्त हुई तो होता-साधक ने हड्डियों की वंशी उठाई और एक विचित्र स्वर से उसे बजाया। एकाएक डमरू गड़गड़ा उठे। शृंगीवाद्यों से आकाश फटने लगा और उनकी पृष्ठभूमि में पादास्थि-वंशियों की सुरीली आवाज व्याप्त हो गई। सब लोग अग्नि की परिक्रमा करने लगे। उनके साथ-साथ मैं भी परिक्रमा करने लगा। थोड़ी देर तक यह परिक्रमा शान्त, संयत भाव से चलती रही। परन्तु एकाएक वह पूरी मंडली विक्षुब्ध भ्रमर-राजि के समान विशृंखल हो गई और फिर एक प्रकार का उद्दाम नृत्य शुरू हुआ। मैं कुछ समझ नहीं सका, चकित भाव से इस विचित्र नृत्य-साधना को देखता रहा। कदाचित् मद्यपान के कारण मेरी नाड़ियाँ शिथिल हो आई थीं, और कदाचित् हवनीय द्रव्यों की उत्कट गन्ध से उनमें और भी विकार उत्पन्न हो गया था। अन्यान्य साधकों की भाँति मैं उस उत्कट नृत्य में योग नहीं दे सका। केवल श्रान्त-शिथिल भाव से अग्नि की परिक्रमा करता रहा।

"एकाएक मुझे ऐसा लगा कि वहाँ विचित्र रूप दैत्याकार भूतों और पिशाचों का आविर्भाव हुआ। उनका तांडव और भी भयंकर था। वे साधारण मनुष्यों से दुगुने-तिगुने विशाल थे। क्षण-भर में ऐसा जान पड़ा कि उन्होंने आग को रौंदकर बुझा दिया है और सारा साधना-स्थल घोर अन्धकार से आच्छन्न हो गया है। उन्होंने भी मद्यपान शुरू किया। देखते-देखते उनकी आकृतियाँ और भी विशाल होती गईं। मैं चकित, भीत और कर्तव्य-मूढ़ बना इस भयंकर दृश्य को देखता रहा। थोड़ी देर बाद ही साधकों पर शिथिलता दिखाई देने लगी। उस घने अन्धकार में कुछ भी स्पष्ट दिखाई नहीं देता था, परन्तु कभी-कभी विकटाकार दैत्यों का अट्टहास अवश्य सुनाई दे जाता था और उनकी आँखों से एक ज्योति निकलकर साधना-स्थल को आलोकित कर देती थी। मेरे मन में घृणा और जुगुप्सा के भाव भी आने लगे थे। ऐसे समय एकाएक आरात्रिक प्रदीप जल उठा और मैंने आश्चर्य के साथ देखा कि मणि-जटित विचित्र सिंहासन पर भगवान बुद्ध का आविर्भाव हुआ। उनके दोनों पार्श्व में दो परम सुन्दरी युवतियाँ हाथ में मद्य-पात्र लिये हुए शान्त भाव से समासीन थीं और सामने हाथ जोड़कर एक चीवरधारी भिक्षु जिज्ञासा की मुद्रा में खड़ा था। बुद्धदेव की शोभा देखने ही योग्य थी। उनके मुखमंडल से प्रभारश्मियाँ विकीर्ण हो रही थीं। उनका दाहिना हाथ भूमि-स्पर्श मुद्रा में था और बाएँ हाथ में आशीर्वाद की मुद्रा थी। मैं कुछ भी नहीं समझ सका। साधक-साधिकाओं

का दल हाथ जोड़कर घुटनों के बल खड़ा हो गया। सबकी दृष्टि भगवान बुद्ध के शान्त-मनोरम मुखमंडल की ओर आबद्ध हो गई। ऐसा जान पड़ा कि वे भगवान बुद्ध से कुछ उपदेश सुनने के लिए व्याकुल हैं, परन्तु बुद्ध भगवान उसी मुद्रा में धीरे-धीरे ऊपर उठने लगे और बहुत दूर आकाश में जाकर विलीन हो गए। उनके साथ-ही-साथ दोनों युवतियाँ और चीवरधारी भिक्षु भी ऊपर उठे और विलीन हो गए। साधक-साधिकाओं ने साष्टांग प्रणिपात किया और मैं भी उन्हीं के समान गद्गद भाव वे पृथ्वी पर लुण्ठित हो पड़ा। थोड़ी देर बाद सबको सम्बोधित करते हुए मुख्य होता-भिक्षु ने उठने का आदेश दिया। ऐसा जान पड़ता था कि सबके हाथ से कोई बहुत बड़ी निधि निकल गई है। होता-भिक्षु ने भोट-भाषा में शान्ति-पाठ किया और सब अपनी-अपनी कुटियों में लौट गए। मैं भी अपनी कुटिया में आ गया। यद्यपि मेरी नसों में शिथिलता आ गई थी, फिर भी उस रात नींद नहीं आई। मैं सोचता रहा—'इसका मर्म क्या है? साथ-ही-साथ भगवान बुद्ध के दर्शन का जो सौभाग्य प्राप्त हुआ था उसको मैं अपने जीवन की परम सफलता मानकर रोमांचित होता रहा। उषाःकाल में मुझे थोड़ी नींद आ गई और स्वप्न में भी वही दृश्य देखता रहा।''

एकाएक सीदी मौला ने मेरी ओर देखा, बोले, ''तुम्हें मेरी बातों पर विश्वास हो रहा है, महाराज? मैं जो कुछ कह रहा हूँ सोलह आने सत्य है, लेकिन मैं जानता हूँ कि तुम्हें विश्वास नहीं होगा। केवल मूर्ख ही ऐसी बातों पर तुरन्त विश्वास कर लेते हैं, जो समझदार होते हैं वे शंका करते हैं। तुम्हारी आँखों में मैं शंका का भाव देख रहा हूँ।''

मैंने टोककर कहा, ''शंका नहीं, जिज्ञासा।''

सीदी मौला ने हँसकर कहा, ''जिज्ञासा भी शंका ही है।''

फिर वे अपनी कहने लगे, ''दूसरे दिन मैं मठ के प्रधान भिक्षु की सेवा में उपस्थित हुआ। वे मानो मेरी प्रतीक्षा ही कर रहे थे। बोले, 'कहो सिद्ध, कल रात को तुमने भगवान का दर्शन किया?' मैंने हाथ जोड़कर कहा, 'किया था महाराज, लेकिन सारी बातें समझ में नहीं आईं।' प्रधान भिक्षु ने कहा, 'समझ जाओगे। कल जिस चीवरधारी भिक्षु को भगवान के सामने हाथ जोड़े जिज्ञासा की मुद्रा में देखा है वे वशिष्ठ थे। कुशीनगर में जब भगवान का वैशाखी पूर्णिमा को परिनिर्वाण हुआ, तो जम्बूद्वीप के सभी भिक्षुओं ने समझा कि भगवान ने पृथ्वी का त्याग किया। परन्तु उनकी लीला अपरम्पार है। तुषित-लोक से वे फिर इस लोक में लौट आए और यहाँ उन्होंने चीनाचार की साधना का प्रवर्तन किया। यहाँ वोत् धर्म का बोलबाला था। लोग तन्त्र-मन्त्र, जप के द्वारा भूत, बैताल, डाकिनी, शाकिनी आदि की साधना करते थे और बुद्ध-प्रज्ञा के आलोक से वंचित थे। भगवान ने उनके

ऊपर अनुग्रह किया और प्रज्ञा के आलोक से उन्हें सत्य-ज्ञान की ओर उन्मुख किया। भगवान ने जम्बूद्वीप को सहस्र आलोक से आलोकित किया, किन्तु इस भूमि को सहस्रोत्तर आलोक का दान दिया। जम्बूद्वीप में उन्होंने दुःख-निवृत्ति का उपदेश दिया, किन्तु इस भोट-भूमि में आकर उन्होंने महासुख का प्रतिष्ठापन किया। जिन दिनों जम्बूद्वीप के महान् शिष्य और आराधक शोकाभिभूत थे, उन्हीं दिनों वशिष्ठ के चित्त में भगवान् ने सहस्रोत्तर आलोक से प्रेरणा उत्पन्न की और वे ज्येष्ठ की पूर्णिमा को इस भोट-भूमि में उपस्थित हुए। यहाँ भगवान को श्री-सुन्दरी-समावृत्त देखकर उनके चित्त में शंका उत्पन्न हुई और उन्होंने गद्‌गद भाव से प्रश्न किया, 'प्रभु, यह रूप तो पहले नहीं दिखाई दिया था।' भगवान ने उन्हें आश्वस्त किया और महासुख का उपदेश दिया और उनके साथ ही सहस्र-सहस्र तुषित-लोकों का भ्रमण कराया और अन्त में 'प्रज्ञापारमिता' के दिव्य मन्त्र से उन्हें आलोकित किया। 'तुम वशिष्ठ-तन्त्र' में इस महाज्ञान का सन्धान पा सकते हो।'

मैंने हाथ जोड़कर प्रश्न किया कि यह श्रीसुन्दरी-साधन क्या वस्तु है? भिक्षु ने उत्तर दिया, 'धीरे-धीरे समझ जाओगे। बुद्ध-प्रज्ञा ही श्री और सुन्दरी रूप में द्विधा विभाजित है। वे बुद्ध की शक्ति है, परन्तु बुद्ध से भिन्न नहीं। जैसे चन्द्रमा और उसकी चन्द्रिका में अन्तर नहीं होता, जैसे सरोवर और सरोवर-तरंग में भेद नहीं होता, उसी प्रकार बुद्ध और बुद्ध-प्रज्ञा में कोई अन्तर नहीं। परिनिर्माण के बाद भगवान बुद्ध ने इस रहस्य को मर्त्यभूमि में प्रकट करने का निश्चय किया था। देखो सिद्ध, यह जो मनुष्य का साढ़े तीन हाथ का शरीर है वह सम्पूर्ण शक्तियों का भंडार है। संसार में ऐसा कुछ भी नहीं जो इसमें घटित न हो रहा हो। परन्तु यह स्थूल शरीर एक आवरण-मात्र है। इसके भीतर एक भाव-शरीर है जिसमें भाव-लहरियाँ प्रत्येक क्षण उद्वेलित हो रही हैं। भाव स्थूल रूप ले सकते हैं। यह जो मनुष्य शरीर के भीतर कल्पना करने की अपार शक्ति है, अन्तःकरण में लाख-लाख वृत्तियों का जो उद्वेलन हो रहा है, वह मिथ्या नहीं। भाव-जगत् में जो कुछ अनुभूत होता है वह सब स्थूल जगत् में प्रत्यक्ष हो सकता है। भाव-जगत् में यदि तुम रोग-मुक्ति सोचो, तो स्थूल जगत् में भी रोग-मुक्ति हो सकती है, होती है। भाव-जगत् में जो मारण, मोहन और उच्चाटन की प्रक्रियाएँ चल रही हैं, वे स्थूल-जगत् में देखी जा सकती हैं। इस देश में वोत्-धर्म के अनुयायियों ने इस मर्म को पा लिया था। साधारण जनता के दुःख-विमोचन के लिए और उनके चित्त में प्रतीति-उत्पादन के लिए उन्होंने भूत, प्रेत, बैताल, डाकिनी, शाकिनी आदि की कल्पना की थी और साधारण-जन के प्रतीति-उत्पादन के लिए उन्हें स्थूल-जगत् में प्रत्यक्ष भी करा दिया था। परन्तु वे भूल ही गए थे कि सूक्ष्म का स्थूल में रूपान्तरीकरण बुद्ध-प्रज्ञा के अनन्त विलासों में से केवल कुछ ही है। बुद्ध-प्रज्ञा

और भी गहराई में स्थित होकर अग-जग को चालित कर रही है। भगवान ने और भी गहराई में जाने की प्रेरणा दी, जहाँ शब्द और अर्थ, भाव और किया एक-दूसरे से इस प्रकार अनुबद्ध हैं जिनका अलग होना असम्भव है। परन्तु और भी गहराई में जाने पर यह शब्द और अर्थ, भाव और क्रिया का अनुबद्ध-भाव भी मिट जाता है। वहाँ बुद्ध और बुद्ध-प्रज्ञा एक-दूसरे से ऐसे बद्ध हैं कि उनमें कोई स्पन्द या गति ही नहीं है। यही युगनद्ध रूप वास्तविक काम्य है। उसको पा लेने के बाद मनुष्य समस्त प्रपंचों से मुक्त होकर स्वात्माराम हो उठता है। स्थूल-जगत् में स्त्री-पुरुष का आकर्षण उस शक्ति की क्षणिक आभा-मात्र दिखा देता है। उनके सहारे हम क्रमशः गहराई में प्रवेश कर सकते हैं। जिन्हें सिद्धि कहा जाता है वे केवल भाव-जगत् की उपलब्धि-मात्र हैं। उनमें पद और पदार्थ का भेद स्पष्ट रहता है। बहुत-से साधक भाव-जगत् की सिद्धि या उसका कण-मात्र पाकर विचलित हो जाते हैं, वे और गहराई में नहीं जा पाते। लेकिन जिन पर भगवान का परम अनुग्रह होता है वे सिद्धियों की माया काट जाते हैं और क्रमशः गहराई में जाकर बुद्ध और बुद्ध-प्रज्ञा के स्पन्दहीन, क्रियाहीन, भावहीन महासुखस्वरूप 'कहियत भिन्न न भिन्न' युगनद्ध रूप का सन्धान पा जाते हैं और अपने में ही परिपूर्ण हो जाते हैं। वे स्वयं बुद्ध-रूप हो जाते हैं। कल की साधना में जितना तुमने देखा है वह केवल भाव-जगत् की गहराई तक का सत्य है। कल तुमने बुद्ध और बुद्ध-प्रज्ञा को जिस रूप में देखा है वह क्षणिक सत्य है। इस मठ के अधिकांश साधक उस सत्य से अधिक नहीं जान सके हैं।' मैंने बीच में टोककर पूछा, 'भगवन्, बुद्ध-प्रज्ञा द्विधा विभाजित क्यों दिखाई पड़ी?' भिक्षु ने हँसकर उत्तर दिया, 'बुद्ध-प्रज्ञा वामा-शक्ति और दक्षिणा-शक्ति के रूप में भाव-जगत् में द्विधा विभाजित है। वे सृष्टि और प्रलय की हेतु-भूता हैं और धैर्य के साथ यदि तुम साधना करो तो एक रूप में दिखाई देंगी और धीरे-धीरे शून्य रूप में। शून्य रूप इसलिए कि वे बुद्ध से भिन्न नहीं हैं और चूँकि वे बुद्ध से भिन्न नहीं हैं इसलिए बुद्ध केवल शून्य हैं। परन्तु मैं जो भाषा प्रयोग कर रहा हूँ वह इस समय उस परम रूप की बात समझाने में असमर्थ है। जो शब्द और अर्थ के अतीत है, वह केवल अनुभवगम्य है।' मैंने हाथ जोड़कर प्रश्न किया, 'भगवन्, आपने उस अनुभवगम्य स्वरूप की उपलब्धि की है?' भिक्षु फिर हँसे और बोले, 'क्षण-भर के लिए। जिस प्रकार तुमने भाव-जगत् में उत्पादित बुद्ध को क्षण-भर के लिए देखा है उसी प्रकार मैंने भी अनुत्पादित बुद्ध को क्षण-भर के लिए देखा है।' मुझे शंका हुई, 'उत्पादित बुद्ध क्या?' भिक्षु ने हँसकर कहा, 'मन्त्र के जप से जो दिखाई दिया, वह शब्द और अर्थ की सीमा के अतीत नहीं है। वह उत्पादित देवता है। परन्तु तुम इसका रहस्य केवल साधना से ही समझ सकते हो। बात-में-बात निकालकर उसे और

उलझाया जा सकता है, सुलझाना तो सम्भव ही नहीं।' "

क्षण-भर के लिए सीदी मौला फिर ध्यानस्थ हो गए। ऐसा जान पड़ा कि वे किसी ऐसे लोक में पहुँच गए हैं जो हमारी जानी हुई दुनिया से एकदम भिन्न है। फिर आँख खोलकर मेरी ओर देखते हुए बोले, "क्या कहोगे, महाराज! मंगोलों और तुर्कों की उस वीभत्स जिघांसा-वृत्ति के साथ इस विचित्र साधना का कोई सामंजस्य है? मगर सत्य यह है कि एक ही परा-शक्ति इन दो रूपों में विलसित हो रही है और भी सैकड़ों रूप हैं।"

इतना कहकर सीदी मौला फिर चुप हो गए और एकाएक समाधि की अवस्था में आ गए। उनका सारा शरीर निस्पन्द, निवात-निष्कम्प दीपशिखा की भाँति स्थिर हो गया। मैं आश्चर्य और कुतूहल के साथ देर तक इस प्रतीक्षा में बैठा रहा कि समाधि के बाद वे कुछ और कहेंगे। एक प्रहर बीता, दो प्रहर बीते, तीन प्रहर बीते...। वे वैसे ही शान्त-निस्पन्द पड़े रहे। कहीं कोई चांचल्य नहीं, कहीं किसी प्रकार का भाव-विकार नहीं। केवल शान्त, केवल स्थिर। मैंने समझा कि वे प्रज्ञापारमिता के साथ एकमेक हो गए हैं!

## [5]

राजधानी पहुँचने पर पता चला कि नागनाथ—रानी का तरुण-तापस—मिल गया है, बहुत अनुनय-विनय के बाद उसने राजधानी में पदार्पण करने का अनुरोध स्वीकार कर लिया है। रानी बहुत प्रसन्न दिखीं। तीन दिन से उन्होंने अन्न-जल भी छोड़ रखा था, तापस को खिलाए बिना खा नहीं सकती थीं। मुझे रानी को प्रसन्न देखकर बड़ा हर्ष हुआ।

तरुण-तापस नागनाथ आए। प्रथम दर्शन मैंने ही किया। जीर्ण-शीर्ण शरीर, जटिल शिरोदेश और श्मश्रु-क्षुब्ध मुखमंडल के बीच दो चमकती आँखें! यही नागनाथ थे। सारा शरीर स्थिर दीपशिखा की भाँति प्रकाश की क्षण प्रोज्वल रेखा के समान दमक रहा था। मैंने हाथ जोड़कर प्रणाम किया। कोई उत्तर नहीं मिला। वे बुरी तरह खोए-खोए से दीख रहे थे। प्रकाश विकीर्ण करनेवाली उनकी आँखें बत्तीस लक्षणों से सम्पन्न किसी किशोरी को खोज रही थीं, जैसे चारों ओर गहन अन्धकार व्याप्त हो और बाकी कुछ नहीं दिखाई दे रहा हो।

मैं स्वयं उन्हें रानी के पास ले गया। सदा जंगलों और पहाड़ों में रहने का अभ्यस्त तापस अन्तःपुर की श्री-समृद्धि को देखकर थोड़ा चकित होगा, ऐसा मैंने अनुमान किया था, पर नागनाथ ने ऐसा कुछ भाव नहीं दिखाया। उन्होंने वस्तुतः

कुछ देखा ही नहीं। उनकी व्याकुल आँखें केवल एक ही वस्तु की तलाश कर रही थीं—बत्तीस लक्षणों से सम्पन्न किशोरी, जिसके हाथ की रेखाएँ उसे रानी से भी कुछ बड़ा बनाने का इंगित करती हैं। वे स्पष्ट ही बहुत उत्सुक के समान, व्याकुल के समान, अवहित के समान चल रहे थे, परन्तु उनके मुँह से कोई शब्द नहीं निकला। वे सीधे रानी के गृहद्वार तक संज्ञा-शून्य की भाँति चलते ही गए। सामने रानी दिखीं। हाथ में भृंगार और भोज्य-सामग्री थी। तापस ने उन्हें देखा। ऐसी जान पड़ा कि उनकी नसों में बिजली दौड़ गई। एक क्षण के लिए वे रुके और फिर धाराप्रवाह बोलने लगे। रह-रहकर उनके अंग-अंग में रोमांच की धारा नीचे से ऊपर तक दौड़ जाती थी। स्खलित गद्गद कंठ से उन्होंने कहा, "आज यह क्या देख रहा हूं गुरो, मेरा जन्म-जन्मान्तर कृतार्थ है जो व्यष्टिरूपा त्रिपुरसुन्दरी को प्रत्यक्ष देख रहा हूँ। आज सविता देवता उदय-गिरि तटान्त में प्रसन्न भाव से उदित हुए हैं, आज दिशाएँ आनन्द-गद्गद हैं, आज वायु उल्लसित है, आज आकाश सफल-काम है। देवि, आज तुम्हारे इस दिव्य मनोहर रूप में साक्षात् भगवती अन्नपूर्णा विलसित हैं। क्या देख रहा हूँ देवि, आज मेरे ग्रह-गण प्रसन्न हैं जो पद्म-पलाश को लज्जित करनेवाली इन आँखों का प्रसाद पा रहा हूँ। अहा, शास्त्रों में जिस महिमामयी पराशक्ति का इतना बखान सुना है, वह आज किस प्रकार इन कोमल मनोरम अवयवों के संघात में प्रत्यक्ष हो रही है! क्या अद्भुत कारुण्य-धारा तरंगित हो रही है! कितनी उद्बोधक आनन्द-रश्मि लीलायित हो रही है! शास्त्र में जिस त्रिजगन्मनोज्ञा त्रिपुरसुन्दरी का ध्यान पढ़ा था, वे आज किस प्रकार प्रत्यक्ष दिखाई दे रही हैं। अन्तःकरण को अपनी सम्मोहनकारिणी दृष्टि से गलाती हुई, कारुण्य-धारा से सेचन करती हुई, सुधा-लेप से स्निग्ध बनाती हुई मधुर मनोहारा मूर्ति! धन्य हूँ देवि, आज मैं कृतार्थ हूँ, आज मेरा जन्म सार्थक है, मेरी साधना फलवती है, मेरा निःशेष अस्तित्व चरितार्थ है। देवि, गंगातट पर प्रथम दर्शन के बाद मैं बहुत व्याकुल रहा, मेरे ग्रहगण अप्रसन्न हो गए थे, समस्त-साधना धूमिल हो गई थी। मैं दुखी, वंचित, अनादृत, अवमानित होकर भटकता फिरा। आज मुझे खोई निधि मिल गई है। अनुगृहीत हूँ, कृतार्थ हूँ, समाप्तसिद्धि हूँ भगवति, प्रसन्न होकर मुझे प्रसाद दो!"

रानी की आँखों में आँसू उमड़ आए। उनका कंठ रुद्ध था, वाक्शक्ति लुप्त हो गई थी, अंग-अंग रोमांच-कंटकित हो रहा था। बड़े आयास से बोलीं, "तापस, अब तुम कहीं मत जाओ, यहीं रहो। लो, जो तुम्हारे लिए अन्न प्रस्तुत किया था, वह अब बासी हो गया है, परन्तु उसे जब तक तुम स्वीकार नहीं करते तब तक मेरा मन शान्ति नहीं पाएगा।"

विनीत शिशु की भाँति तापस ने आज्ञा पालन किया। उन्होंने खड़े-खड़े ही

प्रसाद ग्रहण किया और बड़ी तृप्ति से उसे खाया। रानी ने भृंगार से पानी पिलाया। तापस का रोम-रोम प्रसाद पाने के उल्लास से पुलकित हो रहा था। उनकी आँखें छककर रूप-सुधा का पान कर रही थीं। वे देर तक एकटक रानी की ओर देखते रहे। अन्त में रानी ने कहा, "तापस, ये मेरे पति हैं। तुम्हारी भविष्यवाणी सत्य सिद्ध हुई। मैं रानी हो गई हूँ।"

अबकी बार तापस ने मेरी ओर देखा, आनन्द से उनकी आँखें जो फैलीं सो फैली ही रह गईं। केवल एक वाक्य में उन्होंने मेरा अभिनन्दन किया, "साधु महाराज, साधु, तुम चक्रवर्ती होगे।"

नागनाथ कुछ दिनों तक राजधानी में रहे, फिर रानी की अनुमति से बाहर चले गए। जाते समय उन्होंने मुझसे कहा, "राजन्, रानी चन्द्रलेखा को सामान्य नारी मत समझना। भगवती ने संसार का कुछ हित साधने के निमित्त उन्हें इतने लक्षणों से लांछित करके भेजा है। तुम्हारे चित्त में कभी कोई कल्मष आया तो उस हित-साधन में विघ्न पड़ेगा। त्रिपुरसुन्दरी ने तुम्हें रानी के रूप में महती सिद्धि दी है। तुम स्वस्थ चित्त से उनको सन्तोष देने का प्रयत्न करो। पुरुष-चित्त का लेशमात्र विकार भी नारी-शक्ति को कुंठित कर देता है। यह दुःख और यातना का भावसागर सूख गया होता यदि पुरुष ने नारी को ठीक-ठीक पहचाना होता और अपने चित्त के कल्मष से इस महिमामयी शक्ति को कलुषावृत्त न किया होता। ठीक से समझ लो महाराज, पुरुष-चित्त के कल्मष की सृष्टि ही इसलिए हुई है कि वह मायाप्रपंच को क्रियाशील बनाए रखे।"

मैंने उनकी बात समझने का प्रयत्न किया, पर हाथ कुछ नहीं आया। चक्रवर्ती! सारा आर्यवर्त्त विदेशियों से पदाक्रान्त है। एक-एक करके भारतीय राज्य पराक्रान्त तुर्कों से ध्वस्त और पददलित होते जा रहे हैं। निराशा और साहसहीनता की काली छाया से सब कुछ म्लान और धूमिल हो उठा है और नागनाथ आशीर्वाद देते हैं कि तुम चक्रवर्ती होगे! यह क्या सम्भव है? तुर्कों में कहाँ से अपराजेय शक्ति आ गई है? सीदी मौला कह रहे थे कि मंगोलों ने तुर्कों को उन्हीं के घर में बुरी तरह बरबाद किया और वे हारे हुए तुर्क सारे आर्यावर्त्त को ध्वस्त करने में समर्थ हुए हैं। सीदी मौला ने मंगोलों के बारे में जो कुछ कहा था उससे तो वे महाबर्बर ही जान पड़ते हैं। एकता और विश्वास उनमें अवश्य है। वे शत्रु के सामने दुर्भेद्य चट्टान की भाँति कठोर हैं। नर-रक्त से पिच्छिल मार्गों पर चलना उनका विलास है, शत्रु-देश को छार-छारकर देना उनका व्यसन है। घोड़े की पीठ पर सोना ही उनका विश्राम है। उन्हें मनुष्य की महिमा का ज्ञान भी नहीं है। त्रिपुरसुन्दरी के त्रिजगन्मनोज्ञ रूप ही उन्हें कल्पना भी नहीं है, परन्तु वे तुर्कों की विशाल सैन्य-शक्ति को रुद्ध-वीर्य भुजंग के समान वश में करने में समर्थ हुए थे।

कहीं कोई प्रचंड शक्ति प्रच्छन्न रूप से उनके भीतर एकता और अनुशासन का वज्रलेप तैयार कर रही है। वह क्या है, कैसी है? क्या आर्यावर्त्त को वह शक्ति नहीं मिल सकती? मेरी आँखों के सामने देश छिन्न-विच्छिन्न हो रहा है। एक-एक करके अभिमानी राजवंश काल-कवलित होते जा रहे हैं। मंगोलों की मार खाकर भागे हुए तुर्क उन्हें सहजभोज्य ग्रास के रूप में खाते चले जा रहे हैं। क्या मंगोलों की सहायता से इन शत्रुओं को नष्ट नहीं किया जा सकता? ऐ मेरे चित्त, उठो, जलो, अपनी ही ज्वाला से भस्म हो जाओ! परन्तु ऐसा हो कि इसकी क्षीण ज्योति मुझे मार्ग दिखा सके। कहते हैं, बड़ी सिद्धि के लिए बड़ा त्याग चाहिए, जो जितना दे सकता है, उतना ही पा सकता है। क्या है, जिसे देकर मैं अपने देश के खोए गौरव को प्राप्त कर सकता हूँ? विक्रमादित्य के समान अपार सत्व और साहस मुझे मिल जाता तो मैं देश को अपनी राष्ट्रीय महिमा तक ले जाने में समर्थ होता। पर क्या वह मिलेगा? कैसे मिलेगा? कहाँ मिलेगा?

कुछ दिन आनन्दपूर्वक बीते। रानी इस बीच अपने को राजकुलोचित गरिमा के योग्य बनाने का प्रयास करती रहीं। उनकी ग्राहिका-शक्ति देखकर मैं चकित हो जाता। अक्षराम्भ से उन्होंने शुरू किया, पर शीघ्रता से पढ़ने और मनन करने की शक्ति प्राप्त होने लगी। रानी की बुद्धि कुशाग्र थी। वे अनायास शास्त्रीय विचारों को अपना सकती थीं। उनकी इस ग्राहिका-शक्ति ने मुझे और भी उनके निकट ला दिया। मैं अधिकतर उनके पास रहने लगा।

एक दिन मैं अन्तःपुर में ही था कि विद्याधर भट्ट का सन्देश लेकर कंचुकी उपस्थित हुआ। उन्होंने अत्यन्त संक्षेप में लिखा था कि तत्काल अन्तःपुर में ही रानी के समक्ष उपस्थित होने का प्रसाद प्रदान करें। विद्याधर भट्ट मेरे लिए और मेरे सारे पुरजन-परिजन के लिए पिता के समान पूज्य और गुरु के समान आदेष्टा थे। उनका अन्तःपुर में आना कभी भी वर्जित नहीं था। परन्तु एकाएक अन्तःपुर में आने की प्रार्थना, वह भी रानी के सामने, कुछ विचित्र-सी लगी। मेरे चित्त में पहली प्रतिक्रिया यही हुई कि निस्सन्देह कोई अत्यन्त विषम संकट आ पहुँचा है। नहीं तो वे प्रतीक्षा कर सकते थे, मुझे बाहर मिल सकते थे, या मुझे बुला भी सकते थे। मैं ठीक से नहीं समझ सका कि कौन-सा संकट उपस्थित हो सकता है। कंचुकी को मैंने तुरन्त उन्हें ले आने का आदेश दिया।

रानी ने जब सुना तो उनको भी आश्चर्य हुआ, परन्तु उनके सहज प्रफुल्ल मुखमंडल पर किसी प्रकार के आतंक या आशंका की रेखा नहीं उभरी। उन्होंने सहज स्मित के साथ पूछा कि यदि आज्ञा दें तो मैं विद्याधर भट्ट से पूछूँ कि क्या वे ही विद्याधर भट्ट हैं जिन्होंने शिशु-अवस्था में मेरी रेखाओं की परीक्षा को थी।

मैंने शंकित चित्त से उत्तर दिया, "देवि, जो चाहो पूछ सकती हो, लेकिन इस

समय तो मेरे मन में बड़ी दुश्चिन्ताएँ हैं और विद्याधर भट्ट भी इस समय दूसरी चिन्ताओं में उलझे होंगे, अवसर देखकर जो चाहो पूछ लो।"

रानी के चेहरे पर नर्म-चटुल मुद्रा खेल गई। आँखों में एक अद्‌भुत चपलता भरकर उन्होंने कहा, "शंकित हो रहे हो, महाराज। चन्द्रलेखा का सेवक होने का गौरव प्राप्त करके भी शंकित हो रहे हो? सभी आशंकाजनक परिस्थितियों में मैं तुम्हारी अजेय शक्ति होकर तुम्हारे पार्श्व में बनी रहूँगी। तुम्हें चिन्तित और शंकित होने की क्या बात है? सिद्ध तापस नागनाथ ने तुम्हें चक्रवर्ती होने का आशीर्वाद दिया। तुम्हारे कातर होने का अर्थ है, लाख-लाख निरीह प्रजाओं का सत्यानाश। अकुतोभय बनो महाराज, चन्द्रलेखा तुम्हारे साथ है।"

रानी के इन वाक्यों ने सचमुच ही मेरे भीतर विचित्र शक्ति संचारित की। मैंने अनुभव किया कि मैं अपराजेय हूँ और सम्पूर्ण आर्यावर्त्त का चक्रवर्ती हूँ। परन्तु दूसरे क्षण मेरे मन में फिर यह प्रश्न उठा कि चक्रवर्ती होना क्या कोई बात-की-बात है। सम्पूर्ण आर्यावर्त्त मेरी आँखों के सामने ध्वस्त हो रहा है। यहाँ के मन्दिर और मठ, वृद्ध और बालक, ब्राह्मण और श्रमण—अनाथ, पंगु और भयत्रस्त हैं। किसी के जीवन का कोई मूल्य नहीं है, भरोसा नहीं है। एक-एक करके क्षत्रिय राज्य विदेशियों के प्रचंड प्रहार से जर्जर और भू-लुंठित होते जा रहे हैं। सारा उत्तरापथ व्याकुल है। मन्दिर ध्वस्त हो रहे हैं, शस्यक्षेत्र भस्मीभूत हो रहे हैं, राजप्रासाद शृगालों की ध्वनि के रूप में कातर चीत्कार कर रहे हैं। शिल्प और कला सिसक रही है, विद्वान् और शिल्पी शरण-प्रार्थना के लिए मारे-मारे फिर रहे हैं। कवि और शास्त्रज्ञ भिक्षुक-प्राय हो रहे हैं। जिधर देखो उधर आतंक और भीति का साम्राज्य है। इसी पृष्ठभूमि में तरुणतापस नागनाथ ने आशीर्वाद दिया है, तुम चक्रवर्ती होंगे। सरल जनपदवधू की भाँति रानी ने विश्वास किया है कि मैं चक्रवर्ती हूँ और मेरे चिन्तित होने से लाख-लाख प्रजाएँ और भी त्रस्त और व्याकुल हो जाएँगी। परन्तु रानी ने बड़े ही विश्वास और सरलता के साथ मेरे भीतर शक्ति संचारित की है। चक्रवर्ती होऊँ या न होऊँ, चन्द्रलेखा-जैसी रानी को पाकर मैं साम्राज्य से भी बड़ी वस्तु अवश्य पा गया हूँ।

रानी के मुखमंडल पर तब भी सहज स्मित और उल्लास की दीप्ति विद्यमान थी। वे मेरे मन के भीतर जो चल रहा है उसे समझने का प्रयत्न कर रही थीं। इसी समय कंचुकी के साथ विद्याधर भट्ट उपस्थित हुए। हम दोनों ने उन्हें प्रणाम निवेदन किया और उन्होंने दोनों हाथ उठाकर स्नेह-भरी मुद्रा में आशीर्वाद दिया।

आसन-ग्रहण के बाद विद्याधर भट्ट ने पहले रानी की ओर ही देखा। बड़े स्नेह से रानी के सिर पर हाथ फेरते हुए कहा, "बेटी, मैं तुमसे ही कुछ कहने आया हूँ।"

रानी ने सहज भाव से कहा, "अवहित हूँ, क्या आज्ञा है?"

विद्याधर भट्ट ने गला साफ किया। ऐसा जान पड़ा कि अन्तस्तल में जो गम्भीर सन्देश-वाक्य हैं उनके निकलने के लिए मार्ग की सफाई कर रहे हैं। फिर थोड़ा रुककर बोले, "बेटी, राज्य की सीमा से बड़े विकट समाचार प्राप्त हो रहे हैं। इस समय मुझे तुम्हारी ही आवश्यकता है।" थोड़ी देर मौन रहने के बाद उन्होंने उस संक्षिप्त सन्देश का भाष्य किया, "बेटी, तुम्हें नहीं मालूम। लेकिन मैं तुम्हें पहचानता हूँ। तुम साक्षात् पार्वती का रूप हो। तुम्हें रानी-रूप में वरण करने के कारण आज अवन्तिका के क्षीण-दुर्बल राज्य का अधिपति परम शक्तिमय हो गया है। तुम्हारी शिराओं में प्रतापी चन्देलों का दुर्धर्ष रक्त प्रवाहित हो रहा है। मेरी आँखें धोखा नहीं दे सकतीं। पहले ही दिन महाप्रतापी चन्देल-नरेश परमर्दिदेव, जिन्हें लोक में परमाल कहा जाता है, की दौहित्री को पहचानने में मुझे क्षण-भर का भी विलम्ब नहीं हुआ। बेटी, तुम्हारा जन्म ही संसार को मुक्ति देने के लिए हुआ है। क्षीण-बल अवन्तिका-नरेश आज धन्य हैं जो उन्हें परमर्दिदेव की दौहित्री का पाणिग्रहण करने का सौभाग्य प्राप्त हुआ है। बेटी, बड़े भयंकर शत्रुओं से पाला पड़ा है। मैं भविष्य की चिन्ता से व्याकुल हो गया हूँ। एक बार सर्वलक्षण-सम्पन्ना-सुन्दरी को राजराजेश्वर दलपंगुर महाराज जयित्रचन्द्र की पटरानी बनने की भविष्यवाणी कर चुका हूँ और प्रत्यक्ष देख भी चुका हूँ, वह भविष्यवाणी बड़ी भयंकर सिद्ध हुई। सम्पूर्ण उत्तरापथ जो आज क्षत्रियशून्य हो गया है, हतवीर्य, पराजित राजपुत्रों की त्यक्त और अभिशप्त भूमि दिखाई दे रहा है, उसके मूल में मेरी भविष्यवाणी का फल था।"

मेरी ओर फिरकर उन्होंने कहा, "बेटा, समय बिलकुल नहीं है। युद्ध की दुन्दुभी बज गई है। महाराज जयित्रचन्द्र ने जो गलती की थी उसे तुम्हें नहीं दोहराना है। महाराज जयित्रचन्द्र ने सूहवदेवी की क्षुद्र अहमिकाओं को मान देकर सारे देश को धोखा दिया। उन्होंने उसकी अहमिकाओं को उकसावा देकर अपने को हीन-बल और क्षीण-वीर्य बना दिया। राजा युद्ध-क्षेत्र में लड़ रहे थे और रानी अन्तःपुर से चुपचाप मुहम्मद गौरी को निमन्त्रण दे रही थीं। मुझे बड़ा दुःख हो रहा है बेटा कि साम्राज्य की अतुल शक्ति पाकर भी वह अपनी क्षुद्रताओं के भार से बुरी तरह दब गई थी। उसके भीतर जो तेजोदृप्त, महिमामयी नारी थी, वह सुप्त ही बनी रही। क्षुद्र स्वार्थों ने उसके विराट् रूप को पूरी तरह से दबोच दिया। तुम भाग्यवान हो बेटा, तुम्हारे साथ परमर्दिदेव का तेज जुड़ गया है। तुम असाध्य-साधन कर सकते हो, तुम आर्यावर्त्त को विनाश से बचा सकते हो। इस खंडित आर्य-भूमि में तुम्हीं चक्रवर्ती हो। मैं छन्दानुरोध नहीं कर रहा हूँ, सत्य कह रहा हूँ। चक्रवर्ती वह है जो कोटि-कोटि व्याकुल और त्रस्त जनता का रक्षक बनने का उत्तरदायित्व

लेता है। भारतवर्ष में यही परम्परा रही है। चक्रवर्ती राज्य की सीमाओं में बँधा नहीं रहता। वह राज्य-सुख का भोक्ता नहीं, दीन, दरिद्र और दलित का रक्षक या गोप्ता होता है। विक्रमादित्य, साहसांक और सातवाहन इसीलिए चक्रवर्ती थे कि उनके चित्त में निःशेष जगत् को दुःख और दारिद्र्य से मुक्त करने की स्वतःप्रेरणा होती थी। राज्य का अधीश्वर होना चक्रवर्त्तित्व नहीं है। धर्म-निर्विशेष मानव-मात्र की कल्याण-कामना से जो व्यक्ति शस्त्र ग्रहण करता है उसकी भुजाएँ वज्र-कपाट की भाँति आतंक और अत्याचार का अवरोध करती हैं। मेरी आँखों के सामने क्षुद्र राज्य-लिप्सा के कारण बड़े-बड़े राजराजेश्वर ध्वस्त, अवमानित और पद-दलित हो गए। सबके मन में राज्यविस्तार करने, कीर्ति प्राप्त करने और सुख भोगने की क्षुद्र लालसा पिशाचिनी की भाँति विद्यमान थी। पिछले पचास वर्षों के भीतर राज-पुत्रों की बड़ी-बड़ी शक्तियाँ बहुत तुच्छ बालों के लिए नष्ट हो गईं। बची-खुची भी नष्ट होने को उद्यत हैं। दीर्घ अनुभव के बाद मैं इस रहस्य को जान सका हूँ कि आदमी संकल्प से बड़ा होता है और संकल्प से ही छोटा हो जाता है। चाहमाण-नरेश पृथ्वीराज और गाहड़वार-नरेश जयित्रचन्द्र के सत्यानाश की कहानी सुनो और उस पर विचार करो तो बहुत ही हास्यास्पद जान पड़ेगा। बेटा, बड़ा संकल्प करो। संसार में जहाँ कहीं भी दरिद्रता है, रोग है, शोक है, अभाव है, उसके उन्मूलन के लिए कटिबद्ध हो जाओ। मेरी यह पार्वती-कल्पा वधू निस्सन्देह इस महान् संकल्प में तुममें अतुलित बल का संचार करेगी।''

विद्याधर भट्ट फिर कुछ सोचने लगे। उनकी दीप्त-वाग्धारा में मैं मानो स्नान-सा कर रहा था। हृदय के भीतर उत्साह का अंकुर तेजी से पल्लवित-पुष्पित हो रहा था। रह-रहकर केवल एक ही बात मन में प्रत्यक्ष हो उठती थी, मुझे महान् संकल्प करना है, निःशेष जगत को भय और आशंका के वातावरण से मुक्त करना है। रानी चन्द्रलेखा इस महान् संकल्प की उत्तर-साधिका के रूप में मुझे शक्ति देंगी। परन्तु बार-बार आर्य विद्याधर ने रानी को परमर्दिदेव की दौहित्री कहा, यह बात एक विचित्र पहेली की तरह मुझे चकित, व्याकुल बना रही थी।

अवसर देखकर मैंने कहा, ''आर्य, आपकी आज्ञा शिरोधार्य है। आपके चरणों की शपथ लेकर मैं प्रतिज्ञा करता हूँ कि मनुष्य-जाति के कल्याण के लिए शस्त्र ग्रहण करूँगा, किसी भी क्षुद्र स्वार्थ या सुख-लिप्सा को इस पवित्र संकल्प में कलुष-लेप करने का अवसर नहीं दूँगा। परन्तु आर्य, रानी चन्द्रलेखा तो सामान्य किसान की बालिका हैं, इन्हें आपने परमर्दिदेव की दौहित्री कैसे समझा? आर्य, यदि यह सत्य है कि रानी की शिराओं में परमर्दिदेव का महातेजस्वी रक्त प्रवाहित हो रहा है तो मुझे पूर्ण विश्वास है कि मैं सम्पूर्ण आर्यावर्त्त का निःसन्दिग्ध चक्रवर्ती हो गया हूँ। आशीर्वाद दें आर्य कि विक्रमादित्य, साहसांक और सातवाहन का

पराक्रम मुझे प्राप्त हो सके और मैं संसार के दुःख-दैन्य छिन्न-भिन्न कर सकूँ। यदि सचमुच परमर्दिदेव का रक्त मेरे अन्तःपुर की शोभा बढ़ा रहा है तो मुझसे भाग्यवान आर्यावर्त्त में कोई नहीं। यदि अनुचित न हो और अवसरोपयोगी हो तो मैं इस रहस्य के जानने का प्रसाद पाना चाहूँगा। इस संवाद-मात्र से मेरा साहस सौगुना बढ़ गया है, मेरा संकल्प वज्र की भाँति दृढ़ हो गया है। मैं अपने-आपको कृतकृत्य पा रहा हूँ।"

एक ही साथ विद्याधर भट्ट की दृष्टि मेरी और रानी की ओर घूमी। रानी के चेहरे पर आश्चर्य, कुतूहल और एक विचित्र करुणा का भाव परिलक्षित हो रहा था। रह-रहकर उनका उद्दीप्त मुखमंडल सिहर उठता था और ऐसा जान पड़ता था कि अन्तःस्थित आवेगों और संवेगों के आघात से उनकी शरीर-यष्टि हिल रही है। वे बोलीं कुछ नहीं, केवल जिज्ञासा-भरी दृष्टि से विद्याधर भट्ट की ओर एकटक देखती रहीं।

विद्याधर भट्ट ने ज़रा गला साफ करके कहा, "महाराज, यह कहानी सारे संसार में प्रचलित है कि महाराज जयित्रचन्द्र ने परमर्दिदेव की राजधानी दीर्घकाल तक घेर रखी थी। इस विग्रह का कारण क्या था, यह किसी को मालूम नहीं। लोग केवल इतना ही जानते हैं कि परमर्दिदेव के मन्त्री ने मुझे एक श्लोक सुनाया और मैं उस श्लोक पर रीझकर महाराजा जयित्रचन्द्र को शय्या-समेत रातोंरात कई योजन तक हटा ले गया और अन्त में महाराज जयित्रचन्द्र की आज्ञा से युद्ध बन्द हुआ और घेरा समाप्त हुआ।[4] परन्तु यह वास्तविक कहानी नहीं है। यह मेरी ही फैलाई हुई अधूरी कहानी है, जिसे मैंने जानबूझकर गलत ढंग से प्रचारित होने दिया था। कितने ही तुच्छ कारणों से आज के क्षत्रिय राजा भयंकर मार-काट और नरसंहार कर बैठते हैं, यह आपको विदित होगा। मिथ्या कुलाभिमान और झूठे आदर्शों के प्रति एकान्तनिष्ठा के कारण आर्यावर्त्त आज शक्तिहीन और दुर्बल हो गया है। भाटों और चारणों के मुँह से निराधार बातें सुनकर और केवल इतना जानकर कि अमुक राजा ने मेरी कुलीनता पर सन्देह प्रकट किया है, बड़ी-बड़ी लड़ाइयाँ छिड़ जाती हैं। शक्तिशाली राज्य आपसी कलह के शिकार होकर छिन्न-भिन्न हो रहे हैं। परन्तु महाराज जयित्रचन्द्र के आक्रमण के मूल में कुलाभिमान से भी बढ़कर कोई वस्तु थी जिसे दुनिया नहीं जानती। सुनोगे महाराज? इस कहानी से तुम्हारा सम्बन्ध है।"

मैंने विनीत भाव से कहा, "आर्य, जितना सुनने का अधिकारी हूँ, उतना सुनने को प्रस्तुत हूँ।"

विद्याधर भट्ट ने कहा, "आपको ज्ञात होगा महाराज कि विदेशियों ने कई बार महाराज पृथ्वीराज को ध्वस्त करने का प्रयत्न किया। किन्तु शाकम्भरी और दिल्ली

के महाप्रतापी नरेश पृथ्वीराज वज्र-कपाट की तरह उनका प्रतिरोध करते रहे। पारस्परिक कलह के कारण महाराज जयित्रचन्द्र इस वज्र-कपाट का मतलब नहीं समझ पाए। मैंने उनसे कई बार अनुरोध किया कि देव, काशी और कान्यकुब्ज के विशाल साम्राज्य का अस्तित्व तभी तक है जब तक दिल्ली का वज्र-कपाट स्थिर और अविचल है। मद-गर्वित महाराज जयित्रचन्द्र को यह सीधी-सी बात समझ में नहीं आई। वे अपने पितामह गोविन्दचन्द्र के उस सूत्र को जीवन-भर रटते रहे कि उत्तरापथ के विशाल मैदान का अधिपति वही हो सकता है जो घोड़ों के खुरों से उसे मुद्रित कर सकता है।[5] उन्हें अपनी विशाल अश्ववाहिनी पर गर्व भी था, जो नितान्त अनुचित नहीं कहा जा सकता। वे अपने को अश्वपतियों का सिरमौर समझते थे और ठीक ही समझते थे। परन्तु वे यह भूल गए कि उनकी विशाल अश्ववाहिनी तभी तक सहायक हो सकती थी जब तक दिल्ली का वज्र-कपाट दृढ़ और स्थिर बना रहे। वे पृथ्वीराज से वैर मानते थे और मन-ही-मन पृथ्वीराज की विपत्तियों की बात सुनकर प्रसन्न होते थे। मुझे इससे बड़ा ही क्लेश होता था। मैंने कई बार कहा कि वास्तविक परिस्थिति को ठीक-ठीक समझें। मेरी सबसे बड़ी कमजोरी यह थी कि उनकी रानी सूहवदेवी को पूर्ण विश्वास की दृष्टि से नहीं देखता था। मुझे पूर्ण आशंका थी कि रानी इस विषय में बाधक सिद्ध होंगी। जितना मैंने राजा को समझाने का प्रयत्न किया। उसका आधा भी रानी को समझाने का प्रयत्न करता तो वह भयंकर विपत्ति आती ही नहीं जो आज दीख रही है। रानी पर राजा के सभी परामर्शदाताओं का अविश्वास था। केवल मैं ही उसका हितू समझा जाता था। किन्तु मेरे मन में भी अनास्था उत्पन्न होती जा रही थी। मैं शंकित और व्याकुल था।

“एक दिन महाराजा जयित्रचन्द्र प्रसन्न थे। अवसर देखकर उनसे इस बात की अनुमति माँग ली कि प्रच्छन्न वेश में कुछ विश्वस्त अनुचरों के साथ महाराज जयित्रचन्द्र स्वयं दिल्ली और अजमेर की यात्रा करेंगे और विदेशियों के रणकौशल और प्रकृति का प्रत्यक्ष परिचय प्राप्त करेंगे। मुझे इस बात से बड़ी प्रसन्नता हुई और मैंने बड़ी निपुण योजना बनाई। राजधानी में यह बात बिलकुल ही गुप्त रखी गई। महाराज के साथ कुल दस विश्वस्त अनुचर चले। मैं भी उनमें सम्मिलित था। ग्यारह आदमियों की यह टोली बहुत ही साधारण वेश में सीमा की ओर अग्रसर हुई। कुछ अनुचर आगे चले जाते थे और सुरक्षित यात्रा की खबर पहुँचाते रहते थे। कुछ थोड़े-से अनुचर सुसज्जित घोड़ों के साथ हमारी टोली से थोड़ा आगे-पीछे रहकर चला करते थे। हम लोग पूरी सावधानी से इस बात का प्रयत्न करते थे कि कोई जान न सके कि घोड़ा ले जानेवाले हमारे ही साथी हैं। हमने यमुना पार करके नदी के दक्षिणी किनारे से चलने का निश्चय किया।

"तीन दिन की यात्रा के बाद हमारे अग्रगामी अनुचरों ने सूचना दी कि पृथ्वीराज की कोई बहुत बड़ी सेना महोबे पर आक्रमण करने के लिए प्रस्थान कर चुकी है। मुझे इस संवाद से बड़ा दुःख हुआ। जिस समय दिल्ली और शाकम्भरी क्षेत्र बाहरी आक्रमण से पूर्ण संकटग्रस्त हैं उसी समय पृथ्वीराज को महोवे पर चढ़ाई करने की क्या सूझी है! मैंने विचार किया तो ऐसा लगा कि इस समय हमारी यात्रा स्थगित होनी चाहिए। दो बातें थीं, एक तो यह कि पृथ्वीराज की मदगर्वित सेना कान्यकुब्ज की ओर भी बढ़ सकती है, दूसरी यह कि इस विकट स्थिति का लाभ उठाकर विदेशी सेना दिल्ली को ध्वस्त करके हमारी सीमा में भी प्रवेश कर सकती है। इस विषम परिस्थिति में महाराज जयित्रचन्द्र का राजधानी में नहीं रहना अनिष्ट का कारण हो सकता है। मुझे अपनी योजना रद्द करनी पड़ी और यमुना के दक्षिण का मार्ग छोड़ना पड़ा। विचार यही था कि हम लोग राजधानी लौट चलेंगे। एक विश्वस्त अनुचर को राजधानी में सावधान करने के लिए भेज दिया गया और हम लोग यमुना पार करके अपनी राज्य की सीमा से ही धीरे-धीरे पूर्व की ओर बढ़ने लगे।

"हम लोग कान्यकुब्ज की सीमा में कुछ दूर ही बढ़े होंगे कि एक भयंकर कोलाहल सुनाई पड़ा। महाराज जयित्रचन्द्र वीर पुरुष थे। क्षण-भर रुककर उन्होंने सावधानी से कोलाहल को समझने का प्रयत्न किया। स्पष्ट ही स्त्रियों की बहुत ही करुण-कातर ध्वनि सुनाई दे रही थी। एक क्षण में उनका हाथ तलवार की मूठ पर चला गया। उन्होंने इंगित से घोड़ा मँगवाया और तुरन्त जिधर से कोलाहल आ रहा था उधर बढ़ चले। दुर्भाग्यवश उस समय हमारे पास घोड़ों की संख्या कुल पाँच ही थी। कुछ विश्वस्त अनुचरों को निकटस्थ राजकर्मचारियों को सूचना देने के लिए भेज दिया गया और महाराज के साथ चार अश्वारोही सन्नद्ध होकर चल पड़े। मैं भी उनमें से एक था। हमने महाराज को चारों ओर से घेर लिया। उनके घोड़े को बीच में करके उधर बढ़े जिधर से आवाज आ रही थी।

"कोलाहल के निकट पहुँचने पर हमने आश्चर्य से देखा कि कुछ स्त्रियाँ पालकी में कहीं जा रही थीं, जिन पर कुछ अपरिचित वेशधारी विदेशी सैनिकों ने आक्रमण कर दिया था। स्त्रियों के कुछ थोड़े-से रक्षक उनसे जूझ रहे थे और स्त्रियाँ कातर चीत्कार कर रही थीं। महाराज जयित्रचन्द्र ने अप्रत्याशित रूप से बिजली की तरह आक्रामक रूप धारण कर लिया। यद्यपि उनकी संख्या अधिक थी, तथापि महाराज के अद्भुत साहस और अप्रत्याशित आक्रमण से वे बुरी तरह डर गए। आक्रामकों में भगदड़ मच गई। वे बहुत तेजी से भागे और हम लोगों ने दूर तक उनका पीछा किया। परन्तु यह समझकर कि स्त्रियाँ अब भी अरक्षित पड़ी हुई हैं, महाराज ने लौट आने का आदेश दिया।

"लौटकर जो दृश्य देखा, वह अत्यन्त भयावह था। पालकियों के रक्षक अधिकांश मर चुके थे। उनके शव खंडित होकर जहाँ-तहाँ पड़े थे। दो-तीन स्त्रियाँ पालकी से बाहर निकल आई थीं और वीर क्षत्राणी की तरह तलवार खींचकर पालकी का पहरा दे रही थीं। आक्रामकों से युद्ध करने के आवेश में हम लोग इतने अनवहित हो गए थे कि स्त्रियों की ओर देखा ही नहीं। हमारा एकमात्र लक्ष्य आक्रामकों को भगाना था। आक्रामक भाग चुके थे, उनकी संख्या अधिक थी फिर सन्नद्ध होकर उनके लौट आने की आशंका बनी थी।

"हम लोगों को देखकर स्त्रियों का साहस बढ़ गया था, किन्तु संकट की आशंका उनके मन में भी थी। हम कुल पाँच थे। स्वयं महाराज, मैं और तीन विश्वस्त अनुचर था। आते ही मैंने अपना कर्तव्य निश्चय कर लिया। दो अनुचरों को महाराज का मुद्रांकित पत्र देकर स्थानीय अधिकारियों के पास आक्रामकों को जीवित पकड़ने का आदेश भिजवा दिया। स्त्रियों के पास केवल तीन ही रह गए। स्वयं महाराजाधिराज जयित्रचन्द्र, उनका सर्वमुद्राधिकारी मैं और एक विश्वस्त अनुचर। उस स्थान से किसी ऐसे स्थान पर हट जाना आवश्यक था जहाँ सुरक्षित रहकर अकेले भी युद्ध किया जा सके। हम निश्चित जानते थे कि राजकीय सेना के उस स्थान पर पहुँच जाने में अधिक देर नहीं होगी। लेकिन इस बीच कोई और अनर्थ न हो जाए इसकी आशंका बनी थी।

"मैंने महाराज को किसी सुरक्षित स्थान में चलने की जब मन्त्रणा दी, तो उन्होंने सहज अकुतोभय भाव से उत्तर दिया, 'भट्ट, जयित्रचन्द्र की तलवार पर विश्वास रखो।' निस्सन्देह उनके अपार शौर्य और पराक्रम पर मेरी पूर्ण आस्था थी। किन्तु मैं इस आस्था के कारण उन्हें विपत्ति में झोंकने को तैयार नहीं था। मैंने अनुचर को आज्ञा दी कि आसपास कोई सुरक्षित स्थान देखकर तुरन्त लौट आए और स्वयं अकेला ही महाराज की रक्षा में तत्पर हो गया।

"महाराज ने आश्वस्त होने के बाद महिलाओं से पूछा, 'आप लोग कौन हैं? कहाँ से आ रही हैं और कहाँ जाएँगी?'

"एक प्रौढ़ महिला ने, जो देर तक हम लोगों की गुपचुप बात सुनने और समझने का प्रयत्न कर रही थी, हाथ जोड़कर कहा कि 'हम अपना परिचय देने के पूर्व यह जानना चाहती हैं कि हमारे अकारण हितू आप कौन हैं?' उसने स्पष्ट ही कहा कि 'यद्यपि आप लोगों के साधारण वेश है तथापि आपके मुखमंडल से जो सहज तेज उद्‌गीर्ण हो रहा है वह मुझे निश्चित रूप से बताता है कि आप लोग साधारण पुरुष नहीं हैं। प्राणों का भय छोड़कर इस प्रकार अनाथों की रक्षा का साहस, भयंकर शत्रु-मंडली में इस प्रकार अकुतोभय-भाव से घुस पड़ने की क्षमता और ऐसा तेजोदृप्त मुखमंडल निस्सन्देह आप लोगों को असाधारण पुरुष

सिद्ध कर रहे हैं। हम आपका ही प्रथम परिचय पाना चाहती हैं।'

"महाराज जयित्रचन्द्र ने मेरी ओर देखा। मैंने उस प्रौढ़ा महिला को उत्तर दिया, 'देवि, आपका अनुमान सत्य है। हम लोग काशी-कान्यकुब्ज के विशाल राज्य से सम्बद्ध हैं और महाराज जयित्रचन्द्र के विश्वस्त हैं। हमारा इतना परिचय आपके लिए पर्याप्त होगा। हम लोग आप लोगों का परिचय पाना चाहते हैं, जिससे आप लोगों को आपके घर सुरक्षित पहुँचा सकें।'

"महिला ने उत्तर दिया, 'आर्य, आपने समय पर उपस्थित होकर हम दुखिनी नारियों की जो सहायता की है, वह महाराज जयित्रचन्द्र के विश्वस्त के अनुरूप ही है। इस पालकी के भीतर बहुत ही महीयसी राजबाला जा रही है। विधि-विधान से हमारे ऊपर यह संकट आ गया। हम इस राजबाला के अमंगल दूर करने के निमित्त काशी की यात्रा कर रही हैं, लेकिन अमंगल पग-पग पर हमारा बाधक सिद्ध हो रहा है। इस पालकी में महाराजा परमर्दिदेव की औरस कन्या विराजमान है। यह भाग्य की अद्भुत विडम्बना कही जानी चाहिए कि हम लोग चोर की भाँति छिपकर अपनी राज्य-सीमा से बाहर आई हैं। अब हम लोग काशी-कान्यकुब्ज राज्य में आ गई हैं और आपको महाराज जयित्रचन्द्र का विश्वस्त अनुचर समझकर सूचित कर रही हैं। हम क्यों चन्देल राज्य से बाहर आईं, यह गुप्त रखने की अनुमति मिले। जिन वीरों ने हमारी रक्षा के लिए प्राणों की बाजी लगा दी उनसे कुछ भी छिपाना पाप है, किन्तु इतनी-सी बात सम्प्रति हम गुप्त रखना चाहती हैं। यदि आप लोगों की कृपा से हम महाराज जयित्रचन्द्र के सम्मुख उपस्थित हो सकें तो शेष कहानी उन्हें ही सुनाने की इच्छा है।'

"इतना कहकर प्रौढ़ा ने एक बार अपने मृत अनुचरों की ओर करुण दृष्टि से देखा। उनकी आँखों में आँसू छलक गए। फिर एक बार हमारी ओर देखकर उन्होंने कहा, 'आर्य, हम लोग दुर्भाग्य का प्रभंजन बाँधकर चली हैं। इन अनुचरों ने हमारे लिए क्या नहीं किया और अन्तिम समय में हम लोगों की रक्षा के लिए अपनी बलि दे दी। हम अमंगल मिटाने के लिए काशी जा रही हैं, किन्तु काशी पहुँचने के पूर्व ही अमंगल ने हमें ध्वस्त कर दिया। हाय, आज कौन परमर्दिदेव की कन्या को पैदल चलते देखने का साहस करेगा! इतनी बड़ी समृद्धि और शालीनता के बीच पली हुई राजबाला असहाय होकर, मूर्च्छित होकर, निश्चेष्ट अपनी पालकी में पड़ी हैं। हम कैसे उन्हें ले जाएँ, कहाँ ले जाएँ? हे भगवान!'

"महाराज जयित्रचन्द्र की आँखों में आँसू आ गए। मैं तो फूट-फूटकर रोने लगा। उन्होंने प्रौढ़ा महिला को सम्बोधित करते हुए कहा, 'कुछ चिन्ता न करो देवि और ऐसा मान लो कि हमने तुम्हें जयित्रचन्द्र के सामने ही पहुँचा दिया है। हमें यही आश्चर्य है कि राज्य-सीमा के भीतर विदेशी शत्रु किस प्रकार घुस आए।

परन्तु यदि घुस ही गए हैं तो निश्चित मानो कि उसका उचित दंड उन्हें मिलेगा। देवि, हमें इस बात का बड़ा दुःख है कि प्रबल प्रतापी महाराज परमर्दिदेव की औरस कन्या महामहिम राजकुमारी काशी कान्यकुब्जेश्वर की विशाल अश्ववाहिनी सेना द्वारा सुरक्षित भूमि में आकर भी संकटग्रस्त हो गईं। परन्तु विश्वास मानो, गाहड़वारों की प्रबल भुजाएँ रक्षा करने का उपाय जानती हैं। यदि प्रयोजन हुआ तो साम्राज्य की समूची शक्ति राजकुमारी की रक्षा के लिए अपने-आपको बलि चढ़ा सकती है। कुछ चिन्ता मत करो देवि, जिन्होंने सिंह की सटा को स्पर्श करने का साहस किया है, उन्हें उचित दंड मिलेगा। परन्तु इस समय कुछ थोड़ी देर के लिए हमें इस स्थान को छोड़कर किसी सुरक्षित स्थान पर जाना है। आएँ, विषम संकट उपस्थित हैं। इस समय राजकुमारी को शिविका सहित ले चलना सम्भव नहीं है। आसपास से शिविका-वाहकों को बुलाने में विलम्ब हो सकता है, इसलिए हमारी ओर से राजकुमारी से अनुरोध करो कि इस विषम संकट में हमारी इतनी प्रार्थना स्वीकार कर लें कि वे इस घोड़े पर बैठकर सुरक्षित स्थान पर चलें। फिर एक बार तुम्हें विश्वास दिलाता हूँ कि राजकुमारी कुछ भी अन्यथा न समझें। हम उनका उचित सम्मान करना जानते हैं, लेकिन कभी-कभी चाहते हुए भी मनुष्य उचित कर्तव्य पालन नहीं कर सकता। विलम्ब न करो देवि, भागे हुए शत्रु फिर सन्नद्ध होकर लौट सकते हैं।'

"प्रौढ़ा महिला ने एक बार ध्यान से महाराज जयित्रचन्द्र को नीचे से ऊपर तक देखा। उनकी आँखों से कृतज्ञता के आँसू झरने लगे। वे चुपचाप राजकुमारी की ओर चली गईं। थोड़ी देर में उन्होंने इंगित से मुझे अलग बुलाया और बहुत ही विनीत भाव से पूछा, 'आर्य, अपराध मार्जित हो तो मैं यह जानने का प्रसाद पाना चाहती हूँ कि जिस महानुभाव व्यक्ति से हमारी बातचीत हो रही थी, वे महाराज जयित्रचन्द्र ही तो नहीं हैं? ऐसा पूछने का कारण यह है कि राजकुमारी बता रही हैं कि महाराज जयित्रचन्द्र का जो चित्र उन्होंने देखा है उससे यह आकृति मिलती-जुलती है।'

"एक क्षण के लिए मैं चकित रह गया। मैंने उत्तर दिया, 'आकृति मिलना असम्भव नहीं है, आर्ये, मैं आपको इतना ही बता सकता हूँ कि इन महानुभाव की प्रत्येक बात को उतने ही गौरव के साथ स्वीकार करो जितना महाराज जयित्रचन्द्र की बातों को स्वीकार किया जा सकता है।'

"प्रौढ़ा ने मन्द स्मित के साथ कहा, 'अर्थात् वे ही हैं' और चुपचाप पालकी ओर चली गई।

"मैंने महाराज को प्रौढ़ा का पूछा गया प्रश्न ज्यों-का-त्यों सुना दिया। महाराज ने मन्द स्मित के साथ कहा, 'अर्थात् मैं पहचान लिया गया।'

"इसी समय दो दासियों ने राजकुमारी को शिविका से निकालकर महाराज के सामने उपस्थित किया। प्रौढ़ा ने अत्यन्त प्रसन्न कातर भाव से कहा, "महाप्रतापी परमर्दिदेव की हृदय-नन्दिनी राजकुमारी चन्द्रप्रभा काशी कान्यकुब्जेश्वर महाराज जयित्रचन्द्र को अपना विनीत नमस्कार निवेदन करती है।'

"क्षण-भर में हमारे सामने एक परम सुन्दरी किशोरी शिविका से बाहर निकली, जैसे उदयगिरी तटान्त से जलद-पटल को भेदकर चन्द्रमंडल उदित हुआ है। उनका सारा शरीर वस्त्रों से आपाद-मस्तक ढँका हुआ था। जैसे हलके महीन जलद-जाल के भीतर से चन्द्रमा की प्रभा निकलती रहती है और अन्धकार को दूर करती है, उसी प्रकार उस किशोरी के चारों ओर वस्त्रों के आवरण को भेदकर भी प्रभामंडल फैल गया था। एक क्षण के लिए राजकुमारी चन्द्रप्रभा ने करुण-कातर नेत्रों से देखकर फिर सिर झुका लिया। केवल कमल-नाल के समान दो कोमल हाथों के ऊपर जलज-सम्पुट की तरह उनके दोनों हाथ वस्त्रों से बाहर निकले और उन्होंने महाराजाधिराज जयित्रचन्द्र को मौन नमस्कार निवेदन किया।

"महाराज जयित्रचन्द्र शोभा और लावण्य की इस मूर्तिमती प्रतिमा को देखकर बिलकुल स्तब्ध हो गए। उनकी सम्पूर्ण चेतना अन्तस्तल में विलीन हो गई और वे काष्ठ-प्रतिमा की भाँति ज्यों-के-त्यों खड़े रह गए। मैं स्वयं आश्चर्य और जिज्ञासा से प्रायः हतचेष्ट हो चुका था। सामने क्या देख रहा हूँ, अपूर्व रूप और शोभा की खान राजकुमारी चन्द्रप्रभा खड़ी हैं, जैसे चन्द्रकिरणों की जाली से ही इस अपूर्व सुन्दरी का निर्माण किया गया हो! महाराज को उस अवस्था में देखकर मुझे उन्हें कर्तव्य-ज्ञान करा देने की आवश्यकता अनुभव हुई। मैंने महाराज का कन्धा हिलाकर उन्हें सावधान किया और अनावश्यक बल देते हुए लगभग चिल्लाकर कहा, 'राजकुमारी नमस्कार निवेदन कर रही हैं।'

"महाराज की संज्ञा लौट आई। उनका सारा मुखमंडल कदम्ब-कुसुम की भाँति रोमांच-कंटकित हो गया। मेरी बात सुनकर उन्हें अवस्था का ज्ञान हुआ और उन्होंने भी हाथ जोड़कर मूक की भाँति, स्तब्ध की भाँति, नेय की भाँति अपना नमस्कार राजकुमारी को निवेदन किया।"

विद्याधर भट्ट कुछ देर के लिए मौन रहकर ध्यानमग्न हो गए। स्पष्ट ही जान पड़ा कि वर्षों के व्यवधान को भेदकर वे उसी क्षण में पहुँच गए हैं और प्रत्यक्ष रूप से राजकुमारी चन्द्रप्रभा को देख रहे हैं। थोड़ी देर बाद उन्होंने रानी की ओर देखा और ईषत् स्मित के साथ उनके सिर पर हाथ फेरते हुए बोले, "बेटी, तुझे देखता हूँ तो ऐसा जान पड़ता है कि प्रथम दर्शन में राजकुमारी चन्द्रप्रभा को जैसा देखा था वही मूर्ति प्रत्यक्ष देख रहा हूँ। दीपशिखा से ही दीपशिखा प्रज्वलित होती है। रूप में, प्रभा में, दीप्ति में एकदम समान! राजकुमारी चन्द्रप्रभा बहुत दिनों तक

जीवित नहीं रहीं। तुम्हारे जन्म के बाद वे इस लोक का परित्याग करके चली गईं। परन्तु उनकी प्रत्यक्ष तेजोमयी मूर्ति आज भी मेरी आँखों के सामने है। बेटी जयित्रचन्द्र के साथ जो परमर्दिदेव का विग्रह हुआ, उसके मूल में राजकुमारी चन्द्रप्रभा के प्रति महाराज जयित्रचन्द्र का अगाध प्रेम और अनुराग था। चन्देलों के व्यर्थ कुलाभिमान ने न केवल उस प्रेम को पल्लवित-पुष्पित होने में बाधा दी, बल्कि अपूर्व शील और शोभा की मूर्तिमती प्रतिमा, पातिव्रत्य और निर्मल प्रेम-निष्ठा की साक्षात् विग्रह-रूपा कुमारी चन्द्रप्रभा का जीवन ही समाप्त कर दिया। न जाने कैसा दुर्घट भविष्य इस देश के लिए विधाता ने तैयार कर रखा है! दो राजकुलों के दरार को पाटने के लिए जो वज्र-लेप विधाता की ओर से हमें अनायास प्राप्त हो गया था, वह भी विधि-विधान से हमारे लिए सत्यानाश का हेतु ही बन गया। अन्त में, मुझे सन्तोष है बेटी, वह वज्र-लेप निःशेष नहीं हो गया। चन्द्रलेखा के रूप में वह आज भी जीवित है और सौभाग्यवश दो नहीं, तीन राजकुलों के एकीकरण में निमित्त बन रहा है। दुर्भाग्य से आज परमर्दिदेव का बल टूट गया है, केवल उनका नाम शेष है। महाराज जयित्रचन्द्र की वाहिनी भी छिन्न-विच्छिन्न हो गई है और लोककथाओं में विकृत रूप में प्रचारित हो रही है। परन्तु इतिहास का सत्य सर्वकाल का सत्य होता है। जो नष्ट हो गया है वह केवल भौतिक सत्ता है। भाव-जगत् में आज भी गाहड़वारों का दुर्दण्ड बल ज्यों-का-त्यों विद्यमान है और प्रतापी परमर्दिदेव की शूरता और स्वाभिमान इस देश की दलित और निष्पिष्ट जनता के मन में प्रेरणा के रूप में विद्यमान है। कहीं कुछ बिगड़ा नहीं है। भाव-जगत् के इन छिन्न सूत्रों को लेकर हमें आज भी इस देश को दीनता, परमुखापेक्षिता, दरिद्रता और असहाय जर्जरता से मुक्त करना है।

"परमर्दिदेव और जयित्रचन्द्र के सम्मिलित प्रताप की मूर्तिमती प्रतिमा चन्द्रलेखा मैं तुम्हें इस देश के उद्दीप्त इतिहास की प्रेरणा मानता हूँ। देवि, उठो, इस हतश्री देश को प्रेरणा दो। तुम व्यर्थ कुलाभिमान का शरीरधारी प्रतिवाद हो। तुम राजपुत्रों की आदर्श प्रेम-निष्ठा का मधुर फल हो और इतिहास-विधाता का जो कुछ भी विधान है उसकी ओर इंगित करनेवाली अप्रतिम तर्जनी हो। बेटी, क्या होनेवाला है, कोई नहीं जानता। परन्तु क्या करना है, यह बिलकुल स्पष्ट है। बिजली की तरह कड़को, सुधा-धारा की भाँति बरसो और असहाय प्रजा में साहस और शक्ति का संचार करो। इस अन्तिम वयस में यदि विद्याधर भट्ट यह देख सका कि इस देश की निरीह प्रजा उद्बुद्ध हो गई है, उसमें आत्मबल का संचार हो गया है, वह परास्त होकर भी हत-दर्प नहीं हुई है, वह पीड़ित होकर भी आत्मबल से हीन नहीं हुई है तो वह निश्चिन्त मर सकेगा। अस्सी वर्ष तक जीवन के अनेकविध अनुभवों के भीतर से केवल एक ही बात समझ सका हूँ—शस्त्र-बल से हारना हारना नहीं

है, आत्मबल से हारना ही वास्तविक पराजय है। बेटी, सारा-का-सारा देश विदेशियों से आक्रान्त हो जाए, मुझे रंचमात्र भी चिन्ता नहीं होगी, यदि प्रजा में आत्मविश्वास बना रहे, अपने गौरवमय इतिहास की प्रेरणा जाग्रत रहे।"

आवेश में रानी उठकर खड़ी हो गईं। उनके सारे शरीर में अनुभाव की अद्भुत प्रेरणा-तरंगें विलसित होने लगीं। उन्होंने हाथ जोड़कर विद्याधर भट्ट को प्रणाम किया और कहा, "आर्य, ऐसा ही होगा। इस देश में मिथ्या खंड-अभिमानों को चूर्ण करने के लिए चन्द्रलेखा वज्र के हथौड़े का काम करेगी और हत-दर्प, हीन-वीर्य पराजित प्रजा के चित्त में इतिहास की मंगलमयी प्रेरणा देने के लिए वह अमृत की तरह झरेगी। आर्य, आश्वस्त हों। जब तक विषमता का संकट दूर नहीं होता, एक-दूसरे को नीचा दिखाने के लिए आयोजित घिनौने युद्धों का अवसान नहीं होता, पशु-बल की तुलना में आत्मबल की उच्चता प्रकट नहीं होती, तब तक चन्द्रलेखा को शान्ति नहीं मिलेगी। वह मर भी नहीं सकेगी।"

विद्याधर भट्ट ने स्थिर नेत्रों से रानी की ओर देखा। उन नेत्रों से आलोक की उद्दीप्त शिखा निकलती-सी जान पड़ती थी। रानी के सिर पर हाथ रखकर उन्होंने आशीर्वाद दिया, "बेटी, इस काम के लिए बड़ी घोर तपस्या की आवश्यकता है। इतिहास-विधाता जिसे अपना कठोर कृपाण देते हैं उसमें उसे ग्रहण करने की शक्ति है या नहीं, इसकी कठिन परीक्षा लेते हैं। अविचलित रहो, महान संकल्प ही बड़ी वस्तु है।"

फिर वे मेरी तरफ मुड़कर बोले, "सौभाग्यशाली हो बेटा! तुम्हें गाहड़वारों और चन्देलों का सम्मिलित तेज अनायास प्राप्त हो गया है। परम तेजस्विनी विद्युत की भाँति चन्द्रलेखा तुम्हें प्राप्त हो गई है। उसे अपने अंक में लेकर तुम प्रभंजन की भाँति बहो और मेघ की भाँति बरसो। उठो, विलम्ब करने से अनर्थ हो सकता है।"

मैं भी उठकर खड़ा हो गया और जहाँ रानी खड़ी थी उसी स्थान पर उन्हीं के साथ हाथ जोड़कर विद्याधर भट्ट के सामने स्थिर, शान्त, अविचल स्थित हुआ। विद्याधर भट्ट ने बारी-बारी से मेरे और रानी के मस्तक का स्पर्श किया। हमने भी झुककर प्रणाम किया। उनकी आँखों से आँसू की धारा बहने लगी। वे निवात-निष्कम्प दीपशिखा की भाँति कुछ काल के लिए स्थिर हो गए। फिर स्वयं खड़े होकर हम दोनों के मस्तक का स्पर्श किया और बोले, "महान संकल्प ही महान फल का जनक होता है।"

# [ 6 ]

विद्याधर भट्ट के चले जाने के बाद मैंने रानी की ओर देखा। वे अपने में ही खोई-खोई जान पड़ती थीं। कदाचित् वे अपनी जननी चन्द्रप्रभा की बात सोच रही थीं, कदाचित् चन्देलों और गाहड़वारों के अद्‌भुत पराक्रम और विचित्र शौर्य की बातें सोच रही थीं, कदाचित् आर्यावर्त्त की कोटि-कोटि हीन-दरिद्र प्रजा के दुःख विमोचन का स्वप्न देख रही थीं, कदाचित् प्रतापी जयित्रचन्द्र के अपार धैर्य और साहस का ध्यान कर रही थी, कदाचित् अपने गाँव के जीवन की घटनाएँ स्मरण कर रही थीं। मैं ठीक नहीं कह सकता कि वे क्या सोच रही थीं, लेकिन इतना निश्चित था कि विविध प्रकार के आवेगों और संवेगों के आघात-प्रत्याघात से स्थिर, निश्चल, केसर-प्रतिमा की भाँति निश्चेष्ट हो गई थीं। उनके मुखमंडल पर कातरता की रेखा नहीं थी, किसी प्रकार की दुश्चिन्ता भी नहीं थी, केवल ऐसा जान पड़ता था कि समस्त प्राण-पुंज अन्तर्निरुद्ध हो गए हैं और कहीं किसी प्रकार की कोई बाह्य चेष्टा परिलक्षित नहीं हो रही है। रह-रहकर उनकी अंगयष्टि से और कपोल-पालि से रोमांच की ऊर्ध्वगामिनी लहरें ललाट से भी ऊपर जाकर उनके घन-कुंचित मसृण केशों को स्पन्दित कर देती थीं। परन्तु कोई और बाहरी चेष्टा उनमें नहीं दिखाई पड़ रही थी। रोमांच की लहरें बता रही थीं कि वे विचित्र आवेग-तरंगों में स्नान कर रही हैं। वे आविष्ट-सी, समाधिस्थ-सी, अन्तर्लीन-सी, निवात-निष्कम्प दीपशिखा-सी दिखाई दे रही थीं। कह नहीं सकता कि शास्त्रों में जिसे मनोन्मनी अवस्था कहा जाता है, जहाँ समस्त प्राण-वायु अन्तर्विलीन होकर चित्त को अचंचल बना दिया करता है, कुछ उसी प्रकार की अवस्था है या नहीं। परन्तु इसमें कोई सन्देह नहीं कि रानी साधारण मनुष्यों की विचारमग्न अवस्था में कुछ भिन्न अवस्था को प्राप्त हो गई थीं। इस समय उनकी शोभा और शालीनता सौ गुनी बढ़ गई थी, जैसी पार्वती ने ही समाधि लगाई हो, विद्युत-शिखा ने ही चांचल्य छोड़कर आसन बाँध लिया हो, चन्द्रमा की मरीचिमाला ने ही ध्यान-साधना आरम्भ की हो। कालिदास ने कहा है कि 'कौन ऐसी वस्तु है जो मधुर आकृतियों का मंडन न हो जाए। शैवाल-जाल से अनुविद्ध होकर भी कमल-पुष्प अभिराम दीखता है, चन्द्रमा का मलिन कलंक भी शोभा और सौन्दर्य विकीर्ण करता रहता है। वल्कल-परिधान में शकुन्तला अधिक मनोज्ञ हो उठी थी।' परन्तु उन्होंने क्या कभी यह भी सोचा था कि मधुर आकृतियाँ प्रत्येक अवस्था में रमणीय होती हैं!

रानी इस समाधि की अवस्था में अधिकतर मनोज्ञ दीख रही थीं। ऐसा जान पड़ता था कि मेरी दृष्टि में जितनी दूर तक भी सौन्दर्य-कल्पना की उड़ान हो सकती थी उसी ने पार्थिव विग्रह धारण किया था। वह कल्पना और भी गतिशील

हो उठी है। कैसा आश्चर्य है कि अपने-आपमें शान्त और स्थिर रहकर भी रानी का वह मनोज्ञ-शोभन रूप मेरे मन को अधिकतर चंचल और गतिशील बना रहा था। क्यों ऐसा होता है?

मैंने सुना है कि संसार में जो प्रपंच दिखाई दे रहा है, उसके मूल में एक स्थिर और एक चंचल, दो तत्त्वों का प्रस्पन्द-विस्पन्द लीलायित हो रहा है। मैं जो इस समय अनुभव कर रहा हूँ वह क्या इसी तत्त्व का प्रत्यक्ष रूप है। रानी के समाधिस्थ भाव से मेरे चित्त में इतना चांचल्य क्यों उत्पन्न हो रहा है? ऐसा जान पड़ता था, जैसे कोई चुम्बन स्वयं निश्चेष्ट होकर भी लोह-राशि को गतिशील बनाकर वेगपूर्वक अपनी ओर खींच रहा हो। ठीक उसी प्रकार रानी का शोभन रूप मेरी समस्त वृत्तियों को आलोड़ित और आकृष्ट होने की स्थिति उत्पन्न कर रहा था। बाहर से दुर्दान्त शत्रुओं के आक्रमण की खबर आई है और भीतर सारी सत्ता द्रवित होकर रानी की ओर ढरक जाना चाहती है। यह क्या विरोध है? आपात दृष्टि से तो यह विषम विरोध ही प्रतीत होता है। मुझे तत्काल बाहर जाना चाहिए और अपनी सारी शक्ति प्रजा-वर्ग में संचरित करके प्रतिरोध की भावना उत्पन्न करनी चाहिए और मैं अपनी सम्पूर्ण सत्ता को रानी में विलीन कर रहा हूँ! यह विरोध नहीं तो क्या है?

मैंने अनेक राजाओं के बारे में यह कहानी सुन रखी है कि बाहर जब शत्रुओं का आक्रमण हो रहा होता था तो वे अन्तःपुर में अपने-आपको सौन्दर्यपाश में बाँध लेते थे। कहानियों में इस विरोध का भीषण दुष्परिणाम भी बताया गया है। नीतिपरक सूक्तियों का साहित्य भी इस भावना का विरोधी है, परन्तु सत्य यही है कि मैं उस भावना का शिकार हो गया हूँ। विद्याधर भट्ट ने कदाचित् इसी भावना को दूर करने के उद्‌देश्य से मुझे नहीं, रानी को सम्बोधित करके उद्‌बोधक वाक्य कहे हैं। उनके नपे-तुले शब्द अब भी कानों में गूँज रहे हैं। परन्तु मैं स्तब्ध की भाँति, जड़ की भाँति, नेय की भाँति चुपचाप रानी की सौन्दर्य-सुधा का पान कर रहा हूँ।

क्षण-भर में मुझे अवस्था का ज्ञान हुआ और मैंने रानी के कोमल करतलों को हाथ में लेकर दबाया। थोड़ी देर में रानी की संज्ञा लौट आई। उनके चेहरे पर सहज स्मित का भाव खेल गया। अब उन्होंने मेरी ओर देखा। उस दृष्टि में प्रेम का पारावार उमड़ रहा था। सहज मनोरम वाणी में उन्होंने कहा, ''क्या सोच रहे हो, महाराज?''

'क्या सोच रहा हूँ? कैसे बताऊँ, देवि, कि मैं क्या सोच रहा हूँ। विचित्र विरोधी भावनाओं का शिकार बना हुआ हूँ। विवेक बारम्बार बाहर जाने को प्रोत्साहित कर रहा है और आसक्ति उससे भी अधिक वेग से रानी की ओर खींच रही है।'

रानी ने ही फिर कहा, "विद्याधर भट्ट की कथा से तुम्हारे चित्त में मेरे प्रति क्या अधिक आदर-भाव आ गया है? क्या तुम समझ रहे हो, चन्द्रलेखा परमर्दिदेव और जयित्रचन्द्र के प्रतापशाली रक्त की प्रतिनिधि होने से कुछ अधिक गौरव की अधिकारिणी हो गई है? यदि ऐसा सोचते हो तो ठीक नहीं सोच रहे हो। चन्द्रलेखा तुम्हारी जैसी रानी दो घड़ी पूर्व थी, वैसी ही अब भी है। विद्याधर भट्ट की वाणी का जो अर्थ समझा है वह यह है कि आर्यावर्त्त के विनाश का हेतु व्यर्थ का कुलाभिमान है, परन्तु थोड़ी देर सोचो महाराज, इस कुलाभिमान ने क्या मेरे और तुम्हारे चित्त को चंचल नहीं बना दिया? क्या हम दोनों में सचमुच परिवर्तन नहीं हुआ? मैं भी वही हूँ और तुम भी वही हो। परन्तु दो घटी के वार्तालाप ने हम दोनों के चैतन्य को बुरी तरह झकझोर दिया है। मेरे चित्त में क्षण-भर के लिए कुलाभिमान ने सचमुच ही आवेगों की अगणित तरंगें उत्पन्न कर दी थीं। मैं अनुभव करने लगी थी कि मैं साधारण से कुछ बड़ी हूँ और कदाचित् तुम भी अनुभव करने लगे थे कि मैं साधारण से कुछ बड़ी हो गई हूँ। अपने-आपके बारे में रंचमात्र का ज्ञान कितना परिवर्तन ला देने में समर्थ हुआ है! मैं सोच रही हूँ कि अपने बारे में यदि इससे भी बड़ा संवाद मिले तो हमारी क्या दशा होगी? आत्मज्ञान की यह मामूली-सी चिनगारी बहुत कुछ को आलोकित करने में समर्थ हुई है। यदि उसका परा प्रकाश मिल जाए तो क्या होगा, मैं यही सोच रही हूँ।"

मुझे झटका लगा। जिस बात ने मेरे चित्त में आसक्ति की आँधी बहा दी है, उसी बात ने रानी के चित्त में विवेक का प्रदीप उद्दीप्त कर दिया है। कितना अन्तर है! मैंने विनीत भाव से कहा, "देवि, विद्याधर भट्ट की बातों से मैंने तुमको जितनी महिमामयी समझा था, अब कहीं उससे बड़ी समझने लगा हूँ। मेरे चित्त में सचमुच ही मोह उत्पन्न हो गया था, और यद्यपि तुम्हारे वाक्यों से कुछ बड़ी बात सोचने की प्रवृत्ति उत्पन्न हुई, तथापि अब भी मैं उस मोह को काट नहीं सका हूँ। मैं अनुभव कर रहा हूँ कि तुम्हारी इस मृण्मयी मोहनकाया के भीतर ततोधिक सुन्दर चिन्मय तत्त्व है। परन्तु अपराध मार्जित हो देवि, वह मेरी पहुँच की सीमा के बाहर है। मैं प्रबल प्रतापी परमर्दिदेव और महापराक्रमी जयित्रचन्द्र के रक्त की महिमा भूल नहीं सकता हूँ। मैं जानता हूँ कि हमारे भीतर का चिन्मय तत्त्व समस्त मृण्मय तत्त्वों से बड़ा है। वह परमर्दिदेव और जयित्रचन्द्र से अनन्त गुण-बलशाली है, परमपुरुष का औरस ही नहीं, स्वयं मूर्तिरूप है। परन्तु ये सब मेरी पढ़ी-सुनी बातें हैं। जो बात मैं अपने रक्त के कण-कण में अनुभव कर रहा हूँ, वह यह है कि परमर्दिदेव और जयित्रचन्द्र के रक्तमांस का साक्षात् सजीव रूप चन्द्रलेखा को पा सका हूँ। चन्द्रलेखा शोभा और शालीनता की मूर्ति, शील और कौलीन्य की प्रतिमा, मेरे समस्त मनोविकारों का सर्वोत्तम निखरा हुआ ठोस रूप है।

"देवि, मैं आज धन्य हूँ, अपने को कृतार्थ अनुभव कर रहा हूँ। मेरी शिराओं में उत्साह की स्रोतस्विनी बह रही है, मैं उल्लिसित हूँ, उद्दीप्त हूँ, सफल-काम हूँ। मैं तुम्हारे भीतर के चिन्मय तत्त्व को आदर और श्रद्धा की दृष्टि से देखता हूँ और तुम्हारे मृण्मय तत्त्व को बिलकुल अपना समझ रहा हूँ। क्षमा करो देवि, मेरे लिए तुम्हारा यह रूप और लावण्य ही सर्वस्व है। उसको पाकर ही अपने को चरितार्थ अनुभव कर रहा हूँ। इसके भीतर जो तेजोमय चिन्मय तत्त्व है उसे पा जाऊँ तो शक्तिशाली हो जाऊँगा, महान् बन सकूँगा। लेकिन उसके प्रति मेरा कोई लोभ नहीं है। वह मेरे लिए अनायास-लब्ध प्रयोजनातीत सम्पत्ति है। देवि, मेरा अन्तःकरण द्रवित होकर तुम्हारी इस रूप-धारा में ढरक जाना चाहता है।"

रानी ने मन्द स्मित के साथ कहा, "मेरे अन्तर्यामी ही जानते हैं कि तुम कितनी सत्य बात कह रहे हो! मैं तो केवल तुम्हारे चित्त के भीतर जो कुलगौरव-जन्य आदर-भाव है, उसी को क्षीण करना चाहती हूँ। कौन कहता है, महाराज, कि तुम्हें जो तृप्ति मिली है वह असत्य है, धोखा है? असत्य वह तृप्ति नहीं है, परन्तु इस तृप्ति को अधिक निखारने का दावा करनेवाला कुलाभिमान का भ्रम असत्य हो सकता है। भूल गए महाराज! पिंजड़ा भी तुम्हारा, चिड़िया भी तुम्हारी!"

मैंने आवेश में रानी के कोमल करतलों को चूम लिया और बोला, "मैं पिंजड़े का भी, चिड़िया का भी।" और रानी को कठिन आलिंगन-पाश में बाँध लिया। कुछ देर तक ऐसा जान पड़ा कि मेरी सम्पूर्ण सत्ता रानी में विलीन हो गई है और रानी की सम्पूर्ण सत्ता मुझमें विलीन हो गई है। एक अद्भुत सत्ता, जिसका नाम नहीं है, कदाचित् शून्यरूपा है, निरालम्ब स्वभाव है, भावाभाव विनिर्मुक्तावस्था है। देर तक मैं रानी की ओर ताकता रहा और रानी मेरी ओर देखती रही। एक अद्भुत आविष्ट-सी अवस्था में हम दोनों स्नान करते रहे।

इसी समय अन्तःपुर के बहिर्द्वार पर दमामा बज उठा। बन्दी जन उल्लासपूर्वक जय-निनाद करने लगे और चारण-कवि वीरता-व्यंजक और युद्धोन्माद उत्पन्न करनेवाले छन्द पढ़ने लगे। एकाएक कोलाहल शान्त हुआ। नगाड़े पर जोर की चोट पड़ी और मेघ-गर्जन के समान गुरु-गम्भीर स्वर में जगन्नायक भट्ट की वाणी सुनाई पड़ी :

*"बज्जै बर कोहं, लग्गै लोहं, छक्कै छोहं तजि मोहं।*
*सूरातन सोहं स्वामिन दोहं, मत्ते दोहं रिन डोहं॥*
*बर-बार बिछुट्टै बगतर फुट्टै, पार न षुट्टै धर तुट्टै।*
*तरवारिन तुट्टै धम्मर लुट्टै, अंग अहुट्टै गहि झुट्टै॥*
*बीरा-रस-रज्जं सूर सगज्जं सिंधुअ बज्जं मन सज्जं।*
*जम दढ्ढ सुसज्जै हथ्थह मज्जै छिंछन छज्जै रिन रज्जं॥"*

कविता समाप्त होते ही जय-निनाद हुआ। मैं रानी के आलिंगन-पाश को छोड़कर खड़ा हो गया, बोला, "देवि, रणदुन्दुभी बज गई है, अनुमति चाहता हूँ और शक्ति माँगता हूँ।"

रानी उठकर खड़ी हो गईं, बोलीं, "ठहरो महाराज, मुझे थोड़ा समझ लेने दो। यह कौन गा रहा है?"

मैंने कहा, "देवि, प्रतापी महाराजा परमर्दिदेव के राजकवि जगन्नायक भी आजकल मेरे ही यहाँ आ गए हैं। वे वृद्ध हो गए हैं और कालिंजर-दुर्ग के पतन के बाद निराश भी हो गए हैं। उन्होंने परमर्दिदेव के प्रतापी वीर आल्हा-ऊदल की यशोगाथा लिखी थी। उस काव्य में मुर्दों में भी प्राण ढालने की शक्ति थी। परन्तु कालिंजर दुर्ग के पतन के बाद उन्हें कविता से ही वितृष्णा हो गई। उन्हें ऐसा मालूम हुआ कि उनकी साधना फलवती नहीं हुई। वे भटकते हुए यहाँ आ गए थे, मुझसे बड़े निराश स्वर में कहा था, 'मेरी कविता बन्ध्या सिद्ध हो चुकी है। अब मैं किसी राजवंश की सेवा के योग्य नहीं रह गया हूँ, मैंने कविता करना ही छोड़ दिया है।' परन्तु मैंने उन्हें आश्वासन दिया और वे यहीं रहने लगे। आवश्यकता पड़ने पर दूसरे कवियों की कविता का पाठ करते हैं—स्वयं नहीं लिखते। अभी उन्होंने जो पाठ किया है वह उनकी अपनी रचना नहीं है। जान पड़ता है विद्याधर भट्ट के अनुरोध पर उन्होंने काव्य-पाठ करना स्वीकार कर लिया है। परन्तु यह रचना महाराज पृथ्वीराज के राजकवि चन्दवलद्दिय की जान पड़ती है। जगन्नायक के कंठ में इस वृद्धावस्था में भी अद्भुत ओज है। यद्यपि उन्होंने स्वयं काव्य लिखना छोड़ दिया है, परन्तु उनका कंठ आज भी मृतकों के भी चित्त में प्राण संचरित कर देता है। देवि, जान पड़ता है विद्याधर भट्ट के मन में आशंका हुई है कि मैं तुम्हारे प्रेम के मोह में उलझ गया हूँ। यही कारण है कि जगन्नायक भट्ट को प्रतोली-द्वार पर काव्य-पाठ करने के लिए उद्बोधित किया है। आज्ञा दो, मैं विद्याधर भट्ट की आशाओं को मूर्तरूप दे सकूँ।"

रानी ने कहा, "अवश्य महाराज, परन्तु तुम्हारा चित्त सचमुच ही मोहग्रस्त है। ठहरो, मैं अभी तुम्हारे साथ बाहर चलूँगी। कहीं तुम विचलित न हो जाओ। लोग यह न कहने लगें कि चन्द्रलेखा के प्रति आसक्त होने के कारण प्रतापी सातवाहन कर्तव्य की अवहेलना करने लगे। मैं छाया की तरह तुम्हारे साथ रहूँगी और प्राणों को हथेली पर लेकर उसे तुम्हारी तलवार की धार पर ढालती रहूँगी। स्त्री का साथ होना तो वर्जित नहीं है न महाराज?"

मैंने हँसकर उत्तर दिया, "लोग तो यही कहते हैं, देवि कि स्त्री और युद्ध विरोधी तत्त्व हैं।"

रानी ने कहा, "लोग बहुत-सी बेकार बातें करते हैं, चलो।" और मेरे

पीछे-पीछे बाहर निकल आईं।

बाहर सुसज्जित वेश में सैनिक खड़े थे। सबसे पहले आगे पैदल सेना की एक टुकड़ी थी। उसके पीछे घुड़सवारों की टुकड़ी थी। द्वार पर विद्याधर भट्ट, धीर शर्मा और जगन्नायक मेरी प्रतीक्षा में खड़े थे। मुझे और रानी को देखकर सैनिकों में बड़े उल्लास का संचार हुआ। वे बार-बार मेरा और रानी का नाम ले-लेकर जय-जयकार करने लगे। ऐसा जान पड़ा कि जगन्नायक भट्ट निश्चित रूप से यह जानते थे कि रानी भी मेरे साथ आएँगी। उन्होंने हाथ से सैनिकों को शान्त रहने का इंगित किया और सिंह-गर्जन के साथ गुरु-गम्भीर वाणी में पुनः कवित्त-पाठ किया :

*"तूं वै एकह पन रहे रंग कुसुम्भ प्रमान।*
*हौं नन छंडौ पास तुअ तीनों पनह समान॥*
*तूं लज्जी यों सथ्थ है दान, वग्ग अरु रूप।*
*मौं चल्लै तीनों चलै संची चवै न भूप॥"*

थोड़ी देर के लिए जय-निनाद से आकाश फटता रहा। मैंने पहली बार अनुभव किया कि नारी-सौन्दर्य सैनिकों में अद्भुत उत्साह का संचार करता है। ऐसा जान पड़ता था कि मेरा नेतृत्व पाकर सैनिक जितना उत्साहित होते उससे कहीं अधिक रानी के नेतृत्व से उत्साहित थे। मैं आश्चर्य और कुतूहल से देखता रहा कि सैनिकों में किस प्रकार पुलकित भाव बढ़ता जा रहा है। इस बार धीर शर्मा की बारी थी। उन्होंने मांगल्य-उपचार के साथ हम दोनों की मंगलकामना की और बड़ी ही गद्गद वाणी में पार्वती के चरणों की वन्दना में लिखे श्लोक का पाठ किया :

*"दिश्यन्महासुरशिरः सरसीप्सितानि—*
*प्रेखन्नखावलिमयूख मृणालनालम्।*
*चण्ड्याश्चलच्चटुलनूपुर चञ्चरीक—*
*झांकारहारि चरणाम्बुरुहं द्वयं वः॥"*[6]

धीर शर्मा ने श्लोक की व्याख्या करते-करते एक छोटा-सा व्याख्यान ही दे डाला। बोले, "वीरो, पार्वती-कल्पा महारानी चन्द्रलेखा तुम्हें मनोवांछित विजय का निश्चित उपहार देने आई हैं। मैं चंडिका के उन दोनों चरण-कमलों की वन्दना करता हूँ, जो विकट युद्ध में पराजित भयंकर असुरों के कटे हुए मुंडों के सरोवर में अपनी ही नख-किरणों के मृणाल पर कमल की भाँति खेल रहे थे और जिन पर देवी के चरणों के चंचल नूपुर इस प्रकार झंकार कर रहे थे मानो भौंरों की टोली

गुंजार कर रही है। आज महारानी चन्द्रलेखा के रूप में हमें साक्षात् भगवती दुर्गा का वरदान प्राप्त हुआ है। वीरो, मरण-महोत्सव का ऐसा सुन्दर पर्व फिर नहीं मिलेगा। पवित्र आर्य-भूमि आज विदेशी दस्युओं के आक्रमण से हत-दर्प होकर कराह रही है। मातृभूमि के गौरव की रक्षा का भार तुम्हारे कन्धों पर है। वीरो, जन्म के साथ मृत्यु निरन्तर लगी हुई है, लेकिन वही मृत्यु स्पृहणीय है जो सम्मुख युद्ध में प्राप्त हो, जिससे अनाथ और पददलित मनुष्यता उद्‌बुद्ध हो सके। वीरो, युद्ध छोड़कर मृत्यु से बचा जा सकता तो बचने का प्रयत्न करना उचित होता। लेकिन यदि मृत्यु निश्चित हो तो कीर्ति को क्यों धूमिल होने दिया जाए! जो शरीर मातृभूमि की सेवा में समाप्त हो जाए वह धन्य है। इससे मनुष्य को वह यश मिलता है जिसकी तुलना में स्वर्ग और अपवर्ग भी उपेक्षणीय हैं। वीरो, इस यश को प्राप्त करने का अवसर नित्य नहीं उपस्थित होता। बड़े सौभाग्य से आज यह अवसर हाथ आया है। डरो मत, हिचको मत, अकुतोभय होकर इस परम यश को प्राप्त करो। मृत्यु का भय मिथ्या है :

*"यदि समरमपास्य नास्ति*
*मृत्योर्भयमिति युक्तामितोऽन्यतः प्रयातुम्।*
*अथ मरणमवश्यमेव जन्तोः*
*किमित्ति मुधा मलिनं यशः क्रियेत्।*[7]

"वीरो, इस पवित्र आर्य-भूमि के लिए प्राणों की आहुति दो। साक्षात् असुर-निकन्दिनी दुर्गा के समान महारानी चन्द्रलेखा तुम्हारी सहायता करने को आई हैं।" इसके बाद धीर शर्मा महारानी की ओर देखकर भाव-गद्‌गद स्वर में महादुर्गा की स्तुति करने लगे।

रानी ने सहज भाव से स्तुति-पाठ सुना। उनमें कहीं उत्तेजना का भाव नहीं था। एक क्षण के लिए वे फिर खोई-खोई-सी हो गईं। फिर धीरे-धीरे विद्याधर भट्ट को सुनाते हुए उन्होंने मुझसे कहा, "महाराज, सैनिकों में उत्साह है, यह शुभ लक्षण है, परन्तु मैं जानना चाहती हूँ कि साधारण प्रजा क्या सोच रही है। मैं ग्राम-बालिका हूँ। जनपद के लोगों को जानती हूँ। उन्हें इन युद्धों से भय होता है, वे इस राजा या उस राजा की जीत भी चाहते हैं, परन्तु समूचे देश को अपना समझकर समयोचित उपचार वे नहीं जानते। उनमें प्रतिरोध की भावना ही नहीं होती। वे समझते हैं, राज्य राजा का होता है। एक राजा जीतता है, दूसरा हारता है। जो जीत गया उसका राज्य होता है। केवल सैनिक बल ऊपर-ऊपर का बल है। कुछ ऐसा होना चाहिए कि इस जीत या हार को प्रजा अपनी जीत या हार समझे। युद्ध हो, दूसरा उपाय नहीं है, पर युद्ध का उद्‌देश्य बड़ा होना चाहिए।

आप लोग इसके लिए क्या कर रहे हैं?"

विद्याधर भट्ट को जैसे एक झटका लगा। बोले, "नया सुन रहा हूँ, देवि, अब तक तो युद्ध सैनिकों का ही कर्तव्य समझा जाता रहा है। निरीह प्रजा इसमें क्या कर सकती है भला!"

रानी ने संकोच के साथ कहा, "कर क्यों नहीं सकती, आर्य!" और चुप हो गईं।

मुझे रानी की बातों में सार दिखाई दिया, परन्तु तत्काल कुछ कह नहीं सका। परन्तु विद्याधर भट्ट की बात ने रानी के मुखमंडल में एक विचित्र उद्दीपन का संचार किया। वे क्षण-भर आविष्ट की भाँति ठिठकी रहीं, फिर एकाएक खड़ी हो गईं और सैनिकों को सम्बोधन करके कहा :

"वीरो, अपनी मातृभूमि की रक्षा किसी जातिविशेष का पेशा नहीं है, वह सबका जन्मसिद्ध अधिकार और विधि-विहित धर्म है। तुम्हारी आँखों के सामने देखते-देखते सारा देश हत-दर्प, छिन्न-विच्छिन्न और पराजित दिखाई दे रहा है। उसके मूल में यह भावना है। प्रजा समझती है, लड़ाई करना राजा और राजपुत्रों का धर्म है। शेष प्रजा निश्चेष्ट चुपचाप होकर बैठी रहती है। लड़ाई जिनका धर्म माना जाता है वे जब हार जाते हैं, तो प्रजा भी हार मान लेती हैं। सारा समाज धर्म की झूठी कल्पना के कारण जर्जर हो गया है, शतधा विच्छिन्न हो गया है, आत्मगौरव की भावना से हीन हो गया है। वीरो, प्रतापी सातवाहन और उनकी रानी चन्द्रलेखा तुम्हारा नेतृत्व इसलिए नहीं कर रहे हैं कि वे युद्ध को धर्म माननेवाले कुछ विशिष्ट राजपुत्रों के प्रतिनिधि हैं। वे सारी प्रजा के प्रतीक हैं। मैं तुम्हारे भीतर शुद्ध धर्म-भावना को उद्बोधित करना चाहती हूँ। युद्ध तलवार की लड़ाई को ही नहीं कहते, यह तो उसका एक अंग-मात्र है। युद्ध में सफलता तभी मिल सकती है जब समूची प्रजा में आत्मगौरव और प्रतिरोध की भावना उत्पन्न हो। परन्तु किसलिए? आत्मगौरव और प्रतिरोध की भावना भी किसी बड़े उद्देश्य के लिए होनी चाहिए। जब तक प्रजा निश्चित रूप से नहीं समझ पाती, तब तक जब कभी जो कोई चाहेगा उसे परास्त कर देगा। मेरा उद्देश्य है हमेशा के लिए युद्ध समाप्त कर देना। सीमान्त के उस पार से दस्यु पददलित और पराजित करने का स्वप्न देखते हुए बार-बार आक्रमण कर रहे हैं। उनके मन में यह धारणा बद्धमूल हो गई है कि इस देश की प्रजा को वे आसानी से निगल जाएँगे और पचा लेंगे, जिससे संसार-भर में युद्ध का घिनौना भाव होता है, सहस्रों अनाथ और पंगु, बालक और वृद्ध, श्रमण और ब्राह्मण, बेटियाँ और बहुएँ मृत्यु और अवमानना की शिकार होती हैं। वीरो, दुर्बल और विभाजित हुए रहना इस भयंकर पाप के लिए उत्तरदायी है। हमें कुछ ऐसा करना है कि सारी प्रजा दुर्भेद्य चट्टान की तरह एक

हो जाए और किसी को उसकी ओर आँख उठाने का साहस ही न रहे। वीरो, पश्चिम द्वार के कपाट-रूप शाकम्भरी-नरेश पृथ्वीराज समाप्त हो गए, उत्तरापथ के एकच्छत्र सम्राट् दल-पंगुर महाराज जयित्रचन्द्र बालू की भीत की तरह ढह गए और प्रबल पराक्रमी चन्देल-नरेश परमर्दिदेव विदेशी आक्रमण की आँधी में कूल-द्रुम की भाँति भहरा गए।

"इतनी बड़ी पराजय के बाद किस बल पर अवन्तिका के क्षीण-बल राजा सातवाहन दुर्गतिग्रस्त प्रजा की रक्षा का साहस कर सकते हैं? चारों ओर केवल अन्धकार ही अन्धकार दिखाई दे रहा है। महामन्त्री विद्याधर भट्ट अपनी अगाध विद्या का अभिमान खो चुके हैं। मृतकों में भी प्राण-संचार करनेवाले जगन्नायक भट्ट वीर छन्दों में लिखी ओजस्वी कविता का अभिमान छोड़ चुके हैं। समस्त शास्त्रों को हस्तामलक की भाँति देखनेवाले धीर शर्मा सब ओर से निराश होकर असुर-शिरःसरोवर-विहारिणी चण्डिका के चरणकमलों की ओर उन्मुख हो गए हैं। सर्वत्र निराश और हत-दर्पिता का भाव छा गया है। ऐसे अवसर पर इस पवित्र भूमि की रक्षा के लिए कौन-सा उपाय सोचा जाए? वीरो, राजाओं का युद्ध समाप्त हो गया। अब कहीं आशा है जो प्रजा की संगठित शक्ति में है। मैं तुम्हें उसी शक्ति को उद्‌बुद्ध करने के लिए आमन्त्रित करती हूँ। वीरो, रणक्षेत्र के लिए प्रस्थान करो, तुम्हारी संख्या बहुत कम है, तुम्हारे पास युद्ध करने की सामग्री का अभाव है, किन्तु रानी चन्द्रलेखा तुम्हें आश्वासन देती है कि तुम्हें निराश नहीं होना पड़ेगा। मैं तुम्हारे पीछे प्रजावर्ग को संगठित करने के लिए प्रयत्न करने जा रही हूँ। वीरो, सच्चे धर्म के लिए लड़ो। हार और जीत इतिहास-विधाता के इंगित के अनुसार होती है। मनुष्य की सार्थकता और सफलता प्रयत्न करने में है।"

रानी की बात सुनकर सैनिकों में नवीन उत्साह का भाव देखा गया। ऐसा जान पड़ा कि उन्हें नया आलोक मिल रहा है, परन्तु वे इस नए आलोक का अर्थ नहीं समझ रहे हैं। केवल इतना स्पष्ट हुआ कि रानी के प्रति उनकी श्रद्धा की मात्रा और बढ़ गई है। उन्होंने द्विगुण उत्साह के साथ महारानी चन्द्रलेखा का जय-निनाद किया।

## [ 7 ]

रानी की योजना चरितार्थ हुई। समस्त मालव जनपद में एक अद्‌भुत नव-जीवन जाग उठा। शत्रु को लौट जाना पड़ा। सुनने में आया कि दिल्ली के सुलतान ने अपने सेनापति को लौट आने का आदेश दिया है। मैं इन दिनों रानी के साथ

जनपद का ही चक्कर काट रहा था। ठीक विजय तो इसे नहीं कहा जा सकता, परन्तु तत्काल विपत्ति टल अवश्य गई। रानी चाहती थी कि मैं अभी विश्राम न लूँ, सम्पूर्ण भारतवर्ष को उद्‌बुद्ध करने की भावना एक क्षण के लिए भी शिथिल नहीं होनी चाहिए। उन्होंने मुझे भारतवर्ष का चक्रवर्ती मान लिया था। इस स्वयंगृहीत महिमा का उत्तरदायित्व मुझे सम्हालना ही चाहिए। रानी की सरलता देखकर मैं चकित रह जाता था। नागनाथ जैसे सिद्धपुरुष ने मुझे चक्रवर्ती बनने का आशीर्वाद दिया है, इसमें शंका और सन्देह का स्थान ही कहाँ हो सकता है? फिर भी मैं राजधानी लौटना चाहता था।

बड़ी कठिनाई से मैं रानी को इसके लिए तैयार कर पाया। रानी की उत्सुकता और जिज्ञासा की कोई सीमा नहीं थी। गाँव के एक-एक जीव, पेड़-पौधे, ईंट-पत्थर के बारे में उनकी जानने की इच्छा बलवती हो उठती थी। रोगियों की सेवा, साधुओं का सत्संग, स्त्रियों का शृगार, बच्चों के खेल—सबमें बुरी तरह उलझती थीं। कोई विचित्र-सा नाम सुनाई पड़ गया तो उसका पूरा इतिहास जानना चाहती थीं, कोई टूटा-सा तालाब दिख गया तो उसकी पूरी छानबीन किए बिना आगे नहीं बढ़ती थीं। उनके इस सहज आकर्षण का जनपद के जन पर बड़ा गहरा प्रभाव पड़ता था। स्त्री, पुरुष, बालक, वृद्ध सभी उन्हें हृदय से श्रद्धा करने लगते थे, फिर उनके दो-एक वाक्य उन पर जादू का-सा प्रभाव डालते थे। लोग उन्हें पार्वती का अवतार ही समझने लगे थे। उन्होंने पूरे जनपद को मन्त्रमुग्ध बना दिया था। किसी घर में जाने में उन्हें झिझक नहीं होती थी, किसी से बात करने में उन्हें संकोच नहीं होता था। वे प्रभावित करती भी थीं और प्रभावित होती भी थीं।

हम लोग उज्जयिनी की ओर आ रहे थे। रास्ते में एक टूटा-सा पुराना तालाब मिला। पता लगाने पर मालूम हुआ कि इसका नाम गधैया-ताल है। जान पड़ता था कई बार लोगों ने इसकी मरम्मत कराई थी फिर भी इस ताल की अवस्था ठीक नहीं हुई थी। निस्सन्देह यह बहुत पुराना मालूम होता था। रानी की उत्सुकता तो हर छोटी-बड़ी वस्तु के लिए थी ही, इस बार मुझे भी इस नाम ने कुछ चौंकाया। 'गधैया' कुछ विचित्र नाम था। गाँववालों ने बताया कि पहले इस तालाब के बीच में एक बड़ा-सा खम्भा था जो प्रातःकाल ऊपर उठने लगता था और दोपहर तक आकाश के बीचोंबीच पहुँच जाता था। सूर्य देवता उस पर एक क्षण के लिए विश्राम करके आगे बढ़ जाया करते थे और सूर्यास्त तक वह खम्भा भी घटते-घटते पानी के धरातल तक आ जाया करता था। एक बार विक्रमादित्य उस पर बैठ गए। उद्‌देश्य था सूर्य देवता से मिलना। वे रास्ते में ही जल गए, पर सूर्य देवता प्रसन्न हो गए और उन्हें अक्षय बटुआ दिया जिसका पैसा कभी घटता ही नहीं था। परन्तु जब वे उतरे तो सामने एक गरीब धोबी मिल गया जिसका गधा खो

गया था। सारे परिवार की जीविका के एकमात्र साधन गधे के खो जाने से वह बड़ा ही व्याकुल था। दयालु विक्रमादित्य ने वह बटुआ उसे ही दे दिया। धोबी मूर्ख था। विक्रमादित्य को वह पहचान भी नहीं सका और बटुए के महत्त्व पर उसे विश्वास नहीं हुआ। गधा खरीदने-भर का पैसा उसने निकाल लिया और बटुए को तालाब में फेंककर चलता बना। उसे भय था कि उसके हाथ में बटुआ देखकर लोग उसे चोर समझेंगे। बटुए के अपमान से सूर्य देवता कुपित हुए और उन्होंने तालाब के खम्भे को वहाँ से हटा लिया। मगर वह बटुआ अब भी सिक्के उगला करता है। मालवा में जो गधैया-सिक्के चलते हैं, वे उसी से निकलते हैं। यह ताल तब से गधैया-ताल कहलाता है और वे सिक्के गधैया-सिक्के।

रानी ने इस कहानी को श्रद्धा के साथ सुना, पर मुझे यह बड़ी ही विचित्र कहानी लगी। मेरा मन कहने लगा, हो-न-हो यह किसी पुराने इतिहास का विकृत रूप है। विक्रमादित्य से इसका कुछ-न-कुछ सम्बन्ध अवश्य है। लोकमानस में संचित कथाएँ विकृत होने पर भी कुछ-न-कुछ बताती ही हैं। इस कहानी का अर्थ क्या है? रह-रहकर मेरा मन इतिहास के अधभूले कुज्झटिकाच्छन्न नभोमंडल में मँडराने लगा। मैं व्याकुल भाव से उस अन्धतिमिरावृत्त इतिवृत्त को खोजने का प्रयास कर रहा था जिसे पाने का मार्ग नहीं था।

मैंने रानी को सम्बोधित करके कहा, "देवि, इस कहानी में इतिहास का कुछ तथ्य अवश्य छिपा होना चाहिए। क्या प्रबल पराक्रान्त विक्रमादित्य का इस ताल से कोई सम्बन्ध है? 'गधैया' नाम का रहस्य क्या है? कहाँ विक्रमादित्य और कहाँ गधैया-ताल!"

रानी ने मन्द स्मित के साथ कहा, "सोचने की बात तो है ही। पर, महाराज, चक्रवर्तियों के साथ गधों का क्या सम्बन्ध हो सकता है!"

रानी के इस परिहास का रस मैंने ग्रहण किया पर कुछ प्रत्युत्तर नहीं दिया। इधर रानी कुछ शंकित रहने लगी है। लोगों से रानियों के अनुचित आचरण की कहानियाँ सुनकर वे अकारण शंकित हो उठती हैं। उनके परिहास के प्रत्युत्तर से उन्हें कष्ट पहुँच सकता था। मैं चुपचाप हँसकर रह गया।

कुछ और आगे बढ़ने पर एक बहुत विराट् वटवृक्ष मिला। नदी के किनारे पर यह दूर तक फैला हुआ बड़ा ही मनोहर दिखाई दे रहा था। पूछताछ करने पर पता लगा कि कालिदास को इसी वट के नीचे समस्त विद्याओं के स्फुटित होने की सिद्धि मिली थी। अपना 'कुमारसम्भव' काव्य उन्होंने यहीं लिखा था। सुनकर कुतूहल हुआ। हम लोग उस वटवृक्ष की शीतल छाया में विश्राम करने के लिए बैठे ही थे कि एक जटाधारी साधु वहाँ उपस्थित हुए और वृक्ष के नीचे रखे हुए छोटे-से शिवलिंग पर जल-पुष्प आदि नैवेद्य चढ़ाकर गद्गद कंठ से स्तुति करने

लगे। उनका कंठ भारी था, उसमें एक ऐसी श्रद्धा की आर्द्रता थी जो असाधारण-सी लग रही थी। मैंने ध्यान से उनकी स्तुति सुनी। मेरे आश्चर्य का कोई ठिकाना नहीं रहा, जब मैंने सुना कि वह स्तोत्र और कुछ नहीं, 'कुमारसम्भव' के पाँचवें सर्ग में पार्वती और बटुवेशधारी शिव का संवाद था। जटिल तापस का कंठ अन्तिम श्लोक तक आते-आते प्रायः रुद्ध-सा हो आया। बड़ी कठिनाई से उन्होंने पढ़ा :

*"अद्य प्रभृत्यवनतांगि तवास्मि दासः*
*क्रीतस्तपोभिरति वादिनि चन्द्रमौलौ।*
*अह्नाय सा विरहजं क्लममुत्ससर्ज*
*क्लेशः फलेन हि पुनर्नवतां विधत्ते।"*

वे भाव-विभोर होकर शिवलिंग के सामने साष्टांग लोट पड़े और कुछ देर तक उसी प्रकार पड़े रहे। जब उठे तो आविष्ट-से दिखाई दे रहे थे।

मैंने आगे बढ़कर उन्हें प्रणाम किया। उन्होंने मौन भाव से स्वीकार किया, फिर इंगित से जानना चाहा कि हम लोग कौन हैं और क्या चाहते हैं। संक्षेप में मैंने उत्तर दिया कि यात्री हैं, उज्जयिनी जा रहे हैं, यहाँ थोड़ी देर विश्राम करने रुक गए हैं। साधु ने अनावश्यक रूप से मानो बातचीत समाप्त करने के लिए कहा, "बहुत अच्छा, बहुत अच्छा!"

परन्तु मैं बातचीत समाप्त नहीं करने जा रहा था। विनीत भाव से पूछा, "कुछ अन्यथा न मानें तो हम लोग कुछ पूछना चाहेंगे।"

साधु ने संक्षेप में उत्तर दिया, "क्या?"

मैंने विनीत भाव से कहा, "महाराज, हमने सुना है कि महाकवि कालिदास ने यहीं 'कुमारसम्भव' काव्य लिखा था, क्या यह सत्य है?"

तपस्वी ने कहा, "हाँ, आपको लोगों ने ठीक ही बताया है। यह जो शिवलिंग देख रहे हैं उसे गधैया-ताल से निकालकर यहाँ रखा गया है। प्रसिद्धि है कि कालिदास इसी की पूजा किया करते थे। यहाँ लोग 'कुमारसम्भव' के पाँचवें सर्ग का पाठ भी करते हैं। कहते हैं, कालिदास ने पार्वती की तपश्चर्या के रूप में अपनी प्रिया विद्योत्तमा की तपश्चर्या को ही मूर्त रूप दिया है। लोग तो यहाँ तक कहते हैं कि पार्वती ने ही विद्योतमा के रूप में अवतार ग्रहण किया था, कालिदास को भी लोग स्वयं शिव का ही रूप मानते हैं। सत्य चाहे कुछ भी हो, यह निश्चित है कि 'कुमारसम्भव' का पाठ करने से यहाँ सिद्धि प्राप्त होती है, इस शिवलिंग पर गधैया-ताल का जल ही चढ़ाया जाता है। कहा जाता है कि यह महादेव गधैया-ताल के जल से ही अभीष्ट दिया करते हैं।"

मुझे आश्चर्य हुआ। रानी की बड़ी-बड़ी आँखें तो कान तक खिंच गईं। बिना

प्रयोजन के ही उनके मुँह से निकल गया, "गधैया-ताल! आश्चर्य है!"

अब की बार साधु की दृष्टि रानी की ओर फिरी। अब तक उन्होंने उनकी ओर ताका ही नहीं था। कुछ क्षणों तक वे एकटक उनकी ओर देखते रहे। फिर देर तक पर-स्त्री को देखते रहने के कारण अनौचित्य-सम्भावना से कुछ झेंपते हुए उन्होंने मेरी ओर देखकर पूछा, "ये कौन हैं?"

मैंने इंगित से बताया कि मेरी पत्नी हैं। ऐसा जान पड़ा कि साधु को अब पता चला कि उन्होंने हमारे साथ यथोचित व्यवहार नहीं किया। वे ज़रा सावधान होकर बैठे और एक शिला की ओर निर्देश करते हुए बोले, "आप लोग बैठ जाएँ।"

आदेश के अनुसार हम लोगों ने आसन ग्रहण किया। साधु कुछ असमंजस में पड़े-से दीखे, जैसे कुछ खोज रहे हों। फिर एकाएक खड़े हो गए और बोले, "जनपद पार्वती महारानी चन्द्रलेखा और उनके प्रतापी पति चक्रवर्ती सातवाहन को पहचानने में प्रमाद हुआ है, मुझे क्षमा देने का प्रसाद हो। देव, इस निर्जन में कुछ भी नहीं है जो सम्मानित अतिथियों को निवेदन किया जा सके। आज मेरा अहोभाग्य है जो आप दोनों के दर्शन का सुयोग मिला।"

मैंने उन्हें आश्वस्त करते हुए कहा, "तपस्विन्, व्याकुल न हों। हम दोनों ने साधारण प्रजा के साथ एकमेक हो जाने का व्रत लिया है। आप हमें साधारण जन ही समझें। हमें आपके मुख से कालिदास और गधैया-ताल के बारे में सुनने में जो सुख होगा वह किसी और वस्तु से नहीं मिलेगा। आप हमें यही अमृतपान कराएँ।"

तपस्वी ने हँसकर कहा, "राजन्, भाषा बड़ी रहस्यमयी देवी है। वह नई सृष्टि करती रहती है। इतिहास-विधाता के किए-कराए पर वह ऐसा पर्दा डाल देती है कि कभी-कभी दुनिया ही बदल जाती है। महामाया का सबसे परिष्कृत रूप भाषा है, सत्वोन्मुखी होकर वह प्रकाश देती है, किन्तु तमोगुण की ओर उन्मुख होने पर वह केवल मोह की सृष्टि करती है, केवल आवरण उत्पन्न करती है, केवल कुहेलिका का जाल ताना करती है। यह जो 'गधैया' शब्द है उसका गधे या गर्दभ से दूर का ही सम्बन्ध है, किन्तु लोकमानस ने विक्रमादित्य के साथ गधे की कहानी जोड़कर अपना समाधान खोज लिया। वह निश्चिन्त है। प्रकृति के प्रत्येक रहस्य को वह पुराण-गाथा से सुलझा लेता है, लेकिन इतिहास के रहस्य को भी इसी पद्धति से सुलझाने में उसे हिचक नहीं होती। सुनो महाराज, मैं तुम्हें 'गधैया' का रहस्य समझा रहा हूँ।

"शकारि विक्रमादित्य का नाम कौन नहीं जानता! शकों को परास्त करके उन्होंने अपना संवत् चलाया था। आरम्भ में उन्होंने पूर्वपुरुष 'कृत' नामक वीर के नाम पर संवत् का नाम 'कृत संवत्' ही रखा था, किन्तु बाद में लोग उन्हीं के नाम से इसका स्मरण करने लगे। आजकल जिसे विक्रम-संवत् कहते हैं वह वही

'कृत' संवत् है। कृत नामक वीर के वंश में कई प्रतापी राजा हुए जो 'कृत वीर' की सन्तान होने के कारण आरम्भ में 'कार्त्तवीर्य' (कृतवीर से उत्पन्न) कहलाते थे। कई राजाओं का रुझान जैन धर्म की ओर हो गया और संस्कृत का 'कार्त्तवीर्य' मालवी अपभ्रंश में कोमलीकरण की प्रवृत्ति के कारण प्राकृत में गर्दभिज्ज से आगे बढ़ता हुआ 'गर्दभिल्ल' बन गया। फिर यह शब्द संस्कृत में आ गया और हिन्दू-पुराणों तक में 'कार्त्तवीर्य' वंश 'गर्दभिल्ल' वंश के नाम से ख्यात हुआ। एक बार भाषा की रहस्यमयी देवी ने इसको यह रूप दिया नहीं कि इसका सम्बन्ध गधे से जुड़ते देर नहीं लगी। गधैया-ताल और कुछ नहीं, गर्दभिल्लों का बनवाया हुआ ताल है और गधैया-सिक्के गर्दभिल्लों की चलाई हुई मुद्राएँ हैं। मगर भाषा की कुहकमयी तिरस्करिणी ने और भी चमत्कार किया। सुनोगे? सुनकर कदाचित् कुछ सीख भी सकोगे।

"मालवा के इर्द-गिर्द प्रबल पराक्रमी 'भील' जातियों का निवास है। शकों को देश से निकाल बाहर करने में भीलों ने विक्रमादित्य की बड़ी सहायता की थी। सत्य तो यह है कि यदि भीलों ने सहायता न दी होती तो यह कठिन कार्य सम्पन्न ही नहीं हो पाता। संस्कृत में 'भील' शब्द 'भिल्ल' के रूप में लिखा जाता है। 'गर्दभिल्ल' एक ओर गर्दभ से सम्बद्ध है, तो दूसरी ओर 'भिल्ल' से भी सम्बद्ध है। 'गर्दभिल्ल' भी तो एक 'भिल्ल' ही है। कमकरानी हुई तो क्या हुआ, एक प्रकार की 'रानी' तो वह है ही! परावाक् की माया है।"

इतना कहकर तपस्वी ठठाकर हँसे, बोले, "परिहास नहीं कर रहा हूँ, तुम्हें इतिहास सुना रहा हूँ। तनिक सावधान होकर सुनो :

"विक्रमादित्य के पितामह गर्दभिल्ल राजा का नाम जव था। इसके पुत्र का नाम था पुरु गर्दभिल्ल। भीलों के राजा की कन्या अडोलिया से उसका विवाह हुआ था। 'अडोलिया' रूप और शील में तो अनुपम थी ही, रणक्षेत्र में भी अडोल ही रहती थी। उसकी वीरता को देखकर ही भिल्लराज ने उसका नाम 'अडोलिया' रखा था। अडोलिया के कोई सन्तान नहीं हुई। क्षत्रिय राजाओं में बहु-विवाह की प्रथा तो थी, किन्तु पुरु गर्दभिल्ल ऐसा कुछ करना नहीं चाहते थे। परन्तु विधि-विधान कुछ और ही था। एक बार जब वे शिकार खेलने गए थे, उस समय मुनियों के आश्रम में एक मुग्धा तपस्वी-कन्या 'सरस्वती' से उनका साक्षात्कार हुआ, जो आगे चलकर गान्धर्व विवाह में पर्यवसित हुआ। सरस्वती के भाई कालक ने इस बात को अनुचित समझा, परन्तु और कोई उपाय न देखकर राजा के यहाँ पहुँचा देने का संकल्प किया। राजा ने आश्रम के गुप्त विवाह को अस्वीकार कर दिया। इससे कालकाचार्य को बड़ा कोप हुआ। वे शक देश पारस-कुल गए और शकों को बुला लाए। इन शकों ने गर्दभिल्लराज को पराजित किया और उज्जयिनी पर अधिकार

कर लिया। कालकाचार्य ने क्रोधावेश में देश ही को बरबाद कर डाला। क्रोध उनका उचित ही था, पर उपचार एकदम अनर्थकारी सिद्ध हुआ। कालकाचार्य ने जैन-मत ग्रहण किया और 'गर्दभिल्ल' के 'भिल्ल' शब्द को पकड़कर जनता में यह प्रचार किया गया कि गर्दभ के समान इस गर्दभिल्ल ने अडोलिया से विवाह करके वस्तुतः अपने ही कुल में, दूर के सम्बन्ध में बहन से विवाह किया था। सब मिलाकर 'गर्दभिल्ल' राजा को अपने पाप का बड़ा भारी प्रायश्चित करना पड़ा, राज्य विदेशियों के हाथ में चला गया और जनता में जो कुल-गौरव का यश था, उससे भी हाथ धोना पड़ा।[8]

"परन्तु सरस्वती-पुत्र वीर विक्रमादित्य ने अपनी सौतेली माँ अडोलिया के सगे-सम्बन्धी परम पराक्रमी भिल्लगण की सहायता से अपने लुप्त कुल-गौरव का उद्धार किया। उसने शकों को मार भगाया। कालिदास ने 'शकुन्तला' नाटक में कथा-योजना कुछ इस प्रकार की है कि लोक में प्रचलित गर्दभिल्ल राजा का अपवाद दूर हो और मुग्धा तपस्वी कन्या के साथ राजपरिणय की और बाद में उसके प्रत्याख्यान की कथा के प्रति लोक-मानस में सहानुभूति का भाव पैदा हो। नाटक के अन्त में तो स्पष्ट से 'सरस्वती' की महिमा का स्मरण कराया है। भरतवाक्य में उन्होंने कहलवाया है :

*"प्रवर्ततां प्रकृतिहिताय पार्थिवः*
*सरस्वती श्रुति महती महीय्यताम्।*
*ममापि च क्षपयतु नीललोहितः*
*पुनर्भवं परिगत शक्तिरात्मभूः।"*

इतना कहकर तपस्वी थोड़ा रुके। एक बार उन्होंने शिवलिंग की ओर देखा फिर बोले, 'राजन्, राजा की नितान्त व्यक्तिगत बात भी जनता के दुःख-कष्ट का कारण बन जाती है, इसलिए उसे बहुत सावधान रहना चाहिए।"

तपस्वी ने रानी की ओर देखकर आँखें झुका लीं। उनका उद्‌देश्य क्या था यह तो उनके अन्तर्यामी देवता ही जानते होंगे, पर एक क्षण में रानी का प्रफुल्ल मुखमंडल म्लान हो गया। ऐसा जान पड़ा जैसे उनके ऊपर एकाएक बिजली गिर गई हो। मुझे इस कहानी का यह उपसंहार बहुत ही भयंकर लगा। तपस्वी ने यह क्या किया?

बात बदलने के लिए मैंने कहा, "तपस्विन्, इस महादेव को कालिदास-पूजित मानने का कारण क्या केवल इतना ही है कि इसका गधैया-ताल से उद्धार किया गया है?"

तपस्वी ने हँसकर कहा, "भावना की बात है, महाराज! पार्थिव रूप में कोई

कालिदास किसी शिवलिंग की पूजा करते थे। अब आज मेरे चित में भाव-रूप में विराजमान कालिदास हैं, वे इन्हीं महादेव की पूजा करते हैं, ऐसा मानने में पूजा की ओर से तो कोई हानि होती नहीं, परन्तु अभी मैंने 'शकुन्तला' नाटक का जो श्लोक सुनाया उसमें नीललोहित (शिव) का नाम है। इस शिवलिंग को ध्यान से देखो। यह सचमुच नीललोहित है। नीले रंग में हलकी-सी लाल-लाल आभा है। कदाचित् इस वैशिष्ट्य के कारण लोगों को इसे कालिदास-पूजित मान लेने का बल मिला है। आसपास की जनता इसे 'नीललोहित महादेव' कहती भी है। कालिदास के श्लोक में नीललोहित का एक अन्य अर्थ भी है। किन्तु शब्द तो परावाक् का मूर्तरूप है महाराज, वह अपनी सृष्टि तो करता ही रहता है!"

रानी का चेहरा और भी धूमिल हो गया। ऐसा जान पड़ा कि तपस्वी को भी इस अप्रत्याशित अवस्था का भान हुआ। उन्होंने रानी की ओर देखा और उन्हें मानो आश्वस्त करने के लिए कहा, "देवि, सारा मालव जनपद तुम्हें पार्वती का साक्षात् पार्थिव-विग्रह समझ रहा है। मुझे पूरा विश्वास है कि तुम्हारा प्रेम राजा को चक्रवर्ती-पद पर अभिषिक्त करेगा। देवि, यह जो तुम्हारा तपःपूत सेवाभाव है, सहज-मनोहर शील है, इसी को पाकर आज उज्जयिनी-नरेश धन्य हुए हैं। आज राजपुत्रों की कमी नहीं है, पर भारत-भूमि इसी राजा को पाकर राजवन्ती हुई है :

*"कामं नृपाः सन्तु सहस्रशोऽन्ये*
*राजन्वतीमाहुरनेन भूमिम्*
*नक्षत्र तारा ग्रहसंकुलापि*
*ज्योतिष्मती चन्द्रमसैव रात्रिः!*

"देवि, तुम्हारा प्रेम धन्य है!"

परन्तु रानी का चेहरा खिला नहीं। सहज उत्फुल्लता लौटी नहीं। वे खोई-खोई-सी हाथ जोड़े खड़ी रहीं। मुझे ऐसा लगा कि गधैया-ताल में मेरा सर्वस्व डूब गया। यह ऐसा अनभ्र वज्रपात था जो अचानक लहलहाती लता को सुखा गया। हाय, फिर क्या यह लता लहलहाएगी? कौन जाने!

रानी के म्लान मुख को देखकर मुझे चिन्ता हुई। जबसे विद्याधर भट्ट ने महाराज जयित्रचन्द्र और सूहवदेवी की कहानी सुनाई थी तभी से रानी के मन में एक प्रकार की आशंका का आविर्भाव हुआ था। कभी-कभी वे स्पष्ट शब्दों में कहतीं, 'राजन्, मेरे सान्निध्य से तुम्हारी कर्तव्य-बुद्धि में कहीं दरार तो नहीं पड़ रही है?' और उद्विग्न हो उठतीं। मैंने कई बार उन्हें समझाने की कोशिश की कि जिन स्त्रियों के सान्निध्य से कर्तव्य-बुद्धि में दरार पड़ती है। वे और तरह की होती हैं, रानी चन्द्रलेखा उनसे एकदम भिन्न हैं। ऊपर-ऊपर से रानी आश्वस्त दीखतीं

पर उनके चित्त में मन्थन चलता ही रहता था। कभी-कभी वह अस्पष्ट रूप में प्रकट होता। कहतीं, 'राजा के लिए युद्ध करना क्या परम आवश्यक है? क्या कोई उपाय ऐसा नहीं निकल सकता जिससे युद्ध एकदम बन्द हो जाए? लोगों का अभाव यदि दूर हो जाए तो लोग क्यों लड़ेंगे? स्त्रियाँ जो अपने पतियों को कर्तव्य-भ्रष्ट करती हैं उसके मूल में पति-पुत्रों को मृत्यु-भय से बचाना ही मुख्य कारण होता है। स्त्री का दुर्बल हृदय पति-पुत्र की मंगल-कामना से और भी दुर्बल हो जाता है।' कभी पूछ बैठतीं, 'क्या किसी मन्त्र-बल से सबको सुखी बनाना सम्भव नहीं है? नागनाथ जिस 'कोटिबेधी' रस की बात करते हैं उससे क्या यह काम नहीं हो सकता?' रानी की बातों से मुझे उनके हृदय के भीतर चलनेवाले मन्थन का आभास मिल जाता। मैं हैरान होकर सोचता कि युद्ध का रोकना क्या इतना आसान है? रानी अपने मन में कैसी दुराशा पोस रही हैं!

मैं यथासाध्य प्रयत्न करता कि कोई रानी के मन में सूहवदेवी-जैसी रानियों की बात न डाले। इससे उनका मन दुखी होता था और एक प्रकार की अकारण आशंका से अभिभूत हो जाया करता था। आज इस तपस्वी ने असावधानी से रानी के चित्त को फिर दुखा दिया। यदि मैं जानता कि मेरे प्रश्न का यह परिणाम होगा तो मैं प्रश्न ही नहीं करता। परन्तु अब जो होना था, वह हो चुका था। जब कभी राजाओं के प्रेम-व्यापार के दुष्परिणाम की कहानी उन्हें सुनाई जाती है तभी उनकी तीक्ष्ण बुद्धि उसके कारण-विश्लेषण में लग जाती है और अपने बारे में सोचने में लग जाती। हर बार उनके सहज आनन्दी स्वभाव को धक्का लगता है, हर बार अज्ञात काल्पनिक आशंका से वे विचलित होती हैं, हर बार उनके प्रफुल्ल मुख पर विकार का धूम छा जाता है। जान पड़ता है, आज उन्हें सबसे अधिक चोट पहुँची है। मैं सोच नहीं पाया कि किस प्रकार उनके आहत चित्त को सान्त्वना दूँ। लोकचित्त में इस प्रकार का विश्वास ऐसा बद्धमूल हो गया है कि आगे अवसर आएगा ही नहीं, ऐसा सोचना ही बेकार है। कुछ उपाय करना चाहिए, पर क्या उपाय हो सकता है, समझ नहीं सका। अन्तःपुर की परिचारिकाएँ तो इस प्रकार की कहानियों का भंडार सजाए रहती हैं। समय-असमय का विचार किए बिना वे ऐसी कहानियाँ सुनाती रहती हैं। उपाय क्या है?

रास्ते में मैं अपने ही विचारों में डूबता-उतराता रहा। हाय, हाय, कालिदास ने शकुन्तला के रूप में विक्रमादित्य की माता सरस्वती का चित्रण किया था। मुझे शकुन्तला के अनेक चित्र दीखने लगे। प्रथम दर्शन से ही आत्मसमर्पण के लिए व्याकुल प्रेमाप्लुता भोली शकुन्तला, फिर परिजनों के वियोग की आशंका और प्रियजन से मिलन की आशा से उत्पन्न विरुद्धगामी आवेगों और उद्वेगों पर झूलती हुई उच्चावच भूमि में ठोकर खाती हुई नववधू, फिर प्रियतम द्वारा प्रतिख्यात क्रुद्ध

सर्पिणी की भाँति फुफकारती हुई सात्विक-क्रोधना शकुन्तला और अन्त में 'वसने परिधूसरे वसाना', 'नियत क्षाममुखी', 'धूतैकवेणी' तपोलिप्ता शकुन्तला। साधु ने कहा है कि कालिदास ने इस बहाने सरस्वती का ही चित्रण किया है! धन्य हो कल्प-कवि! कैसी अपूर्व सृष्टि की है तुमने! साधु का कहना ठीक हो या न हो, विक्रमादित्य की माता को समझने में इससे बड़ी सहायता मिली है। शकुन्तला का पुत्र ही भरत हो सकता है, सरस्वती का पुत्र ही विक्रमादित्य हो सकता है!

रानी क्या सोच रही थीं, कह नहीं सकता। वे भी खोई हुई थीं। कदाचित् वे अपनी बात सोच रही थीं। साधु की बात से उनके चित्त में कहीं ठेस लगी अवश्य थी।

## [ 8 ]

नागनाथ उज्जयिनी में पहले से विद्यमान थे। उन्हें पार्श्वनाथ के पादमूल में बैठने से कोटिबेधी रस सिद्ध होने की खबर मिली थी। वे इसमें रानी की सहायता चाहते थे। बत्तीस लक्षणों से सम्पन्न युवती के हाथों से मर्दित होकर यह रस सिद्ध हो सकता था। रानी तैयार हो गईं। भारतवर्ष को उद्‌बुद्ध करने का व्रत अकेले मेरे ऊपर ही पड़ा। रानी के बिना यह काम मैं कर सकूँगा? कदाचित् नहीं। पर रानी को अनुमति देनी पड़ी। कौन जाने इसी से उनकी उदासी दूर हो जाए!

रानी बीच-बीच में राजधानी लौट आती थीं। उनकी कान्ति में चौगुना तेज बढ़ गया था। उनके प्रदीप्त मुखमंडल में एक विचित्र आभा निखरने लगी थी, जो प्रभामंडल के समान दीखती थी। ऐसा जान पड़ता था कि कुछ नई ज्योति उदित हो रही है; उदयमूढ़ चन्द्रमंडल की तमःप्रतिसारिणी आभा की भाँति वह चित्त को उत्फुल्ल करती थी। पर साथ ही उनमें का खोया-खोया भाव ज्यों-का-त्यों बना हुआ था। सांसारिक विषयों में उनकी रुचि एकदम नहीं रही। सबसे विचित्र बात यह थी कि वे अपने को अन्य पुरुष में सम्बोधित करने लगीं। उनके मुँह से 'मैं' शब्द का प्रयोग विरल हो गया। मेरे प्रति उनका सम्मान पहले-जैसा ही था, पर मैं निरन्तर अनुभव करता रहा कि वे दूर होती जा रही हैं। यह एक विचित्र स्थिति थी। कभी-कभी मुझे सन्देह होता था कि वे आविष्ट तो नहीं हैं। उन्होंने समय-समय पर कोटिबेधी रस की साधना की प्रक्रिया बताई थी जो विचित्र जान पड़ती थी।

उन्होंने एक दिन कहा, "चन्द्रलेखा हथेली पर रखे हुए आँवले के फल के समान अपने पुरातन जीवन को देख सकती है। उसे बीती हुई घटनाएँ ज्यों-की-त्यों दीख जाती हैं। उसे गुरु के प्रथम साक्षात्कार की स्मृति इतनी प्रबल है कि लगता

है कल ही वह घटना घटी है। गुरु का गौर-वर्ण का शरीर पिंगल प्रकाश से इस प्रकार आच्छादित था जैसे हिमधवल गिरिकूट को घेरकर सौदामिनी ने जाल बुन दिया हो। वह सारा शरीर ही ज्वालाओं से बना जान पड़ता था। उनके अष्टमी के चन्द्रमा-जैसे ललाटपट्ट से ज्योति-रेखाएँ उद्‌भासित हो रही थीं। वे सेंढ़ी नदी के तट पर एक मनोहर रत्नमूर्ति के सामने पद्‌मासन बाँधकर बैठे थे।

"चन्द्रलेखा ने पहले-पहल देखा तो उसे भ्रम हुआ कि मदन-शोक से व्याकुल वसन्त ने वैराग्य तो नहीं धारण कर लिया? कैसी अपूर्व चारुता उनके अंग-अंग से छलक रही थी! ब्रह्मचर्य का समस्त तेज उनके भीतर पुंजीभूत हो गया था, वैराग्य की समस्त शान्ति उसमें घनीभूत हो गई थी और ज्ञान की उज्ज्वल आभा से तो उनकी एक-एक शिरा उद्‌भासित थी। वह भस्मावृत्त तनुलता सजल जलधर में आबद्ध विद्युल्लता की भाँति दर्शक के हृदय में सम्भ्रम और औत्सुक्य जगा देती थी। उनके दाहिने-बाएँ, आगे-पीछे सर्वत्र दूर तक फैला हुआ सैकत-पुलिन था, जिसमें नरकंकालों और कपाल-कर्परों के सिवा और कुछ नहीं दिखाई दे रहा था। कुछ दूरी पर पारदरेखा के समान नदी की क्षीण धारा चमक रही थी और उसी के किनारे कहीं-कहीं अधजली चिताओं की डरावनी शिखाएँ दीख जाती थीं। जले हुए मानवदेह की चिरायंध गन्ध से चन्द्रलेखा का ध्यान भंग हुआ। वह नींद की-सी अवस्था में थी। यद्यपि उसकी आँखें खुली हुई थीं, पर वह कुछ भी नहीं समझ सकी कि उस घोर रात्रि में इस महाश्मशान में वह कैसे पहुँच गई।

"गुरु को देखने के बाद ही वह अजगर के समान सोए हुए निस्तब्ध सैकत-पुलिन को देख सकी। बाद में नीम के तेल में भुने जाते हुए लशुन की उबकावनी महक ने उसके मस्तिष्क को उत्तेजना दी। गृध्र उस विकट रात्रि में भी फड़फड़ा उठते थे और उलूकों के धूत्कार रह-रहकर उस निदारुण शान्ति को चकनाचूर कर देते थे। चन्द्रलेखा सब कुछ देख रही थी, पर देर तक किसी का कोई मतलब नहीं समझ सकी। वह वहाँ क्यों आई? कैसे आई? यद्यपि उसके अंग-अंग में स्पन्दन अनुभूत हो रहा था तो भी उसे किसी प्रकार की व्यथा का अनुभव नहीं हो रहा था। क्या वह उड़कर आई है? उसे रास्ते की कोई स्मृति नहीं थी। वह हैरान थी कि वहाँ कैसे आ गई है। उसने जिज्ञासाभरी दृष्टि से गुरुदेव की ओर देखा। उनकी आँखों से कारुण्य-धारा उमड़ पड़ी। ज्वालाओं के उस भांडार में कितना रस था! गुरु ने बड़े स्नेह से चन्द्रलेखा की ओर देखा फिर धीरे-धीरे बोले, "देवि, मैं व्याकुल हूँ, मैं तुम्हारी सहायता चाहता हूँ।"

"चन्द्रलेखा का हृदय सहस्र धाराओं में ढरक पड़ने को उत्सुक हो गया। क्या है उसके पास जिसे देकर वह गुरु की व्याकुलता दूर कर सकती है? महारात्रि के सिवा कौन उस औत्सुक्य का साक्षी था! चन्द्रलेखा ने विनीत भाव से कहा,

'अवहित हूँ, गुरो, क्या आज्ञा है?'

"गुरु ने बिना भूमिका के ही उत्तर दिया, 'शुभे, संसार में बड़ा दुःख है, रोग है, शोक है, दरिद्रता है, मोह है। मैं व्याकुल हूँ। अगर समस्त जगत का दुःख मुझे मिल जाता तो मैं अनन्तकाल तक नरक भोगने के लिए तैयार हो जाता। पर मैं जानता हूँ यह असम्भव है। संसार का प्रत्येक जीव अपने ही कर्म के जाल में उलझा हुआ है। जो करता है, वही भोगता है, यही अलंघ्यविधान है। हाय, अज्ञान के कोल्हू में ये हतभाग्य पिसे जा रहे हैं! फेन-बुद्बुद् से भी अस्थिर विषयों के पीछे भागते हुए अपना इहलोक और परलोक नष्ट कर रहे हैं। सुन्दरी, चारुशीले, इन्हें बचाने के लिए मेरा हृदय रो रहा है। विधाता ने तुम्हें समस्त स्त्री-लक्षणों से मंडित करके इस धरा-धाम में भेजा है। तुम्हीं मेरी सहायता कर सकती हो। मैं कोटिबेधी रस बनाना चाहता हूँ। परन्तु जब तक समस्त स्त्री-लक्षणों से मंडित सुन्दरी का हाथ नहीं लगता। तब तक यह रस तैयार नहीं हो सकता। देवि, दुःख और शोक से छटपटाते हुए इन विषयासक्त जीवों को देखो। तुम इनका उद्धार कर सकती हो। मेरी सहायता करो।"

रानी का स्वर ज़रा धीमा हुआ, पर वे रुकी नहीं, कहती ही गईं, "चन्द्रलेखा कुछ विशेष समझ नहीं सकी। उसे ऐसा लगा कि उसका हृदय चन्द्रकान्तमणि की भाँति पसीज गया है। वह क्या सुन रही है? यह भी क्या सम्भव है? क्या ऐसा रस बन सकता है, जो एक ही मात्रा से करोड़-करोड़ मनुष्यों को रोग से, शोक से और मोह से मुक्त कर दे? इस नश्वर काया के भीतर क्या कोई ऐसा रासायनिक परिवर्तन सम्भव है, जिससे इसका क्षण-विध्वंसी धर्म रुक जाए? और यदि सब लोग रोग, ज़रा और मृत्यु से छूट जाएँ तो क्या वे अस्थिर विषयों के पीछे भागने से विरत हो जाएँगे? वह देर तक गुरु के करुणाकषायित नयनों की ओर एकटक देखती रह गई। अचानक समूचा श्मशान फरुओं (शृंगालियों) के प्रचंड विराव से मुखर हो उठा। उलूकों ने धूत्कार के साथ इस विकट नाद का स्वागत किया। चन्द्रलेखा भीतर से बाहर तक अश्वत्थ (पीपल) के पत्ते की तरह काँप उठी। न जाने कौन-सा अज्ञात रहस्य उसे भीतर-ही-भीतर मसल रहा था।

"गुरु ने आश्वासन देते हुए कहा, "देवि, भय की कोई बात नहीं है। कुतर्क तुमको विचलित कर रहा है। तुम धीरे-धीरे इस रहस्य को समझ सकोगी। तुमने साक्षात् शिवावतार गुरु गोरक्षनाथ का नाम सुना है न? उन्होंने वायु के संयमन से शरीर को अजर-अमर बनाने की विधि सिखाई है। उन्होंने ही पारद से अमोघ-रस-सिद्धि होने की विधि बताई है। देवि, पारद को सामान्य धातु मत समझो, वह भगवान त्रिनयन के सर्वांग का सारभूत रस है और अभ्रक? वह भी जगन्माता का सर्वांग विनिर्गत सार-रस है। कुतर्क मत करो देवि, भगवान ने स्वयं

जगन्माता से इस महान रस की महिमा बताई है।[9] चित्त स्थिर करो। कोटिबेधी रस बनाओ। मैं अभी सिद्ध नहीं हो सका हूँ, परन्तु मेरे गुरु सदा सहाय हैं। जगत् के दुःख-कातर प्राणियों के उपकार के लिए तुम अपने समस्त संकल्प-विकल्पों का परित्याग करो। शुभ-बुद्धि सदा शुभ फल ही देती है। संकोच और झिझक छोड़ो। भगवान पार्श्वनाथ के पादमूल में बैठ जाओ। आदेश, आदेश, आदेश!'

"धीरे-धीरे पूर्व गगन-मंडल से नवमी का क्षीणप्राय चन्द्रमा उदित हुआ। नदी-पुलिन के नरकंकाल और कपाल-कर्पर उसकी शुभ्र ज्योत्स्ना में स्पष्ट दिखाई दे गए। चन्द्रलेखा ने उन्हें मृत्यु के अलंघ्य विधान के चिह्न के समान देखा। मृत्यु कितनी भीषण है! ये कंकाल किसी दिन सुन्दर मनुष्य होंगे। यौवन की लहरें इनमें भी उछलती होंगी, अनुराग का ज्वार इनको भी अभिभूत कर गया होगा। पर आज मृत्यु ने इन्हें कुत्सित बना दिया है। चन्द्रलेखा की भी एक दिन यही गति होगी। मृत्यु उस दिन यह नहीं सोचेगी कि विधाता ने चन्द्रलेखा को सम्पूर्ण स्त्री-लक्षणों से युक्त बनाया है। इसी मृत्यु पर विजय पाना है, यह स्त्री-लक्षण उसके शस्त्र होंगे।

"चन्द्रलेखा का मन एकाएक झूम उठा। स्त्री-लक्षण दुर्जय अस्त्र हैं। जैसे नवीन मेखमाला को देखकर मयूरी भाव-विह्वल हो जाती है, उसी प्रकार नए विचारों को पाकर उसका हृदय मदमत्त हो गया। अब कोई स्त्री विधवा न होगी, कोई माता निपूती न होगी, कोई बालिका अनाथ न होगी। चन्द्रलेखा मृत्यु-विजय के दुष्कर कार्य का निमित्त बनेगी! वह गुरु के आदेश-पालन के लिए तैयार हो गई। पार्श्वनाथ की रत्नमूर्ति को उसने प्रणाम करके चुपचाप मर्दन-यन्त्र हाथ में ले लिया। गुरु ने आविष्ट भाव से अघोरनाथ की स्तुति की। चन्द्रलेखा एकटक उनकी ओर देखती रही। गुरु ने समाधि लगाई।"

मैं मन्त्रमुग्ध-सा सुनता रहा। रानी बिना रुके सुनाती गईं। एक बार भी उन्होंने अपने को 'मैं' नहीं कहा। सदा चन्द्रलेखा की बात करती रहीं, जैसे चन्द्रलेखा उनसे भिन्न कोई और स्त्री हो। मैं आश्चर्यचकित सुनता गया। रानी अभिभूत की भाँति कहती गईं, "एक क्षण के लिए भी चन्द्रलेखा ने अपनी निमेष-शून्य दृष्टि को गुरु के मुख से नहीं हटाया। उसे ऐसा मालूम हुआ कि गुरु की समाधि टूट रही है। उन्हें अकारण छींक आ गई। वे अस्वाभाविक हुंकार के साथ जाग पड़े। उनकी आँखें थोड़े ही समय में सिन्दूर-रेखा के समान लाल हो गई थीं। चन्द्रलेखा की ओर देखते हुए उन्होंने कहा, 'विघ्न-वाहिनी तैयार है। देवि, बिलकुल विचलित न होना, मेरे ऊपर विश्वास रखना। यदि कोई विघटित घटे तो मेरे गुरुभाई कन्थड़ीनाथ से उपाय पूछना। वे सोमेश्वर तीर्थ में हैं या सीधे चन्द्रगुहा में गुरु के समीप चली जाना। भय की कोई बात नहीं है।'

"चन्द्रलेखा फिर एक बार काँप गई। परन्तु उसने आज्ञा शिरोधार्य की। गुरु ने दुबारा समाधि लगाई।

"रसमर्दन के लिए चन्द्रलेखा ने पहली बार हाथ चलाया। खरल में खरखराहट हुई और उसे ऐसा मालूम हुआ कि समूचा वायुमंडल खरखरा उठा है। फूटे काँसे के बरतन की कटुक्वणन के समान वह विचित्र ध्वनि सारे श्मशान में व्याप्त हो गई। चन्द्रलेखा ऊपर से निर्विकार बनी रही, पर भीतर-ही-भीतर वह डर गई। उसका डर बढ़ता गया। वह तेजी से हाथ चलाने लगी। वह जितनी ही तेजी से हाथ चलाती गई, मन उतना ही चंचल होता गया। न जाने कब उसकी दृष्टि गुरु के मुख पर से हट गई। सेंढ़ी की लहरें तेजी से पुलिन-भूमि पर टकराने लगीं। कंकाल एक-एक करके उठने लगे और विकट नृत्य करने लगे। चन्द्रलेखा उस उद्दाम नृत्य को देर तक देख नहीं सकी। भय से उसकी आँखें अपने-आप बन्द हो गईं, पर वह कान से विकट अट्टहास और कर्णकटु खरखराहट बराबर सुनती रही। रह-रहकर गृध्रों की फड़फड़ाहट और शृंगालों का भयंकर नाद सुनाई दे जाता। चन्द्रलेखा ने रसयन्त्र को छोड़ा नहीं, परन्तु भय के मारे उसके हाथों में एक अद्भुत जड़िमा आ गई। उसने स्थिर होना चाहा। मन को उसने बार-बार आश्वस्त करना चाहा कि यह सब मिथ्या भय है, गुरु के रहते कहीं भय की आशंका नहीं है, पर समझाने से क्या होता है? वह अवश जड़िमा का शिकार होकर ही रही।"

रानी अनर्गल धाराप्रवाह बोले जा रही थीं। मैं कुछ समझ नहीं सका कि उनके भीतर परिवर्तन क्यों और कैसे हो रहा है, आँखें फाड़कर आश्चर्य से उनकी ओर देखता रहा। कहीं कुछ घट रहा है, पर क्या घट रहा है?

## [9]

मुझे रानी से बहुत कुछ कहना था। इन छह महीनों में मैं दूर-दूर तक घूम आया। कालिंजर, कान्यकुब्ज, काशी और मगध तक चक्कर मार आया था। रानी ने प्रजा को उद्बुद्ध करने की जो प्रेरणा दी थी, उसे मैंने गुरुमन्त्र का महत्त्व दिया था। भय-त्रस्त, निराश और हतोत्साह जन-समूह में मैंने निश्चित रूप से आशा और उल्लास की लहरें देखी थीं। मैंने छोटी-से-छोटी समझी जानेवाली जाति के लोगों से मैत्री की थी और अत्यन्त पतित समझे जानेवालों में जाकर उनके निदारुण दुःख की ज्वाला का साक्षात् परिचय पाया था। मैं अपने अनुभव उन्हें बताना चाहता था। मैं उनसे अनुरोध करने जा रहा था कि अब योग्य नेतृत्व की आवश्यकता है। रानी के बिना मैं अपने को पंगु पा रहा था। मुझे आशा थी कि

छह महीनों में नागनाथ की साधना समाप्त हो चुकी होगी और अब रानी मुझे नया आलोक देने और नवीन प्रेरणा से उद्‌बुद्ध करने का काम करेंगी। परन्तु रानी अपने में ही खोई हुई लग रही थीं, जैसे किसी ने भयंकर उच्चाटन-मन्त्र का प्रयोग करके उनके मस्तिष्क का सन्तुलन ही नष्ट कर दिया हो। वे धारा-प्रवाह बोलती जा रही थीं। मुझे कभी-कभी ऐसा लगता था कि उन पर किसी अपदेवता का आवेश है।

अपने को प्रथम पुरुष में कहना कोई सिद्धि है या आवेश? हाय, मैंने क्या अपने ही पैर पर अपने हाथों कुल्हाड़ी मार दी है? यह क्या देख रहा हूँ? सम्पूर्ण जनता को उद्‌बुद्ध करने का संकल्प क्या बीच में ही कुंठित हो जाएगा? एक क्षण के लिए मेरे मन में रानी को टोककर अपनी बात कहने की इच्छा प्रबल हो गई। फिर परन्तु मैंने सोचा कि उन्हें कह लेने दूँ। आविष्ट अवस्था में वे चन्द्रलेखा के अनुभवों को बता रही थीं, मानो चन्द्रलेखा उनसे कोई भिन्न व्यक्ति हो। परन्तु प्रयत्न करके भी मैं उनमें कोई विक्षेप का लक्षण नहीं देख पाया। वे कहती गईं और मैं सुनता गया। उनकी अंग-यष्टि स्थिर सौदामिनी की भाँति चमक रही थी और उससे लावण्य की अजस्र छटा छिटक रही थी। निस्सन्देह वे पहले की अपेक्षा अधिक मनोहर लग रही थीं। परन्तु दहकती अग्नि को स्पर्श करने में जैसे भय लगता है, उसी प्रकार उनको मैं दूर से ही भयपूर्वक देख रहा था, एक दूरी आ गई थी। मेरा हृदय भय से व्याकुल हो उठा। पर रानी के चेहरे पर कोई विकार का भाव नहीं उदित हुआ। वे उसी प्रकार आविष्ट अवस्था में कहती गईं। एक क्षण के लिए भी वे रुकी नहीं। उन्होंने जो पाया था, उसे दोनों हाथों लुटाना चाहती थीं। मैंने जो खोया था, उसका हिसाब समझ में नहीं आ रहा था। कैसे कहूँ कि देवि, तुम मेरे प्रति निर्दय आचरण कर रही हो! कैसे कहूँ कि रानी, तुम्हारे बताए मार्ग पर चलनेवाला 'सातवाहन' आज दिङ्‌मूढ़ हो गया है! कैसे कहूँ कि भगवति, सन्त्रस्त प्रजा आज तुम्हारा नेतृत्व चाहती है। रानी रुकी नहीं, कहती गईं, "धीरे-धीरे चन्द्रलेखा की चेतना लुप्त होने लगी। पूर्वी आकाश में एक छोटा-सा मेघखंड दिखाई दिया जो देखते-देखते दिगन्त के इस छोर से उस छोर तक व्याप्त हो गया। धूसर बादलों का यह विचित्र जमाव क्रमशः गाढ़ा होता गया। यमराज के भैंसे की भाँति उसके रंग और ढंग दोनों भीतिजनक थे। एकाएक वज्र-निनाद से दिशाएँ काँप उठीं और विद्युतस्फोट के भयावने पिंगल प्रकाश से दिगन्तराल तड़तड़ा उठे। एक वक्र ज्योति-रेखा पूर्वी दिगन्त को चीरकर निकल गई। ऐसा मालूम हुआ कि उस ज्योति के भीतर से ही एक जटिल तपस्वी पृथ्वी पर चू पड़े। उनके प्रशस्त ललाट पर श्वेत भस्म की त्रिपुण्ड-रेखा सिद्धि-सोपान के समान दिखाई दे रही थी। उनके बाएँ हाथ में अक्षमाला और दाहिने में सिन्दूरलिप्त त्रिशूल था। उनके कानों के मध्य-भाग में एक छिद्र था जिसमें हरिण के सींग से बनी हुई काली मुद्रा थी।

वे उड़ते-से जान पड़ते थे। उनके गले में झूलती हुई सेली और शृंगी बार-बार वायु-वेग से हिल जाती थी और बाहुमूल की रुद्राक्ष माला के साथ उनके पिंगल जटा-भार का संघर्ष प्रायः हो जाया करता था। चन्द्रलेखा ने स्पष्ट ही देखा कि यद्यपि वे उसी ओर आ रहे थे, परन्तु उनकी दृष्टि कहीं अन्यत्र थी।

"इसी समय उसे पीछे से निकट आती हुई छाया-मूर्ति दीखी, जिसके पीछे-पीछे गिद्धों और सियारों की सेना चली आ रही थी और कपालवाहिनी योगिनियों का एक विशाल यूथ उन्मत्त की भाँति झूमता दौड़ा आ रहा था। सबके आगे महाविद्या का सर्वाधिक भीषण रूप छिन्नमस्ता थी। चन्द्रलेखा भय से काँप उठी। उस नग्न भयंकर शरीर के मध्यदेश को घेरकर एक पतली-सी कनकमेखला विराजमान थी। छिन्नमस्ता के एक हाथ में कराल कृपाण था और दूसरे में अपना ही मनोहर मुख उन्हीं के रुण्ड से उच्छलित रक्तधारा का मस्ती से आस्वादन कर रहा था। उनकी दोनों सखियाँ—वर्णिनी और डाकिनी—छककर रक्तपान करती हुई भागी आ रही थीं। वायु की गति तेज मालूम हुई, बिजली की कड़क और तीव्र होकर दिग्दिगन्त को चटकाने लगी, मेघ-पुंज और भी काला हो उठा।

"छिन्नमस्ता रुक गईं।

"ऐसा जान पड़ा, जैसे समस्त वायुमंडल स्तब्ध हो गया है। भूचक्र साँस रोककर कुछ अप्रत्याशित घटने की प्रतीक्षा कर रहा है और कालदेवता का अकुंठ नर्तन बीच में ही ठिठक गया है। छिन्नमस्ता का मुख बोल उठा—'सामने समस्त स्त्री-लक्षणों से युक्त यह चन्द्रलेखा है। इसके सिद्धिदाता मांस से तुम लोग अपनी भूख मिटाओ।' योगिनियों का दल विकट उल्लास से नाच उठा, फेरुओं के चंड विराव से दिगन्तराल चटचटा उठे और उलूकों के कर्णकटु धूत्कार से आकाश फटने लगा। चन्द्रलेखा के नख से शिख तक आशंका की भयंकर झंझा बह गई। इसी समय तपस्वी ने बाधा की। उनका कंठ-स्वर स्पष्ट था, प्रत्येक वर्ण स्फुट उच्चारण के कारण सुश्राव्य था और स्वर में एक प्रकार का विश्वास का भाव प्रकट हो रहा था। तपस्वी ने कहा, 'अनुचित हो रहा है देवि! पारद की मर्यादा पर चोट नहीं पहुँचनी चाहिए। चन्द्रलेखा के हाथ में धूर्जटि का तेज है, उसकी मर्यादा तुम नहीं बचाओगी तो कौन बचाएगा? भगवति, केवल विरोध के लिए ही विरोध करना तुम्हें नहीं शोभता।'

"चन्द्रलेखा ने आश्चर्य से देखा कि छिन्नमस्ता का मुख शरीर पर यथास्थान बैठ गया। डाकिनी और वर्णिनी विचित्र भाव से एकरूप मिल गईं। छिन्नमस्ता त्रिपुरभैरवी बन गईं। अब भी उनके शरीर में श्यामिका और मुख में चंडभाव था, परन्तु उनका बीभत्स भाव जाता रहा था। चन्द्रलेखा को याद आया कि किस प्रकार नारद ने पितृ-गृहस्थिता पार्वती को शिव के विरुद्ध उत्तेजित किया था, किस प्रकार

पार्वती ने त्रिभुवन-मोहिनी का रूप धारण किया था, किस प्रकार शिव के हृदय में अपनी ही काली छाया देखकर रुष्ट हो गई थीं और फिर किस प्रकार शिव ने नर्महास्य से उस छाया का नाम त्रिपुरभैरवी दे दिया था। त्रिपुरसुन्दरी की छाया ही त्रिपुरभैरवी है, केवल रंग का भेद है। चन्द्रलेखा को बचपन में सुनी हुई कथा याद आई। इस रंग-भेद के कारण ही त्रिपुरभैरवी उपासक को जल्दी सिद्धि देती हैं। शिव के हृदय में स्थित होने के कारण और स्वयं महामाया-रूपा भगवती त्रिपुरसुन्दरी को मोहित करने के कारण वे भक्तों में सिद्धिदात्री-रूप में स्मरण की जाती हैं।[10]

"चन्द्रलेखा के ग्रह-गण आज प्रसन्न हैं, उसके जन्म-जन्मान्तर आज कृतार्थ हैं, आज वह साक्षात् त्रिपुरभैरवी को देख रही है। परन्तु यह तपस्वी कौन है? ज्योति-रेखाओं से ही इसका शरीर बना है। मानो अग्नि-शिखा से छानकर, सुवर्ण-शलाकाओं-से बाँधकर, विद्युत-शिखाओं को खरादकर और सूर्यकान्त मणियों को गलाकर ही यह अपूर्व ज्योतिमंडल तैयार किया गया है। अहा, यह अकारण दयालु तापस कौन है?

"त्रिपुरभैरवी ने क्रोधपूर्वक कहा, 'गोरक्ष, तुम शिव के अंश ही नहीं हो, तुम साक्षात् शिव-रूप भी हो। तुम खूब जानते हो कि मैंने यह विकट रूप क्यों धारण किया है। धूर्जटि का यह तेज निष्फल है, इसने देवि के क्रोध को भी उभारा है।[11] यह अभिभाप है। संसार में इसकी महिमा प्रतिष्ठित नहीं हो सकेगी। चन्द्रलेखा में समस्त स्त्री-लक्षण हैं, पर उसकी कुल-शक्ति प्रसुप्त है, पार्श्वनाथ के पादमूल में बैठकर तुम्हारे इस शिष्य ने उसका अपमान किया है। मैं तुम्हारे अनुरोध पर इसे छोड़ रही हूँ। परन्तु तुम्हारी तपस्या तब तक वन्ध्या रहेगी, जब तक तुम्हें त्रिपुरसुन्दरी का सहयोग नहीं मिलता। तुम जाकर शिव से कहो कि वे देवी को प्रसन्न करें, नहीं तो यह तप, यह वैराग्य, यह योग, यह हठ-कर्म सब फेन-बुद्बुद् की भाँति विलीन हो जाएँगे। नागनाथ ने तीन अपराध किए हैं। उसने चन्द्रलेखा की कुल-शक्ति के उद्बोधन का प्रयास नहीं किया, उसने स्त्री-गुरु की महिमा नहीं समझी और उसने वैराग्य को सिद्धि का सोपान माना है। यह प्रयत्न वन्ध्य है।'

"चन्द्रलेखा ने उस अपूर्व तेजस्वी तापस को पहचाना। ये महान गुरु गोरक्षनाथ थे। देवी के वचन से उन्हें थोड़ा कष्ट हुआ। उनके स्मयमान मुखमंडल में किंचित् आकुंचन हुआ। वे गुरु-गम्भीर स्वर में बोले, 'भगवति, अपराध मार्जित हो। निखिल देवगुरु भगवान शंकर के समस्त शरीर की सारभूत तेजोवस्तु यह पारद है। इसका अपमान स्वयं त्रिपुरभैरवी भी नहीं कर सकतीं। देवि, तुम अमोघ-वाक् हो। यदि तुम्हारी यही इच्छा है कि पारद की महिमा जगत में प्रतिष्ठित न हो सके तो स्वयं महाकाल भी उस इच्छा में बाधा नहीं पहुँचा सकते। परन्तु देवि, विचार करके देखो, तुम्हारा रोष क्या उचित है? एक तो शिव का तेज इससे अपमानित

होता है, दूसरे समस्त स्त्री-लक्षण वन्ध्य और निष्फल हो जाते हैं, तीसरे उद्‌बुद्ध कुंडलिनी की महिमा व्याहत होती है। गोरक्षनाथ मिट जाए, कोई चिन्ता नहीं, गोरक्षनाथ और नागनाथ का इस अनादि-अनन्त जगत-प्रवाह में क्या मोल है! परन्तु नागनाथ ने जो महान संकल्प किया है उसकी ओर देखो, गोरक्षनाथ मिट जाए, कोई चिन्ता नहीं, परन्तु समस्त जगत के प्राणियों का जरा-मृत्यु से उद्धार करने का संकल्प महान है। उसकी महिमा पर आँच आने से फिर जगत-प्रवाह का मूल स्रोत ही सूख जाएगा। देवि, फिर से विचार करके देखो, तुम्हारा रोष क्या उचित है? संसार को तुम्हारे दक्षिण मुख की आवश्यकता है। देवि, यह प्रचंड रूप छोड़ो।'

"भगवती का मुख विकच पुंडरीक की भाँति खिल गया। उनकी समस्त अंगयष्टि को घेरकर एक अपूर्व माधुरी लहरा उठी। क्रोध-ताम्र मुख सहज हो गया, सारा शरीर तप्त कांचन की तरह गौर हो गया। उन्होंने सरस स्मित के साथ कहना शुरू किया, 'गोरक्ष, तुम सत्य कहते हो। शिव के इस तेज की महिमा अभ्रक के योग से सिद्ध होगी। स्त्री-लक्षण निष्फल नहीं होगे और प्रबुद्ध कुंडलिनी तो मैं ही हूँ। नागनाथ से तुम उसके दोषों को सुधरवा दो। उसे अगर सिद्धि पानी है तो अपने को सम्पूर्ण रूप से शुभ-संकल्प को अर्पित कर देना चाहिए। जितना वह दे सकेगा, उतना ही पा सकेगा। उसमें अहंकार है। उसे पारद को सिद्ध करने का हठ है, उसने चन्द्रलेखा को गुरु नहीं माना है, उसने इसकी कुल-कुंडलिनी को उद्‌बुद्ध नहीं किया है। इस अवस्था में चन्द्रलेखा को सिद्धि मिल भी गई तो वह दुर्वह बोझ बन जाएगी।'

"चन्द्रलेखा ने त्रिपुरसुन्दरी के इस रूप को देखकर अपना भाग्य सराहा। उसे इससे बड़ी सिद्धि और क्या मिल सकती है? परन्तु हाय, उसी दिन उसे क्यों नहीं विश्वास हो गया कि त्रिपुरसुन्दरी की वाणी अमोध है, उसे सिद्धि मिलेगी, पर वह बोझ ही सिद्ध होगी!

"भगवती ने फिर एक बार गुरु गोरक्षनाथ की ओर स्नेह-भरी दृष्टि से देखा, बोलीं, 'माया से लड़ाई करना बेकार है। समस्त संसार अपने ही कर्मों से पचपचकर मर रहा है। देखो गोरक्ष, इससे उद्धार पाने का कोई अगवाह रास्ता नहीं है। तुम अगवाह रास्ते का सन्धान छोड़ दो।'

"गोरक्ष ने हँसकर उत्तर दिया, 'अपराध मार्जित हो, देवि! कर्म का विधान मिटाया जा सकता है, जन्म-मरण के पचड़े से निकलने का अगवाह रास्ता अवश्य है। माया से लड़ाई बेकार है, किन्तु माया को बेकार करने का मार्ग मुझे ज्ञात है। भगवति, तुम मेरे रास्ते से हट जाओ, नहीं तो भला नहीं होगा।'

'भगवती ने हँसकर कहा, 'देखा जाएगा।' और अन्तर्धान हो गईं।

“चन्द्रलेखा इस प्रसंग की इस विचित्र परिणति को एकदम नहीं समझ सकी। वह अवाक् होकर तापस के मुख को निर्निमेष नयनों से देखती रह गई। अहा, कैसा तेज है! भगवती से भी लोहा लेने का कैसा अपूर्व दर्प है!

“भगवती के अन्तर्धान होते ही आकाश में नील मेघों का विकट गर्जन शुरू हुआ। झमाझम वर्षा होने लगी। गोरक्षनाथ के ऊपर एक ही साथ प्रलय के समस्त मेघ मानो टूट पड़े। धारासार वर्षा के भीतर गोरक्ष अद्भुत ज्योति-रेखा के समान दिखाई दे रहे थे। जान पड़ता था समस्त भूमंडल ही कर्णिका-केन्द्र बना हुआ है और आकाश फाड़कर धारा-यन्त्र उच्छ्वसित हो रहा है। उस कर्णिका-केन्द्र में गोरक्षनाथ जल-चादर में झिलमिलाते हुए प्रदीप की भाँति दीख रहे थे। वर्षा और भी तेज हुई, और भी! गोरक्षनाथ अविकृत भाव 1से खड़े रहे। फिर चन्द्रलेखा के मुख पर भी वर्षा के छींटे पड़ने लगे। उसने अनुभव किया कि वर्षा का वेग तेजी से उसकी ओर ही बढ़ रहा है।

“एकाएक उसकी आँखें खुल गईं। सामने गुरुदेव कमंडलु के जल से उसकी आँखों पर छींटे दे रहे थे। उसने आश्चर्य से चारों ओर देखा। उस समय न तो कहीं वर्षा हो रही थी, न आकाश में मेघ ही दीख रहे थे, न गोरक्षनाथ ही कहीं भीग रहे थे। चन्द्रलेखा ने यह सब क्या देखा? क्या यह स्वप्न था? उसे रोमांच हो आया। उसे चकित देखकर गुरु ने शान्त भाव से कहा, ‘विघ्नों से भीत न हो देवि, शुभ-कर्म में विघ्न होते ही हैं।’

“किन्तु चन्द्रलेखा के मन से भय नहीं गया। वह यह स्थिर नहीं कर सकी कि गुरु को स्वप्न की सारी बातें बता देनी चाहिए या नहीं। इस स्वप्न का सचमुच क्या कोई अर्थ है? एक बार उसने सोचा कि सब कुछ साफ-साफ गुरु को बता दे। परन्तु जब वह सोचती कि उस स्वप्न का वह अंश भी बताना पड़ेगा जिसमें स्त्री को गुरु बनाने की बात है, तो लज्जा और साध्वसवश उसके सारे शरीर से स्वेदधारा बहने लगती। छिः, यह भी कहने की बात है! हो सकता है कि उसने अपने ही चित्त-विकार को स्वप्न-रूप से देखा हो। ना, चन्द्रलेखा यह बात अपने गुरु से नहीं कह सकती।

“छह महीने तक वह इसी आगा-पीछा का शिकार बनी रही। एक दिन जब गुरु ने ही कहा कि तुम्हारा चित्त उत्क्षिप्त जान पड़ता है, इसलिए सिद्धि नहीं मिल रही है, तो उसने बाध्य होकर स्वप्न की सारी बातें बता दीं। गुरु ने सुना तो सिर पीट लिया। बोले, ‘अनर्थ हो गया देवि! तुमने इतने दिनों तक स्वप्न क्यों नहीं बताया? मैं व्यर्थ छह महीने से सिद्धि की आशा में भटक रहा हूँ, छह महीने से तीन-तीन महापराध करता आ रहा हूँ, छह महीने से शिव के तेज के साथ देवी के प्रसाद को मिलाए बिना रस सिद्ध करने का हठ करता आ रहा हूँ। हाय देवि,

तुमने अब तक यह क्यों नहीं बताया?'

"चन्द्रलेखा का हृदय सनाका खा गया। उसकी शिराओं में एक विचित्र भाव अनुभूत हुआ, जैसे सब कुछ फटा जा रहा हो, जैसे सब कुछ चक्कर खा रहा हो। उसने हाथ जोड़कर कहा, 'अपराधिनी हूँ गुरो, मुझे यह कहने में बड़ा संकोच हो रहा था कि तुम्हें स्त्री को गुरु बनाना पड़ेगा और वह स्त्री भी चन्द्रलेखा ही होगी।'

'नागनाथ हँसे, बोले, 'तुम नहीं जानतीं, देवि, मेरे गुरु गोरखनाथ से भगवती का झगड़ा है। कामरूप और हिंगलाज में दो बार भगवती का दर्प गुरु ने चूर्ण किया था। भवगती मेरे गुरु को परास्त करने का मौका खोज रही हैं। परन्तु गुरु ने कभी उसकी अवज्ञा नहीं की, कभी उनके प्रति किसी प्रकार का अविनय प्रकट नहीं किया, यही उनकी शक्ति है। उन्होंने मुझे स्पष्ट रूप से बतलाया कि भगवती की इच्छा के विरुद्ध कभी कोई कार्य न करना। भगवती को प्रसन्न करके ही सिद्धि मिल सकती है। हाँ देवि, भगवती ने ठीक ही कहा होगा कि स्त्री को गुरु बनाए बिना सिद्धि नहीं मिल सकती। गुरु की कृपा से ही समस्त विघ्न निरस्त होते हैं। समस्त स्त्री-लक्षणों का एकत्र मिलना दुर्लभ है। सो देवि, मुझे शिष्य बनाने की कृपा हो। तुम साक्षात् भवानी रूप हो, तुम कुल-शक्ति का प्रसुप्त विलास हो, तुम महादेव की शक्ति हो। मैंने अब तक तुम्हारे इस रूप को न पहचानकर महापराध किया है।'

"चन्द्रलेखा का सारा शरीर रुद्धचेष्ट हो गया। उसे कुछ भी समझ में नहीं आया। जिन्दगी-भर जिसे गुरु समझा है, उसे क्या वह शिष्य समझ सकेगी? समझे भी तो क्या वह सम्बन्ध सत्य होगा? क्या गुरुत्व और शिष्यत्व भी बदला जा सकता है। क्या स्वप्न के आवेश में उसने अपने मनोविकारों का जो रूप देखा है, वह इतना बड़ा है कि गुरु को शिष्यत्व स्वीकार करना पड़े? वह बार-बार सुन रही है कि समस्त स्त्री-लक्षणों का सन्निवेश दुर्लभ योग है। ये स्त्री-लक्षण क्या हैं? कुछ शरीर-चिह्न, कुछ संयोग-प्राप्त वर्ण-समुच्चय, कुछ आकस्मिक आकुंचन-विकुंचन! यही तो स्त्री-लक्षण हैं? क्यों इनका समवाय दुर्लभ है? स्त्री अगर बड़ी है तो यों ही बड़ी है, चिह्नों को माहात्म्य देना क्या उचित है? चन्द्रलेखा समझ ही नहीं सकी कि स्त्री-शरीर को इतना महत्त्व क्यों दिया जा रहा है। वह निर्निमेष भाव से गुरु के मुख की ओर ताकती रह गई।

"परन्तु गुरु अपने में ही भूले हुए थे। वे किसी उलझे विचार की उधेड़बुन में व्यस्त थे, बड़ी देर तक उसी प्रकार बैठे रहे, फिर एकाएक उठ खड़े हुए और बोले, 'शुभे, संकोच छोड़ो! अशेष लोक के उपकार के लिए सब करना होगा। भगवती त्रिपुरसुन्दरी का आदेश अवश्य पालन करना चाहिए। तुम्हारे चित्त में कहीं भी कल्मष न रहे, कुछ भी गोपन न रहे। देवि, मुझे शिष्य-रूप में स्वीकार करो।'

"दूसरे दिन गुरु ने बड़ा भारी आयोजन किया। चन्द्रलेखा ने केवल निरासक्त साक्षी की भाँति सब कुछ देखा। गुरु के शिष्यत्व-वरण को भी वह गुरु की आज्ञा ही समझती रही। कब वह वेदिका पर बिठा दी गई, कब उसे पुष्प, धूप, दीप आदि नैवेद्य समर्पित किए गए, कब उसकी आरात्रिका उतारी गई, यह सब उसे कुछ भी नहीं मालूम हो सका। उसके लिए यह सब कुछ शून्य था, निरर्थक था। वह केवल गुरु का निदेश पालन कर रही थी। उसकी अर्थहीन दृष्टि के सामने ही गुरु गद्‌गद स्वर में पाठ कर रहे थे :

*"त्वमेव गुरुरूपेण लोकानां त्राणकारिणी।*
*गया गंगा काशिका च त्वमेव सकलं जगत्॥*
*कावेरी यमुना रेवा करतोया सरस्वती।*
*गोमती चन्द्रभागा च त्वमेव कुलपालिके॥*
*ब्रह्माण्डं सकलं देवि कोटि ब्रह्मण्डमेव च।*
*नाहि ते वक्तुमर्हामि क्रियाजालं महेश्वरि॥*

"उन्होंने भक्तिभाव से चन्द्रलेखा के चरणों पर पुष्पांजलि बिखेर दी। अब चन्द्रलेखा को होश आया। उसे याद आया कि यह महादेव का पढ़ा हुआ स्तोत्र है। नागनाथ ने ही 'कंकालमालिनी' तन्त्र से पाठ करके यह 'स्त्री-गुरु-गीता' उसे सुनाई थी। छिः, कैसा दुर्भाग्य-विडम्बन है? चन्द्रलेखा का रोम-रोम सिहर उठा। समस्त जीवन के बद्धमूल संस्कार उसे दबोच बैठे। उसने पैर खींच लिये। उसकी अन्तरात्मा ने विद्रोह किया। वह चिल्ला उठी, 'यह अनुचित है।' परन्तु हाय रे बुद्धिहीना, तूने क्या कभी सोचा था कि तेरे हृदय में नागनाथ के लिए कितना महार्घ सिंहासन सुसज्जित था!

"गुरु ने शान्त भाव में कहा, 'देवि, प्रसन्न होओ।'

"चन्द्रलेखा क्या प्रसन्न हो? उसका रोम-रोम विद्रोह कर उठा। उसके अतल गम्भीर हृदय से धिक्कार निकला, 'स्त्री-शरीर को इतना महत्त्व देनेवाले को मैं बहुत ऊँचा सिद्ध नहीं समझ सकती। यह विकृत चिन्तन का परिणाम है। केवल जड़-पिंड की बनावट को आश्रय करके जो साधना चलेगी वह व्यर्थ होगी। गुरो, तुम भूल रहे हो। जो सिद्धि जड़-मांसपिंड को आश्रय करके मिलेगी, वह जड़ता को ही बढ़ावा दे सकती है। मैं स्त्री-पूजा के इस विकृत रूप का प्रत्याख्यान करती हूँ।' और उसने सचमुच ही हाथ से झटककर पुष्पमाला एक तरफ फेंक दी। वह आयोजन उसकी सहन-सीमा के परे हो गया था।

"नागनाथ अविचलित रहे। शान्त भाव से बोले, 'भगवति, प्रसन्न होओ।'

"चन्द्रलेखा का औद्धत्य परास्त हो गया। वह चुप हो गई। परन्तु उसे

भीतर-ही-भीतर ऐसा अनुभव होने लगा जैसे हृदय की कोई कुरेद रहा हो। उसने पूजा ग्रहण नहीं की, पर नागनाथ सन्तुष्ट हो गए। न जाने किस यवनिका के अन्तराल में कौन-सी क्रूर नियति हँस रही थी!

"चन्द्रलेखा को पुराने दिन याद आ गए। सारा भूतकाल नखदर्पण की छाया के समान उसे प्रत्यक्ष दीख गया। गाँव के किसान की लड़की, सातवाहन का प्रथम साक्षात्कार, रानी का गौरव, सब कुछ उसके सामने घूम गया।" रानी ने इस बार मेरी ओर देखा। वे आविष्ट की अवस्था में दीख रही थीं। वे इस प्रकार बोलती जा रही थीं जैसे चन्द्रलेखा कोई और हो। प्रसंग कुछ ऐसे स्थान पर आ गया कि उन्हें एक दचका लगा, जैसे वे एकाएक होश में आ गईं। उन्होंने मेरी ओर देखा और फिर कुछ लज्जावनत भाव से मन्द स्मित के साथ कहा, "तुम तो जानते ही हो!"

रानी को यह क्या हो गया है? वे क्या सचमुच कुछ बदल गई हैं? क्या रानी से भी कोई बड़ा रूप आरम्भ हो गया है? मेरा चित्त आशंका से व्याकुल हो गया। रानी की ओर देखने की शक्ति भी तिरोहित हो गई। जिसे पाया था, उसे खोता जा रहा हूँ, खो चुका हूँ। मुझसे सहा नहीं गया। एकाएक चिल्ला उठा, "बस करो रानी, तुम ऐसे ही हँसती रहो। जो अभी तक कह गई हो वह सपना है। उसमें भ्रम है, उसमें मिथ्या की मिलावट है, वह असत्य है!"

रानी को धक्का लगा। वे निर्निमेष मेरी ओर देखती ही रह गईं।

## [ 10 ]

रानी फिर कोटिबेधी रस सिद्ध करने के कार्य में सहायता करने चली गईं। रह-रहकर उनमें पुराना भाव आ अवश्य जाता था, परन्तु वह स्थाई नहीं होता था। कोई बड़ा भारी मोह उनके चित्त में घर कर गया था। मेरे प्रति उनके व्यवहार में करुणा और दया का भाव था। वे निःशेष जगत् के दुःख को दूर करने में अत्यधिक प्रयत्नशील थीं, उनका दृढ़ विश्वास था कि कोटिवेधी रस सिद्ध होगा और संसार जरा-मृत्यु के चक्र से त्राण पाएगा। परन्तु जब कभी वे स्वस्थ भाव से सोचती थीं तभी मुझे प्रजा को संघबद्ध करने की सलाह देती थीं। उनको विदा करने में मुझे बड़ा कष्ट हुआ, पर हृदय पर पत्थर रखकर मुझे विदा करना पड़ा।

मैं एक विचित्र असमंजस में था। क्या रानी को न रोककर मैं पतिधर्म से च्युत नहीं हो रहा हूँ? क्या रानी को जानबूझकर मृग-मरीचिका की ओर जाने देना उचित हुआ? परन्तु फिर मेरे मन में दूसरे प्रश्न भी उठते थे। सचमुच ही उस विचित्र साधना से क्या जरा-मृत्यु का पाश कट जाएगा? कौन कह सकता है?

मैं अपने चित्त की उलझनों को इस मार्ग में बाधक क्यों होने दूँ? मैं व्यष्टि-दृष्टि में अभिभूत हूँ, रानी समष्टि-दृष्टि अपनाना चाहती है, मेरी ओर से ममता बोल रही है, उनकी ओर समता का बल है। विचित्र उलझन थी! मेरा रोम-रोम कह रहा था कि रानी की साधना भ्रान्ति मात्र है। महाकाल का अकुंठ विलास रुकनेवाला नहीं है, ज़रा और मृत्यु को अस्वीकार करने का प्रयत्न साहस-मात्र है। परन्तु रानी से मैं यह सब नहीं कह सकता, रानी ने निश्चित रूप से समझा कि मैं उन्हें प्रसन्नतापूर्वक अनुमति दे रहा हूँ। वे चली गईं। मैं उदास और हतदर्प होकर कालक्षेप करने लगा। परन्तु इस प्रकार का अलस-विलास भी देर तक नहीं टिक सका।

धीर शर्मा ने बहुत ही चिन्ताजनक समाचार दिया। मेरे अग्रज के दो पुत्र थे। बहुत अल्प वयस में इन्हें छोड़कर वे स्वर्ग चले गए। मेरी भाभी शोकावेश को सँभाल नहीं सकीं, इन नन्हे बच्चों को छोड़कर सती हो गईं। मैंने अपने हृदय के सम्पूर्ण स्नेह से इनका लालन-पालन किया। रानी भी इन्हें इसी प्रकार स्नेह करती थी। उन्होंने सदा इन्हें अपने पुत्रों के समान माना। धीर शर्मा पर इनकी शिक्षा-दीक्षा का भार था। वे इन्हें बड़े उत्साह से शास्त्र पढ़ाते थे। इनके शील और विनय से वे बहुत प्रभावित थे। परन्तु एकाएक उन्होंने चिन्ताजनक समाचार सुनाया।

धीर शर्मा ने बताया कि गोपाद्रि दुर्ग के पास कोई बड़ा भारी शैव मठ है, वहाँ के मठाधीश नेहनानानन्द दक्षिण से आए हैं। वे बहुत बड़े विद्वान् और तपस्वी है। परन्तु उस मठ में कई सम्प्रदाय के साधु रहते हैं जो तपस्या तो करते ही हैं, आवश्यकता पड़ने पर शस्त्र भी ग्रहण करते हैं। इधर दिल्ली के सुलतान की कोई सेना गोपाद्रि के पास गाँव की निरीह प्रजा को कष्ट दे रही थी। प्रजा ने मेरे उद्बोधन के अनुसार कार्य किया और सैनिकों से डटकर लोहा लिया। सैनिक प्रबल थे, उन्होंने गाँव जला दिए। हताश और सन्त्रस्त ग्रामीण भागकर मठ में पहुँचे। नेहनानानन्द ने प्रजा के दुःख से द्रवित होकर अपने शिष्यों को शस्त्र ग्रहण करने का आदेश दे दिया। साधुओं ने जमकर लड़ाई की और सैनिकों को भाग जाने को विवश किया। इसका परिणाम जो होना था वही हुआ। दिल्ली के सुलतान ने मठ की एक-एक ईंट उखाड़ देने का आदेश दिया है। बहुत बड़ी सेना दिल्ली से चल चुकी है।

यहाँ तक तो दुश्चिन्ताजनक संवाद गम्भीर था ही, पर धीर शर्मा ने और भी दुःखद संवाद सुनाया। उन्होंने बताया कि विपत्ति मेरे परिवार में घुस आई है। मठ में नेहनानानन्द, जिन्हें प्रजा संक्षेप में नाना गोसाईं कहती है, का एक दुष्ट प्रतिद्वन्द्वी है। वह भी दक्षिण के किसी प्रदेश से आया है, किन्तु अब वह अपने को स्थानीय जन का ही अंग कहता है। उसके अनुयायी 'घुंडक' साधु हैं। वे लोग

तप तो कम करते हैं और मठ में उत्पात अधिक करते हैं। ये वेदान्त की शिक्षा के विरोधी हैं और शैव-मत की प्रतिष्ठा के लिए राज-शक्ति का सहारा पाने में अधिक विश्वास रखते हैं। इनका नेता ही घुंडकेश्वर स्वामी कहलाता है। बहुत दिनों से वह नाना गोसाईं के स्थान पर अपने को प्रतिष्ठित करने के प्रयत्न में है। अवसर देखकर उसने दिल्ली के सुल्तान का पक्ष ग्रहण किया है। वह एक-दो बार दिल्ली हो भी आया है। उसने दिल्ली में यह देखा कि वहाँ के सरदार सीदी मौला की रसायन-विद्या से बहुत प्रभावित हैं। उसे यह भी पता लगा है कि नागनाथ कोटिबेधी रस प्रस्तुत कर रहे हैं। दिल्ली में उसकी किसी आभड़ नामक व्यापारी से मित्रता हुई है, उसी की सहायता से उसने रस सिद्ध होने पर नागनाथ की हत्या करके रस हथिया लेने का संकल्प किया है। घुंडकेश्वर स्वामी का विश्वास है कि यदि यह रस उसके हाथ लग गया तो दिल्ली के तुर्क सरदारों को वह आसानी से वश में कर सकता है। परन्तु इस कहानी का दुःखजनक अंश यह है कि मेरे भतीजों को इस हत्याकार्य में सहायता देने के लिए उभारा गया है। उन्हें यह समझाया गया है कि इसी रास्ते वे अपने पिता का राज्य पा सकते हैं। उन्हें यह भी बताया गया है कि इसी रास्ते वे अपने पिता का राज्य पा सकते हैं। उन्हें यह भी बताया गया है कि यदि चन्द्रलेखा के कोई सन्तान हुई तो उनके राज्य पाने का अधिकार छिन जाएगा। कल ही वे लोग यहाँ से चुपचाप सेंढ़ी तट की ओर चले गए हैं। धीर शर्मा को यह सारा रहस्य उनके चले जाने के बाद नाना गोसाईं के एक शिष्य से ज्ञात हुआ है।

मेरे सामने यह विषम समस्या ऐसे समय आई जब मैं मानसिक रूप से अवश-जड़िमा का शिकार हो चुका था। मैंने स्वप्न में भी नहीं सोचा था कि मेरे पुत्रों को कोई इस प्रकार बहका सकता है। क्षण-भर तो मैं हतबुद्धि-सा पड़ा रहा, परन्तु तुरन्त मुझे ऐसा लगा कि सोच-विचार का समय ही नहीं है। मैंने धीर शर्मा को आज्ञा दी कि तुरन्त कुछ सैनिकों के साथ सेंढ़ी नदी के किनारे महाश्मशान की ओर जाएँ और यथासाध्य अनर्थ को रोकने का प्रयत्न करें और स्वयं सुलतान की सेना को मार्ग में रोकने का उपाय सोचने के लिए विद्याधर भट्ट के पास गया।

विद्याधर भट्ट पहले ही सोच चुके थे। मुझे देखते ही उन्होंने कहा, "राजन्, अब सोचने-विचारने का समय नहीं है। सुलतान की प्रचण्ड सेना को सम्मुख युद्ध में ललकारना मूर्खता है। उसे चम्बल के दुर्गम ढूहों में भटका-भटकाकर कुचल दो। हमारे एक सहस्र संघटित जवान सुलतान की पचास सहस्र सेना को निश्चित रूप से कुचल देंगे। आज तुम्हारी योजना की परीक्षा है। यदि प्रजा ने संघबद्ध होकर साथ दिया तो चर्मण्वती के ये विस्तीर्ण कान्तार तुर्कों की समाधि-भूमि बनेंगे। समाचार मिल गया है कि तुर्क सेना गोपाद्रि दुर्ग की ओर उसी के पास से आगे

बढ़ रही है। राजन्, आज निश्चित हो जाएगा कि यह आर्यभूमि स्वतन्त्र रहेगी या विदेशियों के पदाघात से निरन्तर जर्जर होती रहेगी।''

जर्जर वृद्ध विद्याधर भट्ट का उत्साह देखने योग्य था। उन्होंने स्वयं सेना का नेतृत्व ग्रहण करने की अभिलाषा व्यक्त की। बोले, ''राजन्, आज मुझे अवसर मिला है। रोको मत। मैं आज असाध्य-साधन के लिए कृतसंकल्प हूँ। यदि मैं विदेशियों की प्रचंड वाहिनी को भटका-भटकाकर निःशेष कर सका तो अपना जीवन धन्य मानूँगा। प्रबल पराक्रान्त जयित्रचन्द्र के अन्न का बना रक्त अभी सूखा नहीं है। मैं सम्मुख युद्ध के लिए तुम्हें छोड़ रहा हूँ। यह विकट युद्ध होगा। राजन्, मैं शीघ्र स्वर्ग जाऊँगा। यदि इन दुर्वृत्तों के दाँत उखाड़े बिना वहाँ गया, तो जयित्रचन्द्र को कैसे मुँह दिखा सकूँगा! विष के सारे दाँत तोड़े बिना मैं स्वर्ग नहीं जा सकूँगा। रोको मत महाराज, आज महामृत्यु का खेल होनेवाला है, विद्याधर जम के खेलेगा। वह आज आर्यभूमि को शत्रुओं के रक्त में स्नान कराने का गौरव पाना चाहता है। उठो महाराज, आज महारक्त के अभिषेक से धरती प्रसन्न होनेवाली है। चर्मण्वती का नाम आज सार्थक होगा, वह वीरों के चर्म से आच्छादित होगी। इस भीम परिधेय का उल्लास मुझे चंचल बना रहा है। आज मेरा सोचना-विचारना समाप्त होने जा रहा है। जय रक्ताम्बरा, जय मुण्डमालिनी, जय महाश्मशान-विहारिणी, जय...जय...!''

विद्याधर भट्ट ने घोड़े नहीं सजाए, जयदुन्दुभी नहीं बजाई, विकट बन्ध काव्य नहीं पढ़े, घटाटोपवाले स्तोत्र नहीं गाए। चुपचाप असिकुन्तधारी एक सहस्र सैन्य लेकर चर्मण्वती के गहन दूहों में उतर पढ़े। मुझे प्रच्छन्न भाव से रहने की सलाह दी।

विकट युद्ध हुआ। विद्याधर भट्ट के सैनिकों की छोटी-छोटी टुकड़ियाँ मैदान में तुर्क सेना को ललकारती थीं और कभी पीछे छापा मारती थीं और कौशलपूर्वक भागकर चर्मण्वती के भीषण कान्तार तक उन्हें घसीट लाती थीं। फिर कुन्तों की मार से उन्हें विचलित कर देती थीं। चर्मण्वती के कान्तार में उन्हें रास्ता नहीं मिलता था। एक मास के विकट युद्ध ने चर्मण्वती की धारा को रक्त से लाल बना दिया। सुलतान की आधी शक्ति नष्ट हो गई। विद्याधर के सैनिक प्रायः अक्षत रह गए। हारकर तुर्कों की सेना दिल्ली लौट गई। लौटती बार भी उन्हें विद्याधर के सैनिकों की चोट सहनी पड़ी। प्रजा ने प्राणों का पण लगाकर सहायता की। मैं चकित होकर यह अपूर्व युद्ध देखता रहा। विद्याधर भट्ट प्रसन्न थे। उन्होंने उल्लासपूर्वक कहा, ''एक धक्का और, फिर मैं शान्ति के साथ स्वर्ग जा सकूँगा।''

विद्याधर के उल्लास को देखकर मुझे बड़ी प्रसन्नता हुई, परन्तु उनके अन्तिम वाक्य का ठीक-ठीक अर्थ स्पष्ट नहीं हुआ। क्या यह सचमुच इतना सरल युद्ध

है कि केवल एक धक्का और देने से काम बन जाएगा? मुझे तो ऐसा नहीं लगता। मैं तो महानाश का नृत्य देख रहा था। वर्षाकाल तक कदाचित् शान्ति रहेगी। फिर मदगर्वित तुर्क सैनिकों के घोड़ों की टाप से धरती कसमसा उठेगी, भयंकर प्रलयाग्नि की लपटों से धरित्री की मनोहर मेखला के समान विन्ध्यागिरि की शृंखला जल उठेगी, प्रजा की कातर वाणी से आकाश फटने लगेगा। इस क्षणिक विजय से हम उल्लसित नहीं हो सकते। विद्याधर भट्ट-जैसा राजनीति का पक्का खिलाड़ी आनन्दोल्लास में झूम उठे, यह समझ में आनेवाली बात नहीं थी। मैंने विनीत भाव से संक्षिप्त वाक्य में उत्तर दिया, "आर्य, एक धक्का नहीं, कई धक्के और।"

विद्याधर भट्ट के चेहरे पर गम्भीरता के चिह्न दिखाई पड़े। बोले, "ठीक कहते हो महाराज, मैं यह अनुभव कर रहा हूँ कि मेरे दिन अब समाप्त हो आए हैं। मैं अपनी बात कह रहा था। तुम्हें तो अभी कई धक्के देने पड़ेंगे। परन्तु मैं अधीर हूँ। स्वर्ग जाने से पहले मैं केवल एक धक्का दे जाना चाहता हूँ कि तुम्हारा मार्ग प्रशस्त हो जाए। ऐसा नहीं कर सका तो निश्चिन्त होकर स्वर्ग नहीं जा सकूँगा। मैंने जीवन-भर ग्रह-नक्षत्रों पर विश्वास किया है। केवल इसी बार मैंने अनुभव किया कि विधाता ने मनुष्य के अन्तरतर में ग्रह-नक्षत्रों की शक्ति से भी बड़ी शक्ति दी है। मैंने इस बार ग्रह-नक्षत्रों के विरुद्ध अभियान किया था। मैं अधीर था। मुझे विजय, इस क्षणिक विजय की बिलकुल आशा नहीं थी। मैंने तुर्कों से नहीं, ग्रहों से लोहा लेने का प्रयत्न किया था। मेरे भीतर से कोई कह रहा था, 'धरती पर विश्वास करो। आकाश के ग्रह धरती के गुलाम हैं।' एकाएक मुझे चर्मण्वती के ढूह सूझ गए। बेटा, धरती ने इस बार आकाश को पछाड़ दिया है। मैं थका नहीं हूँ। मुझे एक धक्का और मारने दो।"

धरती पर विश्वास! वृद्ध विद्याधर भट्ट क्या सचमुच भावुकता के आखेट हो गए! वे क्या कहना चाहते हैं? ऐसा तो उनके मुँह से कभी नहीं सुना। परन्तु विद्याधर भट्ट सचमुच थके नहीं थे। उनका मुखमंडल और भी गम्भीर हो गया। बोले, "बेटा, धरती से मतलब केवल इस मिट्टी से नहीं है। तुमने जिन किसानों को और साधारण प्रजावर्ग के लोगों को मेरी सहायता के लिए भेजा था, उनके करतब देखकर मैं चकित हूँ। चम्बल के इन क्रान्तिकर ढूहों का सरल मार्ग उन्होंने ही आविष्कृत किया। बेटा, तुमको पता भी नहीं कि साधारण घरों के छोकरों ने और छोकरियों ने कैसी अद्भुत सहायता की है! भैंस चरानेवाले बालकों ने, अज्ञात कुलशील पत्थर तोड़नेवाले श्रमिकों ने, हल चलानेवाले खेतिहरों ने, भीख माँगनेवाले निठल्लों ने, परान्न-पुष्ट रुण्ड-मुण्ड साधुओं ने, नाच-गान से जीवन-यावन करनेवाली नर्तकियों ने, रस्सों पर खेल दिखानेवाले नटों और नटनियों ने अद्भुत देशभक्ति

का परिचय दिया है। तुम्हारे ये एक सहस्र जवान जो आज अक्षत शरीर हैं, वे इनकी ही अपूर्व निष्ठा के कवच से सुरक्षित हैं। एक दिन के लिए भी हमें यह नहीं सोचना पड़ा कि अन्न हमें कहाँ से मिलेगा, पानी कहाँ से आएगा। बेटा, मैं तो यह देखकर हतबुद्धि हूँ कि किस सहज बुद्धि से, कैसी विचित्र अन्तर्गूढ़ निष्ठा से इन्होंने अपना संघटन स्थिर रखा है। उनके हृदय में तुम्हारे प्रति जो अगाध श्रद्धा है, उसका इससे बड़ा प्रमाण क्या हो सकता है कि उन्होंने सब तुम्हारे लिए ही किया, पर तुम्हें जानने भी नहीं दिया कि कितनी कठिनाइयों के भीतर से उनका संघटन कार्य कर रहा है।

"तुमने उस मैनसिंह बालक को कई बार देखा होगा। मैंने उसके हाथ से दो बार तुम्हें पत्र भेजा है। बहुत कम बोलता है। भरसक बिना बोले ही रह जाने का प्रयत्न करता है। कितना सुन्दर मुख है, जैसे आकाश का चाँद धरती पर उग आया हो! तुम क्या जानते हो बेटा, तुम्हारे एक इंगित पर वह प्राण दे सकता है। मामूली नट का बालक है, किन्तु लगता है कि किसी अत्यन्त कुलीन का बालक हो। मैंने एक दिन उसका हाथ देखना चाहा, पर वह लजाकर ऐसी चपलता से भागा कि मैं अपनी भूल पर पछताता ही रह गया। फिर कभी वह मेरे निकट आया ही नहीं, पर मुझे मालूम है, वह अद्भुत कौशल से हमारी सहायता करता रहा। एक दिन तुर्क सेनापति ने बड़ी भारी नाकेबन्दी की थी। उसकी योजना थी कि सैनिकों को इन ढूहों में कैद करके बिना अन्न-पानी के मार डाले। हम लोग बुरी तरह घिर गए। किसी ओर से भोज्य-सामग्री पहुँचने की कोई आशा नहीं थी। विस्तीर्ण ऊबड़-खाबड़ ढूहों में हमारे सैनिक बन्दी बन गए। एक ओर चम्बल की सँकरी धारा थी और उसके पार उसी प्रकार योजनों तक फैले हुए ढूह। हम लोग चिन्तित थे। अचानक हमने देखा कि परले किनारे के एक पर्वताकार ऊँचे ढूह पर एक क्षीणकाय नौजवान खड़ा है और देखा लोहे के बड़े-बड़े खम्भे गाड़ रहा है। दो-तीन अर्द्धनग्न ग्रामीण उसकी सहायता कर रहे हैं। मेरे सैनिकों ने उल्लासपूर्वक कहा, 'मैनसिंह पहुँच गया है।'

"मैं सोचने लगा मैनसिंह वहाँ क्या कर सकता है। मैं कुछ सोच नहीं पा रहा था। तब तक मैनसिंह ने खम्भों में कस-कसके मोटा रस्सा बाँधा। फिर वह नीचे उतर आया और नदी के किनारे उसी ढूह के नीचे और खम्भे भी गाड़े। फिर वह एक रस्सा लेकर नदी में कूद पड़ा। नदी की धारा बहुत तेज थी, पर मैनसिंह रस्सा लिये पार कर गया। हमारे सैनिकों ने उल्लासपूर्वक उसका स्वागत किया। परन्तु मैनसिंह ने इंगित से उन्हें चुप रहने को कहा। फिर उसने इधर के ढूह में ठीक बीचोंबीच वैसे ही खम्भे गाड़े और ऊपरवाला रस्सा उसमें बाँध दिया। सैनिकों ने पूछा, 'क्या कर रहे हो मैनसिंह?' वह खिलखिलाकर हँस पड़ा। धीरे-से बोला,

'खेल दिखाऊँगा, मैं नट हूँ।' सैनिक साँस रोककर देखते रहे और मैनसिंह हँसता-मटकता हुआ रस्से पर दौड़ने लगा। उसने कमाल की कला दिखलाई। उस पार जाकर वह लोहे की मोटी-मोटी कड़ियों में बँधे बोरे गिराने लगा। इन बोरों में आटा, दाल, नमक, लकड़ी सब थे। मुझे रोमांच हो आया, पर मैनसिंह वहीं से मटक-मटककर नाच दिखाता रहा, लौटा नहीं। एक सप्ताह तक अन्न पहुँचाने का उसका यही रास्ता था।"

उस बालक के शौर्य और बुद्धि की बात करते-करते विद्याधर भट्ट मुग्ध हो जाते थे। कितनी बार उसने संकट में अपूर्व बुद्धि का परिचय दिया है, कितनी बार उसने प्राणों पर खेलकर हमारी सहायता की है, कितनी बार उसने शत्रुओं का सन्धान बताया है, उसकी कोई इयत्ता नहीं है। वृद्ध के मुखमंडल पर उल्लास की आभा दमक उठी। वे सिर हिला-हिलाकर मुग्ध भाव से कहते रहे, "आश्चर्य है, अद्भुत है!"

भाव-विह्वल वृद्ध का उल्लास देखने योग्य था। उन्हें जैसे कोई महानिधि मिल गई हो। ऐसा जान पड़ता था कि उनका रोम-रोम अपने को कृतकृत्य अनुभव कर रहा था। वे आवेगों और संवेगों की लहरियों से हिल रहे थे।

मैं उनकी इस विह्वल अवस्था को देखकर एक विचित्र आनन्द और सन्तोष अनुभव कर रहा था। वृद्ध मन्त्री सहज ही उल्लसित नहीं होते। निश्चय ही उन्होंने किसी बड़ी बात का सन्धान पाया है। उनका अंग-अंग इस विचित्र उपलब्धि का साक्ष्य दे रहा था।

मुझे याद आया कि वह बालक जो दो बार वृद्ध मन्त्री का पत्र लेकर मेरे पास आया था, केवल चिट्ठी देने में जितना समय लगता था उतनी ही देर खड़ा रहता था। फिर नमस्कार करके चला जाता था। सत्रह-अट्ठारह वर्ष से अधिक अवस्था उसकी नहीं जान पड़ती थी। मुँह पर कैशोर-व्यंजक कोई श्यामिका तक नहीं थी, बिलकुल दुधमुँहा लगता था। परन्तु उसकी यह कहानी तो सचमुच चकित कर देनेवाली थी। श्रद्धा तो उसके रोम-रोम से प्रकट होती थी। साध्वसवश उसके मुँह से कोई बात नहीं निकली। वह आता था और प्रणाम करके चल देता था। प्रियदर्शन वह अवश्य था, पर मैंने उसे कभी इतना महत्त्वपूर्ण नहीं समझा था। सब सुनने के बाद उसे फिर देखने की मेरी इच्छा प्रबल हुई। मेरे सैनिकों ने बताया कि वह वृद्ध मन्त्री से बहुत डरता है और कभी उनके सामने नहीं जाना चाहता। सदा दूर-दूर से प्रणाम करके ही भागने का प्रयत्न करता है। वृद्ध मन्त्री ने कई बार उससे मिलना चाहा, परन्तु भरसक वह भागना चाहता है और तभी उनके सामने आता है जब वे बहुत व्यस्त रहते हैं। आज्ञा पाते ही भाग जाता है। मन्त्री उसे बहुत प्यार करते हैं। कहते हैं कि उससे कह दो कि मैं उसका हाथ

नहीं देखूँगा, पर उसे विश्वास नहीं होता। कहता है, 'मन्त्री बहुत बड़े ज्योतिषी हैं, क्या जाने क्या कहें! मैं अपने वर्तमान से सन्तुष्ट हूँ, भविष्य नहीं जानना चाहता।' मैंने उसे बुलाने का आदेश दिया और फिर भावी कार्यक्रम के बारे में विद्याधर भट्ट से परामर्श करने लगा।

अभी भी हम पूर्ण निश्चिन्त नहीं थे। गोपाद्रि के निकट एक सुरक्षित स्थान में, जो ऊँची-नीची पर्वत शृंखलाओं से घिरा था, हमारे सैनिक विश्राम कर रहे थे। मेरे लिए थोड़ी दूर पटवास लगाया गया था। रात हो आई थी। चाँदनी आज खुलकर छिटकी थी। एक मास तक मुझे प्रकृति की शोभा देखने का अवकाश ही नहीं मिला था। आज शान्ति की साँस लेने का अवसर मिला था। इतने दिनों तक मैं रानी की चिन्ता को प्रयत्नपूर्वक मन से निकाल रहा था। आज वह चिन्ता विकट रूप में मेरे मन को बेधने लगी। धीर शर्मा ने अब तक कोई समाचार नहीं भिजवाया था। घुंडकेश्वर स्वामी और आभड़ के षड्यन्त्रों का क्या परिणाम हुआ? रानी जीवित हैं या षड्यन्त्र का आखेट बन चुकीं। नागनाथ हैं या चल बसे? सिद्धरस की मृग-मरीचिका समाप्त हुई या और तीव्र हो गई? रह-रहकर मुझे रानी की दयनीय आविष्ट अवस्था कुरेदने लगी। हाय, मैंने जिसे पाया था, उसे क्या इस प्रकार खोने जा रहा हूँ? रानी, रानी, रानी, तुम कहाँ हो? मैं मर्माहत हूँ, व्याकुल हूँ, तुम्हारे बताए मार्ग पर चलकर तुम्हें खो चुका हूँ।

मैं व्याकुल भाव से टहलने लगा। ऊपर चाँद मुसकरा रहा था। सारी वन-स्थली मुग्ध भाव से उसकी दुग्ध-धवल स्मित-धारा में स्नान कर रही थी, परन्तु मेरे हृदय में अशान्ति की झंझा बह रही थी। ऐसे ही समय द्वाररक्षक ने आकर विनीत भाव से जुहार किया। बोला, "मैनसिंह एकान्त में कुछ निवेदन करने का प्रसाद चाहता है।"

मुझे विस्मय हुआ। तुरन्त उसे भेजने का आदेश देकर उत्सुकतापूर्वक प्रतीक्षा करने लगा।

मैनसिंह सकुचाता हुआ आकर सामने खड़ा हो गया। मैनसिंह अर्थात् मदनसिंह। माँ-बाप ने क्या सोचकर नाम दिया था! सचमुच यह रूप में कामदेव है और पराक्रम में साक्षात् सिंह। कोमल मुखमंडल पर अटूट निश्चय की आभा थी। पहनावे में एक नटों का-सा आजानु-विलम्बित चोल और सिर पर चक्करदार पगड़ी। छाती ऊँची और चौड़ी थी, जिस पर कसके लौह-कवच बँधा हुआ था। कमर में छोटी-सी तलवार और पैरों में सामान्य चमरौधा जूता। ऐसा जान पड़ता था जैसे वीर-दर्प का अवतार संकोच से विलयित हो।

उसकी आँखें झुकी थीं, शायद झुकी ही रहना चाहती थीं। देखकर मेरा हृदय एक विचित्र आह्लाद से उद्वेल हो उठा। मैंने उल्लासपूर्वक उस बालक को साधुवाद

दिया। उसने कातर संकोच के साथ प्रणाम किया। मैंने आगे बढ़कर उसकी पीठ थपथपाई, बोला, ''साधु, मैनसिंह, मन्त्री तुम्हारे साहस और बुद्धि-कौशल से बहुत प्रसन्न हैं। तुमने इस अल्प वय में सम्पूर्ण आर्यभूमि को अपनी सेवा से वशीभूत कर लिया है। तुम्हारे-जैसे वीर बालकों का सहयोग पाकर मैं धन्य हो गया हूँ। तुम्हें अपना असामान्य हितू और मित्र मानता हूँ।''

मैनसिंह की गर्दन जो झुकी सो मानो टूट ही गई। विचित्र लजीला बालक है! परन्तु उसके कोमल अदनार मुखमंडल पर रोमांच की तरंगें उमड़ आईं! ऐसा जान पड़ता था वह अपने को कृतकृत्य समझ रहा था। बोला कुछ नहीं! शायद बोलने का प्रयत्न भी नहीं कर रहा था। देर तक वह सिर झुकाए खड़ा रहा। फिर एकाएक मेरा चरण छूके पगड़ी के नीचे से कागजों की एक पोथी निकाली और मेरे हाथों पर उसे रख दिया। मैंने आश्चर्य से उसकी ओर देखा और फिर पोथी खोली। ये तो रानी चन्द्रलेखा के हस्ताक्षर हैं! मैं अवाक् होकर सोचने लगा कि यह कैसा रहस्य है! मैनसिंह से एक दीपक की व्यवस्था करने के लिए कहकर मैं चाँदनी में ही उसे बाँचने का प्रयत्न करने लगा। थोड़ी देर बाद द्वार-रक्षक एक छोटा-सा दीया लेकर आया। उसी से ज्ञात हुआ कि मैनसिंह चला गया है। कल प्रातःकाल आने को कह गया है। मैं पोथी में उलझ गया, लम्बा-सा लेख था।

## [ 11 ]

रानी ने लिखा था—

''चन्द्रलेखा उदास मन से पारद और अभ्रक को घोटने लगी। नागनाथ सामने एक नीची वेदी पर बैठकर जप कर रहे थे। चन्द्रलेखा मन-ही-मन कल की सारी बातों को समझने का प्रयत्न कर रही थी। नागनाथ ने कल उसे स्त्री-शरीर के महत्त्वपूर्ण होने का रहस्य बतलाया था। वहाँ साधना-लब्ध अनुभूति की बात नहीं थी, केवल निचली श्रेणी के बुद्धिजीवियों को फुसलानेवाला तर्क था। नागनाथ ने कहा था, 'देवि, प्रकृति ने जड़ तत्त्वों के अनेक जटिल मिश्रण तैयार किए हैं। ढेले से लेकर पहाड़ तक सब कुछ जड़ तत्त्वों का संघात है। प्राणि-मात्र का शरीर भी जड़ तत्त्वों का संघात ही है। इस प्रकार के संघात का सबसे उत्तम संग्रन्थन मानव-शरीर में हुआ है। प्रकृति के जड़-पिंडों का जितना सुन्दर और सामंजस्यपूर्ण संघात मानव-देह है, उतना और कुछ भी नहीं है। मानव-देह में भी किशोरावास्था का शरीर सर्वोत्तम है। उसमें सब कुछ विकसित हो भी गया होता है और क्षयोन्मुख भी नहीं होता। क्रमवर्द्धमान किशोर मानव-देह प्रकृति के जड़ तत्त्वों का सर्वोत्तम

संघात है। इसको आश्रय करनेवाला मन उदार होता है, बुद्धि सार-ग्राहिणी होती है, आत्म चिन्मुख होता है। परन्तु किशोर मानव-देह में भी पुरुष-देह की अपेक्षा स्त्री-देह अधिक रहस्यमय, अधिक शक्तिशाली और अधिक औदार्य-सम्पन्न होती है। देवि, स्त्री-देह प्रकृति का साक्षात् प्रतिनिधि है, वह विधाता की सिसृक्षा का मूर्तिमान विग्रह है, वह जगत्-प्रवाह का मूल उत्स है। इसीलिए देवि, भगवती ने स्त्री-शरीर की महिमा पर इतना जोर दिया है।'

''एक क्षण के लिए इस तर्क ने चन्द्रलेखा को अभिभूत कर लिया था। किशोरी का औदार्य-सम्पन्न शरीर इतना महिमाशाली है, यह बात उसे विचित्र लगी, पर वह तर्क के प्रचंड वेग से अभिभूत हो गई। उसने अनिच्छापूर्वक फिर से खरल उठा लिया। वह पारद और अभ्रक को घोट रही थी, परन्तु उसके चित्त में जो विचारों का मन्थन चल रहा था, वह और भी उग्र था।

''हठात् उसे अनुभव हुआ कि उसकी प्रत्येक शिरा में एक विचित्र प्रकार की सनसनी हो रही है। जैसे सारा शरीर दधिभाण्ड की तरह मथा जा रहा हो, जैसे समूचे देह-जगत् में कोई तरल रस झूम-झूमकर बरस रहा हो और जैसे सजल जलधरों के साथ कोई विचित्र झंझा एकाएक उसके रक्त में प्रविष्ट होती जा रही हो। चन्द्रलेखा कुछ समझ नहीं सकी। यह क्या विचित्र परिवर्तन हो रहा है उसमें! उसने एक बार खरल की ओर देखा, उसे बड़ा आश्चर्य हुआ। पारद और अभ्रक एकमेक हो गए थे। उनके संयोग से एक विचित्र सुनहली आभा पैदा हो गई थी। वह उल्लासपूर्वक यह सूचना गुरु को देने जा रही थी कि विघ्न उपस्थित हो गया। उसके दोनों 'पुत्र' आँधी की तरह वहाँ आ उपस्थित हुए, उनके पीछे सेठ आभड़ था और आभड़ के पीछे सशस्त्र सैनिकों की ऐसी बड़ी जमात थी कि चन्द्रलेखा उन्हें देखकर हतबुद्धि हो गई। उसके पुत्रों ने इधर-उधर देखा भी नहीं। पार्श्वनाथ की मूर्ति के पास कुश की लकड़ी पड़ी थी। नागनाथ इसे सदा अपने पास रखते थे। उस दिन संयोग ही कुछ और था। चन्द्रलेखा के पुत्रों ने कुश की लकड़ी उठाई और जोर से नागनाथ के मस्तक पर आघात किया। चन्द्रलेखा के मुँह से 'हाय-हाय' की आवाज निकली, उसके पहले ही नागनाथ ढेर हो गए। पापियों ने उनका पैर पकड़कर घसीटना चाहा। चन्द्रलेखा से नहीं देखा गया। वह क्रुद्ध व्याघ्रिणी की भाँति वेदी पर से कूद पड़ी और नागनाथ की मृत देह को कसकर भुजाओं से बाँध लिया। उसने देखा, उसके चारों ओर शत्रुओं का दल है। क्षण-भर में उसके मन में आया कि यदि वह उड़ सकती तो नागनाथ के शरीर को लेकर उड़ जाती। यह विचार उसके मन में आते ही उसका सारा शरीर सुन्न पड़ गया। उसे ऐसा मालूम हुआ कि उसके सारे शरीर में कहीं भी कोई संवेदना नहीं रह गई है। और नागनाथ का शरीर लेकर वह आकाश में उड़ने लगी। उसने नीचे की ओर दृष्टि फिराई।

आभड़ के सैनिक और उसके पुत्र अवाक् होकर ऊपर देख रहे थे। आभड़ झपटकर पार्श्वनाथ की वेदी के पास गया। उसने सिद्धरस को हथिया लेना चाहा, परन्तु चन्द्रलेखा के आश्चर्य की तब कोई सीमा ही नहीं रही जब उसने देखा कि पार्श्वनाथ की रत्नमूर्ति अट्ठारह हाथ नीचे धँस गई और सिद्धरस भी उसके साथ विलुप्त हो गया। यह क्या है! यह कैसा विचित्र रहस्य है!

''चन्द्रलेखा को अब मालूम हुआ कि सिद्धरस बन चुका था। उसे पता चला कि उस रस के स्पर्श से उसमें उड़ने की शक्ति आ गई है। वह सिर धुनकर रह गई। हाय, एक कण भी यदि नागनाथ के मृत शरीर पर डाल सकती तो यह अनर्थ नहीं होता। हाय अभागिन, सारे संसार की उद्धार-कामना से जो रस बना था उससे तू अपना भी उद्धार न कर सकी! लेकिन प्रत्येक क्षण बहुमूल्य है। चन्द्रलेखा के गुरु ने बताया था कि कोई विघ्न घटे तो मेरे गुरु गोरक्षनाथ से या गुरु-भाई कन्थड़ीनाथ से सहायता लेना। हाय, गुरु गोरक्षनाथ इस समय कहाँ हैं? कन्थड़ीनाथ का पता तो गुरु ने ही बता दिया था। वे सोमेश्वर तीर्थ में हैं। चन्द्रलेखा के मन में जाने क्यों यह भाव उदय हुआ कि कामरूप में गुरु गोरक्षनाथ का सन्धान मिल सकता है। वह वायु-वेग से उड़ी। रास्ते के मेघ-खंडों को चीरती हुई जब वह चन्द्रगिरि के पास पहुँची तो उसे एक विचित्र हुंकार सुनाई दी। उसे ऐसा लगा कि कोई उसे रुक जाने को कह रहा है। वह चन्द्रगिरि के उच्चतर शिखर पर नागनाथ के शव को लेकर उतर पड़ी।

''चन्द्रलेखा ने देखा कि चन्द्रगिरि की उस ऊँची चोटी पर एक रक्ताम्बरधारी साधु सुखासन बाँधकर बैठे हैं और एकटक चन्द्रलेखा की ओर देख रहे हैं। चन्द्रलेखा ने हाथ जोड़कर प्रणाम किया। साधु ने कोई प्रत्युत्तर नहीं दिया। उनकी आँखें शुक्र-ग्रह की भाँति चमक रही थीं। उन आँखों में स्पष्ट ही प्रश्न का भाव था। चन्द्रलेखा बहुत उदास थी। उसके सारे शरीर में कहीं क्लेश या क्लान्ति का नाम नहीं था, परन्तु उसका चित्त बुरी तरह म्लान हो गया था। उसने साधु से सारी बातें गिड़गिड़ाकर कहीं और पूछा कि तुम्हें गुरु गोरक्षनाथ का कोई सन्धान मालूम है या नहीं। साधु की जिज्ञासा शान्त हुई। उसने उठकर हाथ जोड़कर चन्द्रलेखा को अपनी प्रणति निवेदित की, फिर गद्गद स्वर में बोला, 'देवि, सिद्धयोगिनी को न पहचानने के कारण मुझसे अविनय हुआ है। क्षमा करो। परन्तु तुम अपने को इतना असहाय क्यों समझ रही हो? जो शव तुम ढोये लिये आ रही हो, वह नई सिद्धि पाने का बड़ा उत्तम साधन है। इस शव की पीठ पर बैठकर तुम त्रैलोक्य की समस्त सिद्धि को हस्तगत कर सकती हो। इसकी माया छोड़ो। मरा हुआ व्यक्ति कभी जीता नहीं। यह मोह तुम्हारे योग्य नहीं है। मैं तुम्हें साधन-मार्ग बताए देता हूँ। तुम इस शव को ही अपनी साधना का सोपान

बनाओ। देवि, ऐसे सुपुरुष का शव सहज ही नहीं प्राप्त होता। यही वीरेश्वर का साक्षात् रूप है, परानन्द निष्क्रिय महाकाल का पार्थिव विग्रह है, इच्छा-द्वेष से परे योगेश्वर अवधूत के समान फलदाता है।'

''चन्द्रलेखा फफककर रो पड़ी : वह सिद्धि नहीं चाहती, वह नागनाथ को जिलाना चाहती है। उसने हाथ जोड़कर कहा, 'हे महात्मन्, मुझे सिद्धि नहीं चाहिए। मेरी पाई हुई सिद्धियों के बदले में कोई नागनाथ का प्राण दे दे तो मैं सब देने को तैयार हूँ। मुझे वह उपाय बताइए जिससे मैं नागनाथ को फिर से पा सकूँ।''

''साधु ने कहा, 'भूल रही हो देवि, मरा मनुष्य कभी जीता नहीं है। गुरु गोरक्षनाथ महान् सिद्ध हैं। वे समझते हैं कि माया से और उसके तामस रूप 'प्रकृति' से लड़ना सम्भव है। उनका विश्वास है कि मृत्यु के बाद आत्मा एक सूक्ष्म शरीर के साथ निकल जाती है। उसमें कुछ प्राकृतिक तत्त्व फिर भी रह जाते हैं। उस सूक्ष्म शरीर को वे लिंग-शरीर कहते हैं। उनका विश्वास है कि इस लिंग-शरीर को फिर से स्थूल शरीर में प्रवेश कराया जा सकता है। परन्तु मैं इन सब बातों को वृथा मानता हूँ। इससे मनुष्य को न तो कोई लाभ ही है, न उसकी कोई चिरन्तन समस्या सुलझ ही सकती है। देवि, गोरक्षनाथ से यदि तुम्हारी भेंट हो जाए तो सम्भवतः तुम्हें अपना मनोरम सिद्ध करने का अवसर मिल जाए। मेरी दृष्टि में यह असम्भव भी है और व्यर्थ भी है और अकिंचित्कर तो है ही। देवि, जीवन के प्रवाह में मृत्यु अवश्यम्भावी है, उसे रोका नहीं जा सकता, रोकने से कोई लाभ भी नहीं और रोक भी लिया जाए तो कोई बड़ी सिद्धि नहीं होती। देवि, तुम सिद्धयोगिनी हो, तुम्हें आठों सिद्धियाँ प्राप्त हैं, तुम ज़रा इस मोह को छोड़कर देखो तो मालूम होगा कि जिन आठ सिद्धियों को संसार बहुत महत्त्व देता है, वे वास्तविक महासिद्धियों के समुद्र में बबूले-जैसी हैं। सिद्धियों के इस विशाल महासागर को देखने का तुम्हें साधन मिल गया है। इस साधन को पाने के लिए बड़े-बड़े योगीश्वर पच-पचकर मरा करते हैं। रुको मत देवि, आगे बढ़ो! परन्तु अपनी मानसिक ग्लानि को धो डालो। तुम इस शव को मेरे पास रख दो। मैं इसे विकृत न होने दूँगा। तब तक तुम नालन्द नगरी के महाविहार में चली जाओ। वहाँ मेरे गुरुभाई अमोघवज्र हैं। वे परम सिद्ध हैं। उन्हें गोरक्षनाथ का सन्धान मालूम होगा। देखो देवि, अमोघवज्र को गलत मत समझना। वे कुल-कन्याओं की साधना कर रहे हैं। नालन्द में इन कुल-कन्याओं का बाहुल्य नहीं है। वे आसपास के गाँवों में मिल सकती हैं। तुम जाओ। मोह छोड़ने का प्रयत्न करो। तुम नागनाथ को पाने में जिस सुख का अनुभव करोगी, वह उस महासिद्धि के सामने एक कण के बराबर भी नहीं है। जाओ देवि, जल्दी करो।'

"चन्द्रलेखा ने साधु को कृतज्ञतापूर्वक प्रणाम किया और पूछा, 'कुल-कन्याओं को मैं कैसे पहचान सकूँगी, प्रभो!'

"साधु ने कहा, 'पहचान जाओगी। लोक में मुग्ध दृष्टि का प्रमाद है। मनुष्य सब समान हैं। लेकिन लोक में उनकी समान मर्यादा स्वीकार नहीं की गयी, क्योंकि लोक-दृष्टि आविल है। वह वस्तु के यथार्थ को नहीं देख सकती। वह प्रकृति के जड़-संघात की सर्वोत्तम परिणति—मन और बुद्धि—को आघात पहुँचाती रहती है। जिस मनुष्य को जितना ही नीच समझा जाता है, उसके मन और बुद्धि को विकसित होने से उतना ही वंचित किया जाता है। इसलिए नीच कही जानेवाली जातियों में मन और बुद्धि का बाहर प्रस्फोट नहीं हो पाता। वह शरीर के भीतर-ही-भीतर जड़पिंड को उत्तेजना देते रहते हैं। इसलिए देवि, नीच समझी जानेवाली जातियों का शरीर साधना का सर्वोत्तम साधन है, उसमें भी स्त्री-शरीर अधिक श्रेष्ठ है, तथापि किशोरावस्था दुर्लभ है। अमोघवज्र ऐसी ही कुल-कन्याओं की सहायता से साधना कर रहे हैं। तुम सिद्धयोगिनी हो, शुभे, तुम्हें प्रसुप्त शक्ति को पहचानने में विलम्ब नहीं होगा। जाओ, जल्दी करो। तुम अमोघवज्र से कहना कि तुम्हारे गुर-भाई अनंगवज्र के कहने से मैं यहाँ आई हूँ। वे सब प्रकार की सहायता करेंगे। विचलित मत हो देवि, मोह को मोह के रास्ते ही त्यागा जा सकता है। जाओ!'

"चन्द्रलेखा ने आश्चर्य के साथ सुना। वह शव को साधु के पास रखकर वहाँ से उड़ी। आकाश-मार्ग की यह यात्रा बड़ी कौतुकवर्द्धक थी, परन्तु चन्द्रलेखा के मन में उथल-पुथल चल रही थी। क्षण-भर जीकर नारी-जन्म को सार्थक बनाना बड़ी सिद्धि है, या अज्ञात सिद्धियों के महासमुद्र की दुराशा! चन्द्रलेखा क्या सुन रही है? उसके मन में मोह है। मोह को त्यागना पड़ेगा। किसलिए? सिद्धियों के महासमुद्र को पाने के लिए? यह भी क्या सम्भव है?

"चन्द्रलेखा ने ऊपर से नीचे की ओर देखा। वनपनसों और खदिर तरुओं की लम्बी पाँत और बीच-बीच में वन्य बदरियों की झाड़ियाँ। सारा भूमंडल काली मसृण वनराजियों से आच्छन्न जान पड़ता था। एक बार वह इसी प्रकार के घने जंगलों को चीरती हुई निकल पड़ी, जिसका कोई पता-ठिकाना नहीं—उस साधु को खोजने के उद्देश्य से। आज वह आकाश चीरती हुई उसी उद्देश्य से भागी जा रही है। उस दिन उसने साधु के पार्थिव रूप पर ही दृष्टि बाँध रखी थी, आज उसे नई बात मालूम हुई है। पार्थिव शरीर के भीतर एक लिंग-शरीर होता है। उसी लिंग-शरीर को पाना है। आज की यात्रा क्या सार्थक होगी?

"ओदन्तपुरी से कोई पन्द्रह योजन दूर एक पार्वत्य गुफा थी। गुफा के चारों ओर वन्य बदरों का घना जंगल था। बीच-बीच में जंगली दमनकों (दवना) के गुल्म

दूर तक अपनी विचित्र सुगन्धि फैलाकर दर्शकों को अपना पता बता रहे थे। पर्वत का वह भाग अधिक ऊँचा नहीं था, लेकिन एकदम खड़ा होने के कारण उस पर चढ़ना कठिन जान पड़ता था। इतना निश्चित था कि बहुत कम देहधारियों ने उसके ऊपनी हिस्से को देखने का प्रयत्न किया होगा। चन्द्रलेखा को इसी पर्वत पर चढ़ना था। उसे कोई विशेष आयास नहीं करना पड़ा। वह स्वयं नहीं समझ सकी कि वह कैसे चढ़ गई। गुहा-द्वार पर एक तपस्वी मिले। उनका सारा शरीर श्वेत भस्म से आच्छन्न था, आँखों में एक विचित्र प्रकार की आभा थी और मुखमंडल में एक ऐसा रुक्ष भाव जो स्पष्ट बता रहा था कि उन्होंने आज तक जगत के किसी प्राणी को स्नेह या मोह की दृष्टि से नहीं देखा है। उनकी बड़ी-बड़ी भौंहों के केश आँखों तक लटक आए थे, गंडदेश पर कानों के भीतर से निकले हुए केश झुक आए थे, कान की शष्कुलियों में उनके रुक्ष शिरोरुहों से बराबर टकराते रहने के कारण एक प्रकार की स्थाई सूजन आ गई थी, मूँछ और दाढ़ी के दीर्घ लम्बित और असंयत केश लौहशलाका की भाँति कठोर और तीखे दीख रहे थे। बरौनियों और भृकुटि-लताओं को छेदकर उनकी दृष्टि सीधे कुछ ऐसी वस्तु को देख रही थी, जो इस जगत के उस पार है, जहाँ इस जगत से भिन्न एक अन्य जगत होगा।

''चन्द्रलेखा को इस विचित्र साधु से कुछ भय लगा। एक क्षण के लिए उसका स्त्री-हृदय हाय-हाय कर उठा। मनुष्य ने किस मोह में पड़कर इस विकट साधना-पद्धति का आविष्कार किया है? इस प्रकार की शुष्कता क्या किसी बड़ी चीज को उत्पन्न कर सकती है? यह जो निर्मम-निर्मोह भाव है, जो असीम आयास से मनुष्य पाया करता है, यह अपने-आपमें सचमुच ही क्या कोई महत्त्वपूर्ण वस्तु है? संसार से विराग का अर्थ क्या है? संसार मनुष्य को कहाँ बाधा दे रहा है? क्षण-भर तक ठिठककर वह उस रूक्ष-जटिल तापस को देखती रही। तापस ने उसकी ओर आँख उठाई। कुछ बोले नहीं। उस राग-विराग से शून्य दृष्टि में उत्सुकता नहीं थी, कोई जिज्ञासा भी नहीं थी। वह विचित्र दृष्टि थी। चन्द्रलेखा की ओर उन्मुख होने पर भी वह उस दृष्टि का विषय नहीं थी, मानो वह नदी के प्रवाह में फेन-बुद्बुद की भाँति आ गई थी, पानी लेनेवाले के लिए उसका कोई मूल्य नहीं, कोई जरूरत नहीं, कोई जिज्ञासा नहीं। यद्यपि चन्द्रलेखा सहम गई, परन्तु साहसपूर्वक उसने पूछा, 'भगवन्, मैं तत्रभवान् अमोघवज्र के दर्शनार्थ यहाँ उपस्थित हुई हूँ। मुझे उसका पता बता सकते हैं?'

''साधु ने जैसे अर्थ समझने का प्रयत्न करते हुए कहा, 'अमोघवज्र?'

''हाँ भगवन्, मैं महाभाग अमोघवज्र का ही दर्शन पाना चाहती हूँ।'

''साधु ने अपने को सँभालकर कहा, 'अमोघवज्र?'

" 'हाँ, आर्य।'

"साधु ने पथराई आँखों से शून्य की ओर देखते हुए कहा, 'अमोघवज्र?'

"चन्द्रलेखा निष्प्रभ हो गई। इस आदमी से क्या पूछे? इसका मस्तिष्क ठीक है भी या नहीं? इसी समय आवाज सुनकर एक तपस्विनी गुहा के भीतर से निकल आई। उसकी आँखों में शुष्कता थी ही नहीं, एक अद्‌भुत सरसता तरंगित हो रही थी। उसने शान्त कोमल कंठ से कहा, 'क्या चाहिए शुभे? इधर आइए।'

"चन्द्रलेखा ने उस तपस्विनी को ध्यान से देखा। आहा, कंटकवन में चन्द्रमल्लिका विकसित हुई है, पाषाण-खंड में चन्द्रकला उलझ गई है, अंगारपुंज पर कमलिनी का आविर्भाव हुआ है! यह कैसे सम्भव हुआ? इस वैराग्य और जड़िमा के वातावरण में यह मोहनरूपा तापसबाला कौन है? क्या पहाड़ भी फूला करता है, क्या वनदेवियाँ भी प्रत्यक्ष दीख जाती हैं?'

"तापसबाला ने फिर कहा, 'आओ शुभे, इधर आओ!'

"चन्द्रलेखा गुहा के भीतर चली गई।

"गुहा पहाड़ को काटकर बनाई गई थी। उसका गर्भांगण विस्तृत नहीं था। गुहा के एक पार्श्व में मिट्टी की एक मूर्ति थी जो उसी रूक्ष-जटिल तापस की परिष्कृत मूर्ति जान पड़ती थी। मूर्ति के पास लाल कपड़ों से ढकी हुई एक टोकरी थी, जिसमें पुष्प रखे थे। तपस्विनी ने चन्द्रलेखा को एक ओर बैठने के लिए एक कुशासन दिया और आग्रहपूर्वक पूछा कि चन्द्रलेखा किस कार्य से इधर आ पड़ी है? संक्षेप में, चन्द्रलेखा ने अपनी कहानी कह सुनाई और उत्कंठा के साथ कहा, 'देवि, मैं तत्रभवान् अमोघवज्र का दर्शन पाने को व्याकुल हूँ। परन्तु मेरा मन तुम्हारा परिचय पाए बिना अग्रसर नहीं होना चाहता। तुम मुझे अपनी सखी समझकर क्या अपना परिचय दे सकती हो?'

"तापसबाला ने हँसने का प्रयत्न किया। उस हँसी के पीछे निस्सन्देह दुःख की एक दीर्घ परम्परा थी। परन्तु चन्द्रलेखा को लगा कि हँसी बड़ी शीतल है, उसमें प्रकाश है, पर आँच नहीं। वह मानस-जगत् को अनाविल और पवित्र बनाती है।

"तापसबाला ने स्निग्ध-कंठ से कहा, 'तुम्हारी-जैसी सखी पाकर कौन हत्‌भाग्य अपने को कृतार्थ नहीं मानेगी? बहन, पूर्व जन्म के पुण्य से ऐसा संयोग प्राप्त होता है। मैं दुःखिनी हूँ। मेरी कहानी में उलझोगी तो विलम्ब होगा और तुम्हारे कार्य में बाधा पड़ेगी। मैं तुम्हें अमोघवज्र के पास ले चलती हूँ, उनकी कठोर साधना सब समाप्ति के निकट पहुँच चुकी है। इन दिनों वे महालक्ष्मी की साधना में व्यस्त हैं। इसमें कठिन व्रत और संयम की जरूरत होती है।'

"चन्द्रलेखा ने बीच में ही टोककर पूछा, 'मैंने सुना था कि वे कुमारी-साधना कर रहे हैं। उनके गुरु-भाई अनंगवज्र ने मुझे ऐसा ही बताया है।'

''तापसबाला ने हँसकर उत्तर दिया, 'हाँ देवि, यह कुमारी-साधना का ही एक स्तर है। महालक्ष्मी तेरह वर्ष की कुमारी की तान्त्रिक संज्ञा है।'

'' 'क्या मतलब?'

'' 'मतलब यह है कि पूर्वाचार्यों ने कुमारियों के भिन्न-भिन्न नाम[12] और रूप की संज्ञा दी है। प्रथम वर्ष की कन्या को सन्ध्या कहते हैं, द्वितीय वर्ष की कन्या को सरस्वती कहते हैं। इसी प्रकार षोडश वर्ष तक की कुमारियों के अलग-अलग नाम हैं। इनकी पूजा अगर ठीक ढंग से की जाए तो समस्त सिद्धियाँ प्राप्त होती हैं। अमोघवज्र ने बारह कुमारियों की साधना कर ली है।'

''चन्द्रलेखा के मन में कोई श्रद्धा का भाव नहीं उदित हुआ। ज़रा विरस भाव से बोली, 'बहन, मुझे तो यह सब व्यर्थ मालूम पड़ता है। स्त्री-पूजा के इस विकृत रूप को मैं एकदम नहीं समझ पाती।'

'' 'व्यर्थ है या नहीं, सो तो मुझे नहीं मालूम, किन्तु पूजा करनेवालों की विश्वास-परायण मनोवृत्ति से मेरा थोड़ा-थोड़ा साक्षात् परिचय है। निस्सन्देह वे सच्चे हैं।'

'' 'सच्चा होकर भी आदमी गलत आचरण कर सकता है।'

'' 'तुममें साहस देख रही हूँ, बहन! मैं तो इस सिद्धि-मार्ग से पिस गई हूँ। मेरे भीतर साहस नाम की कोई चीज नहीं रह गई है। इस कुमारी को नवें वर्ष में कुब्जिका कहते हैं। मैं एक बार कुब्जिका-साधना का शिकार बन गई थी। शिकार इसलिए कहती हूँ कि उस साधना ने मेरा इहलोक नष्ट कर दिया था, परलोक तो महामाया के हाथ में है।'

''चन्द्रलेखा ने विस्मय के साथ तापसबाला को देखा। बोली, ''यदि तुम्हें आपत्ति न हो तो पूरी कथा सुनना चाहती हूँ। सुनाओगी बहन?'

'' 'सब?'

'' 'जितना मैं सुनने की अधिकारिणी हो सकती हूँ, उतना सब।'

''तापसबाला ने दीर्घ निःश्वास लिया। थोड़ी देर तक वह चुपचाप निस्तब्ध बैठी रही। उसके अंग-अंग शिथिल हो आए, मानो बाह्यकरणों की समूची शक्ति अन्तःकरण में सिमटती जा रही हो, मानो शिखान्त तब व्याप्त वेदना-पुंज हृदय-देश में केन्द्रित होने लगा हो। चन्द्रलेखा एकटक उसकी ओर देखती रही, उसके मन में क्षण-भर विचारों की एक आँधी बह गई, परन्तु वह स्थिर बैठी रही।

''तापसबाला ने खाँसकर गला साफ किया। बोली, 'बुरा न मानना बहन, आज मैं तुम्हें अपनी आधी ही कहानी सुना सकती हूँ, सो भी बहुत संक्षेप में। तुम्हारा समय बहुमूल्य है, यद्यपि मैं जानती हूँ कि तुम मोती फेंककर सीप के पीछे भाग रही हो। तुम्हारा समस्त प्रयत्न व्यर्थ होगा। एक दिन शायद तुम भी मेरी

ही तरह रो-रोकर दिन बिताओगी। परन्तु इस समय तुम्हें रोकना व्यर्थ है। तुम जिस तरह मोह के आकर्षण में खिंची जा रही हो, वह स्त्री की सबसे बड़ी विफलता है। परन्तु स्त्री अन्ध-भाव से उधर ही खिंचती है।'

"चन्द्रलेखा का हृदय अज्ञात आशंका से काँप उठा। वह इतना समझ गई कि वह कहीं प्रमाद कर रही है, पर प्रमाद कहाँ है? उसकी शिराएँ झनझना उठीं। वह अपने-आपसे ही डर गई। भीतर से जैसे कोई कह रहा हो कि इस कहानी को न सुनना ही अच्छा है। न जाने कहाँ से क्या ठेस लगे! परन्तु तापसबाला ने अपनी कहानी शुरू कर दी :

" 'गुहाद्वार पर जिस रूक्ष-जटिल तापस को तुमने देखा है न बहन, वे इस अभागिनी के पति हैं। इनकी शून्य दृष्टि और जटिल वेश को देखकर क्या कोई कह सकता है कि कभी इस हृदय के भीतर प्रेम का पारावार उफना करता था? परन्तु यह सत्य है कि प्रेम का ऐसा उद्वेल रूप समग्र संसार में मैंने कोई दूसरा नहीं देखा। आज वह समुद्र सूख गया है, एक शुष्क मरुकान्तार ही बच रहा है, जिसका ओर-छोर कहीं नहीं है। शुष्क मरुकान्तार!'

"तापसबाला ने फिर दीर्घ निःश्वास लिया। बोली, 'मैं ही इसका कारण हूँ। हाय अभागिन, तू जनमते ही मर क्यों नहीं गई?' तापसबाला की मनोहर बड़ी-बड़ी आँखों में आँसू की बूँदें भर आईं। गुहा-गर्भ का एक-एक कण उस करुण आह से भीग-सा गया था। उन्होंने फिर कहा, 'देवि, बहन मेरे लिए ये प्राण देते थे। एक दिन भी मैंने इनका मन नहीं रखा, एक दिन भी मैंने इनकी परवा नहीं की, एक दिन भी मैंने इस महा उदार सरस व्यक्ति को पहचानने का यत्न नहीं किया। महा उदार इसलिए कह रही हूँ, बहन कि जहाँ मुझे रोकना इनका कर्तव्य था, वहाँ भी ये मेरा छन्दानुरोध ही करते रहे। हाय! अगर इन्होंने मुझे इतनी स्वतन्त्रता न दी होती तो मेरी दुनिया कुछ और होती।

" 'मेरा जन्म हिमालय के पाद-देश में अवस्थित प्रसिद्ध सिंहल देश के कदली-वन में हुआ था। यह देश तन्त्राचार का मुख्य गढ़ है। मेरे कुलगुरु उमाकान्तपाद बड़े सिद्ध तान्त्रिक थे। मैंने सुना है, उन्होंने एक बार नेपाल-राज पर कोप कर उस ओर जानेवाले समस्त मेघों को साल-भर तक दबा रखा था। एक बार महाचीन को जाते समय कुछ वज्रयानी साधकों ने उनका अपमान किया था तो वे इतने क्रुद्ध हुए कि समस्त उत्तरापथ के वज्रयानियों की वाक्-शक्ति एकदम लुप्त हो गई थी। एक बार एक चैतिक सिद्ध सिंह पर सवार होकर उनसे मिलने आया था। आर्य उमाकान्तपाद ने पहाड़ ही हाँक दिया था और पहाड़ की सवारी पर बैठकर ही उन्होंने चैतिक सिद्ध की अगवानी की थी। वह सिद्ध विस्मयमूढ़ होकर लौटा था। बहन, मैंने उनकी सिद्धियों के विषय में इतनी बातें सुन रखी

हैं कि उनको विस्तारपूर्वक कहूँ तो एक महाभारत बन जाए। ऐसे महासिद्ध कुलगुरु ने जब मेरे माता-पिता से निवेदन किया कि वे कुब्जिका-साधना के लिए मुझे कुछ दिनों तक उनके हवाले कर दें, तो माता-पिता ने गद्गद भाव से अनुरोध पालन किया। जिन माता-पिता की कन्या कुमारी-पूजन में साधन बनती हैं उनके सात पुरुष नीचे और सात पुरुष ऊपर तक कैलाशवास का गौरव पाते हैं। कदली-वन में इस सौभाग्य के अधिकारी थोड़े ही लोग थे। गुरु ने मेरी पूजा शुरू की। पहले दिन मैं ज़रा झेंपती रही; पर बाद में मेरा संकोच टूट गया। जब गुरु भाव-गद्गद होकर मेरा स्तुति पाठ करते थे तो मेरा अन्तर विगलित हो उठता था। मैं अपने को महाभाग्यशालिनी समझती। गुरु केवल संस्कृत के श्लोक ही नहीं पढ़ते, वे उनका अर्थ भी समझा दिया करते थे। मैं उन्मत्त की भाँति विह्वल हो उठती थी। गुरु मुझे नित्य नूतन वस्त्र पहनाते थे, आसन पर बैठाकर पैर धो देते थे, चरणों को अपने हाथों अलक्तक से रँग देते थे, सुगन्धित पुष्प, सिन्दूर और अगरुधूप से मेरी पूर्णोपचार पूजा करते थे। उनकी प्रत्येक क्रिया में एक अद्भुत गरिमा होती थी। वे शान्त भाव से बैठकर मेरा ध्यान करते थे और गद्गद कंठ से कह उठते थे :

*—ऊँ! बालरूपाँ च त्रैलोक्यसुन्दरीं वरवर्णिनीम्।*
*नानालंकारनम्राङ्गीं भद्रविद्याप्रकाशिनीम्॥*
*चारुहासां महानन्दहृदयां शुभदां शुभाम्।*
*ध्याये कुमारीं जननीं परमानन्दरूपिणीम्॥*

" 'मेरा अंग-अंग उल्लास और आत्म-गौरव से आलोकित हो उठता था। इसी अहंभावना ने मेरा सर्वनाश किया। हाय बहन, मैं इसी दारुण साधना की बलि हो गई। मैं सिद्धियों के पीछे भागती फिरी। विवाह होने के बाद मुझे अपने देवता के समान पति की सेवा करनी थी, पर मैं सिद्धियों के पीछे ऐसी पागल थी कि कभी श्मशान को जाती, कभी चंडिकायतन में रात-भर जप करती, कभी नदी-जल में घंटों खड़ी रहकर अपराजिता पुष्पों को अभिमन्त्रित करती। मेरे पति हर तरह से मेरे आराम की बात सोचते रहते। मेरा एक प्रतिवेशी बड़ा चंड था। वह अपनी स्त्री को बराबर पीटा करता और मेरे पति को भी यही करने को उत्तेजित करता था। मैं उससे घृणा करती थी। परन्तु आज मैं समझती हूँ कि वह मेरा वास्तविक हितैषी था। हाय, यदि मेरे पति भी मुझे पीट देते, मेरी पसलियों को तोड़कर गृह-धर्म के खूँटे में बाँध देते!'

"तापसबाला की आँखों में आँसू आ गए। चन्द्रलेखा का हृदय सनाका खा गया। हाय, वह क्या सुन रही है? वह भी क्या अपने देवता-तुल्य पति को छोड़कर

सिद्धियों के पीछे पागल नहीं है? लेकिन उसने अपने को सँभाल लिया। वह सिद्धियों के पीछे पागल नहीं है। सिद्धियों को वह तिनके के बराबर आदर नहीं देती।

"तापसबाला ने कहा, 'मैंने ही बहन, इनको झिड़ककर वैराग्य-मार्ग की ओर प्रवृत्त किया था। इन्होंने अनिच्छापूर्वक केवल मेरा मन रखने के लिए साधना के दुरारोह पथ पर चढ़ना शुरू किया। हाय, जब मुझे होश हुआ तो वे बहुत दूर चले गए थे। हाय बहन, मैं उनको पा सकी हूँ, पर वे मुझे नहीं पा सके। देखती हो न उनकी अवस्था? मैं यही तपस्या कर रही हूँ कि वे मुझे पा सकें। यह मूर्ति उनकी ही है। यहीं तक मैं तुम्हें सुना सकती हूँ। शेष सुनाने का अवसर शीघ्र ही मिलेगा। आशा पर ही तो जी रही हूँ।'

"दीर्घकाल तक वहाँ निस्तब्धता छाई रही। पास के गुहागर्भ से किसी ने गद्‌गद कंठ से मोहक स्वर में पाठ किया :

*नमामि कुल-कामिनीं परमभाग्यसंधायिनीम्।*
*कुमारवरचातुरीं सकलसिद्धिदानंदिनीम्॥*
*प्रवालगुटिकास्रजां रजतरागवस्त्रान्विताम्।*
*अशेषवरदायिनीं भवनभामिनीं स्वामिनीम्॥*

"तापसबाला ने कहा, 'उठो देवि, अमोघवज्र की पूजा समाप्त हो आई है।'

"चन्द्रलेखा उठी, पर उसका हृदय बैठ चुका था..."

मैं साँस रोककर यह लेख पढ़ रहा था। अभी भी वह पूरा नहीं हुआ था, पर मेरे रक्त में झंझा उत्पन्न कर देने के लिए इतना ही प्रयोजन से अधिक था। एक दीर्घ निःश्वास निकला और दीपक बुझ गया, जैसे किसी ने अचानक आकर मुझे आगे बढ़ने से रोक दिया हो! मैं पछाड़ खाकर गिर पड़ा।

## [ 12 ]

अवश चेतना से अभिभूत मेरा अवसन्न चित्त देर तक भटकता रहा। ऐसा जान पड़ता था कि विकटाकृति छाया-मूर्तियाँ मुझे बाँधकर किसी अज्ञात स्थान को ले जा रही हैं। रास्ते में वैतरणी का महाभयंकर तट मिला जहाँ दूर तक केवल नरकंकाल ही नरकंकाल फैले हुए थे। अनावृत्त भयावने नरमुंडों की कोटर के समान प्राणहीन आँखें मुझे विचित्र भाव से घूर रही थीं। ऊपर नरमांस के भुक्खड़ गिद्ध कतार बाँधकर उड़ रहे थे और नीचे पूतिगन्धि वायु सों-सों करती बह रही

थी। मेरा शरीर लौह-रज्जुओं से बुरी तरह कसा हुआ था। मैं अवश भाव से चलता जा रहा था। कहाँ?

अचानक मुझे महाकाल के सिंहासन पर विराजमान महाविचारक के दरबार में खड़ा कर दिया गया। वहाँ की डरावनी शान्ति बड़ी ही कष्टप्रद जान पड़ी। देवता की भृकुटियाँ तनी हुई थीं, अधरोष्ठ बुरी तरह दाँतों के नीचे पिस रहे थे, ललाट पर क्रोध-कुटिल रेखाएँ झलक रही थीं। उन्होंने मुझे सिर से पैर तक देखा। मेरे अंग-अंग में भयंकर सिहरन अनुभूत हुई। सिंहासनासीन विचारक ने तर्जनी-संकेत से कहा, 'इसे हटाओ!' क्षण-भर में बन्धन शिथिल हो गए, कसे हुए अंगों से स्फूर्ति की धारा बाहर की ओर छूट पड़ी, परन्तु अवश भाव ज्यों-का-त्यों बना रहा। मेरी आँखें खुल गईं।

सिरहाने बैठकर मेरा विश्वस्त अनुचर अलहना बघेला पंखा झल रहा था। बघेला उसका कुल था, परन्तु गुण में भी वह बाघ का बच्चा ही था। शत्रु पर वह बाघ की तरह ही झपटता था, जीने-मरने की परवा किए बिना। मेरे लिए वह प्राण देने को सदा तत्पर रहता था। वह सिर पर पंखा झल रहा था, पर आँखें उसकी कहीं और थीं। उसने मेरी आँखों को खुलते देखा ही नहीं। पैर की ओर मैनसिंह आँखें झुकाए बैठा था और अलहना की डाँट सुन रहा था। उसने भी नहीं देखा कि मेरी आँखें खुल गई हैं। मैनसिंह बहुत रोया था, उसकी बड़ी-बड़ी आँखें सूजकर गूलर-फल के समान हो गई थीं। वह अब भी रो रहा था। बघेला फिसफिसाकर उसे डाँट रहा था, "मूर्ख, तूने वह कागद महाराज को क्यों दे दिया? पहले मन्त्री के पास ले जाना चाहिए था। तू उल्लू है, नाच-गान और बाजीगरी किया कर। तुझसे राज-सेवा नहीं होगी। नटुआ का लौंडा लड़ाई के मैदान में उतरा चाहे!"

प्रसंग कुछ ऐसा था कि मैंने आँखें बन्द कर लीं। कुछ और सुन लेना चाहता था। मुझे बघेला के क्रूर वाक्य बहुत बुरे लगे, पर सोचा कि देखना चाहिए मैनसिंह क्या कहता है। यद्यपि मेरा अवसाद अब समाप्त हो आया था, पर सुनने की इच्छा से मैं उसी प्रकार पड़ा रहा।

मैनसिंह की आँख से अश्रु-धारा वह चली होगी। मेरे पैरों पर टप-टप कई बूँदें आ गिरीं। उसने बहुत धीरे-से सिसकते हुए कहा, "हाथ जोड़ूँ, मुझसे मन्त्री के पास जाने को न कहो। महाराज को चंगा करने का औषध मेरे पास है।"

बघेला को कदाचित् दया आई। फिसफिसाकर बोला, "फिर रोने लगा! तू लड़का क्यों हुआ रे! तुझे लड़की होना चाहिए था। बुरा मान गया? ना रे मूर्ख, बुरा मानने की क्या बात? राजा की सेवा करने के लिए बहुत सावधान रहना पड़ता है। अच्छा भाई, रो मत। कान ऐंठूँ फिर तुझे नहीं डाँटूँगा। ला, वह जड़ी कहाँ है?"

बघेला की बातों से मैनसिंह कुछ आश्वस्त हुआ। साँय-साँय करके बोला, "वचन दो कि मन्त्री को मेरे आने की खबर नहीं दोगे।"

बघेला ने कहा, "नहीं दूँगा।"

मैनसिंह ज़रा रुककर बोला, "जरा सुनो, बोधा कायस्थ क्या पढ़ रहे हैं?" और फिर दोनों चुप हो गए।

बोधा कायस्थ मन्त्री विद्याधर के बहुत विश्वस्त शिष्य और लेखक थे। उनकी कहानी एक बार मन्त्री ने ही मुझे सुनाई थी। वे योगिनीपुर के धर्मायन कायस्थ के पुत्र थे। पृथ्वीराज को सन्देह था कि धर्मायन राज्य की गुप्त बातें मुहम्मद गौरी को बता दिया करता है। वह भागकर महाराज जयित्रचन्द्र के दरबार में आया। अपने पुत्र बोधा को विद्याधर मन्त्री की सेवा में नियुक्त करके वह कहीं चला गया। कुछ लोग कहते थे कि वह गंगा में डूबकर मर गया। विद्याधर मन्त्री ने बोधा को पढ़ाया-लिखाया। उनका आश्रय पाकर यह बालक कई भाषाओं का जानकर हो गया। कान्यकुब्ज से जब विद्याधर का पत्ता कटा तो बोधा फिर अनाथ हो गए। बहुत दिन भटकते रहने के बाद अब वे फिर मन्त्री के पास आ गए हैं। मन्त्री उनसे गुप्तचर का काम भी लेते हैं। सच पूछा जाए तो विद्याधर मन्त्री यदि किसी पर पूरा विश्वास करते हैं तो वह बोधा पर ही। जब से बोधा आ गए हैं तब से मन्त्री की कार्य-शक्ति चौगुनी हो गई है। मैनसिंह कह रहा है कि बोधा कुछ पढ़ रहे हैं। निश्चय ही विद्याधर मन्त्री सुन रहे हैं। मुझे कुतूहल हुआ और उसी प्रकार अचेतनावस्था का अभियन करके पड़ा रहा। बाहर विद्याधर बोधा से वही कागद पढ़वाकर सुन रहे थे, जिसे पढ़ते-पढ़ते मेरी चेतना अवसन्न हो गई थी। मैंने साहस बटोरकर उधर कान लगा दिए।

अनुमान से मैंने समझा कि मेरी अस्वस्थता का समाचार पाकर मन्त्री आए होंगे और यह लेख उनके हाथ लगा होगा। ठीक कारण समझने के लिए वे बोधा को बुलवाकर सुन रहे होंगे। कहानी का वही अंश चल रहा था जिसे पढ़कर मुझे धक्का लगा था। रानी ने लिखा था कि चन्द्रलेखा भी क्या अपने देवता-तुल्य पति की उपेक्षा नहीं कर रही है? इस वाक्य ने मेरे मन में आवेगों की झंझा बहा दी थी। मैं न जाने कैसे अचेत हो गया। मेरी दुर्बलता अब सबको ज्ञात हो गई है। मन्त्री भी जान गए। छिः, कितनी लज्जा की बात है! मैंने इस बार हृदय कड़ा किया। इस तरह विह्वल होना क्या मुझे शोभा देता है? भारतवर्ष को विदेशियों के प्रहार से बचाने का संकल्प करनेवाला ऐसा छुई-मुई सिद्ध हुआ? धिक्!

जान पड़ा, जिस स्थान पर मुझे धक्का लगा था, वहाँ विद्याधर भट्ट को भी आघात लगा। उन्होंने दीर्घ निःश्वास लेकर कहा, "क्या मतलब?"

यह प्रश्न नहीं था। बोधा समझते थे। उन्होंने भी दीर्घ निःश्वास लिया और

कुछ गम्भीर स्वर में बोले, "हुँ!"

विद्याधर के लिए इतना पर्याप्त था। उन्हें मानो सन्तोष हुआ। जैसे वे अपने प्रिय शिष्य की व्याख्या से सन्तुष्ट हो गए। फिर एक दीर्घ निःश्वास लेकर उन्होंने समाधान के स्वर में कहा, "हुँ!" कदाचित् इसका अर्थ यह था कि तुम जो समझ रहे हो वही ठीक है। इस विचित्र गुरु-शिष्य संवाद के बाद थोड़ी देर दोनों मौन रहे, जैसे एक-दूसरे के उत्तर को समझने का प्रयास कर रहे हों। फिर विद्याधर ने ही मौन भंग किया। बोले, "ठीक है, आगे चलो।"

बोधा ने थोड़ा सावधान होकर पढ़ना शुरू किया। रानी ने आगे लिखा था :

" 'हाँ देवि, तुमने ठीक ही समझा है कि तारा मूलतः बौद्ध-साधकों की उपास्य देवी हैं। अक्षोभ्य भैरव को उनके पार्श्व में स्थित और पूजित देखकर तुमने जो यह शंका की है कि वस्तुतः अक्षोभ्य बुद्ध को ही वहाँ बौद्ध रूप में स्थान दिया गया है, वह भी ठीक ही है। केवल तुम्हारी शंका निरर्थक है। वह केवल ऊपर-ऊपर देखने के कारण ही चित्त को उत्क्षिप्त कर रही है। तारा देवी न तो बौद्ध देवी हैं न शाक्त देवी! वे शक्ति के अनाद्यनन्त स्रोत का प्रतीक हैं। अनेक अभ्यास के बाद साधकों को इस महिमाशालिनी शक्ति के किसी-किसी ऐसे रूप का सन्धान मिलता है जो शीघ्र ही सिद्धि देता है। हम सभी शक्ति के रूप हैं। ढेले से लेकर पर्वत तक सर्वत्र एक ही शक्ति की दुर्वार धारा प्रवाहित हो रही है, सिद्धि भी सर्वत्र मिल सकती है, परन्तु मनुष्य अपनी दृष्टि से ही देखने का अभ्यस्त है और वह उसी चीज को सिद्धि कहता है जो उसके काम आ सके। यही देखो, मनुष्य आकाश-मार्ग में उड़ने लगे तो वह उसके लिए एक बड़ी सिद्धि है, किन्तु कितने कीड़े-मकोड़े, पक्षी और पतंगे अनायास उड़ते रहते हैं। उनकी दृष्टि से देखा जाए तो उड़ना एक अत्यन्त नगण्य वस्तु है। जब हम कहते हैं कि शक्ति का अमुक रूप शीघ्र ही सिद्धि देता है तो हमारा मतलब यह होता है कि जो सिद्धि मनुष्य की दृष्टि से किसी काम लायक है वह सिद्धि प्राप्त होती है। आश्चर्य मत करो देवि, यदि बौद्ध-साधकों ने किसी रूप का प्रथम साक्षात्कार किया हो तो उससे शक्ति के मूल रूप में कोई भी परिवर्तन नहीं आ जाता।'

" 'धन्य हो आर्य, तुम्हारी इस सुस्पष्ट व्याख्या से मुझे बहुत कुछ समझ में आ गया है, फिर भी मुझे यह नहीं सूझता कि बौद्ध-साधकों ने जिस रूप में शक्ति के इस महिमामय रूप का साक्षात्कार किया था, उसे शाक्त-तन्त्र ने ज्यों-का-त्यों क्यों नहीं स्वीकार कर लिया? अक्षोभ्य बुद्ध को अक्षोभ्य भैरव बनाने की क्या आवश्यकता थी?'

" 'चतुर हो देवि, तुम्हारा प्रश्न तुम्हारी सूक्ष्म बुद्धि का परिचायक है। एक बार तुम्हारे चित्त में जिस पूर्वापर परम्परा का अंकुर उत्पन्न हो गया है, वह सहज

ही उत्पाटित नहीं होगा। देवि, मेरे गुरु ने बताया था कि भविष्य में मनुष्य इस पूर्वापर क्रम को बहुत महत्त्व देने लगेगा और अखंड काल की बात वह एकदम भूल जाएगा। तुम्हारे प्रश्न से लगता है कि बौद्ध-साधकों ने किसी नवीन वस्तु का आविष्कार किया था। यही भ्रम है। तारा देवी की उपासना किसी विशेष साधक को, किसी विशेष क्षण में सूझ भी गई तो उससे यह सिद्ध नहीं होता कि यह विशिष्ट रूप नई वस्तु है। यही देखो देवि, आर्य नागार्जुनपाद ने 'एकजटा देवी की उपासना भोटदेश के साधकों से सीखी थी। एकजटा की चतुर्भुजी मूर्ति को ही 'महाचीन तारा' कहते हैं। महाचीन, भोटदेश का ही नामान्तर है। यह बहुत पुरानी बात नहीं है, तथापि लोग इस परम्परा को भूल गए हैं। परन्तु यह सत्य है देवि, कि आर्य नागार्जुनपाद को यह साधना भोटदेश के अत्यन्त आदिम अधिवासियों के अनुष्ठान से प्राप्त हुई थी।[13] भोटों को यह कहाँ मिली, यह पता नहीं है। परन्तु पूर्वापर क्रम खोजनेवाले अवश्य इस प्रश्न में उलझ जाएँगे। परन्तु सत्य यह है देवि कि तारा अनाद्यनन्त शक्ति का ही मूर्त रूप है, न तो वह भोट में उत्पन्न हुई है, न बौद्ध परम्परा में और न शाक्ततन्त्र में।'

" 'हाँ आर्य! परन्तु इससे तो मेरी बुद्धि और जड़ बन गई, मेरा प्रश्न और भी जटिल हो गया। आपके कथन से तो मालूम होता है कि अक्षोभ्य बुद्ध भी किसी भोटदेशीय स्थान पर बैठ गए थे। उस मूल देवता को ही बौद्ध-साधकों ने क्यों नहीं ग्रहण कर लिया?'

"अमोघवज्र के अधरों पर हँसी दिखाई दी, 'भूल रही हो देवि, साधना केवल उपास्य को आश्रय करके नहीं चलती, उपासक भी उसका मुख्य अंग होता है। शक्ति के 'उत्तर' को वह अपने संस्कारों और मान्यताओं के आधार पर ही स्वीकार करता है। इसलिए देवि, अक्षोभ्य बुद्ध शक्ति-साधकों के निकट भैरव या शिव के रूप में उपस्थित हुए हैं। तोड़ल-तन्त्र में स्पष्ट ही कहा गया है कि महादेव ही अक्षोभ्य भैरव हैं। समुद्र-मन्थन से जब विष निकला तो एकमात्र केवल शिव ही अक्षोभ्य बने रहे। इसीलिए महादेव का नाम अक्षोभ्य है।[14] बौद्ध-साधक जिस तत्त्व को अक्षोभ्य बुद्ध कहते हैं वह हू-ब-हू वही वस्तु है जिसे शाक्त-साधक अक्षोभ्य भैरव कहते हैं। अन्तर कहाँ है देवि, अपनी रुचि और संस्कारों के अनुकूल नाम देने से अन्तर थोड़े ही आ जाता है! यही देखो कि एकजटा यद्यपि भोट देवी हैं पर शाक्त-तन्त्रों में कहा गया है कि कैवल्यदायिनी होने से तारा का नाम एकजटा है—'कैवल्यदायिनीयस्मात् तस्मादेकजटा स्मृता।' इसमें कोई विरोध नहीं है। बाह्य आवरणों के भीतर देखो देवि, तारा वही भुवन-तारिणी है।'

"चन्द्रलेखा ने चारों ओर एक बार दृष्टि दौड़ाई। सारा मन्दिर पुरानी स्मृतियों के भार से इतना जर्जर हो गया था कि यह कल्पना करना कठिन था कि वह कब

बना होगा। उसकी सारी दीवारों को छेदकर और छत की छाती फाड़कर हरी-हरी घास निकल आई थी। जहाँ कहीं भी घास नहीं थी, वहीं हरी काई ने आसन जमा लिया था। मन्दिर के सामने एक छोटा-सा अलिन्द (बरामदा) जैसा बना हुआ था, जो अब जंगली कबूतरों का आश्रय बन गया था। अन्धकार और दुर्गन्ध से उसका माथा भन्ना उठा था, कर्पूर-गुटिका के प्रकाश में वह महाचीन तारा की मूर्ति देख रही थी। उसे अब भी विश्वास नहीं हो रहा था कि तिब्बत के अर्द्ध-संस्कृत बोत धर्म की कोई देवी बौद्ध और शाक्त-तन्त्रों में इतना मान पा सकती है। वह आश्चर्य से सोच रही थी कि किस प्रकार मानव-चित्त ग्रहणशील होता है और किस प्रकार वह निर्विकार भाव से एकदम अपरिचित सत्यों का विश्वासी बन जाता है।

"अमोघवज्र ने मौन भंग किया, बोले, 'देवि, गोधूलि का समय हो गया है, मेरी बताई हुई विधियों के अनुष्ठान का यही उपयुक्त समय है। तुम जगज्जननी के चरण-प्रान्त में बैठकर समाहित हो जाओ। विचलित न होना देवि! हो सकता है कि तुम्हें ऐसा कुछ देखना पड़े जिसका देखना तुम्हें अच्छा न लगे। माया को धोखा नहीं दिया जा सकता। माया धोखा दे सकती है। हो सकता है कि तुम धोखे में पड़ी हुई हो, पर माया धोखे में है, यह कभी नहीं हो सकता। तुम्हारे भीतर यदि मोह कहीं संचित है तो तुम्हें बहुत कष्ट होगा। पर कष्ट से भागकर कहाँ जा सकती हो, केवल एक बात याद रखना—तुम माता की गोद में बैठी हो। यहाँ कोई भय नहीं, कोई शंका नहीं...।'

"इसी समय एक दीर्घकाय तपस्वी हाँफते हुए मन्दिर-द्वार पर उपस्थित हुए। स्पष्ट ही वे बहुत व्याकुल थे, उनके केश विकीर्ण थे, आँखें फटी हुई थीं और अधरोष्ठ नीले पड़ गए थे। मन्दिर-द्वार पर आते ही वे चिल्ला उठे, 'अमोघवज्र, अमोघवज्र, जल्दी जाओ! अनर्थ हो गया।'

"अमोघवज्र अचकचाकर उठे, 'क्यों, क्या हुआ आर्य, आप इतने उद्विग्न क्यों हैं?'

"नवागत तपस्वी ने कहा, 'बड़ा अशुभ संवाद आया है अमोघ! इसिपत्तन (सारनाथ) का पवित्र विहार ध्वस्त हो गया। आततायियों ने उसमें आग लगा दी है। उनकी निर्दय सेना नालन्दा की ओर बढ़ी आ रही है। हाय अमोघ, अब सद्धर्म का क्या होगा?'

"अमोघवज्र ने केवल दीर्घ निःश्वास लिया। नवागत तपस्वी ने इस दीर्घ निःश्वास का उत्तर अपने दीर्घतर निःश्वास से दिया। क्षण-भर बाद फिर बोल उठे, 'तुम्हारा कहना ही ठीक था अमोघ! सिद्धियों के पीछे पागल होने का यही परिणाम हो सकता था। आज मैं समूचे मगध में एक भी मनुष्य ऐसा नहीं देख रहा हूँ

जो हमारी सहायता कर सके। साधारण प्रजा हमें सिद्ध समझती रही है। वह श्रद्धा से नहीं, भय से हमारी पूजा करती रही है। आज आततायी के खड्गाघात से सिद्धियों का यह सारा खिलवाड़ टूटकर गिर गया है। जिसका दिखावा करके हम पूजा पाते थे, उसके ऐसे दयनीय पतन को देखकर यहाँ की प्रजा केवल हँसेगी। लेकिन जानते ही अमोघ, आज मेरी नस-नस में एक अद्‌भुत विद्रोह की आँधी बह रही है। आज भी हमारे विहार के ढोंगी साधक मन्त्रबल से तुर्कों की सेना उड़ा देने की गप्पों पर विश्वास करते हैं। और फिर जले पर नमक यह कि इसिपत्तन (सारनाथ) के भयंकर पतन की बात सुनकर कोई पीपल की डाल पर डाकिनी बैठाकर हाँकने के लिए हिमालय की ओर चल पड़ा है तो कोई तूँबे के अभिमन्त्रित जल से प्रलयपूर का दृश्य उपस्थित करने के लिए झारखंड के भैरव की ओर निकल पड़ा है। मैं चिल्लाकर हार गया कि प्राण देकर भी सद्धर्म की महिमा को बचाओ, परन्तु सुनता कौन है! आकर देखो अमोघ, सारा विहार खाली हो गया है। सिद्धों की सेवा का ऐसा मिथ्याभाषी ढोंगी रूप फिर कभी देखने को नहीं मिलेगा।'

"चन्द्रलेखा ने बाद में जाना कि नवागत तपस्वी का नाम भिसिलपाद है। महाचीन के किसी बड़े विहार से वे आए हैं, अनेक साधनाओं के प्रौढ़ साधक हैं। परन्तु सब करने के बाद भी इस नतीजे पर पहुँचे हैं कि सिद्धियाँ मनुष्य को कुछ विशेष बल नहीं देतीं। एक साधारण किसान, जिसमें दया-माया है, सच-झूठ का विवेक है और बाहर-भीतर एकाकार है, वह भी बड़े-से-बड़े सिद्ध से ऊँचा है। चरित्र-बल समस्त शक्तियों का अक्षय भंडार है। जिस साधना से यह महान् शक्ति-स्रोत सूख जाता है, वह व्यर्थ है।

"अमोघवज्र ने फिर निःश्वास लिया। बोले, 'हाँ आर्य, गोरक्षनाथ ने ठीक ही कहा था कि सिद्धियाँ मनुष्य को पशु बना दें, पक्षी बना दें, अजगर बना दें, प्रेत बना दें, पर वे मनुष्य को मनुष्य बनाने में तब तक सहायक नहीं होंगी, जब तक सहज शरीर-धर्मों को ही परम लक्ष्य समझा जाता रहेगा। आर्य, कबूतर भी उड़ लेते हैं, अजगर भी वर्षों धरती के नीचे सो लेते हैं, जलकुक्कुट भी पानी के ऊपर चल लेते हैं। मनुष्य के लिए ये सब भारी सिद्धियाँ हैं। पर इससे क्या वह धर्म सचमुच प्रतिष्ठित होता है जो समस्त जगत् के पाप और दुःखमोचन को ही अपना आदर्श समझता है? मनुष्य पशु से किस बात में भिन्न है आर्य! केवल परदुःखकातरता, अपार करुणा, कठोर आत्म-दमन और अनाविल सत्यनिष्ठा, यही क्या मनुष्य की विशेषता नहीं है? लेकिन आज कितने सिद्ध यह बात समझ रहे हैं!'

"भिसिलपाद ने उत्तेजित होकर कहा, 'चलो अमोघ, समय नष्ट मत करो। नालन्दा का विहार बचनेवाला नहीं है। उसी के साथ-साथ यहाँ लाखों निरीह

मनुष्य भी बरबाद हो जाएँगे। कुछ ऐसा करो कि यह अनर्थ रुक जाए। सिद्धों की चिन्ता छोड़ो। वे आज सायंकाल तक ही विहार को अपना घर समझते रहे हैं। आज एक भी सिद्ध विहार में नहीं दीखेगा। आज ढोंग का ऐसा खुला प्रदर्शन होगा, जैसा कभी भी नहीं हुआ।'

''चन्द्रलेखा का हृदय भय से सन्न हो गया। उसे ऐसा मालूम हुआ कि उसकी चेतना लुप्त होती जा रही है। कर्पूर का क्षीण प्रकाश और ततोधिक क्षीण सौरभ उसे सँभाल नहीं सके। वह बेहोश-सी होकर तारा देवी के चरण-प्रान्त में लुढ़क गई। केवल पर्वत की शिखा से कोई उत्तेजित कठोर नाद रह-रहकर उसकी चेतना पर आघात करने लगा। यह सब मिथ्या है। सिद्धियों के पीछे पागल बनने की इस हवा ने वर्णाश्रम धर्म को भ्रष्ट कर दिया। कायरों और भगोड़ों को अपना नेता समझनेवाली जाति की दशा जो होनी चाहिए, वही आज इस जनसमूह की दशा होगी। निरर्थक मन्त्रों की निरर्थक रट देश में प्राण-शक्ति का संचार नहीं कर सकती। मनुष्य को देवता बनाने के लिए आत्मविश्वास और दृढ़ संयम की आवश्यकता है। सौगत और शाक्त-तन्त्रों ने मनुष्य की रीढ़ ही तोड़ दी है। गोरक्षनाथ ने इस निर्वीर्य साधना की गलती को बहुत पहले ही समझ लिया था, पर हाय, किसी ने उनकी सुनी नहीं।

''चन्द्रलेखा ने देखा कि आकाश में काले-काले मेघ उमड़ आए हैं। उसे ठंडी हवा का एक झोंका-सा लगा और फिर प्रचंड आँधी ने उसे उड़ा दिया। वह वृन्तच्युत तूलखंड की भाँति शून्य में उड़ने लगी। उसने आग में जलते हुए गाँवों को देखा, अधमरे निरीह शिशुओं को चिल्लाते देखा, फिर कठोर आकृतिवाले अतुल सैनिकों को। दुःख के मारे उसकी छाती फटी जा रही थी, पर वह असहाय थी। अचानक एक जगह उसे पृथ्वी का आकर्षण अनुभूत हुआ। उसने देखा कि एक विराट् जनसमूह के बीच विद्युत्गौर तेजःपुंज कोई तपस्वी त्रिशूल लेकर कुछ समझा रहा है। चन्द्रलेखा को पहचानने में एक क्षण भी विलम्ब नहीं हुआ। ये ही गुरु गोरक्षनाथ थे। चन्द्रलेखा ने अतृप्त नयनों से उस अद्भुत तेजोरूप का पान किया। उनके सुदीर्घ ललाट से प्रकाश बरस रहा था। ऐसा मालूम होता था वे किसी विकट चिन्ता से खिन्न हो गए हैं, पर चेहरे पर कहीं भी किसी प्रकार की निष्प्रभता नहीं थी। केवल आँखों के कोनों में और भृकुटियों के अन्तराल में एक प्रकार का आकुंचन था, जिससे ललाट-देश पर हलकी वलियाँ निकल आई थीं। स्वच्छ भस्म का त्रिपुंड इन वलियों को ढक नहीं सका था। वे भावावेश की अवस्था में तो थे, लेकिन किसी प्रकार की उत्तेजना का कोई भी चिह्न उनके मुखमंडल पर नहीं था। चन्द्रलेखा ने अपने को धन्य समझा, जो इस ब्रह्मचर्य के उत्स को, तपस्या के उद्गम को, तेज के आगार को और दर्प के मूर्तिमान विग्रह को देख सकी। उसे

ऐसा लगा, मानो शिव ने ही मानव-रूप धारण किया है, पार्वती के मनोरम हास्य ने ही मोहन वेश में अवतार लिया है, गंगा की पवित्र तरंगों ने ही अचंचल शोभा धारण की है, महादुर्गा के तृप्त अवलोकन ने ही नवीन विग्रह धारण किया है। चन्द्रलेखा ने इस तपस्या के विग्रह को, तेज के भंडार को, ब्रह्मचर्य के विजयकेतन को और वैराग्य के मनोहर रूप को मन-ही-मन प्रणाम किया, अत्यन्त सावधानी से वह मठ के एक पार्श्व में छिप गई और मन-प्राण ढालकर गुरु गोरक्षनाथ की तेजोदीप्त वाणी सुनने लगी।"

विद्याधर ने फिर दीर्घ निःश्वास लिया। बोले, "अर्थात्?"

बोधा ने दीर्घ निःश्वास के साथ उत्तर दिया, "हुँ!"

विद्याधर ने जैसे हारकर उत्तर दिया, "हुँ!"

बोधा ने फिर पढ़ना शुरू किया :

"चन्द्रलेखा अपनी तन्द्रा-जड़िम अवस्था में भी अमोघवज्र की बाँसुरी सुन रही थी। मनुष्य के कंकाल में से घुटने के नीचे की हड्डी खींचकर उसके भीतर की चर्बी निकाल दी गई थी, उसी छिद्र से उस सुरीली बाँसुरी की आवाज निकल रही थी। महाचीन में इस प्रकार की पादास्थि-वंशी का प्रचार बहुत अधिक है। उस सुरीली बाँसुरी की आवाज से दिगन्तराल व्याप्त हो गए थे। गिरि-गह्वर के पीछे से बार-बार विचित्र जय-निनाद हो रहा था। धीरे-धीरे आकाश-मंडल से विकटाकृति भूत और वैताल उतरने लगे। उनकी चेष्टाएँ बड़ी विकट थीं। मद्य-मांस और रक्त की वहाँ धुआँधार वर्षा हो रही थी। चिपिटनास भूतों की उस अस्त-व्यस्त मंडली में मर्यादा का कोई ज्ञान नहीं था। योगिनियाँ मद्य और रक्त के कुल्लों से भूतों के अशुभ शरीर पर बार-बार आक्रमण करती थीं और बार-बार डमरू और सिंगे के नाद से वे इस पर हर्ष प्रकट कर रहे थे।

"यह सब हो रहा था, किन्तु चन्द्रलेखा के लिए सब मानो अर्थहीन छायाचित्र थे। उसकी आँखों के सामने इन समस्त व्याकुल विलासों के पीछे और फिर भी इन सबसे स्पष्ट मूर्ति महातेजस्वी योगिराज गोरक्षनाथ की थी। उनकी अनाविल वाणी में यह कोलाहल कुछ भी व्याघात नहीं उत्पन्न कर रहा था। वह वाणी जितनी ही स्पष्ट थी उतनी ही तीव्र थी। वह हृदय को चीरकर सीधे प्रवेश करना चाहती थी। उसमें कहीं भी स्खलन नहीं था, जड़िमा नहीं थी, दुविधा नहीं थी। वह गजनी से साकल तक विध्वस्त होने की कहानी थी, वह चीनाचार और सुन्दरी-साधना से देश के जर्जर होने की हृदय-विदारक वार्त्ता थी।

"चन्द्रलेखा यह क्या सुन रही है? अभी अमोघवज्र से माहचीन की महाविद्या का माहात्म्य उसने सुना है और अभी गुरु गोरक्षनाथ यह क्या समझा रहे हैं! यही साधना क्या इस देश को हीनवीर्य बना रही है? इसी के साधक क्या लोक के

सुख-दुःख से निरपेक्ष बनकर अपनी-अपनी खिचड़ी अलग पका रहे हैं? और यह गजनी से साकल तक विध्वस्त होने का क्या अर्थ है? चन्द्रलेखा क्या यह स्वप्न देख रही है?

"अमोघवज्र की सुरीली बाँसुरी बजती रही। भूतों और वैतालों का उद्दाम नृत्य ज्यों-का-त्यों जारी रहा। अचानक बाँसुरी रुक गई। भूत-वैतालों और गुह्यकों की चिपिटनास-वाहिनी का उद्दाम नृत्य झम-से रुक गया, डाकिनियों का तांडव, योगिनियों का उल्लास और गुह्य डाकिनियों का लासक एकाएक कम हो गया और आकाश के मध्य भाग से आनन्दभैरव उतरे। उनके अंग-अंग से कोटि-कोटि सूर्यों की प्रभा उल्लसित हो रही थी, उनकी तीन आँखों से कर्पूर अंकुर के समान मनोहर दृष्टि-रेखा उद्भासित हो रही थी। उनके अठारहों हाथों में घंटा, डमरू, पाश, अंकुश आदि विविध अस्त्र विराज रहे थे। उनके वाम पार्श्व में आनन्दभैरवी विराजमान थीं। अहा, संसार की समस्त श्रद्धा क्या यहीं पुंजित हो गई है? विधाता के सौन्दर्य-भंडार का सर्वस्व क्या इसी मूर्ति के बनाने में समाप्त हो गया है? प्रकृति की अशेष शोभा क्या यहीं केन्द्रित कर दी गई है? चन्द्रलेखा ने अपने भाग्य को सराहा। एक बार वह आनन्दभैरव के मनोहर मुख की ओर देखती और एक बार आनन्दभैरवी के मादक सौन्दर्य की ओर। कैसा विचित्र संयोग है! धन्य हो महाभैरव, धन्य हो महाभैरवी!

"चन्द्रलेखा ने आश्चर्य के साथ देखा कि आनन्दभैरवी धीरे-धीरे आनन्दभैरव में लीन हो गईं। भैरव के उस अर्द्धनारीश्वर वेश में अपूर्व तेज, अपूर्व शोभा और अपूर्व लास तरंगित हो रहे थे। भूतगण तुमुल जय-निनाद से धरती को कम्पित करने लगे। देखते-देखते भूतों, गुह्यकों, डाकिनियों और योगिनियों का दल, एक-दूसरे में विलीन हो गया। एक निमेष में चन्द्रलेखा ने देखा कि गुरु गोरक्षनाथ योगियों के सामने खड़े हैं—वही ज्योति-मूर्ति, वही अस्खलित वाणी, वही तेजोमंडित मुद्रा। बोले :

" 'योगियो, मैंने भगवती के साथ जूझने का संकल्प किया था। भवगती ने कहा था—गोरक्ष, तुम माया को नहीं जीत सकते। तुम माया को मानकर ही मायातीत को पा सकते हो। मैंने भवगती से कहा था, माया को हराया जा सकता है। मायातीत कहीं बाहर नहीं है। वह हमारे भीतर ही है। वह हमारे रोम-रोम में रमा हुआ है। माया उसी के इशारे पर नाच रही है। मैंने कहा था—भवगती, तुम हमारे मार्ग से हट जाओ। तुम माया का पक्ष लेकर मुझे तंग मत करो। भवगती मान गई थीं। तब से मैं माया को जीतने का प्रयास कर रहा हूँ और अपने शिष्यों से करा रहा हूँ। मैंने सफलता पाई है, क्योंकि मैंने माया को पहचान लिया है। माया हमारे मन में है, हमारी बुद्धि में है, हमारे सम्पूर्ण अन्तःकरण में है; यह हमारी

ही सृष्टि है। अज्ञान ही माया है, मूढ़ता ही माया है, अवास्तव को वास्तव समझना ही माया है। सारे जगत् को भूलकर अपनी मुक्ति की चिन्ता करना सबसे बड़ी माया है। सारा संसार इस माया के जाल में फँसकर भटक रहा है।

" 'योगियो, सारा संसार मूर्खता का शिकार बना हुआ है। इस मूर्खता की धारा में योगी और सिद्ध भी उसी प्रकार बह गए हैं, जिस प्रकार गृहस्थजन। कोई शुभ-कर्म के अनुष्ठान और अशुभ-कर्म के वर्जन को ही मोक्ष समझ रहा है, कोई वेद-पाठ को मुक्ति का परम सोपान मानकर भूला हुआ है, कोई निरालम्ब रूप को ही मुक्ति माने बैठा है, कोई ध्यान-धारणा के प्रयोग से ही मुक्ति का फल खींच लेने को उद्यत है, कोई मद्य-मांस और विलासिता के द्वारा प्राप्त आनन्द को ही मोक्ष समझे बैठा है, कोई मूल-कन्द से उल्लसित भगवती कुंडलिनी के संचार-मात्र को मुक्ति समझकर उलझा हुआ है, कोई सुलभ दृष्टि-निपात को ही मोक्ष मानने में उल्लास अनुभव कर रहा है। ये सब खंड-सत्य हैं। मोक्ष तो वह है जब सहज ही मनुष्य समाधि लगा सके और उस सहज समाधि के द्वारा ही स्वयं अपने मन से अपने मन को देखने लगे।[15]

" 'यह कैसे होगा? क्या संसार के इतर प्राणियों को मूर्ख समझने से योगियों और सिद्धों की मूर्खता कम हो जाएगी? जब हमारी आँख के सामने लाख-लाख निरीह प्राणियों का वध हो रहा है, दुर्दान्त म्लेच्छ सेना नगरों और शस्य-क्षेत्रों को भस्म कर रही है, जब अधमरे युवकों, परित्यक्त शिशुओं और लांछित बन्धुओं के क्रन्दन और आह से वायुमंडल व्याप्त है, उस समय क्या सहज समाधि सम्भव है। योगियो, आज सब कुछ भूलकर संगठित होने की आवश्यकता है। ध्यान-धारणा का प्रयोग रुक सकता है, मारण-मोहन की विधियाँ स्थगित रखी जा सकती हैं, मोक्ष की चिन्ता में भटकने का व्यवसाय तब तक बन्द किया जा सकता है। वेतन-भोगी सैनिकों के वीर्य की परीक्षा हो चुकी है, गजवनी (गज़नी) से साकल (स्यालकोट) तक की प्रत्येक मुठभेड़ में उन्हें पराजित होना पड़ा है। आज सोमेश्वर तीर्थ का भविष्य संकट में है, पार्श्वनाथ की रत्नमूर्ति पर लुब्ध भेड़ियों की दृष्टि पड़ चुकी है, ओदन्तपुरी और नालन्दा विहार की बहुमूल्य बौद्ध मूर्तियों का भविष्य अन्धकाराच्छन्न है। आज क्या सम्प्रदायवाद को बहु मान देकर परस्पर विच्छिन्न होने की जरूरत है? क्या शैव, क्या वैष्णव, क्या जैन, क्या बौद्ध—सभी पर विपत्ति की घोर घटा छाई हुई है। यदि हम अपने बाह्य विभेदों पर ही अब भी अड़े रहेंगे, तो विनाश निश्चित है। एक प्रकार की बिना रीढ़ की साधना इन दिनों समूचे भारत को ग्रास किए जा रही है। सिद्धियों के नाम पर अत्यन्त निचली श्रेणी की कामुकता को उत्तेजना दी जा रही है। महाचीन के निम्न स्तर से आई हुई यह साधना हमारे देश के बड़े-बड़े साधकों तक को अभिभूत कर रही है।

" 'योगियो, माया बड़ी विकट शत्रु है। वह प्रतिद्वन्द्वी को घायल करने के हजार उपाय जानती है। परम तत्त्व, जिसके साक्षात्कार को प्रत्येक सम्प्रदाय परम पुरुषार्थ मान रहा है, इस शरीर से बाहर नहीं है। मैं जोर देकर कहता हूँ, वह इस शरीर के भीतर मिलता है। उसको पाने के लिए शास्त्र पढ़ने की जरूरत नहीं, बाह्य उपचारों की भी आवश्यकता नहीं है। इस शरीर को अगर तुमने नहीं समझा तो सिद्धि के लिए भटकना बेकार है। निखिल ब्रह्मांड में तुम परम तत्त्व को खोज-खोजकर भटककर मर जाओगे। जो इस शरीर को नहीं जानता, वह इस ब्रह्माण्ड को भला क्या जानेगा? मैं भुजा उठाकर कहता हूँ, इस शरीर के छह चक्रों को समझ लो, सोलह आधारों को जान लो, दो लक्ष्यों को पहचान लो, पाँच आकाशों का अनुभव कर लो। मित्रां, यह विचित्र घर है। यद्यपि इसमें नौ दरवाजे हैं और पाँच देवताओं से अधिष्ठित हैं, तो भी यह सिर्फ एक खम्भे पर ही टिका हुआ है। मैं पूछता हूँ मित्रो, जो व्यक्ति इतनी-सी बात नहीं जानता, उसे सिद्धि कैसे मिलेगी।[16] और जो इतनी-सी बात जान जाए, उसे सारे संसार में भटकते फिरने की क्या आवश्यकता है? योगियो, माया दुरन्त है, माया दुरधिगम्य है। सिद्धियों के पीछे भागते-फिरने में तुम क्या माया के जाल में नहीं उलझ रहे हो?

" 'यह जो हर सम्प्रदाय में चतुश्चन्द्र, पंचपवित्र और पंचमकार की साधना घर किए जा रही है, यह हमारे समूचे समाज को निर्वीर्य और आलसी बना देगी। योगियो, जिस समय गृहस्थ भीत और शंकित है, वेतनभोगी सैनिक हतबुद्धि और कर्तव्य-भ्रष्ट हो गए हैं, साधु तरलकर्म और धर्महीन बन चुके हैं, उस समय मैं उन लोगों का आह्वान करता हूँ, जो विश्वास करते हैं कि नरदेह दुर्लभ वस्तु है, परम तत्त्व इससे बाहर नहीं है और हठपूर्वक उसे अनायास पाया जा सकता है। सम्प्रदाय का मैं विचार नहीं करता। जो लोग इस महासत्य में विश्वास रखते हों, उन्हें मैं गुरु के दिए हुए इस पवित्र त्रिशूल के नाम पर पुकारता हूँ। मित्रो, देव-मन्दिरों और विहारों के लिए प्राण देने का उपयुक्त अवसर आ गया है, अनाथों और वृद्धों की रक्षा का भार उठाने का सुन्दर समय अनायास मिल गया है, शिशुओं और विधवाओं के हृदय में आश्वासन की रेखा जगा देने का पुण्यपर्व सौभाग्य से मिल गया है।

" 'तुम्हारा स्वर्ग तुम्हारे साथ है। शिव और शक्ति का सम्मिलन-क्षेत्र तुम्हारे शरीर की प्रत्येक गाँठ में है। वज्रोली साधन के मार्ग में जो लोग बहक गए हैं, उन्हें मैं लौटने का परामर्श देता हूँ। यह शरीर ही काम, विषहर और निरंजन का निवास-स्थान है।[17] जो लोग काम-साधना के लिए बाह्य उपकरणों का आश्रय लेते हैं, वे उतनी ही गलती करते हैं, जितनी निरंजन-साधना के लिए बाह्य तत्त्वों का आश्रय करनेवाले करते हैं। इतना स्मरण रखें कि आपकी साधना अकेले की

साधना हो ही नहीं सकती। समस्त जगत् के सुख-दुःख और हास्य-रोदन आपको प्रभावित करेंगे ही। इसलिए आप जलते हुए शस्य-क्षेत्रों की उपेक्षा नहीं कर सकते, टूटते हुए मन्दिरों से आँख नहीं मूँद सकते, ललकते हुई शिशुओं और घिघियाते हुए वृद्धों की ओर से कान नहीं बन्द कर सकते। आप संगठित होकर ही संगठित अत्याचार का विरोध कर सकते हैं। यह सुन्दरी-साधना, यह महाचीनाचार, यह चक्रपूजा, यह महाविद्या-सिद्धि आपको नहीं बचा सकती। ये सारे आचार आपके धर्म को नहीं बचा सकते, आपके शरीर को नहीं बचा सकते। शरीर ही नष्ट हो गया तो आपका इहलोक और परलोक दोनों नष्ट हो गए। इसीलिए स्वर्ग के वाहको, उठो, संगठित होकर अत्याचार का सामना करो।'

"चन्द्रलेखा को ऐसा जान पड़ा कि ओदन्तपुरी में किसी ने आग लगा दी है। धुआँ और दाहक गन्ध इस देवायतन तक अनायास पहुँच रहे थे। वह एक विचित्र कोलाहल था। उसमें हाय-हाय की पुकार भी थी, विजयोल्लास की ध्वनि भी थी और जलते हुए घरों की चटचटाहट भी थी। अभी तक भूतों का जो विकट कोलाहल चन्द्रलेखा सुन रही थी, वह इसी श्रेणी का था, पर वह इतने हृदय-द्रावक उपादानों से भरा हुआ नहीं था। गोरक्षनाथ और भी निकट आए। और भी...और भी। अन्त में वे अमोघवज्र के एकदम पास आकर खड़े हो गए। चन्द्रलेखा सम्भ्रम से, साध्वस से, लाज से और आतंक से ऐसी रुद्ध-चेष्ट बन गई कि वह हिल भी नहीं सकी। गुरु ने उसकी ओर देखा भी नहीं। वह ज्यों-की-त्यों अवश-सी, अवसन्न-सी पड़ी रही।

"गोरक्षनाथ को देखकर अमोघवज्र उठ खड़े हुए। बड़े प्रेम से उन्होंने उनका अभिवादन किया। गोरक्ष के तेजोमंडित बदन पर आनन्द की छटा छिटक रही थी। उन्होंने अमोघवज्र की ओर देखकर बड़ी स्निग्ध हँसी हँसते हुए कहा, 'अब भी तुम इस घपले में पड़े हो अमोघ? हमारी आँखों के सामने गजवनी से साकल तक के समस्त विहार और रत्न-स्तूप विध्वस्त हो गए, सोमेश्वर तीर्थ लुट गया, इसिपत्तन में ईंट-से-ईंट बज गई। नालन्दा और ओदन्तपुरी अब भी जल रही हैं, और तुम्हारी यह जादूगरी की साधना अब भी अव्याहत गति से चल रही है। देखो अमोघ, मैंने अपनी आँखों इस महानाश का दृश्य देखा है। सुनोगे?

"अमोघ की आँखों में आँसू छलक आए। बोले, 'भाई, एक समय के तुम मेरे गुरु-भाई हो; किन्तु मैं जहाँ था, उससे अणु-मात्र आगे नहीं बढ़ा और गुरु की कृपा से तुम साक्षात् महाभैरव के रूप बन गए। मैं तुम्हारी सब बात सुनूँगा। परन्तु मुझे इतनी स्वाधीनता दो कि तुम्हें मनोनुकूल सम्मान दे सकूँ। मेरा मन बार-बार तुम्हारा चरण-स्पर्श करने को आतुर हो रहा है। मुझे यह अधिकार पाने दो।'

"गुरु ने अमोघ को गले से लगा लिया और बोले, 'छिः अमोघ, ऐसा भी

कहते हैं! तुम मेरे वही प्यारे गुरु-भाई हो। परन्तु तुम जिस विचित्र साधना-जाल में फँस गए हो, उसका रहस्य मुझे प्राप्त हो गया है। मैं तुम्हें इसमें भटकने नहीं दूँगा, इससे तुम्हारा ही नहीं, समूचे आर्यावर्त्त का अकल्याण है। सुनो।

" 'जालन्धर पीठ के वज्रेश्वरी-विहार के अद्‌भुत सिद्ध फेरुकवज्र का स्मरण है न तुम्हें? सचमुच ही उसके चरणों पर सिद्धियाँ लोटती थीं। उसकी दृष्टि इतनी सधी हुई थी कि मोहन, उच्चाटन या वशीकरण तो उसके लिए बात-की-बात थी। मेरा शिष्य धोरंग बड़ा कठिन-चेता है। वह भी उसके सम्मोहन को नहीं काट सका था। मैंने उसके अनेक चमत्कार देखे हैं। वह पेड़ की टहनी पर बैठकर त्रैलोक्य घूम आ सकता था, भृंगार की टोंटी से अनायास निकल जा सकता था, भूतों, प्रेतों और यक्षिणियों को बटोर सकता था, आग पर दौड़ सकता था, तलवार पर सो सकता था। लोक पर उसका घोर प्रभाव था। गुरु की कृपा से मैं सिद्धियों को देखकर कभी अभिभूत नहीं हुआ, पर उसने मेरे ऊपर भी अपने अस्त्र का प्रयोग करना चाहा था। मैं उसकी अद्‌भुत शक्ति का क़ायल था। लेकिन जानते हो अमोघ, जिस दिन वज्रेश्वरी विहार पर एक सहस्र विदेशी सैनिकों ने 'दीन-दीन' कहकर हमला किया, उस दिन फेरुक की विद्या न जाने कहाँ लुप्त हो गई। वशीकरण और मोहन की दुरन्तकला एक सहस्र चित्तों के मिलित जयोन्माद को रत्ती-भर भी इधर-उधर नहीं मोड़ सकी।' "

## [ 13 ]

यहाँ फिर मुझे झटका लगा। यह सब क्या है? क्या रानी के मस्तिष्क का सन्तुलन नष्ट हो गया है? सचमुच ही क्या वे सिद्धयोगिनी हो गई है? हाय, क्या पिंजड़ा और चिड़िया दोनों से वंचित होने जा रहा हूँ? मुझे रानी की एक-एक चेष्टा प्रत्यक्ष दीखने लगी। उनका आनन्दोल्लसित मुखमंडल, तरंग-कुटिल अलकराजि, स्मयमान अधरप्रान्त, काली-काली मसृण भ्रू-लताएँ, आकर्ण प्रसारित नयन-कोरक, पवित्र-स्निग्ध दृग्विलास, अमृत-स्रावी वाणी—हाय, मैंने रानी को असत्य प्रयत्न से विरत क्यों नहीं किया! क्या वे मेरी मानसिक दुर्बलता के कारण ही पथभ्रष्ट नहीं हुईं! यह कैसी दुर्बलता है! क्या मैं सचमुच विश्वास करता हूँ कि नारी की सार्थकता इस प्रकार की विकट साधना में सिद्धि प्राप्त करने में है? सचमुच ही क्या वह गँवार पति मुझसे अधिक नारी की सार्थकता को नहीं समझता जो अपनी धर्म-पत्नी को बलात् अपमार्ग में जाने से रोकता है? मैंने अपने को ही वंचित किया है और रानी को भी।

रानी ने जब कहा था कि मुझे सर्वत्र स्वाधीनता देनी होगी तो उसी समय मैंने क्यों नहीं समझा कि स्वाधीनता और अनाधीनता में अन्तर है? रानी साधना के लिए प्रस्थान करते समय स्वाधीन नहीं थीं। वे नेय की भाँति, अवनमित की भाँति, अमर्यादित की भाँति आचरण कर रही थीं। इससे विषम पराधीनता और क्या हो सकती है? मैंने उन्हें स्वाधीनभाव से नहीं, पराधीन भाव से जाने की अनुमति दी थी। हाय, इसका कोई प्रायश्चित भी अब रह गया है या नहीं! अनजान में ही मैंने दीर्घ निःश्वास लिया। मेरी शिराएँ सनसना उठीं। रानी को बचाना होगा, अवश्य बचाना होगा। हाय रानी, तुम कहाँ हो? अपने ऊपर जो संज्ञाहीनता मैंने इतनी देर से आरोपित कर रखी थी, वह एकाएक समाप्त हो गई। मैं कुछ ऐसे संवेगों से अभिभूत हो गया जिनका स्वरूप मुझे आज भी स्पष्ट नहीं हो पाया है। मैं एकाएक उठकर बैठ गया। अचानक असामान्य रूप से मेरे मुँह से निकल गया, "हाय रानी!"

मेरे अचानक उठने से मैनसिंह घबरा गया। वह नीची आँखों को मेरे पैरों पर गड़ाकर तन्मय भाव से तलवे सहला रहा था। मेरे अप्रत्याशित उत्थान से वह बिलकुल डर गया और पैरों को जोर से पकड़कर रो पड़ा। चकित मृगशावक के समान उसकी बड़ी-बड़ी आँखों से अविरल अश्रुधारा फूट पड़ी।

रुँधे गले से उसने कातर भाव से कहा, "रानी से मैं आपको मिलाऊँगा महाराज, घबराइए नहीं।"

मैं अपने आवेश में स्वयं लज्जित हो रहा। बघेला ने कसकर मेरा सिर हथेलियों में दबाया। रो वह भी रहा था। केवल घिग्घी बँधी आवाज से इतना ही कह सका, "धीरज धरो महाराज! मैनसिंह चतुर है। वह रानी का पता जानता है।"

मुझे अपने को सँभालने में थोड़ा समय लगा। बाहर विद्याधर मन्त्री ने भी मेरी आवाज सुनी। बोले, "चलो बोधा, महाराज की संज्ञा लौट आई है।"

विद्याधर भट्ट के सामने मैं क्या मुँह दिखाऊँगा! वे फिर एक बार राजाओं की दुर्बलता से समूचे देश के महानाश की चिन्ता से क्या व्याकुल नहीं हो जाएँगे! उन्होंने मुझसे क्या-क्या आशाएँ लगा रखी होंगी! हाय, अपने स्वप्नों को इतनी आसानी से टूटते देख दुर्बल वृद्ध को कितना आघात लगेगा! मैंने सावधानी से अपने वस्त्र इत्यादि ठीक किए और इस प्रकार बैठ गया जैसे कुछ हुआ ही न हो। वृद्ध मन्त्री के आने पर मैंने स्वस्थ भाव से प्रत्युत्थान और अभिवादन किया। परन्तु इस बीच मैनसिंह कब किस ओर अन्तर्धान हो गया, यह मैंने देखा ही नहीं। बाद में बघेला बता रहा था कि वह पटवास के नीचे से सटाक से निकल गया था और बघेला चुप रहे ऐसा इंगित से कह गया था।

वृद्ध मन्त्री के आसन ग्रहण करने पर मैं भी बैठ गया; यथासम्भव अपने को स्वस्थ दिखाने का प्रयत्न करता रहा। हृदय में जो दुश्चिन्ता थी और संज्ञाहीन होने की लज्जा थी, उसे संकल्प-बल से दबाने में मुझे अवश्य सफलता मिली थी क्योंकि वृद्ध मन्त्री ने सिर से पैर तक तीव्र दृष्टि से देखकर सन्तोष ही व्यक्त किया। थोड़ी देर मौन रहकर बोले, "कुछ चिन्तित तो नहीं हो बेटा!"

उन्होंने स्नेह का सम्बोधन किया। स्पष्ट ही वे मेरे हृदय के घाव पर शीतल उपलेपन देने का प्रयत्न कर रहे थे। मैं परास्त हो गया। पिता के समान स्नेह-परायण वृद्ध से कुछ छिपाना अपराध-सा लगा। थोड़ा व्रीड़ा-विमिश्रित भाव मेरे स्वर में आ गया। मैंने कहा, "हाँ आर्य, इस लेख से मैं विचलित अवश्य हो गया हूँ। पर आप चिन्ता न करें, अब मैं पूर्ण स्वस्थ हूँ।"

वृद्ध मन्त्री आवश्स्त-से लगे। बोले, "किन्तु यह लेख मैनसिंह को मिला कहाँ! मैं उससे मिलना चाहता हूँ।" फिर बघेला की ओर मुँह करके बोले, "तुम उसे खोजकर मेरे पास ले आना बेटा!" बघेला काठ की तरह चुप खड़ा रहा। पर विद्याधर को उसकी ओर देखने का अवकाश नहीं था। वे अपने-आपमें ही खोए हुए थे। नीचे मुख किए हुए बोले, "जान पड़ता है, इस वृद्धावस्था में भगवान मुझे ग्रहों से ही लड़वाकर सन्तुष्ट नहीं हुए हैं। वे चाहते हैं कि मैं मन्त्र-तन्त्र, भूत-वेताल, डाकिनी-शाकिनी, ऋद्धि-सिद्धि सबसे उलझूँ। जैसी उनकी इच्छा! बेटा, मुझे सिद्धियों की सेना से भी जूझना पड़ेगा।" बोधा की ओर देखकर बोले, "ठीक है न बोधा?"

बोधा के वली-कुंचित ललाट के नीचे दो चिपटी आँखें शून्य में उलझी हुई थीं। उनमें न कोई भाव था, न राग था, न विराग था, न आवेश था, न चिन्ता थी—शून्य से उलझी हुई वह दृष्टि भी शून्य ही थी। वे देर तक सिर हिलाते हुए केवल 'हुँ' कहकर रह गए। थोड़ी देर के मौन के बाद विद्याधर ने बघेला को फिस-फिस करके कुछ उपचार बताए और उठ पड़े। चलते समय कहते गए, "मैनसिंह को ले आना।"

वृद्ध के चले जाने के बाद मैं कुछ आश्वस्त हुआ, उनकी बातों का अर्थ समझने का प्रयत्न करने लगा। बघेला हाथ जोड़कर बोला, "अन्नदाता, मैनसिंह मन्त्री के पास नहीं जाना चाहता। आपकी आज्ञा हो तो वह अकेले आपको रानी से मिलाना चाहता है। मगर अपराध मार्जित हो, मैं आपका साथ नहीं छोड़ूँगा। नेटुआ का यह लौंडा बड़ा चालाक है। मैं उस पर सारा उत्तरदायित्व नहीं छोड़ सकता।"

इसी समय न जाने कहाँ से मैनसिंह आ टपका। नाटक में जिसे अपटीक्षेप प्रवेश कहते हैं, बहुत कुछ उसी तरह। उसने बघेला की बातें सुन ली थीं। आते

ही उसने आँखें तरेरकर बघेला की ओर देखा। बोला कुछ नहीं। मैंने पहली बार मैनसिंह की बड़ी-बड़ी काली आँखें स्पष्ट देखीं। उनकी शोभा देखने ही योग्य थी। कान तक फैली हुई कोमल-मसृण भ्रू-लताओं के नीचे किंचित् अरुणायित नयन-कोरकों में एक अद्भुत लावण्यधारा लहरा रही थी। उसने एक ही साथ बरौनियों की कुटिल अनीकिनी बघेला पर दौड़ा दी। बघेला हतप्रभ हो गया। उसके मुँह से आवाज नहीं निकली। वह सचमुच भभरा गया। उस दृष्टि में एक विचित्र तिरस्कार की चोट थी।

बघेला की अवस्था देखकर मुझे दया आ गई। मैंने प्यार-भरे स्वर में कहा, "मैनसिंह, बघेला पर क्रोध न करो। उसका कुछ विश्वास हो गया है कि विधाता ने मेरी रक्षा का भार उसी को सौंप दिया है। तुम क्या सचमुच जानते हो कि रानी कहाँ है? मुझे ले चलोगे? बघेला भी चले तो क्या हानि है?"

मैनसिंह ने गर्दन नीची कर ली। मेरी सब बातें सिर झुकाए स्वीकार कर लीं। बोला कुछ नहीं। गूँगा है क्या? लेकिन बोल तो रहा था। मैंने फिर दुलार-भरे स्वर में कहा, "देख भाई मैनसिंह, तू मेरा पूर्वजन्म का कोई हितू-मित्र लगता है। तूने मेरी इतनी भलाई की है कि मैं जन्म-जन्मान्तर तक उससे ऋण-मुक्त नहीं हो सकता। सच बता भाई, रानी को तूने कहाँ देखा है? तूने जो यह लेख मुझे दिया है, उसे पढ़कर मेरा मन कराह उठा है। तू नहीं जानता कि मेरे मन में क्या बीत रही है। रानी के पास मुझे कब ले चलेगा भाई?"

मैंने दुलरावने स्वर में उसे बार-बार 'भाई' कहा। मैनसिंह मुँह से कुछ बोला नहीं, लेकिन उसके रोम-रोम से कृतार्थता का भाव बरस रहा था। एक बार उसने फिर ग्रीवा उठाई। उसकी आँखों से अश्रुधारा झर रही थी। मैंने प्यार से उसकी पीठ थपथपाई। वह संकोच और साध्वस में गड़-सा गया। बहुत साहस बटोरकर अत्यन्त मृदु भाव से उसने कहा, "अभी चल सकते हैं।"

मुझे और क्या चाहिए था, तुरन्त खड़ा हो गया।

"कहाँ चलना होगा?"

मैनसिंह ने आधा बोलकर, आधा इंगित से जो कुछ कहा उसका अर्थ यह था कि यहाँ से दस कोस की दूरी पर नाना गोसाईं के मठ में चलना है। मुझे आश्चर्य हुआ। पूछा, "नाना गोसाईं जानते हैं कि रानी उनके मठ में हैं?"

मैनसिंह ने कुछ इस प्रकार हाथ घुमाया जिसका तात्पर्य था कि उसे कुछ पता नहीं। फिर उसने फिस-फिस करके कहा, "मेरी माँ के साथ हैं।"

मुझे आश्चर्य का एक और धक्का लगा। परन्तु अधिक समय नष्ट करना उचित न समझकर मैं तुरन्त चलने को तैयार हो गया। बघेला भी सज-धजकर अंगरक्षक के रूप में चलने को तैयार हो गया। एक बार उसकी ओर देखकर

मैनसिंह हँस पड़ा। केवल परिहास-सा करता हुआ जनान्तिक में बोला, "गँवार कहीं का, बड़ा वीर बने है!"

बघेला को क्रोध आया। गुर्राकर बोला, "जा, जा, नेटुआ का लौंडा तलवार लिये फिरे है!"

लेकिन जब अलहना बघेला सज-धजकर निकला तो वह सचमुच अलबेला लगता था। गोंद से उसने मूँछें इस प्रकार सजाई थीं मानो उनसे त्रिशूल का काम लेनेवाला हो। गुलाबी कल्लेदार पगड़ी की आनबान कुछ ऐसी थी कि लगता था, उसने गुलाबी पहाड़ ही ओढ़ लिया है। कसे लँगोट के ऊपर जाँघिया और उसके ऊपर लटकती हुई कोशबद्ध तलवार ऐसी लग रही थी कि जैसे बबूल के पेड़ में विषधर नाग लटक रहा हो। भाला उसका उसके आकार से कम-से-कम ड्योढ़ा था। वह मैनसिंह को दिखा देना चाहता था कि असली राजपूत कैसा होता है।

मगर मैनसिंह भी एक ही था। जब बघेला सज-धजकर अकुतोभय मुद्रा में खड़ा हुआ तो उसने पीछे से चुटकी ली, "लड़ने चले हो कि दुलहिन ले आने? वानक तो ससुराल जाने की है!"

बघेला कटकर रह गया। उत्तर न सूझा। डपटकर बोला, "चुप रह रे नेटुए, महाराज न होते तो ऐसा घूँसा लगाता कि सारी नेटुआगिरी हवा हो जाती। क्यों रे लौंडे, नहीं जानता जब राजपूत कहीं चलने को हो तो उसे चिढ़ाने का फल बुरा होता है?"

मैनसिंह खिलखिलाकर हँस पड़ा, "जानता हूँ, दुलहिन चपत लगा देती है।"

बघेला अब सचमुच बिगड़ा। झपटकर चाहा कि मैनसिंह को दबोच ले। मगर वह पहले ही सावधान था। सटाक से निकलकर मेरे सामने आ गया। मैंने बघेले को डाँटते हुए कहा, "तू परिहास भी नहीं समझता?"

बघेला क्रोध पी गया। केवल दाँत पीसकर बोला, "पाजी है!"

हम तीनों पैदल ही चले। बघेला और मैनसिंह में एक झड़प इस बात पर भी हो गई कि घोड़े पर चला जाए या नहीं। मैनसिंह पैदल के पक्ष में था, बघेला को इसमें दोष-ही-दोष दिखाई देता था। जब मैंने मैनसिंह का समर्थन किया तो बघेला कुछ ऐसा मुरझाया जैसे जुए में घर-द्वार सब हार गया हो। भाग्य को दोष देकर वह मान गया। मैनसिंह ने दुष्टता-भरी मुस्कान से उसे और भी आघात पहुँचाया।

बेचारा बघेला! उसका दावा था कि कभी उसके पूर्वज इस देश के चक्रवर्ती राजा थे। उसका विश्वास है कि वह दिन दूर नहीं जब बघेलों का गौरव-सूर्य फिर उदित होगा। वह अपनी प्रत्येक गति से प्रत्येक व्यक्ति को बता देना चाहता था कि वह सामान्य जनों से विशिष्ट है; पर विधाता सदा उसके प्रतिकूल रहे हैं।

उसका बाप कभी पृथ्वीराज की सेना में ऊँचे पद पर था। अलहना को माता के गर्भ में ही छोड़कर उसने वीरगति पाई। माता के मुँह से वह अपने पिता के पराक्रम और वंश के गौरव की कथा सुनकर बड़ा हुआ। पर हर लड़ाई में वीरगति पानेवाला बघेला-कुल दरिद्रता की लड़ाई में न जीत ही सका, न वीरगति ही पा सका। माता ने बड़े कष्ट से उसका पालन किया। उसने ही इसे मेरी सेवा में लगाया। मेरे स्वीकार कर लेने पर वह दर्प के साथ बेटे को उपदेश देती गई, "अन्नदाता की सेवा में रत्ती-भर भी चूका तो माँ के दूध को लजाएगा, बघेला-वंश का नाम हँसाएगा।" अलहना माँ के आदेश का पालन करना जानता है। पर कठिनाई यह है कि विधाता इस काम में भी उसके विरुद्ध हैं। उसे बुद्धि नाम की वस्तु मिली ही नहीं है।

ऊबड़-खाबड़ पहाड़ी मार्ग से दिन-भर चलते रहने के बाद सन्ध्या समय हम लोग नाना गोसाईं के मठ के पास पहुँचे। रास्ते में मैंने दो-एक बार मैनसिंह से बातचीत करने की कोशिश की, मगर वह कतरा गया। सामने ताकने का तो उसे साहस ही नहीं हो रहा था। उसकी अवस्था देखकर मैंने उससे बात करने का प्रयत्न ही छोड़ दिया। वह एक लम्बा व्यवधान देकर कभी आगे, कभी पीछे चला करता। मैं बघेले की अटपटी बातों से ही सन्तोष करने लगा। बघेला अपने वंश-गौरव से बाहर बातचीत नहीं कर सकता था। उसके पिता पृथ्वीराज के चाचा कन्ह कनपट्टीवाले की सेना में बड़े पद पर थे। कन्ह चाचा सदा आँखों पर पट्टी बाँधे रहते थे। उनकी प्रतिज्ञा थी कि यदि उनके सामने कोई मूँछों पर हाथ दे तो उसका सिर उतार लेंगे। एक बार सचमुच ही पृथ्वीराज के शरणागत सात राजकुमारों का इसी अपराध पर मुण्डपात कर चुके थे। पृथ्वीराज के दुखी होने पर चाचा कन्ह ने आँखों पर पट्टी बाँध ली थी। न आँखें खुली रहेंगी, न किसी को मूँछों पर ताव देते देखेंगे। अलहना के पिता उनके सेवक थे। पट्टी वही खोलते थे। दो अवसरों पर यह पट्टी खुलती थी—लड़ाई के मैदान में या अन्तःपुर में। लड़ाई के मैदान में मारकाट की छूट ही थी और अन्तःपुर में मूँछों का प्रश्न ही नहीं था।

जब अलहना आत्म-श्लाघा के साथ ऐसा कह रहा था तो चुलबुला मैनसिंह दबी हँसी रोक नहीं सका। बेचारा बघेला कहानी के उसी स्थान को सर्वाधिक वीरता-व्यंजक समझ रहा था। अनायास उसका हाथ अपनी त्रिशूलशूलनी मूँछों पर चला गया था। मैनसिंह को हँसते देखकर कुछ अप्रतिभ हो गया, पर भृकुटि-तर्जन से उत्तर देता हुआ ज़रा गर्वीले स्वर में बोला, "चाचा कन्ह केवल पिताजी को मूँछों पर ताव देने का अधिकार देते थे। ये वे मूँछें हैं, जो चाचा कन्ह के सामने भी नहीं झुकीं।" अड़ियल घोड़े के समान रुककर उसने दोनों हाथों से मूँछों को उमेठना शुरू किया। फिर यह सोचकर कि कहीं वह मेरे सामने अशिष्टता तो नहीं

कर रहा है, विनीत भाव से बोला, "ढिठाई छिमा हो अन्नदाता, बघेला-वंश की सम्पत्ति ये मूँछें ही हैं।"

हँसी मुझे भी आ रही थी। लेकिन मैं जानता था कि ऐसे छोटे-छोटे मिथ्याभिमानों पर प्राण देना राजपूतों ने धर्म मान लिया है। इसकी उपेक्षा करनेवाले अन्नदाता का सिर भी देर तक धड़ पर नहीं रह सकता। मैंने मैनसिंह को डाँटा, "तू बड़ा नटखट है। बघेला-वंश का सम्मान किया जाता है।"

मैनसिंह सहम गया। हाथ जोड़कर उसने अलहना से क्षमा माँगी। अलहना प्रसन्न हुआ। ज़रा उद्धत भाव से बोला, "अभी मूँछें नहीं आईं न रे! जब मूँछ होगी तब इसका मोल समझेगा।"

मैनसिंह का मुँह कुछ लाल हो गया। अलहना को वह चिढ़ाता तो था, मगर प्यार भी करता था। उसमें एक विचित्र भोलापन था।

उत्साहित होकर बघेला और भी बकता गया। कैसे कन्ह चाचा ने मुगलों की अपार सेना को अकेले हराया था, कैसे हाथी के कुम्भ को तलवार ही से दो टूक कर दिया था, कैसे रीछ के आक्रमण के समय पंजे से ही उसके जबड़े को मसल डाला था, कैसे पृथ्वीराज को घोड़े समेत उठाकर नाले के उस पार फेंक दिया था, कैसे बरछे से पेड़ छेद डाला था। सर्वत्र अलहना के पिता ने उनकी सहायता की थी। यदि वे साथ न होते तो चाचा क्या कुछ कर पाते! चाचा कन्ह की पट्टी जब युद्ध के समय खुलती थी तो वे एकाएक इस प्रकार झपटते थे जैसे तीतर पर बाज झपटता है। यह अलहना के पिता का ही पराक्रम था कि उनके मनमाफिक शस्त्र उस समय मिल जाते थे। चाचा तो बमभोलानाथ थे, पट्टी खुलते ही वे टूट पड़ते थे। यदि उस समय उनके हाथ में कोई शस्त्र न दे दे तो वे शत्रु पर थप्पड़ के बल पर ही टूट पड़ते। मगर थे वे भीम के अवतार! बघेला रह-रहकर मैनसिंह की ओर वक्रदृष्टि से देख लेता था। इस दृष्टि का अर्थ स्पष्ट था—तू क्या जाने, नेटुए का लौंडा! मैनसिंह विवश था। वह चुप था, पर उसकी आँखों की भाषा भी स्पष्ट थी—गँवार कहीं का!

जब हम लोग मठ के पास पहुँचे तो धरती पर सन्ध्या उतर आई थी। वनभूमि काली तो पहले से ही थी, अब वह और भी काली हो चली थी। दिन-भर के थके-माँदे मयूर अलस भाव से तरु-शाखाओं की ओर ताक रहे थे। सुवर्ण मृगों का झुंड विस्रब्ध भाव से अपने आवासों की ओर लौटने लगा था, चपल काक-सेना भी थकी हुई जान पड़ती थी और सूर्यदेवता का जरठ रथचक्र बहुत धीरे-धीरे पश्चिम समुद्र की ओर लटकता जा रहा था। क्या प्रकाश के साथ स्फूर्ति का कोई सम्बन्ध है? क्यों चराचर प्रकाश के लुप्त होते ही इस प्रकार श्लथ-मन्थर हो जाता है? हम लोग भी थक गए थे। वीर बघेला यह दिखाना चाहता था कि वह थका

नहीं है। उसने मूँछों को बार-बार बुरी तरह ऐंठकर ऐसा बना लिया था कि लगता था डंक मारने को उद्यत दो बिच्छू उसके मुँह पर रेंग रहे हैं। थकान के चिह्न उसके चेहरे पर दिखाई देते थे, पर वह उन्हें दूर करने का प्रयत्न कर रहा था। कई बार उसने अपने विशालकाय कुन्त को इस कन्धे से उस कन्धे पर रखा।

थक तो मैं भी गया था। पर मुझे रानी से मिलने की आशा ने बल दिया था। ज्यों-त्यों नाना गोसाईं का मठ निकट आता गया त्यों-त्यों मेरे पैरों में तेजी आती गई। मुझे बालक मैनसिंह के थकने की अधिक चिन्ता थी। पर वह तो उड़-सा रहा था। सदा आगे बढ़ जाता था—कोई-न-कोई बहाना बनाकर। मुझसे बचा करता था। कैसा संकोची लड़का है! मैं समझता हूँ कि इस यात्रा में वह कुछ ढीठ अवश्य हो गया। जब-जब मैं कहीं बैठा तब-तब वह आकर पैर दबा गया। वह सदा अलहना से आगे सेवा-कार्य में जुट जाता। मगर भलेमानस ने आँख कभी नहीं मिलाई। इसे क्या कहूँ? लाज, भय या आदर भाव? कदाचित् तीनों का यह अपूर्व मिश्रण था। कैसा अल्हड़ है, परन्तु कितना सारवान्! नाना गोसाईं के मठ तक आते-आते तो उसका उत्साह सौ गुना बढ़ गया। वह फुदकता हुआ चल रहा था।

मैं समझता था हमें मठ के भीतर जाना है। मैं मन-ही-मन नाना गोसाईं से मिलने की योजना भी बना रहा था। परन्तु मठ के पास आकर मैनसिंह ने हाथ जोड़कर कहा, "बस दस पग और रह गया है।" मैंने जब पूछा कि क्या मठ के भीतर नहीं जाना है तो उसने अपराधी की भाँति सिर झुकाकर कहा, "मेरी माताजी के पास चलना है। पास ही रहती हैं।" फिर थोड़ा व्यथित-सा होकर क्षमा-याचना के स्वर में कहा, "ढिठाई छिमा हो, अन्नदाता को बड़ा कष्ट दे रहा हूँ।"

मैंने दुलार से पुचकारा, "क्या कह रहे हो मैनसिंह, तुम्हें अपना परमहितू सखा समझता हूँ। तुम्हारी माताजी के दर्शन से मैं अपने को कृतार्थ समझूँगा। पर यह तो बताओ कि रानी कहाँ हैं?"

झिझक के साथ मैनसिंह ने कहा, "वहीं महाराज!"

मेरी नसों में बिजली दौड़ गई। बोला, "देर न करो, जल्दी करो।"

चारों ओर से ऊँची पहाड़ी से घिरी हुई एक समतल भूमि में मिट्टी के दो-तीन कमरे थे, जो फूस से छाए हुए थे। यही मैनसिंह का घर था। चारों ओर जंगली खदिर का घना बेड़ा था। केवल एक स्थान पर छोटा-सा प्रवेशद्वार था, जिसमें बाँस का एक दृढ़ कपाट था। एक व्यक्ति कठिनाई से उससे भीतर जा सकता था। फाटक के दोनों ओर दो भयंकर झबरैले कुत्ते थे। मैनसिंह ने ज्यों ही किवाड़ खोला, वे भीम-निनाद करते हुए उस पर टूट पड़े। मैनसिंह ने जोर से पुकारा, "बाघा, भलुआ, चुप!" दोनों कुत्तों ने आवाज से मालिक को पहचान

लिया। उनकी आँखों में तब भी अविश्वास का भाव था, पर वे दुम हिलाने लगे। मैनसिंह ने फिर पुचकारा, "बाघा, भलुआ चू चू चू चू!" दोनों कुत्ते अब आगे के पैर उठाकर मालिक की गर्दन पर चढ़ गए—प्यार पाने की आशा में। मैनसिंह ने कहा, "प्रणाम करो, हमारे महाराज हैं।" कुत्तों ने आगे के पैर फैलाकर धरती पर सिर रखकर मुझे प्रणाम किया। मैनसिंह ने फिर कहा, "महाराज के सेवक अलबेले वीर अलहना हैं, प्रणाम करो।" कुत्तों ने फिर उसी प्रकार प्रणाम किया, फिर दोनों अतिथियों को सूँघकर दुम हिलाकर भीतर जाने की अनुमति दी।

भीतर प्रवेश करते ही पावन शान्ति का अनुभव हुआ। घर के बाहर सर्वत्र गोबर से लीपकर तन्दूल-चूर्ण की अभिराम मंडलिकाओं से जगमग कर दिया गया था। आसमान से उदीयमान चन्द्रमा की हलकी आभा रिमझिम-रिमझिम बरसकर शान्त तपोवन को और भी अभिराम बना रही थी। बाहर की ओर एक छोटा-सा घर था, जो प्रायः सब ओर से खुला था। उसमें एक छोटा-सा मिट्टी का दीया जल रहा था। वातायनों से छन-छनकर अगुरु और चन्दन की सुगन्धि बाहर आ रही थी। सामने की ओर मिट्टी की एक छोटी-सी वेदी थी। वहीं आकर हम खड़े हो गए।

मैनसिंह ने साँय-साँय आवाज में कहा, "माँ पूजा पर बैठी हैं। मैं अभी आया।" वातावरण कुछ ऐसा शान्त था कि कुछ बोलने या पूछने का साहस ही नहीं हुआ, मानो अन्तर्यामी देवता ने भीतर से कठोर आदेश दिया—चुप! अलहना चकित भाव से प्रश्न-भरी मुद्रा में खड़ा-का-खड़ा रह गया। उसकी आँखें पूछ रही थीं—'यह क्या नटुआ का घर है?'

मैनसिंह चुपचाप भीतर घुस गया और एक कम्बल लाकर वेदी पर बिछा दिया। मुझसे इंगित से बैठने का अनुरोध करते हुए अपराधी की भाँति कातर भाव में फिसफिसाया, "माँ पूजा कर रही हैं। विराजिए महाराज, अभी आया।" और फिर भीतर घुस गया।

वेदी पर जब मैं बैठ गया तो बघेला की चकित मुद्रा समाप्त हुई। उसे एकाएक कर्तव्य-ज्ञान का दौरा आया। सावधानी से अपने विशालकाय कुन्त को धरती पर खड़ा करके उसने नीचे से ऊपर तक देखा, फलक की परीक्षा की, मूठ को सावधानी से परखा और फिर सन्नद्ध भाव से मेरे पीछे आकर खड़ा हो गया। बाघा और भालू उसकी इस वीर-मुद्रा को सन्देह की दृष्टि से देखते रहे, बोले नहीं, पर मृदु-गुर्राहट से उसे सावधान कर दिया कि आगे मत बढ़ो। फिर सब जगह शान्ति छा गई।

मैंने पूजागृह में दृष्टिपात किया। भीतर मैनसिंह की माता निवात-निष्कंप दीपशिखा की भाँति बैठी हुई ध्यानमग्न थीं। उन्होंने एक महीन पुराना शुभ्र कौशेय

वस्त्र धारण किया था, सामने मिट्टी की वेदी पर उसी प्रकार का शुभ्र कौशेय बिछा हुआ था। एक फूल की थाली में दशमुख आरात्रिक प्रदीप जल रहा था, जिसकी झिलमिलाती ज्योति से, फूलों से सजे हिण्डोले पर राधा-कृष्ण की युगल-मूर्ति उद्‍भासित हो रही थी। मैनसिंह की माता का मुख नहीं दिखाई दे रहा था, पर उनकी पीठ से स्पष्ट था कि वे घुटनों के बल बैठी हैं और मेरुदंड कदली-स्तम्भ के समान एकदम ऋजुसमुत्थान में है। हाथ उनके जुड़े हुए थे, दृष्टि मुँदी हुई। बाहर की मूर्ति ने भाव-जगत् में प्रवेश पाया था। वे शान्त-निस्पन्द चन्दन-प्रतिमा की भाँति अचंचल भाव से ध्यानमग्न थीं।

थोड़ी देर में मैनसिंह ताँबे के भृंगार में पानी लेकर आया। उसके एक हाथ में एक थाली थी। उसने अत्यन्त गरिमा के साथ थाली मेरे पैरों के नीचे रखी। सुकुमार कौशल से पदत्राणों को अलग किया और कृतकृत्य-सा होकर पैर धोया। वह भाव-विह्वल था, जैसे उसे जीवन की चरम-चरितार्थता प्राप्त हो गई हो। पैर धोने में उसने एक घटी का समय लगाया। वह केवल श्रान्ति-प्रक्षालन-मात्र नहीं था, सुधा का प्रलेप भी था, न वह हटना चाहता था, न मैं पैर खींचना चाहता था। सेवा पाने में भी मनुष्य कभी-कभी चरितार्थता अनुभव करता है।

पूजागृह में थोड़ी गतिशीलता दिखाई पड़ी। मैनसिंह की माता ने एक हाथ में आरात्रिक प्रदीप और दूसरे हाथ में घंटा लेकर बड़ी सुकुमार भंगिमा में आरती की। उन्हें तब भी पता नहीं चला था कि बाहर कोई आया है। मैनसिंह ने जल्दी से हाथ खींच लिया, "माँ की पूजा समाप्ति पर है।" फिर उसने अलहना बघेला की ओर दृष्टि फिराई। ज़रा व्यंग्यात्मक हँसी के साथ धीरे-से बोला, "आइए, वीरवर, आपके भी पैर धो दूँ।" बघेला फिर भभराया। आँख तरेरकर बोला, "चुप!" लेकिन मैनसिंह ने बिना कुछ पूछे उसके पैर धो ही दिए। बघेला अजीब उलझन में था। वह न बोल सका, न हिल सका, न नाहीं कर सका। मैनसिंह ने बड़े आदर के साथ, बड़ी नम्रता के साथ उसके पैर धोए। थोड़ा दबा भी दिया।

इसी समय युगल-मूर्ति के चरणों में आरात्रिक प्रदीप रखकर मैनसिंह की माता ने गद्‍गद भाव में स्तोत्र-पाठ किया। कितना शुद्ध उच्चारण था, कितना मधुर कंठ! स्वर नाभि के नीचे से निकल रहा था जहाँ निस्पन्द परावाक् का अचल-प्रतिष्ठ आसन है। एक ही श्लोक उन्होंने कई बार पढ़ा। वह स्तोत्र नहीं था, दीन-पिपासित भक्त आत्मा की आन्तरिक पुकार थी :

*आजातपक्षा इव मातरं खगाः स्तन्यं यथा वत्सतराः क्षुधार्ताः।*
*प्रियं प्रियेव व्युषितं विषण्णा मनोऽरविन्दाक्ष दिदृक्षते त्वाम्॥*

भाव विह्वलता की मूर्ति-सी बनी हुई वे उठीं। उनमें एक अपूर्व मादकता थी। आहा!

साक्षात् भक्ति का ही रूप देख रहा हूँ, विग्रहवती भगवदनुकम्पा का ही दर्शन कर रहा हूँ, भगवान की अनुग्रहेच्छा ही रूप धारण करके उपस्थित है! मैनसिंह धन्य है जो ऐसी महीयसी माता का स्नेह पाता है। किंचित् आगे बढ़कर मैनसिंह ने चरण-स्पर्श किए। माता ने जैसे पहचाना ही नहीं। वे तब भी भावलोक में विचरण कर रही थीं।

मैनसिंह ने धीरे-से कहा, "माँ, महाराज, पधारे हैं।" माता जैसे नींद से अचकचाकर उठ पड़ीं। बोलीं, "कहाँ हैं?" मैनसिंह ने इंगित से दिखा दिया और भाग गया। मैंने आगे बढ़कर चरण छू लिये। वे ऐसी डरीं जैसे साँप पर पैर पड़ गया हो, "क्या कर रहे हो महाराज, मुझे अपराधिनी बना रहे हो?" उन्होंने झुककर प्रणाम किया। मैंने बदले में फिर धरती पर सिर रखकर प्रणाम किया। वे लज्जित-सी होकर बोलीं, "बैठो महाराज, कुछ प्रसाद ग्रहण करो।"

मैंने स्वीकृति दी तो वे प्रसाद लाने चली गईं।

इस बार अलहना ने मेरी ओर प्रश्न-भरी मुद्रा में देखा। मैंने घर में चारों ओर दृष्टि दौड़ाई। अलहना का प्रश्न मेरी आँखों में समा गया–'यह क्या नेटुए का घर है?'

## [ 14 ]

मैं चकित और स्तब्ध भाव से उस विचित्र शोभानिकेतन को देख रहा था। मैनसिंह की माताजी भीतर प्रसाद का आयोजन कर रही थीं। मैंने एक बार फिर से उस वन्य-आवास को ध्यान से देखा। चारों ओर घना अन्धकार था और उसके भीतर शान्ति घनीभूत होकर सिमट गई थी। मुझे सब कुछ रहस्यमय लगने लगा। मैनसिंह का इस समय वहाँ न होना भी मुझे रहस्यमय जान पड़ा। आजीवन सन्देह पर ही लालित राजनीतिक-सेवी चित्त अज्ञात आशंकाओं से सिहर उठा। चारों ओर ठोस सन्नाटा और ततोधिक ठोस अन्धकार मुझे भीतिजनक लगा। इसी समय पूर्व-दिगन्त में चन्द्रता की उदय-गूढ़ रश्मियों का प्रादुर्भाव देखा। ऐसा जान पड़ा कि मेरे भीतर की पाप-आशंकाओं को समझकर प्राची दिग्वधू ने अपने मुख पर पड़े हुए अलक-जाल को समेट लिया। दूर के आकाश में सीमन्त-रेखा के समान मनोहर रश्मि-मार्ग दिखाई पड़ा, फिर धीरे-धीरे प्राची दिग्वधू का स्मयमान सुन्दर मुख स्पष्ट हुआ। वे मानो कह रही थीं—कुटिलता छोड़ो, जहाँ आ गए हो वहाँ सर्वोत्तम पाने का प्रयास करो। शीघ्र ही लाल-लाल चन्द्रमा का बिम्ब मानो उछलकर क्षितिज के ऊपर आ गया। अन्धकार की शक्ति क्षीण हो गई।

मैंने किंचित् आश्वस्त होकर अलहना की ओर देखा। वह भी चकित ही था। परन्तु आश्चर्य की बात यह थी कि मेरे मन में जिस दृष्टि ने क्षण-भर के लिए आशंका उत्पन्न कर दी थी, उसी ने सीधे-सीधे अलहना को आश्वस्त और भाव-गद्‌गद बना दिया था। उसकी डंकमार मूँछें अनायास झुक गई थीं और भाले पर कसी हुई मुट्‌ठी अकारण ढीली पड़ गई थी। ऐसा जान पड़ता था कि वह इसी प्रतीक्षा में था कि मैं उसकी ओर देखूँ और वह कुछ कहे। श्रद्धा के अतिरेक ने उसकी वाणी में चंचलता ला दी थी। धीरे-से गद्‌गद भाव से बोला, "धर्मावतार, नाटी माता साक्षात् भगवती लगती हैं।"

मैंने पूछा, "नाटी माता कौन?"

अलहना ने सहजभाव से उत्तर दिया, "नाटी माता ही तो हैं। मैनसिंह ने मुझे अपनी माता का यही नाम बताया था। यहाँ लोग इन्हें नाटी माता ही तो कहते हैं।"

मुझे यह नया मालूम हुआ। मैनसिंह की माता का नाम 'नाटी माता' है। नाटी माता! विचित्र नाम है! यह नाम कैसे पड़ गया! माताजी नाटी तो नहीं दीखतीं। होगा कोई कारण।

प्रसाद का आयोजन करके नाटी माता मेरे पास आईं। अब चन्द्रमा क्षितिज से काफी ऊपर आ गया था, उसकी धवल ज्योत्स्ना से समस्त वनभूमि जगमगा उठी थी। नाटी माता को इस बार मैंने स्निग्ध ज्योत्स्ना के आलोक में स्पष्ट देखा। उनकी अवस्था पचास के आसपास रही होगी, परन्तु मुखमंडल विकच पुण्डरीक के समान शामक आभा से जगमगा रहा था, कहीं भी कोई शिकन नहीं थी। युवावस्था में वे निस्सन्देह सुन्दरियों की किरीटमणि के समान सम्मान्य रही होंगी। शुभ्र कौशेय वस्त्र से आच्छादित होने पर भी उनके शरीर की आभा झलक रही थी, मानो जल-चादर के भीतर से दीपशिखा जगमगा रही हो, मानो शरत्कालीन निरम्बु मेघ के आवरण के अन्तराल से चन्द्रमा की स्निग्ध मनोरम छटा छिटक रही हो, जैसे कनकसूत्र के जाल से चन्द्रमल्लिका की आभा बिखर रही हो। उनका सारा शरीर छन्दों से बना जान पड़ता था। मानो अनुप्रासों से कसकर, संगीत से ढालकर, यमकों से सँवारकर, उपमानों से निखारकर, तालों से बाँधकर, यतियों से शासित कर इस मनोरम आकर्षक शरीर को स्वयं छन्दोदेवता ने बनाया हो। उनके प्रत्येक पदविक्षेप में ताल चरण चूमते थे, प्रत्येक पादोत्थान में चारियाँ निछावर जाती थीं—जितनी ही गठित उतना ही संयत। इस प्रौढ़ वयस में भी उनका मुखमंडल उत्फुल्ल दीख रहा था। वे आईं और अत्यन्त विनयपूर्वक हाथ जोड़कर मुझसे प्रसाद ग्रहण करने के लिए भीतर चलने का अनुरोध किया। उनके शब्द नाप-तोलकर स्पष्ट उच्चरित हुए थे। प्रत्येक स्वर, प्रत्येक व्यंजन उचित मात्रा में, उचित स्वराघात के

साथ ऐसा सधा हुआ निकल रहा था कि मैं अवाक् भाव से केवल सुनता जा रहा था। क्या शिक्षा ने ही रूप धारण किया है, वाग्देवी ने ही प्रत्यक्ष विग्रह धारण किया है, व्याकरण-विद्या ही अवतरित हुई है?

नाटी माता के अनुरोध पर मैं भीतर गया। अलहना ने इंगित से पूछा कि उसे क्या करना चाहिए? मैंने उसे वहीं रुकने का आदेश दिया। भीतर आकर मैं यथानिर्देश काठ के एक छोटे-से पीढ़े पर बैठ गया। पीढ़ा बहुत मूल्यवान रहा होगा क्योंकि उसमें चन्दन की सुगन्धि थी और बहुत मनोरम मंडनिकाओं से उसे अलंकृत किया गया था। चाँदी की झारी में पानी रखा हुआ था और उसके पास ही चाँदी का एक सुन्दर-सा कच्चोलक था। नाटी माता ने मुझे बिठाकर अश्रुपूर्ण नयनों से युगल मूर्ति की ओर देखा। उस दृष्टि में एक कृतज्ञता का भाव था। उन्होंने मुँह से कुछ नहीं कहा, परन्तु उनका रोम-रोम कृतज्ञता की भाषा बोल रहा था। उन्होंने बड़े गौरव के साथ कुछ फल-मूल का प्रसाद मेरे सामने रखा। एक दूसरी थाली में भी फल-मूल का प्रसाद सजाकर वे अलहना को देने के लिए बाहर गईं। जाते-जाते कहती गईं, ''दरिद्र के गृह में राज-राजेश्वर का आगमन हुआ है प्रभो, तुम्हारे प्रसाद के सिवा और यहाँ रखा ही क्या है?''

मैं चुपचाप तब तक बैठा रहा जब तक वे फिर लौटकर नहीं आईं। अलहना के लिए व्यवस्था करने में उन्हें थोड़ा विलम्ब हुआ। मैंने इस अवसर का लाभ उठाकर जी भरकर युगल-मूर्ति को देखा। दूर से जैसा समझा था, वैसी मूर्ति यह नहीं थी। मैंने त्रिभंगी मूर्ति का अनुमान किया था, पर यह मूर्ति किसी भी साम्प्रदायिक परिपाटी पर बनी हुई नहीं जान पड़ती थी। वस्तुतः इसे मूर्ति कहा ही नहीं जा सकता था। किसी अत्यन्त मुलायम शिलाखंड पर बड़े ही सावधान हाथों ने इसे उत्कीर्ण किया था। मेघ-मेदुर श्रीकृष्ण की गोदी में विद्युद्गौरी किशोरी राधा अस्त-व्यस्त भाव से पड़ी हुई थीं और उसकी पृष्ठभूमि में आसमान भी उसी प्रकार मसृण पहलदार मेघों और विद्युत्शिखा से वलयित उत्कीर्ण था। नीचे की ओर यमुना की कल्लोलवती धारा और उसके तट पर लुढ़का हुआ एक घड़ा अंकित था। मैंने ध्यान से उत्कीर्ण मूर्ति को देखा और समझने का प्रयत्न किया। मूर्ति के तलदेश में उभरे हुए अक्षरों में एक श्लोक भी उत्कीर्ण था। उस श्लोक ने मूर्ति का अर्थ और उद्देश्य स्पष्ट कर दिया। लिखा था :

*गताहं कालिन्दीं गृहसलिलमानेतुमनसा*
*घनोद्घूर्णैर्मेघैर्गगनमभितो मेदुरमभूत।*
*भभृशं धारासारैरपतमसहाया क्षितितले*
*जयत्वङ्के गृह्लन् पटुनटकलः कोपि चपलः॥*[18]

अब सारा भाव स्पष्ट हो गया। असहाय भाव से गिरती हुई मुग्धा किशोरी की आँखें ऐसा बहुत कुछ कह रही थीं। जो श्लोक में नहीं अँट सका। उसमें कातर कृतार्थता का भाव था। श्लोक में जो 'पटु नट-कल' शब्द है वह चित्र के श्रीकृष्ण की मूर्ति में थोड़ी-सी रेखाओं की वक्रता से खिल उठा था। ऐसा जान पड़ता था जैसे अभी-अभी वे कहीं से कूदकर आ गए हैं। उत्तरीय का छोर जो हवा में ऊपर उठ चुका था, नीचे की ओर झुकता हुआ अंकित था और मयूरपिच्छ के मुकुट में भी कुछ उसी फुरती की वक्रता थी। नटनागर श्रीकृष्ण की आँखों में उत्सुकता थी। किशोरी की झुकी आँखों में घुसकर वे पूछ रही थीं—चोट तो नहीं लगी है? परन्तु सबसे अद्‌भुत भाव 'चपलः' पद का था। किशोरी ने केवल चतुर कलाबाज श्रीकृष्ण की फुरती ही नहीं देखी, कोई चपल भाव भी देखा था। श्लोक केवल इंगित करके रह गया था। केवल 'जयतु' पद घोषित कर रहा था कि मुग्धा किशोरी इस चपलता से कृतकृत्य हो गई थी। उत्कीर्ण मूर्ति में श्रीकृष्ण के अधरों पर एक चंचल स्मिति-रेखा के द्वारा सारे चपल भाव को मूर्तिमान कर दिया था। कवि ने शिल्पी को और शिल्पी ने कवि को निखार दिया था। कैसी अपूर्व कला थी!

मैं मुग्ध भाव से इस मनोहर शिल्प-कौशल को देख रहा था। ऐसे आराध्य की आराधिका 'नाटी माता' किस भाव से भजन करती हैं? मुझे कोई सन्देह नहीं रहा कि जल ले आना सांसारिक कार्यों का उपलक्षण-मात्र है। भगवान के प्रति वे प्रीति-स्निग्ध भाव से आकृष्ट हैं। यहाँ सहायता करनेवाला सहायता करके अपने को कृतकृत्य अनुभव कर रहा है और सहायता पानेवाली सहायता पाकर अपने को कृतार्थ अनुभव कर रही है। भगवान का यह मधुर रूप कितना महनीय है! इसमें एकान्त दैन्य भाव भी नहीं है और बिलकुल उसका अभाव भी नहीं है। मैं गद्‌गद भाव से देखता रहा—मुग्ध, चकित, अवाक्। अचानक मेरी दृष्टि कोने में छोटे-छोटे अक्षरों में उभरे नाम की ओर गई। नाम था—'नागर नटी'। यह क्या रूप का नाम है, या रूपकार का? मैं एक बार शिल्प की चारुता भूलकर शिल्पकार की चारुता में उलझ गया। नागर नटी! क्या तात्पर्य हो सकता है भला!

इसी समय नाटी माता पधारीं। मुझे मूर्ति में उलझा देखकर वे एक क्षण के लिए ठिठक गईं। फिर स्फुट मधुर वाणी में बोलीं, "प्रसाद ग्रहण कर लो, महाराज!"

ऐसा जान पड़ा किसी ने रेशम की कोमल, किन्तु सारवती रश्मियों से बाँधकर मेरी दृष्टि को एकाएक खींच लिया है। कुछ झेंपते हुए बोला, "अपराध क्षमा हो माता, बड़ी मनोहर मूर्ति है। मैं इसके बारे में कुछ अधिक जानने का प्रसाद पाना चाहता हूँ।"

नाटी माता ने दुलार के साथ कहा, "सब जान लेना। किन्तु आराध्य का प्रसाद पहले ग्रहण करो, आराधिका का प्रसाद बाद में ग्रहण करने की अभिलाषा

करो।'' ऐसा कहकर वे हँस पड़ीं।

अधिक देर करना उचित नहीं था। मैंने शान्त भाव से प्रसाद ग्रहण किया। अत्यन्त साधारण-से पदार्थों में पवित्रता और गरिमा का अपूर्व और असाधारण रस भरा था। नाटी माता हाथ में ताल-व्यजन लेकर धीरे-धीरे झल रही थीं और निपुण भाव से देख रही थीं कि मैं कितनी तृप्ति से प्रसाद पा रहा हूँ। उनकी दृष्टि तृप्त-परितुष्ट लग रही थी।

कुछ देर तक मौन रहकर वे स्वयं बोलीं, ''मूर्ति के बारे में जानना चाहते हो, महाराज?''

मैंने मौन स्वीकृति दी। उन्होंने बिना भूमिका के उत्तर दिया, ''मूर्ति की कहानी तो मेरी ही कहानी हो जाएगी और वह लम्बी होगी। तुम रानी के बारे में इस समय उत्सुक हो। उनसे तुम्हें मिलाना है, इसलिए फिर कभी सुचित्त भाव से इस चर्चा को उठाऊँगी। संक्षेप में महाराज, इतना समझ लो कि बहुत भटकने के बाद मुझे इनका सन्धान मिला है। मेरे भावों ने ही इस विभाव-पुरुष की कल्पना की है। भाव यदि सत्य हों तो अभाव स्पष्ट हो जाते हैं और सारे अभावों को भरकर यह विभाव-पुरुष अपना रूप परिग्रह करते हैं। ऐसा लगता है कि बहुत भटकने के बाद मेरे मन में इन विभाव-पुरुष ने जैसा रूप परिग्रह किया है वह मेरी चरितार्थता है।''

मैंने बीच में ही टोककर पूछा, ''मूर्ति क्या आपने ही बनाई है, माताजी?''

माताजी ने शान्त भाव से कहा, ''जो चाहते हैं करा लेते हैं। इनका मन रखना बड़ा कठिन है—जिसके लिए मचल गए वह वस्तु मिल ही जानी चाहिए, तत्काल! अपना मन रखाते हैं, दूसरे के पूरे मन पर अधिकार करके। ज़रा भी मन इधर-उधर गया कि पारा चढ़ा। मान तो ऐसा कि नाक का फोड़ा।''

माताजी कुछ भाव-गद्गद अवस्था में पहुँच गई थीं। मैंने बीच ही में टोक दिया। पूछा, ''यह श्लोक, माताजी?''

उन्हें झटका लगा, बोलीं, ''कह तो दिया बेटा, जो चाहते हैं करा लेते हैं। रानी को इन्होंने ही यहाँ बुला लिया, नहीं तो इस निर्धन कुटिया की क्या हिम्मत कि राजराजेश्वरी को आश्रय देने की स्पर्द्धा करे। रानी भी बहुत भटक गई थीं, महाराज! इन्होंने चरणों में आश्रय दे दिया है। तुम भी यदि रानी को पाना चाहते हो तो इनके प्रसाद के रूप में ही ग्रहण करो। एक बार यदि तुम इन्हें प्रसाद के रूप में स्वीकार कर सको तो कोई चिन्ता नहीं रहेगी। हाँ बेटा, ये ही सब कुछ देते हैं, जिसे हम भला समझते हैं उसे भी और जिसे बुरा समझते हैं उसे भी। भला-बुरा, दुःख-सुख तो भटके हुए चित्त का विकल्पमात्र है।''

थोड़ा रुककर बोलीं, ''बहुत बड़े काम का संकल्प तुमने किया है बेटा, उसके

लिए आवश्यक है कि उस महान् संकल्प का आश्रयीभूत चित्त इनके चरणों में चढ़ा दो। गलत न समझना। अनुकरण करने को नहीं कह रही हूँ। भाव तुम्हारा अपना होगा, विभाव-पुरुष भी तदनुसार नया रूप परिग्रह करेगा। ये तो भाव के भूखे हैं—सच्चे भाव के। मामूली फल-मूल भी यदि थोड़ा भी अपवित्र, गन्दा या कुत्सित हो, तो रूठ जाते हैं, चित्त तो बहुत बड़ी वस्तु है। सच्चाई और ईमानदारी से धोकर, शील और मैत्री से सुवासित करके दो तो लेंगे। लेते हैं तो कसके लेते हैं, नहीं लेते तो ताकते तक नहीं।"

मैं माताजी की बात समझने का प्रयत्न कर रहा था, समझ नहीं पा रहा था; पर ऐसा लग रहा था कि अन्तस्तल के अतल गाम्भीर्य से कोई कह रहा है कि यही सत्य है, यही काम्य है, यही सब कुछ है। उन वाक्यों का प्रभाव पवित्र मन्त्र के समान अन्तरतर के सुकुमार तन्तुओं को आन्दोलित कर रहा था।

कुछ देर मौन रहने के बाद मैंने पूछा, "यह 'नागर नटी' क्या है माता?"

वे हँसीं, बोलीं, 'मैं ही तो हूँ। इस नागर नट की नटी हूँ, बेटा! लोग पूछते हैं कि तुम्हारा नाम क्या है? क्या कहूँ? लोक में नाम तो था किन्तु कहने में लज्जा मालूम होती है। भ्रान्त कार्य-परम्परा का स्मारक ही तो है वह नाम। मैंने गुरु की आज्ञा से यही नाम ले लिया है। 'नागर नटी'—संक्षेप में 'नाटी', आदि उनका, अन्त मेरा! इस नाम से जीवन कृतार्थ हो गया जान पड़ता है।"

अब नाम का रहस्य समझ में आया। आदि उनका, अन्त मेरा! समर्पण का क्रम नाम से ही शुरू हुआ है।

थोड़ी देर मौन रहने के बाद माताजी ने कहा, "चलो, रानी से मिला दूँ। अभी पूर्ण स्वस्थ नहीं हैं, अवसर की प्रतीक्षा करनी होगी। चलो, पास ही के घर में हैं। भूलना मत बेटा, भगवान के प्रसाद के रूप में ही उन्हें ग्रहण करना। मैं उन्हें यही सिखा रही हूँ और तुम्हें भी सिखा रही हूँ।"

माताजी उठीं और उनके साथ एक पूरा अनुभाव-मंडल उठ पड़ा। मेरी चकित आँखों ने आराध्य की ओर देखकर प्रश्न किया—अर्थात्?

नाटी माता के पीछे-पीछे मैं इस प्रकार खिंचता चला गया जैसे श्रद्धा के पीछे-पीछे अनायास विश्वास खिंचता है। एक छोटे-से कमरे के सामने वे खड़ी हो गईं और इंगित से मुझे चुपचाप स्थिर रहने को कहकर बहुत सावधानी से कपाट खोला। कपाट वह नाममात्र का ही था। वस्तुतः बाँस के फट्टों में सरकंडों को कसकर एक साधारण-सा किवाड़ बनाया गया था, यद्यपि शालीनता उसमें प्रचुर मात्रा में थी। सरकंडे ऐसे सजाए गए थे, जिससे एक लहरदार छन्द अपने-आप खिल उठा था। बहिर्द्वार की देहली पर एक दीया जल रहा था, जिसमें प्रकाश तो साधारण ही था पर सुन्दरता प्रत्यनपूर्वक जोड़ी गई थी। दरवाजा खुलने पर प्रायः

सारा घर ही आलोकित हो उठा। भीतर भी वैसा ही एक छोटा-सा दीया जल रहा था। एक तृणास्तरण पर शुभ्र चादर बिछी थी। उस पर रानी अर्द्धशायित अवस्था में दिखाई पड़ीं। पास ही एक और किशोरी बैठी हुई उनके लटियाए केशों को सहला रही थी।

रानी उस समय तन्द्रा-जड़िम भाव में थीं। नाटी माता को उन्होंने नहीं देखा। नाटी माता ने चटपट कपाट बन्द कर दिया। मैं बाहर चुपचाप खड़ा रह गया। शीघ्र ही वे फिर बाहर आईं। मुझे इंगित से कहा, "अभी थोड़ा रुकना पड़ेगा।" फिर एक काष्ठासन पर बैठने का आदेश देकर उन्होंने बहुत ही धीरे-से मेरे कान में कहा, "जरा बैठो। मैं अभी आई।"

माताजी के चले जाने पर मैं उदास भाव से काष्ठासन पर बैठ गया। रानी को देखा है, पर मिल नहीं पा रहा हूँ। क्या हो गया है इन्हें? मैं चिन्तित हो उठा। इसी समय एक हल्का-सा झोंका आया और बाहर का दीया फक्-से बुझ गया। मैं अन्धकार में द्वार पर साँस रोककर बैठा रहा। दो पग आगे रानी हैं और मिलना नहीं हो रहा है। कैसी विडम्बना है! नाटी माता का आदेश हम दोनों के बीच दुर्लंध्य पर्वत बना खड़ा है। हाय रानी, तुम्हें क्या पता है कि तुम्हारा सातवाहन बिलकुल दो पग की दूरी पर खड़ा है! रानी नहीं जानतीं। रानी की सेवा में उलझी हुई उनकी सहेली भी नहीं जानती। मैंने सब ओर से अपने-आपको इस प्रकार संयत कर लिया कि उन्हें सन्देह ही न हो कि कोई और भी यहाँ आया हुआ है। थोड़ी देर तक निस्तब्धता रही। फिर भीतर कुछ सुगबुगाहट हुई। मैंने सरकंडों के लम्बे पतले छिद्र से भीतर देखने का प्रयत्न किया। उत्कंठा-व्याकुल चित्त अनौचित्य का हिसाब नहीं करता। मैं चोर की भाँति देखने लगा कि मेरी हृदयेश्वरी की तन्द्रा भंग हुई या नहीं। तन्द्रा भंग हो चुकी थी। रानी ने आँखें खोलीं। किशोरी का मुख स्पष्ट नहीं दिखाई दे रहा था। उसके मुलायम उभरे हुए कपोलों को दरेरा देकर प्रदीप रश्मियाँ बाहर निकलने का प्रयास कर रही थीं। कपोल-देश की इस मनोहर कान्ति ने मेरी कल्पना को उकसाया। मैंने इस किशोरी की पूर्ण मूर्ति की कल्पना कर ली। निस्सन्देह शोभा वहाँ दासी होकर रह रही होगी।

रानी इस प्रकार बैठी थीं जैसे नींद से उठी हों। उनका असंयत मुखमंडल, अनुपस्कृत केशराजि, अलस भ्रू-लताएँ, म्लान अधर-पल्लव मेरे चित्त में विचारों का झंझा उत्पन्न कर रहे थे। मैं कई बार व्याकुल भाव से भीतर धँस पड़ने को उतावला हो उठा, पर अपने को हर बार सँभालने में भी समर्थ हो गया। नाटी माता का आदेश सचमुच दुर्भेद्य पर्वत—जड़ शिलासमुच्चय-सा प्रतीत हुआ। रानी की आँखें पूरी खुली नहीं थीं, शायद दीर्घकाल से अधमुँदी चली आ रही थीं। उनके नीचे एक काली धारा स्पष्ट दिखाई दे रही थी, जैसे चपल खंजन-शावकों को बाँधने के लिए

किसी ने काली लौह-शलाका बिछा दी हो। वे अधमुँदी आँखों से अपनी सहेली को देख रही थीं। निश्चय ही उस बेचारी का मुख उन आँखों का विषय नहीं था। वे इस प्रकार ताक रही थीं जैसे कुछ दीख ही न रहा हो। मेरा हृदय शतखंड हो रहा था। हाय रे दुर्भाग्य!

रानी के मुख से इस बार शब्द निकले, चिर-परिचित मीठे बोल! मिठास ज्यों-की-त्यों थी पर सरसता नहीं थी, जैसे सुखाए हुए द्राक्षाफल हों। बोलीं, "क्यों री मैना, महाराज चन्द्रलेखा को स्मरण भी नहीं करते?"

उत्तर मिला, "एक बार भी नहीं, दीदी! केवल रानी-रानी कहते हैं।"

रानी ने जैसे विवश भाव से दीर्घ निःश्वास लेकर कहा, "हुँ! यही उचित है।"

सहेली ने रानी की लटों की ओर आँख गड़ाए स्निग्ध स्वर में पूछा, "आज का नैवेद्य कहाँ है, दीदी?"

रानी ने आँखें नीची कर लीं। बोलीं, "नहीं हुआ, मैना! आज ही नहीं, कल भी ऐसा ही लगा कि नैवेद्य में कुछ दोष है। जहाँ पहुँचना चाहिए वहाँ स्वीकृत नहीं हो रहा है।"

"सो क्यों, दीदी?"

"चन्द्रलेखा में कुछ मिथ्या धारणा घर कर गई जान पड़ती है। विष्णुप्रिया माता ने कहा था कि यदि ऐसा जान पड़े तो रुक जाना। एक बार माताजी के साथ वहाँ जाना चाहती हूँ, मैना! तू भी चलेगी?"

"माताजी कहें तो चल सकती हूँ। लेकिन विष्णुप्रिया माता ने क्या कहा था, दीदी?"

"अमोघवज्र के साथ जब मैं उनके यहाँ पहुँची तो वे जप करके कुछ ध्यान कर रही थीं। वहीं तो प्रथम बार नटी माता के दर्शन हुए। वे वहीं चुपचाप बैठी थीं। मुझे—चन्द्रलेखा को—उन्होंने पहचान लिया।"

"किसे पहचान लिया दीदी—चन्द्रलेखा को या तुम्हें?"

"मुझे—चन्द्रलेखा को!"

"तुम्हें?"

"मुझे!"

"फिर क्या हुआ, दीदी?"

"फिर अमोघवज्र ने कहा, 'भगवति, सिद्धयोगिनी चन्द्रलेखा शरणागता हैं, इन पर कृपा हो।'

"भगवती विष्णुप्रिया माता ने मेरी ओर देखा। उनकी दृष्टि ही कुछ विचित्र थी। उस दृष्टि में सुधालेप की स्निग्धता थी। भेदक तो वह नहीं थीं। उन्होंने मुझे सिर से पैर तक देखा। देर तक कुछ बोलीं नहीं। थोड़ी देर बाद बोलीं, 'आर्य

अमोघ, रानी को यहीं रहने दो, तुम अपने गन्तव्य को जाओ।'

''अमोघवज्र ने त्रिशूल की नोक को भूमि में टिकाकर अभिवादन किया। बोले, 'अनुगृहीत हूँ भगवति, तुम्हारी शरण में इन्हें छोड़कर निश्चिन्त हुआ।' फिर मेरी ओर देखकर बोले, 'देवि कल्याण हो, साक्षात् आह्लादिनी शक्ति की शरण में हो, यहीं तुम्हारी सिद्धि चरितार्थ होगी। निस्संकोच होकर, कुंठा और दुविधा छोड़कर, भगवती की आज्ञा का पालन करना। मुझे आज्ञा दो।' और चले गए। मेरी आँखों में आँसू आ गए। सिद्ध पुरुषों में ऐसी ममता कम मिलती है।''

''तुम्हारी आँखों में आँसू आ गए, दीदी?''

''हाँ मैना!''

''आश्चर्य है!''

''हाँ मैना, उस दिन तक चन्द्रलेखा की आँखों से आँसू सूख गए थे।''

''चन्द्रलेखा की आँखों से?''

''हाँ रे, मेरी आँखों से!''

''फिर क्या हुआ?''

''भगवती विष्णुप्रिया माता ने मुझे पास बुलाया। बड़े प्यार से उन्होंने मेरे आँसू पोंछे और मेरी आँखों की परीक्षा करने लगीं। उन्होंने नाटी माता से कहा, 'यह देख नाटी, मनोगमा नाड़ियों की स्थिति साफ समझ में आ रही है। बत्तीस लक्षणों को अभिभूत करके यह चिन्मुखी शिरा सूझ गई है। पारद और अभ्रक का प्रभाव है। नागनाथ को क्यों नहीं दीखी यह शिरा? आश्चर्य है! जरा-सी असावधानी से अनर्थ हो गया!' उनकी बात सुनकर नाटी माता भी मेरी आँखों को देखने लगीं, परन्तु ऐसा लगा कि मुझे तो नया मालूम पड़ रहा है और वे समझ नहीं पा रही हैं। फिर भगवती ने मेरी ओर देखकर पूछा कि नागनाथ ने मेरी आँखों की परीक्षा की थी या नहीं। मेरे ना कहने पर वे बोलीं, 'उनमें संकोच आ गया होगा। वे तुम्हारे शरीर का स्पर्श करने में हिचके होंगे। कुंठा आई और वे बेचारे डूबे! यही हुआ करता है।' नाटी माता ने आश्चर्य के साथ पूछा, 'क्या हुआ करता है, भगवति!'

''भगवती विष्णुप्रिया ने दीर्घ निःश्वास लेकर कहा, 'असीम की खोज में लगा चित्त प्रायः सीमा की उपेक्षा कर जाता है। यह सीमा है कि उसे मौका पाते ही दबोच लेती है। नागनाथ भूल ही गए कि बत्तीस लक्षणों से सम्पन्न सती केवल सीमा का विस्फूर्जित विलास है। उसे वे छू नहीं सकते, देख नहीं सकते। क्या ही अच्छा होता कि वे भेद दृढ़ होने के पूर्व ही चन्द्रलेखा की सहायता पा जाते! सीमा भेद को बराबर दृढ़ करती है। चन्द्रलेखा की मनोगमा नाड़ियों में कठिन गाँठें पड़ गई थीं। उन्होंने गुरुरूप में चन्द्रलेखा को वरण करके कुंठा को समाप्त करना

चाहा पर वरण क्या एकतरफा है, नाटी? चन्द्रलेखा की गाँठें निरन्तर दृढ़-से-दृढ़तर होती गईं और नागनाथ निस्सहाय-से होकर सिद्धि-सोपान से लुढ़क गए। यह देखना, नाटी!'

''नाटी माता ने ध्यान से देखा। फिर प्रश्न-भरी मुद्रा में भगवती विष्णुप्रिया की ओर ताकने लगीं।

''उस समय एक विचित्र अनुभव हुआ। सुनेगी मैना? आज सुनाने की इच्छा हो रही है। पता नहीं क्यों?''

इसके बाद रानी अपना अनुभव सुनाने लगीं। अब उनका कंठ सरस हो आया। मैं उनकी चिरपरिचित वाणी का आनन्द लेने लगा। रानी ने सहेली को पास खींच लिया और उसके ललाट के उस भाग को दिखाया जो ठीक नाक के ऊपर और दोनों भ्रुवों के बीच में पड़ता था। बोलीं, ''भगवती विष्णुप्रिया ने मेरे ललाट के इसी स्थान को बाएँ हाथ के अँगूठे से दबाया और दाहिने हाथ की हथेली से ग्रीवा की एक नाड़ी को कसके पकड़ा। नाटी माता से बोलीं, 'देख यह कल्पिका नाड़ी सूज गई है। आँखों में जो लाल डोरे निकल आए हैं वह उसी के विकार से।' थोड़ी देर तक दबाए रहीं। मुझे नींद-सी आने लगी। फिर मैं स्वप्न देखने लगी। स्वप्न क्या, प्रत्यक्ष देख रही थी। मैं बेहोश नहीं थी। विचित्र दृश्य था। ऐसा जान पड़ा जैसे मेरे जीवन की सारी अनुभूतियाँ तेजी से मेरी आँखों के सामने नाच रही हैं और जैसे मैं स्वयं अपने-आपको अनावृत्त रूप में देख रही हूँ। नागनाथ की कठोर तपस्या से द्रवीभूत अपने चित्त को मैंने प्रत्यक्ष देखा। वह ढरककर नागनाथ के हृदय में गिर जाना चाहता था। नागनाथ के हृदय के सब द्वार बन्द थे। फिर मैंने उसी द्रवित चित्त को महाराज के हृदय-गह्वर में गिरते देखा। वहाँ सब रास्ते खुले थे। सारा द्रवित चित्त उसमें समाप्त हो जाता तो भी वह अगाध गिरि-गह्वर जैसा हृदय उफनता नहीं, पर मैंने थोड़ा बचा लिया। मुझे आशा थी कि किसी दिन नागनाथ का हृदय-द्वार खुलेगा और उसमें देने लायक मेरे पास कुछ रहना चाहिए। मेरा हृदय पूरा नहीं दिया जा सकता था। राजा से स्वतन्त्र भाव से रहने की माँग इसी अज्ञात आकांक्षा का वाङ्मय रूप था। मैं लज्जा से गड़-सी गई मैना, मैंने अपना ऐसा घिनौना रूप नहीं समझा था। मैंने चिल्लाकर कहा—त्राहि भगवति, त्राहि!

''भगवती विष्णुप्रिया माता ने अँगूठे का दबाव धीरे-धीरे कम किया। मैं और भी व्याकुल हुई। मुझे ऐसा लगा कि मैंने महाराज को एक ऐसे तूफान से लड़ने को प्रोत्साहित किया जिसका कोई ठोस रूप नहीं था। उन्होंने सहज भाव से मेरी बात मान ली। एकाएक सैकड़ों नरमांस-लोभी भुक्खड़ गिद्धों ने उन पर आक्रमण किया। वे बहादुरी से लड़ते रहे और मैं चुपचाप वहाँ से खिसक गई। दूर से उनकी

आवाज सुनाई पड़ रही थी। वे थके हुए स्वर में कह रहे थे, 'कुछ चिन्ता नहीं देवी, तुम्हारी मनोकामना पूरी होगी। मैं तूफान को रोक दूँगा। घबराना नहीं, तुम्हारा सातवाहन विजयी होकर रहेगा। मैं डरा नहीं हूँ, हारा नहीं हूँ, थका नहीं हूँ।'

"मैना, चन्द्रलेखा का हृदय अवश्य जड़-पाषाण-पिंडों से बना होगा। वह उसी समय फट क्यों नहीं गया? मैंने फिर चिल्लाकर कहा, 'भगवति, त्राहि-त्राहि!' भगवती ने अँगूठा खींच लिया! मैंने अपने को उस दिन सचमुच अनावृत्त नग्न रूप में देखा है, मैना! मैं सिद्धयोगिनी नहीं, महा अधम नारी हूँ। मैंने हीरा पाया और उसे जलती रेती में फेंक दिया!"

रानी की आँखें भर आईं। सहेली ने और पास खिसककर उत्सुक नेत्रों को रानी की आँखों में गड़ा दिया, "फिर क्या हुआ दीदी?"

"फिर? फिर? फिर मैं सिद्धयोगिनी दशा में पहुँचने लगी। मुझे ऐसा लगा कि भगवती विष्णुप्रिया कुछ माया जानती हैं, वे सिद्धयोगिनी को आतंकित करना चाहती हैं। मैंने धीरे-धीरे मन को दृढ़ करना शुरू किया। लेकिन नाटी माता ने भगवती के प्रत्येक वाक्य को उचित गौरव देकर सुना। भगवती बोलीं, 'देखो नाटी, स्त्री-शरीर के बत्तीस लक्षण सहनीय हैं। पर उसके चित्त का तैतीसवाँ लक्षण उसको अभिभूत कर देता है। यह तैतीसवाँ लक्षण है पूर्ण शरणागति, अकुंठ आत्मनिवेदन, अविचल प्रपत्तिनिष्ठा। स्त्री-शरीर तो महामाया का साक्षात् पार्थिव विग्रह है न! पूर्ण शरणागति इसीलिए सीधे नहीं हो पाती। महामाया की सीमा-वपु बराबर बाधा देता रहता है। इसीलिए स्त्री को एक माध्यम खोजना पड़ता है। पातिव्रत धर्म और कुछ नहीं है बेटी, केवल पूर्ण शरणागति का दृढ़ सोपान मात्र है। चन्द्रलेखा की मनोगमा नाड़ी में सूजन आ जाने से यह स्खलित हो गई है। परन्तु महामाया का अनुग्रह विचित्र भाव से प्राप्त होता रहता है। इसे बड़ी सिद्धि मिल चुकी है, केवल यह जान नहीं पाई है। महामाया ने पातिव्रत धर्म के मार्ग की इसकी सबसे बड़ी बाधा को हटा दिया है।'

"चन्द्रलेखा का अहंकार सतेज हो उठा, उसने बलपूर्वक शब्दों को मुखर करते हुए पूछा, 'क्या मतलब भगवति?' भगवती ने उत्तर नहीं दिया। स्नेह से मेरी पीठ सहलाती हुई बोलीं, 'सबका मतलब जाना नहीं जाता देवि, कुछ अपने-आप समझ में आता है, कुछ समझना पड़ता है।' नाटी माता से उन्होंने कहा, 'नाटी, महाराज सातवाहन इस समय कहाँ हैं?' नाटी माता ने कहा, 'चम्बल के ऊबड़-खाबड़ तट-प्रदेश में विकट युद्ध हो रहा है। वे उधर ही कहीं होंगे।' भगवती विष्णुप्रिया माता कुछ सोच में पड़ गईं, बोलीं, 'तब तक नैवेद्य-विरेचन की क्रिया चले तो कैसा हो?' मैं कुछ समझ नहीं सकी। नाटी माता ने समझ लिया। बोलीं, 'जो आज्ञा भगवति!' और फिर प्यार से मेरी ओर देखकर बोलीं, 'देवि, मेरी कुटिया

पवित्र कर सको तो दासी कृतकृत्य होगी।'

"मुझे इस प्रेम-भरी वाणी में सार जान पड़ा। भगवती विष्णुप्रिया की स्नेह-मेदुर आँखें मेरी ओर एकटक निहार रही थीं। वे खोई-खोई सी लग रही थीं। अत्यन्त भीगे स्वर में उन्होंने कहा, 'हे भगवान!' यह हारे हुए की पुकार थी; कम-से-कम चन्द्रलेखा को ऐसा ही लगा। परन्तु नाटी माता ने उसका अर्थ ठीक समझा। बोलीं, 'महाराज का पता लगाने जा रही हूँ, माता! तब तक करणीय बताने की कृपा हो।'

"भगवती विष्णुप्रिया उसी प्रकार देर तक मेरी ओर ताकती रहीं। फिर स्नेह-रुद्ध कंठ को साफ करती हुई बोलीं, 'कुछ अनुचित कह गई हूँ तो क्षमा करना, देवि!' और उनकी आँखें झरने लगीं। चन्द्रलेखा सनाका खा गई। उसका अहंकार इस आँसू की धारा में बह गया। भगवती के चरणों पर वह लोट गई, उसे अपना नग्न अनावृत्त रूप याद आ गया। हाथ जोड़कर बोली, 'दुर्विनीत हो गई हूँ मातः, क्षमा-प्रार्थना के योग्य भी नहीं रह गई हूँ। जो आज्ञा हो, प्रस्तुत हूँ।'

"भगवती ने कहा, 'क्या कर रही हो देवि, भगवान का स्मरण करो। जो मन में आए वह लिखकर भगवत्पादमूल में निश्छल भाव से समर्पित कर दो। यही तुम्हारी साधना की अग्नि-परीक्षा होगी। अहंकार तब होता है देवि, जब मनुष्य अपने को उत्तरदायी मानने लगता है।'

"फिर थोड़ी देर मौन रहकर उन्होंने नाटी माता से कहा, 'महाराज सातवाहन रानी के बिना तूफान से नहीं जूझ पाएँगे। रानी महाराज के बिना अपने-आपको दलित-द्राक्षा के समान निष्पिष्ट करके परम प्रेयान् को नहीं दे सकेंगी। सती की साधना विकट होती है, नाटी! तलवार की धार पर दौड़ना पड़ता है। थोड़ी-सी भी अहमिका उसे गिरा देती है।' कुछ मौन रहकर फिर बोलीं, 'देखो नाटी, रानी को अपने-आपको पूर्ण रूप से निवेदन करने का अवसर दो। यही नैवेद्य विरेचन है। जिस दिन इन्हें लगे कि नैवेद्य में कहीं कोई दोष है उस दिन सम्पूर्ण नैवेद्य महाराज के पास पहुँच जाना चाहिए। उस दिन यदि इनकी इच्छा हो तो मेरे पास ले आ सकती हो। चाहो तो महाराज से मिला सकती हो। इनके चित्त में जो अशेष जगत् को दुःख-मुक्त करने की लालसा है, वह महाराज के माध्यम से परमात्मा ही पूरी कर सकते हैं।' मेरी ओर देखकर बोलीं, 'रानी अहंभाव को छोड़ना पड़ेगा। परम प्रेयान को अहैतुक आत्मसमर्पण—देवता-तुल्य पति की मध्यस्थता में! यही मन्त्र है, यही आचार है!"

एकाएक रानी को झटका लगा, सहेली को पास खींचकर बोलीं, "क्यों री, तू कह रही थी कि न महाराज से मिला करती है, तूने उनकी बहुत सेवा की है। क्या आज भी महाराज से तेरी भेंट हुई थी?"

"हुई थी दीदी?"

"वे थक गए हैं मैना?"

"बिलकुल नहीं दीदी!"

"उन्हें चन्द्रलेखा की आवश्यकता है, मैना?"

"तुम्हारी आवश्यकता है दीदी! मैं चन्द्रलेखा को क्या जानूँ!"

"हाँ री, मेरी ही?"

"सो तो है।"

"महाराज जब लड़ाई पर जाते हैं तो उनको कौन शस्त्र-सज्जित करता है रे?"

"अलहना बघेला!"

"चन्द्रलेखा यह भी नहीं कर सकी?"

"तुम करोगी दीदी!"

रानी फिर मौन हो गईं। कुछ क्षण रुककर बोलीं, "तू क्या करती है मैना? महाराज की सेवा नहीं करती? कुछ करती है, कह रही थी न?"

"कैसे करूँ दीदी?"

"महाराज को मालूम है कि तू मेरी सखी है?"

"उन्हें कैसे मालूम होगा, दीदी?"

"तूने बताया नहीं?"

"मेरे मुँह से तो आवाज ही नहीं निकलती दीदी! जब देखती हूँ कि महाराज दिन-भर के थके-माँदे उदास भाव से बिस्तर पर गिर जाते हैं तो छाती फटने लगती है। जी में आता है कि सब लाज-हया छोड़कर उनके चरणों में लिपट जाऊँ और कह दूँ कि तुम्हारी रानी की मैं सहेली हूँ। मुझे सेवा का अवसर दो, पर बड़ी शर्म मालूम होती है दीदी! मैं अलहना से ईर्ष्या करने लगी हूँ।"

"क्या? ईर्ष्या?"

"हाँ, दीदी, ईर्ष्या।"

"तो तू चन्द्रलेखा से भी ईर्ष्या करने लगी होगी?"

"कहीं चन्द्रलेखा मिले तो अच्छा पाठ पढ़ा दूँ।"

"चन्द्रलेखा से तू बराबर मिलती रहती है री!"

"नहीं तो।"

रानी ने असमंजस का भाव दिखाया। फिर गुनगुनाते हुए दो बार 'ईर्ष्या-ईर्ष्या' कहकर चुप हो गईं। मैना चुप सुनती रही। विवश भाव से रानी ने कहा, 'हुँ!"

मैंने अपनी सारी चेतना-शक्ति को कान के पास खींचकर कपाट से लगा दिया। बातचीत कुछ इस प्रकार चल रही थी :

"रानी को याद करते हैं, चन्द्रलेखा को भूल गए?"

"चन्द्रलेखा को मैं क्या जानूँ दीदी?"

"क्यों री, महाराज अस्वस्थ हो गए तो तूने सचमुच पैर दबाए?"

"सचमुच दीदी!"

"और आज तूने उनके पैर धोए हैं?"

"देर तक दीदी!"

रानी ने एक झटके से चिल्लाकर कहा, "मैना, तू चोर है। तू चन्द्रलेखा का धन चुराने गई थी।"

"बिलकुल नहीं, मैं तो अपनी दीदी का धन उनके पास ले आई हूँ।"

"पास ले आई है?"

"एकदम हाथ में!"

रानी ने व्याकुल भाव से पूछा, "क्या महाराज को यहाँ ले आई है?"

"एकदम!"

"मैना, तू चोर है!"

"हाँ, दीदी!"

"तू मेरा धन नहीं ले सकती।"

"थोड़ा भी नहीं?"

"तू चोर है!"

"और तुम दीदी?"

"चन्द्रलेखा!"

"नहीं, रानी दीदी!"

"रानी अब कहाँ है री?"

"तुम क्या हो दीदी? तुम्हीं तो रानी हो।"

"तो महाराज की सेवा करने का साहस तूने कैसे किया?"

"तुम नहीं करोगी तो कोई करेगा ही।"

रानी एकदम जैसे झटका खाकर भावान्तर में आईं। सहेली को एकदम खींचकर गले लगा लिया। उनकी आँखों से झर-झर अश्रुधारा झरने लगी। बोलीं, "मैना, तू अच्छी लड़की है। चन्द्रलेखा ने महाराज को केवल धोखा ही दिया है। वह उनके किसी काम नहीं आ सकी। हाय बहन, अब क्या महाराज उसे क्षमा कर सकेंगे?"

"क्या कहती हो, दीदी! क्षमा करने की बात कहाँ उठती है! रात-भर अस्वस्थ रहने के बाद जब उन्हें पता चला कि उनकी रानी पास ही कहीं हैं तो दस कोस पैदल चलने को तैयार हो गए।"

"पैदल?"

"हाँ, दीदी, पैदल!"

"अरे अभागिन, तू नहीं जानती कि मैं उन्हें 'सातवाहन' कहती हूँ।' उन्हें पैदल घसीटने का तुझे साहस कैसे हुआ?"

"साहस! तुम्हारे साथ रहकर साहस ही तो सीखती हूँ। तुम्हें उन्हें छोड़कर तप करने का साहस हो गया और मैं तुमसे मिलाने के लिए उन्हें तप कराने का साहस नहीं कर सकती?"

"मैना, तू चोर है।"

"हूँ, दीदी!"

"ले आ मेरे महाराज को! तेरे ऊपर अब विश्वास नहीं है।"

"उनके ऊपर है, दीदी?"

"तू चोर है।"

"हाँ, दीदी!"

"कहाँ हैं महाराज?"

"बुला लाऊँ दीदी?"

रानी फिर रो पड़ीं। भरे हुए स्वर में बोलीं, "क्या मुँह दिखाऊँगी री!"

इस बार सहेली प्यार से रानी के गले लिपट गई। बोली, "उधर देखो, दीदी!"

जिधर दिखाया गया उधर मेरी दृष्टि नहीं जा सकी। पर रानी की आँखें उधर बँधीं सो बँधीं ही रह गईं। उनके नयनाम्बु कपोल-देश पर तेजी से दौड़ने लगे। वे मूक, निस्तब्ध-निश्चेष्ट ताकती रहीं। क्या देख रही हैं?

बातचीत का विषय कुछ विचित्र है। यह सहेली कौन है? मैना! स्पष्ट ही जिस बालक को अब तक मैनसिंह समझता रहा, वह यही है। आश्चर्य है! क्या मैनसिंह यहाँ मैना बनकर बैठा है, या मैना मेरे पास मैनसिंह बनकर गई थी? आज मैनसिंह का लजीला मुँह, सदा छिपते रहने का स्वभाव, दूर-दूर रहने का प्रयत्न—सब साफ समझ में आ गए। नाटी माता का सुपुत्र मैनसिंह नागरनटी की दुलारी कन्या मैना है। मैना मदनावती! क्या रहस्य होगा भला?

इसी समय नाटी माता आईं। मुझे चुपचाप बैठा देख कुछ क्षमायाचना के स्वर में बोलीं, "जरा देर हो गई बेटा, देखूँ अब रानी की क्या अवस्था है!"

रानी तब भी उसी निश्चल मुद्रा में बैठी थीं। वे निस्तब्ध काष्ठ-प्रतिमा की भाँति उनकी गोद में लुढ़क गईं। नाटी माता ने दुलार से उनके सारे शरीर पर हाथ फेरा, फिर धीरे-धीरे गुनगुनाकर गाने लगीं :

*"गताहं कालिन्दीं गृहसलिलमानेतुमनसा*<br>
*घनोद्घूर्णैर्मेघैर्गगनमभितो मेदुरमभूत्।*<br>
*भृशं धारासारैरपतमसहाया क्षितितले*<br>
*जयत्वङ्के गृहलान् पटुनटकलःकोऽपि चपलः॥"*

धीरे-धीरे रानी और मैना ने भी साथ दिया। कलकंठ से निकले हुए श्रद्धा गद्गद संगीत ने वातावरण को भक्तिविद्ध कर दिया। माताजी का गला भरता आया, भरता आया और अन्त में भाव-गद्गद जड़िमा से अभिभूत हो गया। कुछ देर मौन रहने के बाद उन्होंने मन्दस्मित के साथ कहा, "तेरा नटनागर तो आ गया है री! बुला दूँ?"

रानी ने अश्रुपूर्ण नयनों को पूरा खोलकर माताजी की ओर देखा। अश्रु गद्गद कंठ से बोलीं, "बुला दो।"

मैना अचकचाकर उठ गई, जल्दी से बाहर निकली। द्वार पर मुझे देखकर उसकी वैसी ही अवस्था हुई जिसकी कल्पना कभी कालिदास ने की थी—न-ययौ-न-तस्थौ? मैंने स्थिति सँभालने के लिए हँसकर पूछा, "क्यों रे मैनसिंह, तू चोर है?"

क्षण-भर के लिए ऐसा जान पड़ा कि उसकी साँस टँग गई। मैंने हँसकर कहा, "नहीं भाई, तू मेरा परम हितू है। चोर तो मैं हूँ जो छिपकर तुम्हारी बात सुनता रहा।"

दिङ्मूढ़ मैना निश्चेष्ट पत्थर की मूर्ति-सी खड़ी-की-खड़ी रह गई। उसकी आँखें मेरे मुँह की ओर टँगी ही रह गईं और मुख पर लज्जा की लाल रेखाएँ तो जम-सी गईं। स्त्री-वेश में वह मुख बड़ा ही कमनीय—मनोहर दिखाई दे रहा था। कातर अपराध-भाव से तो वह और भी मोहक लग रहा था। मैना की उस कातर, जबदी-सी मुद्रा से मैं शंकित हो उठा। थोड़ा हँसकर आश्वस्त करता हुआ बोला, "हँसी कर रहा था मैना, तू तो मेरे लिए परम हितू मित्र मैनसिंह ही रहेगी न! मैं तेरा ऋण चुका नहीं सकता। मैना, आश्वस्त हो जा। मैं प्रीत हूँ, कृतज्ञ हूँ, कनाउड़ा हूँ।"

मैना की संज्ञा जैसे लौट आई। कमल-कोरक के समान सुकुमार करतलों को जोड़कर वह मेरे पैरों पर गिर पड़ी। जिस मैना ने बालक-वेश में देर तक मेरे पैर दबाए थे और धोए थे, वही स्त्री-वेश में उन्हें छूने का साहस नहीं कर सकी। पैरों से दूर ही उसने सिर धरती पर रख दिया। आश्चर्य यह कि मैं भी उसकी पीठ थपथपाने का साहस नहीं कर सका। असहाय भाव से ताकता रह गया। ऊपरी आवरण कितना व्यवधान पैदा कर देता है! मैं यह सोचने को बाध्य हो गया कि मानसिक भावों की विविधता के मूल में नाम-रूप का आवरण काम कर रहा है। सारी झिझक, कुंठा, बनावट और जड़िमा बाहरी आवरणों से चालित हो रही है। हलके-से आवरण-ज्ञान ने चित्त के अतल गाम्भीर्य को आन्दोलित कर दिया है। क्या कुछ और ज्ञान होने पर रहा-सहा भेदभाव भी जाता रहेगा?'

इसी समय नाटी माता की आवाज सुनाई पड़ी। वे रानी से कह रही थीं,

"रानी बिटिया, आश्वस्त हो जा, शान्त भाव से भगवान का स्मरण कर। तेरा क्या है री? जैसा ये चाहते हैं वैसा कराते हैं। महाराज को बुला रही हूँ। इन्होंने ही तो उन्हें यहाँ तक घसीटा है, बेटा!"

वे उठीं तो मैना को फिर चेतना का दौरा आया। रुँधा कंठ, कातर नयन, ब्रीडारक्त कपोल, एक साथ अर्द्धस्फुट विजड़ित वाणी में पुकार उठे, "अपराध क्षमा हो महाराज, दासी को सेवा से वंचित न होना पड़े।" और वह जल्दी भाग गई।

द्वार खुला। माताजी के आदेश से मैं भीतर गया। वे चुपचाप बाहर चली गईं।

रानी खड़ी होकर प्रतीक्षा कर रही थीं। उन्हें मेरे इतनी जल्दी आ जाने की आशा नहीं थी। मुझे देखकर वे एकाएक घबराई-सी जान पड़ीं। मैं ठिठक गया। रानी की आँखें मेरे मुँह पर टिक गईं। हाय, प्रथम दर्शन में जो आँखें मेरे सारे अस्तित्व को झकझोर सकी थीं, वे आज कैसी हो गई हैं! सफेद शंखवराटिका के समान वे उज्ज्वल होकर भी राग-शून्य थीं, पांडुर अगस्त पुष्प के समान वे बंकिम होकर भी चांचल्यरहित थीं, अनावृत्त शुक्ति-पटल के समान वे चमकदार होकर भी आभाहीन थीं। केशों में बुरी तरह लटें पड़ गई थीं। भ्रू-युगल में असंयत वृद्धि हुई थी, ललाट-देश पर वली-रेखाएँ उमड़ आई थीं, कपोल-प्रान्त पर श्यामल विवर स्पष्ट हो उठे थे, अधरों पर शुष्क आड़ी रेखाएँ निखर आई थीं, पर चेहरे पर आपात मनोहर पांडुर प्रभामंडल भी आलोकित हो रहा था। रानी देर तक मेरी ओर अर्थहीन, भावहीन, उद्‌देश्यहीन दृष्टि से देखती रहीं। वे सिर्फ देखती रहीं, देखती रहीं, देखती रहीं।

मुझसे नहीं रहा गया। मैं अनावश्यक ऊँची आवाज में चिल्ला उठा, "रानी, मेरी प्यारी चन्द्रलेखा!"

रानी की आँखों से अविरल अश्रुधारा झड़ने लगी। उनमें थोड़ा चांचल्य दिखाई दिया। फिर मेरी ओर एकाएक इस प्रकार गिरीं जैसे कोई निराधार मूर्ति गिर रही हो। मेरे गले में उनकी दोनों भुजाएँ आकर लिपट गईं। अश्रुरुद्ध कंठ से वे 'महाराज' कहकर लुढ़क पड़ीं। मैंने सावधानी से उन्हें सँभाला और गोद में लेकर बैठ गया। सामने देखा तो नाटी माता के चपल नटवर इसी प्रकार राधिका को गोद में लिये बैठा हैं। आश्चर्य हुआ।

मुझे नाटी माता की चेतावनी याद आई। रानी को प्रसाद-रूप में ग्रहण करना होगा। जिसे पा रहा हूँ वह जगन्नियन्ता का प्रसाद है—उतना ही पवित्र, उतना ही महनीय, उतना ही काम्य! प्रसाद अर्थात् परम प्रेयान् का प्रसन्नतापूर्वक प्रदत्त भोग! अपना भोग्य अधिकारपूर्वक ग्रहण किया जाता है, भगवान का प्रसाद कृतज्ञता के साथ, परितोष के साथ, निर्लोभ भाव से। सब तो उन्हीं का है। उन्हीं का त्यक्त, अनुग्रहपूर्वक प्रदत्त, अलुब्ध भाव से ग्रहणीय। उपनिषद् में कहा है, 'तेन

त्यक्तेन भुञ्जीथाः, मागृधः कस्य स्विद्धनम्'। उसी का त्याग किया हुआ, भुक्त-प्रतिदत्त प्रसाद ग्रहण करो, लोभ मत करो। किसका क्या पड़ा हुआ है यहाँ! ठीक है अहैतुक अनुग्रहीता, अकारण प्रीतिनिर्झर, दयानिकेतन, तुम्हारे प्रसाद के रूप में ही रानी को पा सका हूँ। तुम्हारा प्रसाद चरितार्थ हो, तुम्हें इस प्रसाद के माध्यम से पा सकूँ, यही कामना है।

रानी के केशों की लटें बुरी तरह उलझी हुई थीं। मैना की निपुण उँगलियाँ देर तक प्रयत्न करके भी उन्हें सुलझा नहीं पाई थीं। मैंने भी प्रयत्न किया। देर तक वे मेरी गोद में मुँह छिपाए सुबकती रहीं। स्पष्ट जान पड़ता था कि उनका मानसिक सन्तुलन ठीक हो गया है। परन्तु मैं सोच नहीं पा रहा था कि क्या कहूँ कि उनके स्वास्थ्य पर प्रतिकूल प्रभाव न पड़े। बहुत देर तक चुप बैठना भी उचित नहीं जान पड़ता था। मैंने उनका मुँह हल्के हाथों से ऊपर उठाया। बहुत धीरे-से बोला, "देवि, चन्द्रलेखे!"

रानी ने जैसे अविश्वासपूर्वक मेरी ओर देखा। कदाचित् मैना की कही बात उन्हें व्यथित कर रही थी, 'महाराज रानी का नाम लेते हैं, चन्द्रलेखा का कभी नहीं!' मैं ठीक नहीं समझ सका कि उनकी आँखों में कौन-सी जिज्ञासा थी? वे मुझसे क्या पूछना चाहती थीं? पर उनकी सारी सत्ता उत्सुक श्रोता की भाँति उन आँखों में सिमटती आ रही थी। उस करुण मुख को आज भी स्मरण करता हूँ तो छाती फटती जान पड़ती है। मैं आँसू नहीं रोक सका। मैंने इतना तो समझ ही लिया था कि रानी अपने को अपने से अलग कर प्रथम पुरुष में देखने की साधना में काफी अग्रसर हो चुकी हैं। इस द्विधा-विभाजित व्यक्तित्व का दबाव ही उनके सन्तुलन के नष्ट होने का हेतु है। इसलिए और कुछ न कहकर मैंने सम्बोधन के माध्यम से ही विभाजित व्यक्तित्व को जोड़ने का प्रयत्न किया। मैंने स्नेहपूर्ण शब्दों में कहा, "रानी चन्द्रलेखे! प्रिये!"

रानी अब और फफककर रो पड़ीं। उन्होंने अपनी मृणाल-कोमल भुजाओं से कसकर मेरा गला पकड़ लिया।

## [ 15 ]

थोड़ी देर तक रानी उसी प्रकार निश्चेष्ट पड़ी रहीं। ऐसा तो नहीं लगता था कि वे बेहोश हैं, क्योंकि उनके मन के भीतर एक प्रकार का आलोड़न चल रहा था जिसके अनुभव-चिह्न कपोल, चिबुक, अधरोष्ठ और नयन-कोरकों में स्पन्दित हो रहे थे। वे एक प्रकार के स्वप्नावेश में थीं। बाहर नाटी माता और मैना धीरे-धीरे

बात कर रही थीं, जो उस कोठरी में स्पष्ट सुनाई दे रही थी। बातचीत कुछ इस प्रकार चल रही थी। मैना ने कहा, "आज दीदी बहुत रोई हैं। जब से आई हैं तब से उनकी आँखों में आँसू नहीं दीखे और अधरों पर हँसी की रेखा नहीं दीखी। आज आँसू तो बहुत गिरे हैं। क्या होगा माँ?"

नाटी माता ने उत्तर दिया, "शुभ लक्षण है मैना! भगवती ने कहा था कि आँसू न आना अशुभ है, आना कल्याणकारक है।"

"आँसू कल्याणकारक हैं?"

"हाँ बेटा, इसीलिए वृन्दावन को स्वर्ग से श्रेष्ठ माना जाता है। स्वर्गवासियों की आँखों में आँसू नहीं हैं। जहाँ आँसू की गुरुता नहीं है वहाँ पलक नहीं गिरते। स्वर्ग के देवताओं और देवियों के नयन निर्निमेष हैं। उनके पलक कभी गिरते ही नहीं। वे सुख जानते हैं, आनन्द नहीं।"

"और वृन्दावन?"

"वृन्दावन में हास भी है और रुदन भी है, मुस्कान भी है और आँसू भी हैं। वृन्दावन इसीलिए आनन्द-निकेतन है। भगवती विष्णु प्रिया ने कहा था कि जिस दिन रानी के नयनों में अश्रु रेखा दिखाई दे और अधरों पर स्मित-रेखा तरंगित हो, उस दिन समझना कि रानी के अन्तर्जगत् में वृन्दावन अवतरित हो रहा है।"

"विचित्र मत है!"

"तू नहीं समझेगी। यह केवल रानी के लिए सत्य है, सबके लिए नहीं।"

"पहेली है!"

"कुतर्क में मत पड़। बात तेरी समझ में नहीं आएगी। जिस दिन भगवान का अनुग्रह होगा उस दिन समझ सकेगी कि सात्त्विक चित्त में एक-एक अश्रु बिन्दु में आनन्द-सागर हिलोरें लेता रहता है।"

मैना चुप हो गई। बातचीत भी बन्द हो गई। मुझे नाटी माता के उत्तर से सन्तोष हो रहा था, किन्तु मैना के प्रश्न वस्तुतः मेरे प्रश्न जान पड़ते थे। अभी तो यही सन्तोष की बात है कि रानी की आँखों में जो अश्रु-रेखा दीखी है वह कल्याणकारक है, उसने मंगल की सूचना दी है।

कुछ और समय यों ही बीता। धीरे-धीरे रानी की चेतना लौटने के चिह्न दिखाई दिए। कुछ क्षणों तक उनके अधरों में कम्पन, भ्रू-लताओं में स्पन्दन और नासाग्र-भाग में संकोच-विस्फार के चिह्न अधिक स्पष्ट होते रहे। फिर उनकी आँखें खुलीं। उनमें एक प्रकार की विवश निश्चेष्टता थी। वे पथराई आँखों से मेरे मुँह की ओर ताकती रहीं। फिर उनसे एकाएक दरविगलित अश्रुधारा बह चली। मेरा हृदय फटने को आया। मैंने यथाशक्ति मृदभाव से उनके आँसू पोंछ दिए। उन्हें अच्छा ही लगा होगा, किन्तु विवश कातरता का भाव गया नहीं। आँसू की धारा

और तेजी से बहने लगीं। मैं ठीक समझ नहीं पाया कि क्या करना उचित होगा। एक बार जी में आया कि उठाकर कसके रानी को गले लगा लूँ, पर एक विचित्र प्रकार का संकोच बाधक बन गया। बहुत देर तक इस प्रकार चलते रहना भी ठीक नहीं जान पड़ा। बिना सोचे-समझे मैंने उनके कपोल-देश पर बहनेवाली अश्रुधारा को पोंछकर उन्हें उठाकर गले लगा लेने का साहस किया। मेरा ऐसा करना कदाचित् अच्छा नहीं हुआ, क्योंकि रानी एक झटके में मुझसे अलग हो गईं और थोड़ी दूर हटकर सामने बैठ गईं।

उनके चेहरे से स्पष्ट था कि गलती से उन्होंने अब तक अपना सिर मेरी गोद में रहने दिया था। उन्होंने अपने अंग-प्रत्यंग को इस प्रकार समेटा जैसे कोई स्नान करके पवित्र बना व्यक्ति तेल चुपड़कर स्नान के लिए तैयार होनेवाले अभ्यक्त व्यक्ति से बचता है। फिर कुछ अस्वाभाविक रूप से दृप्त कंठ से बोलीं, ''नहीं महाराज, चन्द्रलेखा का यह शरीर शिव के पवित्र तेजपारद से सुसंस्कृत है। इसकी बहत्तर हजार नाड़ियों में महादेव का वह भीषण तेज प्रवाहित हो रहा है। इसके स्पर्श से तुम्हारा अमंगल होगा। हाय महाराज, इस पवित्रीकृत शरीर-पिंड के भीतर कैसा दुर्बल चित्त क्रीड़ा कर रहा है। चन्द्रलेखा को विजय, शाप और वरदान एक ही साथ प्राप्त हुआ है। उसकी अजर-अमर काया के भीतर दुर्बल प्राण और ततोधिक दुर्बल मन निवास कर रहे हैं। विरत हो जाओ महाराज, तुम्हारी रानी असहाय होकर सिद्धयोगिनी के दुर्भेद्य प्राचीर में कैद है। उसे देखो और उस पर दया करो, किन्तु सिद्धयोगिनी के इस शरीर को स्पर्श करके अमंगल को मत बुलाओ।''

रानी के मुख पर तेज का हल्का-सा प्रभामंडल दिखाई दे रहा था जो चित्तविकार के धुएँ से रह-रहकर मलिन हो जाता था। उनका मुख्य वक्तव्य मेरे अमंगल की आशंका ही थी। मेरा मन बुरी तरह व्याकुल हो गया। मैंने विनीत भाव से कहा, ''देवि, मुझसे बड़ा प्रमाद हुआ जो मैंने तुम्हें अरक्षित भाव से रस-साधना के कठोर मार्ग पर जाने दिया। मैं तो तुम्हारी ही आज्ञा का पालन कर रहा हूँ। तुमने कहा था, ''राजन्, सारी प्रजा अज्ञान, अभाव और विश्रृंखलित आत्मचिन्तन से जर्जर है। वह बार-बार आक्रमणकारियों का शिकार बन रही है। युद्ध के घिनौने कुपरिणाम सबसे अधिक प्रजा को ही भोगने पड़ते हैं। जहाँ लाख-लाख निरीह प्रजा अकारण दुर्दशाग्रस्त हो रही हो वहाँ सबसे बड़ा पुण्य संकल्प उसमें आत्मबल का संचार करना ही है।' तुमने स्वयं इस मन्त्र को जन-जन के निकट प्रचारित किया और अपने इस सेवक को इस कार्य के लिए प्रेरित किया। तुम्हारे इस आदेश का पालन करने में ऐसा उलझा कि मुझे अवकाश ही नहीं मिला कि तुम्हारी ओर कुछ अधिक ध्यान दूँ। रह-रहकर मेरे मन में यह लालसा बलवती हो उठती थी कि तुम आकर

देखो कि तुम्हारा सातवाहन मन वचन-कर्म से तुम्हारी इच्छा के अनुसार काम कर रहा है। पर देवि, मैं धोखे में था। मैनसिंह ने तुम्हारे हस्तलेख मुझे पढ़ने को दिए। इस बीच इतना कुछ हो गया और मैं अनजान रहा, यह परिताप मेरे चित्त को मथे डालता है। देवि, मुझे इतनी दूर ले आकर अब तुम अमंगल का भय दिखा रही हो? तुम्हारे सातवाहन को अमंगल तो अब डरा नहीं सकता। स्मरण करो देवि, जिस दिन तुमसे मेरा प्रथम परिचय हुआ उसी दिन से सबने एक स्वर से कहना शुरू किया था कि मैं जोखिम उठा रहा हूँ। तुमने भी कहा था। पर जन्म-जन्मान्तर की चिरसंगिनी, मन्त्रदात्री रानी चन्द्रलेखा को मैं नहीं छोड़ सकता। उसी दिन चन्द्रलेखा के साथ मैंने अमंगल को भी वरा था। चन्द्रलेखा के साथ रहने पर अमंगल हतप्रभ रहता है, बिछुड़ जाने पर प्रचंड हो जाता है। मैंने तो स्वेच्छा से उसे साथ लिया है, देवि!"

रानी के चेहरे पर बेचैनी के लक्षण दीखे। उन्होंने अकारण दाएँ-बाएँ दृष्टि फिराई। उद्वेग का भाव पसीने के रूप में प्रकट हुआ। मैंने बात बदलने के उद्देश्य से फिर कहा, "अगर तुम्हारा मन प्रसन्न हो देवि, तो एक बात पूछने की अनुज्ञा चाहता हूँ।"

रानी ने दीर्घ निःश्वास लिया। कुछ बोलीं नहीं, पर चेष्टाओं से स्पष्ट लगा कि वे प्रश्न सुनना चाहती हैं। अधिक प्रतीक्षा किए बिना मैंने पूछा, "देवि, मैंने तुम्हारे हस्तलेख को पढ़कर एक विचित्र कुतूहल का अनुभव किया है। यदि चित्त प्रसन्न हो तो जानना चाहूँगा कि उसमें कोई रहस्य है या नहीं। मुझे लगा है देवि, कि उसमें कहीं कोई रहस्य है जो अक्षरों के घेरे में नहीं आ सका है।"

रानी के चेहरे पर फिर उद्वेग-चिह्न प्रकट हुए। ऐसा जान पड़ा कि वे मानसिक दृष्टि से भहरा गईं। उन्होंने जो कुछ कहा, उसमें परस्पर विरोध था।

रानी ने कहा, "सत्य क्या है, क्या नहीं है, कौन बताएगा महाराज? मैंने जो कुछ लिखा है उसे मैंने प्रत्यक्ष देखा है। महाभाग अमोधवज्र ने एक दिन मुझसे कहा था, 'देवि, तुम जो प्रत्यक्ष देख रही हो, वह सत्य नहीं भी हो सकता है। जो कुछ घटता दिखाई देता है वह हर समय सत्य ही नहीं होता।' उस दिन मुझे यह बात पहेली-जैसी लगी। प्रत्यक्ष अगर सत्य नहीं है तो सत्य क्या हो सकता है भला! परन्तु महाभाग अमोधवज्र के व्यक्तित्व में एक ऐसा आकर्षण था कि मैं उनकी बात का प्रतिवाद भी नहीं कर सकी। फिर उन्होंने मुझे एक गुहाद्वार पर पहुँचाया और कहा, 'देवि, इसके भीतर जाकर प्रत्यक्ष देखो।' मैंने अनिच्छापूर्वक उनकी आज्ञा मान ली।

"मैंने गुहा के भीतर प्रवेश किया। वस्तुतः वह पर्वत-पृष्ठ पर बना हुआ कोई पुराना पहाड़ी दुर्ग था, जो अब जंगलों से ढक गया था। पुराने दुर्ग के खँडहर को

कापालिक योगियों ने गुहा के रूप में व्यवहृत किया था। अमोघवज्रपाद ने बताया था—साधारण विश्वास यह है कि यह गुहा भरथरीजी की तपोभूमि थी। अब भी कहा जाता है कि वे आधी रात को यहाँ पधारते हैं। उस समय केवल सिद्ध-साधक ही वहाँ उपस्थित रह सकते हैं, दूसरा कोई वहाँ नहीं रह सकता। यदि हठपूर्वक कोई रह जाए तो उसकी मृत्यु निश्चित है। तुम्हें कोई भय नहीं, क्योंकि तुम सिद्धयोगिनी हो। गुहा के भीतर का दृश्य बड़ा ही विचित्र था। नर-कपालों में मनुष्य की चर्बी के दीये जल रहे थे और मध्य भाग के छोटे-से आँगन में कुछ विकट वेशधारी तापस बैठे थे जो समाधिमग्न-से जान पड़ते थे। बीच में नर-कपाल का ही एक कुंड बना हुआ था जो आँगन की कुट्टिम भूमि में मिट्टी से जड़ दिया गया था। इसमें निश्चय ही कुछ हवन किया गया था, जिसकी चिरांयध गन्ध से सारी गुहा बुरी तरह महक उठी थी। महाभाग अमोघवज्रपाद की आज्ञा से मैं एक कोने में चुपचाप खड़ी हो गई। वे स्वयं मेरे पीछे खड़े हुए।''

इतना कहने के बाद रानी ने एक बार दीर्घ निःश्वास लिया और ध्यान से मेरे मुँह की ओर देखा। कदाचित् वे मेरे मन की थाह ले रही थीं। फिर बोलीं, ''कुछ देर यों ही बीता। फिर तापस लोगों में कुछ चांचल्य दिखाई दिया। अब तक किसी ने हम दोनों को नहीं देखा था। फिर एकाएक उनमें से एक उठा और नर-कपाल के प्रदीपों को उकसाया। आँगन में थोड़ा अधिक प्रकाश हुआ। राल, रक्त-चन्दन, तिल और देवदारु काष्ठ के टुकड़ों को चर्बी में मिलाकर हवन किया गया और साधकों ने मिलित कंठ से स्तोत्र-पाठ किया :

*''ओं घोराद् घोरतरादकालविषमात्कालादतद्भविताद्*
*दिव्याद्दिव्यतरात्पुराणविभवाद्विश्वप्रपंचात्मकात्*
*सर्वस्मात् समुदायमात्रवपुषो भिन्नाय सर्वात्मने*
*सर्वं संपरिवृत्यवर्द्धितजुषेऽघोराय तुभ्यं नमः।*

''आँगन में एक अपूर्व आलोक उतरता दीखा। उसका प्रथम आविर्भाव केवल तेज के रूप में हुआ। फिर उसमें मनुष्याकृति की छाया-सी दिखाई पड़ी और अन्त में वह दिव्य ज्योति महायोगी भर्तृहरि के रूप में प्रकट हुई। सभी साधक चुपचाप स्वागत के लिए खड़े हो गए। भर्तृहरि ने तापसों से कहा, 'सिद्धयोगिनी चन्द्रलेखा और महाभाग अमोघवज्रपाद उपस्थित हैं, उन्हें आसन दो।' अब साधकों की दृष्टि हम लोगों की ओर फिरी। उन्होंने उसी मंडल में हमारे लिए भी स्थान कर दिया। वहाँ की गन्ध और भी उत्कट थी। यद्यपि मेरा शरीर पारद की विचित्र शक्ति से जरारोग से मुक्त हो गया था, परन्तु मैंने पहली बार अनुभव किया कि मेरी शिराएँ उतनी बलवती नहीं हैं जितनी मैंने सोच रखी थीं। ऐसा जान पड़ता था कि शिराएँ

फटी जा रही हैं। मैंने योगिराज भर्तृहरि की आज्ञा का पालन किया। कुछ क्षण तक वे समाधि की स्थिति में निस्पन्द दीपशिखा की भाँति विराजमान थे। कुछ समय यों ही बीता।

''फिर वे मेरी ओर घूमकर बोले, 'देवि, तुम प्रत्यक्ष का रहस्य जानना चाहती हो? जो कुछ देख रही हो शुभे, वह वाक्-मात्र है। संसार में जो कुछ दिखाई दे रहा है, वह पदार्थ है, कुछ निश्चित पदों का अर्थ-मात्र है। मनुष्य पदार्थ के जाल में फँसकर वास्तविक सच्चाई को नहीं जान पाता। 'वाक्पदीय' में मैंने वाग्देवी के तीन उपरले रूपों को ही माना था। मैंने कहा था कि वृत्तियाँ तीन ही हैं—पश्यन्ती, मध्यमा और वैखरी, क्योंकि पदार्थ-जगत् इन्हीं से बँधा है। 'वाक्पदीय' पद और पदार्थ का परिचय करानेवाला ग्रन्थ है। उसके लिए इतना ही पर्याप्त था। पर सत्य यह है कि वास्तविक सच्चाई परावाक् का विषय है जो स्पन्दहीन है, अचल है, अकम्पित है। देवि, यह जो परिदृश्यमान, अनुभूयमान, उपकल्प्यमान जगत् है यह भाषा का खेल है। गणित में, ज्योतिष में, चिकित्सा में, तर्कशास्त्र में, मन्त्रशास्त्र में, तन्त्र में जो कुछ दीख रहा है वह माया है। तुम जितना भाषा के द्वारा सोच सकती हो वह सब माया है, इन्द्रजाल है, मृगमरीचिका है। मेरे ऊपर विश्वास करो देवि, तुम जो सिद्धियोगिनी हो, यह केवल भाषा का दाँवपेंच है। सत्य तो इसकी परिधि के बाहर है—सबको छापकर, सबको व्याप्त करके और फिर भी सबसे अलग। जिसे तुम जरा-मृत्यु या रोग समझती हो, अमंगल और अशुभ समझती हो, सब महादेव का घोर रूप है, वह सीमा है। असीम रूप तो अघोर है, घोर से भी परे, अतिघोर से भी परे। तुमने जिस अशुभ व्यापार पर विजय प्राप्त की है वह मिथ्या है, इसलिए तुम्हारी विजय ही मिथ्या है। चाहो देवि, तो इस मिथ्या को प्रत्यक्ष दिखा सकता हूँ।'

''मेरी स्वीकृति की उन्होंने कोई आवश्यकता अनुभव नहीं की। ऐसा जान पड़ा कि कहीं डमरू की गड़गड़ाहट हुई और देखते-देखते मेरी आँखों के सामने भयंकर मारकाट और कोलाहल का दृश्य उपस्थित हो गया। वह बहुत ही भयंकर दृश्य था। उस सारी मारकाट और कोलाहल में मैंने देखा, विद्याधर मन्त्री बुरी तरह उलझे हुए हैं और जनपद के अशिक्षित और निहत्थे ग्रामीण पुरुष जूझ रहे हैं। मेरे देखते-देखते दृश्य बदला और गाँव में रोती हुई निपूती माताएँ, विधवा स्त्रियाँ, अनाथ बच्चे बड़ी ही दयनीय स्थिति में दिखाई दिए। एकाएक विद्याधर मन्त्री फिर दिखाई दिए। वे जनपद के अरक्षित, अनाथ, निरीह प्रजा की रक्षा के लिए ओजभरी वाणी में सैनिकों को उद्बोधित कर रहे थे। सैनिक फिर एक बार सोत्साह लौट पड़े। चम्बल के बीहड़ों में बड़ी ही क्रूरतापूर्ण लड़ाई लड़ी गई। तुर्क सैनिक बुरी तरह घेरकर मारे गए। सैकड़ों पानी बिना कातर चीत्कार करते समाप्त हो गए,

सैकड़ों भूख की ज्वाला से छटपटाकर मर गए। जो बच गए उन्हें खदेड़-खदेड़कर मारा गया। एकाएक दृश्य परिवर्तन हुआ। मैंने अपरिचित तुर्क देश में मरे सैनिकों की विधवाओं को छाती पीट-पीटकर रोते देखा, अनजाने भोले शिशुओं की पथराई आँखों का भयावना दृश्य देखा। फिर महाराज, मैंने तुम्हें भी देखा—घोड़े पर दौड़ते, हाँफते, श्रमसीकरों से स्नात। तुम्हारा चेहरा उदास था, मन मुरझाया हुआ था, तुम मेरी बात सोच रहे थे। आश्चर्य मत करो महाराज, मैंने अपने-आपको भी देखा। मेरी देह शिथिल-क्लान्त होकर गिर गई थी, उसमें चेतना का कोई चिह्न नहीं था। उसे कुचलती हुई, रौंदती हुई सातवाहनी सेना निकल गई। किसी ने आँख उठाकर उस अर्धमृत शवप्राय देह की ओर ताका भी नहीं। तुम सबके पीछे थे—क्लान्त, श्रान्त, कातर। मुझे देखते ही तुम घोड़े से कूद पड़े। तुमने मेरे कुचले हुए मृतप्राय शरीर को उठाया, उसे दुलार से पोंछा-सहलाया और बड़े प्रेम से अपने घोड़े पर बैठाया। अचानक गिद्धों की मांसलुब्धा भीड़ मेरे ऊपर मँडराने लगी। तुमने अपनी तलवार से उन्हें भागने का प्रयास किया। फिर एकाएक किसी ने चिल्लाकर पीछे से कहा, 'छोड़ दो इसे, फेंक दो इस शव को। यह अमंगल का रूप है!' मैं इस विचित्र दृश्य को देखकर काँप उठी। मैंने कसकर तुम्हें पकड़ना चाहा। हाथ उठे नहीं! मैं चिल्ला पड़ी—'त्राहि!'

"महाभाग अमोघवज्र ने प्यार से कहा, 'कोई भय की बात नहीं है, शुभे! ध्यान से देखो, कहीं कुछ भी नहीं है।' मैं सचमुच ठगी गई थी। क्या सब माया का प्रसार था? मैंने आश्चर्य के साथ देखा कि गुहा का कहीं नाम-निशान नहीं था। महाभाग अमोघवज्र हँसते हुए पूछ रहे हैं, 'क्या देखा है देवि?' मैंने उन्हें सब सुना दिया। वे हँसने लगे। बोले, 'सब प्रत्यक्ष दृष्ट तथ्य सत्य नहीं होते, शुभे! इसमें केवल एक बात सत्य है जो तुम्हें प्रत्यक्ष नहीं दीखी है। तुम राजा के लिए व्याकुल हो, तुम अपनी सिद्धियों को बहुत सम्मान नहीं दे रही हो और तुम्हारे भीतर श्रद्धा और विश्वास काम कर रहे हैं।' इतना कहने के बाद उन्होंने यह भी बताया कि ये सारी बातें उनकी रची माया थीं। मैं इसे प्रत्यक्ष इसलिए देख सकी कि मेरे मन में महाभाग अमोघवज्र के प्रति श्रद्धा और विश्वास है। प्रत्यक्ष देखा, पर सत्य नहीं था। क्या कहोगे महाराज? परन्तु मैं ही जानती हूँ कि मैंने कितना सत्य देखा है! इधर मेरे मन में शंका के भाव आ गए हैं। अमोघवज्र कहते थे कि मुझमें विश्वास है, पर मैंने देखा है कि मुझमें विश्वास ही नहीं है।

"मैं ठीक कह नहीं सकती कि मैंने जो कुछ देखा है और जिसे भगवती विष्णुप्रिया की आज्ञा से लेखबद्ध किया है, उसमें कितना रहस्य है, कितना भाषा का खेल है, कितना कल्पित है, कितना तथ्य है। मैं केवल इतना ही कह सकती हूँ कि मैंने वही लिखा है जो मुझे प्रत्यक्ष दीखा है।

"अमोघवज्रपाद की आज्ञा से ही मैं भगवती विष्णुप्रिया के यहाँ गई थी। मुझे यहाँ उनके सम्पर्क में आने से निस्सन्देह शान्ति मिली है। मेरा मन अब भी दो नावों पर सवार है। मैंने जो कुछ प्रत्यक्ष देखा है उसे भूल नहीं पा रही हूँ, किन्तु भगवती विष्णुप्रिया जिधर जाने का आदेश दे रही हैं उस ओर जा भी नहीं पा रही हूँ। महाराज, मेरे चित्त में यह भय बड़ी गहराई में जाके बैठा है कि मेरे सम्पर्क में आने पर तुम्हारा अमंगल होगा। मैं पातिव्रत-धर्म की उपेक्षा से अशुचि हो गई हूँ, मैं सौभाग्य-वंचिता, असती हूँ। तुम मेरा स्पर्श न करो, महाराज! मुझे कहीं शान्ति नहीं मिल रही है। नाटी माता की आज्ञा से मैं इस प्रेमपरायण देवता की परिचर्या में लगी हूँ। व्याकुल चित्त को शान्ति देने का यह अद्‌भुत उपचार है, पर यह भी मेरा अपना नहीं हो पा रहा। सिद्धरस पर मेरा जो विश्वास था वह हिल गया है, पर गया नहीं है; प्रेमरस पाने का जो मेरा प्रयास है वह अधूरा है। वह प्राप्त नहीं हो रहा है। राजन्, तुम्हारी रानी दयनीय है, करुणा की पात्र है, अभाजन को दी जानेवाली समवेदना की अधिकारिणी है।"

इस प्रकार सिद्धयोगिनी के रूप में आरम्भ किया हुआ वक्तव्य परितापकातरा, अनुताप-व्याकुला सती की कातर विवशता में पर्यवसित हुआ। रानी की बातों में आपाततः बहुत-से परस्पर-विरोधी तत्त्व थे। वे केवल यही सिद्ध कर रहे थे कि उनमें सहज भाव नहीं आ पाया है। न नागनाथ उनके मन से गए हैं, न अमोघवज्र, न भगवती विष्णुप्रिया। सब बारी-बारी से उनके चित्त में दुविधा, कुंठा और जड़िमा का संचार कर रहे हैं। वे मुझसे कुछ छिपा नहीं रही हैं, पर छिप अवश्य रही हैं। उनके अन्तरतर में समस्त चेतन और अवचेतन स्तर को भेदकर जो अन्तर्यामी देवता विराजमान है, वह रानी के स्वरूप को ठीक-ठीक जानता है। रानी का मेरे ऊपर विश्वास है, मुझे पाने की लालसा है, अपने-आपको निःशेष भाव से न दे सकने का अनुताप है। इस सहज प्रेम में ही उनका चित्त विश्राम पा सकता है। अन्तर्यामी देवता जानते हैं। मैंने मन-ही-मन उन्हें प्रणाम किया।

रानी के उद्वेग-व्याकुल चेहरे में कहीं-न-कहीं आशा की छाया भी अवश्य थी, क्योंकि जब मैंने विनीत भाव से कहा कि 'देवि, अन्तर्यामी देवता को स्मरण करो, वे ही शान्ति देंगे,' तो उनकी आँखों में आँसू आ गए और मेरी ओर से दृष्टि हटाकर उन्होंने भगवान श्रीकृष्ण की मूर्ति पर गड़ा दी।

रानी की आँखें गीली थीं। मेरी ओर देखे बिना ही बोलीं, "नाटी माता कहती हैं कि तुम्हारे भीतर जो अभाव है वह जब स्पष्ट हो जाएगा तो परमप्रेयान् उस अभाव के विग्रह में ही तुम्हें अनुगृहीत करेंगे। वह विग्रह इस रस-साधना में विभाव बनेगा। अपनी कल्पना से उन्होंने मेरे विभाव-पुरुष की यह सुन्दर मूर्ति बनाई है। मुझे यह सोचते रहने का आदेश मिला है कि मेरे अन्तरतर का अभाव इस मूर्ति

में बनाए गए भगवान के रूप में रूप-परिग्रह करेगा। मैं जब इस मूर्ति पर ध्यान केन्द्रित करने का प्रयत्न करती हूँ तो बार-बार मेरा मन उचट जाता है। यह जो पीतपट देख रहे हो महाराज, वह जाने कैसे तुम्हारे कवच के समान बन जाता है, यह वंशी कोशबद्ध कृपाण का रूप ग्रहण करती है और जाने कितनी बार मुझे ऐसा लगता है कि भगवान श्रीकृष्ण राधा को तेजी से उठाकर घोड़े की पीठ पर बैठा लेना चाहते हैं। मैना कह रही है कि वह मेरे विभाव-पुरुष की ठीक कल्पना कर सकती है। वह बड़ी चपला है। उसने मुझे कभी सिद्धयोगिनी नहीं माना। शुरू-शुरू में मुझे उसकी ढिठाई अच्छी नहीं लगती थी, पर उसने मेरा अभिमान तोड़ दिया है। वह प्यार से मेरे गले लिपट जाती है और बार-बार मुझे बोलने को बाध्य करती है। उसने मुझे बताया कि भगवान मुझे जिस रूप में प्राप्त हो सकते हैं वह क्या है। अब तो वह इतनी ढीठ हो गई है कि घंटों बकबक करके मुझे रुला देती है। वह तुम्हारी सेना में काम करने लगी है, नित्य तुम्हारा ही चरित गाती है। गला पकड़कर कहती है, 'तुम चन्द्रलेखा नहीं हो, तुम मेरी दीदी हो।' देखोगे महाराज, इस लड़की की ढिठाई? नाटी माता से छिपाकर उसने एक चित्र बनाया है। मुझसे कहती थी कि तुम बेकार चक्कर में पड़ी हो। मैं तुम्हारे परम-प्रेयान् भगवान का चित्र बना दूँगी और उसने यह चित्र बनाकर इस मूर्ति के पीछे छिपा दिया।"

रानी ने चित्र निकालकर दिखाया। यह मेरा ही अश्वारोही रूप का चित्र था। रानी को घोड़े पर मेरे सामने बैठाकर कुछ इस प्रकार अंकित किया गया था जिसमें वे अत्यन्त प्रसन्न मुद्रा में दीख रही थीं। चित्र दिखाकर रानी हँसीं तो धवल ज्योत्स्ना की धारा-सी बह गई। मेरे मन में खट् से लगा—रानी के अन्तर-जगत् में वृन्दावन अवतरित हुआ है!

रानी ने मन्दस्मित के साथ मैना की और भी प्रशंसा की। बोलीं, "अब मुझे उससे झगड़ने में रस मिलने लगा है, मुझे उससे ईर्ष्या भी होने लगी है। जाने उसे चन्द्रलेखा नाम से क्यों चिढ़ है! एक विचित्र बात यह हुई है महाराज, कि मैं भी उसे चिढ़ाने में रस लेने लगी हूँ। वह चन्द्रलेखा का नाम नहीं सुनना चाहती, मैं उसे बार-बार सुनाती हूँ।"

कैसा विचित्र है मनुष्य का स्वभाव! मुझे रानी की ये बातें बहुत ही प्रिय लगीं। लगा, मेरा आना कितना अच्छा हुआ!

इसी समय बाहर कुत्तों के भौंकने की आवाज आई। नाटी माता बाहर निकल आईं। पूछा, "कौन है?"

"मैं बोधा हूँ, माताजी!"

"बोधा? इतनी रात को?"

"हाँ माताजी, खोलिए।"

माताजी के आदेश पर कुत्ते चुप हो गए। मैंने अनुमान से समझा कि बोधा भीतर बुला लिये गए हैं। बोधा के साथ जिस परिचित पद्धति से माताजी की बात हुई उससे मुझे आश्चर्य हुआ। मुझे स्वप्न में भी ऐसी आशा नहीं थी कि बोधा की इस परिवार से जान-पहचान होगी। बोधा को आया देख मैना भी बाहर आ गई। वह निश्चय ही मैनसिंह के रूप में बाहर निकली होगी। कुछ भीत-आशंकित के समान उसने पूछा, "सब ठीक तो है बोधा प्रधान?"

बोधा ने संक्षिप्त उत्तर दिया, "सब तो ठीक नहीं है।" फिर थोड़ी देर तक फिसिर-फिसिर बातें होती रहीं।

रानी ने भी बोधा की बात सुन ली। उनमें एकाएक परिवर्तन दिखाई दिया। बोलीं, "ये लोग क्या कह रहे हैं, महाराज?"

मैंने फिर मृदु भाव से उत्तर दिया, "कुछ होगा देवि, चिन्तित होने की बात नहीं है। अभी मालूम हो जाएगा।"

परन्तु रानी की चिन्ता गई नहीं। वे कुछ उद्विग्न-सी बनी रहीं। उन्होंने कुछ कहा नहीं, पर दीर्घ निःश्वास के साथ भगवान की ओर देखा। जान पड़ता था, उनके मन में अमंगल की आशंका उभर आई थी।

बाहर मैना अर्थात् मैनसिंह और अलहना धीरे-धीरे बात कर रहे थे। कुछ स्पष्ट सुनाई नहीं दे रहा था। परन्तु अन्तिम वाक्य स्पष्ट सुनाई पड़े। मैनसिंह ने कहा, "बघेला, मुझे एक घटी का समय चाहिए। केवल एक घटी!"

अलहना दर्प के साथ बोला, "जाओ मैनसिंह, अपना काम देखो। अलहना बघेला एक घटी तक यमराज की पूरी सेना को भी रोक सकता है।"

जान पड़ा मैनसिंह इस दर्पोक्ति से आश्वस्त हुआ। फिर थोड़ी देर सन्नाटा रहा। रानी की व्याकुलता बढ़ गई। वे आश्वस्त नहीं हो सकीं। मेरी ओर देखकर उन्होंने कहा, "महाराज, मैं नाटी माता की आज्ञा से इस कोठरी में आबद्ध हूँ। परन्तु मुझे आशंका हो रही है कि बाहर कुछ गड़बड़ है। यदि नाटी माता को एक क्षण के लिए इधर बुला सको तो कैसा हो!"

रानी का स्वर बिलकुल स्वस्थ था। मुझे पहली बार ऐसा अनुभव हुआ कि मेरी पुरानी प्रिया चन्द्रलेखा बोल रही है। मृदु परिहास के साथ मैंने कहा, "सेवक सदा आज्ञापालन के लिए प्रस्तुत रहा है, देवि!"

रानी के शुष्क-शोण अधरों पर नर्म-चटुल हँसी खेल गई। उनके नयन-कोरक प्रिया के हँसौहे अनुभाव से विस्फारित हो उठे। मैं कृतकृत्य हो गया। इस बार नागनाथ और विष्णुप्रिया के उपदेश की मार से मुक्त सहज रानी को देखकर मेरा हृदय गद्गद हो गया। मुझे आशंका थी कि यह भी संचारी भाव है, स्थायिता इसमें भी नहीं, पर एक क्षण के लिए भी जो इस सौम्य सहज मुद्रा को पा सका हूँ वही

क्या कम है! मैं बाहर निकल आया।

नाटी माता को लेकर जब मैं लौटा तो रानी में विचित्र उद्वेग के भाव दिखाई दिए। वे कुछ बेचैन-सी थीं। उनके अंग-अंग में चंचलता स्फुरित हो रही थी। दृष्टि उनकी नटवर कृष्ण पर ही निबद्ध थी, परन्तु हर अंग में अप्रत्याशित चांचल्य दिखाई दे रहा था। ऐसा जान पड़ता था, वे विचार-संघर्ष के आघातों से बेचैन हो उठी हैं, पर कुछ कर्तव्य नहीं स्थिर कर पा रही हैं।

नाटी माता ने प्यार से उनके सिर पर हाथ रख दिया है। वे चौंककर उनकी ओर मुड़ीं। फिर एकदम उतावली के साथ उन्होंने पूछा, "क्या समाचार है माता? कौन-से शत्रु चढ़े आ रहे हैं? क्या महाराज के अनिष्ट की आशंका है?"

नाटी माता के मुख पर कोई विकार नहीं था। सहज-स्मित के साथ उन्होंने कहा, "विद्याधर मन्त्री के पास से बोधा समाचार ले आए हैं कि घुंडकेश्वर अपने दल के साथ महाराज को पकड़ने के लिए आ रहा है। उसके साथ एक सहस्र तुर्क सैनिक भी हैं। सब मिलाकर कोई दो या तीन सहस्र सैनिक इस कुटिया के दोनों पार्श्व से चढ़े आ रहे हैं। विद्याधर मन्त्री का दल भी चुपचाप एक ओर से प्रतिरोध करने के उद्‌देश्य से चल चुका है। परन्तु दूसरी ओर से प्रतिरोध का कोई उपाय नहीं हो सका है। घुंडकेश्वर को किसी प्रकार महाराज के अकेले आने का समाचार मिल गया है और बोधा को किसी प्रकार इस समाचार मिलनेवाली बात का समाचार मिल गया है। बोधा बड़ी कठिनाई से विद्याधर मन्त्री को समाचार दे सके हैं और प्राणों पर खेलकर शत्रु-सेना के बीच से यहाँ पहुँच सके हैं। यही समाचार है। आशंकाजनक तो है ही।"

नाटी माता की बात सुनकर रानी क्षण-भर के लिए विचलित हो गईं। फिर एकाएक रो पड़ीं। बोलीं, "मैं ही सब अनर्थों की जड़ हूँ। मुझे आज्ञा दो माता, आज महाराज सातवाहन की अर्द्धांगिनी होने का प्रमाण दे सकूँ। घुंडकेश्वर को आज अपने किए का फल भोगना पड़ेगा। मैं जीते-जी उस पापी को इस कुटिया में पैर नहीं रखने दूँगी।"

नाटी माता उसी प्रकार निर्विकार भाव से हँसती रहीं। बोलीं, "तो तुम भी किसी अनर्थ की जड़ हो!"

उनका अभिप्राय ठीक समझ में नहीं आया। परन्तु कुछ व्याख्या-सी करती हुई बोलीं, "कौन किसका अनिष्ट कर सकता है! तुम क्या, कोई भी न किसी का कुछ बनाता है, न कुछ बिगाड़ता है। हम लोग व्यर्थ ही अपने को कर्ता मानकर कष्ट पाते हैं। सब उस लीलाधर की लीला है। हम लोग तो निमित्त-मात्र हैं। मेरे लिए तो यह बड़े सौभाग्य का दिन जान पड़ता है, बेटी! आज तूने सातवाहन की सच्ची अर्द्धांगिनी बनने की लालसा प्रकट की है, इससे बड़ा मंगल

क्या हो सकता है भला! तुम्हारे ऊपर भगवान का अनुग्रह इसी रास्ते तो आनेवाला है। आज तो मंगल-शंख बजता दीख रहा है बेटी!"

नाटी माता और रानी की अनुमति लेकर मैं बाहर आया। बाहर आज शोभा का ज्वार आया हुआ था। तारा-खचित शुभ्र निर्मल आकाश के बीच चन्द्रमा इस प्रकार दीख रहा था जैसे विकच कुमुदों से आच्छादित सरोवर में कोई राजहंस तैर रहा हो। कुटिया पर दुग्ध-धवल ज्योत्स्ना का वितान-सा तना हुआ था। इस शोभा को भावी आशंका की सावधान निस्तब्धता ने कुछ ऐसा प्राणवन्त बना दिया था कि जान पड़ता था सारी वनस्थली आरोपित शक्ति से सावधान-सी बनी हुई प्रतीक्षा कर रही हो। उनकी साँसों की दबी हुई धड़कन स्पष्ट सुनाई दे रही थी। मैंने बहुत धीरे-धीरे फाटक की ओर पैर बढ़ाया। फाटक पर अलहना अपना विशाल कुन्त सँभाले सावधान खड़ा था और उसके दोनों ओर दोनों कुत्ते इस प्रकार दुबके पड़े थे कि अब लपके, अब लपके। न जाने उन्हें भावी आशंका की बात कैसे मालूम हो गई थी। दूर खड़े बोधा प्रधान अपनी कौड़ी-जैसी आँखों को दूर दिगन्त में गड़ाए हुए कुछ टोह लेने की मुद्रा में खड़े थे। किसी ने मुझे नहीं देखा। मैंने किसी का ध्यान भंग होने नहीं दिया। बोधा तो समाधि की-सी अवस्था में थे।

मैं कुटिया की दूसरी ओर गया। उधर पहाड़ी प्रायः सीधी खड़ी-सी थी। मुझे इधर से कोई आशंका नहीं जान पड़ी। सीधी खड़ी पहाड़ी स्वयं एक अप्रतिहन्तव्य प्रतिरोध थी। परन्तु उसकी चोटी पर मैंने एक विचित्र बात देखी। एक आग का गोला तेजी से मंडलाकार चक्कर दे रहा था। इस मंडल के केन्द्र में एक आड़ा उलका-खंड कुटिया की ओर झुका हुआ था। मुझे कुछ विचित्र-सा लगा। यह क्या? यद्यपि मैं अकेला ही था, फिर भी मेरे मुँह से निकल गया—इसमें कुछ-न-कुछ रहस्य है!

पीछे से नाटी माता की आवाज आई, "मैना है, अपनी ग्रामीण वाहिनी को इधर पहुँचने का संकेत दे रही है।" मुझे आश्चर्य हुआ। नाटी माता कब आ गईं? नाटी माता थोड़ी देर वहीं खड़ी देखती रहीं। फिर बोलीं, "बेड़ा कमजोर है महाराज, तुम उसी ओर रहो। आज रानी पूर्ण सहज दीख रही हैं। वे कुछ करना चाहें तो बाधा न देना। प्रायश्चित करने दो महाराज, धुल जाने दो उनका सारा परिताप, आँसू से, स्वेद से, रक्त से। मैं जानती थी कि भगवान तुम्हारी मध्यस्थता में ही रानी पर अनुग्रह करेंगे। आज विकट संकट के भीतर से उनके अनुग्रह की प्रीतिधारा सक्रिय हो उठी है।"

मैंने विनीत भाव से उत्तर दिया, "तुम्हारी मध्यस्थता में वह अनुग्रह बहुत पहले से क्रियाशील है, माताजी!"

नाटी माता ने प्रतिवाद किया, "ऐसा न कहो बेटा, मैं अधम नारी भगवान

के अनुग्रह का माध्यम बन सकती हूँ भला! भगवान तो तुम्हारी मध्यस्थता में मेरे ऊपर अनुग्रह कर रहे हैं। देख रहे हो इस नन्ही-सी मैना को! तुम्हारी हलकी-सी कृपा पाकर कितना साहस आ गया है उसमें! इधर की जानपद-जनता को उसने बहुत सतेज बना दिया है। तुम्हीं तो इसमें निमित्त हो और तुम जानते भी नहीं! कैसी विचित्र लीला है?"

विचित्र ही तो है!

रात कोई एक प्रहर रह गई होगी, फाटक के पास कुत्ते गरज उठे और अलहना ने साधकर अपने भाले से वार किया। टोह लेने के लिए आए हुए शत्रु के दो सैनिक फाटक पर झाँक रहे थे। अलहना ने दूसरा वार किया। देखते-देखते दोनों सैनिक ढेर हो गए। अलहना से दृप्त कंठ से जयघोष किया। लड़ाई छिड़ गई। फाटक पर शत्रु-सेना का एक प्रबल रेला आया। बाघा, भलुआ और अलहना गुँथ गए। अलहना को सुविधा थी। रास्ता संकीर्ण था। उसमें एक से अधिक सैनिक आ ही नहीं सकता था। फिर दोनों कुत्ते व्याघ्र की भाँति आक्रमण कर रहे थे। उनकी भयंकर गुर्राहट शत्रु को शंकालु बना देती थी। अलहना वार-पर-वार करता जा रहा था। दूर खड़े निःशस्त्र बोधा प्रधान शान्त निश्चल मुद्रा में खड़े थे, जैसे कुछ हो ही नहीं रहा हो। शत्रु-सेना का दूसरा रेला बहुत प्रचंड था। उसने खदिर के बेड़े को तोड़कर कुटिया में प्रवेश करना चाहा। मैं नंगी तलवार लेकर खड़ा हो गया। सैनिक बहुत शिक्षित नहीं जान पड़ते थे। उन्हें तलवार के घाट उतारने में बहुत वीरता की जरूरत नहीं थी।

अचानक पीछे से किसी ने कर्कश स्वर में आदेश दिया, "पकड़ लो, यही राजा है।"

एक सहस्र सैनिकों ने सोल्लास दोहराया, "पकड़ लो!"

बेड़ा टूट चुका था। मेरे ऊपर सैकड़ों जवान चढ़ दौड़े। मुझे चिन्ता नहीं हुई। मेरी तलवार का आवर्त्तमंडल भेदना उनके वश की बात नहीं थी। अशिक्षित सैनिक बुरी तरह कटने लगे। मैंने चिल्लाकर कहा, "व्यर्थ प्राण देने का साहस न करो। मैं सबको समाप्त कर दूँगा। भाग जाओ।"

इसी समय मैंने आश्चर्य के साथ देखा कि रानी कमर कसके तलवार खींचे सैनिकों के झुंड में कूद पड़ीं। उनकी आँखों से चिनगारियाँ झड़ रही थीं। वे तेजी से तलवार से वार कर रही थीं। अद्भुत थी वह शोभा! कसे हुए कंचुकबन्ध तलवार की भागती हुई गति से बार-बार मरोड़ खाकर शतधा विकुंचित हो रहे थे। सिंहनी के समान पतले कटि-देश में बँधा हुआ पल्ला बार-बार विद्रोह करके उद्धतफण नाग की भाँति शत्रुओं को ग्रास करने के लिए व्याकुल हो उठता था। मुखमंडल पर सहस्रों श्रम-बिन्दु इस प्रकार सटे हुए थे मानो भयंकर दृश्य से भीत

होकर तारे चन्द्रमा की गोद में चिपक गए हों।

पीछे से उसी कर्कश स्वर में फिर आदेश सुनाई पड़ा, "रानी है। दोनों को जीवित पकड़ लो।"

रानी ने सुना तो उनकी सारी देह में आग-सी लग गई। कन्धा झाड़कर असंयत केशों को फटकारकर उन्होंने इस प्रकार गर्दन घुमाई, जैसे क्रुद्ध सिंहनी शिकार पर टूटने जा रही हो। वे चिल्ला पड़ीं, "पापी धुंडकेश्वर बोल रहा है। आ जा पापी, आज तेरे पापों का घड़ा भर गया है।"

रानी मुझे पीछे ठेलकर आगे बढ़ जाना चाहती थीं। वे कदाचित् मुझे बचाना चाहती थीं। पर बात बिलकुल उलटी हो रही थीं। आवेश में वे अन्धाधुन्ध तलवार चला रही थीं, बचाव करना वे जानती नहीं थीं। मुझे अपना और उनका दोनों का बचाव करना पड़ता था। वे भूल गई थीं कि युद्ध भी शिक्षा चाहता है। उनके अचानक आ जाने से मेरी कठिनाई बहुत बढ़ गई थी। पर वे क्रुद्ध-क्षुब्ध अवस्था में दाएँ-बाएँ देखे बिना तलवार चलाती जा रही थीं।

मैंने देखा, सामने से शत्रुओं का बड़ा भारी रेला आ रहा है। रानी उसके धक्के को सँभाल नहीं पाईं। चोट खाकर वे गिर गईं। एक क्षण रुकता हूँ तो वे कुचल जाएँगी। मैंने मंडलावर्त में चक्कर मारकर रानी को कुचलने से बचाना चाहा। भगवान ने मुझमें न जाने कहाँ से शक्ति दी! मैंने रानी के पास तो किसी को पहुँचने नहीं दिया, शत्रुओं का शीघ्रता से संहार भी करने लगा। इसी समय बाज की तरह झपटकर बोधा प्रधान आए और रानी को उठाकर कुटिया में ले गए।

मैं निर्द्वन्द्व होकर युद्ध में रम गया। अलहना अब भी जूझ रहा था, पर उसकी जयध्वनि क्षीण हो आई थी। कुत्ते कदाचित् मार डाले गए थे। मैंने अकेले ही शत्रु-सेना को निःशेष करने का संकल्प किया। मैंने कुलदेवता का स्मरण किया और अकेला ही गुँथ गया। परन्तु आश्चर्यों का ताँता तो अब शुरू हुआ। विद्युत्-रेखा की भाँति मैनसिंह न जाने कब आकर मेरी बगल में डट गया था। उसने मुझे पीछे करके आगे बढ़ने का प्रयत्न किया। मैंने रोका, "पीछे रहो मैनसिंह, मैं अकेला बहुत हूँ। लड़ाई देखो।"

मैनसिंह ने कातर भाव से कहा, "मुझे आगे रहने की आज्ञा मिले महाराज!"

मैंने उसे पीछे धकेलकर कहा, "आज नहीं।"

विकट युद्ध हुआ। मैनसिंह की फुर्ती और कौशल देखने ही लायक था। वाह, कैसा अद्भुत साहस है, कैसी फुर्ती है!

अचानक बोधा प्रधान गरज उठे, "पीछे महाराज, और पीछे!"

कुछ समझ में नहीं आया। मैनसिंह ने आगे कूदकर मुझे पीछे धकेल दिया और फिर स्वयं भी पीछे खिसका। लड़ते-लड़ते हम लोग दीवार से सट आए।

बोधा प्रधान ने गरजकर आज्ञा दी, "सावधान!"

पहाड़ों पर से दनादन पत्थर बरसने लगे। भयंकर गोलाबारी थी वह! शत्रु के पाँव उखड़ गए। दूर तक भागती हुई शत्रु-सेना पर पत्थरों की वर्षा होती रही। बोधा प्रधान ने गरजकर जयघोष किया, "महाराजाधिराज सातवाहन की जय!"

पहाड़ी पर सैकड़ों कंठों ने सोल्लास दुहराया, "जय!" पत्थरों का गिरना बन्द हो गया।

लड़ाई रुक गई। अलहना रक्त से लथपथ हो गया था। वह बिलकुल अधमरा हो गया था, परन्तु धन्य है यह वीर बालक, हाथ का भाला नहीं झुक पाया!

बोधा प्रधान पूरे युद्ध के वास्तविक सेनापति थे। तलवार और भालों की चोट उन्हें भी लगी, पर वे निःशस्त्र निरीक्षक होकर ही मृत्यु को ललकारते रहे। कितना दुरन्त साहस है—हाथ में एक डंडा भी नहीं और तलवारों की धारासार वर्षा में धँसकर रानी को उठा लाए! बुद्धि और साहस का ऐसा मणिकांचन योग दुर्लभ है! बोधा को मैंने आज पहचाना।

मैनसिंह अर्थात् मैना! कुछ कहने नहीं बनता! बुद्धि, सेवा, साहस, रणकौशल—धन्य है मैना!

और रानी! आज रानी के रूप में दुर्गा को ही देख सका हूँ।

पर नाटी माता कहाँ हैं?

## [ 16 ]

देखते-देखते कुटिया के इर्द-गिर्द सैकड़ों ग्रामीण दूर-दूर तक खड़े हो गए। सभी अपने 'राजा' का दर्शन करने को उत्सुक थे। वे चुपचाप आते, दर्शन करते, प्रणाम-निवेदन करते और धीरे-से अपने निश्चित स्थान पर खड़े हो जाते। अधिकांश के हाथ में लाठी, बरछा या भाला था। मुझे लगता था कि ये पहले से ही सिखाए हुए थे। कुटिया में भीड़ बिलकुल नहीं हुई। परन्तु दूर-दूर तक खड़े ग्रामीण युवकों की संख्या दो-ढाई सौ से कम नहीं थी। कुछ थोड़े-से लोग श्रद्धा और तत्परता के साथ मेरी सेवा में लगे थे। आवाज कहीं नहीं हो रही थी। मुझे आश्चर्य इस बात का था कि यह जानना कठिन था कि इनमें नेता कौन है—सब एक ही श्रेणी के थे। बोधा और मैनसिंह नहीं दीखते थे। नाटी माता का कहीं पता नहीं था। मैंने एक बार पूछा भी कि बोधा और मैनसिंह कहाँ हैं! सेवा में लगे हुए नवयुवकों ने कहा कि उन्हें नहीं मालूम। वे मेरी रक्षा के लिए नियुक्त हैं। रानी के बारे में पूछने पर पता चला कि वे स्वस्थ हैं और भीतर विश्राम कर रही हैं।

अलहना थोड़ी दूर पर बिलकुल मृतप्राय पड़ा हुआ था। उसके लिए भी कुछ युवक नियुक्त थे। जो लोग आए हुए थे वे बड़े ही निरीह जान पड़ते थे। राजपूत तो वे नहीं थे। किसी में अलहना जैसी अकड़ नहीं थी, परन्तु आत्मविश्वास उनके प्रत्येक अंग से उल्लसित हो रहा था। रानी के प्रति उनकी अपार श्रद्धा जान पड़ती थी। ज्योंही मैंने रानी के पास जाने की इच्छा प्रकट की, उनके चेहरे आनन्दोल्लास से खिल गए। उन्होंने उठने में मेरी सहायता की। उसकी कोई विशेष आवश्यकता नहीं थी। मैं भीतर गया। उस समय दिन निकल आया था। रानी अपनी कोठरी में ही थीं। दो-तीन ग्रामीण स्त्रियाँ उन्हें घेरकर बैठी हुई पंखा झल रही थीं। मुझे देखते ही सबने घूँघट खींच लिये और गौरव देकर भक्तिपूर्वक प्रणाम करके कोठरी से बाहर निकल आईं।

रानी सो रही थीं। उनका सारा शरीर अवसन्न जान पड़ता था। मैंने ध्यान से उनके सारे शरीर को देखा, ठीक पता नहीं चला कि चोट कहीं लगी है या नहीं। मैं चुपचाप उनके सिरहाने बैठ गया। अब भी उनकी साड़ी का पल्ला कमर में कसा हुआ था। कदाचित् सेवा करनेवाली स्त्रियों ने उसे शिथिल करना आवश्यक नहीं समझा था। या फिर रानी ने ही मना कर दिया हो। वीर बाला का वह श्लथ-क्लान्त रूप बहुत ही मनोहर लगता था। मैंने धीरे-धीरे रानी के ललाट का स्पर्श करके परीक्षा की। वे स्वस्थ ही जान पड़ीं। फिर पंखा लेकर झलने लगा। थोड़ी देर में रानी को नीद खुली। उनकी चेतना पूरी नहीं लौटी थी। थोड़ी देर तक वे मेरी ओर ताकती रहीं। फिर जब उन्होंने मुझे पूरी तरह पहचान लिया तो एकदम फड़फड़ाकर उठ बैठीं और क्षीण कंठ से कहा, "महाराजाधिराज की जय हो!"

बहुत दिनों से रानी के मुख से 'जय वाणी' सुनने को नहीं मिली थी। मैंने उन्हें लिटा देने का प्रयत्न किया, पर वे बैठी ही रहीं। केवल क्षीण कंठ से पूछा, "महाराज कुशलपूर्वक तो हैं?"

मैंने सोत्साह उत्तर दिया, "देवि, कल्याण-रूपा महादेवी चन्द्रलेखा जिसकी सहाय हों वह धन्य है, उसके लिए कुशल-प्रश्न का क्या प्रयोजन है? तुम तो स्वस्थ हो देवि?"

"मैं पूर्ण स्वस्थ हूँ महाराज, मुझे खेद है कि मैं शत्रु-संहार में आपकी पूरी सहायता न कर सकी। मैं कब गिर गई, पता नहीं। परन्तु मुझे लगता है कि मैं न गिरती तो बुरा होता। हर पाप का प्रायश्चित हो जाना अच्छा होता है। महाराज, मुझमें क्रोध आ गया था। यह तपोभ्रंश का लक्षण है। घुंडकेश्वर की वाणी सुनकर मुझे क्रोध आ गया। मैं भूल गई कि यह युद्ध व्यक्ति के विरुद्ध क्रोध या प्रेम के लिए नहीं लड़ा जा रहा है। जब मैं रणस्थल में गई थी तो मुझे युद्ध का ठीक-ठीक स्वरूप स्मरण था, पर वहाँ पहुँचकर मैं क्रोध की चपेट में आ गई। मैना

को क्रोध नहीं आया, बोधा को तो कभी आता ही नहीं। मैं ही पथभ्रष्ट हो गई।

"मेरे गुरु नागनाथ को रससिद्धि के पहले एक बार क्रोध आ गया था। उसका हेतु भी घुंडकेश्वर ही था। उसने एक बुढ़िया को पैसा देकर अपने पक्ष में कर लिया था। उसमें भी उसने हमारे पुत्रों की सहायता से सफलता प्राप्त की थी। बुढ़िया योगिराज नागनाथ का भोजन बनाया करती थी। वह नित्य भोजन में नमक अधिक दे देती थी। जिस दिन रससिद्धि होनेवाली थी उस दिन योगिराज का धैर्य न टिक सका। उनके चित्त में क्रोध का विकार उत्पन्न हो गया। मुझसे उन्होंने अपने चित्त-विकार की बात की थी। उन्होंने शास्त्रविहीत अनुष्ठान करके प्रायश्चित भी किया था। आज मुझे लग रहा है कि उनके चित्त का विकार प्रशमित नहीं हुआ था। रससिद्धि के दिन उन्होंने कहा था, 'देवि, विघ्नवाहिनी तत्पर है, सावधान हो जाओ!' उनके इस वाक्य से प्रकट होता है कि वे पूर्ण क्रोधमुक्त नहीं हो सके थे। उन्हें सिद्धरस नहीं मिला। पर पारद का प्रभाव मेरे ऊपर अवश्य पड़ा। आज मैं अपने को अधिक समझ रही हूँ। आज मुझे अमोघवज्र और भगवती विष्णुप्रिया की बात अधिक स्पष्ट हो रही है।

"महाराज, क्रोध झूठे अभिमान का चिह्न है, हर काम में अपने को कुछ अधिक महत्त्वपूर्ण मानने का परिणाम है। कल युद्ध में तुम्हारे अविचल धैर्य और अपनी क्षुद्र अहमिका को देखकर लगा कि अब तक जितने योगी मैंने देखे हैं उनमें तुम श्रेष्ठ हो। मैं आज पूर्ण स्वस्थ हूँ, महाराज! दो घटी पूर्व तक मैं अन्यस्थ थी, दूसरे भाव में स्थित थी; अब मैं स्वस्थ हूँ, अपने भाव में आ गयी हूँ।"

इतना कहकर रानी उठीं और एकाएक मेरे चरणों पर गिर गईं। उनकी आँखों से दर-विगलित अश्रुधारा वह चली और रुँधे गले से केवल इतना कह सकीं, "अपराधिनी को क्षमा करो महाराज!"

इसके लिए मैं बिलकुल प्रस्तुत नहीं था। कल की रात्रि कुछ विचित्र रही होगी। इसमें प्रतिक्षण मुझे आश्चर्य हुआ है। यह नया आश्चर्य है। मैंने रानी को उठाकर गले लगा लिया; बोला, "तुम नहीं देवि, मैं अपराधी हूँ।"

रानी की आँखें नीचे झुक गईं। इस बार उनके मुख पर एक अपूर्व प्रभामंडल दिखाई पड़ा—स्निग्ध, कोमल, शान्त! मेरे मन में कितने ही भाव आए और गए। मैं निर्निमेष उस अपूर्व सौन्दर्य-माधुरी का पान करता रहा। एक बार भगवान की मूर्ति की ओर देखा—'दयानिधान, इस भाव को स्थाई बनाओ। तुम्हारा प्रसाद है। देवता, आँधी और तूफान में तुम्हारी मधुर वंशी की ध्वनि सुनाई दे रही है। आज रानी को नहीं, तुम्हें पा रहा हूँ। तुम्हीं दाता हो, तुम्हीं साक्षी हो, तुम्हीं दान दो!'

रानी उसी प्रकार देर तक खड़ी रहीं। उनका वह रूप आज तक के देखे सभी रूपों से विशिष्ट था। उनके निचौहें नयनों में अनुराग का समुद्र लहरा रहा था।

उनका सम्पूर्ण मानस तरल होकर मुखमंडल के प्रत्येक अवयव को हरितकान्ति बना रहा था। उनके अधरों में न जाने कहाँ से स्निग्ध-तरल रस की ऐसी धारा खेलने लगी थी जो उस समय भी नहीं दीखी थी जब प्रथम बार उन्होंने मुझे वरण किया था! उनमें लज्जा, शोभा, उल्लास और कान्ति का अपूर्व आविर्भाव हुआ था।

अवसर देखकर मैंने कहा, "देवि, अपराध क्षमा हो, तुम्हारा यह परम धीर योगी सातवाहन सदा अपना धैर्य न रखने का अपराधी हो सकता है; उसे बीच-बीच में क्षमा करना पड़ेगा।" और उनके चिबुक को हलके स्पर्श से ऊपर उठाया। आँखें मिलीं और हलकी-सी स्मित-रेखा को अधरों पर उकसाकर फिर झुक गईं।

मैंने कहा, "देवि, यदि आज्ञा हो तो भगवान के चरणों में साथ-साथ प्रणति-निवेदन का प्रसाद चाहता हूँ।"

रानी की दृष्टि युगल मूर्ति की ओर गई। हम दोनों ने साष्टांग प्रणाम किया। बाहर नाटी माता की मधुर स्तुति सुनाई पड़ी :

*गताहं कालिन्दीं गृहसलिलमानेतुमनसा*
*घनद्घोरैर्मेघैर्गगनमभितो मेदुरमभूत्।*
*भृशं धारासारैरपतमसहाया क्षितितले*
*जयत्वङ्के गृह्लान्पटुनटकलःकोऽपि चपलः।*

बाहर आया तो दिन बहुत चढ़ आया था। कुटिया में केवल अलहना विश्रान्त भाव से सोता दिखाई दिया। नाटी माता यथानियम पूजा-पाठ में लगी हुई थीं। ग्रामीण नौजवानों की वाहिनी कहीं दिखाई नहीं दे रही थी। रानी की सेवा में जो स्त्रियाँ नियुक्त थीं, वे स्नान करके पवित्र बनी हुई नाटी माता के पूजागृह के सामने चुपचाप हाथ जोड़कर बैठी हुई थीं। वे भक्ति-गद्गद जान पड़ती थीं। मुझे आया देखकर उनमें थोड़ी-सी चंचलता दीखी। सबने एकाएक घूँघट खींच लिया और फिर दूसरी ओर दृष्टि फिराकर उसी प्रकार हाथ जोड़े बैठी रहीं। नाटी माता भीतर हाथ जोड़े गद्गद मुद्रा में समासीन थीं। मैंने दूर से ही उनके इष्टदेव को प्रणाम किया।

कुछ देर बाद नाटी माता निकलीं, ग्रामवधुओं ने प्रसाद पाया, जानुपातपूर्वक प्रणाम करके वे चुपचाप भीतर चली गईं, कदाचित् रानी के पास। नाटी माता ने मुझे भी यथाविधि प्रसाद दिया। फिर बोलीं, "इस कुटिया में पधारकर महाराज ने हम लोगों को कृतार्थ किया, परन्तु कुछ आराम पहुँचाना तो दूर, हमारे दुर्भाग्य से संकट के बादल घिर आए। क्लेश होता है महाराज, पर इनकी लीला अपरम्पार है, पता नहीं कहाँ से कैसे झंझा में भी बाँसुरी की तान सुना देते हैं! कल की घटना से मन में बड़ी उथल-पुथल है महाराज, पर मैं निश्चित जानती हूँ, लुहार

की दुकान का यह खट्टपट्ट अकारथ नहीं जाएगा, वीणा के तार बन रहे हैं, यथासमय उसकी सुरीली तान अवश्य सुनाई देगी। जबसे आप पधारे, एक क्षण का भी विराम नहीं मिला। कुछ देर विश्राम कर लेना अच्छा होगा। मैंने सब आदमियों को यहाँ से हटा दिया है। थोड़ा विश्राम कर लो।''

रानी की सेविकाओं ने ही मेरे लिए विश्राम की भी व्यवस्था की। नाटी माता ने विश्राम करने के लिए आग्रह करते हुए प्यार से कहा, ''भगवान के अनुग्रह का रास्ता हर समय समझ में नहीं आता, बेटा! रक्त की धारा से कभी-कभी शान्ति का बिरवा सिंचता है। चिन्ता की बात क्या है? हम जिसे न्यायसंगत समझ रहे हैं वह न्यायसंगत या सत्य ही है, यह तो परिणाम ही बता सकते हैं। अपना कर्तव्य तो इतना ही है कि परमेश्वर जिस रूप में सत्य या न्याय का कंचुक धारण करके दिखाई दें उसे सर्वात्मना स्वीकार करें। रानी में एक विचित्र प्रकार का साहस है महाराज, वह दृष्ट सत्य को तत्काल स्वीकार कर लेती हैं। लेकिन एक विचित्र कुंठा भी है। उनके मन में थोड़ा-सा स्थान खाली रह जाता है, वे वहीं चूक जाती हैं। उसी के कारण उन्हें कष्ट होता है। ऐसा जान पड़ता है कि यह कुंठा अब समाप्त हो जाएगी। जिस दिन यह समाप्त होगी उस दिन रानी असाध्य-साधना का सामर्थ्य पा जाएँगी।''

मैंने आज्ञा-पालन की स्वीकृति दी। चलते-चलते विनीत भाव से कहा, ''रानी के लिए आप जो कुछ कर रही हैं उसके लिए ऋणी हूँ, माताजी! मेरा विश्वास है कि आपके आशीर्वाद से उनकी कुंठा जाती रहेगी।''

नाटी माता ने दाँतों से जीभ दबा ली। ''नहीं बेटा, ऐसा मत कहो। मैं तो रानी के गुणों को देखकर चकित हूँ। कुंठा तो नारी को विधाता ने दे ही दी है। नारी की सबसे बड़ी विशेषता यह कुंठा ही है। वही उसकी दुर्बलता है, वही उसकी शक्ति है। नारी अपने को सबसे छिपाती हैं, स्वयं अपने-आपसे भी—यहाँ तक कि वह परमात्मा से भी अपने को छिपाती है। मैं क्या अपने को नहीं छिपा रही हूँ? रानी की कुंठा समाप्त होने का अर्थ यही है कि वे अपने को भगवान के निकट सम्पूर्ण रूप से अनवगुंठित रखें और बेटा, पति को जो परमेश्वर कहा जाता है उसका स्पष्ट अर्थ यही है कि नारी को यह सुविधा प्राप्त है कि वह परिपूर्ण आत्मसमर्पण का साधन अनायास पा जाती है। रानी बहुत-बहुत सौभाग्यवती हैं बेटा, उनकी कुंठा अवश्य समाप्त होगी। आज का संकट टल जाए तो मैं तुम दोनों को भगवती विष्णुप्रिया के पास ले चलूँ।''

मैं नाटी माता की बात समझने का प्रयत्न कर रहा था। अचानक उनके अन्तिम वाक्य से खटका हुआ। मैंने पूछा, ''आज का संकट अभी टला नहीं है, माताजी?''

नाटी माता ने रुक-रुककर कहा, "टल जाएगा। भगवान की ऐसी ही इच्छा जान पड़ती है। तुम विश्राम करो।"

क्या विश्राम करूँ? मन में एक नई आशंका घुमड़ आई। प्रातःकाल से ही बोधा और मैनसिंह न जाने कहाँ चले गए हैं। नाटी माता स्वयं पता नहीं कहाँ चली गई थीं। नाटी माता बातों-ही-बातों में कह गईं कि वे भी अपने को क्या नहीं छिपा रही हैं! किससे छिपा रही हैं। क्या नारी अपने को सचमुच ही अन्त तक छिपाती रहती है? बात कुछ उलझी हुई-सी दीख रही है। बिस्तर पर पड़ा हूँ विश्राम के लिए। मन भाग-भागकर जाना चाहता है उस अज्ञात संकट में, जहाँ बोधा प्रधान और मैनसिंह—नाटी माता की वह अद्‌भुत पुत्री मैना—और कदाचित् वृद्ध और शिथिलगात विद्याधर मन्त्री जूझ रहे हैं। यहाँ पड़े रहना कितनी बड़ी कायरता है! ये लोग कदाचित् सोच रहे हैं कि संकट में मेरी उपस्थिति अनिष्टकर होगी। पर मुझे क्या यहाँ विश्राम करना चाहिए? मेरे अत्यन्त विश्वस्त बन्धुजन प्राणों का पण लगाकर मेरी रक्षा के लिए जूझ रहे हैं और मुझे विश्राम करने को कहा जा रहा है। यह अनुचित है। असंगत है, वीरधर्म के विपरीत है।

नाटी माता विश्राम करने का आदेश देकर एकदम चली गईं। कुछ पूछने का अवसर ही नहीं दिया। परन्तु उनके सहज-प्रसन्न मुख पर विकार के चिह्न अवश्य थे। जब उन्होंने कहा कि मैं ही क्या अपने को नहीं छिपा रही हूँ, तो निस्सन्देह उनके मुख पर ऐसा भाव आया था। जो एक दीर्घ-संचित अनुताप की काली छाया क्षण-भर के लिए छोड़ गया था। उन्होंने झटपट बात को दूसरी ओर मोड़ने का प्रयास किया था। कदाचित् भगवती विष्णुप्रिया के पास हम दोनों को ले जाने के प्रस्ताव के मूल में उनकी स्वयं वहाँ पहुँचने की लालसा भी क्रियाशील थी। क्या यह भी दुराव-छिपाव का ही प्रयत्न था? थोड़ी देर तक मैं आँख मूँदकर पड़ा अवश्य रहा, पर मन में भयंकर विचार-झंझा बह रहे थी। रह-रहकर रानी और मैना, अलहना और बोधा मन की रंगभूमि पर उतर आते थे। कैसा अद्‌भुत संयोग है!

किसी के प्रवेश की आहट मिली। मैंने धीरे-धीरे आँखें खोलीं। क्या देख रहा हूँ? रानी चन्द्रलेखा मेरे सिरहाने खड़ी हैं। उनके दुर्बल शरीर में आज दुर्वार शक्ति आई दीख रही है। परिपांडु कपोलदेश में नई आभा है, कोटरशायी दीर्घ नयनों में विचित्र लीला-विलास है। प्रत्यूष वेला में क्रोधोत्पत्ति के कारण उनके मन में तपस्या से भ्रष्ट होने का अनुताप था, मेरे प्रति उनके चित्त में नई भावुकता-भरी श्रद्धा का गौरव था और पारद के दिव्य तेज के प्रति नई अनास्था की विद्युल्लेखा कौंध गई थी। इस समय क्या कोई और परिवर्तन हुआ है? उनमें आज नववधू की मोहक शोभा प्रकट हुई है, असंयत केश संयत हो गए हैं। सीमन्त रेखा में केवल नई कान्ति ही नहीं निखरी है, महीन सिन्दूर-रेखा से वह प्रातःकालीन उषा की लालिमा

को लज्जित कर रहा है। निस्सन्देह आज नवीन अरुणोदय हुआ है।

रानी ने धीरे-धीरे मेरे ललाट को दबाया। करतल पसीने से भीजा हुआ था। चित्त में निश्चय कहीं नए विकार का आविर्भाव हुआ है। शास्त्र कहता है कि मनुष्य के जन्म के साथ-ही-साथ कितने ही शत्रुओं की वाहिनी पीछे पड़ जाती है—क्रोध है, लोभ है, मोह है, मद है, मत्सर है। पर क्या इतने ही हैं? और भी इनके छोटे-मोटे सहायक हैं। सब एक-दूसरे की सहायता करते हैं। किसी प्रकार की चूक हुई कि एक या दो अपना शस्त्र ताने कूद आते हैं। एक आया तो दूसरा और दूसरा आया तो तीसरा बिना बुलाए उपस्थित हैं। छोटी-सी मनुष्य की दुर्बल काया और नियुक्त शत्रुओं की इतनी दुरत्यय वाहिनी! रानी को क्रोध आ गया था। बाकी शत्रु क्या चुप बैठे होंगे? शास्त्र कहता है, सावधान रहो, फूँक-फूँककर कदम रखो, नहीं तो अनर्थ हो जाएगा! हाय-हाय, आज तक अनर्थ रुका नहीं!

सचमुच क्या कोई अनर्थ हो गया है?

अगर यह अनर्थ है तो बहुत बुरा नहीं है। रानी का सहज सौन्दर्य लौट आया है। उनके नयनों में आज ज्ञान की किरणें नहीं हैं, लीला-विलास की स्रोतस्विनी लहरा रही है। मैंने आदर के साथ उनका स्वागत किया। उन्होंने स्नेहपेशल वाणी में कहा, "अब कैसा लग रहा है महाराज, स्वस्थ तो हैं न?"

"बहुत ठीक हूँ, देवि! तुम्हें इस रूप में देख रहा हूँ, इससे बड़ा सुख क्या हो सकता है! रात-भर द्वितीया के चाँद को पूर्णिमा के चाँद में बदलते देखा है। स्वस्थ हूँ देवि! प्रीत हूँ, कृतकृत्य हूँ।"

रानी के मुख पर प्रसन्नता तरंगित हुई। थोड़ा संकोच उनमें अवश्य दिखाई दे रहा था, परन्तु वह इतना कठिन नहीं था कि जिसे दुर्भेद्य कहा जा सके। वे कुछ कातर-सी जान पड़ती थीं। मेरे मन में आशंका हुई कि कहीं तपोभंग के अनुताप का दूसरा दौरा तो नहीं आया है। रानी ने बहुत धीरे-धीरे अपनी बात कही। वे तपोभंग के अनुताप से कुछ म्लान अवश्य थीं। नाटी माता ने उन्हें बताया कि तुम्हें जो क्रोध आया वह चिन्तनीय नहीं है। पति को संकट में देखकर साधारण-से-साधारण स्त्री को जो क्रोध आता है, वह भगवान का दिया हुआ अमोघ वरदान है। फिर पति भी कैसा, जिसने लाखों दलित मनुष्यों के दुःख-सुख को अपना बना लिया है। यह क्रोध सात्त्विक है, यह परमात्मा का आशीर्वाद है।

नाटी माता ने रानी को समझाया था कि जहाँ व्यक्तिगत सुख-दुःख की लालसा नहीं होती, जहाँ मनुष्य सहस्रों दुःखकातर मनुष्यों को विपत्ति से त्राण देने के लिए प्रयत्न करता है, वहाँ न तो क्रोध शत्रु होता है, न लोभ, न काम, न मोह। रानी के परिताप को देखते हुए नाटी माता ने आज उन्हें कुछ हलकी फटकार भी बताई है। कहा है, 'जहाँ तक तुमने अशेष मानवजाति को रोग-जरा-मृत्यु से मुक्त

करने का संकल्प किया था, वहाँ तक तुमने ठीक ही किया था। परन्तु बाद में तुमने अपनी सिद्धि को व्यक्तिगत अहंकार का विषय बना लिया, वहीं तुम तपोभ्रष्ट हो गईं।' रानी को इससे बड़ा धक्का लगा है। उन्होंने नाटी माता से पूछा था कि आप कैसे कहती हैं कि मुझमें अहंकार आ गया था।

रानी को नाटी माता ने बड़े दुलार से समझाया है, 'जानती हो रानी, अहंकार क्या वस्तु है? अपने को सारे जगत्प्रवाह से पृथक् समझ लेना ही अहंकार है। इस पृथकत्व-बुद्धि पर विजय पाना ही तपस्या है।' भागवत का श्लोक सुनाकर उन्होंने कहा, 'मनुष्य अपने पुत्र-कलत्र के लिए, धन-मान के लिए जो कुछ करता है वह तब तक असत् होता है, जब तक उसमें अपने को सबसे पृथक् समझने की बुद्धि बनी रहती है, किन्तु वे सारे प्रयत्न 'सत्' हो जाते हैं, यदि सबके लिए किये जाएँ, अपने को जगत्-प्रवाह से अभिन्न समझकर किए जाएँ।[19] मैना नन्ही-सी लड़की है पर उसमें ऐसा भाव आ रहा है, तुममें भी आएगा। भगवान को परिपूर्ण रूप से आत्मसमर्पण किए बिना यह बुद्धि नहीं आती।'

नाटी माता की बात को रानी ने जैसा समझा, उसका यही सार था। रानी कुछ विचलित जान पड़ती हैं। उन्हें सबसे अधिक आघात इस बात से पहुँचा है कि नन्ही-सी लड़की मैना जो कर रही है, उसे रानी अभी तक कर नहीं सकी हैं। मैं नाटी माता को जितना समझ पाया हूँ, उससे मेरा निश्चित विश्वास है कि उन्होंने ठीक उसी प्रकार नहीं कहा होगा, जिस प्रकार रानी के चित्त में उसकी छाप पड़ी है। छाप केवल बाहर की वस्तु का दबाव-चिह्न नहीं होता, जिस आधार पर वह पड़ता है उसके तत्त्व भी उसमें मिल जाते हैं।

रानी ने भरे गले से कहा, "महाराज, मैना आपकी जैसी सेवा कर रही है, वैसी मैं भी कर सकूँ तो अपने को कृतकृत्य मानूँगी। मैंने बहुत सोच-विचारकर देखा है, मैं मैना की तुलना में अत्यन्त नगण्य हूँ। यही देखो न, बेचारी इस समय न जाने कहाँ प्राणों पर खेल रही होगी और मैं यहाँ विश्राम कर रही हूँ।" फिर रानी एकदम भभरा गईं। बोलीं, "मुझे बहुत आदर दे-देकर तुमने मेरी क्षुद्रता को बढ़ावा दिया है। महाराज, मुझे दासी की भाँति क्यों नहीं आज्ञा देते? मैना धन्य है जो तुमसे डरती है, तुम्हारे ऊपर श्रद्धा रखती है, तुम्हारे लिए प्राण देती है!"

मुझे खट्-से लगा। क्या क्रोध के तुरन्त बाद, शास्त्रों की शत्रु-सेना में अपरिगणित, असूया-नामक शत्रु ने भी तो आक्रमण नहीं कर दिया? परन्तु रानी तो कभी इस शत्रु का शिकार नहीं बनीं। मैना तो कभी सोच भी नहीं सकती कि ऐसा हो सकता है। बहुत सोच-समझकर कवि-कुलगुरु कालिदास ने शकुन्तला की एक सखी का नाम 'अनसूया' दिया था। मैना को मैंने जितना समझा है वह साक्षात् अनसूया है। रानी को क्या हो गया है? परन्तु दूसरे ही क्षण मैंने अपने

को आश्वस्त कर लिया। यह भी सहज भाव के आने की सूचना-मात्र है। रानी ने नाटी माता की बात को ठीक समझा नहीं है। भगवान को परिपूर्ण भाव से आत्मसमर्पण उनके कथन का मूल स्वर होगा, परन्तु रानी उसी को भूल रही हैं। मैंने सँभालने का प्रयत्न किया।

"गलत समझ रही हो देवि, तुमने इस देश की साधारण प्रजा में जो आत्मविश्वास संचारित किया है, वही बड़ी बात है। उसी से मैनाएँ बन रही हैं, बोधा बन रहे हैं और आज मैंने सैकड़ों निरीह ग्रामीणों को बनते देखा है। शस्त्र लेकर मैदान में जूझना निस्सन्देह बड़ी बात है, पर जूझने की शक्ति देना और भी बड़ी बात है। नाटी माता तुम्हारी शक्ति को जानती हैं, यह तुम्हारा अकिंचन सेवक भी जानता है। नाटी माता तुम्हें इस साधना-मार्ग से हटाकर उसी परिपूर्ण आत्मदान के मार्ग में लगाना चाहती हैं। उनकी कदाचित् धारणा है कि तुम सिद्धियोगिनी के अभिमान में सहज धर्म को भूलती जाती हो। भगवान को आत्मसमर्पण करने का अर्थ है, प्रेरणा देने की स्थायी शक्ति को पाना। देवि, जो जितना देता है, उतना ही पाता है। जितना भगवान को दिया जाता है उतना सोना होकर लौटता है। दातृत्व शक्ति का उत्स है सम्पूर्ण रूप से अपने आपको महाग्रहीता भगवच्चरणों में अर्पण कर देना। नाटी माता ने यही कहा होगा। मैंने, मैना ने, बोधा ने और न जाने कितनों ने तुम्हारी प्रेरणा से तुम्हीं को सर्वस्व देने का संकल्प किया है। तुम्हीं भगवत्दर्पण का माध्यम बनी हो। देवि, तुम अपने सहज रूप में आ जाओ। तुम्हीं को आश्रय करके यह विराट् यज्ञ पूरा होनेवाला है। तुम्हारे इस प्रयत्न में ही सच्ची सिद्धि है। मैं तो देवि, निश्चित मानता हूँ कि यह सिद्धि मिलनेवाली है। नाटी माता की बात ठीक से समझो।"

रानी ने मुखमंडल पर सहज तेज की दीप्ति दीखी। उन्होंने हँसने का प्रयत्न किया। बोलीं, "महाराज, मैं आज अपनी दुर्बलताओं को प्रत्यक्ष देख रही हूँ, पर मेरी सबसे बड़ी शक्ति यह जान पड़ती है कि तुमने मुझे छोड़ नहीं दिया है। तुम मुझे जो गौरव दे रहे हो वह आज तक किसी पति ने किसी पत्नी को नहीं दिया होगा। मैं इसके अनुकूल बन सकूँ, यह प्रयत्न करूँगी।" कहकर रानी ने आँखें झुका लीं। फिर एकाएक उन्हें ध्यान आया कि उन्होंने आवेश में आकर मेरे विश्राम में बाधा पहुँचाई है। बड़े प्यार से मुझे लेट जाने का आग्रह करते हुए उन्होंने मुझे पकड़कर लिटा दिया। सहज पत्नी के स्वर में आदेश दिया, "थोड़ा सो जाओ।" और धीरे-धीरे मेरा शरीर दबाने लगीं।

मैंने प्रतिवाद नहीं किया। सेवा पाना भी कभी-कभी परम सन्तोष और आत्म-लाभ का हेतु बनता है। मुझे ऐसा जान पड़ा, रानी के मृदुल स्पर्श से मेरा अन्तरतर परम विश्राम अनुभव कर रहा है। विचारों की झंझा क्रमशः क्षीण होती

गई। ऐसा जान पड़ा, मन के निभृत पटल पर कोई सुधालेप हो रहा है। यह सेवा है या चिरपिपासित किसी अन्तर्यामी की बहुप्रतीक्षित तृषाशामक वारिधारा है?

आँख खुली तो सन्ध्या उतर आई थी। बाहर ग्रामीण स्त्रियों के अतिरिक्त कोई नहीं था। भीतर रानी भी नहीं थीं और नाटी माता का भी कहीं पता नहीं था। मेरी रक्षा के लिए कुछ स्त्रियों का छोड़कर ये सब लोग कहाँ चले गए? मेरे मन में आशंका घुमड़ने लगी। स्त्रियाँ मुझे देखकर ऐसी लजा जाती थीं कि उनसे कुछ पूछने का साहस ही नहीं हुआ। अलहना तब भी संज्ञाहीन-सा पड़ा हुआ था। स्त्रियों से पूछने के अतिरिक्त और कोई उपाय नहीं था। साहस करके मैंने पूछा तो उन्होंने कुछ बताया अवश्य, परन्तु भाव स्पष्ट नहीं हुआ। केवल इतना ही सुनाई पड़ा कि नाना गोसाईं की ओर गए हैं।

मैंने और कोई उपाय न देखकर नाना गोसाईं के मठ की ओर जाने का निश्चय किया। स्त्रियों ने हाथ जोड़कर कहा कि आप उधर न जाएँ। मैं कुछ आगा-पीछा कर रहा था, इतने ही में दूर कुछ कोलाहल-सा सुनाई पड़ा। मैं ध्यान से उधर देखने लगा। हो सकता है कि शत्रु फिर अवसर देखकर चढ़े आ रहे हों। मैंने अपनी तलवार ठीक की और प्रतीक्षा करने लगा। भीड़ बहुत भारी जान पड़ी। आज बड़ी विषम परीक्षा का दिन है। आज अकेले ही इस भयंकर शत्रु-सेना से लोहा लेना है। रानी नहीं हैं, मैना नहीं है, बोधा नहीं है, अलहना मृतप्राय पड़ा है। ऐसा अवसर कम ही मिलता है। गीदड़ों के झुंड में आज सिंह के पराक्रम की परीक्षा है। मैंने कुल-देवता का स्मरण किया। जान पड़ता है कि मैना और बोधा की अशिक्षित वाहिनी शिक्षित जवानों की सेना का मुकाबला नहीं कर सकी है। कौन जाने, रानी, मैना, बोधा, नाटी माता और उनके साहसी सहायक किस अवस्था में हैं! मैंने स्त्रियों को भीतर चले जाने को कहा। वे राजी नहीं हुईं। उन्होंने जब सुना कि शत्रु-सेना आ रही है तो उनके चेहरे पर भय का चिह्न बिलकुल नहीं आया। उनमें एक प्रकार का विचित्र साहस देखा गया। बोलीं कुछ नहीं, परन्तु कमर कसकर कुटिया के बाहर इस प्रकार खड़ी हो गईं, जिससे सब ओर का रास्ता बन्द हो गया।

जरा संकोचपूर्वक एक प्रौढ़ा ने कहा, "महाराज, नाटी माता की आज्ञा से हम लोग आपकी सेवा में नियुक्त हैं। शत्रु से सशस्त्र युद्ध में आप निश्चय ही विजयी होंगे, पर नाटी माता की आज्ञा से पहले हमारी परीक्षा होगी। शत्रु हमारे शवों पर पैर रखकर ही इस पवित्र मन्दिर में प्रवेश कर सकते हैं।"

उनकी स्खलित लज्जाजड़ित वाणी में एक अपूर्व ओज था। मैंने उन्हें समझाया, बताया कि मेरा प्रमुख कर्तव्य है कि स्त्रियों, बालकों और देव-मन्दिरों की रक्षा करना, उन्हें मेरे कर्तव्य-पालन में बाधा नहीं देनी चाहिए। वे कुछ दुविधा में पड़

गईं। मैंने आदेश के स्वर में कहा, "देर न कीजिए, आप लोग भगवान की मूर्ति की रक्षा के लिए भीतर आ जाएँ। मैं शत्रु-सेना को देख रहा हूँ।"

मेरे कठोर स्वर का प्रभाव पड़ा। स्त्रियाँ सिमटकर पूजागृह के पास आ गईं। बेड़ा कटा हुआ था, फाटक टूटा हुआ, कुटिया का आँगन बिलकुल खुला हुआ। भीड़ को देखकर मैं मन-ही-मन प्रतिरोध की योजना बनाने लगा। स्त्रियों में कुछ गुटुर-पुटुर चल रही थी। कदाचित् वे मुझे आगे छोड़ने को प्रस्तुत नहीं थीं; उनकी बातचीत धीरे-धीरे चढ़ाव पर आती गई। अलहना की नींद खुल गई। उसे यह भाँपने में देर नहीं लगी कि संकट फिर आ गया है। क्षत-विक्षत शरीर को हिलाने में भी उसे कष्ट हो रहा था। पर ज्योंही उसने देखा कि मैं अकेला हूँ, छलाँग मारकर खड़ा हो गया। बोला, "मैं आया महाराज, फिर शत्रु को चने चबाऊँ।"

अलहना का साहस चकित कर देनेवाला था। एक झटके में वह मेरे आगे आकर खड़ा हो गया। अब भी उसके शरीर से रक्त की धारा का बहना पूरी तरह रुका नहीं था, पर मुझे अकेला देखकर और शत्रु-संख्या की विपुलता का अनुमान कर वह सीधा तनकर खड़ा हो गया। उसका विशाल कुन्त उसके भी आगे खड़ा था। उसने शीघ्रतापूर्वक अपने केश संयत किए, मूँछें मरोड़ीं और भाले की मूठ की परीक्षा की। उसकी दिलेरी उसके रोम-रोम से प्रकट हो रही थी।

कोलाहल क्रमशः निकट आता गया। हम दोनों सन्नद्ध होकर कुटिया के दोनों सिरों पर डट गए। पीछे स्त्रियाँ भी यथाशक्ति प्रतिरोध का प्रयत्न करने के लिए तैयार होकर प्रतीक्षा करने लगीं। हम लोग आनेवाली विपत्ति का सामना करने के लिए पूर्ण सावधान थे। दूर से बड़ी अस्पष्ट जय-ध्वनि सुनाई पड़ी। धीरे-धीरे जय-ध्वनि स्पष्ट होने लगी। अलहना ने हर्ष-गद्गद होकर कहा, "अपने लोग ही जान पड़ते हैं, अन्नदाता!"

जय-ध्वनि और भी स्पष्ट हुई, "जय, महाराजाधिराज सातवाहन की जय! महादेवी रानी चन्द्रलेखा की जय!"

तो सचमुच अपने ही लोग हैं! मैंने अलहना को थोड़ा सावधान बने रहने का आदेश दिया। कहीं धोखा न हो! परन्तु जैसे-जैसे भीड़ निकट आती गई वैसे-वैसे देखा गया कि सचमुच अपने ही लोग हैं। भीड़ के आगे-आगे बोधा प्रधान और मैनसिंह सातवाहिनी विजय-ध्वजा फहराते प्रसन्न-शान्त भाव से चले आ रहे हैं और पीछे मेरे सैनिकों और ग्रामीण नौजवानों की अशिक्षित किन्तु सुपरिचालित वाहिनी बढ़ी चली आ रही हैं। वे लोग नाना प्रकार की आनन्द-ध्वनि कर रहे हैं और रह-रहकर विजयोल्लास में गगनभेदी जय-ध्वनि करते जा रहे हैं। मैनसिंह और बोधा प्रधान को देखकर ऐसा लगा जैसे हृदय में आकस्मिक आह्लाद के सागर का ज्वार आ गया हो। मैनसिंह को कदाचित् मुझे इस प्रकार एकदम सामने

देखने की सम्भावना का भान भी नहीं था। मुझे देखते ही सारी सेना ने तुमुल हर्ष-ध्वनि की। मैनसिंह ने आनन्दोल्लास में भाग लिया परन्तु एकाएक विजय-ध्वज को बोधा प्रधान के हाथ में थमाकर एक ओर सटक गया। मुझे एक विचित्र प्रकार की आनन्दानुभूति हुई। ऐसा लगा जैसे हृदय गलकर इस महिमामयी बालिका के चरणों पर ढरक जाना चाहता है। उसे भागते देखकर मैं धीरे-से हँस पड़ा। मैनसिंह अर्थात् मैना के ललाट पर स्वेद-बिन्दु निकल आए। विवश-कातर दृष्टि को प्रयत्नपूर्वक दूसरी ओर करके शोभा, शालीनता और तेज का वह प्रत्यक्ष विग्रह मेरी आँखों से ओझल हो गया।

बोधा प्रधान ने आगे बढ़कर मेरा अभिवादन किया। संक्षेप में, उन्होंने सूचना दी कि घुंडकेश्वर और तुर्क सेना पराजित हुई है। विद्याधर मन्त्री आ रहे हैं। बन्दी तुर्क सैनिक उन्हीं के साथ हैं। वे नाना गोसाईं के मठ के पास शिविर डालकर महाराज की प्रतीक्षा करेंगे।

मैंने पूछा कि रानी और नाटी माता कहाँ हैं? बोधा की कौड़ी-जैसी आँखें टँग गईं। उन्होंने पूछा कि वे क्या यहाँ नहीं हैं? कब से नहीं हैं? मैंने पूजागृह के पास खड़ी स्त्रियों की ओर इंगित करके बताया, 'ये लोग बता सकती हैं।'

बोधा प्रधान उधर गए और तुरन्त लौटकर कहा, "अभी पता लगाता हूँ महाराज!" और उलटे पाँव लौट गए।

## [ 17 ]

विद्याधर मन्त्री और बोधा प्रधान साथ-साथ पहुँचे। उनके साथ मेरे दोनों भतीजे भी थे। दोनों बालक सूखकर कंकालशेष हो गए थे। वे डरे हुए जान पड़ते थे। मुझे देखकर वे रोते हुए चरणों पर लोट गए। मैंने स्नेहपूर्वक उन्हें उठाकर छाती से चिपका लिया। उनके बारे में कुछ अधिक जानने के उद्देश्य से मैंने विद्याधर मन्त्री की ओर मुख किया। विद्याधर मन्त्री ने विशेष कुछ नहीं बताया। वे उद्विग्न से जान पड़ते थे। मैंने अनुमान से समझा कि कुछ बड़ी चिन्ता उनके मन में है।

बहुत संक्षेप में, अन्यमनस्क भाव से उन्होंने जो कुछ बताया उसका सारांश यह था कि दोनों बच्चों को घुंडकेश्वर के जाल से बचाया जा सका है, पर वृद्ध धीर शर्मा का कोई पता नहीं चल रहा है। गुप्तचरों से पता चला है कि उन्हें गोपाद्रि दुर्ग से कोई दस कोस पूर्व की ओर किसी गुफा में छिपाकर रखा गया है और उन पर अनेक प्रकार की शारीरिक और मानसिक यातनाओं द्वारा अत्याचार किया जा रहा है। किसी मुसलमान फकीर ने इसका विरोध किया तो उसे भी

बाँधकर औंधे मुख वहीं लटका दिया गया है। कहा जा रहा है कि घुंडकों का एक दल गुफा पर पहरा दे रहा है। बोधा प्रधान को सूचना मिली है कि घुंडकों की संख्या बहुत अधिक तो नहीं पर गुफा ठीक किस स्थान पर है यह उनके गुप्तचर नहीं बता पाए हैं। यहाँ से दस कोस की दूरी केवल अनुमान के आधार पर स्थिर की गई है।

विद्याधर मन्त्री का विजयोल्लास एकदम लुप्त हो गया था। उनका मन बैठ गया था। धीर शर्मा से उनका सहज स्नेह था। उन्हें धीर शर्मा को विषम संकट से बचा लेना केवल राजधर्म ही नहीं, व्यक्तिगत कर्तव्य जान पड़ता था। इन बच्चों की विषम यातना की कथा सुनकर वे अत्यन्त विचलित हो गए थे। मेरी शिराओं में भी एक विचित्र प्रकार की सनसनाहट अनुभव होने लगी। मैंने कर्तव्य-निश्चय के लिए बोधा प्रधान की ओर दृष्टि फिराई।

बोधा की कौड़ी जैसी आँखें उसी प्रकार राग-विरागशून्य थीं। वे स्थिर भाव से मन्त्री की ओर बँधी हुई थीं। देखनेवाले को ऐसा लगता था कि बोधा प्रधान अपने-आपमें ही बिलकुल खो गए हैं। परन्तु सच बात यह थी कि इस स्थिर अचंचल दृष्टि का विषय सब कुछ था। बोधा सचमुच ही सबको देख रहे थे। ज्यों ही मैंने उनकी ओर दृष्टि फिराई वे मेरी ओर देखने लगे और प्रश्न को मेरी आँखों में पढ़कर उत्तर देते हुए बोले, "चलना चाहिए।"

मुझे ऐसा लगा कि यही तो ठीक उत्तर था, पर मैं जैसे इन दो शब्दों को एकदम भूल ही गया था। चलना चाहिए, अवश्य चलना चाहिए। परन्तु किसे? कहाँ?

बोधा प्रधान उसी प्रकार स्थिर खड़े रहे। उन्होंने मन्त्री की ओर इंगित करते हुए कहा, "तातपाद को विश्राम की आवश्यकता है।" और फिर कुछ और की प्रतीक्षा किए बिना कुटिया की ओर चले गए।

बड़ी कठिनाई से विद्याधर मन्त्री को विश्राम करने के लिए राजी किया जा सका। ऐसा जान पड़ता था कि बोधा प्रधान ने बिलकुल स्थिर कर लिया था कि मुझे और विद्याधर मन्त्री को यहाँ छोड़ जाएँगे। मेरे एकान्त अनुरोध से विद्याधर मन्त्री अनिच्छापूर्वक विश्राम करने गए। अवकाश पाकर मैं बोधा प्रधान को खोजने निकला। कुटिया में उस समय पूरी शान्ति थी। थके-माँदे सैनिकों को दूर हटकर विश्राम करने की आज्ञा दे दी गई थी। सर्वत्र अनुशासन और सतर्कता दिखाई देती थी। छोटी-सी कुटिया इस समय युद्ध-शिविर के रूप में बदल गई थी। मगर कुटिया की अधिष्ठात्री देवी कहीं दिखाई नहीं दे रही थीं। इस शान्त-मनोरम पूजागृह को युद्ध की शिविर-भूमि बना देना क्या उचित हुआ है? क्या इसी से यहाँ की अधिष्ठात्री देवी रूठकर कहीं चली गई हैं? अनजान में मैंने कैसा उत्पात कर दिया है? मुझे लगा कि कुटिया में मेरा आना उचित नहीं हुआ। क्यों आया?

रानी के लिए। कैसे आया? मैना के साथ।

विद्याधर मन्त्री ने किसी दिन रानी को सम्बोधित करके कहा था, "देवि, उठो, इस हतश्री देश को प्रेरणा दो। तुम व्यर्थ कुलाभिमान का शरीरधारी प्रतिवाद हो। तुम राजाओं की आदर्श प्रेम-निष्ठा का मधुर फल हो और इतिहास-विधाता का जो कुछ विधान है, उसकी ओर इंगित करनेवाली अप्रतिम तर्जनी हो। बेटी, क्या होनेवाला है, कोई नहीं जानता, किन्तु क्या करना है, यह बिलकुल स्पष्ट है। बिजली की तरह कड़को, सुधाधारा की भाँति बरसो और असहाय प्रजा में शक्ति का संचार करो।"

कैसा विचित्र योग है कि जब विद्याधर मन्त्री यहाँ उपस्थित हुए उसी समय विधि-विधान की 'अप्रतिम तर्जनी' यहाँ से न जाने कहाँ चली गई। आज अवसर था। विद्याधर भट्ट ही रानी को पुरानी प्रतिज्ञा का स्मरण दिला सकते थे। रानी ने प्रतिज्ञा की थी, 'आर्य, ऐसा ही होगा। इस देश में मिथ्या खंड-अभिमानों को चूर्ण करने के लिए चन्द्रलेखा वज्र के हथौड़े का काम करेगी और हतदर्प, हीनवीर्य पराजित प्रजा के चित्त में इतिहास की मंगलमयी प्रेरणा देने के लिए अमृत की तरह झरेगी।'

कदाचित् विद्याधर कुछ और समझा रहे थे, रानी कुछ और समझ रही थीं। वाग्देवी हँस रही थीं। इतिहास-विधाता भ्रू-कुंचित करके देख रहे थे। 'कला-काष्ठादि रूपेण परिणामप्रदायिनी' महाकाली ने उस दिन अट्टहास करके इस प्रतिज्ञा का तिरस्कार किया था। कितना-कुछ घट गया! विद्याधर अब भी स्थिर और अविचल है। उनके अंग-अंग से वही दृप्त वाणी अब भी मुखरित हो रही है जो उस दिन भावोद्दीप्त मुख से प्रकट हुई थी, 'अस्सी वर्षों के अनेक प्रकार के अनुभवों के भीतर से केवल एक ही बात समझ सका हूँ—शस्त्र-बल से हारना हारना नहीं है, आत्मबल से हारना ही वास्तविक पराजय है। बेटी, सारा-का-सारा देश विदेशियों से आक्रान्त हो जाए, मुझे लेशमात्र भी चिन्ता नहीं होगी, यदि प्रजा में आत्मविश्वास बना रहे, अपने गौरवमय इतिहास की प्रेरणा जाग्रत रहे।'

परन्तु, परन्तु...

कुटिया के द्वार पर खड़ा-खड़ा मैं इन्हीं विचारों में उलझकर खड़ा हो गया। मैं भूल ही गया था कि बोधा प्रधान को खोजने निकला था। पिछले कई दिनों से मेरे मस्तिष्क की नसें कुछ दुर्बल हो गई हैं। मूल बात को छोड़कर मैं प्रायः व्यर्थ की शाखा-प्रशाखाओं में उलझ जाता हूँ। मेरा मन कहाँ-से-कहाँ दौड़ता रहता है। कदाचित् अन्तस्तल में बहुत-से भाव-सूत्र उलझ गए हैं। यह उचित नहीं है। मैं अगर इस प्रकार उलझा करूँगा तो ये प्राणों पर खेलनेवाले विश्वस्त सहायक उखड़ जाएँगे।

मैं जब इन्हीं चिन्ताओं में उलझा हुआ था उसी समय भीतर से कुछ बातचीत सुनाई पड़ी। स्वर में उत्तेजना थी। स्पष्ट ही मैना कुछ कह रही थी, "तुमने इस बार भूल की है बोधा प्रधान! धीर शर्मा की उत्पीड़न-कथा क्या विद्याधर भट्ट और महाराज को सुनानी चाहिए थी? मैना क्या मर गई थी? तुम्हें अपनी कूटबुद्धि पर कुछ अतिरिक्त विश्वास हो गया है। तुमने मुझसे पूछा तक नहीं और मन्त्री से सब कह दिया।"

बोधा ने बहुत धीरे से किन्तु दृढ़ता के साथ उत्तर दिया, "ठीक ही किया है। उत्तेजित न हो। तुम चुपचाप विश्राम करो! मैं सब देख लूँगा।"

मैना और उत्तेजित हुई, बोली, "देख लेंगे! बुद्धि मारी गई है!"

बोधा कुछ भी विचलित नहीं हुए। शान्त भाव से बोले, "ऐसा समझ लो कि मुझसे पूछे बिना रानी के पोथे तुमने महाराज को दे दिए, उसके उत्तर में मैंने तुमसे पूछे बिना यह समाचार मन्त्री को दिया। चलो एक प्रमाद तुमसे हुआ, एक मुझसे हुआ। अब लाभ-हानि बराबर हो गई। आगे की सोचो।"

अब की बार मैना और भी उत्तेजित हुई, "सब बातें कूटनीतिज्ञों को नहीं बताई जातीं।"

बोधा को पहली बार मैंने हँसते सुना; बोले, "सब बातें अल्हड़ वीरों से भी नहीं पूछी जातीं।"

मैना को और भी क्रोध आया। बहुत बल देकर और कदाचित् आँखें तरेरकर उसने कहा, "अर्थात्?"

बोधा ने अविचलित होकर कहा, "अर्थात् जो हुआ सो ठीक हुआ है, आगे की सोचो।"

मैना कुछ बोली नहीं। बोधा की गम्भीरता ने उसे अभिभूत कर दिया। बोधा ने कहा, "नाटी माता और रानी भी उसी ओर गई हैं, भगवती विष्णुप्रिया के आश्रम के रास्ते में उनके विपद्ग्रस्त होने की भी आशंका है। मैंने अपने आदमियों को उनकी रक्षा के लिए भेज तो दिया है, पर मुझे भी जाना चाहिए। तुम थोड़ा विश्राम कर लो। मैं तुम्हें समाचार देता रहूँगा। विश्राम करो मगर सावधान रहो।"

मैना ने कहा, "मैं थकी कहाँ? मैं तुम्हारे साथ चलूँगी।"

बोधा ने कहा, "नहीं।" और चुपचाप उठ पड़े।

जान पड़ा कि मैना को इससे सन्तोष नहीं हुआ, पर वह हार अवश्य गई। उसने कुछ खिसियाने-से स्वर में पूछा, "अल्हड़ वीरों को कितनी देर तक विश्राम करना चाहिए?"

चलते-चलते उसी शान्त भाव से बोधा बोले, "कम-से-कम पाँच घटी।"

मैं द्वार से कुछ दूर चला गया ताकि बोधा को मेरे उपस्थित रहने की आशंका

न हो। बोधा बाहर आए। मुझे कुछ दूर पर टहलते देखकर कदाचित् उन्हें सन्देह हुआ कि मैंने उनकी बातचीत सुन ली है, पर शान्त ही दीखे।

मुझे देखकर उन्होंने विनीत भाव से प्रणाम किया और हाथ जोड़कर कहा, "महाराज, वृद्ध मन्त्री बहुत क्लान्त हैं। उनके मन में धीर शर्मा के लिए व्याकुल वेदना है। अपराध मार्जित हो, उनके विश्राम के लिए आपका यहाँ रहना आवश्यक है। इस बीच मैं धीर शर्मा के बारे में निश्चित समाचार प्राप्त करने का प्रयत्न करूँगा। तब तक मैं चाहता हूँ कि वृद्ध की देखरेख का भार आप ही स्वीकार करें।"

मैंने प्रसन्नतापूर्वक स्वीकार कर लिया और पूछा, "नाटी माता का क्या समाचार है?"

बोधा ने कहा, "ठीक ही है। वे रानी के साथ भगवती विष्णुप्रिया के आश्रम की ओर गई हैं। कदाचित् कर्तव्य-द्वन्द्व में उनके परामर्श की उन्हें आवश्यकता है। कुछ चिन्ता न करें। मैं उनकी सुरक्षा की व्यवस्था भी सोच रहा हूँ।"

बोधा ने जब चलने की अनुमति माँगी तो मैंने उनसे पूछा कि वृद्ध मन्त्री ने कहा था कि धीर शर्मा के साथ कोई फकीर भी बाँधकर रखा गया है। वह कौन है?

बोधा ने आकाश की ओर ताकते हुए संक्षेप में उत्तर दिया, "ठीक तो नहीं पता चला, पर नाम उसका सीदी मौला बताया जा रहा है।"

"सीदी मौला?"

"हाँ, महाराज, ऐसा ही कुछ नाम बताया जा रहा है।"

सीदी मौला! मेरे मन में आँधी-सी बह गई। मैंने अनुनयपूर्वक कहा, "प्रधान, मैं सीदी मौला से मिलना चाहूँगा। तुम मुझे भी साथ ले चलो। मैं सीदी मौला से पहले भी मिल चुका हूँ। वह विचित्र फकीर है!"

बोधा के चेहरे पर कोई विकार नहीं दिखाई दिया। शान्त भाव से बोले, "दिल्ली में उसे हाथी के पैरों तले कुचलवा देने का आयोजन चल रहा है। सुना है, वह पकड़ में नहीं आ रहा है।"

"मगर पकड़ा तो गया है।"

"धुंडकेश्वर ने पकड़ा है। उसे आशा है कि सीदी मौला को यदि सुलतान के हाथ सौंप सका तो उसका मान बढ़ जाएगा। परन्तु उसके पहले वह उससे रसायन-विद्या सीख लेना चाहता है। किन्तु अभी ये सारी बातें अस्पष्ट ही हैं। कुछ अधिक छानबीन की आवश्यकता है।"

पाँच घटी के भीतर कुछ समाचार देने का आश्वासन देकर बोधा प्रधान चले गए। मुझे विशेष रूप से वृद्ध मन्त्री की देखरेख का भार दे गए। मैं भी सावधान

होकर प्रतीक्षा करने लगा। वृद्ध सचमुच बुरी तरह थक गए थे। ऐसा जान पड़ता था कि बहुत दिन बाद उन्हें विश्राम का अवसर मिला है। वे एक प्रकार से संज्ञाहीन ही हो गए थे।

मैं चुपचाप बाहर बैठ गया। मन में विचारों की झंझा चल रही थी। मैं पिछली घटनाओं का विश्लेषण कर रहा था। हमने अब तक क्या प्राप्त किया? कितना मेरा इसमें व्यक्तिगत है और कितना निःस्वार्थ देश-सेवा का? मुझे ऐसा लगा कि जब समूची प्रजा-शक्ति दीर्घकालीन निद्रा से उद्‍बुद्ध हो रही है, मैं केवल व्यक्तिगत भावावेगों के पीछे दौड़ रहा हूँ। मेरे मन में ग्लानि और निराशा के विकार अंकुरित हुए। मैंने दीर्घ निःश्वास लिया। इसी समय बिजली की चमक के समान अचानक मैना आकर सामने खड़ी हो गई। वह बहुत उत्तेजित जान पड़ती थी। उसके चेहरे पर लाली दमक रही थी। मेरी ओर देखते ही उसकी आँखें झुक गईं। लेकिन क्षण-भर में उसने अपने को सँभाल लिया। उसने एक झटके से अपना सिर उठाया और फिर सामने से दृष्टि हटाकर एक ओर पार्श्व में फिराई। उसके ग्रीवा-भंग में एक अद्‍भुत शोभा थी। वह मेरी ओर ताक नहीं पा रही थी, पर कुछ ऐसी व्याकुल थी कि लज्जा की रस्सी का तोड़ना उसने आवश्यक समझा। सिंहनी की तरह उसने एक-दो बार गर्दन इधर-से-उधर घुमाई और उधर-से-इधर घुमाई। फिर अपनी सारी शक्ति को समेटकर कुछ अतिरिक्त उत्तेजना के साथ कहा, "क्षमा करें महाराज, ऐसे नहीं चलेगा। वे लोग हमारे ऊपर आक्रमण करते रहें और हम लोग बचाव करते रहें, यह ठीक नहीं है। मुझसे अब यह नहीं सहा जाता। कल आप रानी के लिए व्याकुल थे, आज धीर शर्मा के लिए चिन्तित हैं, कल विद्याधर मन्त्री या बोधा प्रधान के लिए कातर हो उठेंगे। इस प्रकार मोह की छोटी-छोटी गठरियों के ढोने में ही हमारी शक्ति क्षीण हो जाएगी। मैं चाहती हूँ कि आप इन उद्‍बुद्ध अनुचरों को लेकर सीधे दिल्ली पर टूट पड़ें। साहस में सिद्धि बसती है महाराज! आप यदि ऐसा आक्रमण करें तो मेरा विश्वास है कि रानी दीदी के मस्तिष्क का विकार समाप्त हो जाएगा, घुंडकेश्वर के षड्‍यन्त्र बालू की भीत की भाँति भहरा जाएँगे, बोधा की कूटबुद्धि चम्बल के ढूहों को छोड़कर, बलख और बुखारा की दौड़ लगाएगी और विद्याधर मन्त्री का साहस विश्वविजय का संकल्प करेगा! छोड़ो महाराज, छोड़ो इन छोटी सीमाओं के घरौंदों को! भय नहीं है। अगर इस कार्य में हममें से प्रत्येक को कालदेवता का अतिथि बनना पड़े तब भी कोई चिन्ता नहीं। हमारे रक्त से सनी धरती का प्रत्येक कण, उससे उत्पन्न प्रत्येक दाना भावी पीढ़ियों को साहस और निर्भीकता का सन्देश देगा। यह फूँक-फूँककर पैर बढ़ाने की नीति वीरजनोचित नहीं है। मेरी सहन की सीमा समाप्त हो चुकी है। उठो महाराज, प्रचंड आँधी की भाँति बहो।" मैना ने क्रुद्ध सर्पिणी की तरह फुफकारकर कहा,

"कायरों और कमीनों को शरण देनेवाले गढ़ पर धक्का मारो!"

मैं एकदम सीधा खड़ा हो गया। यह कैसी उद्बोधक वाणी है! यही तो वह सन्देशा है जिसे सुनने के लिए मेरा अन्तरतर व्याकुल था। आज तक किसी ने ऐसी मर्मभेदिनी वाणी क्यों नहीं सुनाई? आज सब साफ हो गया। अब तक मोह और क्षुद्रता की सीमाओं से भटकता रहा। आज पहली बार किसी ने हृदय के अतल गह्वर में विलीन आत्मज्ञान को ऊपर खींच लिया है। मैना ठीक कह रही है। क्या इन छोटी-छोटी, अहंकार और ममता द्वारा चालित, मोह और लोभ द्वारा लालित, क्षुद्र सीमाओं में नहीं फँस गया हूँ? कहाँ समूचे देश को स्तब्धता, अवमानना, भयकातरता और परमुखापेक्षिता से बचाने का महान् सन्देश और कहाँ इन मोह-ममता के व्यक्तिगत चौखटों में छटपटानेवाली स्वार्थ-साधना का प्रयत्न!

मैंने कहा, "ठीक कह रही है मैना। मैं भूला था, भटक गया था, अब और अधिक भटकना महानाश को आमन्त्रित करना है। तुमने मेरे चित्त में संचित सारे कूड़े के जंजाल को एकाएक भस्म कर दिया है। एक बार फिर मैं तुम्हारा कनाउड़ा हुआ।"

मैना जिस तरह आई थी, उसी तरह झमाक से चली गई। देर तक उसके रास्ते पर प्रकाश की एक वक्ररेखा खिंची पड़ी रही।

## [ 18 ]

विद्याधर भट्ट ने मैना की बातें सुन लीं। वे उठकर बैठ गए। फिर बाहर आकर उन्होंने पूछा कि अभी जो लड़की बात कर रही थी वह कौन है। मैं असमंजस में पड़ गया। मुझे पता था कि मैना विद्याधर मन्त्री से बचती रहती है। उसे कदाचित् सन्देह है कि विद्याधर की तीव्र दृष्टि निश्चय ही पहचान लेगी कि वह बालिका है। यह रहस्य विद्याधर से छिपा नहीं रह सकता। परन्तु उनसे कुछ भी छिपाना मेरे बस की बात नहीं है। मैं उन्हें धोखे में नहीं रख सकता। चतुर वृद्ध के चित्त पर उसके सच्चे रूप की क्या प्रतिक्रिया होगी, यह अनुमान करना भी कठिन है। इसीलिए मैं तुरन्त कुछ उत्तर नहीं दे सका।

विद्याधर मन्त्री को मेरी दुविधा ने और भी उत्सुक बना दिया। बोले, "महाराज, अपूर्व तेजस्विनी बालिका है यह! इसने मेरे मोह पर कसकर आघात किया है। मुझे इसने सोते से जगाया है। जान पड़ता है तुम्हें यह अच्छी तरह जानती है। बताओ, शीघ्र बताओ महाराज! मैं इस तेजोवर्त्तिका से प्रकाश की भिक्षा माँगूँगा। सीधी-सी बात को इसने सीधे पकड़ा है। मैं मोह में पड़ा था।"

मैंने विनीत भाव से उत्तर दिया, "बालिका मेरी परिचित है, बहुत तेजस्विनी और साहसी है। उसने जो बात कही है उससे मेरा मन भी बहुत आन्दोलित है।" मैंने उसकी प्रशंसा ज़रा और बढ़ाई। उद्देश्य था बात को दूसरी ओर मोड़ देना। मैंने कहा, "आर्य, यह लड़की बिलकुल बिजली की भाँति तेजोरूपा है, वैसी ही चंचल, वैसी ही तीव्रगामिनी। रानी चन्द्रलेखा की यह बहुत ही प्रिय सखी है। अब इसी महाप्राण बालिका की सेवा का फल है कि रानी अब स्वस्थ हो रही हैं।"

विद्याधर ने अधीर भाव से पूछा, "परन्तु कौन है? किस बड़भागी की कन्या है? क्या करती है? यहाँ कैसे आई?"

मैंने विनीत भाव से उत्तर दिया, "आर्य, सब तो मुझे मालूम नहीं, पर इतना जान सका हूँ कि नाटी माता की पुत्री है।"

विद्याधर के चेहरे पर कुछ व्यस्तता के चिह्न दिखाई पड़े। अन्यमनस्क भाव से, जैसे अपने से ही पूछ रहे हों, कहने लगे, "नाटी माता! विचित्र बात है!" ऐसा जान पड़ा जैसे कुछ विस्मृत घटना एकाएक उनके मस्तिष्क में बिजली की भाँति कौंध गई। मेरी ओर तीव्र दृष्टि से देखकर बोले, "नाटी माता कौन हैं महाराज? तुम कुछ जानते हो?"

विनीत भाव से मैंने उत्तर दिया, "इतना ही जानता हूँ आर्य कि नाटी माता विग्रहवती भक्ति हैं। उनके दर्शन से चित्त में संचित विकार और वासना निश्चित रूप से नष्ट होने लगती है। इसी पवित्र माता से इस प्रकार की तेजस्विनी, कान्तिमती कन्या का जन्म हो सकता है। प्रदीपशिखा से ही प्रदीपशिखा प्रज्वलित हो सकती है, कामधेनु से ही नन्दिनी का जन्म सम्भव है, अगाध सागर की जलराशि से ही लक्ष्मी की उत्पत्ति उचित है, रसनिर्भर मेघमाला से ही विद्युत-शिखा प्रकट हो सकती है।"

मैंने मैना की स्तुति अनावश्यक रूप से बढ़ा दी थी। मेरा उद्देश्य यह था कि इस प्रशस्ति-धारा में वृद्ध मन्त्री का चित्त इस प्रकार बहा दूँ कि वे मैना का नाम न पूछ सकें। यदि मैं एक बार नाम बता दूँ तो कदाचित् चतुर मन्त्री मैनसिंह के बारे में कुछ सोचने लगें और जो बात मैना ने प्रयत्नपूर्वक छिपा रखी है, वह प्रकट हो जाए। लेकिन वृद्ध मन्त्री की आँखों में कुछ कुतूहल और परेशानी के भाव झलक उठे। कदाचित् उनके मन में मेरी बातों से कुछ सन्देह जाग उठा। वे इस मनोभाव को उचित दिशा में ले जानेवाला नहीं समझ रहे थे। उन्होंने मेरी आँखों में कुछ पढ़ने का प्रयास किया। मैं अकारण लज्जित-सा अनुभव करने लगा। ऐसा जान पड़ा कि वृद्ध मन्त्री को सन्देह हो गया है कि मेरे चित्त में कोई आकर्षण या अनुराग क्रियाशील है। हाय-हाय, मैंने क्या करके क्या कर दिया! परन्तु वे कुछ बोले नहीं। उनकी चेष्टा से प्रकट था कि वे मैना से मिलना चाहते

हैं, पर न जाने क्या सोचकर उन्होंने फिर वह बात नहीं उठाई। उनकी आँखें कुछ झुकीं और वे मेरी ओर देखे बिना सिर हिला-हिलाकर गुनगुनाने लगे, "बात तो ठीक है। कसकर आघात करने की आवश्यकता है। देश की उद्‌बुद्ध चेतना का भरपूर लाभ उठाना चाहिए।"

मैं बड़े असमंजस में पड़ गया। क्या कुछ और कहना चाहिए या मौन ही सर्वोत्तम उपाय है? मैं इसी असमंजस में पड़ा था कि एकाएक परमात्मा ने सहायता की। हमारे सैनिक कुटिया के चारों ओर बिखरकर आराम कर रहे थे, उनमें कुछ हलचल दिखाई दी। कुछ सैनिक हमारी ओर बढ़े। उन्होंने हम दोनों को प्रणाम किया और फिर वृद्ध मन्त्री विद्याधर की ओर उन्मुख होकर अत्यन्त विनीत भाव से हाथ जोड़कर खड़े हो गए। वे कुछ कहना चाहते थे और आज्ञा की प्रतीक्षा कर रहे थे।

मन्त्री ने उनमें से एक को सम्बोधन करके कहा, "क्यों पुण्डीर, कोई नया समाचार है?"

पुण्डीर ने कुछ आगे बढ़कर हाथ जोड़े हुए निवेदन किया, "आर्य, देर से हम लोग प्रतीक्षा कर रहे हैं। एक अत्यन्त आवश्यक बात निवेदन करनी है, इसीलिए आपके विश्राम में बाधा देने को विवश हुए हैं।"

मन्त्री ने बड़े ही प्यार के स्वर में कहा, "मेरा विश्राम समाप्त हो चुका है पुण्डीर, अब मुझे स्वर्ग में ही विश्राम मिलेगा। तुम निस्संकोच अपनी बात कह डालो। अवहित हूँ।"

पुण्डीर ने अत्यन्त विनीत भाव से निवेदन किया, "आर्य, एक विचित्र गुप्तचर पकड़ा गया है। वह ऐसी बात करता है जिससे सुननेवालों को भ्रम हो कि वह कोई पहुँचा हुआ सिद्ध है, परन्तु उसकी बातचीत से लगता है कि हमारे महाराज के बारे में, हमारी सेना के बारे में, तत्रभवान् धीर शर्मा के विषय में बहुत-सी बातें जानता है। जिस समय पकड़ा गया, उस समय उसने समाधि लगाने का अभिनय किया था। हमारे सैनिकों ने उसे शत्रु का गुप्तचर समझकर बन्दी बना लिया। बड़ी देर तक तो वह कुछ बोलता ही नहीं था। जान पड़ता था वह गूँगा है। सैनिकों ने उससे बहुत छेड़छाड़ की, परन्तु वह गूँगा ही बना रहा। फिर उसे बाँधकर यहाँ तक ले आया गया। उस समय आर्यपाद विश्राम कर रहे थे, इसलिए आपके सामने उपस्थित नहीं किया। देर तक हम लोग उसका रंग-ढंग देखते रहे। फिर एकाएक वह बोलने लगा और ऐसा बोलने लगा कि चुप होने का नाम ही नहीं। क्या विचित्र-विचित्र बातें उसने बताई हैं! कहता है, मैं कामरूप हो आया हूँ, गौड़ बंगाले का भ्रमण किया है, खुरासान और तुर्किस्तान तक यात्रा की है, ज्वालामुखी के पास तप किया, भोट देश में भूतों के साथ रातें बिताई हैं।

और सब कहने के बाद यह भी बताता है कि दिल्ली का प्रत्येक अमीर उसका चेला है। वह घुंडकेश्वर को भी जानता है और यह भी कह रहा है कि आज धीर शर्मा को पुण्य मुहूर्त में देवी की प्रसन्नता के लिए बलि होना पड़ेगा। अपराध क्षमा हो आर्य! वह महाराज के विषय में भी विचित्र-विचित्र बातें कह रहा है। सुनकर क्रोध भी आ रहा है और भय भी हो रहा है।"

सुनकर मेरे हृदय में धक्-से लगा। ये तो सीदी मौला के लक्षण हैं। क्या सीदी मौला घुंडकेश्वर के बन्दीगृह से निकल भागे हैं? उनके लिए कुछ अचरज की बात तो है नहीं। मैंने सीदी मौला के मुँह से सुना है कि वे कितने ही बादशाहों के बन्दीगृहों को चकमा दे चुके हैं। बीच ही में टोककर मैंने अधीर भाव से कहा, "पुण्डीर, उसका नाम सीदी मौला तो नहीं है?"

पुण्डीर कुछ उत्तर देने जा रहा था कि विद्याधर मन्त्री ने कहा, "महाराज, आपका सीदी मौला से परिचय है?"

मैंने कहा, "हाँ आर्य, सीदी मौला को मैं जानता हूँ। वे विचित्र साधु हैं। अगर यह व्यक्ति सीदी मौला ही हैं तो उनके मिलने से लाभ भी होगा, हानि की कोई सम्भावना नहीं है। सीदी मौला निर्भय हैं। उनका न तो किसी के प्रति राग है, न विराग है।"

विद्याधर भट्ट की आँखें आश्चर्य से टँग गईं, बोले, "कुछ तो मैंने भी उनके बारे में सुन रखा है।" फिर पुण्डीर की ओर मुँह करके उन्होंने आज्ञा दी, "पुण्डीर सीदी मौला को यहाँ ले आओ।" और उसके साथी जब वहाँ से चलने लगे तो मन्त्री ने उनमें से एक को रोक लिया। बोले, "तुम्हारे पास बिछाने की चटाई या दरी हो तो यहाँ लाकर बिछा दो।"

आज्ञा पाकर वह चला गया और एक बड़ी-सी दरी उठा लाया। जब उसने उसे बिछाकर साफ कर दिया तो मन्त्री ने आज्ञा दी कि पुण्डीर से जाकर कहो कि वह बन्दी को भद्रतापूर्वक सम्मान के साथ ले आए।

हम दोनों दरी पर बैठ गए। थोड़ी देर बाद तीन-चार सैनिकों ने कन्धे पर लादकर मृतवत् पड़े हुए सीदी मौला को हमारे सामने लाकर पटक दिया। हम दोनों को आश्चर्य हुआ। सैनिकों ने बताया, "जब हम इस बन्दी को यहाँ ले आने का उपक्रम करने लगे, तो यह कटे रूख की तरह ऐसे गिर गया जैसे मूर्च्छा आ गई हो। हम लोगों ने इसे कन्धे पर ढोकर ले आने का निश्चय किया, लेकिन अजीब पाजी है। यह निरन्तर भारी होता जा रहा है। दो नौजवान इसे ले आने में एकदम असमर्थ हो गए। दो और लगाए गए। परन्तु जान पड़ता है यह भला आदमी भीतर-ही-भीतर कुछ कर रहा है। देखिए महाराज, लोहे से भी भारी है।"

चारों तगड़े नौजवान बुरी तरह हाँफ रहे थे और पसीने से तर-ब-तर हो गए

थे। मैंने ध्यान से देखा तो मुझे कोई सन्देह नहीं रह गया कि ये सीदी मौला ही हैं। यद्यपि इधर दाढ़ी कुछ अधिक बढ़ गई थी और केश अधिक लटिया गए थे, तो भी चेहरे पर उसी तरह की शान्ति थी जैसी मैंने पहले देखी थी। मुझे सन्देह हुआ कि सैनिकों ने कुछ दुर्वाच्य कहा होगा और सीदी मौला अड़ गए होंगे। जब उन्हें बलपूर्वक खींचा गया होगा तभी उन्होंने यह विचित्र समाधि ली होगी। मुझे ठीक समझ में नहीं आया कि क्या करने से सीदी मौला की समाधि भंग होगी। उनका सारा शरीर फौलाद का बना हुआ-सा लग रहा था। लम्बी-लम्बी पतली उँगलियाँ लौहशलाका की भाँति तन गई थीं। सारा शरीर कहीं से भी झुकने को तैयार नहीं था।

विद्याधर भट्ट ने आश्चर्य से उनके शरीर को नीचे से ऊपर तक देखा। उन्होंने सीदी मौला के फैले हुए करतल की बड़े ध्यान से परीक्षा की और मेरी ओर आश्चर्य से देखते हुए बोले, "राजन्, महासिद्ध के दर्शन हुए। देखो, दसों उँगलियों में चक्र के कैसे अद्भुत लांछन हैं!" फिर उन्होंने पैरों की ओर दृष्टि की। श्रद्धा के अतिरेक से उनकी आँखों से आँसू निकल आए, बोले, "देखते हो महाराज, पैरों में ये चक्र और अंकुश, मध्यभाग में मत्स्यरेखा और दाहिने पैर में त्रिशूल का लांछन! यह तो विचित्र योग है।"

मैंने सहमतिसूचक सिर हिलाया और निवेदन किया, "आर्य, सीदी मौला सचमुच सिद्ध पुरुष हैं।"

विद्याधर भट्ट ने सीदी मौला के ललाट की भी परीक्षा की। उनकी भाव-भंगिमा से ऐसा लगता था मानो वे स्पर्श करने से डर रहे हों, मानो किसी जलते हुए लौह-पिंड को छूने जा रहे हों। हाथ से स्पर्श किए बिना केवल दृष्टि से ही उन्होंने सीदी मौला के पूरे मुखमंडल की परीक्षा की। फिर देर तक आँख के अन्तिम कोरों की परीक्षा करते रहे, तब बोले, "अद्भुत है, विचित्र है!" फिर एकाएक जैसे उन्हें कुछ दीख गया और बोले, "कौन कहता है कि सीदी मौला संज्ञाशून्य हैं! वे सब देख रहे हैं, सब सुन रहे हैं और सब समझ रहे हैं। देखो महाराज, ध्यान से देखो ये चक्षुर्गभा नाड़ियाँ बिलकुल स्वस्थ हैं।"

मैंने सीदी मौला की आँखों पर हाथ फेरा। प्रथम स्पर्श में पलक भी लोहे के बने हुए-से लगे, परन्तु दूसरे ही क्षण उनमें मृदुलता आ गई।

आर्य विद्याधर भट्ट ने कहा, "महाराज, आज ग्रहगण प्रसन्न हैं, जो हमें महायोगी के दर्शन हुए हैं।" फिर सैनिकों को उन्होंने आदेश दिया कि तुम लोग अपने-अपने स्थान पर चले जाओ।

सबके चले जाने पर हम दोनों चुपचाप सीदी मौला के चरणों के पास बैठ गए। मैंने कुछ कहने की इच्छा से आर्य विद्याधर भट्ट की ओर देखा। उन्होंने इंगित

से कहा, "शान्त रहो।"

थोड़ी देर बाद सीदी मौला के शरीर में शैथिल्य आया। फौलाद की तरह तनी हुई शिराओं में स्पन्दन के लक्षण दिखाई पड़े, पैरों में कम्पन हुआ, तनी हुई भुजाएँ शिथिल हो गईं और क्षण-भर में सीदी मौला उठकर बैठ गए। उन्होंने आँखें खोलीं। किसी प्रकार की अलस जड़िमा या तन्द्रा का भाव उनमें था ही नहीं।

बोले, "तुम हो महाराज! तुम्हारे सैनिकों ने मुझे बहुत तंग किया। मैं तो तुमसे मिलना ही चाहता था।" फिर विद्याधर मन्त्री की ओर देखकर बोले, "तुम्हारे मन्त्री विद्याधर भट्ट हैं न? इनका नाम और यश तो बहुत सुना है, परन्तु प्रत्यक्ष देखने का अवसर आज ही मिला।" फिर विद्याधर भट्ट से बोले, "ज्योतिषी हो न? भविष्य बताया करते हो! तुम्हारा मित्र धीर शर्मा आज घुंडकेश्वर के यज्ञ में बलि दिया जानेवाला है। घुंडकेश्वर चाहता था कि मैं उसे रसायन विद्या दे दूँ। उस भाग्यहीन को नहीं मालूम कि विद्या माँगने से नहीं मिलती, छीनने से भी नहीं मिलती। विद्या तपस्या चाहती है। वह षड्यन्त्र जानता है। मुझे नित्य धमकाता था कि विद्या दे दो, नहीं तो देवी की वेदी पर बलि चढ़ जाओगे। चढ़ा देता तो बुरा नहीं होता, किन्तु उसमें बड़ी भेदबुद्धि है। मूर्ख यही नहीं समझ पाया कि देवी किसी बाहरी देवता का नाम नहीं है। वह हमारी अन्तरतर की सत्ता का ही नाम है। देवी उतनी ही दूर तक प्रसन्न होती हैं जितनी दूर तक उनके निखिल ब्रह्मांड में व्याप्त रूप के साथ हमारे अन्तरतर में विद्यमान सत्ता का सामंजस्य होता है। मन में तो दुनिया-भर की जड़ता का जंजाल है और चाहता है चिन्मयी देवी का प्रसाद! मैंने कहा, 'तू एक बार मुझे बलि देकर देख ले, देवी तुझ पर कितनी प्रसन्न होती है!' जानते हो महाराज! एक दिन अचानक उसके अन्तस्तल में स्थित भेदबुद्धि ने उसे धोखा दे दिया। उसने एकाएक आविष्कार किया कि मैं मुसलमान हूँ और धीर शर्मा पवित्र ब्राह्मण हैं, इसलिए बलि केवल धीर शर्मा की ही दी जा सकती है। उसके आदमियों ने मुझे यज्ञभूमि से दूर ले जाकर पटक दिया। मैंने भी श्वास साध लिया। घुंडकेश्वर को सन्देह हुआ कि मैं मर गया, इसलिए उसने यज्ञक्रिया में बाधक अशुभ लक्षण समझ अपने आदमियों को आज्ञा दी कि इसे बहुत दूर फेंक आओ। मैं पहाड़ की खोह में फेंक दिया गया। फिर मैं वहाँ से किसी प्रकार बाहर निकला। मुझे क्या पता था कि तुम यहीं हो। लेकिन जान पड़ता है, देवी घुंडकेश्वर से प्रसन्न नहीं हुई हैं। जान पड़ता है वह धीर शर्मा की बलि नहीं दे सकेगा और उसका आडम्बरपूर्वक रचा हुआ मारणयज्ञ व्यर्थ सिद्ध होगा।" फिर एकाएक ठठाकर हँसते हुए सीदी मौला ने कहा, "मूर्ख, अभिचार के द्वारा सिद्धि प्राप्त करना चाहता है!"

विद्याधर भट्ट के मुख पर एक ही साथ अनेक भाव आए और गए। स्पष्ट

ही वे इस समाचार से उद्विग्न हो गए। परन्तु सीदी मौला इस प्रकार बता रहे थे जैसे बच्चों के किसी खेल की बात कह रहे हों। बोले, "मूर्ख, मुसलमानों को बलि देने से हिचकता है और खुद मुसलमानों की बलि चढ़ गया है, इसका उसे पता ही नहीं। दिल्ली का सुलतान उसे कभी क्षमा नहीं करेगा। सुलतान तो मुझे हाथी के पैरों से कुचलवाकर मरवा देना चाहता था, किन्तु इस मूर्ख ने गिड़गिड़ाकर प्रार्थना की कि जब तक उसे मुझसे सिद्धि नहीं प्राप्त हो जाती तब तक मुझे जीने दिया जाए। और फिर मुझे तुर्क सैनिकों की सहायता से बाँधकर इधर ले आया। यह जो पर्वत का पिछला ढलाव है न महाराज, उसी में एक औंधी-सी गुफा है। ऊपर से वह बड़े कड़ाह जैसी लगती है, लेकिन उसके भीतर नीचे की ओर अनेक छोटी-छोटी कोठरियाँ हैं जिनमें किसी पुराने जमाने में साधु लोग रहा करते होंगे। मूर्ख धुंडकेश्वर को पता नहीं था कि मैं इस गुफा में कुछ दिन बिता चुका हूँ। मुझे उसके चप्पे-चप्पे का ज्ञान है। मैं रास्ता भी जानता हूँ।"

फिर सीदी मौला ने एकाएक विद्याधर भट्ट की ओर दृष्टि उठाई। बोले, "क्या सोचते हो भट्ट? मित्र को बचाने जाओगे? या देश को बचाओगे? तुर्क सैनिकों ने मुझे बताया कि बहुत बड़ी तुर्क सेना इस बार उज्जयिनी को ग्रास करने जा रही है। चम्बल का भरोसा इस बार छोड़ दो। इस बार तुम्हारी रणनीति की प्रत्यक्ष परीक्षा है। जिस समय तुम धीर शर्मा को बचाने के लिए यज्ञमंडप तक पहुँचोगे, तब तक कौन जानता है कि उज्जयिनी में ईंट-से-ईंट नहीं बज उठेगी! एक तरफ धीर शर्मा को बचाना है, दूसरी तरफ देश को बचाना है। किधर जाओगे?"

विद्याधर भट्ट स्थिर, निस्पन्द पड़े रहे। ऐसा जान पड़ा कि क्षण-भर के लिए उनकी बुद्धि व्याकुल हो गई। वे एकाएक घबराकर खड़े हो गए।

सीदी मौला ठठाकर हँस पड़े, बोले, "तुम्हारी इसी विकल बुद्धि ने तो जयित्रचन्द्र का सर्वनाश कर दिया। तुमने ठीक समय पर ठीक सलाह नहीं दी। देखता हूँ अब सातवाहन को भी ले डूबोगे।"

इतने दृढ़निश्चयी विद्याधर भट्ट क्षण-भर में काले पड़ गए। ऐसा जान पड़ा कि धैर्य नामक वस्तु उनमें है ही नहीं। उनके हाथ-पैर बुरी तरह काँपने लगे। हाथ जोड़कर बोले, "योगिराज, कुछ उपाय बताओ।"

सीदी मौला और भी जोर से हँसे, "उपाय! किस बात का उपाय? यही तो मैं पूछ रहा हूँ। पहले तुम्हारी इच्छा तो मालूम हो। धीर शर्मा के बचाने का उपाय पूछते हो या देश की रक्षा का?"

विद्याधर भट्ट उसी प्रकार काँपते हुए खड़े रहे, कुछ बोल ही नहीं सके। सीदी मौला की निर्भयता और निष्ठुरता मुझे अच्छी नहीं लगी।

मैंने कहा, "योगिराज, आप विद्याधर भट्ट को ठीक से नहीं जानते, इसीलिए

ऐसी बातें कर रहे हैं। आपसे कम शक्ति-सम्पन्न किसी व्यक्ति ने अगर यह बात कही होती तो वह भट्ट के एक कुटिल दृष्टिपात से भहरा गया होता। आप कुछ ऐसी बात बताइए जो हमारे संकल्प-बल को दृढ़ करे। हमारे सैनिकों ने आपको शत्रु का गुप्तचर समझकर पकड़ा था। आप जिस प्रकार महामन्त्री के मन में द्विविधा और असमंजस का भाव पैदा कर रहे हैं, उससे तो लगता है उन्होंने आपको ठीक ही समझा था। आपको ऐसी बातें नहीं कहनी चाहिए थीं।''

सीदी मौला को जैसे कोई और ही रस मिला हो। हँसते हुए बोले, ''कौन शत्रु है और कौन मित्र है, इसका निर्णय तो महाकाल देवता के दरबार में होगा। मैं तो इसी बात की परीक्षा कर रहा हूँ कि तुम लोग अपने को कहाँ तक समझ सके हो।'' फिर विद्याधर भट्ट की ओर उन्मुख होकर उन्होंने कहा, ''भट्ट, तुम कूटनीति के बल पर देश की रक्षा करना चाहते हो। तुम भूल ही गए हो कि महाराज सातवाहन की सिद्धि किसी और बात में है।''

विद्याधर भट्ट उसी प्रकार विवर्ण, श्रीहीन, हतवाक्!

सीदी मौला ने और भी क्रूर उपहास किया, बोले, ''धीर शर्मा मूर्ख है, किन्तु डरपोक नहीं है। वे लोग उसे पीटते हैं तो श्लोक बोलने लगता है, घसीटते हैं तब भी श्लोक बोलता है, बाँधते हैं तब भी श्लोक बोलता है। चुप क्यों नहीं रहते बाबा? लेकिन वह तो अजब पोंगा है; श्लोक अगर दस शब्द का बोलेगा तो उसका अर्थ करेगा पचास शब्दों में। जीभ उसकी सपासप चलती रहती है; बमभोला है। सोचता होगा, सपासप जीभ का कोड़ा चलाकर प्रतिपक्षी को मार गिराएगा। कौन मारता है, कौन गिराता है! मेरी रक्षा तो उसने कर दी। जब घुंडकेश्वर को पता चला कि मैं मर गया हूँ तो वह थोड़ा विचलित हुआ। कदाचित् वह सुलतान से डर रहा था। मुझे तो लौटाना था। सुलतान जब तक मुझे हाथी के पैरों से नहीं कुचलवा देगा, तब तक उसे मारण-रस का पूरा स्वाद नहीं मिलेगा। किन्तु उस मूर्ख पंडित को उसी मौके पर श्लोक याद आ गया। बिना दाँत के पोपले मुँह से उसकी जीभ निर्बाध भाव से घूमने लगी। सपासप श्लोक बोलकर उसने व्याख्या शुरू की। बलिदान के पहले मृत्यु हो जाने से कितना अनर्थ होता है, यह उसने खोल-खोलकर समझाया। उसने तो यह भी कह दिया कि यजमान ही मर जाता है। घुंडकेश्वर मारने से जितना ही सुख पाता है, मरने से उतना ही डरता है। धीर शर्मा के श्लोकों ने मुझे तो बचा ही लिया। यहाँ से सीधे पूर्व की ओर वन्य-बदरियों के घने जंगल से जो रास्ता निकलता है, वह एकदम गुफा के द्वार पर पहुँचता है। उस द्वार के दाहिनी ओर बड़ा भारी खड्ड है; पचास हाथ से कम गहरा नहीं है। वहीं मुझे पटका गया। पता नहीं धीर शर्मा पर क्या बीती? बीते कुछ भी वह श्लोक बोल रहा होगा।''

विद्याधर भट्ट स्तब्ध, निस्पन्द!

सीदी मौला कुछ पिघले। इस शुष्क काष्ठ में भी दया-माया है। बोले, "तुम क्या सोच रहे हो भट्ट? इतना विचलित होना क्या तुम्हें शोभा देता है? तुम काल से लड़ रहे हो। काल से लड़नेवाले को कठोर होना चाहिए। तुम तो भहरा गए। मुझे शत्रु का गुप्तचर मान लेते तो तुम इतना अभिभूत न होते। मैं शत्रु का काम ही तो कर रहा हूँ, पर विचारकर देखो, मैं क्या सत्य नहीं कह रहा हूँ? मैं भविष्य देखता हूँ, पर तुम्हारे समान ग्रहों और लक्षणों को मिलाकर नहीं। मैं स्पष्ट देख रहा हूँ कि आर्यावर्त्त नाश के कगार पर खड़ा है; भेदबुद्धि से जर्जर, स्वार्थ और लिप्सा से अन्धा, ग्रह-ग्रहीत भारतवर्ष महानाश की ओर बढ़ रहा है। सहज भाव यहाँ है ही नहीं। तुम कूटयुद्ध से विजय पाना चाहते हो। मृगमरीचिका है यह। इस देश को वह बचाएगा जिसके पास सहज जीवन का कवच होगा, सत्य की तलवार होगी, धैर्य का रथ होगा, साहस की ढाल होगी, मैत्री का पाश होगा, धर्म का नेतृत्व होगा। तुम्हारे पास यह सब नहीं है। तुममें सीधी बात को सीधे ढंग से ग्रहण करने की शक्ति नहीं है। तुम रानी की निष्ठा और राजा के सहज भाव का लाभ नहीं उठा सकते। मगर तुम चाहो तो धीर शर्मा को बचा सकते हो, चाहो तो स्वयं अपना बलिदान करके इतिहास में कुछ चिनगारी छोड़ जा सकते हो। तुममें शक्ति है, पर उसे तुम जानते ही नहीं।"

विद्याधर स्थिर, अचंचल!

इसी समय बिजली की भाँति मैनसिंह आकर खप-से प्रकट हुआ। आगुल्फलम्बित कंचुक, कसा हुआ कटित्राण, गुलाबी पाग, कन्धे पर टिका हुआ विशाल कुन्त, वक्षस्थल पर चिपका हुआ कठोर कवच, कमर में झूलती हुई कोशबद्ध तलवार, पीठ पर झूलता हुआ ढाल। जान पड़ा जैसे घने मोहान्धकार को ध्वस्त करने के लिए अग्निशिखा ने वीर वेश धारण किया हो, अचंचल विद्युत-किरणों ने मेघमाला का कंचुक धारण किया हो, आर्यभूमि की विजय-लालसा ने सैनिक विग्रह ग्रहण किया हो। अहा, कैसा कमनीय मुख है! उसकी आँखों से स्फुल्लिंग झड़ रहे थे।

आते ही उसने तीव्र भर्त्सना के साथ विद्याधर भट्ट को सम्बोधित करते हुए कहा, "उठो आर्य, धीर शर्मा की रक्षा करने का भार मुझ पर छोड़ो। इन बकवादी निठल्ले सिद्धों के चक्कर में मत पड़ो। ये बिगाड़ना जानते हैं, सँवारना नहीं जानते। जगत्-प्रवाह से विच्छिन्न होकर व्यक्तिगत साधना के कंचुक से निरन्तर संकुचित होते रहनेवाले इन सिद्धों ने सत्य को खंडित किया है। ये क्या जानते हैं कि देश-रक्षा का अर्थ है व्यक्ति का बलिदान। हम मरणव्रत में दीक्षित हैं, हम निठल्ले साधकों की आत्मवंचनावली दुनिया के जीव नहीं हैं। हम अपने को

प्रतिक्षण, तिल-तिल करके आहुति देनेवाले गृहस्थ हैं। ये सिद्ध इस वीरसाधना को नहीं समझ सकते।"

फिर मेरी ओर मुँह करके मैनसिंह ने कहा, "महाराज, मेरा धैर्य समाप्त हो गया है। उठो, आँधी की तरह बहो, बिजली की तरह कड़को, मेघ की तरह बरसो। लाखों सेवक तुम्हारी आज्ञा की बाट जोह रहे हैं। देश की रक्षा होगी, होकर रहेगी— आज नहीं तो कल, कल नहीं तो परसों। हम क्यों चिन्तित हों? हमें अपनी पसलियों को जलाकर प्रकाश-शिखा को जला देना है। जलने दो, जलने दो इस प्रदीप-शिखा को। गृहस्थ का बलिदान एक पीढ़ी के लिए नहीं होता। आनेवाली पीढ़ियाँ प्रकाश पा जाएँ, इतना बहुत है।"

मैनसिंह इतना कहकर भीतर जाने को उद्यत हुआ। सीदी मौला एकदम लड़खड़ा गए। पहली बार उनकी फक्कड़ाना मस्ती पर अप्रत्याशित दिशा से धक्का लगा था। विद्याधर भट्ट जैसे नवजीवन पाकर एकदम उल्लसित हो उठे। चिल्लाकर बोले, "रुक जा मैनसिंह, मैं तुझे बहुत दिनों से खोज रहा हूँ, तू मेरी नसों में प्राण-संचार कर रहा है, तू मेरे चित्त में बिजली दौड़ा रहा है, तू मेरे मृत शरीर में प्राण ढाल रहा है। मैनसिंह, तू कौन है? मैनसिंह, बेटा मैनसिंह, रुक जा।"

मैनसिंह रुका नहीं। वह एक ओर चला ही गया। सीदी मौला की दशा विचित्र थी। ऐसा जान पड़ा कि प्रथम मेघ-गर्जन सुनकर व्याकुल सिंहकिशोर चकित भाव से देख रहा था हो कि लड़ा किससे जाए, चुनौती कौन दे रहा है? उनकी कौड़ी-जैसी आँखें जो फैलीं सो फैली ही रह गईं। विद्याधर भट्ट के मुख पर आनन्द की तरंग-रेखा खिंची और स्थिर होकर अड़ गई। मेरी नाड़ी में आँधी का आलोड़न अनुभूत हुआ। ऐसा जान पड़ा, युग-युगान्तर के पितृ-पितामहों का तेज नस-नस में मथित हो रहा है। मेरी भुजाओं में बार-बार स्पन्दन होता रहा।

सीदी मौला चुप! विद्याधर भट्ट चंचल!

## [ 19 ]

सीदी मौला चले गए। उस दिन वे हारे हुए जुआरी-से लग रहे थे। उनकी दुर्भेद्य फक्कड़ाना मस्ती में पहली बार फटान की लकीर दिखाई पड़ी थी। ऐसा जान पड़ता था कि उनकी दुर्वार वाग्धारा भयंकर मरुभूमि में आकर एकाएक रुद्ध हो गई। वे जो चुप हुए सो मानो मूक ही हो गए।

विद्याधर भट्ट में चेतना का ज्वार आ गया। रह-रहकर उनकी भुजाएँ फड़क उठतीं। ऐसा जान पड़ता था कि किसी ने अद्‌भुत संजीवन रस उनकी शिराओं

में उँडेल दिया है। मेरी ओर दृष्टिपात करने का समय उन्हें नहीं मिला। उन्होंने तुरन्त पुण्डीर को बुलाया और सैनिकों की व्यूह-रचना के विषय में परामर्श किया। लगभग एक घटी तक दोनों में गम्भीरतापूर्वक विचार-विमर्श चला। पुण्डीर ने विश्वास के साथ उनकी योजनाओं का समर्थन किया।

इसी समय अलहना बघेला अपने क्षत-विक्षत शरीर को घसीटता हुआ सामने आकर खड़ा हो गया। हाथ जोड़कर प्रणाम करता हुआ वह बोला, "अपराध छिमा हो अन्नदाता, मैनसिंह अकेला ही पीछे की ओर पहाड़ी पर चला गया है। जाते समय कह गया है कि धीर शर्मा को छुड़ाने जा रहा है। बिजली की गति से वह पहाड़ी पर चढ़ता जा रहा है। मैंने महाराज की आज्ञा लेकर साथ चलने का आग्रह किया, पर उसने सुना नहीं, चला ही गया। किधर धँस गया, कुछ पता नहीं चला। मुझे लगता है कि उसे अकेला नहीं छोड़ना चाहिए। आज्ञा हो तो मैं उसका अनुसरण करूँ।"

विद्याधर ने सुना तो उन्मत्त की भाँति चिल्ला उठे, "क्या कहा? चला गया? मैनसिंह अकेला चला गया? भुक्खड़ गिद्धों की भीड़ में अकेला सिंहकिशोर धँस गया? मेरी धमनियों में जीवनी शक्ति संचारित करनेवाला दुधमुँहा बालक अकेला चला गया?"

फिर पुण्डीर की ओर मुख करके बोले, "पुण्डीर, अकेला बालक शत्रुशिविर में धँसा जा रहा है। अभी रण-डंका बजाओ। सोचने-विचारने का समय अब नहीं रहा। टूट पड़ो सारी शक्ति लगाकर इन उद्दंड धूर्त श्रृगालों के यूथ पर। अगर मैनसिंह पर थोड़ी भी आँच आई तो इस देश की विजय-लालसा ही समाप्त हो जाएगी। पीढ़ियों तक भावी सन्तानें राजपुत्रों की इस गर्वीली सेना को धिक्कारेंगी। तुरन्त रण-डंका बजाओ। एक क्षण की भी देर हुई तो अनर्थ हो जाएगा।"

पुण्डीर ने गर्वपूर्वक सिर झुकाया, "निश्चिन्त रहें आर्य, यमराज की समूची सेना भी इस बालक का बाल बाँका नहीं कर सकेगी। आश्वस्त हों आर्य, पुण्डीर की तलवार पर भरोसा रखें।" इतना कहकर पुण्डीर ने अपनी तलवार निकाल ली और उल्लासपूर्वक उसे आकाश में घुमाया। तेज की एक रेखा वक्रभाव से महाशून्य में वलयित हो गई।

रण-डंका पर चोट पड़ी। सहस्र वीरों की उल्लास-ध्वनि ने उसे दीर्घायित किया। जयघोष से आकाश गूँज उठा। एक छोटी-सी टुकड़ी को कुटिया के पास रहने का और शेष सेना को तीव्र गति से सीदी मौला के बताए हुए मार्ग से गन्तव्य स्थान तक पहुँचने का आदेश दिया गया। मुझे नाना गोसाईं के मठ पर सतर्क दृष्टि रखने का आदेश हुआ। मेरे साथ थोड़े-से चुने हुए जवान कर दिए गए।

रण-डंका बजते ही अलहना सीधा तनकर खड़ा हो गया और मेरी टुकड़ी के साथ चलने का आग्रह करने लगा। मैंने उसे बहुत समझाने का प्रयत्न किया पर उसका आग्रह ही अन्त में विजयी सिद्ध हुआ। उसने मूँछें इस बुरी तरह उमेठीं मानो शत्रु ही चुटकी में आ गया हो। रण-डंका की प्रत्येक चोट ने उसके क्षत-विक्षत शरीर में संजीवन औषध का काम किया। पगड़ी बाँधकर, कमर कसकर, उसने अपने विशाल कुन्त को कन्धे पर रखा। फिर कुछ सोचकर उसने अपने भाले को नीचे से ऊपर तक देखा और उसके फलक को आकाश की ओर उछालकर फिर उसे धरती पर टिकाया। एक बार फिर उसने कन्धा झाड़ा और उसे नीचे से ऊपर तक देखा। ऐसा जान पड़ता था कि वीर रस ही निद्रा से जागकर खड़ा हो गया है। कहीं उसमें थकान का चिह्न नहीं था। सैनिकों ने जयघोष किया और फिर चुपचाप पंक्तिबद्ध होकर पहाड़ी पर चढ़ने लगे। वृद्ध विद्याधर सबसे पीछे थे।

उस समय पहाड़ी पर सन्ध्या उतर आई थी। सारी वनभूमि सूर्यदेवता की लाल किरणों से स्नान कर रही थी। आकाश में यत्र-तत्र लाल-लाल मेघखंड इस प्रकार विराज रहे थे जैसे विकट युद्ध के बाद रक्तारक्त कलेवर सैनिक विश्राम कर रहे हों। पक्षियों का दल आश्रय-वृक्षों की ओर दौड़ चला था। काकों की एक बड़ी-सी सेना काँव-काँव करती हुई सैनिकों के मार्ग पर मँडराने लगी। जिस समय सारी सेना हमारी आँखों से ओझल हुई, उसी समय थके हुए सूर्य का जरठ रथचक्र पश्चिम पयोनिधि में जा डूबा। अन्धकार बढ़ने लगा। आकाश में तारक-पुंज दिखाई देने लगा। मेरे मन में एक प्रकार की आशंका का धूम छा गया। बाहर तो अन्धकार था ही, भीतर उससे भी घना अन्धकार छा गया। क्या होनेवाला है? मैनसिंह ने बड़ी उतावली की। उसने सोचने का अवसर ही नहीं दिया।

मैंने दीर्घ निःश्वासपूर्वक सिर हिलाकर कहा, ''अलहना, वीर मैनसिंह दुष्टों के शिविर में अकेला चला गया है।''

अलहना ने विश्वासपूर्वक सिर हिलाकर कहा, ''कुछ चिन्ता नहीं महाराज, मैंनसिंह चतुर है, वह जीतकर लौटेगा। मन्त्री उसके लिए व्यर्थ चिन्तित हैं। जानते हो महाराज, मैनसिंह अकेला एक सहस्र के बराबर है। मैं कहूँ महाराज, वह जीतकर लौट रहा होगा। वह देर तक महाराज को अकेला नहीं छोड़ सकता। आप जानते नहीं महाराज, वह सदा छिपकर आपके साथ हो लिया करता है। भयंकर युद्ध की उपेक्षा करके वह अपने प्राणों का पण लगाकर महाराज की सेवा करता रहा है। थकना तो वह जानता ही नहीं। विद्या साधे है। चलता है तो ऐसा लगता है कि उड़ रहा है। विचित्र पाजी है। मुझसे ईर्ष्या करता है। कहता है, 'तू महाराज की सेवा का भार मुझे क्यों नहीं दे देता?' मैं उसे नेटुए का लौंडा समझकर सदा डाँटता रहा। मगर सच कहूँ अन्नदाता, सेवा करने की उसकी लगन बहुत

सच्ची है। नेटुए का लड़का तो वह नहीं जान पड़ता अन्नदाता, पर जादू जानता है। एक बार महाराज बहुत थककर सो गए थे—एक झाड़ी की छाया में। एक काला साँप झाड़ी में दिखाई पड़ा। मेरी तो बुद्धि ही मारी गई। मैं महाराज को जगाने जा रहा था कि न जाने कहाँ से वह आ टपका। उसने इशारे से मुझे चुप रहने को कहा और धीरे से आपके सिरहाने पहुँचकर खप-से साँप की गर्दन पकड़ ली। पता नहीं उसने क्या किया, साँप लाचार होकर उसके हाथों में झूल गया। फिर उसे दूर ले जाकर वह छोड़ आया। महाराज को यह बात न बताने को वह कह गया। एक दिन पूछा कि तू साँप कैसे पकड़ लेता है, तो बोला, 'मन्तर जानता हूँ।' सचमुच वह मन्तर जाने धर्मावतार!"

फिर अलहना सहज भाव से बोला, "बसीकरन भी जानता है महाराज! मुझसे कह देता है 'चुप रहो', तो मेरे मुँह से बात ही नहीं निकलती। नित्य मुझसे लड़ता है, चिढ़ाता है, बकवास करता है। नित्य उससे न बोलने की प्रतिज्ञा करता हूँ, लेकिन जब सामने आता है तो प्यार उफनने लगता है। लगता है उसके लिए प्राण भी दे सकता हूँ। फिर जो चाहता है, मनवा लेता है। कितनी बार मुझे हटाकर आपके पैर दबा चुका है। आपको पता भी नहीं। जब आप सो जाते हैं तो उसे सेवा की सूझती है। प्रत्येक बार यह कह देता है कि अगर महाराज से यह बात कहोगे तो तुमसे बोलचाल बन्द हो जाएगी।"

अलहना को पहली बार मैनसिंह के बारे में इतना मुखर देखा। परन्तु हृदय में विचित्र आलोड़न होने लगा। यह सब क्या सुन रहा हूँ?

मेरे मुँह से बिना सोचे-समझे निकल गया, "मैनसिंह चोर है।"

अलहना को ऐसा सुनने की आशा नहीं थी। बोला, "नहीं अन्नदाता, मैनसिंह सच्चा सेवक है। चोरी से सेवा करना क्या पाप है अन्नदाता?"

मानो मैं अपने आपसे बोल उठा, "नहीं, सेवा करना हर स्थिति में श्लाघ्य है।" परन्तु भीतर से अन्तर्यामी ने प्रश्न किया, 'और सेवा लेना?' क्या उत्तर दूँ?

हमारे सैनिक जब पर्वत-मार्ग पर बहुत दूर निकल गए तो मैं भी अपनी टुकड़ी के साथ नाना गोसाईं के मठ की ओर बढ़ा। अलहना को लेकर कुल ग्यारह जवान मेरे साथ थे। मठ के चारों ओर तितर-बितर होकर ये लोग खड़े हो गए। मुख्य मार्ग के पास छिपकर मैं खड़ा हो गया। थोड़ी दूर पर अलहना भी छिपकर खड़ा हो गया। विद्याधर भट्ट ने आदेश दिया था कि मठ में रक्तपात न हो। हम लोग केवल यह देखते रहें कि कौन आता-जाता है।

आज कुछ होकर ही रहेगा। विकट समय है। नाटी माता और रानी का पता ही नहीं है, मैनसिंह अकेला चला गया है, धीर शर्मा बलि होने जा रहे हैं, वृद्ध विद्याधर युद्ध करने गए हैं। क्या घटनेवाला है?

नाना गोसाईं का मठ कभी राजभवन रहा होगा। अब वह जीर्ण हो गया है, पर प्रताप का चिह्न उसमें अब भी है। पत्रों के झड़ जाने पर भी अश्वत्थ में जैसे एक प्रताप-भाव विद्यमान रहता है, ठीक उसी प्रकार। मठ जीर्ण ही नहीं हो गया था, मनुष्य के असावधान हाथों का आखेट भी हो चुका था। साधुओं ने कई स्थानों पर तोड़कर बाहर जाने का मार्ग बना लिया था। मुख्य द्वार बन्द रहता था, किन्तु इधर-उधर के नवोद्घाटित मार्ग सदा चालू रहते थे। इस समय घना अन्धकार चारों ओर व्याप्त था। मठ में किसी प्रकार की आहट नहीं सुनाई दे रही थी। या तो साधु लोग मौन तपश्चर्या में लीन थे या सो गए थे। सर्वत्र शान्ति थी। एक पहर रात बीत गई। किसी के आने-जाने की आहट नहीं सुनाई पड़ी। मैं पूरा सावधान था।

ज्यों-ज्यों आधी रात निकट आती जाती थी, त्यों-त्यों मेरा मन धीर शर्मा की चिन्ता से कातर होता जा रहा था। धीरे-धीरे आधी रात भी बीत गई। अष्टमी की तिथि थी। पूर्वी आकाश चन्द्रमा की क्षीणकाया के उदय होने की सूचना देने लगा। यह वही दिशा थी जिधर कटाह-गुहा थी। आकाश का वह भाग लाल हो उठा। मन में धक्-से लगा। ऐसा जान पड़ा, इस समय जो रक्त की होली वहाँ खेली जा रही है, उसकी छिटकी बूँदों ने पूर्वी आकाश को भी रक्त से पिच्छिल बना दिया है। धीरे-धीरे रक्तस्नात चन्द्रमंडल का अधकटा बिम्ब ऊपर उठा। एक क्षण में वह कूदकर ऊपर आ गया और फिर धीरे-धीरे उसकी लालिमा कम होने लगी। नाना गोसाईं का मठ चन्द्रमा की दुग्ध-धवल धारा में स्नान करने लगा। मैं मुग्धभाव से इस मनोरम स्निग्ध आलोक का रस ले रहा था। इसी समय मेरे पैरों में किसी के हाथ के स्पर्श की अनुभूति हुई। मैंने नीचे दृष्टि की। जान पड़ा कोई मनुष्य रेंगता हुआ मेरे पैरों के पास आ गया है। मैं आश्चर्य से क्षण-भर के लिए जड़ीभूत हो गया। फिर एकाएक मेरा हाथ तलवार की मूठ पर चला गया। मैंने तलवार खींच ली। रेंगनेवाला मनुष्य पैरों के पास उसी प्रकार पड़ा रहा। उसने धीरे-से कहा, "बोधा हूँ महाराज, शान्त रहें।"

झुककर देखा बोधा ही तो हैं।

मेरे आश्चर्य का ठिकाना न रहा। बोधा यहाँ कैसे?

बोधा धीरे-से उठकर खड़े हो गए। बोले, "महाराज, यहाँ कोई चिन्ता की बात नहीं है। अभी हमारे तीन-चार आदमी नाना गोसाईं को कारागृह से छुड़ाकर ले जाएँगे। आप बाधा न दें। आपके सैनिकों को भी यह आदेश मिल जाना चाहिए। मैं बड़ी देर से आपको यहाँ देख रहा हूँ, पर आवश्यक कार्य में लगा था, इसलिए आ नहीं सका। मठ इस समय जनशून्य-सा ही है। घुंडक लोग अब तक यमराज के पास पहुँच गए होंगे और बाकी संन्यासी अन्यत्र चले गए हैं। नाना गोसाईं

को हम लोग अभी भगवती विष्णुप्रिया के आश्रम में ले जा रहे हैं। वहाँ से कोई और व्यवस्था की जाएगी। आप भी चलना चाहें तो चुपचाप इनके पीछे हो लें। शेष लोगों को यहाँ रहने दें। हो सकता है कि बचे हुए धुंडक यहाँ आएँ। उन्हें बन्दी बना लेने का आदेश दे दिया जाए लेकिन सब कुछ चुपचाप हो।"

बोधा बहुत धीरे-धीरे फिसफिसाकर बोल रहे थे। अलहना को आहट मिल गई। सावधानी से भाला सँभाले वह पास पहुँच गया। वह बिलकुल निःशब्द चला आ रहा था। मुझे भान भी नहीं हुआ, पर बोधा की सावधान दृष्टि ने ताड़ लिया। फिसफिसाकर बोले, "बघेला आ रहा है। सावधान कर दें।"

मैंने देखा तो अलहना एकदम आक्रमण की मुद्रा में खिसकता आ रहा था। सावधान करने के लिए मैंने ज़रा जोर से ही कहा, "अलहना, शान्त रहो।"

अलहना ठिठक गया। फिर मैंने आदेश दिया, "जाकर सैनिकों को आदेश सुना दो। धीरे-धीरे कहना कि अभी मठ से जो लोग निकलेंगे, वे अपने ही लोग हैं। उन पर आक्रमण न हो। इसके बाद कोई आए तो बन्दी बना लिया जाए, रक्तपात न हो।"

अलहना प्रणाम करके चलने लगा, फिर मैंने कहा, "मैं बोधा प्रधान के साथ जा रहा हूँ। तुम सावधानी से यहीं छिपकर देखते रहो। कोई आए तो सैनिकों को सूचना दे देना।"

अलहना इस आज्ञा से विचलित हुआ, बोला, "अपराध छिमा हो, मैं महाराज को अकेला नहीं छोड़ूँगा।"

मैंने कहा, "कुछ चिन्ता न करो। यहाँ रहना आवश्यक है।"

अलहना की स्थिति विचित्र थी। वह आगे बढ़ ही नहीं सका। कटे रूख की तरह पैरों पर गिर पड़ा, बोला, "माता की आज्ञा है अन्नदाता! फिर आज तो मैनसिंह को वचन दे चुका हूँ कि प्राण रहते महाराज को अकेला नहीं छोड़ूँगा।"

मुझे हँसी आ गई, "बघेला, तू मेरा सेवक है या मैनसिंह का?"

बघेला के चेहरे पर रोष का भाव उदित हुआ, "चरणों का सेवक हूँ अन्नदाता! मैं उस नेटुए के लौंडे की चाकरी करूँगा?" फिर सँभलकर बोला, "सेवा का ही तो वचन दिया है अन्नदाता!"

बोधा ने संक्षेप करने के लिए कहा, "चलने दें महाराज, कोई हानि नहीं है। यहाँ विशेष प्रयोजन भी नहीं है।"

मेरे 'अच्छा' कहने पर बघेला चुपचाप सैनिकों को सूचना देने चला गया। बोधा प्रधान आवश्यक कार्य से दूसरी ओर चले गए। आगे चलकर वे साथ हो लेंगे, परन्तु तब तक सैनिकों को जाने दिए बिना ही, थोड़ी दूर रहकर हम लोग अर्थात् मैं और अलहना सैनिकों के पीछे-पीछे चल पड़ेंगे, यह स्थिर हुआ।

नाना गोसाईं को कन्धे पर सँभाले हुए तीन सैनिक निकले। एक सैनिक पीछे-पीछे चल रहा था। वे लोग जब कुछ दूर चले गए तो मैं अलहना के साथ उनके पीछे हो लिया। सैनिक बड़ी तीव्र गति से भागे जा रहे थे। उनके पीछे-पीछे चलने में दौड़ना पड़ा। लगभग दो घटी तक पहाड़ी मार्ग पर दौड़ते हुए हम ऐसे स्थान पर पहुँचे जो खदिर के घनच्छाय जंगलों से आच्छादित था। वहाँ आकर हम दिङ्मूढ़ हो गए। हम ठीक नहीं समझ सके कि हमारे सैनिक नाना गोसाईं को लेकर किधर चले गए। अलहना ने कई ओर धँसकर रास्ता खोजने का प्रयत्न किया, परन्तु सब व्यर्थ हुआ। रात प्रायः बीत आई थी। उषःकाल की आभा झलक उठी थी। पूर्व दिङ्मंडल पाटल वर्ण की किरणों से रंगीन होने लगा था। मैं और अलहना केवल दिङ्मूढ़ ही नहीं थे, किंकर्त्तव्यमूढ़ भी हो गए थे। कुछ विश्राम के लिए मैंने एक स्थान ढूँढ़ा। वह भी खदिर वनस्थली के भीतर ही था। वहाँ से न किसी को हम देख सकते थे, न कोई में देख सकता था। हम लोग श्रान्त-शिथिल भाव से वहीं बैठ गए। मुझे तन्द्रा का अनुभव हुआ और धीरे-धीरे निद्रित भी हो गया। बघेला मुझसे अधिक क्लान्त था, पर वह जगा रहा।

मैंने स्वप्न में देखा—मैनसिंह अर्थात् मैना भयंकर शत्रु-सेना में अकेली घुस गई है। सैकड़ों दैत्य-समान घुंडक और तुर्क सैनिक उस पर टूट पड़े हैं। मैना लड़ रही है—महादुर्गा जिस प्रकार महिषासुर-वाहिनी में निर्भय अम्लान भाव से युद्ध करती थीं, उसी प्रकार। उसकी तलवार बड़ी तेजी से चल रही है—कालसर्प के फण की भाँति अनवरत, विद्युल्लेखा की तरह वक्र चंचल, रामबाण के समान अमोघ। फिर एकाएक अभिभूत होती है। सैकड़ों मुस्टंडे जवान उसको रौंद डालते हैं, मैना पकड़ ली जाती है। मेरे रक्त में प्रभंजन का आलोड़न हुआ। मैं एक ही झटके में उठकर बैठ गया। मैं चिल्ला उठा, "भय नहीं है मैना, मैं आया!" मैं एक झटके में खड़ा हो गया। हाथ तलवार की मूठ पर था।

मेरा इस प्रकार अकारण चिल्लाना देखकर अलहना डर गया, बोला, "मैं हूँ अन्नदाता, भय किस बात का है, क्या सपना देखने लगे थे?"

"सपना ही था, पर कितना भयंकर!" मैंने कहा, "अलहना, वहाँ चल सकते हो जहाँ मैनसिंह गया है? मैं उसी का सपना देख रहा था। चलो अलहना, जान पड़ता है मैनसिंह संकट में पड़ गया है।"

अलहना एक बार झिझका, फिर बोला, "चल क्यों नहीं सकूँगा, किन्तु समय लगेगा। कुछ समझ में नहीं आ रहा है कि हम लोग कहाँ हैं।"

"ठीक है, रास्ता खोजो। चलना ही पड़ेगा। अभी!"

अलहना तुरन्त प्रस्तुत हो गया। सूर्योदय हो रहा था। उस दुर्भेद्य जंगल में रास्ता खोजना कठिन कार्य था। देर तक हम लोग भटकते रहे। मार्ग का कुछ पता

नहीं। सूर्य को देखकर हमने दिशा का ज्ञान तो कर लिया, परन्तु उतने से आगे कुछ नहीं।

मैंने निश्चय किया कि पश्चिमोत्तर कोण की ओर बढ़ते जाएँ, कहीं-न-कहीं कुछ सन्धान मिल ही जाएगा। एक पहर तक बीहड़ कानन की छानबीन करने के बाद ऐसा लगा कि हम लोग और भी भटक गए हैं। हम एक ऐसे स्थान पर पहुँचे जहाँ आगे दूर तक फैला हुआ खड्ड था और उसके ऊपर सीधा खड़ा उत्तुंग पर्वत था। कुछ समझ में नहीं आया।

''अब?'' निराश होकर मैंने अपने से ही पूछा।

''लौट चलें महाराज!'' अलहना ने निराशा-भरा उत्तर दिया।

''लौट चलें?''

''हाँ धर्मावतार!''

लौटना कठिन है। लौट नहीं सकते। 'लौटना' क्रिया ही गलत है। कोई नहीं लौटता, कभी नहीं लौटा जाता। लौटना निरर्थक पद है। कौन लौटता है? कहाँ लौटता है? लौट चलूँ? पाटी-गणित के अंकों को मिटाकर सुधारा जा सकता है, जीवन के अंक कैसे सुधर सकते हैं? लौटना पड़ेगा? कैसे?

''तुम नहीं जानते अलहना, बिना सोचे-समझे बहुत दूर बढ़ गया हूँ। पीछे का रास्ता मिटता जा रहा है, आगे का सूझ नहीं रहा। कहाँ जा रहा हूँ, किधर, किस ओर?''

अलहना ने दीन भाव से कहा, ''अन्नदाता, थोड़ा विश्राम कर लें। मैं आसपास की स्थिति समझ लूँ।''

कितना सरल है यह बघेला बालक! विश्राम तो थकान का साथी है। जो थकता है वह विश्राम चाहता है, जो रास्ते पर है उसे विश्राम क्या? रास्ता भी कौन? आप ही अपना गन्तव्य। अभी तक मार्ग ही खोज रहा हूँ, लक्ष्य का प्रश्न ही कहाँ उठा! जिसका मार्ग ही निश्चित नहीं हुआ, उसका लक्ष्य क्या और विश्राम ही क्या? विश्राम लक्ष्य के निकट पहुँचने का भरोसा है। ''कैसा विश्राम? अलहना, तुमने समझा ही नहीं।''

अलहना निराश, हतबुद्धि!

''रास्ता क्या है? जो लक्ष्य तक ले जाए। लक्ष्य क्या है? जहाँ मन विश्राम करे। और कोई विश्राम तो भौतिक शरीर-यन्त्र की पराजय का नामान्तर है। विश्राम! ना अलहना, विश्राम भी नहीं, लौटना भी नहीं। कुछ और बता।''

अलहना कातर, दयनीय! कदाचित् उसे सन्देह हुआ कि मेरे मस्तिष्क में कुछ विकार आ गया है।

अबकी बार अलहना ने नए अस्त्र का प्रयोग किया। पहली बार मुझे लगा

कि अलहना में भी सोचने-विचारने की सामर्थ्य है। बोला, "अन्नदाता, मैं बुरी तरह थक गया हूँ, आज्ञा हो तो थोड़ा विश्राम कर लूँ।" अलहना जानता था कि मैं स्वयं अपने लिए चाहे विश्राम की न सोचूँ, पर अलहना की प्रार्थना को अस्वीकार नहीं कर सकूँगा। मुझे उसकी उपस्थित बुद्धि से सुख मिला। मैं रुककर विश्राम कर लेने को प्रस्तुत हो गया। थोड़ी-सी भूमि साफ करके अलहना ने मुझसे बैठ जाने का अनुरोध किया और स्वयं मुझसे पहले ही बैठ गया। थका वह सचमुच ही था।

मैं भी बैठकर निरर्थक चिन्ताधारा में बहने लगा। थोड़ी ही देर में अलहना सो गया। मुझे प्रसन्नता हुई। मैंने भी अपनी ढाल का उपाधान बनाया और अर्धशायित अवस्था में लेट गया। वह विचित्र अनुभव था। कब मुझे झपकी आ गई, पता ही नहीं चला।

आँखें खुलीं तो अलहना का पता ही नहीं।

कहाँ चला गया? मुझे अकेला तो वह छोड़ नहीं सकता। मैं व्याकुल हो उठा। ऊँचे स्वर से पुकारा, "अलहना!"

उत्तर मिला, "अभी आया धर्मावतार!"

थोड़ी देर में अलहना पत्तों के दोने में पानी और कुछ जंगली फल-फूल लेकर उपस्थित हुआ। अब मुझे पता चला कि अलहना ने सोने का बहाना-भर किया था। वास्तव में वह मुझे अवसर देना चाहता था। ज्योंही मेरी आँखों में तन्द्रा की झपकी लगी त्योंही वह उठकर आसपास फल-फूल और पानी की खोज में निकल पड़ा। उसके इस सेवा-भाव की जानकारी से मेरी आँखें छलछला आईं। कोई नहीं जानता कि स्वर्ग में क्या मिलता है, अधिक-से-अधिक वह एक विश्वसनीय कल्पना है; पर यह जो अकुंठ चित्त की अहैतुकी सेवावृत्ति है, इसके सुख के समान क्या वह कल्पना हो सकती है? सेवा में ही मुक्ति है। सेवा का ही दूसरा नाम अहैतुक आत्मसमर्पण है। सेवा का ही नाम प्रेम है। सेवा का ही नाम आनन्द है। सेवा! पर किसकी सेवा?

अलहना ने मेरे पैर धोए और आग्रह किया कि इस वनभूमि में जो कुछ मिल सका है उसे ग्रहण करूँ। मैंने स्वीकार किया।

कुछ आश्वस्त होकर अलहना बोला, "अन्नदाता, पानी की खोज में मैं इस खड्ड के किनारे-किनारे कुछ दूर निकल गया था। जान पड़ता है उस पार कुछ लोग श्रान्त भाव से विश्राम कर रहे हैं। हमारे सैनिक भी हो सकते हैं, शत्रु भी हो सकते हैं। दोनों ही अवस्थाओं में उनका पता लगाना चाहिए। आज्ञा हो तो मैं कुछ जतन करूँ?"

मुझे एकदम झटका लगा। यह वही खड्डा तो नहीं है जिसमें सीदी मौला

को फेंक दिया गया था। मैंने स्वयं पता लगाने का निश्चय किया और अलहना के बताए मार्ग से उस ओर गया। जहाँ अलहना ने दिखाया, वहाँ कुछ देर तक निस्तब्ध खड़ा-खड़ा मैं कान लगाकर सुनने लगा। रह-रहकर सन्नाटा और फिर उत्तेजित मनुष्य-कंठ की क्षीण ध्वनि आ रही थी। यहाँ तक पहुँचते-पहुँचते वह ध्वनि इतनी क्षीण हो जाती थी कि उससे कुछ अनुमान करना कठिन था। इतना तो निश्चित था कि इस खड्ड को पार कर लेने पर मनुष्य-पद-लांछित मार्ग मिल सकता है। मैंने देर तक कान लगाकर सुनने का प्रयत्न किया, पर कुछ समझ में नहीं आया।

कुछ देर हम यों ही खड़े रहे। फिर अलहना एक ऊँचे पेड़ पर चढ़ गया। उसका विश्वास था कि वहाँ से कुछ अधिक सुनाई देगा। देर तक वह वहाँ डटा रहा। मध्याह्न का सूर्य और भी ऊँचे चढ़कर टोह लेने का प्रयास कर रहा था।

एकाएक अलहना ने कहा, "अन्नदाता, जान पड़ता है वे लोग इस पर्वत के चढ़ाव पर चले आ रहे हैं।"

मैंने ध्यान से सुना तो सचमुच आवाज ऊपर की ओर चढ़नेवाले लोगों की जान पड़ी।

ऊपर आ रहे हैं ये लोग। कदाचित् कहीं जा रहे हैं। पहाड़ी रास्ता टेढ़े-मेढ़े, ऊपर-नीचे चलता ही है। ऐसा हो सकता है कि रास्ता इस पहाड़ की चोटी पर से हो। जो हों, हमें सावधानी से टोह लेनी होगी। अपने लोग हों तो क्या कहना! शत्रु हो तो बचकर रहना। हमने देखा कि आवाज धीरे-धीरे पर्वत की चोटी की ओर बढ़ती आ रही है। यह भी जान पड़ा कि उनमें उल्लास का ओज है।

उल्लास-ध्वनि और ऊपर उठी। और, और!

पर्वतशृंग पर कई सौ आदमी स्पष्ट दिखाई पड़े। जितने ही ऊपर चढ़ते जाते थे, उतने ही उल्लास के साथ जयध्वनि कर रहे थे। निस्सन्देह ये अपने ही लोग थे। हमारे और उनके बीच अन्तर बहुत थोड़ा था, पर कितना दुर्लंध्य!

अलहना प्रसन्नता के आवेश में चिल्ला उठा, "अपने ही लोग हैं अन्नदाता! महाराजाधिराज सातवाहन का नाम लेकर जयध्वनि कर रहे हैं।"

अलहना ने पेड़ की सबसे ऊँची शाखा पर चढ़कर सारी शक्ति लगाकर जयघोष किया—एक बार, दो बार, तीन बार! किसी ने नहीं सुना। वह उतर आया।

मेरी नाड़ियों में रक्त का प्रबल वेग अनुभूत हुआ। जिसकी जय की घोषणा हो रही है वह इस किनारे असहाय खड़ा है। सामने उसी के सेवक आनन्दमत्त हैं, पर उन तक आवाज नहीं पहुँच पा रही है। कैसी विडम्बना है!

अलहना को भय था कि ये लोग आगे बढ़ जाएँगे और उनके अन्नदाता

बीहड़ जंगल में भटकते ही रह जाएँगे। वह खड्ड के किनारे पहुँचकर चिल्लाने लगा। कौन सुनता है!

इसी समय ऐसा लगा कि कोई सुन अवश्य रहा है, कोई अदृश्य कान।

सैनिक शान्त होकर एक जगह सिमट गए। बीच में जगन्नायक भट्ट का दृप्त कंठ सुनाई पड़ा। स्पष्ट शब्द कान तक पहुँच नहीं रहे थे, पर छन्द स्पष्ट था। ऐसा लगा कि उनके मुख से बार-बार सुनी कोई कविता है। छन्द और ताल भी क्या अद्भुत तत्त्व है! उनके सहारे मैं परिचित शब्द तक अनायास पहुँच गया :

*नवंनद्द नींसान वज्जै अघातं।*
*गजै गैन कै सिंघ कै गिग्गिराजं॥*
*नवंनद्द नफ्फेरि भेरी सभालं।*
*तरक्कंत तेगं मनो विज्जुनालं॥*
*करक्कै नरं षाल षग्गं षनक्कै।*
*मनो काल हत्यं सुविज्जू झनक्कै...॥*[20]

मैंने समझ लिया कि आज जगन्नायक भट्ट पूरे आवेश में हैं। यह प्रवाह देर तक चलेगा। इसी बीच कुछ करना चाहिए। मैंने कहा, "अलहना, थोड़ी देर शान्ति है। कविता समाप्त होते ही 'नवंनद्द नफ्फेरि भेरी' का वास्तविक कोलाहल आरम्भ होगा और फिर तुमुल जयध्वनि में सारी शब्द-शक्ति का अवसान हो जाएगा। अभी चिल्लाना ठीक है।"

अलहना प्रस्तुत हुआ। मैंने उसके भाले की नोक में अपनी लाल पगड़ी बाँध दी। वह उसे ऊँचे उठाकर हिलाने लगा। सारी शक्ति समेटकर अलहना ने जयध्वनि की—"जय! महाराजाधिराज सातवाहन की जय!" कदाचित् पगड़ी पर किसी की दृष्टि पड़ी, फिर अलहना की कंठध्वनि कुछ पहुँची। सैनिकों में खर-भर हुई। सबने इधर ही दृष्टि लगाई। अलहना फिर गरज उठा, "जय! महाराजाधिराज सातवाहन की जय!"

सैकड़ों दृष्टियाँ एक साथ नीचे की ओर दौड़ीं। मैंने पगड़ी सिर पर डाल ली। अब जान पड़ा सैनिकों ने पहचान लिया। एक साथ शत-शत कंठ की जय-ध्वनि ने हमारा स्वागत किया। दूर से विद्याधर भट्ट ने कुछ इशारा किया। स्पष्ट समझ में नहीं आया, पर जान पड़ा यहीं रुके रहने को कह रहे हैं। इंगित से हमने भी सूचना दी कि यहीं रुक रहे हैं। पता नहीं उन्होंने कितना समझा। सेना तुमुल जय-निनाद के साथ आगे बढ़ गई।

अलहना को अभी इसी में सन्देह था कि वे लोग पहचान सके हैं या नहीं। उसने कुछ निराशा-भरे स्वर में कहा, "चले गए। हम मार्ग नहीं पा रहे हैं, यह

समझ ही नहीं सके। मैनसिंह होता तो समझ जाता। मालूम होता है वह इनमें नहीं है। विद्याधर मन्त्री जहाँ रहेंगे वहाँ मैनसिंह नहीं रह सकता।"

"सब चले गए!" मुझे भी सन्देह हुआ कि लोग हमारी कठिनाई नहीं समझ पाए। समझते तो कोई-न-कोई अवश्य रुक जाता। कोई नहीं रुका, सब चले गए!

बाद में मुझे मालूम हुआ कि कूटनीति-विशारद मन्त्री को कुछ और भी सन्देह हो गया था और वे गुप्तचरों की व्यवस्था करके सेना को सुरक्षित भूमि में ले गए। गुप्तचर उस पार से छिपकर हमारी गतिविधि पर दृष्टि रखने लगे। सारा परिश्रम व्यर्थ गया।

अपने ही पैरों पर भरोसा रखना है।

अलहना विषम साहसी है। उसने कहा, "महाराज, थोड़ा यहीं विश्राम करें। मैं खड्ड पार करके उस किनारे जाऊँगा। वहाँ रास्ता है ही। मैं अन्नदाता को थोड़ा कष्ट दे सकता हूँ, पर मेरा विश्वास है कि साहस करने पर कुछ रास्ता मिल ही जाएगा।"

इसी समय देखा गया कि उस ओर कोई पर्वत-शृंग से हौले-हौले उतरने का प्रयत्न कर रहा है। बड़ा ही बीहड़ उतार है; ज़रा फिसला तो सौ हाथ नीचे गिरेगा। पर वह छिपकली की भाँति चिपकता हुआ उतरा आ रहा है।

अलहना के उल्लास में ज्वार चढ़ आया। चिल्लाकर बोला, "मैनसिंह है महाराज, उतर रहा है। मैं भी उतरूँ?" आज्ञा की प्रतीक्षा न करके अलहना चल पड़ा।

यह क्या अनर्थ हो रहा है! मैंने शक्ति-भर चिल्लाकर कहा, "मैनसिंह रुक जा, क्यों अकारण मौत के गले उतर रहा है?"

कोई सुननेवाला ही नहीं। मैं साँस रोककर इस मरण-अभियान को देखने लगा। स्पष्ट हो गया, मैनसिंह ही है। वह छिप नहीं सकता। मैनसिंह—मैना! मैना तू क्या कर रही है? मूर्खे, यह साहस का स्थान है? मैनसिंह की पाग खिसक गई या उसने जानबूझकर उतार ली। भौंरे के समान काले-घुँघराले केश लहरा उठे। उसने एक हाथ से उन्हें समेटा। कदाचित् अब भी यह मुग्धा अपने को छिपाना चाहती है। कैसे छिपा सकती है? सब छिप जाए, यह अपूर्व देह-प्रभा कहाँ छिपेगी?

एकाएक मैनसिंह फिसला। गिरा, गिरा सचमुच गिर गया। धिक्कार है मुझे! मेरे देखते-देखते शोभा और वीरता का सम्मिलित विग्रह चकनाचूर हो रहा है, सेवा की मूक मूर्ति टूटकर खंड-खंड हो रही है, कान्ति और दृप्ति की स्फटिक प्रतिमा टूटकर बिखर रही है और मैं खड़ा-खड़ा देख रहा हूँ। धिक्!

एक छलाँग में खड्ड के किनारे पहुँच गया और दूसरे ही क्षण कूद पड़ा।

संयोग अच्छा था। नीचे एक दृढ़ शिलाखंड था। मैं उसी पर गिरा। मैं एक मोटी लता से बीच में उलझ गया था, इससे सीधे नहीं गिरा। शिलाखंड पर पिच्छिल काई जमी हुई थी। लता की उलझन ने मुझे फिसलने से भी बचा लिया। उलझना हर समय बुरा नहीं होता।

लगभग उतनी ही ऊँचाई पर उस ओर मैनसिंह भी आ गिरा था। हम दोनों बिलकुल आमने-सामने थे। बघेला मेरे सिर के ऊपर एक कोटर जैसे स्थान पर पहुँचकर आगे बढ़ने की सोच रहा था। एकाएक उसने एक ओर मैनसिंह को गिरते देखा, दूसरी ओर मुझे कूदते देखा। उसके हाथ-पैर फूल गए। वेदना के साथ उसने कातर चीत्कार किया, "त्राहि भगवान, त्राहि!"

मैनसिंह क्षण-भर पड़ा रहा। फिर अस्त-व्यस्त अवस्था में उठ पड़ा। मुझे उसने देखा ही नहीं। मैनसिंह—मैना! वस्त्र अस्त-व्यस्त, भुजाएँ शिथिल, केश असंयत, शरीर क्षत-विक्षत, मन सतेज! मैना ही है, लावण्य की पुत्तलिका, शोभा की विश्राम भूमि, कान्ति की मूर्ति, आलोक की आकम्पित शिखा। अहा, किमिव हि मधुराणां मन्डनं नाकृतीनाम्!

मैनसिंह ने अपनी पगड़ी सँभाली, वस्त्र ठीक किए, कमर में कसी हुई रस्सी की परीक्षा की। फिर उसने दूसरे किनारे की ओर दृष्टि की। मैं बिलकुल सामने खड़ा था। हम दोनों के बीच का अन्तर थोड़ा ही था, पर कितना दुरतिक्रम्य!

मैनसिंह ने मुझे जो वहाँ देखा तो एकाएक उसे विश्वास ही नहीं हुआ, फिर चीख उठा, "महाराज, यहाँ क्यों आ गए?"

उसकी भय-व्याकुल आँखें कान तक फैल गईं। अलहना हतुबुद्धि होकर भगवान को पुकार रहा था। क्षण-भर में क्या-क्या हो गया, महामाया की अघटित-घटनापटीयसी महिमा का कैसा अद्भुत विलास है! ज्ञान-कर्म-इच्छा रूप में त्रिपुटीकृता सृष्टि-त्रिकोण यहाँ अनायास बन गया है। मैं, अलहना और मैना! मैनसिंह की आँखों में लज्जा, कातरता और उत्साह का समुद्र लहरा उठा। उसने एक बार अपनी ओर देखा, आँखें झुक गईं; मेरी ओर देखा, सिर घूम गया; अलहना की ओर देखा, भुजाएँ फड़क उठीं।

मैं चिन्तित था, मैना को कैसे बचाऊँ? मैना चिन्तित, महाराज का कैसे उद्धार हो! उसने रस्सी की फिर परीक्षा की। मेरी ओर देखकर उसने पूरी ताकत लगाकर रस्सी फेंकी। चिल्लाकर कहा, "पकड़िए।"

मैंने रस्सी पकड़ ली। मैनसिंह उसे एक किनारे पर बाँधने लगा। संकेत से कहा—उधर भी! दोनों ओर रस्सी बँध गई, कठोर बन्धन में!

फिर!

फिर मैनसिंह रस्सी पर चलने लगा। मैनसिंह—नेटुए का लौंडा!

मेरा श्वास-प्रश्वास बन्द! मैनसिंह चंचल! अलहना सोल्लास!

मैनसिंह लीलापूर्वक इस पार आ गया। आकर उसने मेरे पैर छुए। नाड़ियों में प्रलय-पूर का आवेग अनुभूत हुआ।

अलहना जय-जयकार कर रहा था। रस्सी खींची गई। मेरे आश्चर्य का ठिकाना नहीं रहा जब उस किनारे का बन्धन एक ही झटके में खुल गया। बन्धन कठोर था पर उधर का नहीं, केवल इधर का। मैनसिंह ने इसे भी नए सिरे से, नई विधि से बाँधा—ऐसा बन्धन जो एक ही झटके में खुल जाए। फिर अलहना की ओर उन्मुख होकर चिल्लाया, "रस्सी पकड़ो बघेला वीर।"

रस्सी अलहना तक पहुँची। वहाँ भी बाँधी गई। फिर मेरी ओर देखकर मैनसिंह बोला, "पकड़कर ऊपर उठ सकेंगे महाराज!"

ऊपर उठूँ! उठ सकूँगा?

"मैना—मैनसिंह!" श्रद्धातिरेक से मेरी वाक्शक्ति रुद्ध हो गई। इतना उल्लासकर अनुग्रह हो तो ऊपर उठना कठिन नहीं है।

अवतार—उतरना। मैनसिंह का अवतार हो गया।

उद्धार—ऊपर की ओर ले जाना। मेरा उद्धार भी हो ही जाएगा।

ऊपर उठ सकता हूँ—बहुत ऊपर। सारा सत्त्व उमड़ आया है—ऊर्ध्वंगच्छन्ति सत्त्वस्थाः!

## [ 20 ]

मैनसिंह—मैना! अलहना नहीं जानता, मैं जानता हूँ। अज्ञान की महिमा है कि अलहना के चित्त में उल्लास की लहरें पछाड़ खा रही हैं। जानकारी का प्रभाव है कि मैनसिंह लज्जा से लाल है—व्रीड़ा-व्याकुल, स्तब्ध। और मैं? आँचल के दीप की तरह भीतर सिर धुन रहा हूँ और बाहर तक अवगुंठित आलोक से उद्भासित हूँ। मैना क्या है? पिछले तीन दिनों से निरन्तर जूझ रही है, पर कहीं क्लान्ति या अवसाद का चिह्न नहीं है। क्या चैतन्यमात्र है? जड़ का सबसे कठिन धर्म है पृथ्वी के आकर्षण से भहरा जाना। यह जड़ शरीर-धर्म उसमें है ही नहीं क्या? क्या उसका सारा कलेवर अग्निशिखा से ही बना है? अग्निशिखा ही कभी नीचे नहीं झुकती। मैना दीपशिखा है, विद्युल्लता है, चैतन्यप्रभा है। परन्तु यह भी कैसे मानूँ? मैना की आँखें झुक गई हैं। सारी चैतन्य-लहरी में वहीं कहीं जड़िमा होगी। झुकी है तो जड़ता का स्पर्श भी है। मैना की वाणी रुद्ध है। कहीं जड़त्व की बाधा वहाँ भी काम कर रही है। मैना की ग्रीवा अवनत है, वहीं कहीं जड़त्व विलसित हो

रहा है। जड़ता का बन्धन मनोहर होता है। जड़त्व सीमा है, चैतन्य सीमाहीन। सीमा असीम को रूप देती है, रस देती है। सीमा की कमजोरियों ने असीम को रूपायित किया है। मैना रूप और अरूप का मनोहर संगम-स्थल है।

प्रयत्न तो मैंने कई बार किया कि उससे समाचार पूछूँ। विस्तार से सुनना चाहता था। पर मैना है कि ऊपर आँख ही नहीं उठाती। सिर हिलाकर, अस्फुट शब्दों से, हाथ के इशारे से उसने जो कुछ बताया उसका अर्थ इतना ही था कि विद्याधर भट्ट के साथ धीर शर्मा नाटी माता की कुटिया की ओर चले गए हैं। उन्हें युद्ध नहीं करना पड़ा है। बोधा प्रधान की कूटबुद्धि ने पहले ही सब काम समाप्त कर दिया था। घुंडक संन्यासियों में आपसी कलह हो गया है। वे आपस में ही लड़ गए हैं। धीर शर्मा छुड़ा लिये गए हैं। घुंडकों का दल बन्दी बना लिया गया है। घुंडकेश्वर कहीं भाग गया है। मैना की टुकड़ी ने उसे पकड़ने का प्रयत्न किया, पर अभी तक पकड़ा नहीं जा सका है। मैना ने जो नहीं कहा, वह उसका क्षत-विक्षत शरीर कह रहा था। जान पड़ता था, उस पर परशु से आक्रमण किया गया था, पर किसी प्रकार वह आघात निर्बल होकर उस पर पड़ा था। कन्धे के पास रक्त बह चुका था। कपड़े गीले थे।

अलहना इस घाव को देखकर अपने को धिक्कार चुका है। "मेरे रहते तेरे कन्धे पर चोट आ गई, भाई मैनसिंह, मुझे धिक्कार है! बता, किस उद्दंड ने यह साहस किया है! किसने सिंह-किशोर के सटाभार को पैर से कुचलने का साहस किया है? बता भाई मैनसिंह, उसका रक्त नहीं चूस लिया तो बघेला नहीं!" मैनसिंह कुछ बोल नहीं रहा। कदाचित् स्वयं घुंडकेश्वर ने ही यह वार किया था। यज्ञवेदी से वही फरसा उठा सकता था। मैनसिंह चुप! बघेला दाँत पीस रहा है—असहाय की भाँति।

भगवती विष्णुप्रिया का आश्रम निकट ही था। हम लोग सूर्यास्त से पहले ही वहाँ पहुँच गए। मैना गुमसुम आगे बढ़ रही थी। अलहना व्याकुल भाव से लड़ाई की बातें पूछ रहा था। मैं थोड़ी दूरी रखकर पीछे-पीछे चल रहा था। आश्रम घने जंगल में था। बबूल, खदिर और जंगली बेलों के कँटीले और झबरीले पेड़ों से घिरा हुआ छोटा-सा समतल स्थान था, जिसमें प्राकृतिक रूप से कन्दरा-सी बनी हुई थी। वन्य-वृक्षों के डाल-पत्तों से बना एक छोटा-सा फाटक उसे आवश्यकता पड़ने पर ढक देने के लिए बाहर रख दिया गया था। आँगन में घास-पात यथेच्छ उगे थे और एक-दूसरे से उलझकर जीवनी शक्ति की प्रखरता का उद्घोष कर रहे थे। निश्चित था कि मनुष्य के चरणों का बोझ उन्हें कभी नहीं सहना पड़ा था। आश्रम के द्वार तक पहुँचने के लिए जो पगडंडी थी, वह भी मनुष्य-पद लांछित होने का अवसर कम ही पा सकी थी। नाटी माता की कुटिया से यह एकदम भिन्न था।

उसमें परिमार्जित और सुशिक्षित रुचि का निवास था, इसमें प्रकृति का सहज विलास था। शान्ति यहाँ भी थी, पर सूनेपन की नहीं, भरावट की। यहाँ बहुत कम लोग आते होंगे, यह तो निश्चित था। नगरवासी की आँखों में यहाँ की बेतरतीबी खटक जाती थी। न कहीं सफाई का प्रयत्न था, न सजावट का चिह्न। पास ही एक कुंड-सा था जिसमें बहुत ही स्वच्छ पानी दिखाई देता था। उसी के भरोसे कुछ कोबिदार और करवीर के वृक्ष जी रहे थे। जान पड़ता है उन्हें किसी समय मनुष्य के हाथों की सेवा मिल चुकी थी।

आश्रम के प्रवेश-द्वार को 'द्वार' कहना केवल प्रथा-मात्र जान पड़ा। वहाँ यदि बोधा प्रधान न मिल गए होते और वे स्वयं बिना पूछे ही न कह देते कि वे आश्रम के प्रवेश-द्वार पर खड़े हैं, तो मुझे उसके द्वार होने का भान ही नहीं होता। वस्तुतः यह द्वार भी प्रकृति का ही निर्माण-कौशल था। भगवती विष्णुप्रिया की तपोनिलयभूता कन्दरा के चारों ओर घने कपित्थ और वनकदम्ब के झबरीले वृक्ष खड़े हुए थे। एक प्रस्तरशिला बीच में पड़ी हुई थी जो कपित्थ के शिशु वृक्षों की अधिक भूमि अधिकार करने की दुरन्त लालसा में बाधक सिद्ध हुई थी। यही अनधिकृतिसूचक स्थान 'प्रवेश-द्वार' था।

बोधा प्रधान वहीं खड़े-खड़े कुछ सोच रहे थे, एकाएक अलहना और मैनसिंह को देखकर खिल उठे। उनकी कौड़ी जैसी आँखों में कुछ फैलाव आया। मैं तब भी उनके सामने नहीं था; निकट ही था, पर वृक्षों की ओट में। मैनसिंह को लक्ष्य करके बोले, "आइए वीरवर! भगवती के आश्रम के प्रवेश-द्वार पर आपका स्वागत है! कहिए, प्राणदान की लालसा फलवती नहीं हुई?"

मैनसिंह चुप! अलहना से नहीं सहा गया। उसे इस व्यंग्य की पृष्ठभूमि का पता नहीं था। क्रोध-भरी वाणी में बोला, "क्या बक रहे हो प्रधान, मैनसिंह सच्चा सिंह-किशोर है। उसने शत्रुओं की धज्जियाँ उड़ा दी हैं। देखते नहीं बेचारे का रक्त से लथपथ कन्धा! जिसने आक्रमण किया था उसे पाऊँ तो चबा जाऊँ, रक्त पी लूँ, अंतड़ियाँ नोच लूँ।" अलहना कल्पित शत्रु को चबा जाने के लिए दाँत पीसने लगा।

मैनसिंह अब बोला। बोधा को सावधान करते हुए संक्षेप में डाँटा, "चुप! महाराज!"

बोधा समझ गए। वे सावधान होकर खड़े हुए और मैनसिंह के इंगित की ओर देखने लगे। मुझे देखते ही उन्होंने विनीत भाव से प्रणाम किया। फिर उसी प्रकार रहस्यमय चुप्पी साधकर खड़े हो गए।

मैंने स्वयं प्रश्न किया, "क्या समाचार है, प्रधान? मैं ज़रा भटक गया था।"

बोधा ने अत्यन्त विनीत वाणी में कहा, "अच्छा ही हुआ। समाचार ठीक ही

है। नाटी माता अपने आश्रम को लौट गई हैं। नाना गोसाईं भी अपने मठ में चले गए हैं। महारानी यहीं हैं। भगवती ने उन्हें कुछ जप करने की आज्ञा दी थी। वे उसी में लगी रहीं। अब भगवती की आज्ञा से स्नान करके उनसे मिलने गई हैं। भगवती महाराज को स्मरण कर रही थीं। कैसा विचित्र योग है कि उन्होंने आपका नाम लिया और आप पधारे! आइए, वहाँ चलें।''

मैंने कहा, ''थोड़ा हाथ-मुँह धोकर पवित्र हो लेता तो अच्छा न होता?''

बोधा ने उत्तर दिया, ''कोई हानि नहीं है। यहाँ पानी तो केवल इस झरने में मिलता है। भगवती के यहाँ कोई पात्र नहीं।'' मुझे आश्चर्य हुआ। तो भगवती कोई बरतन नहीं रखतीं?

जलाशय के नाम पर वही प्राकृतिक झरना है। यहाँ कुछ मनुष्यों के हाथों का सम्पर्क है। एक-दो करवीर के झाड़ हैं, एक-दो कोबिदार के मनोहर गुल्म। कहीं-कहीं मल्लिका भी उठ आई है, परन्तु अपनी आन्तरिक जीवन-शक्ति से ही जी रही है। पानी बहुत ही शीतल और स्वच्छ है। स्नान के लिए मिट्टी के बर्तन की सहायता लेनी पड़ी। यह स्नान केवल शरीर को ही नहीं, मन और प्राण को भी स्वच्छ-शीतल बनानेवाला था। मैंने सैनिक वेश उतार दिया। बोधा कहीं चले गए थे, थोड़ी देर में लौटे तो नए शुभ्र अधोवस्त्र और दुकूल के साथ। मुझे आश्चर्य हुआ। पूछने पर पता चला कि नाटी माता व्यवस्था कर गई थीं।

स्नान से पवित्र होकर भगवती की गुहा की ओर चला तो लगा जैसे उड़ रहा हूँ। इतना लाघव मैंने कभी अनुभव नहीं किया था। जान पड़ता था, कहीं कोई भार है ही नहीं। भार तो धरती के आकर्षण-वेग का नाम है, केवल चैतन्य-मात्र पर उस आकर्षण का प्रभाव नहीं पड़ता। तो क्या चित्-शक्ति की कोई शक्तिशाली धारा मेरी नसों में प्रवाहित हो रही है?

भगवती विष्णुप्रिया की अँधेरी गुहा में कर्पूरगुटिका जली और एक क्षण में मैंने भगवती के दर्शन किए। सामने हाथ जोड़कर रानी बैठी थीं। मुझे देखते ही उठकर खड़ी हो गईं और जो कभी नहीं देखा था वह देखना पड़ा। उनकी आँखों से अश्रुधारा झर रही थी, केश-राशि बिखरी हुई थी, आँखें धूसर हो गई थीं और मुख पर एक विचित्र-सी विवश भावना मँडरा रही थी। उन्होंने मेरे चरणों पर अपना सिर रख दिया और उन्हें आँसुओं से ही धो दिया। भगवती को प्रणाम निवेदन करने के पूर्व ही मुझे रानी चन्द्रलेखा का प्रथम प्रणाम स्वीकार करना पड़ा। मैंने आदरपूर्वक उन्हें उठाया और फिर हम दोनों ने साथ-साथ भगवती के चरणों में प्रणाम निवेदन किया।

भगवती विष्णुप्रिया ने स्निग्ध स्मित के साथ मनोवांछा पूर्ण होने का आशीर्वाद दिया। कुछ ही क्षणों में कर्पूरगुटिका का प्रकाश क्षीण हो गया और फिर बुझ गया।

गुहा में फिर उसी प्रकार अन्धकार छा गया। एक क्षण के लिए भगवती का दर्शन हुआ सो हुआ। भगवती की अवस्था निश्चित रूप से अस्सी पार कर गई होगी, लेकिन चेहरे पर क्या ही विचित्र कान्तिमयी शामक शोभा विराज रही थी! उनके पोपले मुँह से वह स्मित रेखा इस प्रकार उद्‌भासित हो रही थी मानो प्रवालमणि के अचानक उद्‌घाटित सम्पुट से लाल आभा छिटक रही हो। इस वृद्धावस्था में उनका गौर मुखमंडल एक विचित्र प्रकाश से दमक रहा था।

बड़े स्नेह से उन्होंने कहा, "बैठ जा बेटा!" आज्ञा पाकर हम दोनों बैठ गए। भगवती की वाणी से स्नेह उमड़ रहा था, पर नाटी माता की भाँति उस वाणी में शिक्षा और अभ्यास का नैपुण्य बिलकुल नहीं था। आश्रम के प्राण-व्याकुल वातावरण की भाँति उस वाणी में भी प्राकृत प्राणावेग उफन रहा था। भाषा ग्राम्य किन्तु भाव स्वर्गीय! अँधेरे में ही भगवती ने कहा, "आ बेटा, थोड़ा पास आ जा।" जिधर से शब्द आ रहे थे मैं उधर खिसककर आगे बढ़ा। भगवती ने स्नेहपूर्वक मेरे सिर पर हाथ फेरा, सारे मुखमंडल को स्पर्शपूर्वक सहलाया, फिर सिर चूम लिया। एकाएक ऐसा जान पड़ा कि नाड़ियों में रक्त का आन्दोलन तीव्र हो गया है, मेरुदंड के इर्द-गिर्द विचित्र हलचल हो रही है और सारा शरीर रोमांच-कंटकित हो गया है। भगवती ने जब हाथ हटा लिया तो मैंने धीरे-धीरे सिर उठाया। अन्ध .ार में हलकी-सी प्रभा-रेखा दीखी और ऐसा लगा कि भगवती के मुखमंडल से चारों ओर प्रभामंडल छिटक उठा है। मैं अभिभूत की भाँति उस अपूर्व तेजोमंडल को देखता रहा।

अचानक भगवती का हाथ फिर मेरे सिर पर आ गया। बड़े स्नेह से उन्होंने कहा, "तू अब जा सकता है बेटा! चन्द्रलेखा यहीं रहेगी। तुझे थोड़ी देर बाद बुला लूँगी।" मैं जब उठने लगा तो उन्होंने फिर दुलार से कहा, "बुरा तो नहीं मान रहा बेटा? तू कहता होगा कि कैसी माता के पास पहुँचा कि आते ही कह रही है, चला जा! क्यों रे, बुरा मान गया?"

मैंने विनीत भाव से कहा, "नहीं तो।"

माताजी ने जाने क्या समझकर कहा, "बनता है?"

मैंने फिर कहा, "नहीं माताजी, मैं सत्य कहता हूँ।"

माताजी ने फिर स्नेहपूर्वक कहा, "तुझे बुरा मानना चाहिए था रे!"

विचित्र असमंजस में पड़ गया। क्या उत्तर दूँ, कुछ सूझा ही नहीं। माताजी ने फिर स्नेह-जड़ित स्वर में कहा, "जा बेटा, फिर बुला लूँगी।"

बाहर भी अन्धकार था। वृक्षावली की नील-मसृण छाया के साथ मिलकर अन्धकार ठोस-सा बन गया था। कुछ समझ में नहीं आया कि कहाँ बैठूँ। बोधा भी नहीं दीखे। अनुमान से जिधर प्रवेश-द्वार था उधर ही चला। वहाँ का शिलाखंड

बैठने-योग्य आसन था, परन्तु वहाँ अलहना पैर पसारकर सो गया था। कई दिन से थका हुआ था, निश्चिन्त होने का अवसर मिलते ही गाढ़ी निद्रा में लीन हो गया था। वहाँ से हटना पड़ा। कहाँ बैठूँ कुछ समझ में नहीं आया। फिर ध्यान आया, झरने के पास ही बैठूँ। एक बड़े-से महुए के पेड़ की एक शाखा झुकी थी, जो धरती को छू रही थी। अनुमान से उसी ओर चला। फिर चुपचाप उसी पर बैठ भी गया। भगवती विष्णुप्रिया की इस बात पर विचार करने लगा कि वे क्यों कह रही हैं कि मैं बन रहा हूँ। बनावट कहाँ है! है तो अवश्य!

झरने के पास धीरे-धीरे बातचीत का आभास मिला। कंठस्वर बोधा और मैना का जान पड़ा। मुझे कुतूहल हुआ। बातचीत कुछ उत्तेजित वातावरण में चल रही थी। पहले जो स्वर धीरे-धीरे बोले जाने के कारण सुनाई नहीं दे रहे थे, वे अब श्रवण-सुलभ हो गए। जान पड़ता था उन्हें इस बात की रंचमात्र भी आशंका नहीं थी कि मैं इतनी जल्दी भगवती की गुहा से बाहर निकल आऊँगा। बोधा के स्वर में सावधानी और संयम था, मैना उत्तेजित थी। मैं कान देकर सुनने लगा।

"तुम्हारी उतावली के कारण आज की सारी योजना अधूरी रह गई। अब तुम्हें लड़कपन नहीं करना चाहिए। मेरी बात तुमने मानी ही नहीं। अब बताओ यदि मैंने पूरी सावधानी न बरती होती, तो तुम्हारा जीवित रहना क्या सम्भव था? तुम्हारे न रहने पर मुझसे क्या और कोई काम हो सकेगा? मैं कहता हूँ मैना, लड़कपन छोड़ो। सारे काम भाले की नोक से नहीं सधते। आज तुमने महाराज को भी संकट में डाल दिया था। तुमने उतावली न की होती तो आज यहाँ कुछ और ही दृश्य होता।"

"क्या होता?"

"महाराज का यह स्नान आज चक्रवर्ती का अभिषेक बनता।"

"चुप भी रहो। कब से तुम लोग ऐसी ही हाँकते रहे हो। एक घुंडकेश्वर के मारे तो नाकों दम है और सपना देखते हो सारी सुरत्राण-सेना को पराजित करने का! वह निठल्ला, सिद्ध बना हुआ फकीर विद्याधर भट्ट पर वशीकरण साधता रहे और मैं टुकुर-टुकुर देखती रहूँ। प्रधान, तीन रेखा खींचकर कहे देती हूँ, इस देश को ये ही निठल्ले डुबा देंगे।"

"तो तुमने भाला तानकर क्या कर लिया, सुनूँ? मैंने विद्याधर भट्ट की आज्ञा से योजना बनाई थी। मैना, तुम इतनी भोली हो कि अपने को भट्टपाद से भी अधिक बुद्धिमती समझने लगीं! यह तुम्हारा अहंकार हमारे मार्ग में बड़ी भारी बाधा खड़ी करेगा। तुमने सब गुड़-गोबर कर दिया।"

"लो प्रधान, इस भाले से मेरा शरीर खंड-खंड कर डालो। इसी के साथ तुम्हारी बाधा भी मिट जाएगी। न रहेगा बाँस न बजेगी बाँसुरी। मैं कायरता को मान नहीं

दे सकती, तुम चाहे उसे जितना बड़ा नाम दे दो। लो, उठाओ भाला। मार डालो मुझे। मैं सचमुच प्राणदान के लिए कृत-संकल्प हूँ। तुम्हारे हाथों मर जाऊँगी तो अच्छा ही होगा।''

बोधा जोर से हँसे—''बस, लड़कियों की वीरता की यही चरम सीमा है। अरे भाई, मैं कायस्थ का बच्चा, मैं भाला चलाना क्या जानूँ?''

''केवल वाक्य-बाण चला सकते हो?''

''बहुत खेद है मैना, वह भी लड़कियों के अस्त्रागार में सुरक्षित हो गया है।''

''तुम कायर हो और अपनी कायरता को कूटनीति माना करते हो।''

''तुम्हारी बात ठीक भी हो सकती है मैना!''

''कहते लज्जा नहीं मालूम होती? विधाता ने तुम्हें पुरुष-विग्रह दिया है!''

''उससे गलती होती ही रहती है। देखो न तुम्हें नारी-विग्रह दे दिया है।''

''मैं जो हूँ सो ठीक हूँ।''

''तो फिर विधाता की इस ठीक रचना को भाले से छेदने का अब कोई तुक नहीं है न!''

''महाराज के सामने तो भीगी बिल्ली बने रहते हो, मुझसे शास्त्रार्थ करना हो तो वचनवागीश!''

''अच्छा, अच्छा, तुम जीतीं, मैं हारा। अब थोड़ी ठंडी हो जाओ तो कुछ बात बताऊँ।''

''तो बताओ, मेरे कारण तुम्हारी कौन-सी योजना खटाई में पड़ गई?''

''छोड़ो भी।''

''नहीं छोड़ूँगी, बताना पड़ेगा।''

''घुंडकेश्वर भाग गया है, तुम्हारे कन्धे पर चोट आ गई। महाराजाधिराज का चक्रवर्ती का अभिषेक रुक गया।''

''प्रधान, तुम मुझे बेध रहे हो। यों ही मार डालो। मैं तुम्हारी टेढ़ी बातें नहीं समझ पाती।''

''समझो, इसीलिए तो कह रहा हूँ।''

''समझाओ!''

''बहुत अच्छा। पहले वचन दो कि मेरी बात को ध्यान से सुनोगी—उपेक्षाबुद्धि से नहीं, गौरव-बुद्धि से।''

''सुन रही हूँ।''

''धीर शर्मा को छुड़ाने का हम लोगों ने तिहरा जाल फैलाया था। पहला यह था कि घुंडकों में भेद-बुद्धि उत्पन्न करनेवाले हमारे सैनिक यज्ञ-भूमि में उत्पात कर देंगे और घुंडकेश्वर यूपकाष्ठ तक पहुँच ही नहीं सकेगा। धीर शर्मा को छुड़ा

लिया जाएगा।"

"भेद-बुद्धि कैसी होती?"

"संक्षेप में सुनो। महाराज के निकल आने का समय हो गया है।"

"ठीक है, और?"

"इसमें असफलता भी होती तो धीर शर्मा बच जाते। किन्तु पहली योजना में ही सफलता मिल गई।"

"कैसे बच जाते?"

"जैसे तुम बच गईं।"

"अर्थात्?"

"अर्थात् घुंडकेश्वर का बलि-परशु ऐसा ढीला था कि वह कसकर चलाते ही उखड़ जाता। धीर शर्मा बच जाते। तुम उतावली करके अपने गँवार सैनिकों के साथ न पहुँच जातीं तो घुंडकेश्वर पकड़ लिया गया होता। एक तरफ उसने अपने ही लोगों का उपद्रव देखा, दूसरी ओर तुम्हारे सैनिकों का जयघोष सुना तो बलि-परशु लिये ही भागा। भागते-भागते उसने तुम पर वार किया। ज्यों ही उसने परशु कसकर खींचा त्यों ही उसका फलक छिटककर दूर जा गिरा। तुम्हारी मूर्खता के कारण यह तुम्हारे कन्धे से टकरा गया। घुंडकेश्वर भागा। तुम्हारे सैनिक उसके पीछे दौड़े। बेचारे वे सब तो बन्दी बना लिये गए, परन्तु घुंडकेश्वर को अवसर मिल गया। अच्छा ही हुआ, नहीं तो महाराज भटकते ही रह जाते। हमारे सैनिकों ने तुम्हारे गँवार सैनिकों को घुंडकेश्वर के सैनिक समझकर पकड़ लिया। विजयोल्लास में मत्त होकर वे शिविर में लौट आए।"

"और तीसरी बात क्या है?"

"कल सुनना। तुमने पहाड़ से कूदकर महाराज को जो भय-व्याकुल बना दिया, जिसके कारण वे स्वयं खड्ड में कूद पड़े, यह तुम्हारी सबसे बड़ी मूर्खता थी।"

मैना रो पड़ी, "बड़ा बुरा हुआ प्रधान, पर परमात्मा के अनुग्रह से महाराज बाल-बाल बच गए। जानते हो क्या हुआ? मुझमें एक बड़ा भारी भय है। रात को सपने में भी डर के मारे कभी-कभी चिल्ला उठती हूँ। जब ऊपर से नीचे की ओर झाँकती हूँ तो लगता है कोई बलात् पकड़कर मुझे नीचे फेंक रहा है। मेरा सारा शरीर सुन्न हो जाता है, सूझबूझ मारी जाती है। इस बार भी ऐसा ही हुआ। वैसे मैं अपनी कमर में रस्सी बाँधकर उतर रही थी, पर एकाएक मेरी दृष्टि नीचे की ओर गई और सारा शरीर सन्न हो गया। मैं बेसुध गिर पड़ी। कमर की रस्सी ने मुझे रोक लिया, पर गिर तो मैं गई ही। पता नहीं, यह क्यों होता है! कोई ग्रह है या भूत है, जो मुझे इस तरह फेंक दिया करता है।"

बोधा आश्चर्य से बोले, "ऐसा? यह तो मेरी ही बीमारी है। मुझे जब कोई ऊपर हाथ उठाकर कहता है, 'ले लो', तो मेरा रक्त जम जाता है। लेकिन इसका कारण है। मैं तो मूल बात जानकर बहुत-कुछ नीरोग हो गया हूँ। तुम भी जान लो तो कदाचित् स्वस्थ हो जाओ। तुमने पहले बताया होता तो अब तक यह भूत भाग गया होता।"

"बताओ प्रधान, अवश्य बताओ। इस बीमारी के कारण आज तो अनर्थ ही हो गया होता।"

"तो सुनो। नाटी माता ने मेरे ऊपर ही छोड़ दिया है कि उपयुक्त अवसर पर इस कहानी को तुम्हें सुना दूँ। मैं बराबर असमंजस में पड़ा रहता था। आज सुना ही देता हूँ।

"बहुत पहले की बात है। मेरी अवस्था उस समय आठ-नौ साल की होगी। मेरे पिता न जाने कहाँ चले गए। माता ने मुझे विद्याधर भट्ट के पास पढ़ने को छोड़ दिया और स्वयं भी स्वर्ग सिधार गईं। मैं अनाथ बालक भट्टपाद का स्नेह और मान पाकर पढ़ने भी लगा और बढ़ने भी लगा। भट्ट ने अपने हृदय का सारा स्नेह ढालकर मुझे पढ़ाया। उनके मन के किसी कोने में यह सुप्त लालसा थी कि मुझे किसी बड़े साम्राज्य के मन्त्रीरूप में देखेंगे। उनकी अध्यापन-शैली में यह उद्देश्य प्रधान था। उन्होंने आरम्भ में मुझे पंचतन्त्र पढ़ाया। प्रतिदिन वे मुझसे राजनीतिक समस्याओं के उलझनदार प्रश्न पूछते थे। यदि ऐसा हो तो क्या करोगे, ऐसी समस्या आ जाए तो क्या मार्ग निकालोगे? मैं यथाबुद्धि उत्तर देता। वे मेरी बुद्धि को विकट समस्याओं के शाण-पट्ट पर खरादना चाहते थे। मैं प्रसन्नतापूर्वक उनका समाधान बताता था। पर यह क्रम अधिक दिन नहीं चल सका। दुर्भाग्य ने मुझे फिर अनाथ बना दिया। एक दिन बिना किसी से कुछ कहे भट्टपाद कहीं चले गए। मैं जैसा अनाथ पहले था, वैसा ही फिर हो गया। नगर में हल्ला मचा कि रानी ने कुचक्र करके गौरी की सेना बुला ली है, भयंकर रक्तपात होनेवाला है। बहुत लोग नगर छोड़कर इधर-उधर भागने लगे। मैं भी भाग खड़ा हुआ। ग्यारह वर्ष के बालक को बुद्धि ही कितनी?"

मैना खिलखिलाकर हँस पड़ी। बोली, "आज भी तो उसी बुद्धि का अभ्यास करते जा रहे हो!" बोधा अप्रतिहत रहे। बोले, "कहा न कि सारे वाक्य-बाण लड़कियों के शस्त्रागार में चले गए हैं। अच्छा, सुनती जाओ।"

"सुनाइए।"

"भय के मारे लोगों का विवेक तो नष्ट हो ही गया था, मनुष्य के सामान्य धर्मों से भी वे च्युत हो गए थे। मैं अगर किसी परिवार के साथ हो लेता तो लोग भगाने लगते, मारने पर भी उतारू हो जाते। डर था कि अधिक आदमी हो जाएँगे

तो सन्देह का कारण मिल सकता है। फिर एक लड़का साथ-साथ चलता रहेगा तो उसको छोड़कर अपने बच्चों को खाना देना कठिन हो जाएगा। मैं हर परिवार का कोप-भाजन हो रहा था। पेट की ज्वाला जो थी सो तो थी ही, अपमान की ज्वाला और भयंकर थी। सबसे अलग मैं खेतों, जंगलों और बीहड़ मैदानों के रास्ते भागने का प्रयत्न करता रहा। कभी कोई दयालु दो-चार अन्न के दाने दे देता तो उसे अपना परम भाग्य मानता। मुझे ठीक स्मरण नहीं कि कितने दिनों तक यह अवस्था रही। एकाएक एक जंगली रास्ते पर नाटी माता मिल गईं। और भागनेवालों के समान इनमें हड़बड़ी नहीं थी। बहुत शान्ति के साथ वे चल रही थीं। उन्हें मैंने विद्याधर भट्ट के घर पर देखा था। वे भी मुझे देख चुकी थीं। मुझे देखते ही वे पहचान गईं और आश्चर्य के साथ पूछा कि मैं क्यों इधर आ गया। सारी स्थिति समझ लेने के बाद उन्होंने दीर्घ निःश्वास लिया। बोलीं, 'आ बेटा, तू भी मेरे जैसा ही अभागा है। वहीं चल जहाँ विद्याधर भट्ट की आज्ञा से मैं जा रही हूँ। मुझे भी एक साथी चाहिए था बेटा! तू विपदा का साथी है। आ बेटा, साथ ही चल!' माताजी की आँखों से अश्रुधारा झरने लगी। मैं उनकी गोद में कूद पड़ा, मुझे परम शान्ति मिली।''

बोधा कुछ भाव-गद्गद से जान पड़े। वे कुछ देर तक चुप रहे। जान पड़ता है मैना की उत्सुकता बढ़ गई। कहानी में विलम्ब होता देख वह आग्रहपूर्वक बोली, ''फिर क्या हुआ प्रधान?''

''फिर? फिर तो मेरे जीवन का नया अध्याय शुरू हुआ।''

''नया? कैसा नया?''

''क्या बताऊँ मैना! मैं उस समय बहुत छोटा था। सब बातें समझ में नहीं आती थीं। आज भी कितनी बातों को समझ पाता हूँ। बड़ा हुआ तो जान पड़ा कि पहले जो करता था वह बच्चों का खेल था। क्या और बड़ा होऊँगा तो इस समय जो कर रहा हूँ यह भी बच्चों का खेल नहीं जान पड़ेगा? शायद सबसे बड़ा वह है जो सब कुछ बच्चों का खेल मानता है।''

''क्या जाने क्या बात है! आगे की सुनाओ।''

''अन्तिम बार जब मैंने माताजी को अपने गुरु के पास देखा था, वह दृश्य भूलता नहीं। वे निर्मम भाव से उन्हें डाँट रहे थे, वे रो रही थीं। बिलख-बिलखकर कह रही थीं, 'आप ही मेरे पिता हैं, आप ही मुझे शरण दें, मैं ऊब गई हूँ। पृथ्वीराज के दरबार से भागकर यहाँ आई, यहाँ और भी कुचक्र है। पिता! मेरी रक्षा करो, मेरे रूप को नष्ट कर दो, मेरे तथाकथित गुणों को नष्ट कर दो। मिट्टी के ग्राहक हीरे की उपेक्षा करते हैं। पिता, मुझे मिट्टी के ग्राहकों के हाथ से बचाओ।''

''मेरे गुरु रो पड़े। माताजी के सिर पर हाथ रख दिया और रोते-रोते बोले,

'तू नहीं जानती बेटा, मैं कितना असहाय हूँ। यह देश रसातल को जानेवाला है। यहाँ मिट्टी का दाम अधिक आँका जा रहा है, छिलके का मोल बढ़ गया है। पुरुष नारी को मांसपिंड समझकर भुक्खड़ गिद्ध की तरह उस पर टूट रहा है। नारी भय से व्याकुल होकर अपना वास्तविक धर्म भूल गई है—विधाता ने तुझे दंड देने के लिए यह रूप नहीं दिया था, पर मनुष्य की विकृत बुद्धि ने वरदान को अभिशाप बना दिया है। मैं व्याकुल हूँ बेटा, तू मेरा आश्रय न खोज। छोड़ दे इस पाप-नगरी को। जा, चली जा कहीं और, किसी बड़े की शरण में। भगवान की शरण में जा बेटा! भगवान ही अशरण-शरण हैं। जिन्हें दुनिया पतित समझती है उन्हें भी वहीं आश्रय मिलता है।' माताजी ने पूछा, 'कहाँ जाऊँ? आप ही कोई स्थान बता दें।' वृद्ध मन्त्री को कुछ सूझ नहीं रहा था। व्याकुल थे। बोले, 'तू जगन्नाथपुरी चली जा। वहीं तुझे पतितों के परमात्मा के दर्शन होंगे, निराश्रयों के आश्रयदाता मिलेंगे, दरिद्रों के नारायण प्राप्त होंगे। जा बेटा, छोड़ दे इस पाप-नगरी को। इस नगरी के बाहर जब तक तू नहीं निकल जाती तब तक मैं इसका सर्वाधिकारी बना रहूँगा। ज्यों ही तू पतित-पावन के क्षेत्र में प्रवेश करेगी, त्यों ही मैं भी इस पाप-पुरी को छोड़ दूँगा।'

''मैना, आगे की कहानी तुम्हारे रोग की औषध है। लेकिन एक बार देख लेने दो कि महाराज के बाहर आने में कितनी देर है।''

मैना ने दीर्घ निःश्वास लिया। बोधा उठकर गुहा की ओर गए। थोड़ी ही देर में वे फिर लौट आए। जान पड़ता था वे आश्वस्त थे कि महाराज के बाहर आने में अभी देर है। कहानी आगे बढ़ी :

''कई दिन बाद हम लोग जगन्नाथपुरी पहुँचे। माताजी ने भक्ति-भरे कंठ से उनकी ऐसी स्तुति गाई कि देखते-देखते उनकी कीर्ति-कथा सर्वत्र फैल गई। मन्दिर के पुजारी लोग उन पर श्रद्धा करने लगे। हमारे दिन अच्छे कटने लगे। सन्ध्या की आरती के बाद माताजी का स्तव-पाठ प्रायः नित्य का नियम हो गया। इसी बीच एक अप्रत्याशित घटना घटी, जिसने माताजी का जीवन ही मोड़ दिया। जगन्नाथपुरी के मन्दिर में बहुत देव-दासियाँ थीं। प्रायः किसी मनौती के अनुसार गृहस्थ-भक्त अपनी बालिका या युवती कन्याओं को सजा-बनाकर देवता को समर्पित कर जाते थे, ये ही देवदासियाँ कहलाती थीं। इनका काम नाच-गान के द्वारा देवता की सेवा करना था। पर धर्म हर समय देवता को लक्ष्य करके ही नहीं चल पाता। देवता के भक्त भी कभी-कभी उसके लक्ष्य बन जाते हैं। जो हो, एक दिन एक डेढ़-दो वर्ष की छोटी बालिका मन्दिर के द्वार पर पाई गई। उसे पूर्ण रूप से सजाया गया था। वह बिलकुल गुड़िया-सी लगती थी। पता नहीं किस क्रूर माता-पिता ने उस दुधमुँही बालिका को देवता के चरणों में समर्पित किया था।

उस दिन मन्दिर में बड़ा हो-हल्ला मचा था। इस विचित्र देवदासी का क्या हो? वह धर्म-सम्मत विधि से समर्पित भी नहीं थी। परन्तु निस्सन्देह वह देवता के उद्देश्य से ही वहाँ डाल दी गई थी। वह बुरी तरह रो रही थी। देखनेवालों की भीड़ लगी हुई थी। धर्मशास्त्री पंडित उसके भविष्य की व्यवस्था पर शास्त्रार्थ-विचार में मग्न थे। इसी समय माताजी पहुँचीं। मैं भी साथ था। उस सुन्दर फूल-सी बालिका को देखकर माताजी का हृदय उमड़ आया। उन्होंने गिड़गिड़ाकर पुजारी से कहा कि 'बाबा, इस बालिका को मुझे दे दो।' पुजारी के लिए वह नन्ही बालिका स्वयं समस्या थी। पर जब तक धर्मशास्त्रियों का निर्णय नहीं मिल जाता तब तक वह कुछ कर नहीं सकता था। स्थिति यह थी कि पुजारी मंडप के चत्वर पर उस रोती हुई बालिका को लिये खड़ा था और माताजी और मैं नीचे खड़े होकर गिड़गिड़ा रहे थे। माताजी बालिका का रोना देखकर और भी व्याकुल हुईं। पीछे से अपार भीड़ चिल्ला रही थी, 'दे दो, दे दो।' कुछ देर में माताजी बेहोश होकर गिर गईं। भीड़ ने चिल्लाकर कहा, 'दे दो।' मैं रोने लगा। पुजारी विचित्र असमंजस में था। कुछ देर बाद धर्मशास्त्रियों का निर्णय मिला, 'बालिका देवता को समर्पित है। जो ले, वह उसे देवता के प्रसाद के रूप में ग्रहण करे।' पुजारी ने बालिका को देवता के चरणों में लगाया और बाहर आकर चिल्लाया, 'ले, बालिका को प्रसाद समझकर ग्रहण कर!' माताजी संज्ञाहीन! पुजारी ने फिर चिल्लाकर कहा, 'लेती है कि नहीं भाग्यहीना!' माताजी के कानों में शब्द गए। वे उठकर बैठ गईं और आलस्य-जड़ित नयनों से देखने लगीं। पुजारी ने ऊपर से बालिका को छोड़ दिया। वह बेचारी चीख उठी। मैंने बीच में ही पकड़ लिया। पुजारी ने आँखें ततेरकर कहा, 'तूने ले लिया, पाषंड!' फिर माताजी ने जल्दी-जल्दी उस बालिका को गोद में दबा लिया। उनके वक्षस्थल से दूध की धारा बह चली। मैना, तुम्हीं वह बालिका हो।''

## [ 21 ]

आकाश का पूर्वी छोर चन्द्रमा की उदय-गूढ़ रश्मियों से उद्भासित हो उठा। घनच्छाय कपित्थ और खदिर के वृक्षों की शिखाएँ उनकी सूचना-मात्र से दमक उठीं। ऐसा जान पड़ा जैसे वनस्थली में कुछ नई आशा की ज्योति प्रकट होनेवाली है। अब भी अन्धकार पूरे वैभव के साथ जमा हुआ था, किन्तु स्पष्ट लग रहा था कि अधिक देर तक स्थिर नहीं रह सकेगा। मेरी जड़ता के अन्धकार का भी कहीं अवसान है? पूर्व दिगंचल चंचल हो उठा, वृक्षों के झाँझरे पर्दे के भीतर से प्राची दिशा-रूपी वधू का मनोहर मुख अब भी साफ नहीं दिखाई दे रहा, परन्तु इतना

तो स्पष्ट ही लग रहा है कि उसने अपने अस्त-व्यस्त चिकुर-जाल को समेटना शुरू कर दिया है। प्रसन्नता क्या छिपाए छिपती है?

मैंने स्थान-परिवर्तन करना उचित समझा। चोरी-चोरी जितना सुन चुका हूँ उतने का भार ही दुर्वह जान पड़ता है। अधिक क्या सँभाल सकूँगा? मैना पुरुषोत्तम-क्षेत्र का प्रसाद है, गलती से बीच में ही ले ली गई। चन्द्रमा ऊपर उठ रहा है, न जाने किस आशा का सन्देश लेकर। मन जाने कैसा-कैसा अनुभव कर रहा है! चुपचाप उस ओर खिसक गया जिधर अलहना सो रहा था।

आकाश साफ हो गया। चन्द्रमा कब क्षितिज से ऊपर आया, कब उसने अपनी रागारुण शोभा को झाड़ दिया और कब उसकी निर्मल मरीचि-माला अशेष जगत् को उत्फुल्ल करने के कार्य में तन्मय हो गई, कुछ पता नहीं चला। लाली झड़ गई, झड़ती ही रहती है, झड़ ही जानी चाहिए। नहीं झड़े तो दुनिया अँधेरे में पड़ी रह जाए। राग की आभा व्यक्ति तक ही सीमित है, ज्योत्स्ना सम्पूर्ण विश्व की शामक शोभा है।

परन्तु आज मन व्याकुल हो गया है। जानना चाहता है, क्यों इतना बड़ा आयोजन हुआ, किसके लिए? किस अनुराग की अरुणिमा ने पूर्व दिग्वधू के मुख को लज्जा की आभा से इस प्रकार दीप्त कर दिया? निखिल भुवन के उपरले स्तर पर परिदृश्यमान कोलाहल के अन्तराल में क्या कहीं चोरी-चोरी प्रीति-तरल अनुराग-लीला चल रही है? अचानक इतना राग, इतनी आभा, इतनी दीप्ति क्या यों ही ढरक पड़ती है? जिस समय सारा विश्व गाढ़ निद्रा में निमग्न है, उसी समय इतना विपुल आयोजन, इतनी विराट् साज-सज्जा क्या सिर्फ बात-की-बात है? मेरा अन्तर्यामी कह रहा है, नहीं, व्यर्थ नहीं है, कहीं कुछ चल रहा है—लोकचक्षु के अगोचर गुपचुप।

फिर सारा आयोजन कितनी देर के लिए? पलक मारते रागारुण लीला समाप्त हो जाती है, लुकाचोरी का खेल खत्म हो जाता है, अनुराग का कुहक शून्य में विलीन हो जाता है, क्रीड़ा की इन्द्रधनुषी रंगीनी विस्मृति के अतल गह्वर में विलुप्त हो जाती है। इस अपव्यय का भी कोई ठिकाना है? रंग और रूप का इतना बड़ा आयोजन सिर्फ कुछ क्षणों में अदृश्य हो जाता है, बच रहता है प्रयोजन का रंगहीन, रूपहीन, प्रभावहीन आवेग। चन्द्रमा अब शुभ्र कलहंस की भाँति निर्मल आकाश-सरोवर में तैर रहा है—निरीह भलेमानस के समान।

रानी गुहा से बाहर आईं। जान पड़ता था मुझे खोज रही हैं। उठकर उनके पास पहुँचा। शुभ्र कौशेय वस्त्र से आगुल्फ आवेष्टित उनकी तन्वी अंगयष्टि क्षीरसागर में खिली दमनक यष्टि की शोभा को लजा रही थी। व्रतकर्शित देहलता झीने वस्त्र के आवरण को भेदकर जगमग कर रही थी। यद्यपि उनकी आँखें झुकी

हुई थीं और सीमन्त से यत्नपूर्वक खिसकाया हुआ घूँघट आधे लिलार तक बढ़ आया था, परन्तु सहज अनुभाव की बंकिम तरंग-रेखा आवरण का बाँध तोड़कर मानस-जगत् को चंचल बना रही थी। मेरी ओर उन्होंने देखा और फिर आँखें झुका लीं। कदाचित् भगवती के सामने मुझे जी भरकर देखने का साहस उन्हें नहीं हुआ। मैं भगवती के आदेश की प्रतीक्षा में कुछ सुनने की आशा रखता था, इसलिए बिना कुछ कहे रानी के सामने खड़ा हो गया। रानी और भी निकट आ गईं। बोलीं कुछ नहीं। लज्जा-भार से झुकी हुई आँखों से उन्होंने एक बार फिर मेरी ओर देखा।

एक क्षण में मानो अमृत का लेप हुआ या संजीवन औषध का सिंचन हुआ या चन्द्रकिरणों का अभिषेक हुआ, मेरा अंग-अंग उल्लसित-सा, अनुगृहीत-सा, परितृप्त-सा अनुभूत हुआ। रानी के प्रवाल-शोण अधरों पर हलकी स्मिति-रेखा दिखाई पड़ी, नयन-कोरकों में चंचल विलास-लीला थिरक गई और कपोलपालि पर उल्लास-वन्धुर पुलक-रेखा गतिशील हो उठी। आँखें झुकती गईं, हाथ धीरे-धीरे ऊपर उठते गए। मैं भी कुछ समझ नहीं सका। यह सब क्या हो रहा है, कैसे हो रहा है? क्या चन्द्रमा की मरीचिमाला ने हाथों का विग्रह धारण किया है? क्या कमलश्री गतिशील हो उठी है? क्या प्रफुल्ल दमनक-लता में प्रवाल-कोरकों की परम्परा उत्पन्न करने की लालसा बलवती हो उठी है? मैं आश्चर्य-जड़ित मुद्रा में खड़ा रह गया। रानी की आँखें और झुकीं, किन्तु प्रवाल-शोण अधरों पर व्रीड़ा-चपल स्मिति-रेखा और भी उभरती गई। रानी के हाथ मेरे मुँह के पास आ गए। अस्फुट शब्द कान में पहुँचे—'पान!' तो यह पान था! झम-से पुलक-कम्पन की एक अप्रतिरोध्य झंझाकुल तरंग शिरा-शिरा में लहर उठी। मातृकल्पा भगवती विष्णुप्रिया के दरबार में यह कैसा आयोजन है? कदाचित् किसी मंगल अनुष्ठान का यह समापन-विधान है। मैंने मंगल-ताम्बूल ग्रहण किया। फिर रानी के इंगित के अनुसार भगवती के पास गुहा में गया।

इस समय गुहा में चन्द्रमा की धवल प्रभा अबाध भाव से प्रवेश कर रही थी। जान पड़ता था क्षीर-समुद्र की धारा पालि तोड़कर ढरक पड़ी हो। भगवती के तेजोदीप्त मुख पर ज्योत्स्ना की धवल धारा सीधे बरस रही थी। ऐसा जान पड़ता था कि जैसे सरस्वती ने वैराग्य का विग्रह धारण किया हो, कामनारहित भक्ति ने ही क्षीरसागर का आश्रय लिया हो, तपस्या की मूर्ति धारण करके परा-विद्या ने ही गुहावास का व्रत लिया हो, अभिचार-साधना से ऊबी हुई करुणा ने ही निर्जन-वास का निश्चय किया हो, तथागत की धर्म-देशना ने ही सरस-प्रेम-साधना का संकल्प किया हो।

हम दोनों ने साथ-ही-साथ भगवती को प्रणाम किया। मुँह से उन्होंने कुछ कहा नहीं, किन्तु उनके रोम-रोम से आशीर्वाद की वर्षा हो रही थी। मैंने अपना

भाग्य सराहा। क्षण-भर मौन रहने के बाद बोलीं, "मंगल-अभिषेक तेरा हो गया। नाटी की यही साध थी। पूरी हुई। जानकर प्रसन्न होगी। जा बेटा, तेरी शक्ति लौटा दी इन्होंने। लीलाधर हैं, सारी दुनिया इन्हीं की इच्छा पर चले। पर दुनिया है कि अपने रास्ते जाना चाहती है। इनका मन है कि दुनिया को ठग लें, दुनिया का मन है कि इनको ठग ले। लुका-छिपी का खेल खेला जा रहा है। माया ऐसी कि किसी को जानने नहीं देंगे कि वह चाहता क्या है! तू जानता है बेटा, कि तू चाहता क्या है? बोल तो, सुनूँ भी।"

बेढब प्रश्न किया माताजी ने। कैसे बताऊँ क्या चाहता हूँ? कुछ ठीक उत्तर नहीं सूझ पाया। बुद्धिमान का कौशल मौन है। मैं कोई उत्तर न देकर चुपचाप उनकी ओर ताकता रहा।

भगवती ने स्नेह के साथ कहा, "बता न बेटा! तेरी इच्छा ये ही न पूरी करेंगे! तेरी क्या मनोकामना है? राज्य चाहता है, धन चाहता है, वैभव चाहता है या मेरी तरह इन्हीं को चाहता है?"

फिर क्षण-भर रुककर बोलीं, "नहीं बताना चाहता, क्योंकि तू नहीं जानता। सीधी-सी बात है। कोई नहीं जानता कि वह क्या चाहता है। तुझे नहीं मालूम, रानी को भी नहीं मालूम। यही होता है बेटा, पता नहीं कि क्या चाहते हैं हम, और प्रयत्न किए जा रहे हैं। रानी कहती है कि वह सारे संसार का दुःख दूर करना चाहती है, उसके लिए जोग साधने गई थी। सारे दुःखों को दूर करने की जो दवा है, उसे ही क्यों नहीं चाहती भोली! कहती है, ध्यान में या सपने की बेहोशी में उसने माया और गोरखनाथ की बात सुनी है। गोरखनाथ से भगवती ने कहा, 'तुम माया को नहीं जीत सकते।' गोरख ने कहा, 'अवश्य जीतेंगे।' कैसे जीतोगे बाबा, भूत तो सरसों में है। यह जो जीतना-हारना है, यही तो माया है। माया कहीं बाहर है? हम हैं, यही तो माया है। यह जो कुछ देख रहे हो, सुन रहे हो, समझ रहे हो, अनुभव कर रहे हो, सब तो माया है। मैं कुछ कर रहा हूँ, जान रहा हूँ, समझ रहा हूँ, यह सब तो अहंकार का ही रूप है। पर कहाँ गोरख, कहाँ माया! बात तो इसके मन की है। इसने जो देखा सो इसके अपने मन की बात है। मन से तो संसार बनता है बेटा! वास्तव में रानी चाहती कुछ और थी, समझती कुछ और थी। असली माया तो यही है। यदि मनुष्य का जानना और चाहना एक हो जाए तो टण्टा समाप्त!"

भगवती थोड़ी देर के लिए मौन हो रहीं। ऐसा जान पड़ा, वे ध्यानस्थ हो गईं। उनका बाहरी व्यापार अन्तर्मुख हो गया। वे निवात-निष्कम्प दीपशिखा की भाँति स्थिर हो रहीं। हम दोनों हाथ जोड़े उसी प्रकार बैठे रहे। देर तक प्रतीक्षा नहीं करनी पड़ी। उनका ध्यान जल्दी ही भंग हुआ। बोलीं, "बेटा, तू राजकाज का जीव है,

मैं तुझे विशेष कुछ बता नहीं सकूँगी, केवल आशीर्वाद दे सकती हूँ। जिस कार्य में लगा है उसमें तेरी मंगल-बुद्धि बनी रहे। मनुष्य निमित्त मात्र बन सकता है। जो करना होगा वह ये ही करेंगे। न व्याकुल होने की आवश्यकता है, न चिन्तित होने की। तेरी बुद्धि निर्मल हो, हृदय सेवापरायण हो, तेरे मन में भगवान का वास हो!"

मैंने विनीत भाव से पूछा, "भगवती, वह मंगल अभिषेकवाली बात नहीं समझ सका। यदि अनुचित न हो तो जानने का प्रसाद पाना चाहता हूँ।"

भगवती ने प्रसन्नता प्रकट की। उसके मुख से सन्तोष का भाव प्रकट हुआ। बोलीं, "यह जो ताम्बूल है न बेटा, यह शिव और शक्ति का युक्त प्रत्यक्ष विग्रह है। यह गृहस्थ धर्म का साक्षात् रूप है। भगवान को जब लीला-विस्तार की इच्छा हुई तो उनके ज्ञानमय चिन्मय वपु ने दो दिशाओं में चलकर रूप परिग्रह किया। एक तो उनकी विलास-लीला इच्छा के रूप में और दूसरी क्रिया के रूप में अभिव्यक्त हुई। यही कारण है कि ज्ञान, इच्छा और क्रिया-रूप में यह जगत् त्रिधा-विभक्त है। त्रिधा-विभक्त होने की सामर्थ्य रखनेवाली इसी शक्ति को कोई आद्या शक्ति, कोई त्रिपुरा, कोई सीता, कोई महामाया कहता है। बात एक ही है। नाम उसके बहुत हो सकते हैं, तत्त्व एक ही है। ज्ञान से निकली हुई दो शाखाएँ—इच्छा और क्रिया—यही अधोमुख त्रिकोण है। यही ऊर्ध्वशाख अधोमूल अश्वत्थ है, यही त्रिगुणात्मक जगत है। इसमें ज्ञान नीचे की ओर पड़ा हुआ है।

"पान के पत्ते में यही त्रिकोण दिखाई देता है। कह सकते हो कि यह मानसिक जगत् का एक छोटा-सा प्रतिमान है। यह उस शक्ति का प्रतीक है जिसने स्थूल जगत् में नारी-कलेवर धारण किया है। और यह जो पूगीफल है, जो नीचे से दीर्घ और ऊपर सूक्ष्म होता है, वह शिवतत्व है। जब क्रिया और इच्छा दोनों ज्ञान की ओर बढ़ने लगती हैं तो नर-नारी के पिंड में—इस स्थूल काया में—चिन्मय शिवतत्त्व की ज्योति जगती है। शिव और शक्ति की इसी लीला को शक्ति-साधक अधोमुख और ऊर्ध्वमुख त्रिकोण में अंकित श्री-चक्र कहते हैं, बौद्ध साधक वज्र कहते हैं। परन्तु ताम्बूल ही गृहस्थ का श्री-चक्र है। इसमें केवल शिवशक्ति का लीला-विलास ही नहीं; उनका तेज भी विन्यस्त है। खदिरराग (कत्था) शक्ति का तेज है, सुधाचूर्ण (चूना) शिवतत्त्व का तेज है। सो, ताम्बूल-वीटक गृहस्थ को भगवान की आदि-सिसृक्षा और समस्त जगत्व्यापी तेजोयोग का स्मरण तो दिलाता ही है, संसार में रहते हुए संसार-चक्र से मुक्त होने के उपाय का भी स्मरण दिलाता है। इसीलिए शास्त्रकार इसे गृहस्थ के लिए परम मंगलमय मानते हैं। गृहस्थी की कोई पूजा इसके बिना सफल नहीं मानी जाती।

"रानी को मैंने यह रहस्य समझाया है। दूसरों की बात में पड़कर इसने

गृहस्थ-धर्म की मर्यादा भुला दी थी। यह जोग साधने के चक्कर में जा फँसी। ताम्बूल नारी-धर्म को ठीक-ठीक व्यक्त करता है। देख बेटा, जिस प्रकार पान और सुपारी, चूना और कत्था मिलकर एकमेक हो जाते हैं, उसी प्रकार जब पुरुष और नारी और उनकी तेजोगरिमा एकमेक हो जाते हैं, तभी अलौकिक आनन्द के हेतु बनते हैं। कैसे बनते हैं? एक-दूसरे को परिपूर्ण भाव से आत्मसमर्पण करके। गाँठ बाँध ले बेटा, जहाँ परिपूर्ण आत्म-समर्पण है वहीं भगवान आप-रूप होकर प्रकट होते हैं। जाओ बेटा, तुम दोनों का मन एक हो, व्रत एक हो, संकल्प एक हो। रानी चन्द्रलेखा को विधाता ने बत्तीस लक्षणों से सँवारकर भेजा है। यह तैंतीसवाँ लक्षण ही पारमार्थिक लक्षण है—परिपूर्ण आत्म-समर्पण। चन्द्रलेखा का सुहाग धन्य हो! मैंने आज का ताम्बूल लीला-निकेतन के प्रसाद के रूप में दिया है। तुझे और क्या चाहिए बेटा, तेरी शक्ति लौटा दी गई है, तुझे भगवान का प्रसाद मिल गया है, जो काम परिपूर्ण अर्पण-बुद्धि से करेगा वह अवश्य सफल होगा।"

मैंने शिरसा प्रणाम करके भगवती के आशीर्वचन को ग्रहण किया। हाथ जोड़कर बोला, "धन्य हूँ, मातः, कृतार्थ हूँ, सफलकाम हूँ, परन्तु जानना चाहता हूँ कि जानना और चाहना कैसे एक होंगे। यदि अनुचित न समझें तो यह दास कृतकाम होगा। मूढ़ हूँ मातः, न ज्ञान, क्रिया, इच्छा के इस रहस्य को समझ पा रहा हूँ और न यही समझ पा रहा हूँ कि मेरा कर्तव्य क्या है?"

भगवती के वली-कुंचित मुख पर आनन्द की धारा-सी बह गई। बोलीं, "जानते हो बेटा, भगवान ने किसी समय अर्जुन को बताया था कि सहज कर्म अगर सदोष भी हो तो उसे छोड़ना नहीं चाहिए। फिर बड़े-बड़े पंडितों ने इस सहज-सी बात को तरह-तरह से समझाया है। मनुष्य में काम, क्रोध, लोभ, मोह स्वाभाविक रूप से विद्यमान रहते हैं। कुछ लोगों ने कहा कि सहज कर्म का मतलब है सभी मनोविकारों को ज्यों का त्यों स्वीकार कर लेना। भगवान ने बुद्ध अवतार में अच्छी तरह समझाया कि मनुष्य का सहज स्वभाव इन विकारों को छोड़ने का है। परन्तु लोग अपने रास्ते चलते गए और सहज-साधना के नाम पर ऐसी बहुत-सी बातें करने लगे जो मनुष्य को पशु बना देती हैं। घुंडक साधु तो यही प्रचार करते हैं कि मनुष्य पशु ही है। पशु को पशु की तरह से रहना चाहिए। वह पाश में बँधा हुआ है। कर ही क्या सकता है? पशु जब पशु की तरह रहने लगता है तभी पशुपतिनाथ प्रसन्न होते हैं। घुंडक साधुओं ने इस मत को बहुत बड़े तत्त्ववाद का रूप दे दिया है। वे कहते हैं कि पशु किसी का खेत चर सकता है, उसे दोष नहीं लगता। दोष-गुण सब पशुपति का है। वही जब चाहें तो पाश या बन्धन खोल सकते हैं। जो चाहो करो, जैसे चाहो रहो, दोष कहीं नहीं है। इसका फल यह हुआ कि घुंडक साधु कुछ भी करने में हानि नहीं मानते। मतलब

सधे तो वे गोहत्या करा सकते हैं, मन्दिर तुड़वा सकते हैं, स्त्रियों पर बलात्कार कर सकते हैं, गाँवों में आग लगा सकते हैं। परन्तु, अगर इसका नाम तपस्या है तो पाप और क्या हो सकता है बेटा!

"असल में वे इच्छा और क्रिया को ज्ञान के अधीन नहीं मानते। मन में हजार वासनाएँ उठती हैं। उनके अनुसार अगर आदमी चलने लगे तो बड़ा विकट परिणाम होगा। देखना चाहिए, यह इच्छा क्यों उत्पन्न हो रही है और कहाँ ले जाएगी। और इसके लिए ज्ञान की आवश्यकता है। ज्ञान जिसके मूल में है और ज्ञान ही जिसकी सम्पत्ति है, वही क्रिया ठीक हो सकती है। भगवान ने गीता में इसीलिए कहा था, 'हे अर्जुन, सभी कर्म ज्ञान में समाप्त हो जाते हैं।' यह ज्ञान छोटी-मोटी जानकारी से बड़ा है। शास्त्रों में इसका प्रयत्न किया गया है कि छोटे-से-छोटे काम में मनुष्य को वह मूल बात याद आती रहे। हम जो भी करें उसके पहले हमें यह स्मरण रखना चाहिए कि यह क्रिया और इस क्रिया के करने की इच्छा किसी बड़े ज्ञान का परिणाम है और इसी बड़े ज्ञान में इसकी समाप्ति होगी। छोटे-से-छोटा काम भी अपने-आपमें पूर्ण नहीं। उसका आरम्भ बड़ी दूर से है और अन्त भी बड़ी दूर तक पहुँचनेवाला है। इतना-सा ज्ञान मन में बना रहे तो घुंडकों के द्वारा प्रचारित तत्त्ववाद प्रपत्ति अर्थात् शरणागति का रूप धारण करेगा। यह सही है कि हम लोग निमित्त-मात्र होकर भगवान की इस लीला में सहायक बने हुए हैं। परन्तु घुंडक लोग न आदि देखते हैं और न अन्त देखते हैं।"

मुझे बड़ा आश्चर्य हुआ। मैंने पूछा, "भगवति, क्या घुंडकों का भी कोई सम्प्रदाय है? और उनका भी कोई दर्शन है?"

भगवती ने कहा, "वे दावा तो ऐसा ही करते हैं। देखो, यही घुंडकेश्वर दिल्ली के सुलतान से मिला। उसकी सहायता लेकर उसने गौ-ब्राह्मणों का नाश किया, गाँव-के-गाँव जला दिए, फिर भी वह समझता है कि वह तप कर रहा है। और भी बहुत-से साधु सम्प्रदाय हैं जो स्वार्थ के कारण अनुचित्त कार्य किया करते हैं, परन्तु वे मन-ही-मन स्वीकार करते हैं कि वे अनुचित काम कर रहे हैं। परन्तु घुंडकेश्वर जब ऐसा काम करता है तो खुले तौर पर स्वीकार करता है कि वह उचित कर रहा है। इस कार्य को वह वीर-साधना कहता है। अपने को वह परम पाशुपत मानता है। क्यों ऐसा होता है? क्योंकि अब उसने अपने स्वार्थमय कार्यों को बड़े तत्त्ववाद का रूप दे दिया है। वह भक्ति को कायरता मानता है अवसरवादिता को वीरता समझता है, स्वार्थ को परमार्थ कहा करता है। इसलिए उसे लोकलज्जा का भय नहीं है। ऐसे उद्दंड लोगों को समझाना-बुझाना भी बेकार है। भगवान ने ऐसे ही लोगों को दुष्कृत कहा है। ये लोग समझाने-बुझाने से नहीं मानते। इनको दंड देने के लिए भगवान को बार-बार अवतार धारण करना पड़ता है। देवता

लोग बार-बार पृथ्वी पर आकर धर्म की रक्षा के लिए ऐसे दुर्जनों का नाश किया करते हैं?"

"कैसे करते हैं मातः?"

"स्वर्ग का देवता पृथ्वी पर भाला-तलवार लेकर नहीं आता। जो लोग धर्म-बुद्धि-सम्पन्न हैं उन्हीं को वे सुबुद्धि और शक्ति देते हैं। यह सुबुद्धि ही देवता है, शक्ति ही देवता है। तुम्हारे भीतर देवता काम कर रहा है। तुम खूब अच्छी तरह समझ लो बेटा कि भगवान तुमको निमित्त बनाकर दुष्टों का दमन करना चाहते हैं। रानी के मन में एक दुविधा थी। यह समझती थी कि इस प्रकार लड़ाई लड़ने में हिंसा होती है और इसीलिए यह पाप है। यह तो कोटिबेधी रस सिद्ध करने के चक्कर में फँसी, उसका कारण इसकी यही चित्तगत द्विविधा है। यह अगवाह रास्ता खोजती थी। परन्तु बेटा, धर्म के क्षेत्र में कोई अगवाह रास्ता नहीं। हर बात का पूरा दाम चुकाना पड़ता है। हो सकता है कि सीमित दृष्टि से देखने पर ऐसे काम में भी दोष दिखाई दे। मनुष्य का कर्तव्य है कि जो लोग दीन, दुःखी, निरीह व्यक्तियों को कष्ट पहुँचा रहे हैं उनका दमन करे। समझाने से समझ जाएँ तो हिंसा का मार्ग नहीं अपनाना चाहिए। न समझें तो मान लेना चाहिए कि देवता इनके विरुद्ध हो गए हैं। विधाता ने मनुष्य को सामाजिक प्राणी बनाया है। सामाजिक मंगल का उच्छेद करनेवाले विधाता के सहज विधान को नहीं मानते। उनको दंड देना मनुष्य का सहज धर्म है। भगवान ने इसीलिए कहा था कि सीमित दृष्टि से जो चीज सदोष जान पड़े है वह भी यदि मनुष्य का सहज धर्म हो तो अवश्य करणीय है। अर्जुन के मन में मोह हो गया था। वह सहज कर्म को भूलने लगा था।

"देखो बेटा, ठीक से समझ लो कि तुम जो लड़ाई लड़ रहे हो, वह विदेशी के विरुद्ध नहीं है, विधर्मी के विरुद्ध नहीं है, यह उन लोगों के विरुद्ध है जो विधाता के सहज विधान को पंगु बनाने का प्रयत्न कर रहे हैं। तुम्हारी लड़ाई उन सब लोगों से है जो मनुष्य के सहज कर्म में बाधक हैं। सामाजिक मंगल के लिए जो सहज प्रवृत्ति है उसी का नाम धर्म है। उसके विरुद्ध जानेवाला अधर्मी है। तुम्हारी लड़ाई उसी से है। तुम भगवान के ऊपर एक क्षण के लिए भी अनास्था न प्रकट करना। तुम्हारे भीतर जो दंडनीय को दंड देने की बुद्धि उत्पन्न हुई है वह उन्हीं की प्रेरणा है। जाओ बेटा, अधर्म के विरुद्ध अभिमान करो। अधर्म से जूझना मनुष्य का सहज धर्म है। जूझते-जूझते मर जाना भी विजय है। चन्द्रलेखा को मैंने समझाया है। ऐसा जान पड़ता है कि भगवान की प्रेरणा इसके चित्त में भी आ गई है। जाओ, विजयी होओ!"

इतना कहकर भगवती विष्णुप्रिया मौन हो गईं। ऐसा जान पड़ा कि उनमें

कोई भावावेग इतनी तीव्रता से आया है कि बाहर की सब क्रियाएँ उसकी चपेट में आ गई हैं। वे निष्कम्प दीपशिखा की भाँति स्थिर हो गईं—भीतर से प्रज्वलिता, बाहर से निस्तब्ध।

हम दोनों चुपचाप बैठे रहे। भगवती उसी प्रकार शान्त-स्थिर मुद्रा में ध्यानलीन हो गईं। मेरे मन में कई प्रश्न उठे। ऐसा जान पड़ता था कि जितनी बातें मैंने सुनी हैं वे एक ही सन्दर्भ की नहीं हैं। बीच-बीच में उनका क्रम टूट-टूट गया है। कदाचित् बहुत-सी बातें छोड़ दी गई हैं। सहज-साधना क्या है? घुंडकेश्वर ने सहज-साधना को पशु-धर्म के साथ मिलाकर तत्त्ववाद को कैसा रूप दिया है? सहज धर्म क्या सामाजिक मंगल का नाम है या व्यक्ति की मुक्ति का विधान है?

परन्तु भगवती विष्णुप्रिया जो ध्यानस्थ हुईं सो हुईं। मैंने एक बार रानी की ओर देखा। वे एकटक भगवती की ओर देख रही थीं। रानी को भगवती ने क्या उपदेश दिया है? मेरी शक्ति लौटा दी गई है। किसने लौटाई? कौन है वह शक्ति? क्या रानी फिर मेरे साथ उसी प्रकार काम करने को प्रस्तुत हो गई हैं जैसे पहले करती थीं? क्या रानी का मानसिक सन्तुलन ठीक हो गया है? आज उन्होंने जिस प्रकार सहज प्रेम से ताम्बूल-वीटक दिया है वह क्या किसी स्थायी परिवर्तन का लक्षण है, या भगवती के प्रभाव से अभिभूत चित्त का क्षणिक आचरण है? रानी शान्त हैं। उनका चित्त क्या सचमुच स्वस्थ हो आया है?

मैं इसी प्रकार अपनी ही भावनाओं में डूब-उतरा रहा था। इसी समय बाहर कुछ हलचल मालूम हुई। कुछ समझ में नहीं आया। भगवती की समाधि ज्यों-की-त्यों बनी रही। रानी ज्यों-की-त्यों एकटक उनकी ओर देख रही थीं। पर मेरा मन चंचल हुआ। निस्सन्देह बाहर कुछ गड़बड़ हो रही है। स्पष्ट लगता था कि बोधा और अलहना कुछ फिसिर-फिसिर करते हुए इधर-उधर दौड़ रहे हैं। मन में आशंका हुई। सोचने लगा, उठकर देखना उचित होगा या नहीं। रानी उसी प्रकार स्थिर थीं, जैसे उन्हें कुछ भी सुनाई नहीं दे रहा हो। उनकी दृष्टि स्थिर भाव से भगवती के समाधिस्थ मुखमंडल पर टिकी हुई थी। पलकें भी नहीं गिर रही थीं। क्या वे भी समाधिलीन हैं?

बाहर की हलचल बढ़ती गई। मैंने रानी का ध्यान उधर आकृष्ट करना चाहा। उनके कान के पास मुँह करके मैंने धीरे-से कहा, "देवि, बाहर कुछ गड़बड़ लग रही है। मैं ज़रा देख आऊँ तो कैसा हो?"

रानी सचमुच समाधिस्थ जान पड़ीं। उन्होंने जैसे सुना ही नहीं। उसी प्रकार एकटक भगवती की ओर ताकती रहीं। फिर मैंने उनका कन्धा पकड़कर मृदु भाव से हिलाया। वे जैसे नींद से जागीं। मेरी ओर देखते ही उनकी बड़ी-बड़ी आँखों में आँसू आ गए। बोलीं कुछ नहीं। केवल शून्य दृष्टि से मेरी ओर ताकती रहीं।

मुझे धक्-से लगा। क्या रानी में कोई नया परिवर्तन हो आया है? यह कैसी अवश जड़िमा है! हाय, क्या मैं फिर उन्हें खोने जा रहा हूँ? उनकी पद्म-पलाश जैसी आँखें कैसी हो गई हैं? परन्तु भगवती ने जो कुछ कहा उसमें कोई आशंका की बात तो नहीं थी। फिर यह क्या हो गया है?

रानी की आँखों से अश्रुधारा झरती रही। मेरा हृदय फटने को आया। भगवती के सामने कुछ करना भी सम्भव नहीं था। परन्तु भीतर से अन्तर्यामी आदेश दे रहे थे, रानी को अंक में भर लो। कुछ समझ में नहीं आ रहा था कि कर्तव्य क्या है? मैंने एक बार रानी की ओर देखा। रज्जुबद्ध मरकट की तरह मेरा चित्त चंचल होकर भी विवश था।

भगवती की आँखें खुलीं। उन्होंने इंगित से कहा, "जाओ।"

मैं उठ पड़ा। रानी वैसी ही बनी रहीं। हिलीं भी नहीं। भगवती विष्णुप्रिया ने उनके सिर पर हाथ फेरा। दुलार के साथ कहा, "जा बेटा, दुविधा छोड़। भगवान तेरा मंगल करेंगे।"

रानी उठीं। ऐसा लगा, उठने में उन्हें प्रयास करना पड़ा। उनकी आँखें अब भी गीली थीं, केश बिखरे हुए थे, कपोलपालि आर्द्र थी, अधर शुष्क थे, वस्त्र अस्त-व्यस्त थे। भगवती बोलीं, "अखंड सौभाग्यवती है तू। सती के बल से ही पति विजयी होता है। तेरा व्रत सार्थक है!"

भगवती फिर दुलार से बोलीं, "जा बेटा, तेरे तप से ही सातवाहन की विजय होगी।" हम दोनों ने भगवती को प्रणाम किया और बाहर निकले।

मैना बेहोश पड़ी थी। बोधा उसका सिर गोद में लिये बैठे थे। अलहना दौड़-धूप कर रहा था। कभी पानी ले जाता था, कभी हवा करता था। बोधा निःस्तब्ध बैठे थे—अपराधी की भाँति, लुटे की भाँति, हारे की भाँति। वीरवेश में बेहोश मैना और भी सुन्दर लग रही थी। बाहुयुगल शिथिल श्यामा लता की भाँति झूल गए थे, मुँह उपरागग्रस्त चन्द्रमा की तरह धूमिल हो गया था, आँखें सन्ध्याकालीन कमल-पुरुष की भाँति मुँद गई थीं।

रानी ने जो मैना को उस अवस्था में देखा तो एकाएक चिल्ला उठीं, "हाय बोधा, यह क्या हो गया?" फिर उन्होंने मैना का सिर अपनी गोद में ले लिया। वे मृदुभाव से उसके मुख पर हाथ फेरने लगीं। ऐसा जान पड़ा कि कल्पलता के किसलय चन्द्रमा पर सुधा लेप रहे हैं।" बोधा अपराधी की भाँति एक ओर खड़े हो गए। उनका चेहरा बुरी तरह म्लान था। कौड़ी जैसी आँखें फटी-फटी दिखाई दे रही थीं। वे कुछ बोल नहीं सके। उनके ललाट पर पसीने की बूँदें झलक उठी थीं।

# [ 22 ]

कहाँ आ पहुँचा हूँ! मैंने कभी इतना कुछ नहीं सोचा था। एक-एक करके घटनाएँ याद आ रही हैं, जैसे किसी निपुण कलाकार द्वारा निर्मित चित्रपट पर अंकित चित्र देख रहा हूँ। कैसे यह सब हो गया? सीदी मौला ने बताया था कि मनुष्य जो चाहता है, वह हो जाता है, एकमात्र अनुबन्ध यह है कि चाहनेवाले का चित्त सत्त्वस्थ हो। जितना ही अधिक वह सत्त्वस्थ होगा, उतना ही अधिक सर्जनशील होगा। मैंने कुछ भी नहीं चाहा और होता गया। क्या यह किसी अन्य सत्त्वस्थ चित्त की इच्छा का खेल है जिसमें मैं कठपुतली के खेल की पुतली की तरह नचाया जा रहा हूँ? रानी अचानक मिल गईं। विद्याधर भट्ट अकस्मात् आ गए। नाटी माता और मैना मेरी इच्छा से नहीं, विधाता की बनाई योजना से मिल गईं। घुंडकेश्वर अकारण ही शत्रु बन गया। क्या यह सब नियति का विधान था? फिर कौन कहाँ चला गया? सोचता हूँ तो व्याकुल होता हूँ। सारे देश को स्वस्थ और स्वतन्त्र करने का मेरा संकल्प कितना दुर्बल सिद्ध हुआ! मैना मुझसे अधिक समझती है। कहाँ से उसे इतना साहस और शौर्य मिला है, इतनी वेधक अनाविल दृष्टि? उसे कहीं से राजनीति की शिक्षा नहीं मिली, रणनीति उसे बिलकुल नहीं मालूम, ज्ञान-विज्ञान की बातों से तो वह चिढ़ जाती है, फिर भी कैसी स्पष्ट ग्राहिका शक्ति है!

रानी और मैना! मेरी चेतना के दो पार्श्व हैं। रानी मेरी इच्छा का प्रतीक है, जैसे एक निरन्तर प्रवहमान अप्रतिहत गति-मात्र हो। गलत दिशा में गईं तो गलती ही की ओर दुर्वार वेग से बढ़ती गईं, कुंठित हुईं तो दुर्वार वेग से ही कुंठोन्मुखी बनी रहीं, मानो इस कुंठा का कोई ओर-छोर नहीं; प्रेमाप्लुत हुईं तो इतनी निमग्न हुईं कि कहीं अपनी सत्ता का ध्यान ही नहीं। उन्होंने कहा था, 'राजन्, आँधी की तरह बहो, बिजली की तरह कड़को, मेघ की तरह बरसो।' हाय, मैं क्या समझता था कि उन्होंने उपदेश के बहाने अपना ही रूप समझा दिया है! वे आँधी की तरह ही बहीं, बिजली की तरह ही कड़कीं, बादल की तरह ही बरसीं। रानी मेरी चेतना का केवल गतिशील पार्श्व हैं—इच्छा-मात्र!

और मैना? बहुत सोचकर मैं देख रहा हूँ, मैना मेरी चेतना के उस पार्श्व का प्रतिनिधित्व करती है, जो केवल क्रियामात्र है। इच्छा बार-बार उससे टकराती है, झुकती है, मुड़ती है, प्रतिहत होती है, रूपायित होती है। इच्छा गतिमात्र है, क्रिया स्थिति-मात्र है। इच्छा और क्रिया के अनवरत आघात-प्रत्याघात से जो तरंगमाला विकिरत हो रही है, वही मेरा इतिहास है, मेरा जीवन है, मेरा संसार है। मैं ज्ञाता हूँ, मैं द्रष्टा हूँ, मैं साक्षी हूँ।

विचित्र परिस्थिति थी। मैना रानी की गोद में संज्ञाशून्य पड़ी थी, मैं कातर भाव से देख रहा था, बोधा प्रधान को काठ मार गया था, रानी की आँखों से अविरल अश्रुधारा झर रही थी, केवल अलहना व्याकुल भाव से इधर-उधर दौड़ रहा था। रानी की अश्रुधारा की बात सुनकर एक बार नाटी माता ने कहा था कि ये आँसू कल्याणकारक हैं। मैं सोच रहा था कि इस समय किसी प्रीतिकर कल्याण का आविर्भाव होनेवाला है, पर हुआ कुछ और ही।

एकाएक घुंडक सेना का आक्रमण हो गया, जैसे मेघ-शून्य आकाश से अचानक ओले पड़ने लगे हों। रानी असावधान, अलहना व्याकुल, बोधा निश्चेष्ट, मैनसिंह निःसंज्ञ! जब तक स्थिति समझ में आए, तब तक आश्रम तीरों की बौछार से भर गया। आश्रम चारों ओर सघन वृक्षों से घिरा था। वृक्षों के अन्तराल से तीर आ रहे थे। कुछ भी समझ में नहीं आ रहा था कि कौन उन वृक्षों के अन्तराल से बाण चला रहा हूँ। शत्रुओं की संस्था बहुत अधिक रही होगी, क्योंकि सभी ओर से बाण बरस रहे थे। जान पड़ता था, शत्रुओं ने चुपके-चुपके गहरी मोर्चाबन्दी कर ली थी। जिधर आश्रम का द्वार था, उधर से कोई तीर नहीं आया। मुझे समझने में देर नहीं लगी कि शत्रुओं ने वहीं हम लोगों को एक-एक करके पकड़ लेने की योजना बनाई है। वह स्थान इतना सँकरा था कि एक से अधिक मनुष्य निकल ही नहीं सकता था। तीरों की मार एक प्रकार का हाँका थी। हम लोग भयभीत होकर उधर से ही भागते। निश्चय ही वहाँ हमें पकड़ लेने की तैयारी की गई है।

अलहना सहज बुद्धि से सब समझ गया। वह झपटकर मेरे पास आकर खड़ा हो गया। इस विषम परिस्थिति में वही एक ऐसा था जो अपना शस्त्र भूला नहीं था। यद्यपि वह मैनसिंह की सेवा में सर्वात्मना लगा हुआ था, तथापि अपने हाथ का भाला हाथ में ही रखे रहना भूला नहीं था। वह तनकर खड़ा हुआ तो ऐसा लगा कि शिकार पर झपटने से पहले शेर अँगड़ाई लेकर सावधान हो गया हो। बोधा प्रधान को ज़रा देर में होश आया। उन्होंने चारों ओर दृष्टि फिराई। अन्धकार तब भी घना ही था। सों-सों करके तीर चले आ रहे थे। एक क्षण उन्हें समझने में लगा। दूसरे क्षण वे सचेष्ट हुए और फिर तो स्वयं तीर की भाँति छूटे और बाँस तथा सरकंडों से बने फाटक तक पहुँचे। उसे झपटकर उठाया और रानी के ऊपर उसे तानकर खड़े हो गए। रानी भी सचेष्ट हुईं। भयंकर शोक-वेग ने एकाएक उत्साह का रूप ग्रहण किया। उन्होंने अनायास मैना को उठाया और झपटकर गुहा में प्रवेश किया। मैना को गुहा में छोड़कर वे बाहर निकलीं। फिर कुछ सोचकर भीतर गईं। तब भी मैना की कमर में तलवार बँधी हुई थी। रानी ने नंगी तलवार खींच ली। आँचल से कमर कसकर नंगी तलवार लिये जब वे बाहर आईं तो जान

पड़ा कि गुहाद्वार से साक्षात महिषमर्दिनी दुर्गा ही निकल आई हैं। भगवती विष्णुप्रिया उस समय भी समाधिलीन थीं। बोधा गुहाद्वार से चिपके हुए कुछ सोचने लगे। तीरों की बौछार होती रही। रानी को देखकर अलहना में उत्साह का ज्वार आया। चिल्लाकर उसने जयघोष किया, "जय, महारानी चन्द्रलेखा की जय!" रानी ने बढ़ावा दिया, "जय, महाराज सातवाहन की जय!" केवल दो दृप्त कंठों ने बारम्बार महाराज सातवाहन का जयघोष किया।

बोधा प्रधान निश्चेष्ट बने रहे। एकाएक उन्हें कुछ सूझ गया। वे तीरों की बौछार के भीतर तीव्रगति से आगे बढ़े। कहाँ जा रहे हैं? उसी तीव्रता के साथ लौटते हुए बोधा प्रधान ने जय-जयकार किया। उन्होंने मेरी तलवार मेरे हाथों में देते हुए चिन्तित स्वर में कहा, "विषम संकट आ गया है, महाराज!" उनके शान्त-स्थिर मुखमंडल पर चिन्ता की रेखाएँ स्पष्ट उभर आई थीं।

तलवार मिलते ही मेरे रक्त में उल्लास-मुखर झंझा बह गई। प्रसुप्त क्षात्रदर्प बाँध तोड़कर बाहर आया।

बोधा प्रधान को आश्वस्त करते हुए मैंने कहा, "चिन्ता की क्या बात है प्रधान! यह मेरा बाहुदंड है और यह है तलवार की धारा। हजारों पापी इसमें बह चुके हैं, और भी बहेंगे। तुम मैनसिंह को देखो। मैं शत्रुओं से समझ लूँगा।"

बहुत समझने-समझाने का समय ही नहीं मिला। चारों ओर से 'मारो', 'पकड़ लो' का कठोर स्वर सुनाई देने लगा। देखते-देखते गुफा के सामने छोटे-से आँगन में अनगिनत घुंडक सैनिक उतर आए। रानी क्रुद्ध सर्पिणी की भाँति फुफकार उठीं। उनकी नंगी तलवार कालसर्प के फण के समान आक्रमणोद्यत हुई। अलहना सधे हाथ से भाले के वार करने लगा। मैं भी गुँथ गया। एक तो घोर अन्धकार, फिर न जाने कितने मल्लों का जमघट! कुछ सूझ नहीं रहा था। मुझे रानी का अशिक्षित उत्साह सबसे अधिक चिन्तित कर रहा था। एक बार मैंने उनसे रुकने और देखते रहने का आग्रह भी किया, परन्तु उनमें रुकने की इच्छा का लेश भी नहीं था। वे महाराज सातवाहन को बचा लेने के लिए बद्धपरिकर थीं। लाचार होकर मैंने अलहना को आदेश दिया कि वे उनके पास ही रहें। फिर मुझे किसी ओर देखने का अवकाश ही नहीं रहा।

ऐसा विकट युद्ध था कि मैं सब कुछ भूल गया। मेरी तलवार तेजी से चलने लगी। देर तक शत्रुओं को मेरे निकट आने का साहस नहीं हुआ। उस अन्धकार में कुछ भी ठीक से समझ में नहीं आ रहा था। ज्वलन्त अग्नि-शिखा की भाँति रानी कभी-कभी आगे अवश्य लपक जाती थीं, पर अलहना कौशलपूर्वक उन्हें पीछे कर देता था। मैं अकेला गुँथा हुआ था। मेरी तलवार की चपेट में कुछ सैनिक अवश्य आ गए। रक्त की धारा से आश्रम की पवित्र भूमि पिच्छिल हो उठी।

जिस समय भयंकर कोलाहल और नरसंहार चल रहा था, उसी समय मुझे गुफा के भीतर से मैना का स्वर सुनाई पड़ा! वह अब होश में आ गई थी। वह चिल्लाकर कह रही थी, 'प्रधान, द्वार खोलो, मुझे निकलने दो।"

बोधा कह रहे थे, "थोड़ा रुको मैना, अभी वहीं पड़ी रहो।"

प्रधान के स्वर में आकुल अनुरोध था। परन्तु मैना ने धक्का मारकर किवाड़ गिरा दिया। बाँस और सरकंडों के फाटक को टूटते देर नहीं लगी। बोधा ने गिड़गिड़ाकर कहा, "रुक जा मैना, मेरी अच्छी-भली मैना! अभी सब ठीक हुआ जाता है।"

बोधा के शब्दों का अर्थ मैंने यह समझा कि वे अपने ढंग से कुछ कर रहे हैं। क्या कर रहे हैं, कुछ पता नहीं चला। मैना के लिए यह स्थिति असह्य थी। उसने कहा, "हट जाओ!" और वज्र-वेग से बाहर आ गई। वह निःशस्त्र थी। उसे सारी बात समझ में भी नहीं आई थी। पर इतना उसे समझ में आ गया था कि महाराज और महारानी शत्रुओं से घिर गए हैं। उसने सारी शक्ति लगाकर चिल्लाकर कहा, "महाराज सातवाहन की जय! महारानी चन्द्रलेखा की जय!"

मेरी नसों में जैसे वज्र घुमड़ पड़ा। मैंने आवाज-में-आवाज मिलाते हुए कहा, "जय!" क्षीण कंठ से परन्तु उत्साह के साथ अलहना ने दुहराया, "जय!" इसी समय गुफा-द्वार पर कपूर की गुटिका जल उठी। प्रकाश की क्षीण रेखा में मैंने देखा, मैना उत्तेजित अवस्था में चिल्ला रही है—"जय!"

जान पड़ा अलहना बुझ चला है। वह अन्धाधुन्ध भाला चला रहा था। रानी गिर चुकी थीं। मेरा रक्त खौल उठा। मैं झपटकर उस स्थान पर पहुँचा जहाँ रानी गिरी थीं। अलहना तब भी यन्त्र-चालित की भाँति भाला चलाए जा रहा था। एक ही साथ कई सैनिक मुझे और रानी को पकड़ने के लिए कूद आए। रानी का शरीर लुढ़ककर मेरे पैरों के पास आ गिरा। मेरे मुँह से कातर ध्वनि निकली—"हाय!" पीछे से मैना ने जयघोष किया। उसकी पगड़ी आग का गोला बनकर शत्रु-व्यूह पर गिरी। थोड़ी देर के लिए इस आग ने उन्हें विचलित किया। तब तक जलते हुए बाँस और सरकंडे दनादन शत्रु-व्यूह पर गिरने लगे। मैना के केश खुले थे। वह सनासन अग्निदंड फेंक रही थी। कोलाहल और बढ़ा। ऐसा लगा कि भगवती विष्णुप्रिया की समाधि भंग हुई है। वे गुफा के बाहर आकर खड़ी हो गईं—शान्त, निश्चल, अस्खलित। एकाएक आश्रम-द्वार के पास सूखे बबूल में आग लग गई और देखते-देखते जंगल धधक उठा। उस प्रलयाग्नि की दीप्त प्रभा में भगवती विष्णुप्रिया की शान्त मनोरम कान्ति लहक उठी। उन्होंने हाथ उठाकर कहा, "शान्त हो जाओ, यह आश्रम है।"

आग की लपटों ने विकराल रूप ग्रहण किया। शत्रुओं के पाँव उखड़ गए।

मेरी नसों में अब भी तूफान का वेग हिलारें ले रहा था। सारी जीवनशक्ति बाहुओं में सिमट आई थी। मैंने अलहना का उत्साह बढ़ाने के लिए कहा, "शाबाश रणबाँकुरे, शाबाश!" पर तब तक अलहना कटे रूख की तरह मेरे चरणों में लोट चुका था। शत्रु टिक नहीं सके, भहरा गए। मुझे लगा कि अलहना को खोकर मैं विजयी हुआ हूँ। आँखों के सामने अँधेरा छा गया। मैं निःसंज्ञ होकर गिर गया। गिरते-गिरते मैना का करुणप्लुत शब्द सुनाई पड़ा, "हाय दीदी!" ये शब्द सन-से मेरी छाती में छेद कर गए। तो रानी भी चल बसीं! उस समय मेरे आगे समूचा दिक्चक्रवाल कुलालचक्र की भाँति घूम गया। ऐसा जान पड़ा, अन्धकार का कोई भीषण पहाड़ मेरे ऊपर आ गिरा है। मैं अपनी ही तलवार की शय्या पर लेट गया। मैं इतिहास बना रहा हूँ या स्वयं बन रहा हूँ। मेरा संकल्प परिस्थिति से टकरा रहा है। परिस्थितियाँ कठोर हैं, संकल्प कोमल है।

मैं ठीक कह नहीं सकता कि मैं कितनी देर तक संज्ञाशून्य पड़ा रहा, बीच-बीच में मुझे स्वप्न-सा आभासित होता था। ऐसा लगता था, मैं किसी ऊर्ध्वलोक की ओर जा रहा हूँ। दूर आकाश में, रानी चन्द्रलेखा ऊपर की ओर उड़ती जा रही हैं, उनके कौसुम्भी वस्त्र हवा में फरफरा रहे हैं, उनकी आँखें नीचे की ओर विवश भाव में मुझे देख रही हैं। वे नीचे आने का प्रयत्न कर रही हैं, पर प्रबलतर वायु उन्हें ऊपर ठेले जा रही है। मैं सारी शक्ति लगाकर उन्हें पकड़ने का प्रयत्न कर रहा हूँ। मैं जितना ही ऊपर उठना चाहता हूँ, धरती का आकर्षण उतना ही मुझे नीचे की ओर खींच रहा है। रानी नीचे आना चाहती हैं, आ नहीं पा रही हैं। मैं ऊपर उठना चाहता हूँ, उठ नहीं पा रहा हूँ। रानी की कातर आँखों से आँसू झर रहे हैं, कह रही हैं, 'आयास न करो महाराज! मुझे नीचे आने नहीं दिया जा रहा है, कोई बड़ी शक्ति दुर्वार वेग से खींच रही हैं। नहीं हो सकेगा महाराज! तुम मुझे नहीं पकड़ सकोगे, मैं तुम्हारे चरणों में नहीं आ सकूँगी।' मैं चिल्लाकर कह रहा हूँ, 'रानी, रानी, देवी, मैं तुम्हें नहीं छोड़ सकूँगा। चिन्तित न हो देवि! मैं अवश्य तुम्हें पकड़ सकूँगा।' रानी कातर भाव से कह रही हैं, 'नहीं होगा महाराज! कोई बड़ी भारी दैवी शक्ति मुझे ऊपर लिये जा रही है। हाय महाराज, मैं लौट नहीं सकती, मैं विवश हूँ महाराज!' रानी दूर-से-दूर चली जा रही हैं। मैं लाचार हूँ, विवश हूँ, कातर हूँ। 'हाय रानी, हाय देवी, चिड़िया भी गई, पिंजड़ा भी गया!' रानी की करुण आँखें और भी धूसर हो उठी हैं। मैं और भी बल लगाकर ऊपर उठना चाहता हूँ और भी। रानी दूर से दूरतर चली जा रही हैं। मैं गिर पड़ता हूँ, बेहोश हो जाता हूँ।

फिर मुझे स्वप्न में दिखाई पड़ा। रानी नीचे आ गई हैं। कह रही हैं, 'बड़ा अनर्थ हो गया महाराज! मुझे तुम्हारे चरणों की सेवा का अवसर नहीं मिल रहा

है। देखो, ये मुझे फिर खींचे लिये जा रहे हैं।' मैं सारी शक्ति लगाकर उठना चाहता हूँ, उठ नहीं पा रहा हूँ। 'देवि, मुझे छोड़ो मत। मैं सेवा लेना नहीं चाहता, देना चाहता हूँ। तुम्हें देखता रहूँ, यही मेरे लिए सब कुछ है।' रानी को कोई खींचे लिये जा रहा है। वे चिल्लाकर कह रही हैं, 'देखो महाराज, ये मुझे नहीं छोड़ रहे।' रानी की कातर आँखों को देखकर मेरा सारा अस्तित्व उद्वेल हो उठता है। 'कौन तुम्हें ले जा सकता है देवि, देखो यह मैं आया!' कोई मुझे जोर से दबा देता है। रानी ऊपर जा रही हैं, मेरा मन हार जाता है। 'हाय देवि, रुको, मैं आया!' मैं उठने का प्रयास करता हूँ, फिर दबा दिया जाता हूँ। रानी करुण नेत्रों से ताकती हुई ऊपर चली जा रही हैं, ऊपर, और भी ऊपर। मैं कहता हूँ, 'देवि, मैं तुम्हें नहीं छोड़ूँगा।' उठने का प्रयत्न करता हूँ। रानी दूर से कह रही हैं, 'नहीं होगा महाराज! प्रयास मत करो, कोई दुर्वार शक्ति मुझे खींचे लिये जा रही है।' मैं रानी के विवश-करुण मुख को देखकर रो पड़ता हूँ। चिल्लाकर कहता हूँ, 'घबराओ नहीं देवि, अभी आया।' जोर लगाकर उठना चाहता हूँ। 'रानी, रानी, रानी!' हाय, रानी दूर, और भी दूर! मैं और भी बल लगाकर उठता हूँ, और भी। दबाव और भी तेजी से अनुभूत हो रहा है। मैं व्याकुल हूँ और जोर लगाता हूँ। 'रानी, रानी, रानी!'

अचानक आँखें खुलीं। पैर के पास मैना खड़ी है। केश बिखरे हुए, आँखें फटी-फटी। मेरी छाती पर हाथ रखकर वह मुझे उठने से रोक रही है। मैं तब भी स्वप्नावेश की कुहेलिका से मुक्त नहीं था। तब भी चिल्लाता जा रहा था–'रानी, रानी!'

मैना भय-व्याकुल, त्रस्त! मैं एक ही झटके में उठकर बैठ गया। मैना ने फिर मुझे लिटा देने का प्रयत्न किया। उसके कपोलों पर आँसू की धारा वह रही थी। भय के मारे उसकी आँखें धूसर हो गई थीं। "मैं हूँ महाराज, मैना!" उसके मुख से अचानक निकल पड़ा। मैंने अपने को सँभालने का यत्न किया।

"मैना! रानी कहाँ हैं?"

"बताती हूँ महाराज! आप लेट जाएँ।"

"मैं कहाँ हूँ?"

"लेट जाएँ महाराज! सब बताती हूँ।"

"बोधा प्रधान कहाँ हैं? अलहना कहाँ हैं?"

"शान्त हों महाराज! सब बताती हूँ।"

मैं फिर लेट गया। आँखें फिर मुँद गईं। मैना ने मेरे ललाट पर कोमल भाव से हाथ फेरा। वह रो रही थी।

थोड़ी देर यों ही बीता। मैं जगा था, पर श्रान्त-शिथिल होकर पड़ा रहा। फिर बोधा प्रधान आए। उन्होंने आते ही पूछा, "जगे थे?"

मैना ने कदाचित् इंगित से 'हाँ' कहा। बोधा मेरे सिर के पास आ गए। मैना पैरों की ओर चली गई। बोधा ने मेरी नाड़ी देखी। धीरे-से अपने-आप से बोले, "अब ठीक हैं।"

कुछ देर दोनों मौन रहे। मैना मेरे तलवों को धीरे-धीरे सहला रही थी। फिर कातर भाव से बोली, "रानी को पूछ रहे थे।" और फफककर रो पड़ी। मैं फिर तन्द्रा का अनुभव करने लगा और संज्ञाहीन हो गया।

संज्ञाहीनता की अवस्था कई दिनों तक बनी रही। मुझे बीच-बीच में होश आ जाता और फिर उसी प्रकार सो जाता। मैना सदा सेवा निरत मिलती। बोधा प्रधान कभी-कभी दीख जाते। और किसी को मैंने नहीं देखा। मैना ने मुझे कभी बोलने नहीं दिया। मैं यदि कुछ पूछता तो एक ही उत्तर मिलता, "लेटे रहें महाराज, सब बताती हूँ।' मैं लेटा तो रहा, पर मैना ने कुछ बताया नहीं। स्पष्ट ही बताने योग्य उसके पास कुछ था ही नहीं। वह व्याकुल होती है, रोती है, सिसकने लगती है। इससे अधिक क्या बता सकती है। मैं अब समझने लगा था। रानी चली गई; दूर, बहुत दूर!

रानी क्या सचमुच चली गई? प्रतिक्षण अनुभव कर रहा हूँ, वे पास ही हैं, मेरे भीतर ही हैं, मेरे सारे अस्तित्व को मुखरित करके विराजमान हैं। उनका होना इतने निविड़ भाव से कभी अनुभूत नहीं हुआ। मेरी पूरी सत्ता उन्हीं से तो भरी हुई है। रानी हैं, अवश्य है। कहीं नहीं गई हैं। हाय, पर मिल नहीं पा रही हैं! इतना सामीप्य, इतनी दूरी!

मेरी तन्द्रा-जड़िम अवस्था कई दिन तक बनी रही। बीच-बीच में संज्ञा लौट आती थी और बीच-बीच में स्वप्नावेश की अवस्था आ जाती थी। एक बार आँख खुली तो अन्धकार मालूम हुआ। कदाचित् रात्रि का समय था। सदा की भाँति मैं आशा कर रहा था कि मैना सामने दीखेगी। वह नहीं दिखाई पड़ी। मेरा मन उदास हो गया। मैना देवी है। उसके दर्शन-मात्र से चित्त की क्लान्ति दूर हो जाती हैं। मैं अकारण उससे प्रश्न किया करता हूँ। जानता हूँ निश्चित उत्तर मिलेगा, 'लेटे रहें महाराज, सब बताती हूँ।' फिर भी पूछता हूँ। उसके दो-चार शब्द अन्तरतर को स्निग्ध करते हैं, अन्तःकरण को सुधासिक्त करते हैं। इतना क्या कम है? पर आज वह दीख नहीं रही है। कहाँ चली गई।

यह भी पता नहीं था कि कहाँ हूँ। गुफा यह नहीं है, महल भी नहीं है, कोई पुरानी-सी झोंपड़ी है, दीवारें पुरानी हैं, फूस का छप्पर भी पुराना लग रहा है। किसी गाँव में हूँ या कहीं निर्जन अरण्य में? मैना कहती है। 'सब बताती हूँ।' कुछ भी तो नहीं बताया। मैं चुपचाप ताकता रहा। मैना कहीं पास ही होगी। थककर सो गई होगी। आहा, बेचारी कब से सोई भी नहीं होगी! हर समय तो जगी रहती

है। मेरा मन और भी उदास हो गया। मैं ही उसके सारे कष्टों का कारण हूँ।

बाहर बोधा प्रधान का कंठ-स्वर सुनाई पड़ा। बड़े अनुनय के साथ वे कह रहे थे, "थोड़ा विश्राम कर ले मैना! तू क्यों इतनी व्याकुल है? तेरी क्या दशा हो गई है? भोली, अगर अपने को गला देगी, तो महाराज की सेवा कैसे कर सकेगी? अभी बहुत कुछ करना है, अभी से तू इतनी गल जाएगी, तो काम कैसे चलेगा? महाराज तुझे देखकर ही तो बल पा रहे हैं।"

मैना ने क्षीण कंठ से कहा, "ठीक तो हूँ प्रधान! क्या समाचार लाए?"

बोधा हँसे, "समाचार यह है कि अभिषेक की तैयारी पूरी हो चुकी है। तू स्वस्थ हो जा और मन्त्रबल से महाराज को स्वस्थ कर दे। विद्याधर भट्ट की आज्ञा है कि मैना खूब खाए, खूब विश्राम करे, खूब सेवा करे।"

"कह रही हूँ प्रधान! दीदी के बिना अभिषेक कैसे होगा भला?"

"मैं क्या जानू! विद्याधर भट्ट जानते हैं।"

मैना ने दीर्घ निःश्वास लिया। पूछा, "घुंडकों का क्या हुआ?"

बोधा ने दीर्घ निःश्वास लेकर कहा, "हुं!"

फिर देर तक दोनों चुप रहे।

बोधा ने ही मौन भंग किया, "महाराज आज स्वप्न में बड़बड़ाए तो नहीं?"

"नहीं। आज गाढ़ निद्रा में हैं। तभी तो इधर आ सकी हूँ। माँ ने क्या कहा? वे स्वस्थ हैं न?"

"माताजी आ गई हैं। बाहरवाली कुटिया में विश्राम कर रही हैं। प्रातःकाल इधर आएँगी। अब तुम थोड़ा विश्राम करो मैना, मैं यहाँ हूँ, जाओ।"

"घुंडकेश्वर का कुछ समाचार नहीं बताओगे?"

"अभी कुछ बताने योग्य है नहीं मैना! घुंडकों का एक बड़ा दल तो हमारे साथ मिल गया है, पर अभी घुंडकेश्वर का कुछ पता नहीं चल रहा है। जानती हो मैना, घुंडकों में भी दो दल हैं। किसी समय दक्षिण के चोल राजाओं ने जैनों का भयंकर दमन किया था। ये लोग शैव थे। दक्षिण के राष्ट्रकूट लोग जैन थे। ठीक जैन धर्म में व दीक्षित तो नहीं थे, पर जैन-मत का बड़ा सम्मान करते थे। लोग उन्हें जैन ही मानते थे। कर्णाट देश के गंगवंशी राजा भी जैन थे। चालुक्यों ने शैव-धर्म की प्रतिष्ठा में अपनी राजशक्ति का उपयोग किया था। तब से शैवों और जैनों में मनोमालिन्य बना आया है। आज से कोई दो-ढाई सौ साल पहले, तणजौर के चोलों ने कर्णाट देश के गंगवंशी राजाओं का उच्छेद किया था। किन्तु होयसल वंश के जैन राजाओं ने फिर से जैन धर्म की प्रतिष्ठा की। होयसलों के कुल में ही विश्ववर्द्धन हुआ था, जिसे रामानुजाचार्य ने वैष्णव धर्म की ओर प्रवृत्त किया है। घुंडकों का प्रथम उत्थान जैन मत के अनुयायियों के दमन के लिए हुआ

था। चोल राजाओं ने उन्हें मठ आदि ही नहीं दिए थे, अस्त्र-शस्त्र से भी सुसज्जित किया था। घुंडकों ने जैनों का ही नहीं, वैष्णवों का भी दमन किया था। आगे चलकर इनका एक दल लिंगायतों के प्रभाव में आ गया।

"यह इतिहास हमारा बहुत सहायक सिद्ध हुआ है। धीर शर्मा ने इस इतिहास की सहायता से आभड़ सेठ को अपने पक्ष में कर लिया है। उन्होंने आभड़ को घुंडकों का सच्चा रूप समझा दिया है। आभड़ पैसे का लोभी तो है, पर बड़ा धर्म-भीरु है। घुंडकेश्वर की गतिविधि से अब वह पूरी तरह परिचित हो गया है। होयसल राजाओं के यहाँ कभी उनके पुरखे नगर-सेठ थे। वह वैष्णवों को भी अपना आत्मीय मानता है। पहले वह भ्रम में था। अब वह पक्का चेला बन गया है। उसने घुंडकों के दमन के लिए अपनी सारी धनराशि देने का संकल्प किया है। घुंडकों के साथ एक नीमनाथी दल था, जो अपने इतिहास से अपरिचित होने के कारण, घुंडक मतानुयायी हो गया था। असल में वे लोग गंग राजाओं के मानित जैन थे। अब भी वे अपने दल में जैन नियमों का पालन करते हैं। ये लोग ही उस दिन भगवती विष्णुप्रिया के आश्रम पर धावा बोलने आए थे। उस दिन सचमुच शुभ दिन था। ये लोग अशिक्षित हैं, पर बड़े धर्म-भीरु हैं। उस दिन इन्हें बहुत गलत बातें बताकर उत्तेजित किया गया था। भगवती विष्णुप्रिया को देखते ही उनमें विचित्र प्रतिक्रिया हुई। वे लोग अब एकदम बदल गए हैं। घुंडकेश्वर प्रायः अकेला पड़ गया है। गोपाद्रि दुर्ग के पास जो तेलिया का मन्दिर है, वह असल में गंगवंश के किसी राजा का बनवाया है। नीमनाथियों का उससे बड़ा मोह है। वे जैन भी हैं और शैव भी। सुलातन के सैनिकों ने उस मन्दिर को तोड़ना चाहा था। नीमनाथी घुंडकों ने विरोध किया। मन्दिर नहीं तोड़ा जा सका। इतना ही समझ लो कि नीमनाथी भी हमारी ओर हो गए हैं!"

मैना ने कुछ समझते हुए कहा, "हुँ!"

बोधा ने कहा, "अब जाकर चुपचाप सो जाओ।"

बोधा के स्वर में अबकी बार आदेश का पुट था।

मैना चुप रही। थोड़ी देर बाद धीरे-धीरे बोली, "रहो प्रधान, महाराज के पास रहो। अब मुझसे नहीं सहा जाता। वे फिर उठकर पूछेंगे कि रानी कहाँ हैं। मेरी तो छाती फट जाती है। सहा नहीं जाता प्रधान! क्या बताऊँ, तुम्हीं बताओ।"

"अच्छा, अब तुम विश्राम करो। मैं देख रहा हूँ।"

"तुम भी तो कई दिन से थके हो, तुम क्यों नहीं विश्राम कर लेते?"

बोधा हँसने लगे, बोले, "मैं? मेरा नाम बोधा है, बोधा!–चलते-चलते सो लेता हूँ, सोते-सोते सोच लेता हूँ, सोचते-सोचते देख लेता हूँ।"

मैना का मन कुछ आश्वस्त हो गया था। उसे हँसी आ गई। ज़रा विनोद-पिच्छिल

स्वर में ही बोली, "और देखते-देखते?"

"देखते-देखते पा लेता हूँ।"

"क्या पा लेते हो?"

"कवच के भीतर कोमल हृदय, तलवार की धार में प्राणों का आकुल संगीत, भाले की नोक में बेधक दृष्टि और..."

"और क्या?"

"और भी बहुत कुछ। अब जाओ।"

बोधा मेरे पास आ गए। मैना नहीं आई। विश्राम करने चली गई कदाचित्। मुझे सन्तोष हुआ, किन्तु चित्त के अन्तर्निगूढ़ किसी कक्ष में थोड़ी बेचैनी भी अनुभूत हुई।

अभिषेक होगा! किसका अभिषेक? कैसा अभिषेक? मनोमोदक खाना अच्छा नहीं है। समूचा उत्तरापथ ध्वस्त हो गया है, भीतर विद्वेष से जर्जर बना हुआ देश खरस्रोता नदी के तट पर खड़े कूल-द्रुम की भाँति केवल एक धक्के की बाट जोह रहा है। जिसकी जड़ में पानी की धारा की खधार लग गई है, उसे बचाने का स्वप्न देखना मनोमोदक से अधिक महत्त्व नहीं रखता। यहाँ धर्म के नाम पर पाखंड चल रहा है, युद्ध के नाम पर टुकड़े छीनने का पोचपन खेला जा रहा है, साधना के नाम पर आत्मनिर्मित मिथ्या कुहेलिका का लुभावना जाल पसारा जा रहा है। इस देश के चक्रवर्त्तित्व का अभिषेक भी एक मिथ्या अभिनय मात्र ही होगा। विद्याधर भट्ट उतावले हैं। वे इस देश में राजपूती साम्राज्य की पुनः प्रतिष्ठा का स्वप्न देख रहे हैं। मैं निराश हूँ। मुझे यथार्थता का प्रत्यक्ष अनुभव हो चुका है। क्षणिक विजयों के बल पर एक महान् संकल्प की नींव नहीं डाली जा सकती। बोधा कहते हैं, अभिषेक होगा। क्या कहना चाहते हैं वे?

बोधा ने अँधेरे में मेरा तलवा सहलाया, ललाट स्पर्श किया, फिर नाड़ी की गति देखी। नाक के पास कान ले आकर उन्होंने कदाचित् श्वास-प्रश्वास की गति देखनी चाही। मैंने निद्रा का अभिनय छोड़ देना उचित समझा। बोला, "कौन है?"

"बोधा हूँ महाराज! कैसा लग रहा है?"

"ठीक हूँ प्रधान! हम लोग कहाँ हैं?"

"गोपाद्रि दुर्ग से बहुत दूर नहीं हैं महाराज! एक निर्जन गिरि-उपत्यका के जीर्ण कुटीर में। पास नटों की बस्ती है। वे लोग बड़े विश्वस्त अनुचर हैं। चिन्ता की कोई बात नहीं है।"

"मुझे क्या हो गया है प्रधान? मैं क्या बीमार हो गया हूँ?"

"बीमार? नहीं धर्मावतार! मस्तिष्क के निचले भाग में चोट आ जाने से आपकी संज्ञा लोप हो गई थी। भगवती के बताए अनुसार उपचार हुआ है। अब

पूर्ण रूप से ठीक हो गया है। थोड़ी दुर्बलता रह गई है। बीमार आप क्यों होंगे? पूर्ण स्वस्थ हैं।"

"मैना का क्या हाल है?"

"बहुत अच्छी है। अभी अबोध बालिका है। बहुत व्याकुल और विचलित हो गई थी, अब ठीक हो रही है। कई दिन से सोई भी नहीं। उसे विश्राम करने को कहकर आया हूँ। अभी यहीं थी।"

"तुम कहाँ गए थे प्रधान?"

"मैं? मैं कहाँ जाऊँगा धर्मावतार! भट्टपाद का समाचार लेने गया था। नाटी माता के उधर भी हो आया। यहीं आ गई हैं। प्रातःकाल आपको देखने आएँगी।"

"भट्टपाद कैसे हैं?"

"बहुत प्रसन्न हैं। उज्जयिनी के युद्ध में विजयी हुए हैं। घुंडकों का एक दल उनकी सहायता कर रहा है।"

"और घुंडकेश्वर?"

"अभी घुंडकेश्वर वश में नहीं आया। आप अभी अधिक न बोलें धर्मावतार! दुर्बलता है।"

बोधा अभी घुंडकों का इतिहास बता रहे थे। कदाचित् वे मुझे उस बात से अवगत नहीं कराना चाहते। परन्तु मैंने सुन तो लिया ही है। बोधा कहते हैं, इतिहास हमारी सहायता कर रहा है। इतिहास क्या है? इतिहास और दैव-योग से घटनेवाले जागतिक व्यापार में अन्तर है। इतिहास मानवीय संकल्पों से बनता है। यह ठीक है कि इतिहास वैसा ही नहीं होता जैसा हम चाहते हैं। जड़ प्रकृति मानवीय संकल्पों से टकराती रहती है। केवल संकल्प इतिहास नहीं बनता। मानव-चित्त का संकल्प और जड़ प्रकृति की परिस्थितियाँ संघर्षतिरत हैं। मानव-संकल्प बार-बार परिस्थितियों से उलझता है, मुड़ता है, रूप परिग्रह करता है और इतिहास बना करता है। बोधा कहते हैं, इतिहास हमारी सहायता कर रहा है। क्या हो सकती है यह सहायता? इसका एक ही अर्थ हो सकता है—हमारा संकल्प दूसरों के संकल्प से उत्पन्न परिस्थितियों से टकराएगा। संकल्प विकृत होगा, मुड़ेगा, झुकेगा, बढ़ेगा, नया रूप लेगा। मैं अधिक नहीं सोच सका। मुझे कुछ शंका हुई। कदाचित् मस्तिष्क की दुर्बलता दूसरा हेतु हो। इतिहास बन रहा है, इतिहास की सहायता से। संकल्प टकरा रहा है, संकल्पजन्य परिस्थिति से। क्या होगा इसका रूप?

रानी के बारे में पूछना व्यर्थ था। मैंने मैना की बात से समझ लिया था कि रानी अब नहीं हैं। अब मैंने उनके विषय में कोई चर्चा न करने का निश्चय कर लिया था। किन्तु बोधा प्रधान मेरे मन की ताड़ गए। बोले, "महारानी के बारे में चिन्ता न करें धर्मावतार! यथासमय वे भी मिल जाएँगी।"

मुझे यह सुनने की आशा नहीं थी। एकाएक मैं सन्तुलन खो बैठा। "क्या कहा प्रधान? रानी जीवित हैं? मिल जाएँगी? कहाँ हैं?"

मैं एकाएक उठकर बैठ गया।

प्रधान ने मुझे दबाकर लिटा दिया। "चिन्ता न करें महाराज! यथासमय वे आ जाएँगी। अभी थोड़ा धीरज रखें।"

मैं अधिक सुनना चाहता था। बोधा अधिक बताना नहीं चाहते थे। अनुनयपूर्वक उन्होंने कहा, "बोधा हूँ महाराज! आपका अनुचर हूँ। धृष्टता क्षमा हो। अभी आप बहुत दुर्बल हैं। रानी मिलेंगी, वे भी व्याकुल हैं। पर भट्टपाद ने आज्ञा दी है कि अभी उन्हें यहाँ न ले आया जाए।"

मैं चुप हो गया। किन्तु चित्त में विचित्र आलोड़न होने लगा। बोधा क्या ठीक कह रहे हैं? मुझे भुलावा तो नहीं दे रहे? मैंने कातर भाव से पूछा, "भुलावा तो नहीं दे रहे हो प्रधान? रानी क्या सचमुच जीवित हैं? मैना को क्या उनके बारे में ठीक-ठीक बात ज्ञात नहीं है?"

बोधा ने कहा, "ठीक कह रहा हूँ धर्मावतार! आपसे मिथ्या कह सकता हूँ! मैना अबोध है। उसने क्या कुछ अन्यथा कहा है?"

मुझे सन्तोष हुआ, बोला, "नहीं, उसने कुछ नहीं कहा है।"

बोधा ने आश्वस्त करते हुए कहा, "वह नहीं जानती।"

मैंने बाहर अन्धकार का घना आवरण देखा। पूछा, "रात कितनी और रह गई है प्रधान?"

"आधी बीत चुकी है धर्मावतार! आप थोड़ा सोने का प्रयत्न करें।"

"ठीक है, तुम भी विश्राम करो।"

"कर रहा हूँ महाराज!"

बोधा मेरे सिरहाने बैठ गए। मैंने उन्हें अवसर देने के लिए सोने का भान किया। वे बैठे-बैठे ही सो गए। मुझे नींद नहीं आई। विचारों की विरुद्धगामी धाराएँ परस्पर को काटती रहीं। आँख मूँदकर पड़ा रहा।

मन में इतिहास की घटनाएँ आन्दोलित हो उठीं। धर्म का कैसा स्वरूप है! एक धर्म के अनुयायी दूसरे का दमन करते हैं। शैवों ने जैनों का उच्छेद किया, जैनों ने शिवभक्तों को ध्वस्त किया। फिर काल-देवता ने मरहम लगाया। एक यह अवस्था आई कि घुंडक और नीमनाथी एकमेक हो गए। फिर एक और धर्म आया जिसने नीमनाथियों का मन्दिर गिराने का प्रयत्न किया। इतिहास फिर लौटा। अब घुंडक और नीमनाथी शत्रु बनने जा रहे हैं। इतिहास कितनी बड़ी शक्ति है! धर्म कितना बड़ा मूढ़ग्राह है! मेरा मन कहता है, इन धार्मिक संघटनों में और कुछ चाहे हो, धर्म नहीं है। धर्म मुक्तिदाता है, धार्मिक संघटन बन्धन हैं। धर्म प्रेरणा है,

धार्मिक संघटन गतिरोध हैं। धर्म कोई संस्था नहीं है, वह मानवात्मा की पुकार है। विद्याधर भट्ट कदाचित् धार्मिक संघटनों को मुक्ति के साधन के रूप में व्यवहार करना चाहते हैं। क्या यह सम्भव है? क्या कीचड़ से कीचड़ धुल सकेगा? इतिहास इसकी सेंध में घुसकर क्या फिर विच्छेद नहीं पैदा करेगा? धर्म को किस प्रकार मनुष्य की सामाजिक और राजनीतिक मुक्ति का साधन बनाया जा सकता है? मेरा चित्त व्याकुल है। कुछ सूझ नहीं रहा है।

प्रातःकाल निकट आ गया। थोड़ी दूर से नाटी माता का मनोहर कंठ सुनाई पड़ा :

*"गताऽहं कालिन्दीं गृहसलिलमानेतुमनसा*<br>
*घनद्घोरैर्मे धैर्गगनतलमभितोमेदुरमभूत्।*<br>
*ध्वनद्धारासारैरपतमसहाया क्षितितले*<br>
*जयत्वङ् के गृह्णन्पटुनपृकलः कोऽपि चपलः।"*

## [ 23 ]

कुछ दिनों बाद मैं स्वस्थ हो आया। बोधा और मैना की अक्लान्त सेवाओं की विजय हुई। मैना अब कम आया करती थी, पर उसके मौन निर्देश का कड़ा पहरा ज्यों-का-त्यों बना हुआ था। मुझे विश्राम करते रहने की दुरतिक्रम्य आज्ञा मिली थी। मैं घर की एक निर्धारित सीमा के अन्दर ही थोड़ा-बहुत टहल सकता था। उसके आगे लक्ष्मण की लकीर थी, जिसका लाँघना सम्भव नहीं था। दो-तीन दिन से बोधा भी नहीं दिखाई पड़े। पूछने पर पता चला कि आवश्यक कार्य से वे विद्याधर मन्त्री के पास गए हैं। मैना अब प्रसन्न थी। नाटी माता भी बीच-बीच में आकर आशीर्वाद दे जाती थीं। अधिक समय उनका पूजापाठ में ही निकल जाता था। मैं प्रायः अकेला ही घर में पड़ा रहता था। या तो इन लोगों ने अब मुझे पूर्ण स्वस्थ मान लिया था या कुछ और तैयारी में लगे थे।

स्वस्थ तो मैं अवश्य हो गया था, पर मुझे ऐसा लग रहा था कि मैं जो अकेला पड़ा हुआ हूँ, वह किसी आँधी के पहले की शान्ति का अनुभव कर रहा हूँ। बोधा ने दो-एक वाक्य कभी-कभी इस प्रकार कहे थे जिनसे मैं आनेवाली आँधी का आभास पा रहा था। एक दिन उन्होंने कहा था, 'भट्टपाद आपकी अनुमति लेने के लिए आएँगे, परन्तु अभी वे आपको पूर्ण विश्राम देना चाहते हैं।' एक दिन मैना को सम्बोधित करके उन्होंने कहा, 'अभी ही अपने को क्यों खपाए जा रही है मैना, शक्ति की परीक्षा का दिन अभी आया नहीं।' परन्तु इससे अधिक उन्होंने

कुछ बताया नहीं। अब, जब वे भट्टपाद के पास गए हैं तो निश्चय ही कुछ महत्त्वपूर्ण काम है।

विद्याधर भट्ट को कदाचित् मेरी औपचारिक अनुमति-भर चाहिए। चाणक्य ने कुछ इसी प्रकार का अमात्य-कार्य किया होगा। भट्टपाद ही योजना बनाते हैं, नीति-निर्धारण करते हैं और काम आरम्भ करते हैं, मुझसे पूछ-भर लेते हैं। एक भी ऐसा अवसर नहीं आया जब उनकी योजना मेरे कारण परिवर्तित हुई हो। मुझे उनके अनुभव और सदिच्छा पर विश्वास है और उन्हें मेरी अनुगामिता पर श्रद्धा है। मुझे ऐसा लगने लगा है कि श्रद्धाचर्चित अनुगामिता ही राजा का यथार्थ आदर्श है। अभी वह चाणक्य और विद्याधर के व्यक्तित्व को आश्रय करके अंकुरित हो रही है, कोई दिन आएगा जब वह पूरी प्रजा को आश्रय करके पुष्पित-पल्लवित होगी। राजा उस समय वही कहा जाएगा जो लोक-सेवक होगा। सेवाभावना ही कदाचित् उत्तम नेतृत्व का रूप ग्रहण करती है। जिसे अपनी व्यक्तिगत प्राप्ति-हानि की चिन्ता नहीं होती और पूरे समाज का अभ्युदय ही लाभ दिखाई देने लगता है, वही यथार्थ राजा है, वही समाज का नेतृत्व भी कर सकता है। कहीं ऐसा हो सकता कि मैं सारी प्रजा के लिए अपने-आपको बलिदान कर सकता! कहाँ हो पाता है! मिट्टी का जड़ आकर्षण बराबर नीचे की ओर खींचता है। जिसे हम स्वार्थ कहते हैं, वह मिट्टी का आकर्षण ही तो है।

पड़ा-पड़ा मैं यही सब सोच रहा था। अचानक कुछ कौओं की आवाज कान में पड़ी। मैंने समझा कि प्रातःकाल हो गया। उठकर बाहर निकला तो लगा कि कौए भ्रम में थे। चन्द्रमा के ऊपर सफेद बादलों का आवरण पड़ा हुआ था और ऐसा लगता था कि पौ फटने का समय हो आया है। कौए चतुर जीव माने जाते हैं, पर इस झुटपुटे ने उन्हें धोखा दिया था। वे भ्रम में पड़कर बोल उठे थे। सवेरा होने में अभी काफी विलम्ब था, लेकिन मैं जो घर से बाहर निकला, वह अच्छा ही हुआ। ऐसी शान्त निस्तब्धता बड़े भाग्य से ही देखने को मिलती है। ऐसा जान पड़ता था कि प्रकृति अत्यन्त सावधान होकर, सुधाभांड के मुख पर झीना वस्त्र डालकर छना हुआ अमृत धरती पर उँडेल रही है। ऐसी सावधानी की क्या आवश्यकता थी, मैं कह नहीं सकता। लेकिन इस झीने आवरण से छना हुआ अमृत निस्सन्देह चित्त में विचित्र प्रकार की प्राण-धारा को उद्वेल कर रहा था। चन्द्रमा किसी अलक्ष्य सुन्दरी के वस्त्राच्छादित मुख के समान कमनीय-मनोहर दिखाई दे रहा था और तारिकाएँ उसके आभूषणों में खचित रत्नों की तरह आवरण भेदकर जगमगा रही थीं। पता नहीं, अवगुंठन से समावृत्त इस धवल धारा को चुपचाप रात में ढरका देने का क्या उद्देश्य रहा होगा! दूर पहाड़ी पर सरकंडों से बने हुए करनटों के छोटे-छोटे झोंपड़े और अतीत की समृद्धि की गवाही देनेवाले

टूटे-फूटे खंडहर शान्त निद्रा में निमग्न दिखाई दे रहे थे। शान्ति इतनी घनी थी कि कहीं पत्ता खड़कने का भी शब्द नहीं सुनाई पड़ रहा था। दूर तक फैली हुई काली गिरि-शृंखला दिगन्त के एक छोर से निकलकर दूसरे छोर तक सपाट चली गई थी।

मैं इस मादक शोभा से ऐसा अभिभूत हुआ कि सब कुछ भूलकर सामनेवाली पर्वत-शृंखला की ओर चल पड़ा। कितना सुहावना दृश्य था! मैं धीरे-धीरे आगे बढ़ता ही चला गया। यह भूल ही गया कि मुझे चुपचाप घर पड़े रहने का कठोर अनुशासन मानकर चलना पड़ता है। थोड़ी दूर जाने पर मैं एकदम ठिठककर खड़ा हो गया। पास ही के किसी खँडहर से बड़ी हलकी ध्वनि में वीणा और उसके साथ संगीत की तान सुनाई पड़ी। जान पड़ता था, कोई अपने ही मन से, यथासम्भव कोलाहल से बचने का प्रयत्न करते हुए, मन्द-मन्द ध्वनि से वीणा बजा रहा है और साथ-ही-साथ गाता जा रहा है। मुझे आश्चर्य हुआ। मैं खिंचता ही चला गया। थोड़ी देर में उस घर के सामने उपस्थित हुआ जहाँ से संगीत की मृदु-मन्द ध्वनि आ रही थी। घर वह नाममात्र का ही था। अन्य खँडहरों से दूर कोई पुराना टूटा हुआ मन्दिर था, जिसकी छत कदाचित् एकदम नष्ट हो गई थी। ऊपर घास-फूस और जंगली पेड़ों की टहनियों और पत्तों से एक कामचलाऊ छत बना ली गई थी। सामने की भूमि साफ कर ली गई थी। उस पर गोबर से लीपकर किसी ने बड़ी सुन्दर मंडनिकाएँ बना रखी थीं। चाँदनी के घने प्रकाश में ये मंडनिकाएँ बहुत मनोहर दिखाई देती थीं। भीतर हलका-सा दीया टिमटिमा रहा था। घर वैसे चारों ओर से बन्द था, पर बहुत पुराना होने के कारण दीवारें सर्वत्र टूटी हुई थीं। बड़े-बड़े छिद्रों से भीतर का दृश्य स्पष्ट दिखाई दे रहा था। मैंने भीतर झाँककर देखा। देखकर आश्चर्य से चकित रह गया। बड़े क्षीण मनोहर कंठ से कोई हलके स्वर में गा रहा था :

*ध्यान-लयेन पुरः परिकल्प भवन्तमतीव दुरापम्।*
*विलपति हसति विषीदति रोदिति चञ्चति मुञ्चति तापम्॥*
*प्रतिपदमिनमपि निगदति माधव तव चरणे पतिताहम्।*
*त्वयि विमुखे मयि सपदि सुधानिधिरपि तुनुते तनुदाहम्॥*

[हे माधव, आप दुर्लभ हैं, अतीव दुर्लभ, वह (राधा) फिर ध्यान की तन्मयता में आपको अपने सामने ही कल्पना करके विलाप करती है, हँसती है, विषाद करती है, रोती है, चलती है, प्रसन्न होती है। वह बिलकुल विक्षिप्त-सी हो गई है। पद-पद पर कहती है, हे माधव, मैं तुम्हारे चरणों में पड़ी हूँ, तुम्हारे विमुख होने पर अमृत का निधि, यह चन्द्रमा भी मुझे जला रहा है।]

दीपक के क्षीण प्रकाश में मैंने नाटी माता को भाव-विह्वल मुद्रा में गाते देखा। सामने वही पटु-नट-कलावाले नटवर नागर की मनोहारिणी मूर्ति थी। नाटी माता घुटनों के बल खड़ी थीं। उनके घुँघराले केश पीठ पर छितराए हुए थे। अभी भी वे गीले लग रहे थे। कन्धे से नीचे सारा शरीर हलके गुलाबी रंग के कौशेय वस्त्र से आच्छादित था। कन्धे पर बाएँ हाथ में वीणा थी। दाहिने हाथ में कुछ भी नहीं था। कदाचित् उन्होंने पहले कुछ ले रखा हो; इस समय वह बिलकुल खाली था। वे बहुत हलके कंठ से गा रही थीं। जान पड़ता था, वे और किसी के कानों में यह स्वर पहुँचने नहीं देना चाहती थीं। धीरे-धीरे परन्तु बहुत मनोहर भाव-गद्गद स्वर में वे बार-बार इन्हीं पंक्तियों को गुनगुना रही थीं। उनका गला रह-रहकर रुँध आता था, पर वे गाए जा रही थीं। कई बार इन पंक्तियों को गाते-गाते वे विह्वल से विह्वलतर हो गईं। सावधानी बनी हुई थी। एकाएक कातर भाव से उनके स्वर में अवरोह आया, पद बदले। अत्यन्त असहाय भाव से, फिर भी सर्तकता के साथ उन्होंने गाया :

*सा-विरहे तव दीना*
*माधव मनसिज-विशिख-भयादिव भावनया त्वयि लीना!*
*सा-विरहे तव दीना!*

अन्तिम पद रुक-रुककर निकला और वे वीणासहित नटवर नागर के चरणों में झुक गईं। कुछ क्षणों के लिए गान रुक गया। मैं मुग्ध, अभिभूत, व्याकुल खड़ा देखता रहा। वीणा एक ओर लुढ़क गई। ऐसा जान पड़ा, नाटी माता जो नटवर के चरणों में गिरीं सो मूर्च्छित ही हो गईं। फिर धीरे-धीरे उन्होंने सिर उठाया—खोई-सी, ठगी-सी, उद्भ्रान्त-सी उन्होंने चारों ओर देखा, कपोलों पर दरविगलित अश्रुधारा बह रही थी। उन्होंने रुँधे गले को साफ किया और फिर खड़ी हो गईं, फिर कुछ पीछे हटीं। मूर्ति बराबर सामने की ओर बनी रही। वे इस बार अपने को भूल गईं, अपनी सतर्कता को भूल गईं। द्रुतचारी से थिरक उठीं। अब की बार जैसे उन्हें कुछ मिल गया हो, ताली बजा-बजाकर वे नाचने लगीं। सतर्कता धीरे-धीरे क्षीण होती गई। हाथ और पैर से ताल देती हुई वे गा उठीं—

*संचरदधरसुधामधुरध्वनिमुखरितमोहनवंशम्*
*चलितदृगंचलचञ्चलमौलि कपोलविलोलवतंसम्*
*रासे हरिमिह विहितविलासम्*
*स्मरति मनो मम कृतपरिहासम्*
*चन्द्रकचारुमयूरशिखंडकमंडलवलयितकेशम्*
*प्रचुरपुरन्दरधनुरनुरंजितमेदुरमुदिरसुवेशम्।*

[रास में विलास करते हुए, नर्मकेलि से मुस्कराते हुए भगवान को मेरा मन स्मरण कर रहा है। कैसे थे वे श्यामसुन्दर! मोहन वंशी बजा रहे थे, जिसकी ध्वनि उनके अधरामृत के संचार से और भी मनोहर हो उठी थी, दृगंचल और मौलिदेश चंचल हो उठे थे और इसी कारण कपोल देश पर झूलता हुआ कुंडल भी हिल रहा था। चन्द्राकार चिह्नों से खचित सुन्दर मयूर-पक्षों से उनके केश वेष्टित थे, प्रचुर इन्द्रधनुषों से अनुरंजित सान्द्रस्निग्ध मेघमाला की भाँति उनका सुन्दर वेश बड़ा ही प्रियदर्शन था। रास में विलास करते हुए भगवान को मेरा मन स्मरण कर रहा है।]

नृत्य में विह्वल होकर नाटी माता उस छोटे-से घर में एक कोने से दूसरे कोने तक मत्तमयूर की भाँति नाच उठीं। भावावेग के साथ-साथ नृत्य के वेग में भी तेजी आती गई और एक ऐसा अवसर आया कि गान एकदम रुक गया। केवल ताल और गति की विचित्र उलझी हुई थिरकन! सारा वातावरण तालानुग हो गया। नाटी माता के पैर सधे हुए थे, विविध चारियों के उद्दाम और बहुविचित्र आवर्त्त में भी वे सम पर ही आकर पड़ते थे। उनकी शिक्षित गति को देखकर मैं चकित रह गया। कहाँ सीखी उन्होंने यह कला? नृत्य मैंने बहुत देखे थे, पर ऐसा तालानुग संचार मेरी कल्पना के बाहर की बात थी। उनके प्रत्येक अंग में तालानुग छन्द थिरक रहे थे। एक-एक पेशी ताल पर झूम रही थी; यहाँ तक कि बिखरे हुए अस्त-व्यस्त चिकुर भी ठीक अवसर पर वेगपूर्वक उनकी पीठ पर आकर झम-से चिपक जाते थे। अंगयष्टि से चिपका हुआ अरुण कौशेय चारियों के आवर्त्त में बुरी तरह चंचल हो उठता था, पर सम पर आते ही विनीत सेवक की भाँति यथास्थान पहुँच जाता था। कई-कई बार तो वह इस प्रकार मंडलित हो उठता था कि सचमुच ही लगता था कि लाल पाँखोंवाला मोर नाच रहा हो। कहीं नुपूर की झंकार नहीं, किंकिणी का क्वणन नहीं, कंकण का रणन नहीं, किन्तु सारा वातावरण एक विचित्र प्रकार के झणत्कार से विद्ध हो गया था। उल्लास-चंचल साड़ी जब मंडलित हो उठती थी तो भीतर की नीली अँगिया शत-शत वलियों में तरंगित-व्याकुलित होकर उसे पकड़ने का प्रयत्न करती थी, परन्तु कठोर बन्धन की वेदना से केवल कसमसाकर रह जाती थी। यह विचित्र नृत्य केवल ताल-मात्र था—अंग-अंग से स्फुरित वितत-सन्तत तालमात्र!

सारे व्यापार का विशिष्ट कौशल यह था कि नटवर नागर की मूर्ति क्षण-भर के लिए भी पीठ की ओर नहीं आई। निस्सन्देह इस गीति की राधा स्वयं नाटी माता थी। पहले लाल रंग के कौशेय को देखकर मेरी समझ में जो बात नहीं आई थीं, वह अब स्पष्ट हो गई। यह लाल साड़ी और नीली अँगिया राधाभाव की साधना का अंग-मात्र थी। नाटी माता भावमदिर थीं। वे नाचती गईं, नाचती गईं, नाचती गईं। कोई क्लान्ति नहीं, अवसाद नहीं। हृदय के अतल गाम्भीर्य से निकली हुई

नृत्य-मन्दाकिनी क्लान्ति नहीं लाती, विश्राम ले आती है। नाटी माता इस समय सच्चे अर्थों में 'आत्माराम' बनी थीं। वे अपने में ही अपना विश्राम पा गई थीं। मैं कह नहीं सकता कि कितनी देर तक वे 'मदचकुट चकोरी' मुद्रा में रहीं—केवल एक ही बात मन के उपरले स्तर पर गूँजती रही—'नागर नटी! आदि उनका, अन्त मेरा!' आदि देखने का सौभाग्य नहीं मिला, अन्त भी क्या देखना उचित है? आवेश की शिथिलता के बाद माताजी मुझे देखेंगी तो क्या सोचेंगी? मैं चोर की भाँति छिपकर नटवर नागर को रिझाने की उनकी कला देख रहा हूँ। यह क्या क्षम्य है? नहीं, आदि भी नहीं देखा, अन्त भी नहीं देखूँगा। नृत्य के इस महनीय रूप को भूल नहीं सकूँगा। पहली बार आज समझ में आया है कि कालिदास ने नृत्य के लिए क्यों कहा था कि 'देवानामिममामनन्ति मुनयाः क्रान्तं क्रतुं चाक्षुषम्!'[21] सचमुच मैं आज चाक्षुष यज्ञ का प्रसाद पा सका हूँ। मैं धीरे-धीरे वहाँ से हट आया।

हटना आसान नहीं था। महाशून्य में व्याप्त समष्टिगत नाद, साधक के मनोहर कंठ के आरोह-अवरोह की तरंगमाला पर गतिशील विग्रह धारण करके महाशून्य के अन्तरतर को कम्पित कर रहा था। विराट् शून्य की परिपूर्णता निस्सीम गति और ससीम स्थिति (ताल) की मिलनोत्कंठा से बार-बार तरंग-लोल हो रही थी। मानव-कंठ—तत्रापि सहज मनोहर नारी-कंठ की प्रत्यंचा से निक्षिप्त स्वर-तरंग ने चित्त में न जाने कितने रूपों को उरेह डाला! यह जो सृष्टि में रंगों की धूम है, गन्ध की भरमार है, रूप का समुद्र है, आनन्द का हिल्लोल है, वह भी किसी अज्ञात गायक के कंठ-स्वर की अद्भुत लीला है। शून्य न जाने किस विराट् की इच्छाशक्ति से स्पन्दित हो रहा है! सीदी मौला ने कहा था, इच्छा ही नाद है, गति है, चांचल्य है और उसकी अनुगामिनी क्रिया ही बिन्दु है, स्थिति है, जड़ता है। सारा चराचर जगत् नाद और बिन्दु का ही विलास है। कौन है जिसके कुशल संगीत ने संसार को रूप से, रंग से, गन्ध से, आलोक से, स्वर से भर रखा है? कौन बता सकता है, उस विराट् लीलाधर का सन्धान?

नाटी माता का शरीर ही छन्दों से बना है। नागर नटी! किस असमाप्य उद्गम-भूमि से भावों के छन्द उठ रहे हैं! प्रत्येक संचार में छन्द है, प्रत्येक क्रिया में छन्द है। नाटी माता ने अपने-आपमें छन्द-पुरुष को ही ढाल दिया है। वे आज राधा-भाव में हैं, चिरन्तन प्रेमिक को चिरन्तन प्रेमिका का आत्मार्पण। एक बार उनकी करुण स्वर-लहरी ने बताया—तव चरणे पतिताऽहम्; तो दूसरी बार चपल हिन्दोल की भाँति झटका खाकर कूक उठीं—रासे हरिमिह विहित विलासम् स्मरति मनो ममकृत परिहासम्। दोनों पराकोटियों के बीच मुखर हुआ लय और ताल—देवताओं का चाक्षुष यज्ञ, नृत्य! और महाशून्य सिहर उठा। हटना आसान नहीं था,

बार-बार गति मुड़ जाती थी, केन्द्र की ओर। यही क्या वह विराट् यज्ञ है जिसे भगवान ने कहा था—अपाने जुह्वति प्राणम्। केन्द्रापगा शक्ति बार-बार मुड़कर केन्द्रानुगा होना चाहती है। समुद्र की कल्लोलमुखर तरंगमाला की भाँति, बेला पर पछाड़ खा-खाकर लौटना चाहती है। लौट रहा हूँ, लौटना पड़ रहा है। शिष्टाचार धक्के दे-देकर लौटा रहा है। कहाँ? किस ओर? यह शिष्टाचार भी एक व्यवधान है, अन्तराय है।

लौटकर आया तो उषःकाल अपने पूर्ण उल्लास पर था। मैना शंकित दृष्टि से मुझे इधर-उधर खोज रही थी। कदाचित् चुपके-चुपके यह देखने आई थी कि उसका रोगी अभी सो रहा है या जग गया है। मुझे देखकर उसकी मृगशावक जैसी बड़ी-बड़ी आँखें प्रसन्नता से खिल गईं और दूसरे ही क्षण कुछ विषाद से संकुचित भी हुईं। उसने आँखें झुका लीं और अभियोग के स्वर में कहा, 'कहाँ चले गए थे?'

स्वर में मृदुता भी थी, कठोरता भी थी। उसकी बात अनसुनी करके मैं घूमने निकल गया, यह बात उसे असह्य थी। मैंने मन-ही-मन कहा—शासन की ममता भी कठोर होती है, सरले, इतनी भी क्या ममता!

सफाई देने का प्रयास करते हुए बोला, "अभी थोड़ा टहलने का जी हुआ मैना! पड़े-पड़े अच्छा नहीं लग रहा था।"

मैना की आँखें झुकी थीं। उसने रोष का भाव प्रकट करते हुए कहा, "नहीं।" और अभिमान का ऐसा झोंका उसे अनुभूत हुआ कि उसी प्रकार आँखें झुकाए वह वहाँ से तेजी से चली गई। मैं कुछ कहूँ, इससे पहले ही वह निकल गई।

केवल एक ही शब्द कानों में गूँजता रहा—'नहीं!' क्या नहीं? नहीं, अर्थात् बाहर नहीं जा सकते, आज्ञा का उल्लंघन नहीं कर सकते, सफाई देने का प्रयत्न नहीं कर सकते। सब नहीं। अर्थात् मैं बन्दी हूँ। बन्दी हूँ? किस बन्धन में हूँ। कुछ नहीं, केवल मैं बन्दी हूँ, मैना को अधिकार है वह मेरी सारी इच्छाओं को 'नहीं' के चाबुक से मारकर जिधर चाहे उधर मोड़े। 'नहीं' का और दूसरा अर्थ क्या हो सकता है? 'नहीं', कितना मनोहर बन्धन है! संगीत ही तो है। अभी जो संगीत सुन आया हूँ, उसमें व्यक्ति अपने को विलीन कर रहा है। अब जो सुन रहा हूँ, उसमें व्यक्ति अपने को अभिव्यक्त कर रहा है। नहीं, नहीं! कैसा मनोहर संगीत है!

मैंने व्यथित होकर, बल देकर पुकारा, "मैना, सुनती जाओ।"

मैना नहीं लौटी। मेरे शब्द महाशून्य में एक क्षणिक कम्पन उत्पन्न करके विलीन हो गए। मैना नहीं आई। अभिमान की उसकी मुद्रा चित्त में खड़ी रह गई। गई पर जा न सकी। मेरे मानस-पटल के ऊपर हाहाकार की झंझा बह गई और

उसमें मैना उसी मुद्रा में अविचल खड़ी रही। मैं अपने घर में अपनी शैया पर आ गिरा। कुछ समझ में नहीं आया। ऐसी भी क्या चिन्ता!

लेकिन, निस्सन्देह मैना का हृदय परास्त हो गया होगा। मेरी कातर मुद्रा देर तक उसे चैन से नहीं रहने देगी, यह मैं जानता था, जान गया था। वह लौटेगी, निस्सन्देह लौटेगी। लौटी भी। उस समय उसकी मुद्रा देखने योग्य थी। लज्जा से उसकी ग्रीवा झुक गई थी, बंकिम भ्रू-लता टूटी हुई प्रत्यंचावाले धनुष के समान शिथिल हो गई थी, अनुतापवश उसके अधरों पर पपड़ी पड़ गई थी, सारी अंगयष्टि प्रभंजन-लुंठिता कोविदारलता की भाँति शिथिल जान पड़ती थी। मैना लौट आई। किन्तु महामाया की क्या विचित्र लीला है! उसके रोष-कषायित मुख को देखकर मेरा चित्त म्लान हो उठा था, अन्तरतर के अतल गाम्भीर्य से बार-बार ध्वनि उठ रही थी कि वह लौट आए, पर उसके आने पर मेरे मन में अभिमान का संचार हुआ। मैंने एक बार उसकी ओर देखा और विरक्ति से मुँह फेर लिया। अभिमान का आक्रमण अप्रत्याशित रूप में हुआ, वेग से मुझे अभिभूत करता गया। मैंने आँखें बन्द कर लीं। देर तक वह खड़ी रही, जैसे कोई महा अपराधिनी हो। देर तक मैं मुँह फेरे, आँखें मूँदे पड़ा रहा, जैसे मुझे कसकर बदला लेना हो। मैना का द्रवित होना सत्य था, मेरा मान मिथ्या था। सत्य कातर भाव से खड़ा था, मिथ्याचरण कसकर जमा हुआ था।

मैना मेरे पैरों के पास आ गई। उसने अपना सिर मेरे तलवों पर टिका दिया। आँखों से अविरल अश्रुधारा बह उठी। मेरी निष्ठुरता बढ़ गई। मैं उसी प्रकार पड़ा रहा। एक-एक क्षण युग के समान बीत रहा था, पर अभिमान ज्यों-का-त्यों बना रहा। मैना रोती रही। अन्त में मेरी ही हार हुई। वेदना-रस से चित्त की कठोरता धुल गई। मैंने पैर खींच लिया और उठकर बैठ गया। मैना के ललाट को सहलाया, वचन थोड़ी देर रुद्ध रहे, बहुत देर नहीं।

"क्यों रो रही है मैना?"

मैना का अभिमान क्या चला गया था? वह और भी वेग से रोने लगी। मैंने उसके केशों को सहलाया, मुँह को उठाकर अपनी ओर किया, सान्त्वना के अनेक वाक्य कहे, पर मैना का रोदन और भी बढ़ता गया।

"नहीं मैना, तुमने ठीक ही कहा था, मैं तो यों ही अप्रसन्न होने का अभिनय कर रहा था। शान्त हो जा मैना, मेरी अच्छी मैना, रोती क्यों है पगली, क्या मैं सचमुच अप्रसन्न हूँ?"

मैना का आवेग शिथिल हुआ। उसने मेरी ओर देखा, केवल एक क्षण के लिए। बड़ी हृदय-भेदी दृष्टि थी वह। उसका अर्थ मैं पूरा समझ नहीं सका। इतना ही समझ पाया कि मैं महाराज सातवाहन हूँ, मुझे क्या ऐसा मान शोभा देता है!

मैना धीरे-धीरे उठी और बिना कुछ कहे वहाँ से चली गई। क्षमायाचना करने आई थी या शासन-शृंखला को और दृढ़ बनाने? मैना चली गई, अपनी ही दुर्बलता से मैंने अपने को वंचित किया।

एक क्षण में क्या हो गया! यह चित्र बना रहेगा, चित्त में पत्थर की लकीर बनकर रहेगा, व्याख्याएँ होती रहेंगी, चित्र मुसकराता रहेगा। एक क्षण में क्या नहीं हो जाता! पर यह क्षण क्या अपने-आपमें सीमित है? आज जो फूल खिला है, वह क्या एक क्षण की उपज है? न जाने कब से विधाता के दरबार में इस एक फूल को खिलाने की योजना बन रही है! बीज बने, पेड़ बने, फूल बने, फल बने, फिर वही क्रम चला, फिर वही, फिर वही। आज इस फूल को खिलाने का अवसर मिला है, लाखों वर्ष की तपस्या की यह परिणति है। पर यही क्या अन्त है? और भी आयोजन होंगे और भी, और भी। फूल खिलने की प्रक्रिया नहीं रुकेगी, प्रकृति के अपव्यय का उत्साह नहीं रुकेगा। किसलिए, किस महा उद्देश्य के लिए? मैं नहीं बता सकता। मेरे अन्तर्यामी कहते हैं, मैना का यह निर्व्याज आक्रोश-रोदन भी फूल ही है, इसमें भी कोई फल आनेवाला है। यह यहीं नहीं रुकेगा। यह क्षणिक नहीं रहेगा। दूर, बहुत दूर जाकर ही वह सार्थक होगा।

अभिमानिनी, तूने मुझे आराम दिया है या बेचैनी? मैना के जाने के बाद मेरे चित्त में एक विचित्र प्रकार की छटपटाहट अनुभूत हुई। मैं क्या मैना को समझ सका? मैना क्या मुझे समझ सकी? संसार विचित्र है, स्पष्टता कहीं नहीं, सर्वत्र आवरण। अनावरण सत्य का रूप कहीं देखने को मिल सकता है? हाय-हाय, किस पूषा को हिरण्यमय पात्र से इस सत्य का मुख खोलने का भार सौंपा गया है? आओ पूषन्, सत्य के इस आवरण को अपावृत्त करो। नीचे से ऊपर तक माया का झीना आवरण पड़ा हुआ है। कौन दावा कर सकता है कि उसने जैसा देखा है वही ठीक है?

नाटी माता की कुटिया देख आया हूँ, पर मैना किधर रहती है? हाय, मैना अभिमानिनी बनी ही चली गई। कहाँ होगी वह? किधर गई होगी? मैं बाहर बेचैनी से टहलने लगा। सूर्योदय हो गया था। प्रकृति ने तन्द्रा का जो जाल बिछाया था, वह सब समेट लिया गया था। मैं धीरे-धीरे फिर नाटी माता की कुटिया की ओर चला। आशा थी मैना वहाँ मिल जाएगी। नाटी माता अब अन्तिम नैवेद्य समर्पित कर चुकी थीं। अब वे सहज भाव से नटवर नागर की स्तुति पढ़ रही थीं। कंठ में कहीं श्रान्ति या असाधारणता नहीं थी। परिचित मोहन कंठ, परिचित मोहन स्वर, परिचित मोहन स्तोत्र :

*गताऽहं कालिन्दीं गृहसलिलमानेतुमनसा*
*घनद्घोरैर्मेघैर्गगनतलमभितोमेदुरमभूत।*

*ध्वनद्वारासारैरपतमसहाया क्षितितले*
*जयत्वंके गृह्णन्पटुनटकलः कोऽपि चपलः।*

मैं धीरे-धीरे कुटिया के पास पहुँचा। सोच रहा था कि एक बार और अनुचित प्रयास करूँ, उचककर देखूँ कि मैना है या नहीं। इसी समय इस ग्रामीण युवक आया। पत्ते के दोनों में कुछ फूल द्वार पर रखकर उसने माथा टेककर प्रणाम किया। फिर चिल्लाकर बोला, "फूल रखे जा रहा हूँ माताजी!" और चल पड़ा। मुझे देखकर उसे कुछ आश्चर्य हुआ। लगा, पहचानने की कोशिश कर रहा है। फिर उसने मुझसे पूछा, "आप ही महाराज हैं?"

मैंने स्वीकार किया। युवक ने श्रद्धापूर्वक दंडवत् प्रणाम किया और गद्गद भाव से कहा, "धन्य भाग्य जो आज सवेरे-सवेरे महाराज के दर्शन हुए!"

वह हाथ जोड़कर खड़ा हुआ। मैंने उसे ध्यान से देखा—गठा हुआ गौरवर्ण शरीर, उभरी और कसी हुई मांसपेशियाँ, आकर्ण विस्फारित नेत्र और जलता हुआ-सा ललाट। कौन हो सकता है वह युवक? पहनावे के नाम पर एक धोती; जो घुटनों के ऊपर ही झूल रही है और फटा हुआ साधारण-सा मोटा उत्तरीय। जैसे गूदड़ी का हीरा हो।

मैंने पूछा, "तुम कौन हो भाई, कहाँ रहते हो?"

"नट हूँ महाराज! छोटी जात का नहीं, कारुनट हूँ। इसी गाँव में रहता हूँ। लेकिन हम लोगों का गाँव-गिराँव तो कुछ होता नहीं। घूमते-फिरते हैं। हम पुरुष लोग मल्लविद्या और व्यायाम-कौशल से लोगों का मनोरंजन करते हैं और हमारी स्त्रियाँ नाच-गाकर बड़े लोगों की सेवा करती हैं। आज यहाँ हैं, तो कल और कहीं। और नटों से हम अलग हैं। वे छोटी जात के होते हैं, हम लोग राजपूत हैं। नाटी माता तो हमारी ही जात की हैं न महाराज! उन्होंने हमारे कुल को तार दिया है।"

"कारुनट हो? क्या कहना है! कारुनट तो बड़े वीर होते हैं!"

"हाँ धर्मावतार! वीर तो और नट भी होते हैं, पर हम लोग केवल वीरता का ही काम नहीं करते, कलावन्त भी हैं। मेरे प्रपितामह जोधासिंह इक्कीस नगाड़ों को पैरों के ताल से बजा लेते थे। उनकी क्षिप्रता और नृत्यकुशलता से मुग्ध होकर परम भट्टारक अनंगपाल ने उन्हें कारुनट की उपाधि दी थी। एक बार होली के अवसर पर गुलाल पर नृत्य करते हुए उन्होंने अपने पैरों से महाराजाधिराज की मनोवांछिता प्रिया की मूर्ति बना दी थी। महाराज प्रसन्न भी हुए और अप्रसन्न भी। प्रसन्न तो उनकी कला से हुए और अप्रसन्न इसलिए हुए कि उनकी सर्वाधिक प्रेयसी को पैरों से रौंद-रौंदकर बनाया गया था। उन्होंने यह भूमि हमें दी थी पुरस्कार में, परन्तु यह राज्य की अन्तिम सीमा पर थी, जो एक प्रकार का निर्वासन भी था। तब से हम लोगों पर अनेक विपत्तियाँ आईं, हम कंगाल हो गए, लेकिन जैसे-तैसे अपनी विद्या

बचाए हुए हैं। सात नगाड़ों पर मैं भी नाच लेता हूँ।"

"बहुत अच्छा!"

"हाँ महाराज! हमारे गाँव का एक आदमी ग्यारह नगाड़ों पर नाच लेता है। मैं, महाराज, सात हाथ के बाँसों के सहारे दौड़ लेता हूँ। घुड़सवार मुझे नहीं पकड़ सकते।"

"साधु वीर!"

"परन्तु महाराज, लोग हमारे ऊपर विश्वास नहीं करते। वे समझते हैं, हम डाकू हैं, चोर हैं। इस अपवाद के कारण हमारी जाति भी छोटी होती जाती है। नाटी माता की तपस्या से अब हम लोग कुछ लोगों की दृष्टि में उठने लगे हैं। मैनसिंह ने हमें सम्मानपूर्वक जीना सिखाया है। जब नाटी माता युवती थीं तो कदम्बवास मन्त्री की दृष्टि उन पर पड़ी। वे उन्हें साँभर ले गए। उनके नृत्य-कौशल पर वे मुग्ध थे। वे बड़े गुणग्राही थे। उन्होंने नाटी माता को खूब पढ़ाया-लिखाया। उन्होंने ही उन्हें 'कारुनटी' कहकर सम्मानित किया था। परन्तु बीच में जाने क्या हुआ, महाराज पृथ्वीराज ने कदम्बवास को मरवा दिया। वे 'कारुनटी' को गणिका समझने लगे। आप ही बताइए महाराज, अगर कदम्बवास के हत्यारे को नाटी माता स्वीकार कर लेतीं तो कितनी बड़ी कृतघ्नता होती! वे वहाँ से भागकर महाराज जयित्रचन्द्र के दरबार में चली गईं। महाराज पृथ्वीराज के महल में से निकलना कोई आसान काम नहीं था। मेरे पिता बताते हैं कि किस प्रकार कारुनटों की विद्या ने उस समय काम दिया। एक सौ एक नट अजयमेरु दुर्ग की खाई में साँस रोककर औंधेमुख पड़े रहे और उनकी पीठों से वह दृढ़ सेतु तैयार हुआ जिस पर से 'कारुनटी' आसानी से पार कर गई। बाँसों के बल चलनेवाले ग्यारह जवान स्थान-स्थान पर नियुक्त हुए थे जिन्होंने कन्धे पर, रातों-रात बाँस के सहारे, उन्हें कान्यकुब्ज तक पहुँचा दिया।

"महाराज जयित्रचन्द्र गुणग्राही थे। उन्होंने 'कारुनटी' का बड़ा सम्मान किया। पिताजी बताते हैं कि उनके नृत्य का जो प्रथम आयोजन किया गया था, उसमें पूरा पटवास कमल के पुष्पों से सजाया गया था। नाटी माता ने मयूर नृत्य किया था। कान्यकुब्ज में पाँच सौ वर्ष बाद इस नृत्य का आयोजन हो सका था। विविध रंगों के चूर्णों की तैयारी की गई थी। नाटी माता के सधे पैरों का कौशल उस दिन हर प्रकार से स्तुत्य रूप में प्रकट हुआ था। उन्होंने ग्यारह भ्रामिकाएँ खेली थीं। प्रत्येक भ्रामिका अलग-अलग रंग के चूर्णों से खेली गई। ग्यारहवीं बार पूरी रंगभूमि रंगबिरंगी आभा से दमकते हुए नर्तमान मयूर के रूप में खिल उठी थी। महाराज ने उनकी पालकी में कन्धा लगाकर सम्मान किया था। कारुनटों की कला उस दिन समूची भारत भूमि में प्रशंसित हुई। लेकिन हमारी तो मौत ही आ

गई। ये जो टूटे हुए खँडहर देख रहे हैं महाराज, वह प्रतिशोध भावना का ही फल है। एक-एक घर जलाया गया, रौंदा गया, स्त्रियों की लज्जा तक लूटी गई। हमारे सैकड़ों कलावन्त तलवार के घाट उतार दिए गए। हमारी स्त्रियाँ शाकम्भरी-नरेश के अन्तःपुर में नीच कार्य करने को बाध्य की गईं। हम तो लुट गए महाराज!"

"शिव, शिव! बड़ा कष्ट उठाना पड़ा तुम्हें वीरवर!"

"मगर हम दबे नहीं महाराज! कालिंजर की लड़ाई में चौहानों को जो दुम दबाकर भागना पड़ा, उसमें हमारे जवानों का बड़ा हाथ था। कठिनाई यह है कि कोई भी क्षत्रिय राजा हमें हमारा पुराना सम्मान देने को प्रस्तुत नहीं। महाराज जयित्रचन्द्र ने पहले तो 'कारुनटी' को 'नगर-श्री' की उपाधि दी, पर बाद में उनकी डोलकुल की रानी ने उन्हें सताना शुरू किया। कला का सम्मान उठ गया है महाराज! जयित्रचन्द्र के दरबारियों ने नाटी माता का मोल नहीं समझा। 'नगर-श्री' को भागना पड़ा और जयित्रचन्द्र के राज्य की श्री भी साथ-ही-साथ भागने को बाध्य हुई। अब तो उनका डोम-पुत्र हरिश्चन्द्र तुर्कों और पठानों के साथ मन्दिर तोड़ता फिर रहा है। हम लोग अवसर देख रहे हैं। मिले तो फल भोगवाके छोड़ेंगे।"

मुझे धक्-से लगा। मैंने तो यही सुना था कि चन्दावर की लड़ाई में जयित्रचन्द्र के वंश की समाप्ति हो गई। यह क्या सुन रहा हूँ? क्या सूहवदेवी का पुत्र ही हरिश्चन्द्र है? क्या उसी ने तुर्कों को सहायता दी है? वह क्या उनका सेवक बन गया है? पर मैं सँभल गया। बोला, "वीरवर, अब तुम्हें अपमान नहीं सहना पड़ेगा।"

युवक ने झुककर चरण छू लिए। बोला, "महाराजाधिराज सातवाहन की छत्रछाया में हम दुर्जय दुरतिक्रम्य हो गए हैं। मैनसिंह के इंगित पर हम दिल्ली तक धावा बोलने को तैयार हैं। हमारी स्त्रियों में उत्साह का तरंग उद्वेल हो रहा है। वे हमसे आगे मरने को तैयार हैं। नाटी माता ने बहुत दुनिया देखी है। उन्होंने बताया कि जीविका का साधन बन जाने पर कला अपने ऊँचे आसन से गिर जाती है। अब हमने निश्चय किया है कि हम अपनी कला को बेचेंगे नहीं। हम प्राण देकर अपना पुराना सम्मान लौटा लाएँगे। लोग हमारे पुरुषों को डाकू समझते हैं, हमारी स्त्रियों को गणिका। यह कलंक मिटकर रहेगा। महाराजाधिराज सातवाहन की विजय-पताका हमारे कन्धे पर लहराएगी।"

युवक के मुख पर निर्भय साहस तरंगित हो रहा था। वह कुछ पढ़ा-लिखा जान पड़ा। मैंने पूछा, "तुम कुछ पढ़े-लिखे हो वीरवर?"

उसने विनयपूर्वक कहा, "सब नाटी माता और मैनसिंह का प्रसाद है महाराज!"

मैंने फिर पूछा, "तुम्हारा नाम जान सकता हूँ भाई?"

"भम्भल, महाराज!" उत्तर मिला।

"तुम क्या प्रतिदिन नाटी माता को फूल दे जाते हो, भम्भल?"

"जब से आई हैं, तब से प्रतिदिन।"

"कब से आई हैं?"

"यही कोई दस दिन से। आप तो अस्वस्थ हो गए थे धर्मावतार! मैनसिंह से हम लोगों को समाचार मिलते रहते थे। हमारी जाति के लोग बहुत चिन्तित हो गए थे। परसों रात को उन लोगों ने भैरव बाबा की पूजा की थी। उसमें एक आदमी की बलि दी जाती है। कई लोग अपने को बलि देने को प्रस्तुत थे। एक मनुष्य की बलि लेकर भैरव बाबा रोगी को रोगमुक्त कर देते हैं। लोगों में होड़ मची हुई थी। मैनसिंह सबसे आगे था। परसों दिन-भर इसी उलझन में बीता। नाटी माता को पता चला तो उन्होंने यह पूजा ही रोक दी। बोलीं, 'बलि का अवसर आ रहा है। सच्चा बलिदान धर्म-कार्य के लिए बलि होने को कहते हैं। जो आदमी कुछ धर्म-कार्य किए बिना अपने को बलि चढ़ाता है, उसका बलिदान अधूरा रह जाता है।' आश्चर्य की बात है महाराज कि बूढ़े जम्बल पर भैरव बाबा का आवेश हुआ तो उन्होंने ज्यों-की-त्यों वहीं बातें कहीं जो नाटी माता ने कही थीं। अब इस गाँव और इसके आसपास के गाँव के लोग उस अवसर की प्रतीक्षा में हैं जब भैरव बाबा का बलिदान का आदेश मिलेगा। मैनसिंह कहता है कि जल्दी ही वह अवसर आनेवाला है।"

"अच्छा!"

"अच्छा महाराज, अपराध मार्जित हो तो एक बात पूछूँ?"

"हाँ-हाँ, पूछो।"

"सुना है भगवती विष्णुप्रिया के आश्रम में जब महारानी चन्द्रलेखा जूझते-जूझते गिर गईं तो उनमें महिषमर्दिनी दशभुजा दुर्गा का तेज उतर आया। उन्होंने शत्रुओं का संहार किया। कल ही यह समाचार आया है कि वे विक्रमशिला में आकाश मार्ग से उतरीं। उनकी दसों भुजाओं में अनेक आयुध थे। उनको देखकर डोमराजा हरिश्चन्द्र के साथ आई तुर्कों की सेना ऐसी भागी कि कहीं उसका पता ही नहीं चला। सुना है वे आकाश-मार्ग से कामरूप से लेकर ज्वालामुखी तक रक्षा कर रही हैं। आप कुछ जानते हों तो बताएँ महाराज!"

"क्या मैनसिंह ने बताया है, भम्भल?"

"नहीं महाराज, वह बेचारा तो रानी का नाम सुनते ही रोने लगता है। परन्तु यह बात तो सब जानते हैं।" भम्भल के स्वर में आवेश का भाव आया, "अब शत्रु की विराट् वाहिनी को हम चुटकियों से मसल देंगे। साक्षात् महिषमर्दिनी हमारी रक्षा कर रही हैं।"

इसी समय नाटी माता बाहर निकलीं। भम्भल को डाँटते हुए उन्होंने कहा,

"क्या बक-बक कर रहा है भम्भल! तुझे नहीं मालूम कि महाराज अस्वस्थ हैं?"

भम्भल एकाएक घबरा गया। "अपराध हुआ माताजी, क्षमा करें धर्मावतार!" कहकर वह ऐसा भागा जैसे सामने बाघ दीख गया हो, और क्षण-भर में लापता हो गया।

नाटी माता हँसने लगीं। बोलीं, "बड़ा वाचाल हो गया है। क्या बक रहा था महाराज?" फिर मेरे उत्तर की प्रतीक्षा किए बिना बोलीं, "आपको बाहर तो नहीं निकलना चाहिए। चलिए, विश्राम कीजिए।"

माताजी को मैंने प्रणाम किया और उनके पीछे-पीछे चलने लगा। अब मैं नाटी माता का इतिहास जान गया था। नाटी माता इस सन्दर्भ में और भी महिमामयी हो गईं। कारुनटी, नगर-श्री, नागरनटी, नाटी माता! आदि उनका, अन्त मेरा!

नाटी माता हँसती हुई पूछती जा रही थीं, "क्या कहता था महाराज, रानी दुर्गा के रूप में अवतरित हुई है! न जाने कौन इन लोगों को ये बातें बताया करता है। जंगल में जैसे दावानल फैलता है, वैसे ही इन लोगों के बीच ये बातें फैलती हैं। दो दिन पहले रानी के चार ही हाथ थे, अब सुना है दस हो गए हैं!" कहकर नाटी माता खुलकर हँस पड़ीं। मेरी ओर उन्होंने देखा नहीं। मेरी दृष्टि उनके लाल-लाल चरणों की ओर थी। इन्हीं मनोहर चरणों ने किसी दिन कान्यकुब्ज में विचित्र मयूर बना दिए थे—ताल-ताल पर थिरककर। इन्हीं चरणों को आज देखा शून्य को पूर्णता प्रदान करते हुए, ताल और लय के समंजस विधान के द्वारा। इन चरणों की महिमा थी कि प्रबल प्रतापान्वित दलपंगुर महाराज जयित्रचन्द्र ने पालकी में कन्धा लगा दिया था। आज उनसे भी अधिक महिमामंडित, उनसे भी अधिक शक्तिपुंज आनन्दकन्द ने क्या कन्धे पर पालकी नहीं उठा ली है?

नाटी माता नहीं जानतीं कि मैं क्या सोच रहा हूँ! वे सहजगति से चल रही हैं। मैं झूम रहा हूँ। एकाएक उन्होंने मेरी ओर देखा। कुछ घबराई आवाज में पूछा, "उदास हो महाराज? सब ठीक तो है?"

"उदास तो नहीं हूँ माताजी!"

"मैना गई थी न? या भूल गई? बहुत नटखट हो गई है। परसों गाँव में दिन-भर भैरव बाबा की पूजा कराती फिरी। मैनसिंह बनी आगे-आगे घूमती रही। मैं कहती हूँ, भोली, क्यों अपने को छिपाती-फिरती है! तुझे जिसने रूप दिया है, वही कार्य भी देगा। अभी बहुत भोली है। सेवा में प्रमाद कर रही है न महाराज?"

"प्रमाद? नहीं माताजी, मैना ने सेवा न की होती तो क्या मैं जीवित होता?"

"मुझे भय लगता है कि उसकी सेवा में मोह है, प्रतिदान की आकांक्षा है, इसीलिए उसमें झिझक है, कुंठा है। व्रीड़ा तक तो ठीक है, पर कुंठा क्यों होगी?"

मैं चुप।

"है न महाराज?"

"यह तो वही कह सकता है माताजी, जिसमें मोह न हो, कुंठा न हो, झिझक न हो।"

नाटी माता ने घूमकर मेरी ओर देखा, बोलीं कुछ नहीं।

## [ 24 ]

उस दिन मैं बहुत बेचैन रहा। दिन-भर किसी से भेंट नहीं हुई। सन्ध्या समय थोड़ा बाहर निकला। मन में बार-बार नाटी माता की वह मुद्रा खड़ी हो जाती थी, जब उन्होंने पीछे मुड़कर मेरी ओर देखा था। उस दृष्टि का अर्थ समझने का प्रयत्न करता रहा। क्या वह अपराधी को सावधान करने की दृष्टि थी या बने हुए चोर को ठीक-ठीक समझने के कारण अचरज प्रकट करनेवाली दृष्टि थी? नाटी माता ने मुझे क्या समझा। उन्हें कष्ट हुआ, आश्चर्य हुआ या दया आई? मैं देर तक उनकी मौन दृष्टि का अर्थ समझने का प्रयत्न करता रहा। मन में आया उनसे मिलकर ही अर्थ क्यों न समझ लूँ। यदि कहीं कोई त्रुटि या विच्युति हो गई है तो उसे अंकुरावस्था में ही मसल डालना बुद्धिमानी है। परन्तु मन स्थिर नहीं हो पाया। अनेक विचार आए और गए।

नाटी माता ने कहा था, 'मुझे भय लगता है कि मैना की सेवा में मोह है, प्रतिदान की आकांक्षा है, इसीलिए उसमें झिझक है, कुंठा है। व्रीड़ा तक तो ठीक है, पर कुंठा क्यों होगी?' मुझे मौन देखकर उन्होंने पूछा था, 'है न महाराज?' क्या उत्तर देता भला! मुँह से निकल पड़ा, 'यह तो वही कह सकता है माताजी, जिसमें मोह न हो, कुंठा न हो, झिझक न हो।' बस इतनी ही-सी तो बात थी। परन्तु माताजी ने घूमकर मेरी ओर एक विचित्र दृष्टि से देखा। उस दृष्टि का अर्थ नहीं समझ पा रहा हूँ। माताजी ने क्या समझा। उनके मन में चित्र किस प्रकार स्फुट हुआ, किस रंग में, किस रूप में! हाय, मुझसे अपराध हो गया क्या?

मैं बेचैनी से टहल रहा था। आज कहीं कोई मनुष्य भी नहीं दीख रहा था। निर्जन सूने प्रान्तर में मेरा मन भरा-भरा-सा लग रहा था। इसी समय भम्भल दीख गया। भम्भल ने मुझे प्रणाम किया और एक ओर चुपचाप खिसक जाने का प्रयत्न किया।

मैंने टोका, "सुनो भम्भल, कहाँ जा रहे हो? कुछ बातें सुनाओ।"

भम्भल रुका, लेकिन बोला नहीं। कुछ संकुचित-सा खड़ा हो गया।

मैंने फिर बढ़ावा दिया, "क्या बात है वीरवर, चुप क्यों हो? उदास हो क्या? चिन्तित दिखाई दे रहे हो। कुशल तो है?"

भम्भल ने हाथ मलते हुए दीन भाव से कहा, "धर्मावतार, आप अस्वस्थ हैं। माताजी ने आपसे बहुत बात न करने की आज्ञा दी है।"

मैं समझ गया, बोला, "मैं नहीं बोलूँगा। मैं तो केवल सुनता रहूँगा। सुननेवाले को कष्ट थोड़े ही होता है!"

भम्भल क्षण-भर ठिठका। सरलता के साथ उत्तर दिया, "होता है धर्मावतार!"

मुझे भम्भल का उत्तर कुछ विचित्र-सा लगा, पूछा, "कैसे?"

भम्भल बोला, "आज ही देखा है महाराज! माताजी मैनसिंह से कहे जा रही थीं और मैनसिंह चुपचाप रोए जा रहा था। बोलता बिलकुल नहीं था, पर कष्ट उसी को हो रहा था। सुननेवाले को कष्ट न होता तो बेचारा रोता क्यों?"

सुनकर मुझ पर जो बीती उससे भम्भल की बात की प्रामाणिकता ही सिद्ध हुई। ठीक ही कह रहा है। यह आवश्यक नहीं कि बोलनेवाले को ही कष्ट हो। सुननेवाले को भी कष्ट हो सकता है। यही बात सुनकर मेरे चित्त को कितना कष्ट हो रहा है! मैं सचमुच डर गया कि आगे यह वाचाल युवक न जाने और क्या सुना दे! मैं क्षण-भर में म्लान हो गया। मैनसिंह रोए जा रहा था! हाय, यह कैसा दुःसंवाद है! माताजी को मेरे उस दिन के उत्तर ने कदाचित् सन्देहव्याकुल बना दिया था। यह तो विश्वास योग्य नहीं जान पड़ता कि माताजी इतनी निष्करुण, निष्ठुर हो सकती हैं।

भम्भल की वाचालता में तरंग आई। उसने आगे कहा, "माताजी से मैनसिंह बहुत डरता है महाराज! उस दिन उसने गाँव में सबसे कहा कि माताजी से मत कहना कि भगवती जलकर मर गई हैं। उन्हें सुनकर कष्ट होगा। किन्तु गाँव की स्त्रियों में से एक ने माताजी से कह ही दिया। बात कैसे छिप सकती है महाराज! हर आदमी जानता है कि भगवती विष्णुप्रिया जलकर मर गईं। मैनसिंह वहाँ गया भी था। माताजी ने सुना तो वे भी वहाँ चली गईं। मुझसे कह गई हैं कि महाराज की ठीक से सेवा करना। इधर सुनते हैं धर्मावतार, कि बड़ी भारी लड़ाई होनेवाली है। इस बार योगी लोग हमारी ओर से लड़ेंगे। यहाँ से सब नौजवान चले गए हैं। कुछ थोड़े-से लोग रह गए हैं। मैनसिंह उस दिन कह रहा था कि बड़ा भयंकर संकट आ गया है। इधर महाराज अस्वस्थ हैं, उधर दुष्टों ने उज्जयिनी के गाँव-के-गाँव जला दिए हैं, स्त्रियों और बालकों का वध किया है। बूढ़े मन्त्री बहुत विचलित हो गए हैं। महाराज से सलाह नहीं कर सकते, भगवती विष्णुप्रिया का कड़ा निषेध है, उधर दीन प्रजा का हाहाकार सुना नहीं जाता। अब सुना गया कि भगवती भी जल मरीं। क्या होगा महाराज? चारों ओर से संकट आ गया है। मैनसिंह कहता

था, कुछ परवा नहीं, हम शत्रुओं को मसल डालेंगे। इसी समय माताजी ने उससे जाने क्या-क्या कहा कि बेचारा एकदम मुरझा गया। संकट आता है तो सब ओर से आ जाता है।" भम्भल ने ज्ञानी की भाँति उपसंहार किया।

भम्भल का प्रत्येक वाक्य वज्र-प्रहार की भाँति मुझे विचलित करता रहा। लेकिन आश्चर्य यह है कि मैं एक प्रकार की विचित्र प्रेरणा भी अनुभव करने लगा। सारी प्रजा जब विपत्ति के आवर्त्त में पड़ी है, उस समय एकान्त निर्जन में अस्वस्थता का भान करके पड़ा रहना क्या उचित है? मेरे मन में इन परिजनों के प्रति क्षोभ का भाव भी उत्पन्न हुआ। इन्होंने मुझे कितना दुर्बल और असहाय बना दिया है? अभिमान का भाव भी आया। राजा मैं हूँ या ये लोग? इतना बड़ा संकट आया है और मुझे जानने भी न देना क्या उचित आचरण है? निस्सन्देह मैना में कठोर मोह का आवरण पनप उठा है। मैं अस्वस्थ हूँ। कहाँ अस्वस्थ हूँ? दीन प्रजा का धन, मान, प्राण सब कुछ जल रहा है और मैं मुग्ध की भाँति, नेय की भाँति, अनजान बना विश्राम कर रहा हूँ! पितृ-पितामहों का दिया हुआ यह शरीर किस दिन काम आएगा? धिक्कार है मुझे, धिक्कार है उन लोगों को जो मुझे इस प्रकार छुई-मुई बनाए हुए हैं! मैं पिछले कई वर्षों से किधर बढ़ रहा हूँ! एक भी काम मैंने क्या ऐसा किया है जो अपने बचाव के अतिरिक्त कुछ अधिक मूल्य रखता हो? मैं यहाँ पड़ा हूँ। प्रजा अनाथ की भाँति कष्ट पा रही है। धिक्!

भम्भल मेरे मनोभाव को नहीं समझ सका। उसकी वाचालता और भी उत्तेजित हुई। कहने लगा, "मैनसिंह किसी से कुछ कहे बिना न जाने कहाँ चला गया। गया है तो कुछ करके ही लौटेगा। कह रहा था, महाराज को सबसे बड़ा समाचार ही सुनाने लौटूँगा। बड़ा वीर है वह! मेरा मन कहता है महाराज कि वह लड़ाई के मैदान में ही गया है। उसके साथ तीस-पैंतीस कारुनट जवान भी गए हैं और कुछ स्त्रियाँ भी उसके साथ चली गई हैं। विचित्र बातें करता है। कहता है, स्त्रियाँ इस युद्ध में अधिक सफल होंगी। मैंने कहा, "करनटों की स्त्रियाँ तो नाच-गा सकती हैं, वे भला क्या लड़ेंगी!' तो डाँटकर बोला, 'तुम चुप रहो।' मैं चुप हो गया। विलक्षण बुद्धि है उसकी। कुछ करेगा अवश्य!"

मैंने टोका, "तुम्हें कुछ पता है भम्भल, लड़ाई कहाँ हो रही है? उधर जाने का रास्ता किधर से है?"

भम्भल बोला, "सब जानता हूँ महाराज! माताजी ने बताने की आज्ञा नहीं दी, नहीं तो सब बता देता।"

मैंने पूछा, "माताजी ने क्या आज्ञा दी है?"

माताजी की आज्ञा की बात के याद आते ही भम्भल को कुछ घबराहट हुई। हाथ जोड़कर बोला, "क्षमा करें धर्मावतार, मैं बहुत बात करूँगा तो आपकी

अस्वस्थता बढ़ जाएगी। माताजी ने कहा है कि महाराज से अधिक बातें न किया करो।"

मैं हँसने लगा। उसकी घबराहट दूर करने के लिए थोड़ी स्तुति करना आवश्यक था। मैंने कहा, "भम्भल, जब तुम बातें करते हो तो मुझे बड़ा सुख मिलता है। मेरी सारी दुर्बलता जाती रहती है। तुम्हारे जैसे युवक से बातें करने से ही मेरी अस्वस्थता दूर होगी। तुम लड़ाई के मैदान में क्यों नहीं गए भम्भल? तुम तो इस गाँव के सबसे चतुर नौजवान हो। मैनसिंह ने तुम्हें साथ न ले जाकर गलती की है।"

भम्भल फिर मुखर हुआ। बोला, "मैं तो जाने को उतावला था धर्मावतार लेकिन मैनसिंह कहता है कि तुम लड़ाई में जाने योग्य नहीं हो, तुम्हारे पेट में बात नहीं पचती। इस लड़ाई में कम बोलनेवालों की आवश्यकता है, तुम बहुत बोलते हो। तुम यहीं रहकर महाराज की सेवा करो। मैंने भी सोचा कि महाराज की सेवा करने का अवसर मिल रहा है तो क्यों न उसकी बात मान लूँ! मगर यह ठीक नहीं है कि मेरे पेट में बात नहीं पचती। मुझे भगवती के जल जाने की बात कई दिन से मालूम थी। मैनसिंह ने कहा था कि माताजी को मत बतलाना। सो मैंने नहीं बताया। उन्हें तो गाँव की स्त्रियों ने बता दिया। फिर जब उन्होंने पूछा तो मैंने कह दिया कि बात तो ठीक है, लेकिन बताऊँगा नहीं। माताजी ने बहुत पूछा पर मैंने एक ही उत्तर दिया, "नहीं बताऊँगा।' वे अप्रसन्न होकर चली गईं, पर मैंने उन्हें नहीं बताया, नहीं बताया। फिर भी ये लोग कहते हैं कि मेरे पेट में बात नहीं पचती।

"इन लोगों ने यह भी कहा कि महाराज से मत बतलाना कि रानी जीवित हैं या मर गई हैं, सो मैंने आपको बताया? वैसे मुझे मालूम है कि रानी जीती हैं और उनमें दशभुजा शक्ति का संचार हुआ है। काशी के पास उन्हें देखा गया है। ओदन्तपुरी में देखा गया है। रानी आकाश से तेज रूप में उतरती हैं। धीरे-धीरे धरती पर साक्षात् महिषमर्दिनी के रूप में दिखाई देती हैं। डोम राजा हरिश्चन्द्र से उनकी बात हुई है। उसने उनको बड़ी बहन मानकर तुर्कों का साथ छोड़ दिया है। लोग उससे बहुत क्षुब्ध थे, पर रानी के कहने पर उसे महाराज जयित्रचन्द्र का पुत्र मान लिया है, उसे महाराज की उपाधि दी है। मगर उसका राज्य सूहवदेवी के गाँव तक ही सीमित है। कर्दमेश्वर महादेव के मन्दिर की रक्षा उसके आदमियों ने ही की है। लोग कहते हैं कि यह मन्दिर महाराज गोविन्दचन्द्र का बनवाया हुआ है। तुर्क उसे नष्ट नहीं कर सके। सुना है महाराज, कि है तो अभी लड़का ही लेकिन तेजस्वी है। मैनसिंह कहता है कि काशी में उसके नाम पर एक घाट बना दिया गया है। अस्सी नदी का पानी जहाँ गंगाजी में गिरता है वहीं यह घाट

बना है। हरिश्चन्द्र इस बात से प्रसन्न है कि कर्दमेश्वर के मन्दिर को पखारता हुआ पानी उसके ही राज्य में गंगाजी में गिरता है। रानी कहती है कि जात-पाँत के कारण किसी को छोटा मत समझो। लोगों ने केवल रानी की बात मानकर उसे उस घाट का राजा माना है। जात-पाँत कैसे भुलाई जा सकती है महाराज! हरिश्चन्द्र तो महाराज की उपाधि धारण करने पर भी डोम ही रहेगा न! यह विधान मनुष्य के बदलने से थोड़े ही बदल जाएगा। वह तो विधाता का विधान है न!''[22]

मैंने आश्चर्य प्रकट करते हुए कहा, ''तुम्हें ये सब बातें कैसे मालूम हुईं भम्भल?''

भम्भल ने कुछ छिपाना चाहा। बोला, ''नालन्दा विहार के साधु लोग बताते हैं धर्मावतार! मगर मैं इससे अधिक कुछ नहीं कह सकता।''

मैं समझ गया कि भम्भल को कुछ निषेधाज्ञा प्राप्त है। बात बदलकर ही इससे कुछ जानकारी प्राप्त की जा सकती है। भोला भी है और वाचाल तो है ही! मैंने बात बदलने के ढंग पर कहा, ''जाने भी दो, यह बताओ कि तुम्हें घुड़सवारी आती है?''

भम्भल का चेहरा दमक उठा, ''घोड़ा तो मेरा बहुत प्रिय जन्तु है धर्मावतार! आपका जो वज्र है न, उसकी देखभाल तो मैं ही करता हूँ। पशु होने से क्या होता है महाराज, उसमें मनुष्य से अधिक माया-ममता है। कहता हूँ, 'महाराज के पास चलोगे वज्र!' तो कान खड़े करके शून्य की ओर ताकने लगता है और रोने भी लगता है। मैनसिंह ने कहा है कि जब महाराज पूर्ण स्वस्थ हो जाएँ तभी उनके पास इसे ले जाना।''

मेरा हृदय उछल पड़ा। मैंने समझ लिया था वज्र मर गया है। लेकिन वह यही है, यह जानकर बड़ी प्रसन्नता हुई। बोला, ''वज्र को देखना चाहता हूँ भम्भल! दिखा दोगे?''

भम्भल गल गया, ''अभी आप अस्वस्थ हैं महाराज! वज्र भी अस्वस्थ है। अभी तो देखने लायक नहीं है।''

''वज्र अस्वस्थ है! मैं अवश्य देखूँगा भम्भल! मेरे स्पर्श से वह स्वस्थ हो जाएगा।''

भम्भल थोड़ा हिचका। फिर उसे मेरी बात जँच गई। ''हो सकता है धर्मावतार, वह आपके स्पर्श से स्वस्थ हो जाए। मगर वह दूर है। उसके पेट में चोट लगी थी। खड़ा हो जाता है, पर चल नहीं सकता। अमोघवज्र है न, नालन्दा के सिद्ध अमोघवज्र! वे कहते हैं कि यह भी वज्र है, मैं भी वज्र हूँ। मैं और ये दोनों भाई-भाई हैं। उन्होंने कुछ उपचार किया, तब से ठीक हो रहा है। मैंने उसकी बड़ी सेवा की है महाराज! यहाँ लाया गया तो उठ भी नहीं पाता था। मैनसिंह ने कहा है

कि जब तक चलने न लगे, तब तक महाराज को न दिखाओ। उन्हें बड़ा कष्ट होगा। मैंने अब उसे खड़ा तो कर दिया है।"

मैंने उल्लास के साथ कहा, "कनाउड़ा हूँ भम्भल! तुमने मेरी यह सबसे बड़ी सेवा की है। उसकी जान बचाकर तुमने मेरी जान बचाई है। मैं उसे अवश्य देखूँगा। वह मुझे देखते ही हृष्ट-पुष्ट होकर चलने लगेगा।"

भम्भल ने लज्जा के साथ कहा, "ऐसा न कहो महाराज, आपका सेवक हूँ।"

"भम्भल, मैं तुमसे बहुत प्रसन्न हूँ। ऐसी कोई चीज नहीं है जो मैं तुम्हें न दे सकूँ। मुझे वज्र से अवश्य मिला दो। कितनी दूर है वह?"

भम्भल ने कहा, "बहुत दूर तो नहीं है, लेकिन रास्ता पहाड़ी है। आपको जाने में कष्ट होगा, वह भी नहीं आ सकेगा। मैं कल प्रातःकाल अमोघवज्र महाराज से पूछकर उसे ले आऊँगा।"

अमोघवज्र! यह नाम तो परिचित जान पड़ता है। रानी के लेखों में इस नाम के एक साधु की चर्चा आई थी। वे ही हैं? मैंने कुछ और जानने के उद्‌देश्य से पूछा, 'अमोघवज्र से भी मिलना चाहता हूँ भम्भल! तुम बता सकते हो ये कौन हैं?"

भम्भल ने जीभ काट ली, मानो कुछ ऐसा कह गया हो जो उसे नहीं कहना चाहिए था। निश्चय ही उसे ये सारी बातें अमोघवज्र से ज्ञात हुई हैं। यही वह छिपाना चाहता था, पर बहक में छिपा नहीं पाया। मैंने उसे इस प्रसंग से हटाने के उद्‌देश्य से कहा, "तुम मेरी सेवा करने के लिए हो न भम्भल! मैं तुम्हें कुछ काम देना चाहता हूँ!"

भम्भल को इस प्रसंग से इतनी जल्दी मुक्ति पाने की आशा नहीं थी। प्रसन्न हुआ बोला, "धर्मावतार की आज्ञा हो, इस अकिंचन का इससे बड़ा सौभाग्य क्या हो सकता है!"

मैंने अपनी कुटिया की ओर मुँह फिराया। कहा, "चलो, कुटिया तक पहुँचा दो, मैं थक गया हूँ।"

भम्भल मुरझा गया, बोला, "मेरे कन्धे पर बैठ जाएँ धर्मावतार! मैं अभी पहुँचा देता हूँ।"

मैंने उसकी पीठ ठोंकी, "नहीं वीर, मैं चल लूँगा। तुम साथ-साथ चलो।"

पर भम्भल अड़ गया, "यह कैसे होगा धर्मावतार! सेवक किस दिन काम आएगा! इतनी सेवा का अवसर तो मुझे मिलना ही चाहिए।" और पैर पकड़कर रो पड़ा।

मैं विचित्र संकट में पड़ गया। कुछ देर उसे समझाता रहा, लेकिन उसने हठ पकड़ लिया; अनिच्छापूर्वक उसके कन्धे पर सवार हुआ। उसे तो मानो राज्य ही

मिल गया। कुटिया बहुत दूर नहीं थी। शीघ्र ही हम पहुँच गए। उस समय सन्ध्याकालीन हलका अन्धकार पर्वत-भूमि पर उतर आया था। चटपट मुझे लिटाकर वह मेरे पैर दबाने लगा। फिर व्याकुल भाव से पूछने लगा कि अब कैसा लग रहा है।

मैंने उसे आश्वस्त किया, "कुछ चिन्ता की बात नहीं है भम्भल! थोड़ा हृदय में कष्ट है। तुम सिद्ध अमोघवज्र को बुला दो। वे कुछ उपचार कर सकते हैं।"

भम्भल विचित्र धर्मसंकट में पड़ गया। कदाचित् उसे अमोघवज्रवाली बात को छिपाने का आदेश था।

मैंने कहा, "जल्दी करो भम्भल, कष्ट बढ़ रहा है।"

भम्भल हैरान था। फिर आँखें नीचे किए जल्दी-जल्दी चला गया।

भम्भल चला गया तो मुझे थोड़ा मानसिक खेद हुआ। इस भोले नवयुवक से मैंने कैसी छलना का व्यवहार किया। कितना सरल है! कहता है 'कुछ नहीं कहूँगा', पर सब कह जाता है। श्रद्धा, भोलापन और सहज सारल्य इसके चरित्र के मुख्य उपादान हैं। मैनसिंह ने कह दिया तुम वाचाल हो, लड़ाई में जाने के अयोग्य हो, मान गया। पर माना भी नहीं। मैंने ऐसा निश्छल हृदय नहीं देखा। कोई बात छिपा नहीं पाता। विचित्र बातें करता है। रानी के बारे में इसने जो कुछ कहा वह तो केवल चकरा देनेवाला है। रानी जीती हैं, पर आकाश में तेज-रूपयी ही दिखाई देती हैं, धरती पर उतरती हैं तो साक्षात् महिषमर्दिनी के रूप में! इन बातों का क्या अर्थ हो सकता है भला! बोधा प्रधान कहते हैं, रानी हैं। क्या तेज रूप में ही हैं? उनका पार्थिव शरीर क्या नहीं रहा? बोधा और भम्भल के कथनों का सामंजस्य क्या है?

मैं इसी प्रकार की चिन्ताओं में उलझा था कि भम्भल भदन्त अमोघवज्र को लेकर उपस्थित हुआ। अन्धकार घना हो आया था। स्वच्छ-निर्मल नभोमंडल में तारावली प्रसन्न भाव से हँस रही थी। सूनी काली गिरिश्रृंखला और भी काली हो गई थी। आकाश जागता हुआ-सा दिखाई दे रहा था, वक्षस्थली सोई-सी जान पड़ती थी। अन्धकार ही नहीं, निस्तब्धता भी सूचीभेद्य-सी लग रही थी। मैं चुपचाप कुटिया के आँगन में बैठा खोया-खोया-सा सोच रहा था। अमोघवज्र और भम्भल चुपचाप निःशब्द आकर खड़े हो गए।

भम्भल ने खाँसकर गला साफ किया और भयत्रस्त वाणी में बोला, "जय हो धर्मावतार! आर्य अमोघवज्र पधारे हैं।"

मैं उठकर अभिवादन करने को उद्यत हुआ ही था कि अत्यन्त मधुरवाणी में भदन्त अमोघवज्र ने कहा, "कल्याण हो, महाराज, उठने का प्रयत्न न करें। हृदय-रोग में उठने-बैठने के आयास से कष्ट बढ़ता है।"

मन-ही-मन मैं लज्जित हुआ। सरल भम्भल ने मेरे हृदय-रोग के बारे में न जाने क्या-क्या बताया है। शान्त स्वर में बोला, "प्रणाम स्वीकार हो आर्य, मैं स्वस्थ हूँ, चिन्ता की कोई बात नहीं है।"

भदन्त ने मेरी नाड़ी की परीक्षा की और आश्वस्त हुए। इस बीच भम्भल ने मिट्टी का छोटा-सा दीया जलाया। आँगन में प्रकाश हुआ। उस हलके प्रकाश में मैंने भदन्त अमोघवज्र को देखा।

भदन्त अमोघवज्र का सारा शरीर लाल रंग के चीवर से आच्छादित था। केवल उनका दमकता हुआ गौर मुखमंडल दिखाई दे रहा था—सन्ध्याराग से रंजित मेघ-खंड के ऊपर जिस प्रकार अस्तगामी सूर्यमंडल दमकता रहता है, बहुत कुछ उसी प्रकार। यद्यपि वे प्रौढ़ावस्था की अन्तिम सीमा पर आ गए थे और उनके गौर-मुख के कपोलों का तनाव शिथिल हो आया था, तथापि ऐसा जान पड़ता था कि किसी कठिन आकर्षण से युवावस्था घूम-घूमकर लौट आई थी और एक प्रकार की निराशाभरी स्थिति में पड़ी रह गई थी। सिर मुंडित था, परन्तु प्रयत्नपूर्वक कुछ केश न भी हटा दिए गए होते तो वह प्रायः ऐसा ही दीखता। केशों ने न जाने कब वहाँ से अपना डेरा उठा लिया था। चेहरे पर एक विचित्र प्रकार की शान्ति थी, विचित्रता उसमें यह थी कि शान्ति की अवस्था में जो अन्तर्मुख भाव हुआ करता है—आत्मन्येवात्मना लीनः भाव—वह वहाँ बिलकुल नहीं था। आँखों में एक ज्योति थी जो बाहर की ओर छिटकी पड़ती थी।

अमोघवज्र की वाणी बड़ी ही मधुर थी। उनके वाक्य का प्रत्येक शब्द इस प्रकार उच्चरित होता था मानो पहले से ही उनकी अर्थव्यंजकता तौल-तौलकर सँभाल ली गई है। कोई भी दो शब्द टकराकर या छिटककर नहीं निकलते थे। प्रत्येक शब्द अपनी मर्यादा के भीतर ही रहता था। उन्होंने देर तक मेरी नाड़ी, हृदय-गति और आँखों की परीक्षा की और आश्वस्त स्वर में बोले, "कोई विकार तो नहीं दीख पड़ रहा है महाराज! सब अंग स्वस्थ हैं। कुछ क्लान्ति आ गई होगी और कोई बात तो नहीं दीखती।"

भम्भल दीया लिये खड़ा था। एक बार मेरी ओर, एक बार भदन्त की ओर भयत्रस्त दृष्टि से देख लेता था। और फिर सावधानी से दीये की बाती उकसा देता था। भदन्त की बातों से वह आश्वस्त हुआ। ऐसा जान पड़ा, उसके मुरझाए मुख पर प्राण-धारा धीरे-धीरे तरंगित होने लगी है। भदन्त ने दीया अलग रख देने का आदेश दिया। फिर भम्भल को पास बुलाकर कुछ सामान्य उपचार की बातें बताईं। चीवर के भीतर के खीसे-से एक डिबिया निकालकर उसमें से कोई औषधि निकाली और भम्भल के हाथ में देते हुए ज़रा जोर से बोले, "सोने से पहले महाराज को खिला देना। घबराओ नहीं, मैं रात को यहीं रहूँगा। कोई चिन्ता की

बात नहीं है।" फिर मेरी ओर देखकर बोले, "बहुत घबरा गया था।"

भदन्त के वहीं रहने की इच्छा जानकर भम्भल और भी आश्वस्त हुआ। जान पड़ता है उनसे वहीं रहने की प्रार्थना पहले ही कर चुका था, क्योंकि उनका कम्बल साथ ले आया था। इस सरल युवक को इस प्रकार व्याकुल करने का सारा दोष मेरा ही था, यह सोचकर मुझे ग्लानि हुई, पर मुझे बड़ा सन्तोष भी हुआ क्योंकि भदन्त यहीं रुक जानेवाले थे। उनसे कुछ बातें ठीक-ठीक जानने का अवसर अनायास मिल गया। भदन्त की आज्ञा से भम्भल एक ओर उनका आसन ठीक करने चला गया। फिर अवसर देखकर मैंने कहा, "क्षमा करें आर्य! कष्ट मुझे शारीरिक नहीं है, मानसिक है! आपको इस समय जो कष्ट दिया वह उसी के उपचार के लिए।"

भदन्त अमोघवज्र के मुख पर बड़ी मोहक हँसी दिखाई दी। बोले, "जानता हूँ महाराज, जानता हूँ। मैं भी आपके दर्शन का अवसर ही खोज रहा था। अभी तो आप विश्राम करें। कुछ दैनिक कृत्य मेरे भी रह गए हैं। उनसे निवृत्त होने में थोड़ा विलम्ब होगा, तब तक आप विश्राम करें। मैं प्रातःकाल फिर मिलूँगा।"

भदन्त उठ पड़े। मैंने हाथ जोड़कर कहा, "असमय में अकारण कष्ट दिया। अपराधी हूँ आर्य, क्षमाप्रार्थी हूँ।"

भदन्त ने स्मितपूर्वक उत्तर दिया, "अब तक दर्शन न करने का अपराधी मैं हूँ महाराज!" फिर स्नेह-सिक्त हँसी हँसकर अभिवादन का उत्तर दिए बिना ही चल पड़े।

प्रातःकाल भदन्त अमोघवज्र आए, आशीर्वाद देकर बोले, "राजन्, मैं आपसे मिलने के लिए व्याकुल था। परन्तु नाटी माता के अनुरोध से मैं रुका हुआ था। नाटी माता नहीं चाहती थीं कि मैं इस अवस्था में आपको कष्ट दूँ। यद्यपि मैं उनकी अकारण दुश्चिन्ताओं को संगत नहीं समझता, तथापि उनके प्रति मेरी अगाध श्रद्धा है, इसलिए मैं उनकी बात मान गया! मैंने उन्हें वचन दिया था कि जब तक महाराज स्वयं मुझे न बुलाएँ मैं उनसे नहीं मिलूँगा। आप शीघ्र ही मुझे स्वयं न बुला सकें इसकी व्यवस्था भी उन्होंने कर ली थी। आपके निकट जो भी परिचर्या के लिए आता था, उससे कह दिया जाता था कि मेरे सम्बन्ध में महाराज को कुछ न बताया जाए। नाटी माता की आध्यात्मिक साधना का मार्ग मेरे मार्ग से भिन्न है। वह व्यक्तिनिष्ठ होने के कारण मोह के उस आवरण से मुक्त नहीं है जो भक्ति-मार्ग में सात्त्विक मानकर स्वीकार कर लिया जाता है।

"मैं 'मोह' को 'मोह' मानने का ही पक्षपाती हूँ, सात्त्विक हो तो, राजसिक हो तो। भक्तिमार्ग में भगवदर्पण का जो सिद्धान्त स्वीकृत है, वह व्यक्ति की सहजवृत्ति ही हो सकती है, कोई सिद्धान्त, साधन या मार्ग नहीं। एक विशेष प्रकार

के स्नायविक संस्थानवाले व्यक्ति सहज ही भगवदर्पण सिद्धान्त को मान लेते हैं, वे जिस किसी परिस्थिति में हों, इसी रास्ते जाएँगे। बाहरी रूप उनके विश्वासों के भिन्न-भिन्न हो सकते हैं। कभी वे गुरु को ही सब कुछ मानकर निश्चिन्त हो जाते हैं, कभी किसी ग्रन्थ-विशेष पर आस्था रखकर सब कुछ उसी के नाम और भरोसे पर छोड़ देते हैं और कभी किसी इष्ट देवता का अनुचिन्तन करके अपने को सारे दायित्वों से अलग कर लेते हैं। मूलतः ये सब व्यक्तिवादी होते हैं।

"नाटी माता पूर्णरूप से व्यक्तिवादी भी नहीं हैं। उन्हें उपास्य-उपासक-भेद में आस्था है, उपास्य में आस्था है, अपने में भी आस्था है। इसीलिए वे न तो पूरी भगवदर्पण-बुद्धि से काम ले पाती हैं, न पूर्णरूप से अपनी बहिर्गामिनी बुद्धि पर ही भरोसा कर पाती हैं। वे भगवान पर भरोसा करती अवश्य हैं, पर अपनी समझ पर कम नहीं करतीं। दोनों नहीं चल सकते। यही मोह है। या तो उन्हें कहना चाहिए कि 'महाराज को भगवान-भरोसे छोड़ दिया' या फिर पूरी मुस्तैदी से समस्त बाह्य बाधक तत्त्वों को समझें और तदनुकूल प्रतिकार का उपाय सोचें। परन्तु यह सब इसलिए नहीं कह रहा हूँ कि नाटी माता के प्रति मेरी श्रद्धा कम है। बहुत अधिक है। मैं तो ऐसा समझता हूँ कि उनकी बनावट ही कुछ ऐसी है कि वे इसी प्रकार सोचने को बाध्य हैं। श्रद्धा उनके विश्वास या सिद्धान्त के कारण नहीं है, उस प्रयत्न के कारण है जो जड़-संस्थान के इंगित पर चलने की सहज वृत्ति का अवरोध करके भीतर के चैतन्य के इंगित पर चलने के लिए है। इस प्रयत्न के कारण नाटी माता श्रद्धेय हैं और नारी जाति की ललाम-भूता है। जड़-संस्थान उनके सामने हतदर्प सर्प की भाँति झुक जाता है। उनका चित्त निरन्तर विजयी होता जा रहा है। जिस दिन वह इस सात्त्विक मोह के आवरण को तोड़ देगा, उस दिन नाटी माता त्रिजगन्मनोज्ञा वज्रतारा से अभिन्न हो जाएँगी।"

इस लम्बे वक्तव्य को कहने में अमोघवज्र को आवश्यकता से अधिक समय लगा। वे प्रत्येक शब्द को तौल-तौलकर, अर्थसीमा की जाँच करके बोल रहे थे। इतना कहने के बाद उन्हें कुछ ऐसा जान पड़ा कि वे स्वयं संकुचित हो गए। फिर शान्त स्वर में पूछा, "आयास तो नहीं हो रहा है महाराज?"

मैंने कहा, "नहीं आर्य, मुझे अच्छा लग रहा है।"

भदन्त ने कहा, "तो सुनो राजन्! मैं अनेक वर्षों से विविध साधना-मार्गों में विचरता रहा हूँ; यथाबुद्धि विभिन्न मार्गों में पाए जानेवाले उत्तम पक्ष को हृदयंगम करता रहा हूँ। मैंने वज्रयान मार्ग की साधना की है; शाक्त आगमों की षोडश कुमारी-साधना की है; नाथ-मार्ग के विविध प्राणायामों, आसनों और बन्धों की जानकारी प्राप्त की है; वामाचारियों के चक्रपूजन में विधिवत् योग दिया है; रसेश्वरों

की साधना का अनुभव प्राप्त किया है, यहाँ तक कि सोम-सिद्धान्तियों के मार्ग पर चलकर उमा-महेश्वर-योग-साधना का भी प्रत्यक्ष अनुभव किया है। बहुत काल तक मैं अपने मन को सन्तोष देता रहा हूँ कि सभी मार्गों का मूल लक्ष्य एक है—चित्तत्त्व का उन्मेष, अचित् तत्त्व का पराभव!

"परन्तु पिछले एक-दो वर्षों से मेरा मन सन्देहवादी हो गया है। मैं देख रहा हूँ कि सिद्धियों के पीछे पागल बने लोगों ने देश को निर्वीर्य और कायर बना दिया है। माया को पराभूत करने का ढोंग रचनेवाले लोग माया के सबसे मजबूत वाहन सिद्ध हुए हैं। काम-क्रोध को शत्रु घोषित करनेवाले उनके क्रीतदास सिद्ध हुए हैं। सारा समाज पाखंड और मिथ्याचार से अभिभूत हो गया है। मेरे गुरु-भाई भिसिलपाद बहुत पहले से इस प्रकार की बात कहने लगे थे, पर मैंने उन्हें बराबर सन्देहवादी भावनाओं से बचते रहने की सलाह दी थी। दो घटनाओं ने मुझे झटका देकर भिसिलपाद की ओर पटक दिया है। एक तो है ओदन्तपुरी और नालन्दा के महाविहारों का देखते-देखते ध्वस्त होना और दूसरा महारानी चन्द्रलेखा के भयत्रस्त चित्त के विक्षोभ से निकली अद्‌भुत सिद्धिकथाओं का श्रवण। दोनों ने मुझे अधिकाधिक यह सोचने को बाध्य किया है कि व्यक्ति-चित्त का परिष्करण केवल असफल प्रयास ही नहीं है, अनावश्यक भी हैं। मैं समाजचित्त के परिष्करण को मान देने लगा हूँ। मैं और भिसिलपाद नाना देशों, पर्वतों, जंगलों के बीच ऐसे नेता के सन्धान में घूमते फिरे हैं जो समाजचित्त को स्फूर्ति दे सके और इन वैयक्तिक साधनाओं की माया झाड़ सके।

"हमने आपका नाम और यश सुना था। हम दोनों आपके दर्शन के लिए व्याकुल होकर इधर आ रहे थे। इसी समय हमें सेढ़ी नदी के तट पर विभ्रान्त, विक्षिप्तप्राय, स्रस्तकुन्तला, विमना, श्लथचरणा महारानी चन्द्रलेखा के दर्शन हुए। ऐसा जान पड़ता था, युग-युगान्तर की सिद्धि मार्गभ्रष्ट, थकित, विभ्रान्त होकर सामने स्वयं आ गई है। हमने पहचानने में रंचमात्र की देर नहीं की। शरीर के आवरण को भेदकर बत्तीस लक्षणों के सुपरिणाम इस प्रकार आभासित हो रहे थे जैसे जलचादर के भीतर दीपक जगमगाया करते हैं। उनकी उस अवस्था से हमें कष्ट हुआ। भिसिलपाद अब भी ग्रह-नक्षत्रों और शकुन-अपशकुनों की माया नहीं काट सके हैं। उन्होंने दुखी होकर कहा था, देश की ही नहीं, महाराजा सातवाहन की भी सिद्धि विस्रस्त है, विक्षुब्ध है, दिङ्मूढ़ है। पर मैंने उनकी बात नहीं मानी। हम भी कुछ मानसी सिद्धियों के जानकार हैं। हमने रानी के विक्षुब्ध चित्त को संयत करने के लिए अपने मनोबल का प्रयोग किया। पता नहीं हमें सफलता क्यों नहीं मिली। ऐसा जान पड़ता था, हमारी प्राणशक्ति की धारा किसी भयंकर बाधा से टकराकर चूर-चूर हो जाती है। रानी विचित्र प्रकार की बातें करती थीं।

उनमें ऊपर-ऊपर से चित्त-विक्षेप का कोई चिह्न नहीं दिखाई दे रहा था। उनकी कल्पनावृत्ति अत्यन्त तीव्र हो गई थी। हमारी बातचीत का रंचमात्र पकड़कर वे कल्पना से विचित्र स्वप्न-लोक गढ़ लेती थीं। हम देश की वर्तमान जर्जर अवस्था से त्राण पाने के लिए उनको और आपको खोज रहे थे। हमने उनके बारे में बहुत सुन रखा था, पर उनकी इस विक्षेपावस्था से हम एकदम निराश हो गए। इसी अवस्था में उन्हें लेकर हम भगवती विष्णुप्रिया के आश्रम में पहुँचे। हमारा मुख्य उद्देय यह था कि रानी को माताजी की स्नेहपूर्ण छाया में रख दें ताकि वे कुछ स्वस्थ हो जाएँ। फिर हम आपकी खोज में निकलनेवाले थे। परन्तु इस बीच घटनाचक्र बहुत तेजी से घूमने लगा।"

अमोघवज्र ने फिर एक बार मेरी ओर देखकर पूछा, "आयास तो नहीं हो रहा है महाराज?"

क्या बताऊँ? अमोघवज्र की बातें हथौड़े की तरह मेरी छाती पर चोट कर रही थीं, पर साथ ही अन्तरतर के देवता कह रहे थे—सब जान लो, फिर क्या हुआ, फिर क्या हुआ, फिर क्या हुआ! मैंने यथासम्भव अपने को सँभालते हुए कहा, "पूरा सुनना चाहता हूँ आर्य!"

## [ 25 ]

हिमालय के पाद देश में, सरस्वती नदी की उद्गम-भूमि में यह व्यासतीर्थ है। आज श्रावणी पूर्णिमा है। सारा नभोमंडल नील पयोधरों से अवगुंठित है। मयूर मत्त भाव से नाच रहे हैं। घनघोर वर्षा होनेवाली है।

एक महीने से दौड़ता आ रहा हूँ। कुछ असाध्य साधना का संकल्प लेकर चला हूँ। सीधा रास्ता पकड़ना कठिन था। समस्त उत्तरापथ विक्षुब्ध है। टेढ़ा रास्ता अपनाना पड़ता है। विन्ध्य मेखला के घने जंगलों को चीरता हुआ, उफनती नदियों और जलमग्न कान्तारों को पार करता हुआ, पूर्व की ओर बढ़ता गया हूँ। विकट वनस्थली में डरावने हिंस्र जन्तुओं की आँख बचाकर निकल आया हूँ, मदमत्त हाथियों और रक्त-लोलुप व्याघ्रों की उपेक्षा करता हुआ बढ़ा हूँ। भीषण रमणीय विन्ध्याटवी की मनमोहक शोभा और हृदयद्रावी विध्वंसलीला को अनदेखा करके अग्रसर हुआ हूँ। संकीर्ण गिरित्वर्म के निकट बहनेवाली गंगा की विकट धारा को अनायास पार कर गया हूँ और उत्तर कोसल के जलाप्लुत मैदानों को पार करता हुआ हिमालय के पाददेश की शरण में पश्चिम की ओर मुड़कर निरन्तर भागता हुआ इस व्यासतीर्थ तक पहुँचा हूँ। विकट अभियान है यह। इसमें प्राणों की

चिन्ता नहीं थी, क्लान्ति का नाम नहीं था। केवल एक लक्ष्य था, किसी प्रकार सरस्वती नदी की इस पवित्र उद्‌गम-भूमि तक पहुँच जाना। चलता रहा हूँ, केवल चलता रहा हूँ, तूफान पैरों में बाँधकर दौड़ता रहा हूँ। किसके बल पर, किसके लिए?

अमोघवज्र यथार्थवादी की भाँति बोलते हैं, पर भाषा में रहस्य का पुट बना हुआ है। बराबर उनकी बताई बातें सोचता आया हूँ। हतबुद्धि होकर देखता हूँ कि वे जो कहते हैं उसके साथ जैसा कहते हैं का कोई सामंजस्य नहीं है। वे झकझोर देते हैं, आन्दोलित करते हैं, विचलित करते हैं पर आगे बढ़ने नहीं देते। जो बात उनकी सबसे अधिक स्पष्ट थी, वह यह कि मैं इतने दिनों तक मोहग्रस्त की भाँति, नेय की भाँति आचरण करता रहा हूँ। रानी ने मेरे चित्त को बुरी तरह अभिभूत कर दिया है। मैं नेता नहीं, नेय बन गया हूँ। अमोघवज्र ने जो नहीं कहा था वह मेरे लिए और भी कठिन सिद्ध हुआ। मैंने स्वयं प्रवृत्त होने का साहस ही खो दिया है। रानी की बात पर चलता-चलता एक दिन रानी को ही खो बैठा। फिर विद्याधर भट्ट के इंगित पर चलता-चलता उन्हें भी छोड़ दिया। फिर मैना के इंगित पर चलता-चलता उसे भी खो आया। कैसा विचित्र संयोग है!

अमोघवज्र ने कहा था कि इच्छाशक्ति और क्रिया शक्ति के इंगित पर चलते रहने के कारण जीव माया के 'पाश' में बँध जाता है, उसकी 'स्व'-तन्त्रता जाती रहती है। ऐसे ही जीव को पाशुपत लोग 'पशु' कहते हैं। उन्होंने एक और बात बताई, व्यक्ति की भाँति समाज भी माया के पाश में बँधकर 'पशु'-अवस्था को प्राप्त करता है। उसकी स्वतन्त्र इच्छा समाप्त हो जाती है। वह रूढ़ियों, आप्त वाक्यों और शास्त्रविधानों के द्वारा चलाया जाने लगता है। व्यक्ति की पशुता से कहीं अधिक भयंकर होती है समाज की पशुता। भारतवर्ष का वर्तमान समाज इसी पशुता का शिकार है, वह सामाजिक स्वाधीन चिन्तन खो चुका है। परन्तु इसके बाद उन्होंने जो कुछ कहा उससे मैं बड़ा ही विचलित हुआ था।

उनका एक-एक शब्द मेरे कानों में गूँज रहा है। इस विकट यात्रा में वे हजार सुरों में झंकृत हुए हैं। उन्होंने कहा था, 'देखो महाराज, पश्चिम की ओर से जो महान् इस्लाम आ रहा है, उसे ठीक-ठीक समझो। उसके एक हाथ में अमृत का भांड है, दूसरे में नग्न कृपाण। वह समानता का मन्त्र लेकर आया है, सड़े-गले आचारों को चुनौती देने का अपार साहस लेकर उद्‌भूत हुआ है और रास्ते में जो भी बाधक हो उसे साफ कर देने का विकट संकल्प लेकर निकला है। उसने लाखों-करोड़ों को पैरों-तले दबाकर उनकी मांस-मज्जा के ढूह पर प्रासाद खड़ा करने की त्रुटि नहीं दिखाई है। विचित्र है उसकी प्राणदायिनी शक्ति, अपूर्व है उसका दलितोत्थापन संकल्प! मैंने बहुत देश देखे हैं महाराज, ऐसा विचित्र धर्म नहीं

देखा। सहस्रों दलितों को उसने तलवार की नोक पर उठाकर ऊँचा आसन दे दिया, सैकड़ों जंगली जातियों को उसने एक झटके में रूढ़ियों और परम्पराओं के मलवे से दूर फेंक दिया। अचरज तो तब होता है महाराज, जब इसके महामन्त्र के प्रभाव से कल तक बर्बर समझी जानेवाली जातियाँ विश्व-नेतृत्व की लालसा से मत्त हो उठती हैं। दोष उसमें भी है, पर सड़ी रूढ़ियों और विषाक्त परम्पराओं के विष से जर्जर समाज के साथ जब उसके द्वारा प्रभावित समाज की तुलना करता हूँ तो निराश हो उठता हूँ। हमारा यह समाज लाखों-करोड़ों को अपमानित करने में गर्व अनुभव करता है। अपमान का फल अपमान ही होगा। जिन्हें हमने पैरों-तले दबा रखा है, वे ही एक दिन नीचे से हमारा पैर पकड़कर हमें चलने में असमर्थ बना देंगे, बना दे रहे हैं। मैं निराश हूँ। इस किट्टकलुष प्रजा का संशोधन कठिन जान पड़ता है। सर्वत्र घुन लगा हुआ है। क्षुद्रता के अहंकार से यहाँ की प्रत्येक जाति जर्जर है। प्रत्येक सम्प्रदाय अन्तर्विदीर्ण है। छोटेपन में अहंकार का दर्प इतना प्रचंड होता है कि वह अपने को ही खंडित करता रहता है। भारतवर्ष की असंख्य छोटी इकाइयाँ अपने को खंड-विदीर्ण करती जा रही हैं। अन्तर्विदारी शक्ति इतनी तीव्र हो गई है कि यह आशा करना व्यर्थ है कि यह महादेश कभी किसी एक महान् आदर्श के लिए सीना तानकर खड़ा हो सकेगा। हमारी सामाजिक संहति दुर्बल है, विच्छेद-परम्परा प्रबल है, क्षुद्रता का बोझ भयंकर है। मैं व्याकुल होकर तुम्हारे पास पहुँचा हूँ। नहीं जानता, तुम इसे विषहीन बनाने में कहाँ तक समर्थ होगे। सारे पुराने चिन्तन और तत्त्वज्ञान इस शतच्छिद्र पात्र में व्यर्थ हो रहे हैं महाराज! कोई बड़ा आदर्श, अत्यन्त बड़ा आदर्श ही इसकी क्षुद्रता को झाड़ सकता है। मैं हतबुद्धि हूँ, मुझे कुछ सूझ नहीं रहा है। मैं शस्त्रयुद्ध की व्यर्थता समझ गया हूँ, क्षणिक जय-पराजय की कुहेलिका और रंगीन मिथ्याचारिता का रहस्य जान गया हूँ। मैं भविष्य देखकर चिन्तित हूँ महाराज!'

भयंकर गिरिकान्तारों को पार करता हुआ आ रहा हूँ। इस देश के निर्झरों से यही सुनता आ रहा हूँ कि विकट भविष्य आ रहा है। ऋषियों और धर्माचार्यों के पवित्र विचार डूबने जा रहे हैं, कवियों की मनोहर वाणी लुप्त होने जा रही है, क्षुद्रता का भार सबको डुबा देगा। सब डूब जाएगा, सब! अमोघवज्र ने इस्लाम के बारे में और भी कहा था, 'महाराज, अब तक यह क्रान्तिवाहक धर्म जहाँ-जहाँ गया है वहीं दबी हुई जनता ने हृदय खोलकर इसका स्वागत किया है, मन्त्र-मुग्ध की भाँति इसे अपनाया है। वाह्लीक और विहार (बलख और बुखारा) इसकी चपेट में आ गए हैं, असुरदेश इसके इंगित पर मदमत्त हो उठा है। इसके आगमन की सूचनामात्र से पारस्य तक की जनता भाव-विह्वल हो उठी है। पसन्द-नापसन्द की बात नहीं है, मैं तथ्य बतला रहा हूँ। यह इस देश में आया है तो तब तक रहने

के लिए आया है जब तक इससे अधिक प्रबल सामाजिक विचार नहीं आ जाता।'

उफनती नदियों की तरंग-लोल कलकल में मैं यही विकट गुंजार सुनता आ रहा हूँ। इसी के प्रतिरोध का उद्दाम संकल्प मुझमें अपार साहस भरता रहा है। मैं थका नहीं हूँ, क्लान्त नहीं हूँ, असाध्य-साधन का संकल्प लेकर चला हूँ। कोई महत्तर आदर्श चाहिए, कोई विराट् परिकल्पना। वही नहीं खोज पा रहा हूँ। केवल प्रतिक्रिया कितनी दूर साथ देगी? हे मेरे महान् देश की मिट्टी, शक्ति दो, शक्ति दो, शक्ति दो कि मैं इस देश की आत्मघाती मूढ़ता को कसकर आघात दे सकूँ; शक्ति दो कि मैं उस महान् 'एक' के मन्त्र का साधन जुटा सकूँ! कैसी विचित्र शक्ति रही है इस मिट्टी में! न जाने कितने युगों में बलदृप्त जातियों की कितनी दुर्वार धाराएँ यहाँ आई हैं, उनके रक्तरंजित चरणों की छाप अब भी देखने को मिल जाती है पर फिर वे सब 'एक' के महान् मन्त्र में दीक्षित हो गई हैं।

'कहाँ है वह मन्त्र, कहाँ है उसकी शक्ति?' अमोघवज्र की वाणी कानों के परदे पर बार-बार टकरा रही है, 'सब बदल जाएगा महाराज, सब बदल जाएगा। इस देश की जनता अपने पूर्वजों के नाम भी बदल देगी। यही सर्वत्र हुआ है, यही यहाँ भी होगा। अहिंसा और मैत्री के सिद्धान्त ताक पर रख दिए जाएँगे, अद्वैत और सर्वात्मबोध के मनोमोहक सिद्धान्त लुप्त हो जाएँगे। व्याकुल हूँ महाराज, बहुत व्याकुल हूँ। समाज की जड़ में ही घुन लग गया है। अजयमेरु का अभेद्य दुर्ग ढह गया, कान्यकुब्ज की दलपंगुर सेना कपूर की भँति हवा में मिल गई, कालिंजर की मदगर्वितवाहिनी बिखर गई, गौड़ कूलद्रुम की भाँति एक ही धक्के में भहरा गया। नाश, महानाश की विकराल लीला की बात सोचता हूँ तो हतबुद्धि हो रहता हूँ। एकमात्र तुम्हीं आशा हो। इस देश में केवल तुमने समझा है कि राजधानी राज्य नहीं होती, जनता ही वास्तविक राज्य होती है। रानी ने समझा था पर हाय, वे भी ढोंगी साधुओं के चक्कर में पड़ गईं। मिथ्या तपस्या का खोखलापन मैं जानता हूँ महाराज! उससे सावधान रहो। विद्याधर भट्ट इन ढोंगियों की सेना सजाकर देश का उद्धार करना चाहते हैं। नहीं महाराज, वे डुबा देंगे। उनसे बचो!'

अमोघवज्र की कातर वाणी से मेरे प्राण व्याकुल हो उठे थे। अमोघवज्र की वाणी ने मेरे अन्तरतर को झँझोड़ दिया था। मुझे अच्छी तरह याद है कि उस दिन मेरी शिराएँ झनझना उठी थीं। केवल रानी ने समझा था। हाँ, रानी ने समझा था। पर रानी कहाँ हैं? इतने विकट मार्गों से भागता आ रहा हूँ, रानी कहीं नहीं दीखीं। हाय देवि, तुमने जो महान् संकल्प किया था वह क्या समाप्त हो गया? कहाँ पड़ा रह गया वह कोटि-कोटि जीवों को जरा-मरण और रोग-शोक से मुक्त करने का महान् संकल्प! आओ देवि, इस अवसर पर और किससे आदर्श की याचना करूँ?

बादल घुमड़ते आ रहे हैं, काले बादलों के परत-पर-परत इकट्ठे हो रहे हैं।

शिव की जटा के समान फैली हुई शिवालक गिरि-शृंखला और भी काली हो गई है। घनघोर वर्षा होनेवाली है।

विद्याधर भट्ट पूरे उत्साह में हैं। मैं जब उनसे मिलने गया तो वे योगियों और संन्यासियों की सेना संगठित करने में जुटे हुए थे। योगियों ने उनका साथ दिया है। धर्म को रक्षा के नाम पर उनमें विकट उन्माद का संचार हुआ है। विद्याधर भट्ट को आशा है कि वे इनकी सहायता से समूची विन्ध्यमेखला को आक्रमण-केन्द्र बनाएँगे। वे और कुछ सुनना नहीं चाहते। अमोघवज्र की बातें सुनकर वे क्रुद्ध व्याघ्र की तरह तन गए थे। क्रोध-कम्पित स्वर में कहने लगे, ''ये बौद्ध सदा से इस देश का कोढ़ बने जी रहे हैं। जब कभी विदेशियों का आक्रमण हुआ है तो ये उनकी सहायता को दौड़ पड़े हैं। ये सदा विदेशियों को अपना त्राता मानते रहे हैं। हार-जीत की बात कायर सोचते हैं, महाराज! हमें इस देश की रक्षा करनी है—इसके समस्त दोष-गुणों के साथ। दोष मैंने भी देखे हैं, पर प्राण पूरे का बचाव चाहता है। प्राण समग्रता का धर्म है। सुधार फिर हो लेंगे, क्रान्तियाँ आती-जाती रहेंगी, पर जिसके रहे बिना कुछ भी नहीं रह जाएगा, वह है हमारा समाज। कुल और जाति की संकीर्णताओं और मिथ्या मूढ़-ग्राहों से मुक्ति पाने का प्रयत्न बाद में होगा। पहला काम पहले करना चाहिए। पहला कर्तव्य है प्राण-रक्षा। इस विषम संकट-काल में जिसने तुम्हारे चित्त में इस प्रकार का संशय उत्पन्न करना चाहा है, उसे मैं देश का शत्रु मानता हूँ। प्रथम उपचार उसका सिर उतार लेना था। तुम महाराज, निठल्ले तत्त्ववादियों के क्लीव विचारों के शिकार न बनो। इस समय झिझक छोड़ो। कसकर लोहा लेना है। लोहा लेना ही धर्म है। क्या होगा, इसकी चिन्ता करने के लिए यहाँ कायरों और क्लीवों की प्रचुर संख्या है। उन्हें छोड़ दो। अमोघवज्र ने अकर्मा अलस तत्त्वविलासियों की-सी बातें सुनाई हैं। उठो महाराज, ये बातें केवल आलसियों और अकर्मण्यों की थाती हैं। संशय हृदय की दुर्बलता का नामान्तर है। हम इस प्रकार सोचने के अभ्यस्त नहीं हैं। कसकर आघात करो। प्रत्येक चोट शत्रु को क्षीण बनाती है। प्रत्येक चोट का मूल्य है। कायर हिसाब किया करते हैं, वीर प्राणों की आहुति देते हैं।'

विद्याधर भट्ट की वह तेजोदृप्त मुद्रा याद आती है तो रोमांच हो आता है। कितनी आस्था है उनमें, कैसा दृढ़ संकल्प! अमोघवज्र ठीक कह रहे थे, विद्याधर भट्ट ठीक कर रहे हैं। यही अन्तर है।

अमोघवज्र ने बताया था कि सपादलक्ष प्रदेश में कोई राजा है—अशोक चल्ल।[24] वे बौद्ध भी हैं, शाक्त भी हैं। बौद्ध इसलिए कि वे बुद्ध के पवित्र स्थानों का जीर्णोद्धार कराते हैं, भिक्षुओं के विहारों को दान देते हैं और सद्धर्म के प्रत्येक सम्प्रदाय के संन्यासियों का सत्कार करते हैं, परन्तु भीतर से वे शाक्त हैं,

शक्ति-पूजा में ही उनकी सच्ची निष्ठा है। वे बुद्धगया आए थे, नालन्दा भी गए थे, सर्वत्र उन्होंने प्रचुर दान दिया है और जहाँ गए हैं वहीं तारादेवी का मन्दिर बनवा आए हैं। जहाँ मैदान में सरस्वती नदी का प्रवेश होता है वहाँ से कुछ और पश्चिम हटकर पंचवट प्रदेश है, वहीं उनकी राजधानी है। अमोघवज्र उनसे मिल चुके हैं। उनका विश्वास है कि अशोक चल्ल बौद्ध तीर्थों के विध्वंस से बहुत क्षुब्ध हैं। वे अवसर की प्रतीक्षा में हैं और उपयुक्त सहायता मिलने पर दिल्ली पर उत्तर की ओर से आक्रमण कर सकते हैं। उनकी सहायता ली जा सकती है।

विद्याधर भट्ट को अमोघवज्र की यह बात पसन्द आई। उन्होंने कहा, 'देखो महाराज, समय अब एकदम नहीं है। मैं विन्ध्यमेखला से आक्रमण करने को कृत-संकल्प हूँ। तुम अगर अनुमति देते हो तो बहुत अच्छा, नहीं देते हो तो मैं विद्रोह करूँगा। तुम यह मेरी तलवार लो और मेरा मुण्डपात करो। मैं रुक नहीं सकता। मरना तो है ही, तुम्हारे हाथों मर जाऊँगा तो अच्छा ही होगा। नहीं मारना चाहते तो आज्ञा दो। वृद्ध को रोको मत, या तो इसे मरण-यज्ञ में आगे बढ़ने की आज्ञा दो या फिर इसे स्वयं यमराज के द्वार पहुँचा दो। दीर्घकाल तक मैं धुँधुआता रहा हूँ। अब सहा नहीं जाता। मुझे जलने दो। मैं व्यर्थ की बकवासों में समय नष्ट करना नहीं चाहता। मेरे गुरु ने बताया था कि विद्याधर, यदि तेरा कोई साथ न दे तो भी तू उस लक्ष्य तक बढ़ने में हिचकिचा नहीं जिसे तूने ठीक समझ लिया है। निकल पड़ अकेला, निहत्था, निरस्त्र। रास्ता न सूझता हो तो अपनी पसलियों की ही मशाल जला ले। मगर रुकना नहीं, झुकना नहीं। बहुत दिनों तक मैंने गुरु की इस महावाणी की उपेक्षा की है। मृत्यु के द्वार पर आकर मैं इसकी उपेक्षा नहीं कर सकता। मैं धधक रहा हूँ महाराज, मैं जल रहा हूँ!'

उनकी इस बात से मेरी शिराओं का रक्त झनझना उठा था। मैं वृद्ध के महासंकल्प से प्रभावित हुआ। ऐसा लगा कि सहस्रों विद्युल्लेखाएँ रक्त में एकाएक घुस गई हैं। मैंने उन्हें वचन दिया कि मैं उत्तर की ओर से आक्रमण की व्यवस्था करने के लिए अशोक चल्ल के साथ व्यूह-रचना की तैयारी करने जा रहा हूँ। विद्याधर के वलीकुंचित मुखमंडल पर दीप्ति का उल्लास नाच उठा।

तब से मैं दौड़ता आ रहा हूँ। विन्ध्यमेखला के घने जंगलों के भीतर से, भरी नदियों और जलमग्न कान्तारों को पार करता हुआ मैं पूरब की ओर बढ़ता गया हूँ। नालन्दा, राजगृह, विक्रमशिला, संकीर्ण गिरिवर्त्म के पास उफनती गंगा और मिथिला के जलाप्लुत मैदानों को पार करके हिमालय के पाददेश तक पहुँचा हूँ और वहाँ से विकट पार्वत्य प्रान्तों को लाँघता हुआ आज सरस्वती की उद्गम-भूमि के निकटवर्त्ती बदरीवन के व्यास सरोवर पर आ खड़ा हुआ हूँ। पैरों में प्रभंजन का वेग बाँधकर मैंने यह विकट यात्रा की है।

वर्षा-ऋतु में कोई यात्रा के लिए नहीं निकलता। मैं निकल पड़ा हूँ। आज श्रावणी पूर्णिमा है। एक मास पूर्व आता तो द्वैपायन व्यास के इस पवित्र आश्रम का कुछ और ही दृश्य होता। आकाश घुमड़ा हुआ है। पर्वत-भूमि की इस घनघुम्भर छटा का क्या कहना है! बरसने लगता है तो ऐसा जान पड़ता है, ऊपर आकाश-रूपी महासरोवर का परदा ही फट गया है; गरजने लगता है तो ऐसा जान पड़ता है, दिशाएँ ही टूटकर चकनाचूर हो गई हैं। नीचे से ऊपर तक काले घने बादलों के परत-पर-परत जमते जा रहे हैं। आज जमकर बरसेगा। मेरा मन उदास हो गया है।

मैं अन्धाधुन्ध चलता गया हूँ। रास्ते में किसी दृश्य ने मुझे देर तक नहीं भरमाया है। मैंने इच्छाशक्ति और क्रिया-शक्ति की लगाम अपने हाथ में कसकर पकड़ी है। दृश्य आए हैं, मनुष्य मिले हैं, मैं दरेरा देकर आगे निकल गया हूँ, अर्थ समझने में समय नहीं नष्ट किया। मुझे ठीक पता नहीं कि मैं कितने दिनों तक चला हूँ। आज श्रावणी पूर्णिमा है। एक महीने से अधिक हो गया है, यह निश्चित है। थकान नहीं आई। रह-रहकर दो मूर्तियाँ मेरे मानस-पटल पर अनामन्त्रित आ जाती थीं—रानी और मैना।

रानी का रहस्य मेरी समझ में नहीं आया। अमोघवज्र सीधी बात को सीधी भाषा में कहने के अभ्यस्त हैं। उन्होंने कहा था, 'रानी हैं, पर मिल नहीं सकेंगी। मिल भी जाएँ तो तुम पा नहीं सकोगे।'

विचित्र बात है! आज व्यास मुनि के आश्रम में जबकि काले बादलों ने धरती और आकाश को एक कर दिया है, रानी की याद आ रही है। एक ऐसे ही सरोवर के तट पर किसी दिन कालिदास याद आए थे। गधैया-ताल की कहानी सुनकर रानी में एकदम परिवर्तन हुआ था। आज तक मैं ठीक नहीं समझ सका कि रानी में उस प्रकार के परिवर्तन का कारण क्या था। कालिदास वाग्देवता के दुलारे थे। और व्यास? व्यास कवियों के कवि हैं। आज उनके आश्रम में ही रानी की याद आ रही है। क्या पवित्र तीर्थों में जाने से सचमुच ऐसा पुण्य होता है कि मनुष्य की मनोकामना फलवती हो जाए? युग-युग से इस देश की जनता का ऐसा ही विश्वास है। इस व्यास-सरोवर में स्नान करने से पुत्र-कामना पूरी होती है, ऐसा विश्वास किया जाता है। पुत्र-कामना! मैंने कभी मन में ऐसी कामना नहीं की। अब तो कामना का प्रश्न ही नहीं है। पुत्र-कामना मन में हो भी तो अब सम्भावना कहाँ है?—लतायां पूर्व-लूनायां प्रसूनस्यागमः कुतः! लता ही नहीं रही तो फूल की आशा करना पागलपन है। व्यास-सरोवर में स्नान करना व्यर्थ है। रानी साथ होतीं तो सोचा भी जा सकता था।

अचानक आसमान काला हो आया। मैंने रानी की मूर्ति आकाश में देखी।

काले मेघों में, ध्यान से देखा, रानी की चिकुरच्छवि दिखाई दे रही है। हाय, बसन्त के पुष्पों की लक्ष्मी आज नील अवगुंठन में ढक गई है। रानी ही तो हैं! रानी-रानी! रानी स्पष्ट उड़ती हुई दिखाई पड़ीं। उनका आकाश-विलुण्ठित श्यामल अंचल पश्चिम तक फैला है। अस्त-व्यस्त चिकुर-जाल मेघों में विचित्र भाव से उलझ गया है। रानी की कान्ति क्या छिपाए छिप सकती है? नील अवगुंठन के घन-मेदुर आवरण का भेद करके विद्युत-शिखा की भाँति वह चमक रही है। रानी उड़ी जा रही हैं—पश्चिम से पूरब की ओर बड़े वेग से। देख रहा हूँ, रानी को देख रहा हूँ। बसन्त काल में फूलों में वे दीखी थीं, परन्तु आज वर्षाकाल में क्या विचित्र शोभा है उनकी! नीला अंचल और काला चिकुर-जाल आकाश में व्याप्त हो रहा है। देख रहा हूँ, पा नहीं रहा हूँ। रानी उड़ी जा रही हैं, उद्दाम वेग से। मैं चकित हूँ, मुग्ध हूँ। सुन रहा हूँ, 'महाराज, आँधी की तरह बहो, वज्र की भाँति टूटो, दावानल की भाँति जलो!'

जल रहा हूँ देवि, जल रहा हूँ। बड़वानल की भाँति जल रहा हूँ। अन्तरिक्ष और धरती के अवकाश को छापकर घनघोर वर्षा के बीच महासमुद्र ही खड़ा हो गया है, उसके भीतर जल रहा हूँ। बड़वानल की भाँति ही जल रहा हूँ। कहाँ जा रही हो देवि, थोड़ा रुको, थोड़ी देर बात करो! असहाय हो गया हूँ।

आओ देवि, द्वैपायन मुनि के इस आश्रम में आओ। रानी उड़ी जा रही हैं—नील-मेदुर अंचल और भी फैल गया है, घन-मेचक चिकुर-जाल और भी विस्रस्त हो गया है। रानी ही तो हैं! क्या कहा था देवि, 'पिंजड़ा भी तुम्हारा, चिड़िया भी तुम्हारी!' आज यह क्या देख रहा हूँ, पिंजड़ा भी गया, चिड़िया भी गई!

लहाछेह वर्षा हो रही है। व्यास-सरोवर छककर रस पी रहा है। बादल घुमड़-घुमड़कर बरस रहे हैं। बिजली लरज-लरजकर चमक रही है। सबने रानी की छवि चुरा ली है। रानी सर्वत्र दीख रही हैं, खंड-खंड होकर।

पीछे से किसी के हाथों का स्पर्श अनुभव हुआ। कोई कन्धा पकड़कर झकझोर रहा है।

"भीग क्यों रहे हो महाराज! चलो कुटिया में।"

पीछे घूमकर देखता हूँ—सीदी मौला हैं। आपादमस्तक कम्बल से लिपटे हुए सीदी मौला!

क्षण-भर तक पथराई आँखों से देखता रहा। विश्वास ही नहीं हो रहा था। सीदी मौला ठठाकर हँसे, "क्या देख रहे हो? सीदी मौला हूँ, तुम्हारा पुराना मित्र! भूल गए क्या?"

सीदी मौला!

सचमुच सीदी मौला ही हैं। मैना ने एक दिन कड़ककर सीदी मौला की

ज्ञान-गम्भीर वार्ता को बकवास कहा था। कहा था, 'इन निठल्लों की बात में समय नष्ट करना व्यर्थ है।' जो नहीं कही थी वह बात उसकी कुटिल भृकुटियों और तनी हुई ललाट-रेखाओं से चू पड़ी थी—ठीक सीदी मौला के मस्तक पर। वह बात सीधी थी, परन्तु इतनी वेगवती कि सीदी के मस्तिष्क की गहराई में चुभ गई थी, 'तुम दायित्वहीन भगोड़े ठूँठ लोग समाज का नाश कर रहे हो।' उस दिन सीदी मौला ने पहली बार हार मानी थी। वे चुपचाप उठकर अन्तर्धान हो गए थे। उसके बाद बहुत कुछ घटित हुआ। सीदी मौला आज दिखाई दिए। उस दिन मैंने सोचा था, सीदी मौला बुरा मान गए, कदाचित् फिर नहीं मिलेंगे। आज ऐसे अचानक मिल गए तो आश्चर्य हुआ। जीवन के हर मोड़ पर ये मिल जाते हैं। यहाँ मिले हैं तो कुछ निश्चय ही विधि-विधान का संकेत लेकर।

सीदी मौला मुझे घसीटकर अपनी कुटिया में ले गए। वहाँ आग जल रही थी। मैंने हाथ-पैर सेंके, कपड़े सुखाए और आश्वस्त होकर उनके सामने बैठ गया। इस बीच सीदी मौला कुछ और ही कामों में व्यस्त थे। उन्होंने खरल उठाया, उसमें देर तक कुछ रगड़ा, फिर उसमें पानी डाला। थोड़ी देर तक उसे आग के पास रखकर गरम किया। फिर बोले, 'पी लो महाराज, तुम्हारी क्लान्ति दूर हो जाएगी।'

मैं पी गया। क्षण-भर में शरीर और मन में विचित्र स्फूर्ति आ गई। ऐसा लगा, मेरा शरीर अब स्वस्थ हो गया है, मन में नई उमंगें लहराने लगी हैं। सीदी मौला थोड़ी देर तक चुपचाप एकटक मेरी ओर देखते रहे। क्या देख रहे थे? पता नहीं, कदाचित् वे मेरे ललाट की भाग्यलिपि पढ़ रहे थे।

फिर उन्होंने स्वयं मौन भंग किया। बोले, "मुझे यहाँ पर देखकर तुम्हें आश्चर्य हुआ न महाराज?"

मैंने विनीत भाव से उत्तर दिया, "थोड़ा आश्चर्य तो हुआ, पर फिर सोचा रमते राम लोगों के लिए इसमें नया क्या है।"

सीदी मौला हँसे, पर यह हँसी फक्कड़ों का ठहाका नहीं थी, जैसे कहीं कुछ धारा में रुकावट आ गई हो; बोले, "लेकिन तुम्हें यहाँ देखकर मुझे बिलकुल आश्चर्य नहीं हुआ। मैं तुम्हारी प्रतीक्षा ही कर रहा था।"

सीदी मौला मेरी प्रतीक्षा कर रहे थे? मुझे इस बार सचमुच आश्चर्य हुआ। मेरे इधर आने की बात तो किसी को मालूम नहीं। केवल विद्याधर भट्ट जानते हैं और हो सकता है कि उन्होंने अपने पट्टशिष्य बोधा प्रधान को भी बताया हो। पर सीदी मौला को यह बात कैसे मालूम हो गई? आश्चर्य से मेरी आँखें फैल गईं। मेरे मन में यह आशंका भी उत्पन्न हुई कि जब बात सीदी मौला तक पहुँच चुकी है तो हो सकता है शत्रु-पक्ष को भी मेरे इधर आने का पता चल गया हो। यह कैसा विचित्र संयोग उपस्थित हुआ? सीदी मौला मेरे मुख की ओर उसी प्रकार

ताकते रहे, मानो मेरे भीतर चलनेवाले अन्तर्द्वन्द्व को पढ़ रहे हों। सीदी मौला की कौड़ी-जैसी आँखें दूसरी ओर फिरीं। बोले, "क्या सोच रहे हो महाराज? यही न कि मुझे कैसे मालूम हुआ कि तुम इधर आ रहे हो। बताऊँ? सुनोगे?"

फिर बिना रुके उपसंहार करते हुए बोले, "मैं जानता था।" और ठठाकर हँस पड़े। थोड़ा रुककर बोले, "बोधा प्रधान इधर आ गए हैं और आवश्यक तैयारी कर चुके हैं। अशोक चल्ल से तुम्हें पूरी सहायता मिलेगी। तुम्हें आश्चर्य होता होगा कि मैं कैसे इस व्यूह में आ फँसा! कर्मचक्र है महाराज, किसी को नहीं छोड़ता। मैं न तुम्हारा मित्र हूँ, न शत्रु। दिल्ली के बादशाह का भी मैं न मित्र हूँ, न शत्रु। वह मुझे अकारण शत्रु मानने लगा। कहता है मैं ताँबे को सोना बनाकर दरबारियों को देता हूँ, इस प्रकार उनके लिए विद्रोह करने का साधन प्रस्तुत करता हूँ। ऐसी बात कभी तुमने सुनी है महाराज? लेकिन दिल्ली का बादशाह ऐसा ही मानता है। मुझे हाथी के पैरों से कुचलवा देगा। इस बार तो नहीं कुचलवा सका। आगे की कौन जानता है! मैं कहता हूँ बाबा, तू अपनी क्यों नहीं देख रहा! कौन जाने तू कब कुचल जाएगा! बड़े बादशाह से क्यों नहीं डरता? सुनता कौन है!

"अब नए सिरे से मेरा एक अपराध यह बताया जाता है कि मैंने तुम्हारी सहायता की है। सो पहले तो अप्रत्यक्ष रूप से शत्रुता का कार्य करता था, अब अप्रत्यक्ष रूप से शत्रु ही बन गया हूँ। मुझे मार डालता कोई बात नहीं थी। न जाने कितनों ने कितनी बार मुझे मारने का प्रयत्न किया है, मार नहीं सके। हर बार उनके बुलाने से मृत्यु नहीं आई, हर बार मुझे निगल जाने का साहस उसे नहीं हुआ। मारनेवाले हर बार मृत्यु से छोटे सिद्ध हुए, सीदी मौला हर बार मृत्यु से बड़ा साबित हुआ। अब दिल्ली का बादशाह मारने चला है। नहीं मार सकोगे बाबा, क्यों अकड़ रहे हो! अपनी चोटी के बालों को देखो, काल कसकर पकड़े हैं। पर सुनता कौन है! मुझे मारते तो पत्ता भी नहीं हिलता। निहंगों के लिए रोनेवाला कौन पड़ा है! पर उसने उन लोगों पर अत्याचार शुरू किया है, जो मेरे पास आया करते थे। भोली-भाली स्त्रियों और निरीह बच्चों तक को उसने जलती सँड़ासियों से बेधा है। मेरा मन भी विचलित हुआ है। हाय, इन गरीबों ने क्या किया था।"

देखता हूँ, पत्थर भी पसीजता है। सीदी मौला के फक्कड़ाना चेहरे पर विषाद का धूम छा गया। बोले, "उस तीन बरस की भोली बच्ची को माँ की गोद में रखकर छेद डालने की क्या आवश्यकता थी? अब भी ये सब अत्याचार कहाँ समाप्त हुए हैं! सैकड़ों कारागार में पड़े हुए हैं। यह क्या हो रहा है! मैं अपराधी हूँ तो मुझे मारो बाबा! इस भोले, निरीह, निरपराध बच्चों ने और भले घर की

बहू-बेटियों ने क्या अपराध किया था, इन्हें क्यों सता रहे हो? महाराज, मैं भागकर नहीं आया हूँ। मैं उन्हें छुड़ाने का संकल्प लेकर चला हूँ। बोधा मुझे मार्ग में मिल गए थे। उन्होंने आश्वासन दिया कि वे मेरी सहायता करेंगे। जीवन में पहली बार मैं माया से विचलित हुआ हूँ। बोधा जैसे मनुष्य को मैंने पहली बार अपना सच्चा मित्र माना है। बोधा के कहने से ही यहाँ तुम्हारी प्रतीक्षा कर रहा था। मैं जानता था कि पंचवट जाने के लिए तुम्हें यहाँ आना ही पड़ेगा। यहाँ का काम तो बना-बनाया है। मैं अशोक चल्ल से मिल चुका हूँ। वे आने ही वाले हैं।"

वर्षा हो रही है। आज जान पड़ता है, इन्द्र का जल-भाण्डागार उलट पड़ा है। घोर वर्षा हो रही है। मयूर मत्त हैं, सरोवर मगन है, सीदी मौला उदास हैं। भयंकर वर्षा है।

## [ 26 ]

बोधा प्रधान आए। उनके चेहरे पर सदा की भाँति एकरस शान्ति बनी हुई थी। उन्होंने मुझे बताया कि विद्याधर भट्ट की आज्ञा से वे इधर आए हैं, उनके साथ धीर शर्मा भी आ गए हैं, जो महाराज अशोक चल्ल को अपनी विद्वत्ता से मुग्ध कर चुके हैं और भाद्रपद की अष्टमी को होनेवाली शिवा-बलि के अनुष्ठान के पौरोहित्य में नियुक्त हुए हैं।

सीदी मौला ने सुना तो ठठाकर हँस पड़े। बोले, "बोधा प्रधान ने अशोक चल्ल का उपयुक्त साथी जुटा दिया है। चल्ल भी बौड़म है, अपनी बुद्धि पर उसे कम आस्था है और सियारों की सूझ-बूझ पर अधिक। कहता है, जब तक देवी का आदेश प्राप्त नहीं हो जाएगा, तब तक कुछ वचन नहीं दे सकता। बोधा ने धीर शर्मा को जोत दिया है। धीर शर्मा श्लोक-पर-श्लोक ठोंकता जाता है और अशोक चल्ल हाथ जोड़कर भक्ति-गद्‌गद होकर सुनता जाता है। अच्छे बौड़मों का मिलन हुआ है! महाराज, अगर अशोक चल्ल तुम्हारे अनुकूल हुआ तो बोधा प्रधान की बुद्धिमानी के कारण नहीं, बल्कि धीर शर्मा की मूर्खता के कारण होगा। जानते हो महाराज, देवी का आदेश कैसे प्राप्त होगा? शृगालियों के माध्यम से!"

सीदी मौला के चेहरे पर फक्कड़ाना हँसी छा गई थी। पर बोधा ने उधर ध्यान नहीं दिया। शान्त भाव से बोले, "यहाँ से कोई दो योजन पर तारा देवी का मन्दिर है। आजकल अशोक चल्ल वहीं व्रत कर रहे हैं। महाराज को वहीं चलना होगा। अशोक चल्ल ने हाथ जोड़कर प्रार्थना की है कि महाराज के स्वागत के लिए उपस्थित नहीं हो सकने का अपराध मार्जित हो। अनुष्ठान-विधि के अनुसार

उनका वहीं रहना आवश्यक है।"

मैंने शिवा-बलि के बारे में सुन रखा था, पर कभी अनुष्ठान देखा नहीं था। बोधा के साथ तारा-मन्दिर जाने को तुरन्त प्रस्तुत हो गया। रास्ता अच्छा था, केवल बीच-बीच में वर्षा का पानी जमा हुआ था। दिन-भर चलकर जब हम मन्दिर के पास आए तो सूर्य अस्तगिरि पर जाने की तैयारी कर चुका था। तब भी थोड़ी-थोड़ी धूप थी, परन्तु उसमें तीव्रता एकदम नहीं थी। सामने एक नदी थी जो तीव्र वेग से बह रही थी। पहाड़ से मैदान में उतरनेवाली नदियों में एक प्रकार की घरघराहट की ध्वनि होती है। इसीलिए लोग प्रायः उन्हें 'घर्घर' कहा करते हैं। बोधा प्रधान ने बताया कि इस नदी को भी यहाँ के स्थानीय लोग 'घग्घर' ही कहते हैं। हमें यह नदी पार नहीं करनी पड़ी। इसके पूर्वी किनारे पर ऊँची पर्वत-शृंखला थी। उस पर एक चौड़ी पगडण्डी थी जो वर्षा ऋतु में अनायास ही उग आनेवाली घासों से ढक जाने पर भी स्पष्ट दिखाई देती थी। उसी से ऊपर उठकर हम उस पर्वत की काली-सी दीखनेवाली चोटी पर पहुँचे जहाँ तारा देवी का छोटा-सा मन्दिर था।

मन्दिर के चारों ओर एक छोटा-सा प्रांगण था, जिसे अनगढ़ पत्थरों के ढोकों से घेर दिया गया था। आँगन के भीतर दमनक पुष्पों की क्यारियाँ थीं। जहाँ पगडण्डी प्रांगण से मिलती थी वहीं एक द्वार था। द्वार से ही एक सोता बहता दिखाई देता था जो पश्चिमोत्तर कोण की ओर मुड़ गया था। एक बड़े-से पत्थर से एक संक्रम (पुल) बना लिया गया था जो बहुत कुछ कामचलाऊ-सा ही था। धीर शर्मा द्वार पर ही मिल गए। धौत वस्त्र के ऊपर उन्होंने एक लाल उत्तरीय ओढ़ रखा था। उनका यज्ञोपवीत भी लाल था। वे सावधानी से दमनक पत्र चुन रहे थे। मुझ पर दृष्टि पड़ते ही वे उल्लास से चंचल हो उठे। दमनक पत्रों के दोनों को उन्होंने सावधानी से एक गुल्म पर रख दिया; फिर दोनों हाथ उठाकर चिल्ला उठे, "जय हो, महाराजाधिराज सातवाहन की जय हो!"

बोधा प्रधान ने इंगित से कहा, "धीरे!" मगर धीर शर्मा को इतनी सावधानी पसन्द न थी। वे कुछ संयत तो हुए, पर बहुत अधिक नहीं। पोपले मुँह से, उल्लास गद्‌गद भाव से बोले, "प्रतपतु चन्द्रवपुनरिन्द्रचन्द्रः!"

धीर शर्मा को प्रसन्न देखकर मुझे बड़ी प्रसन्नता हुई। मैंने हाथ जोड़कर उन्हें प्रणाम किया।

धीर शर्मा बोले, "आज शुभ दिन है महाराज! दमनक लता परिवेष्टित मातृमन्दिर में आपका स्वागत है। दमनक माँ तारा का दुलारा पौधा है। 'दक्षिणामूर्ति संहिता' में कहा है :

*"कामनेत्रसमुद्‌भूत रतिनेत्रजलाप्लुतः।*
*ऋषिगन्धर्वसिद्धानां विमोहक नमोऽस्तुते।*[24]

"यह कामदेव के नेत्रों से उत्पन्न हुआ, रति की आँखों के जल से सींचा गया है। इसे स्वयं शिव ने सर्वसिद्धि-प्रदाता कहा है। इसके बिना तारा प्रसन्न नहीं होतीं। 'ज्ञानार्णव' में लिखा है :

*"दमनेन च यो मन्त्री वर्षमध्ये न पूजयेत्*
*तस्य सांवत्सरी पूजा दमनाय भविष्यति।*[25]

"अर्थात् जो मन्त्रसाधक कम-से-कम एक बार दमनक से देवी की पूजा नहीं करता, उसकी वर्ष-भर की पूजा व्यर्थ जाती है। 'महाकाल संहिता' में स्वयं शिव ने देवी को बताया है—'तस्य वर्षकृता पूजा व्यर्था भवति भामिनि!' 'वीरतन्त्र' में तो..."

बोधा प्रधान ने बीच में ही टोक दिया, "महाराज श्रान्त हैं आर्य!" 'वीरतन्त्र' की बात बीच में ही रुक गई।

धीर शर्मा ने व्याकुल भाव से कहा, "हाँ-हाँ, महाराज, इस निर्झर में से थोड़ा-सा जल लेकर मार्जन कर लें। यह माँ तारा के चरणों को पखारता हुआ बहता है, 'वज्रतारा माहात्म्य' में लिखा है :

*"तारा वामांघ्रिमाघ्राय स्रोतो झर्झरसंज्ञकम्।*
*नित्यं वहति यद्देवि श्रान्तिक्लांतिहरं नृणाम्॥*

"यही झर्झर स्रोत है महाराज! माँ के बाएँ चरण को यह बारह महीने धोता रहता है। आश्चर्य है महाराज, माँ के चरणों के नीचे दबे हुए शव को यह बिलकुल नहीं छूता। यद्यपि माँ के दक्षिण चरण से ही शव दबा हुआ है और बायाँ पैर ऊपर है तथापि वह बाएँ पैर को छूकर ही बहता है। 'ब्रह्म संहिता' में कहा है न महाराज :

*"ज्वलत्पावकज्वालजालातिभास्वत्*
*चितामध्यसंस्थां सुपुष्पां सुखर्वाम्।*
*शवं दक्षपादेन कण्ठे निपीड्य*
*स्थितां वामकेनांघ्रिणांघ्रिं निपीड्य।*

"उसी नीलतारा भगवती का यह मन्दिर है। उन्हीं के वाम चरणों का प्रक्षालन करनेवाला यह झर्झर स्रोत है। समस्त मानसिक और शारीरिक क्लान्ति को दूर करने की सामर्थ्य इसमें है। धन्य हो माता :

*"शरीरेण दूर्वादलश्यामरागैःकृतं चारुयज्ञोपवीतं दधानाम्।"*

बोधा ने फिर बाधा दी, "आर्य, महाराज अशोक चल्ल को समाचार देना चाहिए।"

धीर शर्मा को एकाएक ध्यान आया, "अवश्य, अवश्य, महाराज तब तक मार्जन कर लें, मैं अभी उन्हें समाचार देता हूँ।" फिर 'सतां सद्भिः संगः कथमपि हि पुण्येन भवति' कहकर वे जल्दी-जल्दी मन्दिर की ओर चले गए।

बोधा प्रधान की सहायता से मैंने झर्झर स्रोत के पवित्र जल से मार्जन किया। पानी सचमुच ही क्लान्तिहर जान पड़ा। उस समय पर्वत-चूड़ा पर सन्ध्या-काल की अरुण आभा उतर आई थी। दिन-भर के थके पक्षी निस्तब्ध भाव से अपने घोंसलों में जाने लगे थे। सामने काली ऊँची गिरिशृंखला के शृंगदेश में चिपके हुए छुटपुट बादलों पर अरुण आभा झलक उठी थी। ऐसा जान पड़ता था कि पर्वतराज ने भी भगवती नीलतारा की उपासना के लिए लाल-लाल उत्तरीय धारण कर रखा है। मेरा मन एक विशेष प्रकार की गरिमा से भर उठा। ऐसा जान पड़ा, मानो कुछ अन्तरतर को आलोड़ित-मथित कर रहा है। इसका कारण ठीक समझ नहीं सका। दमनक पत्रों की भीनी-भीनी सुगन्धि चित्त को विचित्र भाव से अभिभूत कर रही थी।

पता नहीं क्या हुआ कि मैंने सामने नीलतारा को प्रत्यक्ष देखा। स्वप्न वह नहीं था, इतना मैं निश्चित रूप से कह सकता हूँ। मैं जाग रहा हूँ, सोच रहा हूँ, समझ रहा हूँ, प्रत्यक्ष दर्शन कर रहा हूँ। नीलतारा की मूर्ति अतीव खर्व थी। धधकती चिता की भास्वर ज्वाला में दाहिने पैर से शव को दबाकर बाएँ पैर से दाहिने पैर को लपेटकर वे खड़ी थीं। अपूर्व थी वह शोभा! नीलमणि से गढ़ी हुई-सी, नीलोत्पल के रस से सींची हुई-सी, दूर्वादल की नीलमेदुर कान्ति से सँवारी हुई-सी वह दिव्य मूर्ति लाल लपटों से घिरी थी। वक्षोदेश पर पचास मुंडों की माला लटकी हुई थी, बाएँ कन्धे पर काले नाग का यज्ञोपवीत पयोधरों के मध्य भाग में चिपटकर दाहिनी ओर की मेखला पर झूल पड़ा था, उसे व्याघ्र-चर्म का आच्छादन बिलकुल ढक नहीं पा रहा था। ललाट देश पर अद्भुत शोभा थी क्योंकि त्रिकुटी के ऊपर तिरछी चन्द्रकला शोभित हो रही थी। देवी की जटाएँ पिंगल वर्ण की थीं और केश एक-दूसरे से उलझकर एकाकार वेणी के रूप में गुँथ गए थे। चन्द्रकला के बीच में लाल रोली का टीका इस प्रकार शोभित हो रहा था मानो बाल चन्द्रमा की गोद में मंगल बैठा हो। कानों में जो कुंडल था उसमें नाग का छन्द था। देवी के एक हाथ में नीलकमल था, दूसरे में कपाल, बाकी दोनों हाथों में कर्त्तरी और करवाल शोभित हो रहे थे। यह वेश जितना ही प्रचंड था उतना ही मनोहर। नीलोत्पल दल के समान श्यामल-मनोहर मुख से सुधा-स्निग्ध हँसी झर रही थी।

मैं प्रत्यक्ष नीलतारा का दर्शन पाकर अपने को कृतकृत्य अनुभव कर रहा था। मुग्ध, चकित, अवाक् होकर मैं स्तब्ध हो रहा। मुझे पता ही नहीं चला कि कब महाराज अशोक चल्ल पधारे, कब उनके राज-पुरोहित ने मुझे त्रैलोक्य-विजयी होने का आशीर्वाद दिया और कब मैं मन्दिर के प्रागंण में उनके साथ प्रविष्ट हुआ।

कब मैं एक छोटे-से साफ-सुथरे घर में ले आया गया, इसका मुझे बिलकुल पता न चला। परन्तु फिर भी, मैं निःसंज्ञ नहीं था। मैं एक ही मूर्ति निरन्तर देखता रहा—भास्वर चिताज्वाला में स्थिर भाव से विद्यमान शव पर प्रत्यालीढपदा मुद्रा में विराजमान खर्वकाया यौवनोद्दीप्ता मुण्डमालाधारिणी नीलतारा। मैं जिधर देखता हूँ उधर एक ही मूर्ति दिखाई दे रही है। क्या मैं सम्मोहित हूँ? मनसा अभिभूत हूँ? निस्संज्ञ हूँ? ऐसा तो नहीं लगता। यह देवी-मूर्ति कितनी प्रचण्ड है! उसके अंग-अंग से क्रिया-शक्ति उच्छल हो रही है। सारी मूर्ति स्फूर्तियों से खींचकर, उल्लास से तराशकर, ऊर्जाओं से कसकर विद्युत्-शिखाओं से धोकर बनाई जान पड़ती है। तीन नेत्रों से ज्योति-सी बरस रही है। यह क्या पौरुष शक्ति का नारी-विग्रह है? मैं हैरान हूँ। मुझे क्या इस मूर्ति ने ग्रस लिया है? क्या हो गया है मुझे? सामने जो नीलगिरिश्रृंखला दीखी थी, वह भी इस मूर्ति से आच्छन्न हो गई। आगे-पीछे दाएँ-बाएँ सर्वत्र उग्रतारा की नीलमेदुर मूर्ति! मेरा आनन्द-विह्वल भाव क्रमशः भय में बदलता गया। मैंने कुछ अनावश्यक बल देकर पुकारा, "बोधा प्रधान!"

"आज्ञा हो धर्मावतार!" बोधा ने कहा।

"यह सब क्या है? मुझे क्या हो गया है?"

"क्या हुआ धर्मावतार? सब ठीक ही तो है।"

"मैं चारों ओर भगवती नीलतारा को ही देख रहा हूँ, मुझे और कुछ भी नहीं दिखाई दे रहा है। मैं तुम्हें भी नहीं देख पा रहा हूँ। देखो, मेरा मस्तिष्क विकृत तो नहीं हो गया?"

बोधा के स्वर में थोड़ी व्याकुलता का भाव दिखाई दिया। बोले, "कुछ विकार तो नहीं दीख रहा है महाराज! धीर शर्मा को बुलाऊँ?"

"बुलाओ।"

धीर शर्मा आए। प्रसन्न गद्गद वाणी में बोले, "सत्पात्र देखकर माँ तारा प्रसन्न होती हैं। अहा, महाराजाधिराज को प्रत्यक्ष दर्शन दिया है माता ने! कैसा देख रहे हैं महाराज? 'नीलतन्त्र' में कहा है :

*"प्रत्यालीढपदां घोरां मुंडमालाविभूषिताम्।*
*खर्वा लम्बोदरीं भीमां व्याघ्रचर्मावृत्तां करौ॥*

"ऐसा ही रूप है न महाराज?"

"हाँ।"

धीर शर्मा अब 'मन्त्रचूड़ामणि' का श्लोक बोलते जा रहे थे :

*"पीनोन्नत पयोभागां रक्तवर्तुललोचनाम्।*
*ललज्जिह्वां महाभीमां दंष्ट्रा कोटि-समुज्ज्वलाम्॥*
*नीलोत्पल वसन्मालां बद्धजूटां..."*

अधीर भाव से बोधा प्रधान ने कहा, "महाराज आशंकित हैं आर्य! कुछ उपचार अपेक्षित है।"

धीर शर्मा ने मेरे सिर पर हाथ फेरा और देवी के चरणोदक का छींटा आँखों पर मारकर बोले, "आशंकित होने की क्या बात है? भगवती का अनुग्रह है। आते ही उन्होंने महाराज को अपूर्व दर्शन दिए : अव्याक्षेपो भविष्यन्त्याः कार्यसिद्धेर्हिलक्षणम्। समस्त सिद्धियाँ आज दासी हो गईं।"

आँखों में देवी के चरणोदक के स्पर्श से तरावट आई। परन्तु तब भी नीलमूर्ति आँखों के सामने बनी रही। धीर शर्मा ने आश्वस्त करते हुए कहा, "कोई चिन्ता नहीं महाराज, माँ की माया है, उन्हीं का ध्यान करें।" और मृदु भाव से आँखों पर हाथ फेरते हुए बोले :

*"हासव्याजविराजमानकुसुमां वक्षोजराजत्फलाम्*
*उद्यतकुन्तल कैतवं प्रविलसन्मत्तालिमालाकुलाम्।*
*स्थाणुस्थां रमणीय नूपुरकृतांवालामपर्णामिहं*
*काञ्चित् कल्पलतां नमामि ललितां शैलाधिराजोद्गताम्॥"*

धीर शर्मा बराबर मेरे ललाट पर हाथ फेरते जा रहे थे। फिर मुझे निद्रा-सी आ गई है। बोधा और धीर शर्मा पास ही बैठे रहे। मुझे कैसी निद्रा आई थी, कह नहीं सकता। मैं अनुभव कर रहा था कि मैं सो गया हूँ, परन्तु बोधा और धीर शर्मा की फिसिर-फिसिर स्पष्ट सुन रहा था। मूर्ति अब नहीं दिखाई दे रही थी, लेकिन उसकी आभा अब भी झलक रही थी। उसे पूर्ण रूप से विलीन होने में देर लगी। धीर शर्मा बहुत दबे स्वर में कह रहे थे, "सिद्धपीठ है भाई, मैं आया था पहली बार, तो मुझे ऐसा ही दीख रहा था। तुम्हें कुछ नहीं दीखा था प्रधान?"

"दीखा भी था और नहीं भी दीखा था।"

"सो कैसे?"

"मैं शंकालु हूँ आर्य। प्रत्येक बात में सन्देह करता हूँ। प्रथम बार मैं जब यहाँ आया तो मुझे बहुत कुछ वैसा ही दीखने लगा जैसा महाराज बता रहे हैं। मैंने तुरन्त इसे किसी सम्मोहन का अभिचार समझ लिया। जितनी ही मुझे वह मूर्ति दीखती थी; उतनी ही दृढ़ता से मैं किसी दिखानेवाली की बात सोचता था। अन्त में तारा मूर्ति दिखानेवाले के रूप में बदल गई और फिर बाद में वह दिखानेवाला भी तिरोहित हो गया।"

"कैसा था वह?"

"मैं उस आदमी की खोज में हूँ। वह बड़ा मोटा-सा क्रूर दृष्टिवाला साधु है। उसकी आँखें जुगनू की तरह चमकती रहती हैं, उसके गले में हड्डियों की माला है। उसके ललाट पर लाल चन्दन की बिन्दी है। मुझे वह बहुत धूर्त जान पड़ता है।"

"आश्चर्य है!"

"कुछ आश्चर्य नहीं है। महाराज अशोक चल्ल श्रद्धालु हैं, उन पर वह इस प्रकार के जादू का प्रयोग करता रहता है। पर देखिए।"

बोधा ने कुछ इस प्रकार से बात की मानो उन्होंने उस आदमी को कुछ दंड देने का निश्चय कर लिया हो। धीर शर्मा ने पूछा, "मगर उसका उद्देश्य क्या है?"

बोधा बोले नहीं, चुपचाप एक 'हुँ' करके रह गए। देर तक दोनों मौन बैठे रहे। मुझे भी अब शान्ति मिलने लगी। कुछ देर बाद नीलमूर्ति की आभा भी तिरोहित हो गई। मैंने आँखें खोलीं। अब सब कुछ शान्त दीखने लगा। धीर शर्मा आश्वस्त हुए। उन्होंने एक बार फिर देवी का चरणोदक दिया। इसी समय राजपुरोहित भी आ गए। उन्हें पहली बार मैं देख नहीं सका था। बड़े ही सौम्य-मनोहर दीख रहे थे।

आशीर्वाद देने के बाद उन्होंने कहा, "राजाधिराज अशोक चल्ल ने कुशल पूछा है और कहा है कि महाराज कुछ चिन्ता न करें, इस सिद्ध पीठ में माँ तारा इस प्रकार का अनुग्रह करती ही रहती हैं। यह उनकी प्रसन्नता का संकेत है। इससे चिन्तित होने की आवश्यकता नहीं है। महाराज की यदि इच्छा हो तो आज आधी रात की बलि के बाद, शिवाओं (शृगालियों) के संकेत में, गुप्त रूप में, राजाधिराज अशोक चल्ल के साथ चल सकते हैं।"

राजपुरोहित की बात पूरी तरह से समझ में तो मुझे नहीं आई, पर मैंने स्वीकार कर लिया। राजपुरोहित ने धीर शर्मा और बोधा प्रधान को भी इसी प्रकार का निमन्त्रण दिया। उनके चले जाने के बाद मैंने धीर शर्मा से पूछा कि यह कैसा अनुष्ठान है। धीर शर्मा ने शास्त्र-वाक्यों के लम्बे उद्धरणों के साथ जो कुछ कहा उसका भाव मैंने यह समझा कि भगवती नीलतारा की पूजा समाप्त हो जाने के बाद निर्जन अरण्य में शिवाओं (शृगालियों) को मांस-खंड की बलि दी जाती है। वहाँ साधक छिपकर अपनी मनोकामना के भावी फल की सूचना पाता है। यह नैमित्तिक विधि है। 'कुल-चूड़ामणि' में तो कहा है कि सन्ध्या समय श्मशान में बिल्व वृक्ष के नीचे यह अनुष्ठान करना चाहिए, किन्तु 'महाकाल-संहिता' में निर्देश है कि यह रात के समय किया जाना चाहिए। यहाँ का अनुष्ठान इसी

'संहिता' के वचनों के अनुसार हो रहा है। अंगन्यास, प्राणायाम, जप आदि की विशेष विधियों के यथानियम सम्पन्न होने के पश्चात् साधक मद्य और मांस की बलि निर्जन में देता है और 'काली-काली' कहकर पुकारता है। उस समय महामाया स्वयं शृगाली के रूप में उपस्थित होती हैं। निमितज्ञ उस समय छिपकर बैठे रहते हैं और शिवा की गतिविधि का निरीक्षण करते हैं। यदि शृगाली मांस नहीं ग्रहण करती तो अशुभ होता है। ग्रहण करके वह यदि ईशान कोण की ओर मुँह करके रोदन करती हैं तो शुभ होता है। निमितज्ञ जानता है कि एक ही शृगाली आए तो काम्य कार्य की कैसी सिद्धि होती है, अनेक आएँ तो क्या होता है, किधर मुँह करके रोएँ तो क्या फल होता है, डरकर भाग जाएँ तो क्या होनेवाला होता है।

धीर शर्मा ने बड़ी श्रद्धा के साथ कहा, " 'महाकाल संहिता' में इसका बड़ा विस्तार है महाराज! इस अनुष्ठान से पता चल जाएगा कि क्या करना कर्तव्य है। शिवा साक्षात् शिवा होती है। उसकी तृप्ति अशेष फलदायिनी होती है। 'संहिता' कहती है :

*"महदैश्वर्यमाप्नोति निःशेषं भक्षयन्ति चेत्,*
*अर्द्धेतु मध्यमा सिद्धिरभक्षे तु बिपद्भवेत।"*[26]

धीर शर्मा 'फेत्कारिणी तन्त्र' के कुछ श्लोक बोलने ही जा रहे थे कि बोधा प्रधान ने उन्हें स्मरण दिलाया कि अनुष्ठान में जाने के लिए उन्हें सन्ध्या-वन्दन से निवृत्त हो लेना चाहिए। शास्त्र वाक्यों का सिलसिला टूट गया।

धीर शर्मा के जाने के बाद बोधा ने शान्ति की साँस ली। बोले, "बहुत आशा यहाँ नहीं दीखती, महाराज!"

बोधा से कुछ जान लेना कठिन है। दिन-भर साथ रहे, पर बोले एकदम नहीं। कुछ बोलते हैं तो तौलकर बोलते हैं। मैंने कुछ अधिक जानने के उद्देश्य से उनसे पूछ, "ऐसा क्यों कहते हो प्रधान?"

बोधा ने दीर्घ निःश्वास लिया। फिर बोले, "दो कारणों से महाराज! प्रथम तो यह है कि अशोक चल्ल का मन अभी स्थिर नहीं है। ये जय-पराजय, लाभ-हानि, शुभ-अशुभ की दृष्टि से देखते हैं। घर में कोई घुसकर मारपीट करने लगे, बहू-बेटियों का अपमान करने लगे तो इस दृष्टि से बात पर विचार नहीं किया जाता। वहाँ एकमात्र कर्तव्य हो जाता है, प्राणों का पण लगाकर शत्रु से जूझना। खेद है महाराज, बहुत खेद है मुझे, ये अशोक चल्ल इस बात को नहीं समझ पाते। मैं जानता नहीं कि भगवती नीलतारा शृगालियों के माध्यम से सचमुच कोई संकेत देती हैं या नहीं। पर देश की वर्तमान अवस्था में उनके संकेत की बात क्या

सचमुच ज्ञातव्य है? देवी क्या हमारे आवश्यक कर्तव्य में कोई और संकेत देंगी? यहाँ तो संकेत स्पष्ट है दूसरी बात यह है कि अशोक चल्ल का दुर्ग रक्षात्मक युद्ध के लिए तो ठीक है, पर उनकी छोटी सेना इस विशाल मैदान में खो जाएगी। आक्रमणात्मक युद्ध का विचार ही यहाँ व्यर्थ है।''

''फिर क्या सोचते हो?''

''आज के अनुष्ठान का परिणाम देख लिया जाए। मैं इस ओर से निराश हो चुका हूँ। यह सहायता मिल जाए तो अच्छा है, न भी मिले तो सोचना तो होगा ही।''

''क्या समझते हो प्रधान? यहाँ मेरा आना व्यर्थ होगा?''

बोधा प्रधान मुस्कराए। बोले, ''बिलकुल नहीं। आपको व्यर्थ ही भयंकर प्राण-संकट में डालने का प्रयास मेरे गुरुजी ने नहीं किया है। आपकी यात्रा की एक-एक विकट गति लाख-लाख गुनी शक्ति बनकर हमारी ओर लौटी है। गुरुजी कहते हैं कि अपने प्राणों को शुभ उद्देश्य के लिए संकट में डाल देने से बड़ी कोई पूजा नहीं होती। आप जितनी बार नदी में कूदे हैं, उतनी बार सहस्र-सहस्र शक्ति-धारा हमारे सैनिकों में उफनी है।''

फिर हँसते हुए बोधा प्रधान ने कहा, ''पगली मैना तो आपके संकटों की कल्पना से ही असाध्य-साधन के व्रत में जुट गई है। सच पूछिए तो महादुर्गा उधर ही मैना के विग्रह में उतरी हैं। भगवती नीलतारा यदि महाशिव की क्रियाशक्ति का विग्रह हैं तो मैना महाराज की क्रिया-शक्ति का विग्रह बनी हुई है।''

मैना! मेरी क्रिया-शक्ति!

बोधा प्रधान के साथ दिन-भर चलता रहा हूँ, हजार बार मैना मेरी चित्त-भूमि में आई है, हजार बार मैंने उसके बारे में पूछना चाहा है, पर वाणी रुद्ध हो गई है। सुन रहा हूँ, मैना कुछ कह रही है। क्या कर रही है? कहाँ है वह?

बोधा प्रधान चुप हैं। मैं और सुनना चाहता हूँ।

व्याकुल भाव से मैंने पूछा, ''मैना कहाँ है प्रधान?''

प्रधान की स्थिर दृष्टि में चांचल्य आया। बोले, ''मैना कभी आपको अरक्षित छोड़ सकती है?''

''क्या कहते हो प्रधान? मैना मेरी रक्षा कर रही है! कहाँ, कैसे?''

''शान्त हों धर्मावतार, कल ही कुछ पता चल सकेगा। अभी तो मैं भी विशेष कुछ बताने की स्थिति में नहीं हूँ। पर मैना चल पड़ी है। जल्दी-से-जल्दी वह आपकी सेवा में पहुँचना चाहती है। कुछ करके ही आएगी।''

''पहेली बुझा रहे हो प्रधान?''

''दास कभी ऐसा अपराध नहीं कर सकता है धर्मावतार!''

"साफ-साफ क्यों नहीं कहते?"

"जितना जानता हूँ वह इतना ही है महाराज! कल कुछ अधिक बता सकता हूँ।"

राजपुरोहित आए और बात वहीं रुक गई। मैना की मूर्ति आँखों के सामने घूम गई। वह चल पड़ी है! कहाँ के लिए?

## [ 27 ]

शिवा-बलि के अनुष्ठान में मैं सम्मिलित नहीं हो सका। उस रात को मेरा मन बड़ा ही चंचल हो उठा था। मुझे शारीरिक क्लान्ति उतना कष्ट नहीं दे रही थी, जितना मानसिक दुश्चिन्ता। इसका उपचार भी धीर शर्मा ने देवी के प्रसाद से ही किया। मुझे गाढ़ निद्रा आ गई। अर्द्धरात्रि को मुझे जगाना उचित नहीं समझा गया। दूसरे दिन काफी दिन चढ़ जाने के बाद मेरी आँख खुली। धीर शर्मा उदास-से खड़े थे। मेरे बारे में कुशल-प्रश्न पूछने के बाद उन्होंने संक्षेप में बताया कि कल क्या हुआ। कदाचित् उदास होने के कारण ही वे बहुत श्लोक नहीं बोल सके; थोड़े तो बोल ही गए। उन्होंने बताया, बलि के लिए दो शृगालियाँ आई थीं। उन्होंने बड़े प्रेम से बलि को ग्रहण भी किया। सारा आयोजन अनुकूल निमित्त ही सूचित कर रहा था। पर अन्तिम समय में कुछ दुर्निमित्त दिखाई दिया। राजा अशोक चल्ल ने कौपीन धारण करके हाथ में गन्ध-चन्दन-चर्चित पुष्प लिया। उनकी शिखा खोल दी गई। राजपुरोहित ने राजा की ओर से अत्यन्त क्षीण स्वर में 'महाकाल संहिता' के आठ श्लोकों के स्तोत्र का पाठ किया। जब उन्होंने पढ़ा :

*विस्रस्तचिकुरे चण्डि चामुण्डे मुण्डमालिनिः*
*संहारकारिणी क्रुद्धे सर्वसिद्धिं प्रयच्छ मे।*

तो एक शिवा ने मुँह उठाकर देखा और फिर बलि ग्रहण करने लगी। राजपुरोहित स्तोत्र-पाठ करते रहे। सातवाँ श्लोक था :

*अनुग्रहं कुरु सदा देवि, कृपया मां विलोकयः।*
*राज्यं प्रयच्छ विकटे, वित्तमायुःसुतान् स्त्रियम्॥*

ठीक इसी समय दोनों शृगालियाँ दक्षिण की ओर भाग गईं। यह दुर्निमित्त है। राजा अशोक चल्ल निराश हो गए हैं।

धीर शर्मा ने हताश स्वर में कहा, "अब क्या होगा महाराज?" वे मौन हो

रहे और उनकी सारी मनोवेदना मुखर हो उठी, "अब क्या होगा, अब क्या होगा?"

मैं कुछ विचलित हुआ। इसी समय बोधा प्रधान आए। उन्होंने धीर शर्मा का अन्तिम वाक्य सुन लिया था। उनकी आँखों में हलका-सा उल्लास था, बोले, "युद्ध होगा आर्य! अब विकट युद्ध होगा। शिवा ने यही कहा न कि अशोक चल्ल को राज्य नहीं देंगी। माँगता कौन है आर्य! हम राज्य के लिए युद्ध कर ही कब रहे थे! राज्य एक व्यक्ति को नहीं मिलेगा, मिलेगा तो पूरे देश को मिलेगा, नहीं मिलेगा तो किसी को नहीं मिलेगा। यही तो महाराज की इच्छा है। आप हताश क्यों हो रहे हैं? मुझे तो बड़े शुभ निमित्त का दर्शन मिला है। चिन्ता न करें आर्य, अशोक चल्ल चाहें या न चाहें, युद्ध होगा, विकट युद्ध होगा। मुझे शुभ संकेत मिले हैं। जय-पराजय की बात ही कहाँ उठती है!"

बोधा प्रधान आज असाधारण रूप से उल्लसित जान पड़ते थे। मुझे उनका एक-एक वाक्य अर्थपूर्ण जान पड़ा। उनके वक्तव्य ने मुझे प्रेरणा दी। मैं राज्य के लिए युद्ध करना नहीं चाहता था। रानी चाहती थीं रोग, शोक और भय से सारी मनुष्य जाति को मुक्त करना। मैंने उसका अपने ढंग से अर्थ कर लिया था। मैं चाहता था, प्रजा में आत्मबल का संचार। मैं विश्वास नहीं कर सकता था कि किसी रासायनिक औषध के बल पर यह काम हो सकता है, किन्तु रानी ऐसा ही विश्वास करने लगी थीं, वे अपने रास्ते चली गईं। विद्याधर भट्ट चाहते थे विदेशियों को युद्ध और कूटनीति के बल पर पराजित करना। हम तीनों के तीन लक्ष्य थे जो थोड़ी दूर तक एक रास्ते से चलने पर मिल जाते थे। इसी बीच मिले बोधा, विद्याधर भट्ट के अनुगत, मुझे सहायक समझनेवाले। मिली मैना, रानी की प्रिय सहचरी, पर उनकी साधना से एकदम असहमत। वह मुझे सहायक के रूप में नहीं ग्रहण करती। उसने न जाने कैसे और क्यों, अपने को मेरा रक्षक मान लिया। बाधा मैंने किसी को नहीं दी।

मुझे इन विभिन्न लक्ष्यों के यात्रियों को साथ लेकर चलना है। कभी-कभी मैं स्वयं अपना प्रतिवाद सिद्ध हुआ हूँ। रानी मुझसे भी अधिक सिद्ध हुई हैं। विद्याधर भट्ट दृढ़ हैं, बोधा दृढ़ हैं, मैना भी सुना है, दृढ़ हैं। विचित्र योग है! राजा और रानी दोनों ही स्वतोविभक्त हैं, जो लोग अपने को उनका अनुगत मानते हैं वे दृढ़ हैं।

लेकिन सौ धक्कों के बाद भी जो बात मेरे सामने बिलकुल स्पष्ट है, वह यह है कि देश का उद्धार युद्धों से नहीं होने जा रहा है। इसे आत्मबल चाहिए, ऐक्य चाहिए, कर्तव्य पर स्थिर रहने का मन्त्र चाहिए। सबसे बड़ी बाधा है—राजा की विचित्र कल्पना, झूठे कुलाभिमान का दम्भ, मिथ्या विश्वासों में धर्म-भावना। मुझे इस धर्म या उस धर्म के प्रति आस्था नहीं है। मैं चाहता हूँ, मनुष्य के भीतर

जो देवता स्तब्ध बैठा है, जो अन्याय के सामने नहीं झुकता, लोभ और मोह के प्रहारों से जर्जर नहीं होता, शताब्दियों से विरूप परिस्थितियों में भी चारित्र्य को, दया को, परोपकार को कसकर पकड़ने में आनन्दित होता है, उस देवता को उद्बुद्ध करना। शक्तिशाली होने पर दोष और बाधाएँ स्वयं परास्त हो जाएँगी।

पर मुझे रास्ता नहीं सूझ रहा है। युद्ध केवल साधन है, पर कैसा घृणित साधन है! मैं निरुपाय हूँ। इसी युद्ध के लिए सहायता माँगने मैं इतनी दूर आया हूँ। परन्तु युद्ध तभी ठीक है, जब तक वह अविचाल्य आत्मबल के कवच से सुरक्षित है। जो युद्ध राज्य-लाभ के लिए भाड़े के सैनिकों से लड़ा जाता है, वह या तो निर्मम हत्या है या अन्धा आत्मघात। बोधा कहते हैं, युद्ध होगा, पर किसी व्यक्ति विशेष के राज्य-लाभ के लिए नहीं। क्या विद्याधर भट्ट अपने शिष्य के मुख से बोल रहे हैं? क्या भट्टपाद और उनके पट्टशिष्य बोधा ने मेरा मत स्वीकार कर लिया है? मुझे अपनी विजय का पहला आभास बोधा के वाक्यों में मिल रहा था।

धीर शर्मा ठीक से समझ नहीं सके। अशोक चल्ल से सहायता पाना उनकी इस यात्रा का मुख्य लक्ष्य था; उस लक्ष्य की सिद्धि में बाधा पड़ने से वे हताश हो गए थे। बोधा की बात से उन्हें आश्चर्य हुआ। सीधे-सादे पंडित थे, उन्हें बोधा की बात का अर्थ समझ में नहीं आया।

आश्चर्य से पूछा, "कैसे युद्ध होगा प्रधान? हम तीन ही तो इधर रह गए हैं। मैं शस्त्र-विद्या में शून्य हूँ, तुम कहते हो, 'मैं कायस्थ का बच्चा तलवार चलाना क्या जानूँ?' रह गए महाराज, क्या वे अकेले ही आक्रमण करेंगे?"

बोधा हँसे; बोले, "घबराओ नहीं आर्य! सब हो जाएगा।"

बोधा के इस उत्तर में मैंने बहुत विश्वास पाया। परन्तु धीर शर्मा अनाश्वस्त बने रहे। थोड़ी देर तक वे मौन बैठे रहे, फिर उन्हें एकाएक कुछ स्मरण आया और बिना कुछ बोले ही वे उठ पड़े। निस्सन्देह वे बहुत विचलित हो गए थे।

धीर शर्मा के चले जाने के बाद बोधा भी थोड़ी देर मौन रहे। फिर बहुत निकट आकर धीरे-धीरे बोले, "धर्मावतार, इस बीच कुछ ऐसी घटनाएँ घटीं और मैं कुछ ऐसे धर्मसंकट में पड़ा कि धृष्टता करनी पड़ी। उसके लिए क्षमा माँगने आया हूँ। मुझे आपकी आज्ञा लेने का अवसर नहीं मिला। बात ऐसी थी कि आज्ञा न होते हुए भी वचनबद्ध हो जाना पड़ा। इस अपराध के कारण लज्जित हूँ और जो काम पहले करना चाहिए, उसे बाद में करने की अनुमति माँगने आकर दुहरी धृष्टता का अपराधी हो रहा हूँ।"

बोधा की आँखों में विवश दीनता के भाव दिखाई दिए। मैंने कहा, "कहो न प्रधान, क्या कहना चाहते हो? विद्याधर भट्टपाद के स्थान पर इस समय तुम्हीं हो। तुम जो करोगे, ठीक ही करोगे।"

आश्वस्त होकर बोधा ने जो कुछ बताया वह इस प्रकार है :

कल शिवा-बलि के समय जो अपशकुन हुआ उससे धर्मप्राण महाराज अशोक चल्ल बहुत विचलित हुए। अपनी कुटिया तक पहुँचते-पहुँचते उन्हें ज्वर आ गया। राजपुरोहित ने देवी के चरणोदकों से उपचार किया पर ज्वर नहीं उतरा। महाराज अशोक चल्ल और भी विचलित हुए। कुछ देर छटपटाते रहे, फिर उन्होंने बोधा प्रधान को स्मरण किया। बोधा प्रधान से उन्होंने कहा, "प्रधान, मैंने तुम्हें सहायता देने का वचन दिया है, पर देवी इस युद्ध की अनुमति नहीं दे रही हैं। न तो मैं वचन-भंग कर सकता हूँ, न देवी की आज्ञा का उल्लंघन कर सकता हूँ। मुझे सबसे बड़ी लज्जा यह है कि महाराजाधिराज सातवाहन आज मेरे अतिथि हैं और मैं उनकी कुछ भी सेवा करने में असमर्थ हूँ। तुम्हीं बताओ प्रधान, यह कितनी लज्जा की बात है!' बोधा प्रधान ने उचित उत्तर दिया। उन्होंने कहा कि इसमें कोई लज्जा की बात नहीं है। राजा सातवाहन देवी के आदेशों का आदर करेंगे। उन्हें कोई निराशा नहीं होगी। पर अशोक चल्ल को सन्तोष नहीं हुआ। व्याकुल होकर बोले, "नहीं प्रधान, मैं राजाधिराज को मुँह नहीं दिखा सकता। तुम मुझे महासिद्ध अक्षोभ्य भैरव के पास ले चलो। वहाँ मैं कुछ उपाय सोचूँगा।'

महाराज अशोक चल्ल पालकी में एक गुफा में पहुँचे, जहाँ अक्षोभ्य भैरव विराजमान थे। बोधा प्रधान ने देखा कि वे व्याघ्र-चर्म पर आसीन थे, सामने छोटी-सी उग्रतारा की मूर्ति थी जो काले पत्थर को काटकर बनाई गई थी। अक्षोभ्य भैरव लाल रंग की एक चादर से आच्छादित थे। उनके पास पानपात्र भी पड़ा हुआ था। उनकी आँखें लाल थीं, सिर पर रोली का तिलक एक प्रकार से पोता हुआ ही था। उसमें जवाकुसुम का एक दल चिपका हुआ था। वे जोर-जोर से स्तोत्र-पाठ कर रहे थे। बोधा प्रधान को लगा कि उन्होंने कभी इस मनुष्य को देखा है। उनके केश में जटाएँ बँध गई थीं, मूँछें और दाढ़ी भी लटिआई-सी दीख रही थीं, होंठ बहुत मोटे थे और स्वर मेघ-निःस्वन के समान गम्भीर था। महाराज अशोक चल्ल ने बड़ी श्रद्धा से उन्हें प्रणाम किया और बोधा प्रधान ने भी उन्हीं का अनुकरण किया। अक्षोभ्य भैरव स्तोत्र-पाठ में लगे रहे। ऐसा लगा कि उन्होंने महाराज को देख तो लिया पर ऐसा भाव किया कि देख नहीं रहे हैं। थोड़ी देर में स्तोत्र समाप्त हुआ। उन्होंने देवी को शिरसा प्रणाम किया। थोड़ी देर तक ध्यान की मुद्रा में बैठे रहे। फिर कुछ मुद्राएँ कीं और सबसे निश्चिन्त होकर महाराज की ओर दृष्टिपात किया। महाराज अशोक चल्ल ने सारी परिस्थितियों से उन्हें अवगत कराया। उन्होंने बोधा प्रधान का परिचय भी दिया और उनसे प्रार्थना की कि इस परिस्थिति में करणीय क्या है, यह जानने के उद्देश्य से ही वे अवधूतपाद को कष्ट देने आए हैं।

अक्षोभ्य भैरव ने आँख मूँदकर बड़ी सावधानी से सारी बातें सुनीं। फिर वे देवी की ओर मुँह करके बैठ गए। देर तक वे अँगड़ाई और जमुहाई लेते रहे। कभी वे क्षण-भर के लिए आविष्ट हो जाते थे और फिर तुरन्त अँगड़ाई लेने लगते थे। कोई आधी घटी तक यह क्रिया चलती रही। फिर उन्होंने विकट फूत्कार किया। वे उठकर खड़े हो गए और देर तक नाचते रहे। एकाएक वे देवी की मूर्ति की मुद्रा में प्रत्यालीढपद होकर खड़े हो गए। उनकी जीभ निकल आई। वे आविष्ट भाव से धाराप्रवाह बोलने लगे, 'अरे अधम अशोक, तू मर चुका है। तुझमें रंचमात्र भी प्राण-शक्ति नहीं रह गई है। तूने अपना वचन पालन नहीं किया। तू प्राणों के भय से देवी की उपासना कर रहा है। शाकम्भरी क्षेत्र से तेरे पुरखे भागकर आए थे। उन्होंने मिथ्याचार किया। वे मरने से डरते थे। तू उग्रतारा के क्षेत्र में रहकर भी वही कायरता दिखा रहा है। तू मरना नहीं जानता। तू जीना भी नहीं जान सकेगा। तू देवी का झूठा उपासक है। सारे देश में धर्म पर संकट छाया हुआ है, बहुओं और बेटियों की लाज जा रही है, मन्दिर और तीर्थ विध्वस्त हो रहे हैं, ब्राह्मण और श्रमण अनाथ हो गए हैं, दीन प्रजा अनाथ होती जा रही है, झूठे कुलाभिमान और पाखंड से धरती कसमसा उठी है, लहलहाते शस्यक्षेत्र कपोत-कर्बुर भस्म से आच्छादित हो रहे हैं, क्षीर समुद्र में महाविष्णु का आसन हिल उठा है और तू देवी से पूछ रहा है कि क्या करना चाहिए! मूर्ख, नपुंसक, तू राज्य चाहता है। राज्य उसे मिलता है जो राज्य दे देता है। पाषण्ड, देवी के मन्दिर बनवाकर तू अपने क्लैव्य को ढकना चाहता है? भाग जा मेरे सामने से; पापी, मूर्ख, नपुंसक, दूर हो यहाँ से! देवी का सच्चा भक्त आ गया है। निछावर कर दे अपना सर्वस्व उसके चरणों में। बोल, देवी का कोप दूर करना चाहता है तो अभी प्रतिज्ञा कर कि लोभ और मोह छोड़कर, सब कुछ अतुल-पराक्रम महाराजा सातवाहन को भेंटकर देगा। बुला अपने कोषाध्यक्ष को, अपने सेनापति को! देवी के पादमूल में निश्छल होकर प्रतिज्ञा कर कि मनसा-वाचा-कर्मणा तू अन्यथा नहीं करेगा।'

भैरव के प्रत्येक वाक्य से महाराज अशोक चल्ल को धक्का लगता गया। धक्के-पर-धक्के खाकर महाराज चल्ल विचलित हो गए। अभिभूत की भाँति, नेय की भँति, अपदार्थ की भाँति वे हाथ जोड़कर खड़े हो गए और बोले, 'सब स्वीकार है, सब स्वीकार है, मैं केवल देवी के कोप का प्रसादन चाहता हूँ।'

अक्षोभ्य भैरव फिर नाच उठे। उन्होंने विकट ताण्डव किया। उनकी जीभ पूरी-की-पूरी बाहर निकल आई। आँखों से सचमुच ही स्फुलिंग निकलने लगे। वे फिर प्रत्यालीढपद मुद्रा में खड़े हो गए। फिर बोधा की ओर देखकर बोले, 'अरे ओ कायर विद्याधर के चेले, तू प्रतिज्ञा कर कि अशोक चल्ल ने जो-जो वचन जिस-जिस को दिया है, उसे तेरा निर्वीर्य भगोड़ा गुरु और मूर्ख महाराज सातवाहन

पूरा करेंगे। मूर्ख, तूने पुरुषोत्तम क्षेत्र के प्रसाद को सर्वात्मना स्वीकार न करके अपने महाराज को तमोगुण के गर्त में ढकेल दिया है। महाराजाधिराज रानी चन्द्रलेखा से विच्युत होकर निःशक्त हो गया है। तेरी मूर्खता और क्लीव आदर्श के कारण ही सातवाहन व्यर्थ निष्प्रयोजन झूठी वीरता का स्वांग रचता फिरता है। आ, देवी के चरणों में बैठकर प्रतिज्ञा कर कि अशोक चल्ल के सभी वचनों की रक्षा करेगा, जय-पराजय की घात में बैठकर कर्तव्य से नहीं कतराएगा, भगवान पर पूर्ण आस्था रखकर उनका प्रसाद स्वीकार करेगा, विद्याधर के निर्वीर्य कलंक को धोने का प्रयत्न करेगा, देवी के आदेश से प्रजा में आत्मबल का संचार कराएगा। भाग्यवंचित, तू रानी को क्यों नहीं खोजता? तेरे गुरु ने मिथ्या प्रचार के बल पर समर जीतने का ढोंग रचा है। अरे ओ मूढ़, देवी न हिन्दुओं की होती है, न मुसलमानों की, न बौद्धों की। जहाँ सत्य है, जहाँ पर दुःख से विचलित न होने की भावना है, जहाँ वीरता है, जहाँ निर्भीकता है, जहाँ सहज भाव है, वहीं तारा का निवास है।'

अभिभूत की भाँति बोधा ने सब स्वीकार कर लिया। वे उस समय सोच ही नहीं सके कि सातवाहन या विद्याधर की ओर से कुछ वचन देना उनके अधिकार के बाहर की बात है। इस बीच अशोक चल्ल ने सेनापति और कोषाध्यक्ष के नाम आदेशपत्र लिख लिया और देवी के चरणों में भक्ति-भाव से छोड़ दिया। अक्षोभ्य भैरव ने और भी उग्र नृत्य किया। उनकी नसों से विविध भाँति की ध्वनियाँ निकलती रहीं। रह-रहकर वे व्याकुल भाव से चिल्ला उठते थे—'जगत्तारिणी, जगत्तारिणी!' अन्त में उनकी छाती तन गई। वे एकदम धनुषाकार देवी के पादमूल में लुढ़क गए। बोधा प्रधान भय से कातर हो उठे। जीवन में पहली बार वे आवेश-जड़ कंठ से चिल्ला उठे, 'जगत्तारिणी, जगत्तारिणी!' अशोक चल्ल मूर्च्छित हो गए। अक्षोभ्य भैरव भी संज्ञाशून्य पड़े रहे। बोधा प्रधान की हृदयगति रुकने लगी थी। इसी समय अक्षोभ्य भैरव की संज्ञा लौट आई। वे बिलकुल सहज भाव से बैठ गए और देवी की ओर मुँह करके एक श्लोक का स्तोत्र पढ़ने लगे। कई बार सुनने के कारण बोधा को भी वह याद हो गया। आवेश की-सी अवस्था में वे भी भैरव के साथ उस श्लोक का पाठ करने लगे। बोधा ने मुझे वह श्लोक सुनाया :

*प्रत्यालीढपदार्पिताङ्घ्रिशवहृद् घोराट्टहासा वरा*
*खड्गेन्दीवरकर्त्रिखर्परभुजा हुंकारबीजोद्भवा।*
*खर्वा नीलविशालपिङ्गलजटाजूटोग्रनागैर्वृता*
*जाड्यं न्यस्य कपालके त्रिजगतां हन्तूग्रतारा स्वयम्।*

मुझे स्मरण आया कि धीर शर्मा कल इसी श्लोक को 'फेत्कारिणी तन्त्र' में लिखा कहकर पढ़ने जा रहे थे।

बोधा ने बताया कि उन्होंने प्रत्यक्ष देवी को मूर्ति में से निकलते देखा। उनके चार हाथों में से एक में खड्ग था, एक में नीलकमल था, एक में कैंची थी और एक में खर्पट था। देवी नीलरंग की थीं; उनके ललाट की आँख से ज्वाला निकल रही थी, उनके केश पिंगल वर्ण के थे। आकृति उनकी छोटी ही थी, उसमें चारों ओर नाग लिपटे हुए थे, कटिदेश में व्याघ्रचर्म जैसे-तैसे झूल रहा था। वे प्रत्यालीढ़पदा मुद्रा में खड़ी थीं। दाहिना पैर सीधा दंडाकार जमा हुआ था और बायाँ पैर थोड़ा ऊपर उठा था और बंकिम भाव से दाहिने पर स्थित हो रहा था। उस पैर की शोभा अद्भुत थी। उसके ऊपर जावक से श्री-चक्र-जैसा कुछ बना हुआ था और तलवे में लाल कमल उभरा था। उसमें नूपुर भी था। देवी ने विकट अट्टहास किया और अक्षोभ्य भैरव के ललाट को स्पर्श किया। उन्होंने थोड़ा आगे बढ़कर अशोक चल्ल के ललाट को भी स्पर्श किया। उस समय वे झुकी हुई थीं। उनकी कटिदेश की मेखला की किंकिणियाँ मृदु भाव से आन्दोलित हुईं, बाएँ चरण का नूपुर झनझना उठा और शिथिल श्यामालता के समान झूलती हुई बाईं भुजाओं पर पिंगल केश झूल पड़े। उनके नील कपोल पर स्मित की वक्ररेखा इस प्रकार छा गई मानो घन-मसृण मेघमाला पर बिजली की रेखा कौंध गई हो। उन्होंने दाहिने हाथ के खड्ग से अशोक चल्ल के ललाट का स्पर्श किया और तुरन्त बोधा की ओर झुककर उनके सिर पर खड्ग की धार मृदु भाव से रख दी। बोधा को रोमांच हो आया। उन्हें भय लगा, परन्तु तुरन्त ही देवी के स्मयमान मुख को देखकर ढाढ़स भी बँधा। क्षण-भर में यह सब कुछ हो गया। अशोक चल्ल उठकर बैठ गए। बोधा साध्वस-वश उठके खड़े हो गए। देवी अन्तर्धान हो गईं।

अक्षोभ्य भैरव ने अशोक चल्ल को विश्राम का आदेश दिया। वे उदास मन से एक ओर चले गए। फिर बोधा को दोनों पत्र देते हुए कहा, 'ले जा, यथोचित कर।' बोधा को जान पड़ा जैसे उनकी संज्ञा लौट आई हो। उन्होंने अपनी स्वीकृति पर विचार किया तो कातर होकर बोले, ''प्रभो, मैं बिना समझे-बूझे अपने अधिकार से बाहर चला गया हूँ। आज्ञा हो तो महाराजाधिराज सातवाहन से निवेदन करूँ कि वे श्रीचरणों की सेवा में उपस्थित होकर सब कुछ समझ लें।' इस पर अक्षोभ्य भैरव एकदम बिगड़ उठे। कड़ककर बोले, 'पाषण्ड, तू समझता है मैं राजाओं को अपनी कुटिया में बुलाने के लिए यह सब ढोंग रच रहा हूँ? जो वचन तूने देवी को दिए हैं, उनका पालन कर, नहीं तो नरक में जा। मैं कुछ भी नहीं जानता।' बोधा का मन सनाका खा गया। वे सचमुच ऐसा सोच चुके थे। वे चुपचाप सिर झुकाए बैठे रहे। फिर अक्षोभ्य भैरव ने प्रसन्न होकर कहा, 'विद्याधर की भाँति तू

भी उत्तरदायित्वों से भागने का प्रयत्न करता है। तूने जो स्वीकार किया है, वह सब तेरे अधिकार के भीतर है। तू अशोक चल्ल के पास राजा का प्रतिनिधि होकर ही तो आया है। विद्याधर तेरी ही तरह सोचकर कान्यकुब्ज छोड़कर भाग गया था। जा, ऐसी बातें न कर। तेरा राजा यदि तेरी बातों से मुकरता है तो यह सब तेरा हो जाएगा। तुझे अपनी हड्डी-पसलियों को जलाकर वचन पालन करना होगा। जा, यहाँ से जल्दी चला जा। देवी ने तेरे सिर पर कृपाण की धार रख दी थी। अब भी तुझे डर लगता है पाषण्ड?'

निरुपाय होकर बोधा ने प्रणाम किया और मेरे पास आए। मैं तब भी सो रहा था। फिर वे सेनापति और कोषाध्यक्ष के पास गए। उन्हें पत्र दिया और उनसे बातचीत करके फिर मेरे पास आए। सेनापति और कोषाध्यक्ष को महाराज अशोक चल्ल का आदेश मिल चुका था। उन्होंने बताया कि ये दोनों पत्र महाराज के पास रहेंगे। उन्होंने बोधा को आश्वासन दिया कि वे प्रतिक्षण महाराजाधिराज सातवाहन की प्रत्येक आज्ञा के लिए प्रस्तुत हैं। उन्होंने स्वयं महाराजा की सेवा में उपस्थित होने का निश्चय किया है।

बोधा प्रधान ने जो दो पत्र दिखाए, भूर्जपत्र पर लाल रोली से लिखे हुए थे। पत्र के अन्त में महाराज अशोक चल्ल ने अपने तीन वचनों के न पालन किए जाने का भी उल्लेख कर दिया था। एक वचन था, किसी तुर्क सेनापति के जाल से भद्रकाली भैरवी का उद्धार, दूसरा था, उस अज्ञातनामा तुर्क सेनापति का शिरच्छेदन और तीसरा था, बोधा प्रधान और महाराज सातवाहन को युद्ध में सहायता देने की प्रतिज्ञा। यह पत्र लिखकर अशोक चल्ल ने तीसरा वचन तो पूरा ही कर दिया था। रह गए दो।

मैंने हैरान होकर पूछा, "प्रधान, यह कौन सेनापति है जिसका सिर उतारना होगा? उसका अपराध क्या है, कहाँ रहता है? फिर यह भद्रकाली भैरवी कौन है? ये सब बातें जाने बिना इस विषय में कैसे कुछ किया जा सकता है?"

बोधा प्रधान चुपचाप कुछ सोचने लगे।

मेरे मन में बहुत-से विचार आते-जाते रहे। बोधा प्रधान ने बताया है कि अक्षोभ्य भैरव ने आविष्ट अवस्था में बोधा प्रधान को इसलिए भी फटकारा है कि उन्होंने पुरुषोत्तम क्षेत्र के प्रसाद को सर्वात्मना स्वीकार नहीं किया। बोधा नहीं जानते कि मैं इसका अर्थ समझता हूँ। यह प्रसाद मैना है। कदाचित् मेरे मन में मैना के प्रति ऐसा मोह है जिसे नीलतारा के उपासक अक्षोभ्य भैरव जानते हैं और मैं अपने को उससे छिपाने का प्रयत्न करता हूँ। यह मोह ही कदाचित् तमोगुण का गर्त है। फिर विद्याधर भट्ट रानी के बारे में मिथ्या प्रचार कर रहे हैं, यह भी उन्होंने जान लिया है। मैं नहीं जानता। बोधा प्रधान ने जो कुछ कहा है, उससे

स्पष्ट है कि अक्षोभ्य भैरव उनके भीतर की गूढ़ चिन्ताओं को आसानी से जान लेते हैं। क्या रहस्य है इसमें? क्या बोधा प्रधान उस समय ऐसी ही कोई बात सोच रहे थे? क्या देवी की आराधना से मनुष्य ऐसी सिद्धि पा जाता है, जो सामने बैठे हुए मनुष्य की विचार-तरंगों को पकड़ लेने में समर्थ हो जाए? रानी को खोजने का क्या अर्थ है? क्या रानी जीवित हैं और ऐसी जगह चली गई हैं जो प्रधान को नहीं मालूम? मैंने अधिक जानने की इच्छा से बोधा प्रधान से फिर प्रश्न किया, "प्रधान, यह पुरुषोत्तम क्षेत्र का प्रसाद और रानी को खोजने की बात समझ में आई नहीं, क्या तुम्हें इस विषय में ज्ञात है?"

बोधा प्रधान को उत्तर देने में संकोच हुआ। एक बार मेरी ओर देखकर फिर आकाश की ओर देखते हुए बोले, "पुरुषोत्तम क्षेत्र जगन्नाथपुरी को कहते हैं न महाराज?"

"हाँ, कहते तो उसी को हैं।"

"क्या रहस्य है कुछ समझ में नहीं आता। फिर कभी पूरी कथा सुनाने की अनुमति चाहता हूँ। इतना बता दूँ कि एक बार मैंने मैना को—जब वह नन्ही-सी बालिका थी और मैं दस-ग्यारह साल का बालक था—पुरुषोत्तम तीर्थ में प्रमादवश गोद में ले लिया था। उस समय पुजारी ने कहा था कि 'मूर्ख, यह प्रसाद तूने बीच ही में ले लिया।' यही कदाचित् पुरुषोत्तम क्षेत्र का प्रसाद है, जिसकी ओर भैरव का संकेत था। मैं बड़ी उलझन में पड़ गया हूँ। धर्मावतार, मैंने इस प्रसाद को कभी स्वीकार नहीं किया, आंशिक भाव से भी नहीं, सर्वात्मना भी नहीं। यह क्या देवता के प्रति अपराध है?"

"है तो।"

"तो कदाचित् यही अपराध हो।"

"प्रसाद तो ग्रहण करना ही पड़ता है प्रधान!"

"यह कैसा प्रसाद हुआ स्वामिन्! मेरी तो समझ में नहीं आता।"

"कभी अपने गुरु से परामर्श किया था?"

"कभी नहीं।"

"और रानी के खोजने का क्या तात्पर्य है?"

"यह बात भी रहस्य-सी ही लगती है महाराज! मुझे जितना ज्ञात है, उतना बता सकता हूँ। उस दिन आप निःसंज्ञ हो गए तो मैंने आपको सुरक्षित स्थान पर पहुँचाया। मैना ने मेरी सहायता की। रानी उस समय संज्ञाशून्य थीं। उन्हें दूसरी बार ले जाने का निश्चय किया था। लौटकर आया तो भगवती विष्णुप्रिया जल चुकी थीं। कहते हैं, जब उन्होंने आश्रम में रक्तपात देखा तो क्रोध और करुणा से उनके मुँह से निकला—'हे भगवान!' और उनके शरीर से ज्वाला

निकली और वे जल गईं। कुछ घुंडक साधु कहीं वन में छिपे थे। उन्होंने यह दृश्य देखा तो डर गए। वे ही आगे चलकर भट्टपाद की शरण में आए। उनके ही भीतर धर्म-भाव प्रथम जागृत हुआ और घुंडकों की संगठित मंडली में दरार पड़ने का कारण हुआ। उन्होंने ईश्वर से प्रार्थना की, उनका अपराध मार्जित हो। उन्होंने ही बताया कि भगवती के जलते ही रानी और अलहना जी उठे। उन्होंने रानी को आकाश में दशभुजा दुर्गा के रूप में उठते भी देखा। मैंने भट्टपाद से पूछा था। उन्होंने कहा, 'कोई हानि नहीं है, यह बात प्रचारित होगी तो हमारे लिए अच्छा ही होगा।' इससे अधिक मैं नहीं जानता। मैना को यह बात झूठ मालूम हुई। किन्तु मैंने भट्टपाद की बात का अर्थ यह समझा है कि रानी जीवित हैं। कहाँ हैं, यह बात ठीक-ठीक नहीं बता सकता।"

सचमुच रहस्य क्या है! मैं क्षण-भर तक कुछ निश्चय नहीं कर सका कि इस विषय में बोधा से और क्या पूछूँ।

मुझे मौन देखकर बोधा ने ही कहा, "मुझे ऐसा लगता है कि रानी जीवित हैं और भट्टपाद ने उनको परिचर्या के लिए कहीं सुरक्षित स्थान में रखा है। वे इस युद्ध में विजय पाने के बाद सारा भेद खोलेंगे।"

"अर्थात् युद्ध में मिथ्या प्रचार के द्वारा सफलता पाने की दुराशा से भट्टपाद ने रानी को छिपा रखा है?" मेरे मन में रोष का भाव आया।

बोधा ने कहा, "नहीं धर्मावतार, ऐसा कैसे हो सकता है। भट्टपाद बहुत-सी बातों में विश्वास करते हैं। वे शुभ लग्न, शुभ अवसर, शुभ विधि, सबका ध्यान रखते हैं। पता नहीं, इस सम्बन्ध में वे क्या सोचते हैं! पर और बहुत-सी बातें भी तो हैं, जिन पर हमें सोचना है।"

बोधा ने प्रसंग बदलना चाहा, यह स्पष्ट था। मैं समझ गया। बोला, "हाँ, और भी बातें हैं। भद्रकाली का कुछ पता लगा?"

बोधा प्रधान भी मेरा मनोभाव समझ गए। मैंने उनके मनोभावों को समझने का प्रयत्न किया और उन्होंने मेरे। वे प्रसन्न हुए और हँसकर बोले, "धर्मावतार, सेवक ने कुछ पता लगाया है।"

मैंने उत्सुकतापूर्वक पूछा, "क्या पता लगा प्रधान?"

बोधा ने कहा, "बड़ी करुण कथा है धर्मावतार! अक्षोभ्य भैरव मिथिला के श्रोत्रिय ब्राह्मण हैं। ओदन्तपुरी के निकट जो नालन्द विहार है, उसमें देश-देशान्तर से आए विद्वान और साधु शास्त्र-चर्चा किया करते थे। पता चला है कि वहाँ अष्टोत्तर शत विहार थे। वहाँ बौद्ध और शाक्त आगमों के बड़े-बड़े विद्वान् और साधक निवास करते थे। जब तुर्क सेनापति बख्तियार ने उस स्थान पर अधिकार किया, मन्दिरों और विहारों को ध्वस्त कर दिया और वहाँ के विशाल पुस्तक-मन्दिर

को जला दिया, तो विद्वान् और साधु या तो मार डाले गए या जिसे जो रास्ता सूझा, उससे उसे भागना पड़ा। नालन्दा का विद्यामन्दिर देखते-देखते जनशून्य हो गया। पुस्तकालय कई दिन तक जलता रहा, हथौड़ों की चोट से कई दिन तक मूर्तियाँ टूटती रहीं। केवल दो साधु वहाँ रह गए—प्रधान आचार्य राहुल भद्र और तारापीठ के अनन्य सेवक अक्षोभ्य भैरव। राहुल भद्र बहुत वृद्ध थे। तुर्कों ने उनकी आयु को देखकर उन्हें छोड़ दिया, परन्तु अक्षोभ्य इतने वृद्ध नहीं थे। वे सारी उथल-पुथल के बीच निश्चल बने रहे। तारा का मन्दिर छोटा ही था। तुर्कों ने उसे सबसे अन्त में तोड़ने का निश्चय किया।

"अक्षोभ्य भैरव ने अन्त तक न तो मन्दिर छोड़ा और न मूर्ति पर हाथ लगाने दिया। वे निहत्थे मन्दिर-द्वार पर जूझते रहे। पर अकेले कहाँ तक जूझते! सैनिकों ने उनकी जटा पकड़कर घसीटना शुरू किया। क्रुद्ध सैनिक उचित-अनुचित का विचार छोड़कर अक्षोभ्य को घसीटते हुए ओदन्तपुरी की ओर ले चले। अक्षोभ्य उस अवस्था में भी प्रतिरोध करते जा रहे थे। वे प्रायः मूर्च्छित हो चुके थे। अचानक एक झाड़ी से एक युवती और एक युवक निकले और दनादन डंडों से सैनिकों पर प्रहार करने लगे। सैनिकों की भुजाएँ टूट गईं, उनके हाथ की तलवारें गिर पड़ीं और वे मूर्च्छित होकर गिर गए। दो-तीन सैनिक पीछे थे। उन्हें इस अप्रत्याशित आक्रमण की आशंका नहीं थी। जब तक वे घटना-स्थल पर पहुँचे, तब तक युवक ने तलवार उठा ली। युवती भी तलवार लेने को झुकी। परन्तु सैनिकों ने हल्ला बोल दिया। युवक अकेला ही तीन सैनिकों से जूझने लगा। युवती ने तलवार उठा तो ली, पर चलाने का उसे अभ्यास नहीं था। वह दूर से ही तलवार भाँजती रही। इसी समय अक्षोभ्य भैरव की संज्ञा लौट आई। वे उठकर बैठ गए। उन्हें परिस्थिति को समझने में थोड़ा विलम्ब हुआ। इस बीच युवती करुण भाव से चीख उठी। अक्षोभ्य भैरव के हाथ उस युवक का डंडा लग गया। उन्होंने बैठे-बैठे ही सैनिकों की कमर पर कसकर डंडे मारे। वे इधर-उधर देखने का अवसर भी न पा सके। लगातार डंडा चलाते गए। दो सैनिक धराशायी हो गए। एक भाग गया। युवक भी भहरा गया। क्षण-भर में पाँच मनुष्य मर गए। बच रहे केवल दो।

"अक्षोभ्य ने सिर उठाया तो कुररी की भाँति कातर चीत्कार करती हुई उस युवती को देखा। वह अपूर्व सुन्दरी थी। पता लगाने पर उन्हें ज्ञात हुआ कि जो युवक मर गया है, वह इसी युवती का भाई था। इन सैनिकों ने गाँव में लूटखसोट की थी और इस युवती के माता-पिता और एक भाई को मार डाला था। भाई-बहनों ने तय किया था कि वे बदला अवश्य लेंगे, चाहे प्राण ही क्यों न चले जाएँ। इसीलिए वे यहाँ झाड़ी में छिपे थे। भाई तो प्रण पूरा करके स्वर्ग चला गया, बहन बच गई और अनाथ हो गई। अक्षोभ्य का मन करुणा और कृतज्ञता से भर गया।

वे भी रो पड़े। न जाने क्यों उनके मुख से उस युवती के लिए 'भद्रकाली' सम्बोधन निकला। वे बोले, 'भद्रकाली, तू भगवती जगत्तारिणी का साक्षात् विग्रह है। शोक न कर, मैं जब तक जीवित हूँ, सदा तेरे पिता, माता और भाई के स्थान पर रहूँगा। तू मेरी माँ है क्योंकि तूने मुझे प्राण दिया है। तू मेरी बहन है क्योंकि मैं तेरे भाई के स्थान पर हूँ, तू मेरी बेटी है क्योंकि मैंने तेरा पितृत्व स्वीकार कर लिया है।' यद्यपि भद्रकाली का जन्म तथाकथित अस्पृश्य कुल में हुआ था, तथापि अक्षोभ्य ने उसे बड़े स्नेह से पाला और अपने विश्वास के अनुसार शाक्य-साधना में दीक्षित किया। भद्रकाली भैरवी यही युवती है।

"कोई छह महीने बाद अक्षोभ्य को फिर विपत्तियों के भँवर में पड़ना पड़ा। कहते हैं कि कोई तुर्क सेनापति भद्रकाली के रूप पर रीझ गया और उसने बड़ी क्रूरता के साथ अक्षोभ्य को पिटवाया। अक्षोभ्य को कसकर बाँध दिया गया और उनकी आँखों के सामने भद्रकाली का अपहरण किया गया। वह रोती-चीखती चली गई। अक्षोभ्य असहाय भाव से ताकते रह गए। कई दिन तक किसी को साहस नहीं हुआ कि वह अक्षोभ्य का बन्धन खोले। अन्त में, जयदेव नामक किसी ब्राह्मण धनी[27] व्यक्ति ने उनके बन्धन खुलवाए। क्रोध और विवशता से अक्षोभ्य काँपते हुए उठे। जयदेव से उन्होंने प्रार्थना की कि वे भद्रकाली का उद्धार करने में सहायक बनें, पर जयदेव ने अपनी असमर्थता की बात कही। उन्हीं दिनों अशोक चल्ल वहाँ गए हुए थे। उन्होंने कई मन्दिरों की मरम्मत कराई। अक्षोभ्य के साधना-स्थान को भी उन्होंने फिर से बनवाया और नई तारा-मूर्ति की स्थापना की। उसी समय अक्षोभ्य की विद्या और साधना से प्रभावित होकर उन्होंने तुर्क सेनापति के शिरच्छेदन और भद्रकाली के उद्धार के वचन दिए। कठिनाई यह आई कि अक्षोभ्य उस सेनापति का न नाम बता सके और न यही पता लगा सके कि भद्रकाली भैरवी कहाँ ले जाई गई है। अशोक चल्ल ने, बाद में, इस कार्य को असम्भव समझ लिया और चुप हो रहे। जयदेव नालन्द विहार के बचे-खुचे भिक्षुओं की सहायता करते रहने के कारण तुर्कों के कोपभाजन बने और कारागार में डाल दिए गए। हताश होकर अक्षोभ्य इधर चले आए।"

बोधा प्रधान इतना कहकर चुप हो गए। उन्होंने शून्य में अपनी दृष्टि गड़ा ली। मैंने पूछा, "प्रधान, इस वचन के पालन में तो पुण्य ही होगा, पर अपराधी का कुछ पता-ठिकाना भी तो होना चाहिए।"

बोधा प्रधान ने संक्षिप्त उत्तर दिया, "हुँ!"

"तुमने कुछ और बातें नहीं मालूम कीं प्रधान?"

"थोड़ी-सी और बातें भी ज्ञात हुई हैं धर्मावतार!"

"क्या?"

"विशेष कुछ नहीं। यही कि भद्रकाली भैरवी कैसी थी।"

"कैसी थी?"

"अक्षोभ्य भैरव से कुछ पूछने में डर लगता है धर्मावतार! वे बहुत चिड़चिड़े हो गए हैं। पर मैंने साहस करके उनसे पूछा तो मालूम हुआ कि भद्रकाली बहुत सुन्दर थी। उसका रंग यद्यपि श्यामल वर्ण का है तथापि उसकी बड़ी-बड़ी आँखें, पतले होंठ, शुकतुण्ड नासिका और प्रशस्त ललाट उसे लाखों में एक बना देते थे। उसके केश एड़ी तक लहराते थे। वह नियमित रूप से सप्तशती के ग्यारहवें अध्याय का मधुर स्वर में पाठ कर सकती थी। उसे कुछ योगासन और मुद्राएँ सिद्ध थीं। बस इतना ही।"

"इससे तो कोई विशेष सहायता नहीं मिलती प्रधान!"

"हाँ धर्मावतार, किन्तु पता चल ही जाएगा।"

"अच्छा, मुझे ये सब वचन पालन करने ही होंगे।"

इसी समय महाराजाधिराज सातवाहन का जय-निनाद करते हुए कुछ सैनिकों सहित सेनाध्यक्ष उपस्थित हुए।

## [ 28 ]

पंडितों के आशीर्वाद और बन्दीजनों के कीर्तिगान के समारोह में एक बड़ा लाभ यह हुआ कि जल्हन से परिचय हो गया। इस किशोर कवि के कंठ में कुछ ऐसा आकर्षण था कि मैं मुग्धभाव से देर तक उसके मुख से अपना कीर्तिगान सुनता रहा। यह अन्य बन्दीजन की घिसी-पिटी रूढ़िबद्ध सूखी स्वामिस्तुति नहीं थी, हृदय से निकली हुई उल्लासपूर्ण वीरस्तुति थी। उसमें उद्‌बोधन की शक्ति थी और सच्चे हृदय से निकली हुई ओजपूर्ण प्रेरणा थी। कवि भूल गया था कि वह किसी प्राकृत पुरुष की स्तुति कर रहा है और मैं भूल गया था कि कविता मेरी प्रशस्ति के लिए सुनाई जा रही है। यमक, अनुप्रास और पदसंघट्टना का महत्त्व जैसा मैंने आज अनुभव किया, वैसा इसके पहले कभी अनुभव नहीं कर सका था। उसके छन्द भाषा के पंख जान पड़ते, जिनके बल पर वह अर्थ के बन्धन से बहुत ऊपर उड़ान ले रही थी। समान उच्चारणवाले शब्द एक के बाद एक इस प्रकार उतरते जा रहे थे जैसे शिक्षित मल्लों की सेना वेग से पदताल मिलाती हुई किसी निश्चित लक्ष्य की ओर बढ़ती जा रही हो। रह-रहकर उसके स्वर में कम्पन आता था और ध्वनियों की लकीर बल खा उठती थी। महाराजाधिराज सातवाहन उस वाणी के बहाना-मात्र थे। वह खंड-विच्छिन्न देश के पराजित गौरव की मर्मवेदना थी, राजपूती गौरव के

ध्वस्त हो जाने की आशंका की व्याकुल पुकार थी, सुप्त वीरता को जगाने की अनुद्धत ललकार थी।

आवेश-जड़ित कंठ से कवि ने कम्पमान स्वर में कहा, 'सूर्य, चन्द्र और अग्नि के पुत्रों, क्या बेखबर सो रहे हो? धरती कसकसा उठी है, नगाधिराज की पथरीली छाती में दरार पड़ती दिखाई दे रही है। गंगा-यमुना की शीतल धारा सूखती नजर आ रही है, भूकम्प आ रहा है, अन्धकार का भयंकर कोप संसार को ग्रस्त करने जा रहा है। किस दिन तुम्हारा तेज काम आएगा? किस दिन के लिए इस पवित्र धरती ने अन्न उँडेल-उँडेलकर तुम्हारा पालन किया था? उठो, जागो, एक हो जाओ! आर्यावर्त्त की पवित्र भूमि आज अपने गर्वीले पुत्रों की क्षुद्रता, आलस्य और फूट से त्राहि-त्राहि कर उठी है—उठो, जागो!'

कवि की वाणी काँप रही थी, उसकी आँखों से चिनगारी झड़ रही थीं और मस्तक पर छोटे-छोटे स्वेदकण उभर आए थे। मगर इस कवि के पास इन सारी बातों का एक ही उपचार था—तलवार! झमाझम टपकते रहनेवाले शब्द ऐसी ध्वनि-शृंखलाओं का निर्माण करने लगते थे, जैसे तलवारें झनझना रही हों, जुझाऊ बाजे बज रहे हों, भैरवों और योगिनियों के अट्टहास का कोलाहल मुखर हो उठा हो। कवि का अव्याज-मनोहर मुख बड़ा ही कमनीय था। मैंने उसे रोक लिया। सबके चले जाने के बाद जब केवल दो ही व्यक्ति रह गए—जल्हन और बोधा—तो मैंने कवि से उसका परिचय प्राप्त किया।

जल्हन, महाराजाधिराज पृथ्वीराज के सभा-कवि और सखा चन्दवलद्दिय (चन्दबरदाई) का पुत्र था। उसमें योग्य पिता के योग्य पुत्र होने का गर्व था। वह अपने को अन्य पेशेवर कीर्तिगायकों से भिन्न समझता था। इसलिए वह अन्य भाटों से भिन्न श्रेणी का पहनावा भी धारण करता। उसके लम्बे विकुंचित केश कन्धे पर झूल रहे थे। ललाट पर लाल रोली की बिन्दी दीपक की तरह जल रही थी। हलके लाल रंग का उसका आगुल्फ-लम्बित चोल कमर के पास उसी रंग के मोटे रेशमी पट्टे से बँधा था और उसमें बत्तीस अंगुलोंवाली छोटी तलवार गाढ़े लाल रंग के कोश में बँधी लटक रही थी।

जल्हन कोई ऐसी बात नहीं कह पाता था जिसमें उसके समर्थ पिता की चर्चा न आती हो। अशोक चल्ल के पास उसके आने का कारण भी पिता का वचन था। उसने बताया कि महाराज पृथ्वीराज निरंकुश शासक थे। कभी-कभी उनके अविचारित कार्यों से संकट उपस्थित हो जाया करता था। ऐसे अवसरों पर केवल उसके पिता ही उनकी बाग सँभाल सकते थे। कदम्बवास मन्त्री की उन्होंने जो हत्या की, वह निरा लड़कपन था। देवी की कृपा से जल्हन के पिता चन्द ने उस हत्या का रहस्य जान लिया था। पृथ्वीराज हत्या करके स्वयं लज्जित थे और पाप

को छिपाना चाहते थे। भरी सभा में जल्हन के पिता चन्दबलद्दिय ने उस पाप का भंडा फोड़ा था। यह केवल उन्हीं का शौर्य और साहस था कि वे पृथ्वीराज से अपनी गलती मनवा सके।

हाहुलीराय जैसे महान् वीर सामन्त को अपमानित करके पृथ्वीराज ने अपना राज्य ही संकट में डाल दिया था। जलन्धर का स्वामी हाहुलीराय दिल्ली का ढाल था। चन्दबलद्दिय का ही यह चातुर्य था कि हाहुलीराय फिर से दिल्ली की सहायता को तैयार हुए थे। शुरू में तो हाहुलीराय ने क्रोधवश चन्दबलद्दिय को तीन दिन तक कारागार में बन्द कर रखा था, परन्तु अपार धैर्य था जल्हन के पिता में। हाहुलीराय दुर्गा का उपासक था। वह चन्दबरदायी की दुर्गाभक्ति से प्रभावित हुआ था। अशोक चल्ल उस समय बालक थे। उन दिनों वे अपने मामा हाहुलीराय के यहाँ पल रहे थे। जल्हन भी बालक था। अपने पिता के साथ वह जलन्धर गया था। हाहुलीराय न जाने क्यों उस बालक को बहुत प्यार करने लगे थे। हो सकता है कि चन्दबलद्दिय और पृथ्वीराज के प्रति जो वे अनुकूल हुए उसमें इस बालक के स्नेह का भी हाथ रहा हो। उसी समय अशोक चल्ल और जल्हन में मित्रता हो गई। अनुकूल होने के बाद चन्दबलद्दिय और हाहुलीराय जलन्धर पीठ की देवी वज्रेश्वरी के मन्दिर में विजय की प्रार्थना करने गए थे। हाहुलीराय को खड्ग-सिद्धि प्राप्त थी। कहा जाता है कि उनका खड्ग अपने-आप शत्रु-व्यूह में घुसकर कुहराम मचा देता था। देवी को प्रणाम करने का उनका ढंग यह था कि वे खड्ग को आकाश में उछालते थे और वह आकाश में कावा काटकर देवी के पादमूल में आ गिरता था। उस समय उसकी नोक देवी के चरणों का हल्का स्पर्श करती थी। परन्तु इस बार वज्रेश्वरी ने उसका प्रणाम स्वीकार नहीं किया। खड्ग आसमान से गिरा और धरती पर आकर दो टुकड़ों में बिखर गया। जल्हन के पिता और हाहुलीराय इस दुर्निमित्त से चिन्तित हो उठे।

जल्हन ने और भी बताया कि जब उसके पिता और हाहुलीराय मन्दिर से लौटे तो उनका चेहरा उतर गया था। हाहुलीराय तो बहुत विचलित थे। उनके मुख पर काली छाया उभर आई थी, पपनियों के नीचे नीली रेखा खिंच आई थी, आँखें मुरझाए कचनार के समान धूमिल होकर छितरा गई थीं। वे रह-रहकर दीर्घ निःश्वास लेते थे। दोनों बालकों ने अपने पिता और मामा की अवस्था देखकर चुपचाप रहस्य जानने के लिए वज्रेश्वरी मन्दिर की राह ली।

आधी रात बीत चुकी थी। चारों ओर सन्नाटा था। वज्रेश्वरी के मन्दिर के चारों ओर उन दिनों जंगली झाड़ दूर तक फैले हुए थे। दोनों बालक निर्भय भाव से बढ़े जा रहे थे। मन्दिर का द्वार बन्द देखकर उन्होंने पिछवाड़े की ओर जाकर देखा कि कोई और द्वार है या नहीं। पिछवाड़े की दीवारों से हलकी प्रकाश-रेखा

छिटकी हुई थी और गुग्गुलू के धूम और पिसे हुए लवंग की सुगन्धि आ रही थी। उत्सुकता और कुतूहल के कारण दोनों बालक दरार से आँख सटाकर भीतर का दृश्य देखने लगे। दृश्य बड़ा ही भयानक था।

मन्दिर के वृद्ध पुजारी मन्त्र जप रहे थे। उनके सामने एक छोटे तिकोने कुंड में अग्नि जल रही थी जिस पर मिट्टी के कड़ाहीनुमा पात्र में दूध रखा हुआ था। दूसरी ओर मन्दिर की सेविका घुटने टेककर एक दृष्टि से कड़ाह के दूध को देख रही थी। पुजारी ने बुरी तरह अंग मरोड़ा और एक बार भयावनी आवाज में ललकारने का-सा अभिनय किया। दूध उफनने लगा। वह आग में भी गिरा। एक दुर्गन्धि का झोंका दरार छेदकर बाहर आया जिससे दोनों बालक कुछ विचलित हुए। परन्तु भीतर के दृश्य के लिए उत्सुकता इतनी तीव्र थी कि वे आँखें गड़ाए रहे। सेविका को आवेश आया। शुरू-शुरू में तो वह अपने सारे अंगों को मरोड़ती-भर रही। पर एकाएक पुजारी की कड़ाके की ललकार से वह एकदम उत्क्षिप्त-सी हो उठी। वह खड़ी हो गई। फिर उसका अद्भुत ताण्डव शुरू हुआ। नाचते-नाचते वह विवस्त्र हो गई। परन्तु उसमें मानो संज्ञा थी ही नहीं। पुजारी ने आग के पास मुँह रखकर ऊपर की ओर फूँक मारी और उससे जलती लपटों की लम्बी धारा ऊपर की ओर उठी। सेविका और भी उन्मत्त भाव से नाचने लगी। अब उसने विचित्र स्वर में चिल्लाना शुरू किया। 'हाहुलीराय पापी का साथ देने जा रहा है, मेरे भक्त कदम्बवास के हत्यारे की सहायता करने जा रहा है, मैं उसका प्रणाम नहीं ले सकती।' पुजारी ने हाथ जोड़कर कहा, 'भगवती, हाहुलीराय का अपराध मार्जित हो, वह वचन दे चुका है।' आविष्ट सेविका ने कहा, 'इस बार नहीं, इस बार नहीं। बार-बार मेरी अवज्ञा करता है। करनाटी पर जिसने कुदृष्टि डाली, कदम्बवास को जिसने मार डाला, उस पापी का साथ देकर वह मेरा आशीर्वाद नहीं पा सकता।' 'उपाय बताओ भगवति, क्रोध में कैसे काम होगा?' आविष्ट सेविका ने कहा, 'मैं नहीं, उग्रतारा रक्षा करेगी। उसी की शरण में जाए।' पुजारी ने कहा, 'विलम्ब होगा देवि!' 'तो सत्यानाश को जाए!' पुजारी ने गिड़गिड़ाकर कहा, 'क्षमा करो देवि, क्षमा करो!' 'कह दे कि हाहुलीराय और चन्द अपने उत्तराधिकारी को उग्रतारा की शरण में भेजें।'

दोनों बालक भय के मारे भाग खड़े हुए। परन्तु बाद में पुजारी के कहने पर अशोक चल्ल और जल्हन उग्रतारा की उपासना के लिए पंचवट प्रदेश को भेज दिए गए। हाहुलीराय ने भानजे को ही उत्तराधिकारी बनाया था।

जल्हन ने कई बार बताया कि कदम्बवास और करनाटी के प्रसंग में उसके पिता चन्द का महाराज पृथ्वीराज से जो मतभेद हुआ वह आजीवन बना रहा। यद्यपि चन्द स्वामीभक्त धर्म का पालन बराबर करते रहे और उन्होंने कभी भी यह

प्रकट नहीं होने दिया कि उनके मन में कोई अन्यथा भाव है, तथापि वे भीतर-ही-भीतर अनुतप्त अवश्य होते रहे। जल्हन ने बताया कि यद्यपि उसने करनाटी को स्वयं नहीं देखा था, पर सारा शाकम्भरी क्षेत्र उसके गुणों पर मुग्ध था और उसका शाकम्भरी लक्ष्मी के रूप में सम्मान करता था। उसमें रूप और लावण्य तो था ही, शील और सौजन्य भी उसमें परिपूर्ण भाव से विद्यमान थे।

जल्हन ने सोत्साह कहा, "धर्मावतार, कदम्बवास गुणों के दास थे। यह उनका ही प्रताप था कि देश-देश के कवि, गायक और वाद्य-विशारद उनके दरबार में एकत्र हुए थे। उनके समय में शाकम्भरी भूमि गुणियों से भरी रहती थी। करनाटी उन्हीं के औदार्य से वहाँ न जाने कहाँ से खिंच आई थी। मैंने सुना है महाराज कि वह तालों की रानी थी। उसके पदविक्षेपों में छन्द उभरते रहते थे, पैरों से वह जैसा चाहती थी वैसा वातावरण बना लेती थी। एक बार कदम्बवास मन्त्री ने उसे कठिन नृत्य का आदेश दिया था। कहा था, 'करनाटी, तुम क्या ऐसा नृत्य कर सकती हो जिससे आधी सभा रोए और आधी सभा हँसे?' करनाटी ने बड़ी विनम्रता से उत्तर दिया, 'दासी को जैसी आज्ञा मिलेगी, उसी का शक्ति-भर पालन करेगी। केवल इतनी आशा रखती हूँ कि उस दिन पहले से किसी को इस बात की सूचना न दी जाए।' मन्त्री ने इस शर्त को स्वीकार कर लिया।

"बड़ा भारी आयोजन हुआ। करनाटी ने एक दिन पूर्व से तैयारी की थी। किसी को कुछ पता नहीं था। करनाटी ने उस दिन अद्‌भुत नृत्य किया। उसके नृत्य का आरम्भ एक करुण गीत के साथ हुआ। लोग बताया करते हैं कि वह गान उसका स्वयं का रचा हुआ था। अत्यन्त कातर भाव से किसी प्रेमी ने किसी चिरन्तन प्रेमिका को आत्मार्पण किया था। करनाटी के कोमल कम्पमान स्वर में स्नान करके वह आत्मनिवेदन बहुत ही आर्द्र होकर निकला। मार्दङ्गिक ने ताल दिया और निपुण कलाकार के पदसंचार से करुणा की सहस्रधारा इस प्रकार ऊर्ध्वमुख उत्क्षिप्त हुई जैसे सहस्रधारायन्त्र से वारिधारा उच्छ्वसित हो उठती है। गान की ध्रुवा रह-रहकर करुण कम्पन उत्पन्न करने लगी, सभासदों की आँखें गीली हो गईं। स्वयं कदम्बवास इस मोहक मदिर करुण संगीत से प्लावित हो उठे।

"मगर उन्होंने आश्चर्य और कुतूहल से देखा कि तिरस्करिणी (पर्दे) के पीछे बैठी हुई सभी महिलाएँ हँसी से लोटपोट हो रही हैं। करनाटी की प्रत्येक थिरकन जहाँ पुरुष श्रोताओं का हृदय मसल देती थी, वहीं हर महिला-श्रोता मुँह में आँचल देकर लहालोट हो जाती थी। मुँह का आँचल महिलाओं की किलकारी को दबाने में एकदम असमर्थ सिद्ध हो रहा था। इस विचित्र बात ने मन्त्री को चकित कर दिया। पुरुष-वर्ग महिलाओं के औद्धत्य से थोड़ा चिन्तित भी हुआ। चाचा कन्ह तो इतने क्रुद्ध हुए कि बीच में ही डाँट पड़े। उनके हस्तक्षेप से नृत्य बीच में ही

रुक गया। करनाटी ने निरीह भाव से हाथ जोड़कर क्षमा माँगी। कदम्बवास ने अचरज के साथ पूछा, 'यह क्या बात है करनाटी?' करनाटी ने हाथ जोड़कर पवित्र स्मिति के साथ कहा, 'धर्मावतार की आज्ञा थी।' कदम्बवास हैरान थे। उन्होंने सभासदों को जब यह बताया कि आज करनाटी को आधी सभा को हँसाने और आधी सभा को रुलाने का आदेश था तो सभासदों ने करनाटी के जय-जयकार से आकाश कम्पित कर दिया। सबने यही समझा कि करनाटी को कोई सिद्धि प्राप्त है। कदम्बवास को इस रहस्य का पता तब चला जब वे अन्तःपुर में गए।

''हुआ यह कि जब कदम्बवास रनिवास में पहुँचे तो उनकी पत्नी चंगदेई ने हँसकर उनका स्वागत किया और देर तक हँसती रहीं। तब भी उन पर उस विचित्र नृत्य की मादकता छाई हुई थी। वे स्वभाव से भी गम्भीर थीं। मन्दस्मित ही उनके अधरों पर टिक सकता था। कदम्बवास ने उसे कभी इस प्रकार खिलकर निकलते नहीं देखा था। चकित होकर उन्होंने कारण पूछा। चंगदेई ने यह रहस्य बताया। बात यह हुई कि करनाटी ने एक लाल रेशमी पट पर दो चित्र बना लिये थे। एक था एक बहुत भोंड़ी शक्लवाला कुबड़ा बौना, जो हाथ जोड़कर प्रेमकातर मुद्रा में बैठा था, दूसरा चित्र था एक अपूर्व सुन्दरी बाला का जिसकी भवें क्रोध और घृणा से तनी हुई थीं। करनाटी ने अपने चुन्नटदार चोल की बाईं ओर इसे लटका लिया था। उसे इस सावधानी से सिया गया था कि जब करनाटी का बायाँ अंग महिलाओं की ओर आता था तो वह फट खुल जाता था। यह बात विचित्र चारिका के कारण होती थी। प्रत्येक थिरकन के साथ कुबड़ा बौना सुन्दरी के चरणों पर गिर जाता था और तुरन्त सुन्दरी के हाथ उसे धकेलकर लुढ़का देते थे। हर करुण मूर्च्छना के समय महिमामंडल की ओर करनाटी का हाथ झूल जाता था और उँगलियाँ उस दृश्य का निर्देश कर देती थीं। पुरुष-वर्ग जहाँ भक्ति के करुण आवेग में बह जाता था वहीं महिलाओं के सामने यह दृश्य उपस्थित हो जाता था और सारा करुण तत्त्व हास्यरस का अंग बन जाता था। आरम्भ में एक-दो स्त्रियों ने इस दृश्य को लक्ष्य किया, बाद में कानों-कान बात फैल गई। वे उत्सुकतापूर्वक प्रतीक्षा करती थीं कि कब वह दृश्य उपस्थित होगा और उन्हें अधिक हँसने का अवसर मिलेगा। नृत्य के आघूर्णन वेग के चढ़ाव के साथ भोंडे प्रेमिक का लुढ़कना भी तेज होता गया। स्त्रियों की हँसी ने बाँध तोड़ दिया। इसी समय चाचा कन्ह क्रोध से तिलमिलाकर चिल्ला उठे। नृत्य बन्द हो गया। महिलाएँ हँसी से लोट-पोट होती हुई अपने-अपने घर चली गईं। रहस्य जहाँ-का-तहाँ रह गया।

''दूसरे दिन मन्त्री ने बड़ी धूमधाम के साथ सरस्वती का उत्सव कराया और अत्यन्त सम्मान के साथ करनाटी को 'कारुनटी' के लोक-विश्रुत विरुद से सम्मानित किया। परन्तु यह सम्मान उन्हें महँगा पड़ा क्योंकि इसी के परिणामस्वरूप

कदम्बवास की हत्या हुई। 'कारुनटी' भागकर कान्यकुब्जेश्वर की राजसभा में चली गई। पिताश्री ने दीर्घ निःश्वास लेकर कहा था—शाकम्भरी की लक्ष्मी चली गई।"

जल्हन की वाग्धारा अभी भी शिथिल नहीं हुई थी। वह कुछ और कहना चाहता था, परन्तु बोधा ऊब गए थे। उन्होंने बीच में ही कह दिया, "दूत आया है महाराज!"

जल्हन को इस बतकटाव से क्लेश हुआ। वह और भी बोलना चाहता था। मेरे उत्तर देने के पूर्व ही बोल उठा, "हाहुलीराय को मनाने के लिए पिताजी ही दूत भी बने थे। उन्होंने मना लिया था, पर देवी की इच्छा कुछ और ही थी। जब हाहुलीराय के साथ वे दुबारा मन्दिर में गए तो बहुत स्तुति करने पर भी वे बोली नहीं।[28] पिताजी निराश हो गए। हाहुलीराय ने उन्हें मन्दिर में ही रोक लिया और स्वयं सुलतान के पास चले गए। वहाँ से भी उन्हें निराश लौटना पड़ा। पिताजी के प्रयत्नों से वे पृथ्वीराज की ओर उन्मुख हुए। हम दोनों को नीलतारा की उपासना की आज्ञा देकर वे लौट गए। पर देवी की इच्छा के विरुद्ध दौत्य की सफलता का भी क्या मूल्य है!"

बोधा को थोड़ा रुकने का संकेत करके मैंने जल्हन से कहा, "निराश हो गए हो कवि?"

जल्हन को मानो चोट लगी। बोला, "चन्द का पुत्र होकर निराश होऊँगा धर्मावतार? नहीं, मैं निराश नहीं हूँ। बात यह है कि जब पिताजी ने नील सरस्वती उग्रतारा की उपासना के लिए मुझे आज्ञा दी तो मैंने पूछा, 'पिताजी, क्या साहस के साथ आक्रमणकारी से जूझना धर्म नहीं है? इसके लिए देवी की अनुमति क्यों लेनी पड़ती है? यदि आक्रमणकारी से युद्ध करना धर्म है तो देवी ऐसा करने की आज्ञा क्यों नहीं देती?"

"पिताजी ने दीर्घ निःश्वास लिया। बोले, 'बेटा, मैं कवि हूँ। कई बार मुझे ऐसा लगता है कि मैं जो बोल रहा हूँ वह मेरी सोची-समझी बातों से एकदम अलग है। कई बार मेरे चित्त में जो उठता है वह वाणी की रस्सी पकड़कर कहीं ऐसी जगह चला जाता है जो चित्तगत आरम्भिक विचारों से एकदम भिन्न होता है। मैंने कई बार सोचा कि ऐसा क्यों होता है। मुझे ऐसा लगता है कि मेरे अन्तरतर में कोई और बैठा है जो मेरी वाणी में छन्दों के पर बाँध देता है और वह प्रयोजनों की दुनिया से ऊपर—बहुत ऊपर, विपुल व्योम में—उड़ने लगती है। ऊपर-ऊपर से मैं भी संसार के और दस आदमियों की तरह धन्धे का आदमी हूँ। परन्तु जब उस देवता का उल्लास मेरी वाणी के साथ मुखर होता है तो कुछ और हो जाता हूँ। मेरी वाणी में लाख-लाख लोगों की आशाओं और आकांक्षाओं के स्वर झंकृत हो उठते हैं। यही देवता मेरी वाग्देवी है। वह जनचित्त की समष्टि-शक्ति

से भिन्न और कुछ नहीं है। जब मेरी वाणी इस समष्टि-शक्ति के स्वर में नहीं बोलती तो मैं समझता हूँ, देवी नहीं बोल रही हैं। मेरी वाणी उस समय मुर्दा हो जाती है। मैं कुछ कारण नहीं जानता। इतना जानता हूँ कि देवी नहीं बोल रही हैं। जनचित्त की समष्टि-शक्ति ही वह विशेष बात है जो कवि को कुछ और बना देती है। वही शक्ति आज मौन है। मैं सत्वगुणात्मिका शुक्ल सरस्वती का उपासक रहा हूँ। समष्टि-चित्त की ज्ञान-रूपा शक्ति ही यह शुक्ल सरस्वती है। समष्टि-चित्त की दो और शक्तियाँ हैं—इच्छाशक्ति और क्रिया-शक्ति। नीलसरस्वती या उग्रतारा क्रिया-शक्ति हैं। ऐसा जान पड़ता है कि देवी समष्टि-चित्त की क्रिया-शक्ति की उपासना चाहती है। बेटा, तू देवी की पत्थर की मूर्ति को सब कुछ न मान ले। यह तो आरम्भ है। इस मूर्ति की उपासना करके क्रमशः तू समूचे देश की क्रिया-शक्ति का जाड्य नष्ट करने जा रहा है। रुक न जाना बेटा, मुझसे जो नहीं हो सका उसे तुझे करना है। देवी नहीं चाहतीं कि एक-दो वीर तलवार भाँजकर वीरता का स्वाँग भरें। वे चाहती हैं, समूचे मानव-चित्त की सक्रियता। याद रख इस बात को—देवी अर्थात् समष्टि-चित्त की ज्ञान-शक्ति, इच्छाशक्ति और क्रिया-शक्ति। भगवती नीलतारा की उपासना से तू क्रिया-शक्ति के उद्‌बोधन का व्रत लेने जा रहा है। जा बेटा, देवी तेरा मंगल करे।' "

जल्हन क्षण-भर निश्चेष्ट होकर समाधिस्थ-सा हो गया। फिर बोला, "मेरी उपासना ठीक नहीं चली। अशोक चल्ल क्रियाशक्ति की उपासना करते-करते निष्क्रिय हो गए। उन्होंने ज्ञान-शक्ति और इच्छा-शक्ति को एकदम भुला दिया। मैं क्रिया-शक्ति की आराधना कम और अशोक चल्ल की आराधना अधिक करने लगा। समष्टि-चित्त की क्रिया-शक्ति अब भी निश्चेष्ट है। भगवती उग्रतारा आज भी विमुख है। क्या होगा धर्मावतार?"

उदास जल्हन का मुँह और भी कमनीय हो गया। भीतर की वन्ध्य उपासना भोलेपन के रूप में हाहाकार कर उठी।

मैंने बोधा को दूत को बुलाने की आज्ञा दी। जल्हन थोड़ी देर वैसे ही बैठा रहा। फिर एकाएक बोल उठा, "मैंने स्वप्न में देखा है महाराज कि कारनटी तपस्या कर रही हैं। उनकी गोद में भगवती नीलतारा क्रिया-शक्ति के रूप में अवतरित हुई हैं। इस स्वप्न का क्या अर्थ हो सकता है महाराज?"

मुझे धक् से लगा। मैना—भगवती उग्रतारा—समष्टि-चित्त की क्रिया-शक्ति?

## [ 29 ]

जल्हन नित्य आता है, तरह-तरह के समाचार सुना जाता है। जब से शाह का दूत मैत्री का सन्देश दे गया है, बोधा का दर्शन दुर्लभ हो गया है। जल्हन ही सब समाचार सुनाया करता है। यह शाह दिल्ली के सुलतान का कोई भूतपूर्व सेनापति है। कहते हैं, इसी ने नालन्दा को जीता था। अब इस शाह के परिवार को सुलतान ने बन्दी बना लिया है। उसका दोष यह था कि उसने सीदी मौला से बहुत-सा सोना बनवा लिया था और किसी भी समय विद्रोहियों की सहायता से सुलतान को सिंहासन से अलग कर सकता था। शाह अब विद्रोही हो गया है। पास ही कहीं उसने राजधानी बना ली है। सबसे अचरज की बात यह सुनी कि वह इस पवित्र भूमि से विदेशियों को निकाल बाहर करने की प्रतिज्ञा ले चुका है। दिल्ली के सुलतानों को वह सुलतान ही नहीं मानता। सब गुलाम हैं—चित्त के दरिद्र, आचरण के अभद्र और चरित्र के अपावन। यह भी सुना है कि वह अपने को पवित्र शाही सम्राटों का—जो कभी गजनी के ब्राह्मण-वंशी शासक थे—वंशज मानता है। यहाँ तक पता चला है कि विद्याधर भट्ट से भी उसने सम्पर्क स्थापित किया है।

ठीक प्रामाणिक समाचार तो नहीं मिला, पर जल्हन ने बताया है कि उसे विद्याधर भट्ट ने इस अनुबन्ध के साथ सहायता देने का वचन दिया है कि वह मुझसे मैत्री स्थापित कर ले। बोधा प्रधान वास्तविक परिस्थिति का पता लगाने गए, सो गए। आज दस दिन से मैं उनकी प्रतीक्षा में हूँ। अशोक चल्ल के मन्त्री और सेनापति आते हैं और नित्य आदेश माँगते हैं। अब चुप बैठना कठिन हो गया है। इस समय रानी और मैना की बहुत याद आ रही है। जल्हन विश्वासपूर्वक कह जाता है कि रानी आकाशमार्ग से उड़ती हुई कामरूप से सोमतीर्थ तक जनता में आत्मविश्वास का सन्देशा दे रही हैं। पर जल्हन ने स्वयं उन्हें नहीं देखा है, केवल जनता में फैली हुई किंवदन्तियों को सुना देना कर्तव्य समझकर सुना देता है। दस दिन से असमंजस की अवस्था में हूँ। आज जल्हन ने बातों-बातों में ही बताया कि अक्षोभ्य भैरव से मिल लेना अच्छा होगा। वे प्रायः रात्रि के प्रथम प्रहर में मिलना पसन्द करते हैं। आज मैंने उनसे मिलने का निश्चय किया है। सिद्ध-पुरुष हैं, कुछ मार्ग बता सकते हैं। अक्षोभ्य भैरव जैसे सिद्धपुरुष से मिलने के लिए जल्हन की बताई विधियों का दिन-भर पालन किया है, उपवास किया है, नीलतारा के नाम का ज़रा जप किया है, ध्यान किया है। अब प्रस्तुत हूँ, जल्हन आ जाए तो चल पड़ूँगा। सूर्यास्त होने जा रहा है।

उस दिन आकाश में बादल विरल भाव से फैले थे। हिमालय की शोभा का

वर्णन करते हुए इस महान पर्वत की धातुमयी लाल अधित्यकाओं को काले-काले शिखरों से विभक्त देखकर कालिदास ने अकाल सन्ध्या की उपमा ढूँढ़ी थी—बरसात की वह सन्ध्या जो अस्त होते हुए सूर्य की लाल-लाल किरणों से आसमान को लाल पटम्बर के रूप में खिला देती है परन्तु जिस पर काले-काले बादल बीच-बीच में आकर विचित्र कारुकार्य की शोभा बिखेर देते हैं। आज वह उपमेय तो नहीं दीख रहा है, पर उपमान प्रत्यक्ष है। लाल-लाल नभोभूमि पर काले और सफेद, कहीं-कहीं सिन्दूरी राग से अरुणायित किनारीवाले मेघखंडों की विभक्ति। कैसी विचित्र शोभा है। और इस शोभा को सौ गुणा बढ़ा देता है, पृष्ठभूमि की सुनहरी आभा से सजा गिरिश्रृंग। किस अज्ञात सुन्दरी ने इस बेल-बूटेवाली रंगीन चुनरी से श्रृंगार किया है?

मैं मुग्ध भाव से इस शोभा को निहारने लगा। यह जो आसमान में इतना राग-रंग बिखर जाता है, वह क्या व्यर्थ का आयोजन है? कौन ढाल देता है इतनी अनुराग-दीप्ति? किसलिए? क्या प्रकृति की अज्ञात भाषा में कोई चिरन्तन अनुराग-नाटक खेला जा रहा है? कौन लोग हैं इसके पात्र? समझ नहीं पा रहा हूँ। कल देखा था, बच्चे खेल रहे हैं गुड़ियों के खेल। मिट्टी की धूल से घर बनाए थे, सरकंडों की छाजन, पत्तों की कपाट। मिट्टी की गुड़ियों का घर बसाने का खेल चल रहा था। बच्चे थे। बड़े होंगे तो समझ जाएँगे कि यह सब झूठी कल्पना है, खेल है, विनोद है। बड़े होने पर कदाचित् अपनी ही बालबुद्धि पर उन्हें हँसी आएगी। एक क्षण बाद विचार आया, क्या मैं और बड़ा हो जाऊँगा तो इस समय जो कर रहा हूँ, वह भी बच्चों का खेल लगेगा!

कौन जाने, 'और बड़ा' होना क्या है? अभी भी मन में यही आता है कि 'और बड़ा' होना बाकी है, जब हो जाऊँगा तो आज का सब कुछ खेल जान पड़ेगा। घरौंदों का खेल, गुड़ियों का घर बसाना! इस 'बलाहकच्छेदविभक्तरागा' सन्ध्या को देखता हूँ तो मन में प्रश्न उठता है, क्या ज्ञान में कुछ और वृद्धि होने पर यह मौन भाषा भी समझ में आने लगेगी? हृदय के अन्तरतर से पुकार उठ रही है, यह सम्भव है। भाषा सीखते-सीखते सीखी जाती है। जिस भाषा का अर्थ समझ में नहीं आया उसका अर्थ है ही नहीं, यह कैसे कहा जा सकता है! यह आकाश-भरा तारकमंडल, उल्लासमुखर चंचल पवन, उद्धूम अग्निशिखा की समता करनेवाला सन्ध्याकालीन गिरि-कुहर, सबका अर्थ होना चाहिए। समझ में नहीं आ रहा है। कितना समझ पाया हूँ? इस विपुल ब्रह्मांड में जो कोलाहल सुनाई दे रहा है, वह क्या निरर्थक है? यह जो जय-पराजय की विलक्षण महत्त्वाकांक्षा है, वह क्या ऊपर-ऊपर से जैसे दिखाई दे रही है, वैसी ही है? नहीं, कुछ गहराई में और होना चाहिए। जितना दीख रहा है, उतना ही सब कुछ नहीं है। कुछ और है, कुछ और

है। पर क्या है? सीमाबद्ध मस्तिष्क की तरंगें पछाड़ खा-खाकर तीर पर सिर मार रही हैं—कुछ और है, पर क्या है?

जल्हन आया। इस कमनीय-वदन किशोर-कवि को देखकर चित्त अकारण आह्लादित हो उठता है। आज उसने विचित्र वेश धारण किया है। नीचे का पंचकक्ष धौत वस्त्र कदाचित् कौशेय वस्त्र है, लाल-लाल कौशेय रेशम। ऊपर बाएँ कन्धे से दाहिने कक्ष को पार करनेवाला उत्तरीय लाल है, पर कौशेय नहीं है। कदाचित् अतसी की छाल से बननेवाला चीनांशुक है, बहुत महार्घ। ललाट पर लाल रोली का तिलक है। सिर पर नौका के समान दीखनेवाली हलकी टोपी है। लाल वह भी है। पंचकक्ष कौशेय की दाहिनी ओर थोड़ा-सा निकला हुआ उपवीत-सूत्र भी लाल है। अकाल सन्ध्या की शोभा के साथ कवि के अद्‌भुत वेश का विचित्र अनुप्रास साम्य है। तुक मिल रही है। अच्छा भी लग रहा है।

जल्हन ने इधर प्रचलित प्रथा के अनुसार झुककर अभिवादन किया। उसके स्मयमान मुख पर आज नया आह्लाद मुखर था—"महाराजाधिराज की जय हो! मैं भगवती नीलतारा का दर्शन करके आ रहा हूँ। आज मैं ब्राह्ममुहूर्त में ही उठकर स्नानादि से निवृत्त होकर भगवती के मन्दिर में जाने को प्रस्तुत हुआ। आश्चर्य है महाराज, ज्यों ही मैंने द्वार पर से प्रथम पग उठाया कि तारस्वर से कुक्कुट बोल उठा। यह बड़ा शुभ शकुन है। अन्तिम प्रहर में स्वस्थ होकर जब कुक्कुट तारस्वर में बोलता है तो राजा का परम कल्याण होता है। कुक्कुट की प्रथम ध्वनि हर समय तारस्वर की नहीं होती। इस क्षेत्र में कुक्कुट-प्रायः ही रात को बोला करता था, वह भी मन्द स्वर में। वह अशुभ था। मैंने प्रथम बार ब्राह्ममुहूर्त में उसे तारस्वर में बोलते सुना। इस शुभ शकुन से मेरा उल्लास चौगुना हो गया। यह बात असत्य नहीं हो सकती महाराज! वराहमिहिराचार्य को नील-सरस्वती सिद्ध थीं। वे जो कुछ कह गए हैं उसमें तिल-मात्र इधर-उधर नहीं हो सकता। स्वस्थ भाव से प्रातःकाल कुक्कुट का तारस्वर से पुकाराना केवल राजा के लिए नहीं, राष्ट्र और पुर के लिए भी मंगलजनक होता है।[29] और भी आश्चर्य यह है महाराज, कि मैं उस समय सचमुच राष्ट्र, पुर और राजा की बात सोच रहा था।"

जल्हन की सरलता-भरी बात से मुझे प्रसन्नता ही हुई। हँसकर कहा, "कुक्कुट तो प्रातःकाल बोलता ही है कवि! इसमें इतना उल्लसित होने की क्या बात है?"

आश्चर्य से आकर्ण-विस्फारित दीर्घ नयनों से देखता हुआ कवि बोला, "बोलता है महाराज, इसीलिए आचार्य ने 'स्वभावविरुतानि' कहा है। जैसा तारस्वर से आज बोला, वैसा पहले कभी नहीं बोला था। सब भाषा क्या हमारी समझ में आती है? जिन लोगों ने भगवती नील-सरस्वती को सिद्ध कर लिया है, वे कुछ समझते हैं। वराहमिहिर ऐसे ही सिद्धपुरुष थे।" फिर थोड़ा रुककर जल्हन ने मानो उपदेश देते

हुए कहा, "कोई भी भाषा निरर्थक नहीं होती महाराज! जो समझ में न आए, उसे निरर्थक नहीं मानना चाहिए। जो लोग जान चुके हैं, उन पर विश्वास करके ही तो हम भाषा का अर्थ जानते हैं।"

मुझे धक्-से लगा। कुछ क्षण पहले मैं यही तो सोच रहा था। जल्हन के सरल विश्वास पर सन्देह करने का मुझे क्या अधिकार है? मुझे भी तो लग रहा है कि सब समझ में नहीं आ रहा है। कौन जानता है, अज्ञात भाषाओं में किसकी कौन-सी इच्छा अभिव्यक्ति पा रही है।

"ठीक कहते हो कवि, सब भाषाएँ समझ में नहीं आतीं, इसीलिए निरर्थक नहीं होतीं।"

जल्हन आश्वस्त हुआ, बोला, "भगवती नीलतारा के मन्दिर से निकला महाराज, तो एक छोटे-से झबरीले दमनक गुल्म की शाखा पर श्यामा पक्षी का जोड़ा 'चिरिलु-चिरिलु' शब्द करता हुआ चारा बाँट रहा था। यह और भी शुभ शकुन है। धर्मावतार! दमनक की शाखाओं पर श्यामा पक्षी का बैठना अत्यन्त दुर्लभ योग है। यह भगवती नीलतारा का शुभ संकेत है। आज सचमुच बड़े मंगल का दिवस है। इसका आरम्भ भी उत्तम हुआ है और अन्त भी मंगलजनक दीख रहा है। परमसिद्ध अक्षोभ्य भैरव के दर्शन का ऐसा सुयोग दूसरा नहीं हो सकता। प्रस्तुत हों महाराज, अभी शुभ मुहूर्त है।"

मैं प्रस्तुत हो गया।

अन्धकार में पर्वतभूमि दुर्गम हो जाती है। टेढ़ी-मेढ़ी पगडंडियों से हम दोनों आगे बढ़े। जल्हन मार्ग दिखाता जा रहा था। मैं चुपचाप पीछे-पीछे चल रहा था। जल्हन चुपचाप चल रहा था, इससे मैंने अनुमान किया कि नीलतारा का नाम जपता जा रहा है। मैंने भी ऐसा ही करना उचित समझा और मन-ही-मन नीलतारा का नाम जपने लगा। कोई एक घटी तक इसी प्रकार चलते-चलते मैं ऊब गया। क्षण-भर में मैंने आविष्कार किया कि ऊपर-ऊपर से मैं 'नीलतारा-नीलतारा' कहता जा रहा हूँ, पर भीतर रानी और मैना का ध्यान करता आ रहा हूँ। हर बार मुझे लगता था कि देख रहा हूँ कि रानी आकाशमार्ग से उड़ी जा रही हैं। मेरी कल्पना की दृष्टि में उनकी साड़ी का पल्ला वायुवेग से फहराता जा रहा है, शैवाल जाल के समान चिकुर सम्भार विस्रस्त भाव से पीछे की ओर लहराता जा रहा है। वे परिश्रम से कातर हैं, मुख विवर्ण है, अधरोष्ठ सूखे हुए हैं, आँखें फटी-फटी-सी हैं। फिर मेरे सामने आती मैना—रानी की सखी, उदास, म्लान, श्रान्त! लगता, मैना अपनी प्राणाधिका दीदी की क्लान्ति नहीं दूर कर पा रही है। हाय, श्रान्त-क्लान्त रानी को सदा आश्वस्त करने की क्षमता रखनेवाली मैना कहाँ है?

मुँह में नीलतारा, हृदय में रानी और मैना! यह कैसा मिथ्याचार है?

मैंने मौन भंग किया, "जल्हन, भगवती का ध्यान नहीं कर पा रहा हूँ। चित्त चंचल है। कुछ कहो।"

जल्हन सरल भाव से बोला, "चित्त की चंचलता तो भगवती की ही लीला का नाम है धर्मावतार! चित्त चंचल होता है, इसीलिए भगवती की आराधना आवश्यक होती है। पिताजी कहा करते थे कि भगवती की आराधना दो प्रकार की होती है। एक तो जब आराधक का चित्त चंचल हो तो भगवती को स्मरण करना, दूसरी, जब भगवती का स्मरण किया जाता हो तो आराधक का चित्त चंचल हो जाना। दोनों ही अवस्थाओं में भगवती का स्मरण मंगलजनक होता है। पहली अवस्था में भगवती के उस अन्तर्निगूढ़ रूप की उपलब्धि होती है जो नाना पदार्थों के भीतर एकरस होकर विद्यमान रहता है, और दूसरी अवस्था में भगवती के उस रूप की उपलब्धि होती है जो विविध व्यक्त पदार्थों में अभिव्यक्त हो रहा है। सभी रूप, सभी रस, सभी शब्द उन्हीं का तो रूप हैं। मन में जो भी व्यक्त रूप प्रतिभासित हो रहा है, वह सब उन्हीं के रूप का प्रतिनिधित्व करता है। भगवती के नाम का यही माहात्म्य है महाराज, कि उनके नाम के साथ-साथ जो भी रूप चित्त में उद्‌भासित हो, उसी के रूप में वे प्राप्त होती हैं। उनकी आराधना किसी भी अवस्था में व्यर्थ नहीं जाती।"

जल्हन ने सहज भाव से जो कुछ कहा, वह मेरे अन्तरतर को आन्दोलित और मथित करता रहा। नाम-स्मरण के समय जो रूप चित्त में प्रतिभासित होता है, वे उसी रूप में प्राप्त होती हैं। इस विश्वास में कितनी आस्था है! मैं नीलतारा के नाम का स्मरण कर रहा हूँ और रानी और मैना चित्त में उद्‌भासित हो रही हैं। क्या भगवती रानी और मैना के रूप में प्राप्त होनेवाली हैं? प्राप्त होने का क्या अर्थ है? जल्हन जो कह रहा है वह कोई बहुत बड़ी बात होनी चाहिए। उसे कदाचित् कहनेवाला भी नहीं समझ रहा है, सुननेवाला भी नहीं समझ रहा है। वह भगवती के उस आराधक के लिए कही गई है जो जान गया है कि जो कुछ भी स्पन्दन है, वैविध्य है, नानात्व है, वह भगवती का रूप है। जो कुछ रूप-गन्ध-शब्द में अभिव्यक्त है, वह और कुछ नहीं, भगवती की ही अभिव्यक्ति है। रानी भी, मैना भी, रानी और मैना के प्रति मोह भी!

जल्हन रुका। बोला, "हम लोग आश्रम-द्वार के पास आ गए हैं। चारों ओर तृण शाद्वलों से भूमि आच्छन्न है, परन्तु यहीं कहीं महाराज को थोड़ी देर रुकना पड़ेगा। मैं भैरवपाद की अनुमति ले लेता हूँ। कुछ देर आपको अकेले रहना पड़ेगा। मैं अभी आता हूँ।" फिर थोड़ा अलग एक पेड़ के नीचे एक पत्थर का बड़ा-सा ढोंका रखकर जल्हन बोला, "यहाँ बैठकर भगवती का नाम स्मरण करें धर्मावतार! मैं अभी आया।" फिर थोड़ा रुककर बोला, "भैरवपाद कभी-कभी पाठ में लगे रहते

हैं और देर तक आँख नहीं उठाते। हो सकता है कि थोड़ा विलम्ब भी हो जाए। विराजें महाराज!"

मैं बैठ गया और जल्हन आश्रम में प्रविष्ट हुआ।

सारी वनभूमि अन्धकार से आच्छन्न थी। ऐसा लग रहा था जैसे कहीं से अपार कज्जल-समुद्र उमड़ आया है और सम्पूर्ण पर्वत भूमि को ग्रास कर गया है। ऊपर आकाश में तारकपुंज चमक रहे थे, पर उनसे भी निरन्तर प्रकाश नहीं मिल पा रहा था, छिन्न मेघखंड प्रायः ही उन्हें आच्छादित कर लेते थे। एकाएक आश्रम-द्वार पर दो व्यक्ति दिखाई पड़े। यह नहीं मालूम हो सका कि वे किधर से आए हैं। केवल छाया की भाँति उनका शरीर दिखाई दे रहा था। आश्रम-द्वार पर क्षण-भर रुककर वे उसी ओर बढ़े जिधर मैं बैठा था। मैं सावधान हुआ। परन्तु उनका उद्देश्य गुप्त आक्रमण नहीं था, यह स्पष्ट था क्योंकि वे स्वयं असावधान दीख रहे थे। मेरे पास से वे चुपचाप निकल गए। उनकी दृष्टि मुझ पर नहीं पड़ी। कारण भी था। मेरा बैठने का शिलाखंड पेड़ से सटा हुआ था और उन्होंने मेरी छाया अगर देखी भी हो तो पेड़ का ही कोई अंग मान लिया होगा। थोड़ी दूर जाकर वे एक स्थल पर पत्थर डालकर बैठ गए। वे अब मुझसे कोई दस हाथ की दूरी पर था। मैं चुपचाप उनकी गतिविधि देखने लगा। हाथ मैंने अवश्य तलवार की मूठ पर जमा लिया था और इस प्रकार सावधान था कि किसी भी क्षण किसी आक्रमण का प्रतिरोध कर सकता था। दोनों व्यक्ति बैठ गए। उन्हें रंचमात्र भी आशंका नहीं थी कि यहाँ तीसरा भी कोई हो सकता है। वे धीरे-धीरे किन्तु स्पष्ट सुनाई देने योग्य आवाज में बातें करने लगे।

पहला ही वाक्य मेरे अन्तरतर को आलोड़ित कर उठा। अन्धकार में छिपा हुआ मृग-किशोर एकाएक अप्रत्याशित भाव से वीणा की प्रथम झंकार सुनकर कुछ इसी प्रकार आन्दोलित हुआ करता होगा। एक ही साथ सैकड़ों भावतरंगें उल्लसित हो उठीं। प्रथम वाक्य ने मेरे श्रवणेन्द्रिय को उत्सुक बना दिया, आँखों को अधिक दृष्टि-शक्ति पाने के लिए व्याकुल बना दिया। रोम-रोम से उठी हुई उल्लास-तरंगों की चोट से आँखों के तन्तुजाल इतने चंचल हो उठे कि आँसू की धारा फूट पड़ी।

पहला वाक्य!

शब्द मैना के थे। अन्धकार में भी स्पष्ट भाव से मैनसिंह आँखों के सामने उल्लसित हो उठा। निस्सन्देह इस समय भी मैना पुरुष-वेष में ही थी। मैना ने कहा, "जानते हो प्रधान, जब पहले-पहल महाराज को मैंने देखा था तो रक्त के प्रत्येक कण से ध्वनि निकलती जान पड़ी थी—यही तेरी चरितार्थता है? सहस्र-सहस्र जन्मों में भटकती हुई तू इसी निधि की खोज में थी। ऐसा जान पड़ा जैसे समूचा अस्तित्व विगलित हो उठा है। ऐसा क्यों हुआ? यह क्या तमोगुण का प्रभाव था?

सच मानो प्रधान, यदि यह तमोगुण है तो संसार में सत्त्वगुण नाम का पदार्थ कहीं है ही नहीं।''

बोधा प्रधान बोले नहीं, 'हूँ।' कहकर रह गए। थोड़ी देर तक कोई कुछ नहीं बोला। फिर मैना ने ही मृदु कंठ से कहा, ''ऐसा कैसे हो सकता है प्रधान? महाराज को मैं कैसे छोड़ सकती हूँ? भैरव की बात का अर्थ केवल इतना ही है कि तुम्हारे चित्त में कुछ इस प्रकार का विकार है। मैं इतना अच्छी तरह समझ गई हूँ कि ये तान्त्रिक लोग केवल उतनी बात बता सकते हैं जितनी प्रश्नकर्ता के मन में होती है। देखो न, दीदी ने कितना-कुछ लिखा था! पढ़नेवाले को लग सकता है कि कोई वास्तविक अनुभूति की बात कही जा रही है। परन्तु सत्य यह है कि अमोघवज्र ने उनके अन्तरतर की वासनाओं और कल्पनाओं की मानसिक उत्सारणा की थी। लिखने की ओर प्रवृत्त करना उत्सारण का एक कौशल मात्र था। अपने मुँह से कहकर उस बात को सुनने का अवसर भी दे सकते थे। मन में कितनी ही वासनाएँ छिपी रहती हैं प्रधान, हम सब जान भी नहीं पाते।''

''तो तुम समझती हो मैना, कि अक्षोभ्य भैरव ने मेरी वासनाओं को ही प्रकट कर दिया है?''

''अमोघवज्र विचित्र प्रकार के साधु थे। वे साधना के द्वारा प्राप्त फल को रहस्य के रूप में छिपाया नहीं करते। उन्होंने माताजी से कहा था कि मन यद्यपि प्रत्येक व्यक्ति में अलग-अलग होता है, परन्तु सब मनों को अपने-आपमें समेटनेवाला विपुल ब्रह्मांडव्यापी एक समष्टि-मन भी है। प्रयत्न द्वारा उस समष्टिचित्त को पकड़ा जा सकता है। उसके जितने अंश को आदमी पकड़ पाता है, उतने अंश से सम्बन्धित प्रत्येक व्यक्ति के चित्त की क्रिया-प्रतिक्रिया को बता सकता है। वे तो यह भी कहते थे कि यह कोई बड़ी बात नहीं है। यह भी छोटी जानकारी है—जिस प्रकार वैद्य विराट् जीवन के नियमों को जानकर व्यक्ति-विशेष के जीवन-तत्त्व की क्रिया-प्रतिक्रिया को समझ लेता है, बहुत कुछ उसी प्रकार। मेरा तो पूरा विश्वास है कि तुम्हारे मन के किसी अन्तराल में यह भाव बैठा हुआ है कि महाराज मेरी ओर आकृष्ट होने से तमोगुण की ओर बढ़ रहे हैं। शायद यह बात तुम अपने से भी छिपाते हो। तान्त्रिक ने तुम्हारा चोर पकड़ा है, महाराज से उसका कोई सम्बन्ध नहीं है।''

बोधा प्रधान ने कहा, 'हुं!' और मौन हो गए। अन्धकार की चादर में मुँह ढाँपे विशाल वृक्षों ने कहा—'हुं!' सब कुछ देखने-सुननेवाले आकाशमार्ग के प्रदीपवाहक नक्षत्रों ने कहा—'हुं!' तृण-शाद्वलों के रूप में धरती की अनादि पीड़ा के रोमांच सिहर उठे—'हुं!' मैना ठीक कह रही है। महाराज का इस तमोगुण से कोई सम्बन्ध नहीं। दिशाएँ प्रसन्न हो गईं, दक्षिणी समीर सुख-व्यंजक झोंके से उल्लास प्रकट

कर गया, मेरा हृदय पूरोत्सिद्ध तड़ाग की भाँति बाँध तोड़ने को उद्यत हुआ। ऐसा जान पड़ा जैसे हृदय पर से एक कठोर शिला अचानक भहरा गई। हे मरुद्‌गण, तुम साक्षी हो, मेरा हृदय तमोग्रस्त नहीं है!

बोधा प्रधान परास्त-से हो गए थे। बड़ी कातर वाणी में बोले, "क्षमा करो मैना! तुम जो कह रही हो वह यदि सत्य है तो महाराज को मुँह दिखाने योग्य नहीं रह गया। तुम्हें भी क्या मुँह दिखा सकता हूँ! मैं सचमुच ही नहीं जानता कि मेरे मन में ऐसा पाप-भाव विद्यमान है। परन्तु जब कह रही हो तो लगता है कि यह ठीक हो भी सकता है।"

मैना इस कातर वाणी से गल गई। उसे लगा कि उसने प्रधान के हृदय पर अनावश्यक रूप से कठिन चोट मार दी है। बोली, "बुरा मान गए प्रधान! तुमने ही तो लाड़ दे-देकर इस मैना को ढीठ बना दिया है। कभी डाँटते भी तो नहीं। माँ कहा करती थीं न कि इसे इतना सिर न चढ़ाओ। कड़ी बात कह जाती हूँ तो हँस दिया करते हो, आज बुरा मान गए। लो भला, यह भी कोई बात हुई! आज ही तो मुझे ठीक-ठीक अर्थों में प्रसन्नता हुई है और आज ही तुम बुरा मान गए!"

ऐसा जान पड़ा कि प्रधान को मैना की बात से कुतूहल हुआ। वे कुछ प्रसन्न भी हुए होंगे क्योंकि उनकी वाणी में अब कातरता नहीं जान पड़ी। बोले, "क्या कह रही हो मैना, आज ही तुम्हें प्रसन्नता हुई है? क्यों भला? बोधा को चोट पहुँचाकर तुम्हें प्रसन्नता हुई? और वह भी ठीक अर्थों में?"

"पहले यह बताओ कि जो कह रही हूँ वह ठीक हो सकता है न?"

"कदाचित् ठीक ही है।"

"नहीं, साफ-साफ कहो। ठीक है न?"

"ले भाई, ठीक है। अब अपनी प्रसन्नता का कारण तो बताओ।"

"मैं समझती थी कि तुम पूरे चट्टान हो जिस पर प्राण-तत्त्व के पनपने का कोई अवसर ही नहीं है, वनस्पतियों की तो बात ही क्या, निर्लज्ज दूब भी वहाँ हार मान जाती है! भगवती विष्णुप्रिया के आश्रम में तुमने सहज भाव से पुरुषोत्तम क्षेत्र के प्रसाद की कहानी सुनाई तो मुझे लगा कि कहीं-न-कहीं तुम्हारे अन्तर में भी रस है बहुत नीचे। पर मन में शंका बनी रही कि तुम्हारे इस गूढ़ सारस्य का ठीक पता लगा सकी या नहीं। आज स्पष्ट हो गया कि तुम्हारे अन्तरतर के निगूढ़ निभृत में ऐसा कुछ है जो बहुत कमनीय है क्योंकि मैंने उसमें ईर्ष्या की तरंगें प्रत्यक्ष देखी हैं।"

"हुँ!"

"ठीक कह रही हूँ न प्रधान?"

"हुँ!"

"भगवान ने मुझे नारी-विग्रह दिया है—एकदम मुलायम, दुर्बल, भंगुर! तुम्हारी आज्ञा से मैंने उस पर पुरुष-आवरण डाल दिया है—कठोर, सशक्त, उद्धत। रानी दीदी का मानसिक विक्षेप देखा तो हृदय रो उठा। दृढ़ संकल्प किया कि दीदी के धन को ढूँढ़कर उसके पास पहुँचा दूँ। तुम्हारी राय ली तो तुमने सेना में भर्ती करा दिया। दीदी के धन को देखा—महाराज सातवाहन! ऐसा जान पड़ा जैसे सारे जन्मान्तर से इसी रूप को खोजती फिर रही थी। ऐसा जान पड़ा जैसे जन्म-जन्मान्तर से इसी लक्ष्य तक पहुँचाने के लिए अनादिकाल से आयोजन करते आ रहे थे। सत्य कहती हूँ प्रधान, मन में जो भाव था वह लोभ नहीं था, पा लूँ, ऐसी लालसा नहीं थी, केवल यही भाव था कि अपने को निःशेष भाव से उँडेलकर दे दूँ।

"तुमने भी अपने को दे दिया, पर तुम्हें भगवान ने पुरुष-विग्रह दिया है। तुम्हारा दान अनायास सात्त्विक हो जाता है, उसमें विग्रह बाधक नहीं है। मैं देती हूँ तो विग्रह भी ढरक जाना चाहता है। तुम्हारा अर्घ्य शुद्ध गंगाजल की धार है। मेरे गंगाजल में फूल भी तैरता रहता है। देना चाहती हूँ गंगाजल की धार, आगे उतराकर बह जाना चाहता है फूल। यही अन्तर है। पर दान, दान है। शपथपूर्वक कह सकती हूँ, इसमें केवल सत्त्वोद्रेक है। फूल को रोकना चाहते हो तो रोक लो, हाथ लगाओ, मेरे दोनों हाथ फँसे हैं। दीदी के धन पर मैं कभी लोभ कर सकती हूँ प्रधान? पर लाचारी इस विग्रह की है। तुमसे कातर प्रार्थना करती हूँ प्रधान, मेरी सेवा को निर्मल बनाओ। इसे राजसदोष से मुक्त करो।"

"हुँ!"

"आज ही कुछ हो जाना चाहिए। शाह को साधने का काम तुम कर ही चुके हो। मैं इन बातों में विश्वास नहीं करती। मैं महाराज की सहायता कर सकूँगी, ऐसा दम्भ मुझमें नहीं है। मैं केवल एक बात अनुभव करने लगी हूँ, मैं जो भी करती हूँ, वह मानो महाराज की इच्छा है। कैसे मुझमें यह भाव आ गया है, यह नहीं कह सकती। पर जबसे माताजी ने मुझे समझा दिया है कि तू राजस-भाव से महाराज की ओर न बढ़, तब से मुझे बहुत-सी बातें अनायास समझ में आ गई हैं। महाराज को रानी दीदी के पास पहुँचाने की साधना इसलिए खंडित हो गई कि मेरा विग्रह प्रतिकूल भाव की ओर ले जाना चाहता था। माताजी ने बताया कि तू रानी को महाराज के पास पहुँचाने का जतन कर। मैं अब उसी ओर अग्रसर हो रही हूँ। तुम्हारी सहायता के बिना मैं भटक जा सकती हूँ।"

"थोड़ा रुको मैना!"

"एक क्षण भी समय नहीं है। चलो, भगवती नीलतारा के मन्दिर में चलें। कल एक बार महाराज का दर्शन करके फिर आनेवाली प्रचंड आँधी में अपने को बहा दूँगी।"

बोधा प्रधान असमंजस में पड़े जान पड़े। मैना उठकर खड़ी हो गई। तो वे खड़े हो गए। फिर रज्जुबद्ध की भाँति मैना के पीछे-पीछे चल पड़े। उनकी आँखें काम नहीं कर रही थीं, ऐसा जान पड़ा, क्योंकि मेरे पास से दोनों निकल गए और उन्हें रंचमात्र सन्देह भी नहीं हुआ कि यहाँ कोई तीसरा भी है।

'तो, फूल रोक लिया गया। अच्छा ही हुआ।' मैंने दीर्घ निःश्वास लिया।

जल्हन अभी तक लौटा नहीं। मुझे यहाँ बिठाकर जो गया, सो गया। क्या कारण हो सकता है? कहीं उसने भी समाधि तो नहीं लगा ली?

कुछ क्षण पहले तमोगुण से ग्रस्त न होने का उल्लास मुखर हो उठा था। अब लगता है, तमोगुण का एकदम एक ही झटके में हट जाना भी बहुत अच्छा नहीं होता। एक बार आकाश की ओर देखा, सूना मालूम हुआ, वनस्पतियों को निहारा, सो गए जान पड़े, पर्वत-शिखरों की ओर दृष्टि फेरी, बेहोश लग रहे थे।

सहसा जगत् जड़ हो गया है। भगवती उग्रतारा का ध्यान-मन्त्र याद आया—जाडयं न्यस्य कपालके त्रिजगतां हन्तूग्रतारा स्वयं—समस्त त्रैलोक्य की जड़ता को कपाल खर्पर में न्यस्त करके उग्रतारा स्वयं उसे विनष्ट कर दें। जय हो भगवती उग्रतारा की!

समय काटे नहीं कटता। प्रत्येक क्षण भारी होता जा रहा है। श्वेत ताराएँ चल रही हैं, नीलतारा स्थिर है। कहीं उसका ओर-छोर नहीं। नीलतारा, नीलतारा!

चारों ओर घोर निस्तब्धता छाई हुई थी। लोग अन्धकार की विकटता बताने के लिए उसे सूचीभेद्य कहते हैं—सूचीभेद्य, सुई चुभोने योग्य। परन्तु यह निस्तब्धता तो सूच्यभेद्य लग रही थी, सुई भी इसको छेदने में असमर्थ हो सकती थी। जल्हन आया नहीं। कहाँ अटक गया, कहीं कुछ आकस्मिक उत्पात में तो नहीं फँस गया? चिन्ता होने लगी। पुराने लोगों ने ठीक ही कहा था कि प्रियजन का चित्त पापाशंकी होता है। मेरे चित्त में आशंका का धूम छाने लगा। इसी समय दूर शिवा की ध्वनि हुई, बड़ी घोर ध्वनि! मन काँप उठा। फिर अचानक श्रृगालों की आवाज के समान 'हुक्का-हुआ' कर उठी। मैं सोचने लगा कि एक के बाद एक, दो प्रकार की ध्वनि एक ही जन्तु ने की या दो विभिन्न श्रेणी के जन्तुओं ने बारी-बारी से शब्द किया। यही उधेड़-बुन मन में देर तक चलती रही।

मन में इस छोटी-सी बात को लेकर चलनेवाली इस चिन्ता से मुझे मन-ही-मन थोड़ी हँसी भी आई। यह भी कोई बात जैसी-बात है। इस ऊहापोह में पड़ना बेकार नहीं तो क्या है? पर फिर भी यही बात मन में आती-जाती रही। जब कोई काम की बात नहीं होती तो मन ऐसी ही बेकार की बातों में उलझा करता है। तभी जल्हन का पदार्पण हुआ।

जल्हन ने आते ही उल्लास के साथ कहा, "सुना न महाराज, शिवा ने पहले

ऊँचे स्वर में घोर ध्वनि की, बाद में शृगाल की तरह बोल उठी!"

जल्हन की बात से मुझे हँसी आ गई। इतनी देर बाद लौटे तो यही समाचार ले आए। यह नहीं बताया कि जिस काम के लिए गए थे उसका क्या हुआ, इतनी देर कहाँ अटक गए थे। आते ही पूछते हैं कि सुना महाराज, शिवा का शब्द! मानो महाराज यहाँ यही सुनने के लिए बैठे हैं।

किन्तु जल्हन ने फिर जानना चाहा, "नहीं सुना महाराज!"

लाचार होकर कहना पड़ा कि सुना है।

जल्हन ने कहा, "साधारण बात नहीं है धर्मावतार! नीलतारा के क्षेत्र में शिवारुत कभी व्यर्थ नहीं होता। शिवा का इस प्रकार का शब्द तीन फलों को देता है। कल्याण होता है, धन-प्राप्ति होती है और बिछुड़े हुए प्रेमी से भेंट होती है। वराहमिहिराचार्य ने स्पष्ट रूप से इस फल का आदेश किया है। उनकी बात क्या कभी अन्यथा हो सकती है?"[30]

मन में औत्सुक्य का भाव जाग गया। पर जल्हन की सरलता पर आश्चर्य भी हुआ। फिर मैंने पूछा, "भैरवपाद की आज्ञा हुई कवि?"

जल्हन ने और भी उत्साह के साथ कहा, "समाधि में थे महाराज! अब बुलाने की आज्ञा मिली है। पधारें धर्मावतार! आज सब शुभ-ही-शुभ दिखाई दे रहा है।"

"चलो!"

## [ 30 ]

बोधा प्रधान ने अक्षोभ्य भैरव का जो रूप बताया था उस पर से मैंने अनुमान किया था कि अक्षोभ्य भैरव अक्खड़ और शुष्क तान्त्रिक होंगे, अभिचार के बल पर श्रद्धालुजनों पर आतंक जमाया करते होंगे, सम्मोहन और वशीकरण के साथ-साथ अपशब्दों की मार से श्रद्धालु श्रोता को अभिभूत किया करते होंगे और रहस्यमयी वाणी बोलकर भयत्रस्त भक्तजन का चित्त उखाड़ दिया करते होंगे। परन्तु मेरा यह अनुमान ठीक नहीं था। बोधा ने उन्हें आविष्ट अवस्था में देखा था। मैं जब उनसे मिलने गया तो वे सहज भाव में थे। उन्होंने उल्लासपूर्वक 'वर्धन्ताम्-वर्धन्ताम्' कहकर वर्द्धापनिका दी और बड़े आदर और प्रेम के साथ मुझे पहले से ही बिछे हुए कुशास्तरण पर बिठाया। मेरे प्रणाम करने पर उन्होंने स्नेह-सने स्वर में आशीर्वाद दिया। उन्होंने मुझे राजा के रूप में नहीं, अत्यन्त प्रिय सन्तान के रूप में ही देखा। उनकी बातों में कहीं ऐसी कोई ध्वनि नहीं थी, जिससे लगा हो कि किसी राजा को सन्तुष्ट करने के उद्देश्य से कही गई हो। स्नेह-मेदुर वत्सल भाव

अवश्य उनमें बार-बार ऊपर आ जाता था। सम्मान का स्वर उसमें मिला हुआ रहता था। वे प्रायः 'आयुष्मान्' कहकर मुझे सम्बोधन करते थे।

कुशल-प्रश्न के बाद उन्होंने कहा, "यह कवि बता रहे थे कि महाराज के चित्त में कुछ उद्वेग है। यह ठीक है आयुष्मन्?"

मैंने हाथ जोड़कर निवेदन किया कि कवि ने ठीक ही बताया है।

अक्षोभ्य भैरव क्षण-भर स्थिर दृष्टि हो मेरी ओर ताकते रहे, मानो कुछ पढ़ने का प्रयास कर रहे हों। उनके नीचे के मोटे होंठ एकाध बार चंचल भी हुए, पर बोले कुछ नहीं। उन्होंने आँखें झुका लीं और क्षण-भर में खो गए-से जान पड़े। थोड़ी देर तक वे निवात-निष्कम्प दीपशिखा की भाँति स्थिर बने रहे। जल्हन उत्सुकता के आधिक्य से आँखें फैलाए उनके और निकट सरक आया। मैं यथाशक्ति स्थिर बने रहने का प्रयत्न करने लगा। थोड़ी देर तक यह विचित्र स्तब्ध मौन भाव मुझे अभिभूत करने लगा। रह-रहकर मन में विचार-तरंग उद्वेल हो उठने लगे। रानी का प्रथम साक्षात्कार, फिर उनकी साधना, फिर युद्ध, फिर उनके लेख, फिर मैना का परिचय—एक-पर-एक इस प्रकार दिखाई देने लगा जैसे किसी निपुण कवि का निबद्ध नाटक अभिनीत होता देख रहा होऊँ। ये बातें मेरे मन में पहले भी उठ चुकी हैं, पर इस बार तो वे कालक्रम से एक-पर-एक सजकर आ रही थीं। मैं केवल दर्शक ही नहीं था, सामने अभिनय करता-सा अपने को ही देख रहा था। मगर जो बात सबसे विचित्र और अभिनव थी वह थी रानी की चिन्ताजर्जर मूर्ति। मेरे मन में आया, जैसे रानी निराश भाव से मेरी ओर देख रही हैं। लटियाया हुआ चिकुर-जल अस्त-व्यस्त है, परिधान धूसर हैं, आँखें सूजी हुई हैं, चेहरे पर करुण रेखाएँ उभर आई हैं। रानी का ऐसा हताश मुख मेरे मन में कभी नहीं आया था। मैं उद्विग्न हुआ। यह सब क्या सोच रहा हूँ? क्या मेरा ही मनोविकार मूर्तिमान हो रहा है या किसी विचित्र तूलिका से अज्ञात सत्य उभरता आ रहा है?

एकाएक भैरव की आँखें खुलीं और मन्द-स्मित के साथ उन्होंने मेरी ओर देखा, फिर बड़े ही कोमल कंठ से गा उठे :

*"यथा प्रसन्नैर्मधुरं शिरोरुहैर्जटाभिरप्येवमभूत्तदाननम्*
*न षट्पदश्रेणिभिरेव पंकजं सशैवलासंगमपि प्रकाशते॥"*

यह श्लोक मेरा जाना हुआ था। 'कुमारसम्भव' में कालिदास ने तपोनिरता भगवती पार्वती का इस रूप में चित्रण किया है। तपस्या करते समय उनके सुन्दर केश लटिया गए थे, फिर भी उनका मुख उतना ही मधुर दीखता था जितना सँवारे केशों के साथ दीखा करता था। कमल का कमनीय पुष्प केवल भौंरों की मनोहर

श्रेणी से सज्जित होकर ही शोभित नहीं होता, शैवाल जाल में उलझे रहने पर भी उसकी शोभा वैसी ही बनी रहती है।

मेरे मन में धक्-से लगा। क्या भैरव ने मेरे चित्त में आविर्भूत रानी के जटामंडित रूप को जान लिया है? भैरव को इस समय यही श्लोक क्यों सूझा? क्या इस श्लोक को सुनाकर वे मुझे भुलावा देना चाहते हैं? हृदय की सारी वेदना उमड़-घुमड़कर इस श्लोकांश में ही प्रतिध्वनित होने लगी कि 'जटाभिरप्येवम-भूत्तदाननम्'। कालिदास तो कल्प-कवि थे, पार्वती के लिए उन्होंने जो कुछ कहा है उससे मर्त्यलोक की यथार्थ और कठोर भूमि पर विचरण करनेवाला मानव अपने-आपको सान्त्वना दे सकता है?

भैरव ने क्षण-भर मौन रहकर उसी प्रकार मन्दस्मित के साथ कहा, "भगवती का यही रूप इस समय मेरे मन में आया। कदाचित् तुम इस देश की विध्वस्त राजलक्ष्मी की बात सोच रहे थे, कदाचित् आयुष्मती चन्द्रलेखा की चिन्ताकातर मूर्ति की बात सोच रहे थे। मेरे मन में भद्रकाली की मूर्ति नाच रही है, सबका एक ही उत्तर मिल रहा है—'न षट्पदश्रेणिभिरेव पंकजं सशैवलासंगमपि प्रकाशते!' कह नहीं सकता आयुष्मान् कि यही श्लोक मेरे मन में क्यों आ गया। भगवती के सहस्रों रूप हैं, वस्तुतः रूप-मात्र में भगवती का ही वास है। फिर भी यही श्लोक मेरे मन में क्यों आ गया? तुम कदाचित् मुझे सिद्ध समझकर कुछ सान्त्वना या आश्वासन की बात सुनने आए हो, पर मेरा चित्त कम कातर नहीं है। भगवती का ध्यान करता हूँ तो न जाने कब भद्रकाली मेरे मन में आ जाती है। न जाने कहाँ है वह! है भी या नहीं, कौन जाने! पर जब-जब उसका ध्यान आता है, मन चंचल हो उठता है, ऐसी बेचैनी अनुभव करता हूँ कि लगता है, पागल हो जाऊँगा। मेरा अर्जित पूर्व-पुण्य अवश्य बहुत क्षीण हो गया होगा, नहीं तो मेरी इच्छा का इतना तिरस्कार नहीं होता। कभी-कभी दृढ़ता के साथ इस जन्म में कुछ पुण्य अर्जन करने का प्रयास करता हूँ। छोटी-सी तो इच्छा है, भद्रकाली को सुखी देखूँ। पर वह भी पूर्ण नहीं हो पा रही है। बार-बार भगवती से प्रार्थना करता हूँ माता, मेरी यह छोटी-सी साध पूरी करो। पर अन्तराय बड़ा हैं। कर्म छोटा है, पूरा नहीं पड़ता। तुम्हारी चिन्ता मैं क्या दूर कर सकता हूँ? एक ही बात जान पाया हूँ, भगवती की शरण पकड़ना। उनकी इच्छा ही मुख्य है। कुछ करा लेती हैं, कुछ कहला लेती हैं। जब कहला रही हैं कि मधुरता वैसी ही है तो अवश्य वैसी ही है। केवल यही सोचता हूँ कि मधुरता का वैसा ही बना रहना ठीक है या मधुरता का वैसा ही उपलब्ध होना। जान पड़ता है, सारा कष्ट अनुपलब्धि का ही है।"

मैंने विनीत भाव से पूछा, "आर्य, महाकवि कालिदास ने इस प्रकार के देवी के माधुर्य को द्रष्टा-विशेष की दृष्टि से ही देखा है या द्रष्टव्य की शाश्वत महिमा

वर्णन करना उद्देश्य है?"

भैरव ने एक झटके से 'ना' कहा। ऐसा जान पड़ा 'ना' का तुरन्त आना उन्होंने आवश्यक समझा, पर देर तक बने रहना अनावश्यक। थोड़ा-सा विराम देकर बोले, "कालिदास तो द्रष्टव्य की महिमा ही बताते हैं। इस प्रसंग में द्रष्टव्य विभु है और द्रष्टा अणु। शिव का रूप वर्णन करना होता तो भी कुछ ऐसा ही कहते। पार्वती के मुख से कहलवाया भी है कि,

*"विभूषणोद्भासि पिनद्धभोगि वा गजाजिनालंबिदुकूलधारि वा।*
*कपालि वा स्यादथवेन्द्रशेखरं न विश्वमूर्तेवधार्यते वपुः॥*

कठिनाई वहाँ है जहाँ द्रष्टव्य भी अणु है। मैं भद्रकाली को नन्ही बालिका के रूप में देखता हूँ। मेरी सीमाएँ ही मुझे बाँध देती हैं। मन से कहता हूँ, ऐ मेरे मन, देवी की बात पर आस्था रख। मन कहता है कैसे रखूँ? यहीं टंटा है।"

जल्हन ने उतावली के साथ बीच ही में टोका, "और इस देश की राजलक्ष्मी के बारे में आप क्या सोचते हैं प्रभो?"

"इस देश की राजलक्ष्मी!" भैरव ने दीर्घ निःश्वास लिया। उन्होंने नीलतारा की मूर्ति की ओर आँखें गड़ा दीं, मानो पूछ रहे हों कि भगवती, क्या उत्तर दूँ? कुछ देर स्तब्धता का वातावरण एकरस बना रहा। भैरव के अंगों में धीरे-धीरे एक विशेष प्रकार की चेतना-धारा प्रवाहित होती-सी जान पड़ी। उन्होंने अँगड़ाई ली, कन्धे पर का उत्तरीय धरती पर गिर गया। विकट जृम्भा के साथ भयंकर भाव से उनका मुँह फैल गया। ऐसा जान पड़ा, चेतना का वेगवान प्रवाह उनकी नसों को कम्पित करता हुआ। मांसपेशियों को आन्दोलित करने लगा। वे घुटनों के बल स्थिर हो रहे। अब वे पूर्णतः आविष्ट लगते थे।

साध्वसपूर्वक जल्हन हाथ जोड़कर खड़ा हो गया। मैं खड़ा तो नहीं हुआ, पर हाथ अनायास जुड़ गए। परन्तु एक ही झटके में भैरव जब प्रत्यालीढपाद मुद्रा में खड़े हो गए तो मैं भी उठकर खड़ा हो गया। सोचने-विचारने का अवसर ही नहीं मिला। भैरव की शिराओं का तनाव बढ़ता ही जा रहा था। गले की एक-एक नभ उभर आई, आँखें इस प्रकार निकल आईं जैसे अब अधिक देर तक उनका कपालदेश में टिकना सम्भव न हो। एक क्षण के लिए मेरे मन में प्रश्न उठा, यह निरन्तर देवी का ध्यान करनेवाले मन की अज्ञात गहराई में छिपा हुआ संवेग है या भगवती का आवेश है। भैरव ने मेरी ओर दृष्टि फिराई। ऐसा जान पड़ा जैसे सैकड़ों उल्का-खंड मेरी ओर बरस पड़े हों। भैरव का स्वर बदल गया। उसमें सिंह-गर्जन का छन्द था। बोले तो ऐसा लगा जैसे डमरू की ध्वनि निकल रही है :

"सातवाहन! सावधान होकर सुन! अवहित है?"

"अवहित हूँ प्रभो!"

"तो सुन!"

"सुन रहा हूँ।"

"देखो सातवाहन, पिछले पाँच सौ वर्षों से इस देश के राजाधिराजों ने इस देश की राजलक्ष्मी को खंड-विक्षत कर दिया है। गुप्त सम्राटों ने सदा पुराने शास्त्रों को नई परिस्थितियों के अनुसार संशोधन कराने का प्रयत्न किया था। उन दिनों के लिए शास्त्रों को बाद के सम्राटों ने स्थिर मान लिया और उनके अर्द्धशिक्षित सचिवों ने आँख मूँदकर उन्हीं नीतियों का पालन किया। आज देश छिन्न-विच्छिन्न हो गया है। इस देश की राजनीति के तीन महादोष हैं। तुम भी इन्हीं दोषों की उपज हो। साहस हो तो ध्यान से सुनो—हमारे शास्त्रकारों ने अवस्था-विशेष में नियम बनाए हैं कि जिन राजाओं को उत्खात कर दिया गया है, उनके उत्तराधिकारियों को ही राज्य करने दिया जाए, केवल उनकी आमदनी का एक हिस्सा सम्राट् के कोश में भेजा जाए। यह उत्खात-प्रतिरोपण-विधान शक्तिशाली गुप्त नरपतियों के लिए गौरव की बात थी। पर धीरे-धीरे यह प्रजा सम्राट् और जनता के बीच अनेक व्यवधानों की सृष्टि करने में समर्थ हुई। देश की राजलक्ष्मी को टुकड़ों में बाँटने में इससे बड़ा कारण और कुछ नहीं हुआ। सम्राटों के नीचे कई-कई स्वराट्, उनके नीचे कई-कई राजा, उनके नीचे कई मांडलिक, उनके नीचे कई नृपति—और सब वंशानुक्रम से! यह व्यवस्था अब भयंकर हो गई है। इन कड़ियों में कहीं भी कुपुत्र या दुर्द्धर्ष राजकुमार का जन्म हो जाए तो सारी व्यवस्था बिखर जाती है। यही कारण है कि पिछले पाँच सौ वर्षों में अनेक राज्य फेन-बुदबुद की तरह उठते-गिरते रहे हैं। केन्द्रीय शक्ति जर्जर होकर शीर्ण-विशीर्ण हो गई। गुप्त सम्राटों ने गणराज्यों का संघटन करके साम्राज्य बनाया था। उनके लिए यह नियम शोभन था। अब वह हमारे विनाश का कारण बन गया है। यह प्रथम महादोष है।"

अक्षोभ्य भैरव रुके, मानो बात को समझ लेने का अवसर दे रहे हों।

भैरव ने क्रुद्ध स्वर में कहा, "राजाओं और राजाधिराजों ने पृथ्वी को अपनी वंशानुक्रम से प्राप्त सम्पत्ति मान लिया है। राजा मरे तो उसके बेटों में बँटवारा हो, मांडलिक मरे तो बँटवारा हो, नरपति मरे तो बँटवारा हो, बँटती-बँटती धरती त्राहि-त्राहि कर उठी है। यह दूसरा महादोष है जिसने राजलक्ष्मी को खंड-जर्जर बना दिया है।"

थोड़ा रुककर उन्होंने और क्रुद्ध स्वर में कहा, "और बात-बात में भूमिदान के द्वारा नए-नए सामन्तों की सृष्टि करना तीसरा महादोष है। कुछ दिन तक यह क्रम चलता रहा तो इस देश में छोटे-छोटे नरपतियों के अतिरिक्त और कोई दिखाई

ही नहीं देगा। सातवाहन यह क्रम चल नहीं सकता। तुम जो नहीं रोकेगे तो कोई और आकर इस क्रम को नष्ट कर देगा, कर रहा है। भारतवर्ष की राजलक्ष्मी के सिर का एक-एक बाल इस बँटवारे की भेंट हो चुका है। सीधा जनसम्पर्क रखनेवाला राजनेता कहीं रह ही नहीं गया है। राजशक्ति दुर्बल है, प्रजा मूक दर्शक बनी हुई है। राजपुत्रों की झूठी दर्पोक्तियाँ अन्तःसार-शून्य ढफ बन गई हैं। धिक्कार है इस दम्भवर्धिनी, पाखंड प्रसारिणी जड़ नीति को!

"इस राजनीति के साथ जिस रणनीति का गठबंधन हुआ है वह और भी भयंकर है। जाने कब से इस देश के शास्त्रकार मौल, भृतक, मित्र और श्रेणी-भेद से सेनाओं का विभाजन करते आए हैं! मौल सेना की बड़ी महिमा गाई गई है। वंश-परम्परा से प्राप्त धरती का उपयोग करनेवाले लोगों से संगठित मौल सेना सामन्तों की ही भाँति जड़ और अविश्वसनीय हो गई है। भाड़े के सैनिकों की भृतक सेना इसलिए बुरी बताई गई है कि वह अधिक पैसा पाने पर धोखा देती है। पर मौल सेनाओं में यह दोष इन दिनों कम नहीं है। नरवर्मा के सामन्तों को मौल सेना इसलिए धोखा दे गई थी कि उन्हें विश्वास हो गया था कि नरवर्मा के पतन के बाद प्रतिहार लोग उन्हें उनके सब अधिकारों के साथ ज्यों-का-त्यों रहने देंगे। काश्मीर की भृतक सेना मौलों से अधिक विश्वसनीय सिद्ध हुई। दलपंगुर महाराज जयित्रचन्द्र की सारी मौल सेना हाथी का दाँत ही सिद्ध हुई, पुण्डरीक ने भृतक तुरुष्कों से अधिक सहायता पाई। सामन्तों की मौल सेना आपस में लड़कर ही मर गई। नालन्दा में मौल सेनाओं की नपुंसकता देखकर मेरा मन बहुत क्षुब्ध हुआ था। यह कोई रणनीति है?

"मूर्ख राजाओं और चाटुकार पंडितों ने अरि का अर्थ ही शत्रु हो जाने दिया है। कभी पड़ोसी राजा को 'अरि' कहा जाता था, मित्र वह होता था जो पड़ोसी का पड़ोसी है। किसी समय ऐसा विचार ठीक रहा होगा। परन्तु अभी जो तुरुष्क आए हैं, वे सबके शत्रु हैं कितने ही राजाओं को नष्ट करके उनके पड़ोसियों को ये खा गए, पर अब भी मूर्खों की समझ में नहीं आया। मित्र सेना अब समूचे देश की सेना है। अरि का अरि होकर भी तुरुष्क मित्र नहीं बनेगा। गाँठ बाँध लो इस बात को! मैं कान्यकुब्ज का उच्छेद देख चुका हूँ, गौड़ का पराभव देख चुका हूँ, चौहानों का मर्दन सुन चुका हूँ, चन्देलों की पराजय की कहानी भी सुन चुका हूँ। मित्र-सेना के नाम पर गाहड़वारों का तुरुष्कों को निमन्त्रित करना कितनी बड़ी भूल थी। समझदार देख-सुनकर सीखता है, इस देश की बुद्धि भी जड़ हो गई है। आँखों के सामने सत्यानाश का ताण्डव चल रहा है, और हम हैं कि समझ ही नहीं पा रहे हैं।

"श्रेणी सेना तो इस देश से उठ ही गई है। व्यापार नष्ट हो गया, सेठ कंगाल

हो गए, निगमों और श्रेणियों का खेल ही समाप्त हो गया। कभी इन सेठों की सेनाएँ भी राजा के काम आती थीं। वे जान पर खेलकर लड़ती थीं। अब तो कहाँ सेठ और कहाँ श्रेणी! अब तो हर पंसारी 'महाजन' होता जा रहा है। यहाँ से निगमों के अधिपति महाजन उठ ही गए।"

क्षण-भर तक ग्लानि और क्षोभ से भैरव का मुख मलिन हो गया। एकाएक अद्भुत चेतना की नवीन तरंग ने उनके रक्त में हिलोरें भरीं। वे मन्त्रौषधि-रुद्ध कालसर्प की भाँति बेबसी की फुफकार भरते हुए बोल उठे :

"अरे ओ सातवाहन, इस देश की राजनीति विच्छेद की नीति पर खड़ी हुई है। आज वीर विक्रमादित्य-सा जननेता कहाँ है? कहाँ है, समुद्रगुप्त जैसा लोकनायक, जो महामांडलिकों के सिर पर पैर रखकर स्वयं सेना का संचालन करता हो? कहाँ है चन्द्रगुप्त जैसा विषम साहसिक, जो शत्रु सेना में इस प्रकार अकुतोभय होकर प्रवेश करता था जैसे सिंह सियारों के झुंड में घुस जाता है? देख, इस सिंहवाहिनी नीलतारा को! यह सिंह पर सवारी करती है। इसके चौखट पर सिर मारकर प्रसाद पाने की आकांक्षा न रख। सच्चा सिंह बन, तभी इसका प्रसाद पा सकेगा। भीरु कायर अशोक चल्ल इसकी उपासना करने का दम भरता था। वह शृगालों को अपना आदर्श समझता था, शृगालियों को मार्गदर्शक मानता था। सहस्र बार मैंने इस नीलतारा मूर्ति का निर्मम अट्टहास सुना है। बड़ी निर्मम है, बड़ी बेपीर है! कायरों को अपनी छाया तक नहीं छूने देती, मूर्ख नीतिज्ञों की जड़ता पर दारण अट्टहास करती है, पथभ्रान्त कवियों की झमाझम निकलती वाणी को क्रूर परिहास का विषय मानती है। यह निखिल ब्रह्माण्ड की क्रिया-शक्ति की अधिदेवता है। इसकी उपासना कर्म की उपासना है, ज्ञान द्वारा परिष्कृत, तपस्या द्वारा समर्पित अक्लान्त कर्म की।

"और देख सातवाहन, शुक्र और कामन्दक की रणनीति में परिवर्तन की आवश्यकता है। दोनों पक्ष उसी नीति को मानें तो ठीक है, पर हिमालय के उस पार से आनेवाली सेना उन बन्धनों को नहीं मानती। भटिण्डा की लड़ाई में राजपुत्रों की मौल सेना सूर्योदय में ही लड़ने को बाध्य हुई; कल्यपाल सोए हुए थे, कलेऊ नहीं मिला, अपराह्न तक लड़ते-लड़ते वे क्लान्त हो गए, लड़ते-लड़ते खा नहीं सकते थे, हजार बाधाएँ थीं; चौका नहीं था; अस्पृश्य से स्पर्श का बचाव नहीं था; घोड़ों के मांस से काम नहीं चला सकते थे; शत्रु की मार से नहीं, पेट की मार से भहरा गए। शास्त्रकारों ने कहा है, अटवी सेना निकृष्ट होती है। पर क्या इन विकट शत्रुओं के लिए अटवी सेना ही उपयुक्त न होती? शकों से जूझने के लिए विक्रमादित्य ने भिल्लों और मुसहरों की सेना का संगठन किया था। उन्हीं के बल पर वे शकारि बना सके। शकों को उन्होंने वक्षुतट तक खदेड़ दिया। देख रे,

अर्थशास्त्र और धर्मशास्त्र हर समय साथ-साथ नहीं चलते। देवी के चरणों पर सिर रखकर शपथ ले कि तू सीधे जनता से सम्पर्क रखेगा, किसी को छोटा और किसी को बड़ा नहीं मानेगा, धरती को बपौती नहीं धरोहर समझेगा, सामन्ती प्रथा का उच्छेद करेगा। ऐसा करके ही तू वीर विक्रमादित्य की परम्परा का उत्तराधिकारी बनेगा।''

मेरी नसों में विचित्र झनझनाहट अनुभव हो रही थी। मैं अभिभूत की भाँति चुपचाप हाथ जोड़े खड़ा रहा। जल्हन काँप रहा था।

अक्षोभ्य भैरव थोड़ी देर तक चुपचाप देखते रहे। वे प्रतीक्षा कर रहे थे कि मैं देवी के चरणों में प्रणत होकर शपथ ग्रहण करूँगा। मैं तब भी अभिभूत खड़ा ही रहा। मुझे उस आदेश के पालन के प्रति अनिच्छा नहीं थी। मैं सोच रहा था कि भैरव का आवेश समाप्त हो और उनकी बातें पूरी हो जाएँ तो देवी के चरणों में सिर झुकाकर शपथ ग्रहण करूँ। एक प्रकार की निष्क्रियता मुझे दबोचे बैठी थी।

थोड़ी देर तक मेरी ओर देखकर भैरव ने मुँह फिरा लिया। वे देवी की ओर उन्मुख हुए। उनकी आँखों में आँसू आ गए। फिर एकाएक उचके और उत्ताल नर्त्तन करने लगे। रह-रहकर उनके मुँह से 'हुँ', 'हुँ' की ध्वनि निकल पड़ती थी। विकट नृत्य था वह! प्रत्येक चारी से दिक्‌चक्रवाल कुलातचक्र की भाँति नाच उठता था, प्रत्येक पदताल से गिरिभूमि धसकती-सी जान पड़ती थी। उनकी आँखों से निरन्तर अश्रुधारा झरी जा रही थी। वे हाँफने लगे और देवी के पादमूल में एकाएक लुढ़क गए। मैं जड़, स्तब्ध, निश्चेष्ट!

जल्हन भय के मारे चिल्ला उठा, ''त्राहि सर्वेश्वरी, त्राहि!''

अक्षोभ्य भैरव कुछ देर में स्वस्थ होकर बैठ गए। वे फिर सहज भाव में आ गए। उन्होंने फिर स्नेह-मृदुल कंठ से कहा, 'आयुष्मान्, देवी को प्रणाम करो। शपथ तो तुमने ली नहीं।''

मैंने अपराधी की भाँति कहा, ''समय पर बात भूल गई। मुझमें स्तब्धता आ गई थी। कुछ पता नहीं, क्यों मेरा अन्तरतर जड़ीभूत हो गया!'' यह कहकर मैंने भक्तिपूर्वक देवी के चरणों में अपनी साष्टांग प्रणति का निवेदन किया। जल्हन ने भी मेरा अनुकरण किया।

अक्षोभ्य भैरव प्रसन्न हुए, पर उस प्रसन्नता में उल्लास का वेग नहीं था। कुछ क्षण मौन रहकर उन्होंने कहा, ''साधु आयुष्मान्, भगवती तुम्हारा कल्याण करेंगी! स्तब्धता भी उन्हीं का विलास है। तुम्हारे भीतर यह समय पर चूक जानेवाली जड़ता कुछ अच्छी बात नहीं है। परन्तु देवी की आराधना का यह बाह्य रूप ही है आयुष्मान्! सच्ची उपासना तो निरन्तर शुभ कार्य की प्रेरणा है। निरन्तर अन्याय

से जूझो, निरन्तर जड़ता से संघर्ष करते जाओ, निरन्तर सड़ी-गली मृत्युग्रस्त रूढ़ियों का परीक्षण करते रहो। समय पर तुम चूक गए, यह भूल हुई। कदाचित् तुम्हारा संकल्प सैकड़ों वर्ष बाद रूप ग्रहण करे, पर चिन्ता की कोई बात नहीं, निरन्तर शुभ साधना अपने-आपमें बड़ा पुरस्कार है।''

जल्हन को अन्तिम बात से चिन्ता हुई। गिड़गिड़ाकर पूछ बैठा, ''क्या कहा प्रभो, महाराज का संकल्प सैकड़ों वर्ष बाद रूप ग्रहण करेगा!''

भैरव ने डाँटकर कहा, ''तू अशोक का साथी है न रे? तुझे चाहिए चट्‌ट रोटी पट्‌ट दाल। संकल्प कितना बड़ा है, नहीं देखता? देश के जीवन में हजार-पाँच सौ साल कौन-सी बड़ी बात है रे! छोटे संकल्प का छोटा समय होता है। हजारों वर्ष की किट्‌ट इतनी शीघ्रता से धुलेगी? देवी संकल्प को देखती हैं। अभी एक युवती युवक-वेश में आई थी। मैं पहचान गया। संकल्प उसका छोटा था, किसी महाराज की अहैतुकी देवी। देवी ने प्रसन्न होकर उसके कार्य के अन्तराय को हटा दिया। छोटा-सा संकल्प, छोटी-सी सिद्धि!''

भैरव ने सहज भाव से यह बात कही। परन्तु मुझे ऐसा लगा जैसे हृदय का कोई मांसखंड ही नुच गया हो। क्या मेरे चित्त में कहीं सहैतुकी सेवा की वासना संचित थी? यदि थी तो उसका छिल जाना, नुच जाना, कट जाना अच्छा ही हुआ। यह और बात है कि उस वासना-रूपी मल के साथ कुछ मांसखंड से भी हाथ धोना पड़ा।

जल्हन ने अवसर देखकर कहा, ''प्रभो, महाराज रानी चन्द्रलेखा के लिए चिन्तित हैं। उस सम्बन्ध में भी कुछ आदेश हो।''

भैरव हँसे, ''भाई जल्हन, तू समझता है कि मैं सारी दुनिया की बात जानता हूँ। ना भाई, मैं स्वयं अपनी मर्मवेदना का उत्तर नहीं जानता। महामाया जानती हैं, सबको आच्छादित करके, सबको अन्तर्भुक्त करके, सर्वत्र वे व्याप्त हैं। कभी-कभी ऐसा लगता है कि मैं उनके किसी एक पहलू को देख रहा हूँ। क्यों ऐसा होता है, कैसे बताऊँ? कदाचित् उनका नाम लेते-लेते किसी पूर्व पुण्य के प्रताप से उनकी सत्ता के किसी पार्श्व का स्पर्श कर लेता हूँ। बहुत अस्पष्ट होता है वह स्पर्श, पर मेरा मैं-पन उससे खो जाता है। कुछ ऐसी बात कह जाता हूँ, जो सोच-समझकर नहीं कह सकता था। इसे मैं महामाया का प्रसाद ही मानता हूँ। जब यह आयुष्मान् पधारे तभी मैंने महामाया से प्रार्थना की कि कुछ रानी की बात बताओ भगवती! कोई उत्तर नहीं मिला। मेरे मन में आया कि भद्रकाली की ही बात पूछूँ। फिर वही मौन। केवल मन में वही श्लोक आया जिसे सुना चुका हूँ। तुमने जब राजलक्ष्मी की बात पूछी तो मुझे ऐसा लगा, देवी कुछ कह रही हैं। इससे अधिक मैं कुछ भी नहीं जानता।''

भैरव चुप हो गए। देर तक किसी ने कुछ नहीं कहा। भैरव कुछ सोच रहे थे।

इस बीच आकाश में मेघ घिर आए थे। हम लोगों का ध्यान उधर नहीं था। मेघों की गड़गड़ाहट आरम्भ हुई, भैरव उसी प्रकार शान्त बने रहे। दो-चार मोटी बूँदें गिरीं। भैरव तथैव! हम दोनों भी उसी प्रकार बैठे रहे। धीरे-धीरे पानी बरसने लगा। पहले वेग कम था, फिर बढ़ गया। भैरव उसी तरह निस्तब्ध!

यद्यपि नीलतारा की मूर्ति एक अर्द्ध-मन्दिराकृति गुफा के बीच थी, पर पानी के छींटे वहाँ भी पहुँच रहे थे। भैरव वैसे ही बने रहे। पानी बरसता रहा, हम तीनों भीगते रहे। एकाएक भैरव की दृष्टि सीकरार्द्र देवी-प्रतिमा पर गई। ऐसा जान पड़ा, उनकी सत्ता लौट आई। वे विह्वल कंठ से गा उठे :

*"यथाप्रसन्नैर्मधुरं शिरोरुहैर्जटाभिरप्येवमभूत्तदाननम्।*
*न षट्पदश्रेणिभिरेव पंकजं सशैवलासंगमपि प्रकाशते॥"*

## [ 31 ]

इच्छाशक्ति और क्रिया-शक्ति का द्वन्द्व तेजी से चल पड़ा है। नहीं चाहता कि जो कुछ हो रहा है उसके विश्लेषण में समय नष्ट करूँ, पर न जाने क्यों मन ही नहीं मानता। हिसाब लगाना आवश्यक नहीं है, पर अनिवार्य अवश्य हो उठा है। विद्याधर भट्ट ने कहा था, सफलता और असफलता का हिसाब कायर लगाते हैं। जो शूर हैं वे अपने निश्चय पर चट्टान की तरह दृढ़ और आँधी की तरह गतिशील हैं। अपनी बात को पुष्ट करने के लिए उन्होंने भारवि का कोई श्लोक पढ़ा था। लगा था, वे जो कह रहे हैं वही सत्य है, क्योंकि उनकी वाणी में प्राणों का वेग था, आस्था की दृढ़ता थी। अब लग रहा है, सत्य वाणी के अर्थ का नाम नहीं है, उसके पीछे रहनेवाले प्राण-वेग और आन्तरिक सच्चाई का नाम है। किसी भी वाणी के किसी भी अर्थ को ये दो बातें सत्य बना देती हैं। सत्य बाह्य अर्थ में नहीं, आन्तरिक आस्था में निवास करता है। हिसाब लगा रहा हूँ, क्योंकि हिसाब लगाए बिना आगे बढ़ना कठिन है।

उस दिन बोधा और मैना ने जब साथ-ही-साथ प्रणाम किया तो एक विभिन्न तरंगानुभूति अन्तःकरण को आन्दोलित कर उठी। 'तरंगानुभूति' ही उसे कहना चाहिए। वह बहुत कुछ समुद्र की लहरों के समान ही था। एक-एक बार समुद्र उल्लास-चंचल हो चाँद को पकड़ लेना चाहता है। हर बार धरती का दुर्वार आकर्षण उसे नीचे की ओर खींचता है। समुद्र हिम्मत नहीं हारता। विद्याधर भट्ट

के निपुण शिष्य की भाँति वह हिसाब नहीं लगाता। एक-पर-एक तरंग उठती-गिरती सोपान-परम्परा का निर्माण करती है और अन्त में पछाड़ खाकर बेलाभूमि को विक्षुब्ध करती है। मनोरथों की सोपान-परम्परा उसे केवल उद्वेल-भर करती है। मैना को देखकर उस दिन कुछ ऐसा ही अनुभव हुआ। आकाश—अनन्त आकाश—को आनन्द के उल्लास से पकड़ने का प्रयत्न, मनोरथों की सोपान-परम्परा, तट पर असहाय अवसान! मुझे प्रसन्नता अवश्य हुई। हिसाब लगाने पर आनन्द की मात्रा ही अधिक निकली। हिसाब करने से सन्तोष प्राप्त हुआ, यह क्या कम लाभ है।

मैना उस समय बालक-वेश में ही थी। पतली छरहरी उँगलियों से कसकर उसने भाला थाम रखा था। क्षण-भर के लिए ऐसा लगा कि मदन देवता ने अपने युग-युग से लालित पुष्पों के बाण को छोड़ दिया है। लेकिन उसकी आँखें बुरी तरह झुकी हुई थीं। बाण-विद्ध खंजनशावक की भाँति वे शिकारी के बंकिम धनुष पर ही झूल गई-सी दिखाई दे रही थीं। हाय, इनके आर्द्र पंखों में क्या अब चपलता का कभी संचार नहीं होगा?

बोधा का चेहरा सदा की भाँति भावविहीन था। अत्यन्त मृदु भाव से उन्होंने केवल इतना ही कहा, "पुरुषोत्तम क्षेत्र में प्राप्त, देवता के अयाचित प्रसाद को शिरसा स्वीकार करने की अनुज्ञा हो धर्मावतार!"

आँखें उनकी ऊपर नहीं उठीं। मैंने दोनों के सिर पर हाथ फेरकर आशीर्वाद दिया, परन्तु मैना का वह व्रीड़ा-मनोहर मुख जो हृदय-देश पर आया सो चिपक ही गया। रण-डंका बज गया है, उत्तर से दक्षिण तक भयंकर घमासान में बिजली की भाँति चमक रहा हूँ, पर वह मूर्ति जो चिपकी है वह जम ही गई है। पीड़ा होती है, चाहता हूँ वहाँ से हटा दूँ। न मूर्ति ही हटा पाया हूँ और न पीड़ा से मुक्ति ही मिली है। कुछ पीड़ाएँ बेहिसाब मीठी होती हैं।

मैं चाहता था, जान लूँ कि मैना के जन्तर्जगत् में क्या बीत रहा है। कदाचित् मैना के मन में यही इच्छा थी कि वह जान ले कि मेरे अन्तर्जगत् में कैसा हुआ घटित हो रहा है, पर पूछने का साहस न मुझे हुआ, न उसे ही। सब इच्छाएँ क्रिया में रूपान्तरित नहीं होना चाहतीं। मुझे उस दिन यह विचित्र रहस्य ज्ञात हुआ कि इच्छा के भी इच्छा और अनिच्छा होती है। आज हिसाब लगाने बैठा हूँ तो स्पष्ट जान पड़ता है, इच्छा वस्तु-स्थिति को जान जाती है तो अकर्मण्य हो जाती है। मैं जानता था कि मैना के भीतर क्या घट रहा होगा। यह विशुद्ध अर्घ्यदान में फूल को रोक रखने का दृढ़ संकल्प था, क्योंकि फूल की मादक गन्ध ग्रहीता को मोह-ग्रस्त कर सकती थी। मेरे अन्तरतर में यह जानकारी दृढ़ता से विद्यमान थी, परन्तु मैना ने क्यों नहीं पूछा? क्या उसके अन्तर्यामी भी मेरी ही तरह कुछ जान चुके थे? असम्भव नहीं है। जो भी हो, ज्ञानवती इच्छा निःसन्देह अकर्मण्य होती

है। ज्ञान इच्छा को रोकता है।

दूसरे दिन जब मैना बोधा प्रधान के पीछे आकर खड़ी हो गई तो उसका उद्वेग कम हो गया था। बालक-वेश में ज्वलन्त अग्नि-शिखा-सी दीप्त लग रही थी—पवित्र, तेजोमयी, असह्य स्पर्श! आँखें उस दिन भी झुकी थीं, पर दोनों कपोल सहज लालिमा से दमक रहे थे। मेरे अन्तर्यामी अच्छी तरह जान गए हैं कि फूल की मादकता केवल गन्ध में ही नहीं होती। उस दिन मैं समझ नहीं सका कि आज मैना में कल का भाव एकाएक कैसे अन्तर्धान हो गया।

समझने में बहुत विलम्ब नहीं हुआ। मैना कर्तव्य के आह्वान पर सदा की भाँति तन गई थी। उसके रोम-रोम में कुछ असाध्य-साधन के संकल्प का चांचल्य था। बोधा प्रधान कुछ उद्विग्न थे। उन्होंने बताया था कि अशोक चल्ल के सेनापति और मन्त्री कुछ आगा-पीछा कर रहे हैं। वे कहते हैं कि जब तक भद्रकाली का उद्धार नहीं हो जाता और उसके अपहर्ता का शिरच्छेदन नहीं हो जाता, तब तक अशोक चल्ल की सेनाएँ महाराज की सहायता कैसे कर सकती हैं! बोधा प्रधान को सन्देह है कि यह नया पैंतरा अक्षोभ्य के संकेत पर आरम्भ हुआ है। बोधा प्रधान अस्वस्ति का भाव अनुभव कर रहे थे। उन्हें लग रहा था कि उनकी कूट बुद्धि धोखा दे रही है।

मैना सदा की भाँति स्पष्ट थी, ''मरने दो इन नपुंसकों की सेना को। जो करना है वही बताओ। हम निठल्लों की भाँति बैठने यहाँ नहीं आए हैं। हम सीधे दिल्ली पर आक्रमण करेंगे। सोचो तो प्रधान, वृद्ध विद्याधर भट्ट उधर मरने-मारने की तैयारी कर रहे हैं और हम हाथ-पर-हाथ धरे बैठे हैं। अशोक चल्ल की सेना जाए भाड़ में। हमें जो करना है, करेंगे।''

आवेश में मैना का चेहरा तमतमा आया। उसकी झुकी पलकें फड़क उठीं, नयन-कोरकों में आकस्मिक विस्तार हुआ और भृकुटियाँ बंकिम भाव से उत्क्षिप्त हुईं। उसने मेरी ओर देखकर रोषपूर्वक कहा, ''क्षमा हो महाराज, चल्लों की सेना यहाँ सुरक्षित स्थान खोजकर छिपने के लिए आई है। इन्हें युद्ध करना होता तो दिल्ली और शाकम्भरी की भूमि को छोड़कर नया सपादलक्ष बसाने यहाँ नहीं आते। इन्होंने भूगोल को धोखा दिया है, अब इतिहास को भी धोखा देना चाहते हैं, परन्तु इस पर्वत-भूमि के निवासी और तरह के लोग हैं। वे आपको अधिक अच्छी तरह से पहचानते हैं। आज्ञा हो तो वे प्राण देने के लिए प्रस्तुत हैं।''

बोधा के मुख पर न कोई अनुकूल प्रतिक्रिया के चिह्न दीखे, न प्रतिकूल प्रतिक्रिया के। शान्त भाव से बोले, ''हूँ!'' परन्तु मुझे ऐसा जान पड़ा मानो शिराओं में किसी ने बिजली पिघलाकर उँड़ेल दी है। मैं कह उठा, ''साधु मैनसिंह, तुमसे यही आशा थी!''

उस दिन बोधा ने धारा को थोड़ी देर रोकने का प्रयास-सा करते हुए कहा था, "वचन जो दिया है उसे पूरा करना ही होगा।"

अकुतोभय मैनसिंह बोला, "उसका भार मेरे ऊपर। अब बताओ आगे क्या करना है?"

बोधा चुप।

मैंने ध्यान से बोधा के भावहीन चेहरे को देखा। कुछ समझना कठिन था। पर अचानक मुझे स्मरण हो आया कि वचन मैंने नहीं, बोधा ने दिया है। कहीं उन्हें इस बात का मानसिक क्लेश तो नहीं हो रहा है कि उनकी नासमझी से मुझे बँधना पड़ा है। मैना उस प्रसंग को जानती है या नहीं, मैं कह नहीं सकता। पर बोधा के मन में रंचमात्र भी ऐसी आशंका नहीं होनी चाहिए कि मैं उनके दिए वचनों की उपेक्षा कर सकता हूँ। मैनसिंह की तरलता से मैं परिचित हूँ। वह कदाचित् उस प्रसंग की सुकुमारता से अपरिचित है।

मैंने उसे शान्त करने के उद्देश्य से कहा, "वचन मैंने दिया है, उसे पूरा करना हमारा धर्म है। कठिनाई यह है कि न तो हमें भद्रकाली का कुछ पता-ठिकाना मालूम है, न उसके अपहर्त्ता का। इसमें भी कोई सन्देह नहीं कि अक्षोभ्य भैरव के चित्त के उपरले स्तर पर भद्रकाली की समस्या ही मुख्य है। उनका एक ही लक्ष्य जान पड़ता है, भद्रकाली का उद्धार। उनकी सहायता के बिना अशोक चल्ल की सेना या कोश की सहायता नहीं मिलेगी। लेकिन सहायता का मिलना या न मिलना बड़ी बात नहीं है। वचन पूरा करना बड़ी बात है।"

बोधा आश्वस्त जान पड़े। दिगन्त में आँखें गड़ाए हुए ही बोले, "इतनी बड़ी शक्ति से टकराना है। सोच-समझकर ही कुछ करना चाहिए। शाह की भी समस्या है। वह व्यक्तिगत कारणों से असन्तुष्ट है। सहायता वह भी करना चाहता है। उतावला वह मैनसिंह से कम नहीं है। परन्तु व्यक्तिगत कारणों से उत्पन्न असन्तोष पर बहुत भरोसा नहीं होता। ये कारण कभी भी दूर किए जा सकते हैं। इसलिए ज़रा फूँक-फूँककर पैर बढ़ाने में कोई दोष नहीं है। मुझे भट्टपाद के निदेश की आवश्यकता अनुभव हो रही है महाराज!"

बोधा की बात समझने में बहुत आयास मुझे नहीं हुआ। हम दोनों कई दिनों से इन बातों पर विचार कर रहे हैं। अक्षोभ्य भैरव पंडित हैं। उन्होंने इतिहास को समझने का प्रयास किया है। वे छोटे-छोटे सामन्तों की स्थाई परम्परा को इस देश की राजननीतिक और सैनिक पराजय का मुख्य हेतु मानते हैं। बोधा प्रधान उनसे परामर्श कर चुके हैं। वे वेतन-भोगी भृतिक सेना को अधिक उपयुक्त मानते हैं। विद्याधर भट्ट ठीक इसके विपरीत सोचते हैं। वे वेतनभोगी सैनिकों को राज्य का सबसे दुर्बल अंग मानते हैं। मेरे और रानी के प्रयत्नों से ग्रामीण जनता की जो

अशिक्षित सेना तैयार हुई, उसे वे सन्देह की दृष्टि से देखते रहे। कहते हैं कि शास्त्रकारों की बताई हुई अटवी सेना से यह बहुत भिन्न नहीं है। पर व्यवहार में इसकी सफलता देखकर वे शास्त्र-परिपाटी को छोड़ने को प्रस्तुत हुए थे।

बोधा अब भी उनके पुराने आदर्शों से प्रभावित है। मैनसिंह तो अटवी सेना का मूर्त रूप ही है।

बोधा ने अपने विचारों में संशोधन किया है। वे सामन्त सेना को अब आवश्यक नहीं मानते, पर वर्तमान परिस्थिति में अपरिहार्य अवश्य मानते हैं। केवल अशिक्षित गँवारों के उत्साह पर वे आस्था नहीं रखते। वह रहे, पर शिक्षित सामन्त सेना के बिना वह बालू की दीवार ही सिद्ध होगी। नई व्यवस्था तो बाद में बनेगी, अभी तो पुरानी से ही काम चलाना पड़ेगा। बोधा दूर तक सोचते हैं। देश से सोना लुट गया है। महाराजा हर्षवर्धन को पाँच सौ वर्ष बीत रहे हैं, उनके बाद भारतवर्ष के किसी राजाधिराज ने सोने की मुद्रा नहीं चलाई। इसकी टकसाल में इन दिनों केवल रौप्य-मुद्राएँ ढाली जा रही हैं। कश्मीर और कलिंग में कुछ नई स्वर्ण-मुद्राएँ ढाली गईं, पर वे देश में चल नहीं पाईं। गांगेय नरेशों की स्वर्ण-मुद्राएँ ढली नहीं कि लुट गईं। भृतिक सेना सोने की मुद्रा चाहती है। हाय, सोना है कहाँ? अशोक चल्ल के कोष में स्वर्ण का नाम भी नहीं है। केवल उत्साह के आवेग से सोना नहीं पैदा किया जा सकता। रौप्य तो केवल अपने सीमित क्षेत्र में ही मान्य हो सकता है। मैना इतना कुछ नहीं समझती। उसने अपने करनट वीरों की सहायता से कुछ पार्वतीय सेना बनाई है। वह सोचती है कि दिल्ली पर चढ़ने के लिए वह पर्याप्त है। बोधा नीति देखते हैं, व्यवहार देखते हैं। विद्याधर भट्ट से परामर्श लेने की आवश्यकता तो थी ही।

सब है, लेकिन मैनसिंह बनी हुई मैना की वाणी में रक्त हिल्लोलित करने की अद्भुत शक्ति है। मेरी बात से उसका उत्साह क्षीण हो गया था। वह कुछ हताश-सी दीखी। उसने अपने रोष को पी लिया। जान पड़ा जैसे बिल में से आधा निकला हुआ फणोद्धत कालसर्प फिर से बिल में घुसने जा रहा हो और अपने उद्धत फणमंडल को समेटने में उसे आयास करना पड़ रहा हो। उसने अपने अधर-पुट को दाँतों से दबाया, मानो फिर से फड़क उठने का दंड दे रही हो। चुपचाप उसने लम्बी साँस ली। उसकी इस मुद्रा में और भी लावण्य निखर आया था। कालिदास ने ठीक ही कहा था—'किमिव हि मधुराणां मण्डनं नाकृतीनाम!'।

बोधा सोने के लिए चिन्तित हैं। सोना मिल जाए तो देश के लाखों शिक्षित राजपुत्रों की अदम्य वाहिनी बन सकती हैं। महाराज जयित्रचन्द्र 'दलपंगुर' का विरुद धारण करते थे। उनके पास जो सेना थी उसका कोई हिसाब नहीं था। घर से निकलकर युद्ध-क्षेत्र तक खड़ी होने पर इतनी भीड़ होती थी कि सेना पंगु हो

जाती थी। सोना उनके पास था, पर सेना पर उसे व्यय करना उन्हें पसन्द न था। वे सामन्तों पर आस्था रखते थे। सामन्ती सेना विदेशी लुटेरों के धक्के नहीं सँभाल सकी। सेना पिट गई, सोना लुट गया। विद्याधर भट्ट सामन्ती सेना को ही वेतनभोगी सेना कहते हैं। सोना और सेना का सम्बन्ध वे नहीं स्थापित कर पाए। अब पछताते हैं। सोने का देश में ऐसा अभाव है कि लोग ताँबे से सोना बनानेवाले नकली सिद्धों के पीछे दौड़ रहे हैं। ऊँटों और खच्चरों पर लादकर विदेशी लुटेरे सोना ले गए हैं। मन्दिरों को तोड़कर उन्होंने सोने की खोज की है। सुना है, दक्षिणापथ के नरेश ब्रह्मदेश से पूर्व सुवर्णद्वीप में सोने की खोज के लिए अपने अनुचर भेज रहे हैं। उत्तरापथ तो सोने से एकदम शून्य हो गया है। सीदी मौला कहते थे, दिल्ली के सुलतान और अमीर भी सोने के लिए आकुल हैं। बोधा हताश हैं, हाय सोना!

उस दिन बोधा की जीत हुई थी। कूटनीति को और अवसर मिलना चाहिए। मैना हार गई थी, अनियन्त्रित वीर-दर्प को अभी शान्त रहना चाहिए। जाते-जाते कह गई थी, 'भद्रकाली के उद्धार और उसके अपहर्ता को दंड देने का काम मुझे दीजिए और अपनी कूटनीति का चक्र चलाते रहिए। इतना काम करने में तो कोई दोष नहीं है न प्रधान!' उसके स्वर में तीखी चोट थी। बोधा अविचलित रहे। चोट का उत्तर उन्होंने हँसकर दिया था। मैना तिलमिला गई थी। बोधा ने कहा था, 'इसमें क्या दोष है?' मैना ने मुझे प्रणाम किया, क्रुद्ध सिंहनी के समान उसने ग्रीवा को घुमाया और युवजनोचित उद्धत गति से चल पड़ी। चलते-चलते कहती गई, 'शाह भी भंड है। भगोड़ों से कुछ बननेवाला नहीं है। प्रधान को भय है कि उसका असन्तोष कोई भी, कभी भी दूर कर सकता है। ठीक है। उसका असन्तोष हमीं दूर करें और वह सदा दिल्ली के सुलतान से असन्तुष्ट रहे, इसका भार भी मेरे ऊपर।' मैना, मैनसिंह? क्या अपूर्व दर्प है! चली तो धरती पर अनुराग की तरंगें हिल्लोलित हो उठीं, बोली तो आकाश में कम्पन सिहर उठा उस दिन। मैं मुग्ध होकर देखता रहा था।

बोधा की वह जीत क्षणिक थी। आज कुरुक्षेत्र से मानव भूमि तक घनघोर युद्ध के उन्माद से ग्रस्त होकर फिरकी की तरह नाच रहा हूँ। बार-बार सोचता हूँ कि मनुष्य कितनी थोड़ी दूर तक देख सकता है। उस दिन मैना का मन तोड़ना व्यर्थ का खिलवाड़ ही साबित हुआ। जिस समय हम सोना प्राप्त करने की योजना बना रहे थे, उस दिन दक्षिण और पश्चिम के आकाश से घनघोर बादल उमड़े आ रहे थे। मैना बुरा मान गई। कुछ करने ही गई होगी। रह-रहकर उसका आहत दर्प याद आ रहा है। कहाँ गई होगी वह?

बोधा प्रधान ने शान्त स्वर में कहा था, 'मैना इन दिनों अकारण उत्तेजित है,

तर्क नहीं सुनती, केवल एक ही रट लगाए रहती है, महाराज से आज्ञा लेकर दिल्ली पर चढ़ाई कर दो। मुझे उसकी मानसिक स्थिति असन्तुलित जान पड़ती है। भय होता है कि उसका बाल-सुलभ चापल्य कुछ अनर्थ न करा दे। उसे अभी तक एक ही बात से रोकता रहा हूँ। जब वह उत्तेजित होती है तो कहता हूँ, ऐसा करने से महाराज के अनिष्ट की सम्भावना है।' फिर हँसकर बोले, 'इस उद्धत सर्पिणी को वश में रखने का यही मन्त्र रह गया है मेरे पास।'

सुनकर हृदय को धक्का लगा था। सोचने लगा, क्या रानी की भाँति उनकी सखी भी मानसिक असन्तुलन का आखेट बनने जा रही है? हे भगवान!

## [ 32 ]

मैना का पता चल गया। उसने असाध्य-साधन किया है। स्वयं सीदी मौला ने समाचार दिया। उनकी फक्कड़ाना मस्ती उस दिन पूर्णिमा के समुद्र की तरह उद्वेल हो उठी थी। बोले, "महाराज, मैंने मैनसिंह-जैसा तेजस्वी युवक नहीं देखा, व्याघ्र के मुँह में हाथ डालकर उसके पेट से किसी वस्तु को निकाल लाना सरल है, किन्तु दिल्ली के सुलतान के विकट जठर से शाह के परिवार को निकाल लाना कठिन है। मैनसिंह ने यही दुष्कर कार्य किया है। सीदी मौला ने आज तक किसी के पैर नहीं छुए हैं, पर इस युवक के पैर छू लेने की इच्छा होती है। कैसा वीर है, कैसा चतुर है, कैसा भोला! इतना बड़ा काम किसी और ने किया होता तो घमंड से फूल उठता, पर वह तो और भी संकुचित लगता है। शाह ने घोषणा की है, वह जो भी माँगेगा उसे दे देगा। प्राण भी माँगे तो वह नहीं हिचकेगा। मैं स्वयं शाह का सन्देश लेकर उसके पास गया, पर वह तो किसी के सामने जाने में भी लजाता है। आवाज तो उनके मुँह में है ही नहीं। चुपचाप टुकुर-टुकुर ताकता रहा। फिर फुसफुसाकर बोला, 'बाबा, मैं तो महाराज सातवाहन का सेवक हूँ। शाह उनके कार्यों में तन-मन-धन से सहयोग दें, यही मेरा पुरस्कार है!' "

सीदी मौला की आँखें कुछ गीली हो आईं। बोले, "महाराज, बहुत-से पोंगे सिद्ध मैंने देखे हैं जो दो-दो पैसे पर ईमान बेच देते हैं। पर ऐसा त्यागी, ऐसा सत्त्वगुणी, ऐसा पवित्रात्मा तो मैंने नहीं देखा। नन्हा-सा बालक है, कैसा अद्भुत देवोपम चरित्र है!"

आज सीदी मौला को नया सत्य दिखाई पड़ा था। उनके चट्टान-से कठोर हृदय पर कोमल दूब उग आई थी। वे उच्छ्वसित थे। एकाएक उनका भाव बदला। कुछ कुटिल हँसी हँसकर उन्होंने कहा, "सब भंड हैं। यहाँ राजा भंड हैं,

मन्त्री भंड हैं, फकीर भंड हैं, रईस भंड है। सब स्वार्थ के चेरे हैं। सीदी मौला के पास इसलिए आएँगे कि वह सोना बनाकर दे देगा। सोना मिलने की आशा हो तो। उनसे चिलम भरवा लो, पैर दबवा लो, जूठा बर्तन मँजवा लो। स्वार्थ के गुलाम हैं। दिल्ली में गुलामों का राज्य है। सब-के-सब चुगलखोर, चरित्रहीन, क्रूर, गँवार। नाश हो जाएगा इस सल्तनत का! गाँठ बाँध लो महाराज, जिस सल्तनत में सबको अपनी-अपनी पड़ी हो, जिसमें बड़े-से-बड़े को अपना सिर बचाने की ही चिन्ता पड़ी हो, जिसमें प्रजा के सुख-दुःख से कोई मतलब ही न हो, वह नाश के कगार पर खड़ी है। वे भाग्यहीन डंडे के बल से राज चाहते हैं। सब नरक के कीड़े बनेंगे। तुम भाग्यवान हो, तुम्हें मैनसिंह-सा सेवक मिला है। शाह तुमसे बड़ी आशा रखते हैं। वे तुम्हारे सच्चे मित्र हैं। उन्होंने कहलवाया है कि तुम उन पर पूरा भरोसा कर सकते हो। वे मैनसिंह के उपकारों का कोई प्रतिदान नहीं दे सकते, पर तुम्हारी सहायता प्राण देकर भी करेंगे। दिल्ली के नरक में यही तो एक देवता था महाराज! अभागे सुलतान ने इसे भी शत्रु बना लिया। शाह को इस बात का बड़ा दुःख है कि वे मैनसिंह का सम्मान करना तो दूर, उसे देख भी नहीं सके। वह भोला बालक जो अन्तर्धान हुआ सो हुआ। पता नहीं, किधर निकल गया! शाह के परिवार को कारागार से छुड़ाकर, यहाँ तक पहुँचकर फिर लुप्त हो गया। बलिहारी है उसके साहस की! कुल तीस ही युवक तो उसके साथ थे, पर आँधी की तरह टूटा और कारागार तोड़कर, दिल्ली के पहरेदारों की आँखों में धूल झोंककर निकल आया। सुलतान बौखला उठा है। सुना है शाह को बन्दी बनाने का आदेश दिया है। उसकी सेना उमड़ी चली आ रही है।"

सीदी मौला नहीं जानते कि उनका एक-एक वाक्य मेरी नसों में कितनी बिजली उँड़ेल रहा है। वे जानने की आवश्यकता भी नहीं समझते। सुननेवाले पर क्या बीत रही है इसकी चिन्ता न कभी थी, न आज है। वे कह रहे हैं, क्योंकि कहने में उन्हें आनन्द मिल रहा है। वे अपनी मौज में बहते हैं। उनके बहने से किसकी क्या लाभ-हानि है इसकी चिन्ता उन्हें नहीं है। मेरी छाती फूल रही है, भुजाएँ फड़क रही हैं, समूचा अस्तित्व दलित द्राक्षा की भाँति निचुड़कर बह जाना चाहता है। मैनसिंह—मैना!

सीदी मौला बहते रहे, "सुना है महाराज, विद्याधर भट्ट को सुलतान ने फिर चिढ़ाया है। तैलपों ने जो मन्दिर बनाए थे उसके भित्तिपात्र पर खुदी मूर्तियों की नाक तोड़ देने का आदेश दिया है। मूर्ख कहीं का! विद्याधर भट्ट को चिढ़ा रहा है या सारी भारतीय जनता को! अपनी नाक बचा बाबा! एक पापी कितना बड़ा अनर्थ कर सकता है! वह भारतीय जनता को दो भागों में बाँटना चाहता है—हिन्दू और मुसलमान! चाहता क्या है, उससे ऐसा ही हो रहा है। परमात्मा ने आदमी

को दो तरह का नहीं बनाया। सुलतान बनाने जा रहा है। सुलतान के मूर्ख साथी समझ नहीं पा रहे हैं कि वे कितने बड़े महानाश का बीज बो रहे हैं। शाह इस समाचार से मर्माहत हैं। वे इस भेद को मिटाना चाहते हैं। उनकी राजमहिषी हिन्दू-पद्धति से पूजा-पाठ करती हैं। शाह आनन्द-गद्गद होकर सुनते हैं। पर सुलतान कहता है कि यह बात बुरी है। परमात्मा ने उसे भेद पैदा करने का भार दिया है, शाह परमात्मा की इच्छा का विरोध कर रहा है। सुनी है महाराज तुमने कहीं ऐसी बात? सब मुसलमान पुण्यात्मा हैं, सब हिन्दू धर्मद्वेषी हैं। मुसलमान होकर सब अच्छे हो जाते हैं—चोर हों तो, डाकू हों तो, पाखंडी हों तो। सुलतान ऐसा ही मानता है। परमात्मा से भी मजाक करना चाहता है! शक्तिमद का ऐसा उद्धत रूप तुमने नहीं देखा होगा।

"अब उधर से विद्याधर भट्ट ने योगियों की सेना इकट्ठी की है। धर्म की रक्षा के लिए उन्हें लूटमार करने का अधिकार दिया है। लेकिन क्या यह सत्य है महाराज, कि रानी चन्द्रलेखा के नेतृत्व में इस विचित्र धर्मरक्षक दल का संगठन हुआ है? सुना है बारह सम्प्रदायों के योगी संगठित हुए हैं। रानी चन्द्रलेखा को वे लोग विमला देवी का अवतार मानते हैं। सुना है कि त्रिशूल उठाकर सबने शपथ ली है कि जब तक सारी आर्यभूमि विदेशियों से मुक्त नहीं हो जाती तब तक वे लोग शस्त्र-त्याग नहीं करेंगे, सैनिक संगठन का क्रम टूटने नहीं देंगे, अधर्म के विरुद्ध निरन्तर आघात करने से विरत नहीं होंगे और गौ-ब्राह्मण, मन्दिर-मठ और शिशु तथा नारी की रक्षा के व्रत से विरत नहीं होंगे। प्रतिज्ञा तो बुरी नहीं है, पर क्या इन मूर्ख गाँजाखोरों की सेना इसे निभा सकेगी? सुना है महाराज, रानी आपसे मिलने के लिए चल पड़ी हैं। मूर्खों ने उड़ा रखा है कि वे आकाश-मार्ग से उड़कर चली आ रही हैं। शाह को इस समाचार से बड़ी प्रसन्नता हुई है।"

सीदी मौला ने प्रश्न किया तो मैंने समझा कि कुछ उत्तर पाना चाहेंगे। यद्यपि ये सब समाचार मेरे लिए नए हैं और मैं इसका केवल 'नहीं' में ही उत्तर दे सकता हूँ, पर मुझे थोड़ी आशा बँधी कि वे रुकेंगे, पर सीदी मौला का प्रश्न केवल उनकी वचन-रचना की शैली-मात्र सिद्ध हुआ। वे रुके नहीं, कहते ही गए। बोले, "शाह से तुम्हें मिलना चाहिए महाराज! वह बहुत शिष्ट है, तुम्हारा मित्र होने योग्य। इस समय वह तुमसे मिलने को व्याकुल है। वह उपकार-भार से दबा है, उसके ऊपर संकट भी है। और संकट भी ऐसा जो तुम्हारे और उसके ऊपर समान भाव से है। तुम दोनों की मित्रता इस समय बहुत आवश्यक और मंगलजनक होगी। शाह के यहाँ आज उत्सव भी है।"

सीदी मौला ने एक बार मेरी ओर कुटिल भाव से देखा, फिर ठहाका मारकर हँसे और बोले, "मूर्ख सारी दुनिया की चिन्ता में घुलते रहते हैं। सब समझते हैं

कि विधाता ने दुनिया को सँभाल रखने का काम उन्हें ही सौंपा है। क्यों चिन्तित होते हो बाबा? नाव तुम्हारे भरोसे थोड़े ही चल रही है! पतवार पकड़कर जो बैठा है उस पर भरोसा रखो। पर सुनता कौन है? सब समझते हैं कि वे ही संसार को निश्चित दिशा में चलाने के लिए नियुक्त हैं। ये जो किरात हैं न महाराज, इनके साथ चीनों का नाम तुम सुनते आए हो। तुम समझते होगे कि दोनों एक ही जैसे हैं, पर दोनों के दो विश्वास हैं—परस्पर-विरोधी। यहाँ तो महाभारत-युग से लोग चीनों और किरातों को भाई-भाई मानते आ रहे हैं पर मैं मानता हूँ कि ये दोनों परस्पर को काटने के लिए कितने व्याकुल हैं! किरात समझता है कि विधाता कुछ करना चाहता है तो उसे अवसर दे देता है, वे निमित्त हैं, करनेवाला कोई और है। लेकिन चीन कहता है कि वह जो चाहेगा, वही होगा। वही दुनिया को सँभाल-सुधारकर रखने के लिए भेजा गया है। कितनी बार दोनों में ठन चुकी है। दोनों अपने-अपने विश्वास में दृढ़ हैं, पर विधाता न इसकी सुनता है न उसकी। वह अपने ढंग से चलता है।

"यह जो मिथिला है न महाराज, इसका पुराना नाम विदेह है। विदेहों का राज्य कभी हिमालय के उस पार तक था। बीच में किरात घुसकर उसे दो टुकड़ों में विभक्त करने में समर्थ हो गए। उत्तर विदेह और दक्षिण विदेह का सम्बन्ध टूट गया। मगर उत्तर विदेहवाले आज तक चीनों से लोहा लेते रहे हैं। चीनों ने कितनी बार चाहा कि उन्हें निगल जाएँ। एक बार शानवंशी राजाओं ने एक लाख सेना भेजी थी। विदेहों के पास कुल पाँच सहस्र सैनिक थे, मगर लड़ना कोई विदेहों से सीखे। चीनों की विशाल सेना से ऐसे जूझे जैसे फुर्तीला बाज सर्पों से जूझता है। विधाता की कुछ और ही योजना थी। उद्धत चीनों ने किरातों के एक गाँव में आग लगा दी थी। मर्माहत किरात उत्तर की ओर से उन पर टूट पड़े। विदेह तो जहाँ-के-तहाँ रह गए, पर एक लाख चीनी हिमालय की चोटियों पर सदा के लिए सो गए। शानवंश का तख्ता ही उलट दिया गया। मदमत्त होकर शिक्षा देने चले थे, खुद ही शिक्षा पा गए। क्यों फूले फिरते हो बाबा, काल चुटिया पकड़े है, उसे देखो!"

सीदी मौला एकदम चुप हो गए और बोलना जो बन्द किया सो बन्द ही कर दिया। थोड़ी देर मौन रहकर बिना किसी भूमिका के उठे और एक ओर चल दिए। गए तो ऐसे गए मानो पहचानते ही नहीं। आए थे तो आँखें गीली थीं, जाने लगे तो सूख गई थीं। एक झटके में मोह-ममता को तोड़कर निकल पड़े। विचित्र हैं, सब प्रकार से विचित्र!

उस समय सन्ध्या उतर आई थी। पश्चिम समुद्र में निमज्जमान सूर्य की लाल किरणें तब भी ऊँची गिरि-शृंखलाओं को छू रही थीं, पर धरती पर धूसरता

फैल गई थी। अन्धकार अभी नहीं हुआ था, पर प्रकाश समाप्त हो गया था। रह-रहकर चमगीदड़ों का इधर-से-उधर आना-जाना ऐसा लग रहा था जैसे अन्धकार ने अपने विश्वस्त गुप्तचरों को टोह लेने के लिए भेजा हो। शीघ्र ही अन्धकार का पूर्ण शासन प्रतिष्ठित होनेवाला है। क्या घटित होने जा रहा है?

सीदी मौला ने अद्‌भुत ढंग से बातें कीं। समाचार देना उनका मुख्य उद्‌देश्य नहीं था, पर एक ही साथ कितनी बातें बता गए। मैना का शौर्य और आनुगत्य आज हृदय कुरेद रहा है। रानी आनेवाली हैं। विद्याधर भट्ट ने नई सेना खड़ी की है, वह भी योगियों की। रानी के नेतृत्व में यह सब हुआ है। सुलतान मूर्तियों की नाक काटने का आदेश दे चुका है। शाह मर्माहत भी है, उल्लसित भी है, कृतज्ञ भी है, मिलना भी चाहता है। कितनी बातें वे बता गए और अन्त में अप्रासंगिक रूप से चीन-किरात युद्ध की बात कह गए, विदेहों की विजय-कथा भी सुना गए। कह गए, काल चुटिया पकड़े है, उसकी ओर देखो। सारी बातें विचित्र हैं। सीदी मौला में कुछ परिवर्तन देख रहा हूँ। उनके भीतर माया-ममता भी कहीं है अवश्य, पर बुरी तरह दुबकी हुई।

इसी समय बोधा पधारे। उनके चेहरे पर क्लान्ति के चिह्न उभर आए थे। यह क्लान्ति मानसिक निराशा की थी। मैंने उन्हें सीदी मौला की बातें बता दीं। आज तक शाह से मैं मिल नहीं सका और मिलने का अब उपयुक्त समय आ गया है, यह बात भी कह दी। बोधा के मुख पर इस समाचार से थोड़ी प्रसन्नता दीखी कि मैना ने शाह के परिवार का उद्धार कर लिया है। ऐसा जान पड़ा कि यह बात उन्हें पहले से ही ज्ञात थी। परन्तु शाह से मिलनेवाली बात उन्हें नहीं जँची। कातर प्रार्थना के साथ उन्होंने कहा कि अभी नहीं। हम यहाँ शाह के समान बलसम्पन्न नहीं हैं। दुर्बल और सबल की मैत्री निभती नहीं। अशोक चल्ल की सारी शक्ति जब तक हमारे हाथ में नहीं आ जाती तब तक यह मैत्री शीलहीन होगी, लोकचित्त में भ्रम उत्पन्न करेगी। बोधा ने यह भी बताया कि उन्होंने मैना को यह बात समझने में सफलता पाई है। अशोक चल्ल को दिए वचनों के लिए उनकी व्याकुलता का एक प्रमुख कारण यही है कि उनके बिना शाह की मैत्री भी निभ नहीं सकेगी। बोधा ने अपनी बात को अधिक सबल बनाने के लिए संस्कृत का नीति वाक्य सुना दिया—समानशील व्यसनेषु सख्यम्।

ठीक है, बिलकुल ठीक है। 'समानशील व्यसनेषु सख्यम्!' मैत्री शील और व्यसन की समानता चाहती है। जहाँ समानता नहीं, वहाँ शील उखड़ जाता है, मैत्री भहरा जाती है, स्नेह-तन्तु बिखर जाते हैं। बोधा की बातें स्पष्ट थीं। एक ही झटके में उन्होंने मुझे अनावृत्त यथार्थ के सामने खड़ा कर दिया। शक्तिशाली और शक्तिहीन की मित्रता केवल बात-की-बात है। पंचशील का पालन भी समान

शक्तिवालों में ही हो सकता है। सबल और दुर्बल की मैत्री एक के आधिपत्य और दूसरे के आनुगत्य से अधिक महत्त्व नहीं रखती। बोधा ठीक कह रहे हैं। परन्तु अब? मेरे मन में एक सहस्र चिन्ताएँ एक साथ उद्वेल हो उठीं। यहाँ आना क्या व्यर्थ हुआ! क्या विद्याधर भट्ट की योजना को सफल बनाना ही मेरा कर्तव्य नहीं था? कैसी विषम विडम्बना है! नितान्त शक्तिहीन तो नहीं हूँ। मेरी शक्ति दिल्ली के दक्षिण में है, उत्तर में असहाय हूँ। जहाँ से सहायता मिलने की आशा थी वहाँ से मिल नहीं पा रही है। दो अनजाने वचन पहाड़ की तरह रास्ता रोककर खड़े हैं। उत्साह की धारा मानो जम गई है। बोधा ठीक कह रहे हैं। मित्रता और शील की बातें थोथी सिद्ध हो रही हैं। मैंने निराशा-भरी दृष्टि से आकाश की ओर देखा।

बोधा मर्माहत हुए। उनका उद्‌देश्य मुझे निराश करना नहीं था। वे फिर सँभलकर उसी प्रकार बैठ गए। विनीत भाव से बोले, "शक्ति हमारे पास है धर्मावतार! पर अभी प्रत्यक्ष नहीं हो पाई है। यदि अनुमति हो तो मैं प्रस्ताव करना चाहूँगा कि हम दोनों गुप्त वेश में शाह के उत्सव में सम्मिलित हों और वहाँ की यथार्थ स्थिति समझने का प्रयत्न करें।"

बोधा ने मध्यम मार्ग निकाला। उपस्थित भी रहें, अनुपस्थित भी रहें। मुझे प्रस्ताव उत्तम जँचा। मैंने अनुमति दे दी, पर वातावरण हलका नहीं हो सका। चिन्ता की गहरी रेखाएँ मेरे ललाट पर खिंच ही आईं। बोधा प्रधान भी आश्वस्त नहीं हो पाए। हम दोनों चिन्तित मुद्रा में आकाश की ओर देखने लगे। देर तक स्तब्धता और सन्नाटा बना रहा। शक्ति हमारे पास है, पर प्रत्यक्ष नहीं हो पाई है! कब प्रत्यक्ष होगी? कब, कब?

सन्ध्या अब पूरी उतर आई थी, किन्तु प्रकाश का क्षीण प्रभाव अब भी रह गया था।

अचानक धीर शर्मा, मैनसिंह और पुण्डीर का आविर्भाव हुआ—नाटक में जिस प्रकार अपटीक्षेप प्रवेश होता है, बहुत कुछ उसी प्रकार। यह एकदम अप्रत्याशित था। मैनसिंह के रूप में दीर्घकाल बाद मैना को देखा। बलिहारी है उस शोभा की! आज उसकी आँखें झुकी नहीं थीं। वे सीधे मेरी ओर नियुक्त थीं। आनन्द और हुलास के प्रबल से मैं जड़-सा बन गया। धीर शर्मा ने आशीर्वाद की मार से मुझे विचलित न कर दिया होता तो मेरी जड़ता न जाने कब तक उसी प्रकार बनी रहती। बोधा प्रधान ने धीर शर्मा को उठकर प्रणाम किया। उनके प्रणति-निवेदन को देखकर मुझे भी प्रणाम करने की बात याद आई। इस बीच धीर शर्मा कई श्लोक बोल चुके थे और अब उनकी व्याख्या करने लगे थे। मैं मैनसिंह को देखने में ऐसा उलझा था कि उन बर्धापनिकावाले श्लोकों को ठीक-ठीक सुन भी नहीं

सका। लेकिन इतना स्पष्ट था कि वृद्ध आचार्य बहुत प्रसन्न थे। पुण्डीर का ध्यान किसी को नहीं रहा। मैनसिंह ने ही बीच में टोककर कहा, "विद्याधर भट्टपाद का सन्देश लेकर पुण्डीर आए हैं धर्मावतार!"

अब मेरी दृष्टि पुण्डीर की ओर गई। उसने साष्टांग प्रणिपात करके कहा, "अन्नदाता की जय हो! आचार्य विद्याधर भट्ट पाद ने विजयी होने का आशीर्वाद दिया है। कुछ बहुत आवश्यक कार्य से उन्होंने मुझे भेजा है। जिस दिन मुझे यहाँ पहुँचना चाहिए था, उस दिन नहीं पहुँच सका। मार्ग में कुछ विघ्न उपस्थित हो गया। पहुँचने पर भी अन्नदाता के स्थान का पता लगाना कठिन जान पड़ा। बड़ी कठिनाई से आचार्य धीर शर्मा से सम्पर्क स्थापित कर सका। उनके प्रयत्नों से ही मैनसिंह से भेंट हो सकी। यहाँ तक पहुँचने में मुझे बहुत विलम्ब हुआ। विद्याधर भट्टपाद का आदेश था कि मैं शीघ्र ही लौट जाऊँ। उनका पत्र बड़ी कठिनाई से बचा पाया हूँ। इसे स्वीकार करने का प्रसाद हो और मुझे यथोचित आज्ञा मिले। रास्ते में मैंने जो कुछ देखा है उससे स्पष्ट हो गया है कि मेरा गोपाद्रि जाना तुरन्त आवश्यक है। भट्टपाद व्याकुलता से मेरी प्रतीक्षा कर रहे होंगे।"

पत्र मैंने ले लिया। मैनसिंह को आदेश दिया कि वह आचार्य धीर शर्मा और पुण्डीर के विश्राम की व्यवस्था करे। उनके चले जाने के बाद मैंने भट्टपाद के मुद्रांकित पत्र को बोधा प्रधान को पढ़ने के लिए दिया। उन्होंने सावधानी से उसे खोला, सन्ध्याकालीन क्षीण प्रकाश में बड़े आयास के साथ पढ़ा।

विद्याधर भट्ट का पूरा पत्र इक्कणि शैली में लिखा गया था। उसका ठीक-ठीक आशय उनके पट्टशिष्य बोधा प्रधान ही बता सकते थे। पत्र पढ़कर बोधा प्रधान ने बताया कि भट्टपाद बिलकुल प्रस्तुत हैं। उन्होंने अटवी सेना का संगठन कर लिया है और योगियों के बारह दल उनकी सेना में धर्मयुद्ध के लिए सैनिक रूप में संगठित हो गए हैं। यह विचित्र संवाद था, क्योंकि बताया गया था कि योगियों की सेना को कोई वेतन नहीं दिया जाएगा। वे केवल धर्म के लिए लड़ेंगे, परन्तु उन्हें अधिकार दिया गया है कि लूट-खसोट की सम्पत्ति अपने-अपने मठों के लिए रख सकते हैं। इस विचित्र 'धर्मयुद्ध' का कोई भयंकर परिणाम हो सकता है या नहीं, यह बात कदाचित् सोची ही नहीं गई थी। लेकिन पत्र के अन्त में रानी चन्द्रलेखा के बारे में बहुत ही उल्लासवर्धक समाचार था। बताया गया था कि रानी के नेतृत्व में ही योगियों की सेना संगठित हुई है। योगियों ने रानी को परम भट्टारिका विमला देवी का प्रत्यक्ष विग्रह घोषित किया है। यह भी लिखा है कि रानी अब पूर्ण स्वस्थ हैं और हम लोगों के पास आने को व्याकुल हैं। विद्याधर भट्ट ने लिखा है कि शाह के साथ मित्रता दृढ़ होनी चाहिए। अशोक चल्ल और शाह दोनों की सम्मिलित सेना दिल्ली पर आक्रमण कर सके तो बहुत अच्छा है,

पर यदि किसी कारणवश वे आक्रमण न करना चाहें तो भी उनकी तैयारी चलती रहनी चाहिए। उत्तर से दबाव न भी पड़े, केवल दिल्ली की कुछ शक्ति उस ओर लगी रहे, तो भी हमारा लाभ ही है। पत्र के अन्त में विद्याधर भट्ट ने अपनी सहज-गम्भीर शैली में इतना और जोड़ दिया था, 'विद्याधर भट्ट को अपने जीवन का अन्तिम और निर्णायक धक्का मारने की अनुमति हो। इस बार मातृभूमि के उद्धार के लिए वह मृत्यु को वरण करने का संकल्प कर चुका है। वह निष्कंटक धरित्री के शासक के रूप में महाराजाधिराज साहवातन को प्रतिष्ठित देखकर शान्ति के साथ स्वर्ग जा सकेगा। यद्यपि इसके पहले भी उसे स्वर्ग जाना पड़ा तो भी कोई हानि नहीं है। कम-से-कम महाराज जयित्रचन्द्र और परमर्दिदेव के सामने वह अपराधी की भाँति पहुँचने की लज्जा से मुक्ति पाएगा।'

विद्याधर भट्ट के पत्र में जो नहीं कहा गया था वह पुण्डीर ने सुनाया। उसने बताया कि प्रजा चट्टान की तरह दृढ़ है, सैनिक आँधी की तरह टूटने को प्रस्तुत हैं, विद्याधर भट्ट शत्रु पर झपटने के पूर्व घात लगानेवाले सिंह की भाँति स्थिर और सावधान हैं। उसने और भी उल्लास-भरी वाणी में बताया, "महारानी चन्द्रलेखा हमारा नेतृत्व करने को प्रस्तुत हैं। योगियों ने सर्वतीर्थों के पवित्र जल से उनका अभिषेक किया है। सहस्रों योगियों ने त्रिशूल उठाकर उनके सामने प्रतिज्ञा की है कि 'जब तक सारी आर्यभूमि विदेशियों के अपवित्र पद-संचार से मुक्त नहीं हो जाती, जब तक वे शस्त्र-त्याग नहीं करेंगे, सैनिक संघटन का क्रम नहीं टूटने देंगे, अधर्म के विरुद्ध निर्मम आघात करने से विरल नहीं होंगे और गौ, ब्राह्मण, शिशु, नारी, धर्मस्थान आदि की रक्षा के व्रत से पीछे नहीं हटेंगे।' महारानी धर्मावतार से मिलने को व्याकुल हैं। मेरे चलने के बाद वे भी चल पड़ी होंगी।"

मैनसिंह ने पुण्डीर से जो यह समाचार सुना तो उन्मत्त की भाँति चिल्ला उठा, "जय! महारानी चन्द्रलेखा की जय!"

वृद्ध धीर शर्मा भी उसी प्रकार प्रमत्त उल्लास के साथ चिल्ला उठे, "जय, महारानी चन्द्रलेखा की जय!"

मेरी शिराओं में उष्ण रक्त का प्रबल वेग अनुभव हुआ। ऐसा जान पड़ा कि रक्त का एक-एक कण उन्मत्त भाव से पुकार उठा, 'जय, महारानी चन्द्रलेखा की जय!'

पुण्डीर ने उपसंहार किया, "जय, महाराज सातवाहन की जय!"

चार कंठों ने साथ-साथ दुहराया, "जय, महाराजय सातवाहन की जय!"

पर्वत-कन्दराओं से मुझे सुनाई पड़ा, '...जय!'

मैनसिंह को जैसे मनचाही वस्तु मिल गई हो। वह उल्लास से अधीर, जूझने को व्याकुल, टूट पड़ने को सन्नद्ध!

थोड़ी देर तक सन्नाटा रहा। फिर मैनसिंह ने ही मौन भंग किया। उसने अपने भाले को आकाश में उछाला, बिजली-सी कौंध गई। सिंह-किशोर की भाँति गुर्राया, मेघ-सा गरज उठा, "भद्रकाली का कुछ सन्धान मिल गया है धर्मावतार! आज्ञा हो तो भैरवपाद को लेकर पहचनवा लूँ और अशोक चल्ल को दिए वचनों को पूरा करूँ।"

उल्लास-मुखर-स्वर में मैं चिल्ला उठा, "साधु, मैनसिंह, अवश्य तुम्हें अनुमति है।"

मैनसिंह चुपचाप प्रणाम करके एक ओर चल पड़ा।

व्याकुल भाव से बोधा प्रधान ने पुकारा, "रुकी मैनसिंह, कहाँ पता लगा, कैसे पता लगा?"

धीर शर्मा ने बोधा प्रधान को डाँटा, "चुप रहो प्रधान, शुभ कार्य में जाते समय टोकना नहीं चाहिए।"

उल्लास-मत्त मैनसिंह की लीलायित गति रुकी नहीं। बोधा को चंचल कटाक्ष से आहत करता हुआ और हलकी-सी स्मिति-रेखा से बेधता हुआ वह चला ही गया। बोधा अज्ञात आशंका से व्याकुल हो उठे। कुछ बोल नहीं सके।

धीर शर्मा और पुण्डीर भी अनुमति लेकर चले गए। सबके चले जाने के बाद भी बोधा प्रधान खोए-खोए से सोचते रहे। मैंने उनकी चिन्तित मुद्रा देखकर पूछा, "प्रधान, आज तुम्हें प्रसन्न होना चाहिए। आज चिन्तित होने का क्या कारण उपस्थित हो गया?"

बोधा विचलित-से दिखाई पड़े। कुछ व्याकुल भाव से ही बोले, "बात तो सब प्रसन्नता की ही है अन्नदाता, पर जाने क्यों हृदय शंकित हो उठा है! मैना उतावली में कुछ अनर्थ न कर बैठे।"

मैंने आश्वस्त करने के उद्देश्य से कहा, "चिन्ता न करो प्रधान, मैना चतुर है, शूर है, सोच-समझकर काम करनेवाली है। उससे ऐसे किसी कार्य की आशंका नहीं है जो हमारे लिए अहितकर हो।"

बोधा कुछ आश्वस्त अवश्य हुए, पर उनके मुखमंडल पर चिन्ता की रेखाएँ फिर भी स्पष्ट दिखाई देती रहीं।

अन्धकार अब घना हो आया था। बोधा चिन्ता-निमग्न थे। उनके मन में निःसन्देह कुछ आशंकाएँ घुमड़ आई थीं, पर उन्होंने कहा कुछ भी नहीं। देर तक मेरे मन में भी नाना प्रकार के विचार आते-जाते रहे। रानी क्या सचमुच इधर आ रही हैं? उनके यहाँ तक पहुँचने का उपाय क्या है? क्या वे भी पुण्डीर की भाँति धीर शर्मा को माध्यम बनाएँगी? यदि मैं यहाँ से अन्यत्र चला गया तो उन्हें कैसे मेरा स्थान ज्ञात होगा? क्या मैना इस सम्बन्ध में कुछ करेगी? बोधा प्रधान कहते

हैं कि हमें गुप्त वेश में शाह के स्थान पर चलना चाहिए, पर यदि रानी इसी बीच आ गईं तो? रानी का इतनी जल्दी आना क्या सम्भव है? पुण्डीर कह रहा था, उसके यहाँ तक पहुँचने में विलम्ब हुआ है। कहीं रानी उसके प्रस्थान के तुरन्त बाद ही चल पड़ी हों तो पहुँच भी सकती हैं। बोधा क्या सोच रहे हैं? क्या वे भी इसी उधेड़बुन में हैं? हाय ऐसा तो नहीं होगा कि रानी आ जाएँ और मिल न सकें!

बोधा चंचल हुए। ऐसा जान पड़ा कि उनके अन्तर्जगत् की हलचल अब बाहर प्रकट होने लगी है। वे सावधान होकर बैठ गए और मेरी ओर दृष्टि करके कातर भाव से बोले, "यह स्थान छोड़ देना चाहिए धर्मावतार! सेवक को आज्ञा हो तो वह मैना का अनुसरण करे। जाने क्यों, मन में बड़ा उद्वेग है!"

बोधा की बात समझने में बहुत कठिनाई नहीं हुई। भावावेश में यहाँ कई कंठों ने जयघोष किया है। शत्रु-पक्ष का कोई व्यक्ति अगर सुन सका हो तो यहाँ संकट आ सकता है। पर स्थान छोड़ने पर रानी से मिलना कैसे होगा?

मनुष्य का चित्त कितना विचित्र है। रानी के आने की सम्भावना को मैंने निश्चित मान लिया था। रानी आ रही हैं, व्याकुल भाव से मुझे खोज रही हैं। बोधा प्रधान नहीं जानते, मेरा अन्तरतर जान गया है। फिर भी कैसा आश्चर्य है कि रानी के आने की इतनी स्पष्ट सम्भावना को मैं बोधा प्रधान से कहने में हिचक रहा था! मैं स्थिर बना रहा।

बोधा प्रधान ने फिर व्याकुल भाव से निवेदन किया, "अपराध क्षमा हो धर्मावतार! हमें यहाँ से टूट जाना चाहिए। शीघ्रता करें, मेरा चित्त उद्विग्न है।"

उठना पड़ा, किन्तु मेरे चित्त का उद्वेग भी बाँध तोड़ देना चाहता है। मैंने उठते हुए कहा, "प्रधान, यदि रानी सचमुच आ गईं तो?"

"तो वह क्षण मंगल-मुहूर्त होगा धर्मावतार! वे आएँगी, अवश्य आएँगी, पर उन्हें हम खोज लेंगे। अभी तो यहाँ से चल देना चाहिए। जब मंगलमय भगवान ने उन्हें यहाँ तक आने का संकल्प दिया है तो आपको खोज लेने की शक्ति भी देंगे। हम कहीं दूर नहीं जाएँगे धर्मावतार! यदि तत्रभवती धीर शर्मा के पास पहुँच जाएँगी तो उन्हें आपको खोजने में कठिनाई नहीं होगी। जैसा होगा, वैसी व्यवस्था हो जाएगी। परन्तु अब देर न करें।"

हम दोनों वहाँ से उठे। बोधा के मन में आशंका थी कि शत्रु आ सकता है, मेरे मन में चिन्ता थी कि मित्र आ सकता है। एक ही परिस्थिति में दो प्रकार की प्रबल सम्भावनाएँ दो चित्तों को आश्रय करके उभर आई थीं। कैसी विचित्र हैं मनोरथों की धावमान परिणतियाँ!

चारों ओर घने अन्धकार से आच्छन्न गिरि-शृंखलाएँ, उनके भीतर विभिन्न

सम्भावनाओं से विचलित दो नगण्य मानव! विपुल अन्धकार में प्रकाश-रेखा की खोज चल रही है।

बोधा प्रधान मैना की बात सोच रहे हैं, उनका चित्त अज्ञात आशंका से उद्विग्न है। मैं रानी चन्द्रलेखा की बात सोच रहा हूँ, मेरा चित्त कल्पित आशा से उद्वेल है। दोनों अन्धकार में चल रहे हैं, खोए-खोए।

रास्ता भयंकर है। एक पग असावधानी से पड़ा और हड्डी-पसली चूर हुई। घोर अन्धकार है, विकट वनभूमि है, विषम मार्ग है, पद-पद पर भय है। बोधा प्रधान आगे-आगे चल रहे हैं, मैं पीछे अनुसरण कर रहा हूँ। रास्ता उन्हें भी नहीं मालूम, मुझे भी नहीं, पर चल रहे हैं। इस गहन अन्धकार में प्रकाश की कोई क्षीण रेखा भी दीख जाती!

बोधा भटक गए थे। मैं भी भटक गया। बोले, 'दिग्भ्रम हो रहा है धर्मावतार! हम तो मैदान की ओर चले आए। झर्झर स्रोत की पुलिन भूमि दीख रही है। आगे समतल भूमि है। छिपने के उद्देश्य से चले थे और भी अरक्षित स्थान में आ गए। लौटें धर्मावतार! मार्ग सूझ नहीं रहा है।''

मार्ग कहाँ सूझ रहा है! चलते जा रहे हैं, कल्पित अज्ञात गन्तव्य की ओर अनजाने मार्ग से, अबूझ पहेली सुझाने के उद्देश्य से। सचमुच मार्ग नहीं सूझ रहा है। बोधा कहते हैं, लौट चलो। कहाँ? अन्धकार से अन्धकार में? नहीं प्रधान, लौटना सम्भव नहीं है, बहुत दूर बढ़ आए हैं।

झर्झर स्रोत के दूसरे किनारे पर प्रकाश की क्षीण रेखा दिखाई पड़ी। ऐसा जान पड़ता था, उस प्रकाश-रेखा को बाहर जाने से रोकने का प्रयत्न बहुत किया गया है, पर छिप नहीं सका है। कहते हैं, न प्रकाश छिपता है, न प्रेम। दोनों समस्त आवरणों को छिन्न करके फट पड़ते हैं। बोधा प्रधान के सशंक चित्त से प्रश्न उठा, ''क्या रहस्य है?'' मेरे उद्वेल चित्त से उत्तर निकला, 'कोई रास्ता सूझेगा।'

बोधा प्रधान ने कहा, ''धर्मावतार, कुछ रहस्य जान पड़ता है। ऊपर की ओर चलकर कोई सुरक्षित स्थान खोजा जाए।''

मैंने आपत्ति नहीं की। झर्झर स्रोत को पकड़कर ऊपर की ओर उठे। पर्वतशृंग के ऊपर उठकर फिर नीचे की ओर उतरना पड़ा, पर कैसा विधि-विधान है! जिस प्रकाश-स्थान से बचने के लिए इतना आयास किया वह स्रोत के उस पार नहीं था, इसी पार था। हम ठीक उसी स्थान पर आ पहुँचे। पार्वत्य मार्ग की माया थी। एक उत्तुंग गिरिशृंग को घेरकर झर्झर स्रोत यहाँ धनुषाकार वक्र गति में बहा है। जिसे हम उस पार समझ रहे थे वह इसी पार था। मार्ग में दुर्लंघ्य गिरिशृंग!

अब? बोधा प्रधान एकाएक सकपका गए। बिलकुल बाघ की माँद में आ पहुँचे थे। चुपचाप किसी वृक्ष से लिपट जाने के सिवा चारा नहीं था। पर

प्रातःकाल क्या होगा? बोधा भय से काँप उठे। कहाँ आ फँसे?

मैंने साहस बटोरा, "डरते क्यों हो प्रधान? चुपचाप देखो भी तो कि ये लोग कौन हैं? सब शत्रु ही हैं, ऐसा मान लेना ठीक नहीं है। और यदि शत्रु ही हैं तो इस तलवार पर भरोसा रखो। घबराना तो मूर्खता का ही नामान्तर है।"

बोधा प्रधान मूक, स्तब्ध, जड़ीभूत!

मैंने उन्हें पीछे किया, स्वयं ही कोई ऐसा स्थान ढूँढ़ने लगा जहाँ से छिपकर सब कुछ देखा-समझा जा सके और आवश्यकता पड़ने पर आत्मरक्षार्थ युद्ध भी किया जा सके। जब आ ही गए हैं तो अब डरने से क्या लाभ? बोधा को भी साहस हुआ। फूँक-फूँककर पग रखते हुए उस विकट गिरि-पृष्ठ पर हमने एक ऐसा स्थान खोज लिया जहाँ से सब कुछ स्पष्ट दीखता था, परन्तु देखनेवाले को कोई देख नहीं सकता था। यह स्थान आत्मरक्षा के लिए उतना उपयुक्त नहीं था जितना सीधे आक्रमण के लिए। पर आवश्यकता पड़ने पर झर्झर स्रोत में कूदा जा सकता था। हम दोनों उसी स्थान पर छिपकर बैठ गए और साँस रोककर देखने लगे कि वहाँ क्या हो रहा है। उस समय रात आधी बीत चुकी होगी। झर्झर स्रोत में कूदना ही पड़ा तो अन्धकार में विलीन होने के लिए पर्याप्त समय हाथ में था।

पर्वत-पृष्ठ पर एक छोटी-सी कन्दरा थी, जिसके आगे चौरस भूमि थी। जान पड़ता था उसे एकाध दिन पहले ही साफ किया गया था, कदाचित् गोबर से लीपा भी गया था। कन्दरा के सामनेवाली भूमि पर कुछ मंडलिकाएँ भी थीं, पर स्पष्ट नहीं दीख रही थीं। एक युवती लाल वस्त्र से आच्छादित होकर आरती कर रही थी और मीठी-सुरीली ध्वनि में स्रोत का पाठ कर रही थी। बीच-बीच में प्रौढ़ावस्था एक महिला उसे पूजोपचार के लिए आवश्यक सामग्री दे जाया करती थी। कन्दरा के इस ओर के सिरे पर एक कमनीय मूर्ति पुरुष स्वच्छश्वेत वस्त्रों से आच्छादित होकर बैठा था। उसकी पीठ ही दिखाई दे रही थी। उसके वस्त्र सिले हुए लग रहे थे। उत्तरीय उसने नहीं धारण किया था, रह-रहकर आरती के मृदु प्रकाश में युवती का भक्ति-विह्वल कमनीय मुख दीख जाता था। ठीक गौर वर्ण की वह नहीं थी। आरात्रिक प्रदीप के प्रकाश में उसकी श्यामल कान्ति दमक उठती थी। पूरा मुख तो दिखाई नहीं देता था, पर निस्सन्देह वह अपूर्व सुन्दरी थी। पुरुष शान्त-स्थिर सुखासन में आसीन था। उसे किंचित्-मात्र भी हिलता नहीं देखा जा सका; जान पड़ता था समाधिस्थ था।

मैं आश्वस्त हुआ। बोधा को सम्बोधन करके धीरे-से कहा, "भय की कोई बात नहीं है प्रधान! यह तो पूजा हो रही है।"

बोधा की दृष्टि स्थिर भाव से जमी हुई थी। उधर से दृष्टि हटाए बिना ही उन्होंने उत्तर दिया, "हुँ!"

मैंने कान लगाकर मृदु भाव से उच्चरित स्तोत्र को समझने की चेष्टा की। कदाचित् वे सप्तशती के ग्यारहवें अध्याय के श्लोक थे। बहुत स्पष्ट तो नहीं सुनाई पड़ा, पर छन्दों की तौल पर मैंने ऐसा ही अनुमान किया।

वातावरण शान्त और उदात्त था। भक्ति का प्रधान शामक हुआ करता है। मैं एक विचित्र प्रकार की शान्ति अनुभव कर रहा था। बोधा प्रधान की दृष्टि उस दृश्य में चिपक गई थी। बड़े आयास से धीरे-धीरे उसे वहाँ से हटाते हुए उन्होंने कान में कहा, "शाह का परिवार तो नहीं है?"

मेरी शिराएँ सनाका खा गईं। बोधा की दृष्टि फिर यथास्थान स्थिर हो गई।

बोधा कहते हैं, शाह का परिवार तो नहीं है! सीदी मौला ने बताया था कि शाह की महिषी हिन्दू-पद्धति से पूजा-पाठ किया करती हैं। तो क्या वह रक्ताम्बरा सुन्दरी शाह की रानी हैं? निस्सन्देह उनमें राजमहिषी जनोचित गरिमा और अनुभाव है। श्वेत वस्त्र-समावृत्त यह पुरुष कौन है? स्वयं शाह ही तो नहीं हैं? जान पड़ता है संकट कट जाने के उल्लास में राजमहिषी ने इस निर्जन स्थान को पूजा के लिए चुना है। शाह इस भक्ति-भाव को अंग-अंग से अनुभव कर रहे हैं। बोधा प्रधान शाह को पहचानते हैं। मेरे अनुचरों में एकमात्र बोधा ही कह सकते हैं कि यह पुरुष शाह है या नहीं। परन्तु अभी तक वे शाह को ठीक-ठीक देख नहीं सके हैं। अनुमान से समझ रहे हैं कि शाह और उनका परिवार है। मुझे ऐसा लगने लगा कि बोधा का अनुमान सोलह आने सही है। यदि यही शाह हैं तो निस्सन्देह से श्लाघ्यचरित होंगे। मेरे मन में श्रद्धा और अनुराग के मिलित भाव का उदय हुआ। शाह श्रद्धेय हैं, शाह प्रीतिपात्र हैं। ऐसा लगा जैसे युग-युग की संचित स्नेहराशि एकाएक उफन आई हो। शाह मेरे मित्र हैं, शाह प्रीति के उपयुक्त पात्र है। मानो जन्म-जन्मान्तर का स्नेह-भाव शाह के रूप में विग्रह धारण कर गया हो। बोधा भी सोच रहे हैं। वे और भी निपुण भाव से परीक्षा कर रहे हैं कि उनका अनुमान कहाँ तक ठीक है।

अचानक भक्ति-भाव में रौद्र रस का संचार हुआ। अक्षोभ्य भैरव आँधी की तरह वहाँ आ उपस्थित हुए। उनके जटिल असंस्कृत केश छितराए हुए थे, आँखें लाल थीं, वस्त्र अस्त-व्यस्त थे, वे बुरी तरह हाँफ रहे थे। वे एकाएक चिल्ला उठे, "भद्रकाली, भद्रकाली, मेरी प्यारी बेटी भद्रकाली!"

आरती करनेवाली युवती फड़फड़ाकर उठ गई। श्वेत वस्त्रवाला पुरुष साध्वसवश उठ खड़ा हुआ।

उसके मुँह की एक झलक बोधा को दीख गई। उल्लसित भाव से बोले, "शाह ही हैं धर्मावतार!"

परन्तु घटनाचक्र बड़ी तेजी से चल पड़ा। जब तक मैं कुछ और सोचूँ तब

तक भैरवपाद चिल्ला उठे, "भद्रकाली का अपहर्ता मिल गया है। मैनसिंह, मैनसिंह, इस नरक के कीड़े को अपनी जगह भेज दो!"

बिजली की तरह मैनसिंह अक्षोभ्य भैरव के पीछे से झपटा और अपने विशाल कुन्त की एक ही चोट में शाह को धराशायी बना दिया। बोधा पहले से ही कुछ आशंकित थे। जब तक 'रुक जा, रुक जा मैना!' कहकर वे उधर लपके तब तक शाह कन्दरा-मुख में स्थित नीलतारा की छोटी मूर्ति के चरणों में लोट गए। भद्रकाली परकटे पक्षी की तरह शाह पर गिर गई, "हाय पिताजी, मेरा सुहाग लूट लिया!"

एक क्षण मैं स्तब्ध सुन्न-सा खड़ा रहा। फिर तेजी से शाह के शव की ओर लपका, परन्तु तब तक आरती का दीप बुझ गया था। अक्षोभ्य भैरव करुण चीत्कार कर उठे, "हाय बेटी!"

देखते-देखते नीलतारा के चरणों में तीन भक्त ढेर हो रहे। प्रौढ़ वयस्का महिला धाड़ें मारकर रो पड़ी और छाती पीटती हुई शव-समूह पर लुढ़क गई। बोधा का सिर घूम गया। मेरी वाणी को काठ मार गया। केवल यही कह सका, "हाय मैना, यह तूने क्या किया! तेरे ही हाथों से मित्रघात होनेवाला था?"

एक क्षण में क्या-का-क्या हो गया! अशोक चल्ल को दिए वचन पूरे हो गए। बोधा प्रधान की कूटनीति फलवती हुई, अक्षोभ्य भैरव की नीलतारा-साधना चरितार्थ हो गई, मैना की प्रतिज्ञा पूरी हुई, धर्मबन्धन से मेरी मुक्ति हो गई। कह नहीं सकता कि क्या हुआ! दूर से करुण चीत्कार सुनाई पड़ा, 'बचाओ-बचाओ! कंठ परिचित जान पड़ा। बिजली-सी कौंध गई। बोधा प्रधान ने भी सुना। यन्त्रचालित की भाँति हम दोनों दौड़ पड़े। कुररी की भाँति चीत्कार करके कोई चिल्ला रहा था—'बचाओ, बचाओ!'

शब्द का अनुसरण करते हुए हम दोनों पहुँचे तो मैना रक्त से भीगी हुई एक अपूर्व तेजस्विनी महिला की गोद में गिरी पड़ी है। अन्धकार में केवल शब्द सुनाई दे रहा था—'बचाओ!' मैना ने अपने भाले से अपने को ही भोंक दिया था, पर यह महिला कौन है जिसकी गोद में मैना पड़ी है? दुर्भाग्य का परिहास बड़ा ही विकट था। यह रानी चन्द्रलेखा थीं। मैना ने इन्हें पीछे रखकर शीघ्र ही लौट आने का वचन दिया था। मेरी बात से वह समझ गई थी कि उसने कोई बड़ा अनर्थ कर दिया है। प्रायश्चितस्वरूप उसने अपने को ही समाप्त कर देने का प्रयास किया था। रानी मुझे पहचान गईं। केवल करुण-कातर ध्वनि में इतना ही कह सकीं—'हाय महाराज!' और मैना के शरीर पर पछाड़ खाकर गिर पड़ीं।

महाराज सातवाहन से मिलने के लिए व्याकुल रानी का यही मिलन हुआ। उन्हें होश में लाने में थोड़ा विलम्ब हुआ। फिर बोधा ने मैना के आहत शरीर को

उठा लिया और यह कहते हुए कि 'जल्दी महाराज, जल्दी भागिए!' रानी को और मुझे घसीटते हुए पर्वत-वनस्थली में घुस गए। रानी पहले से ही थकी हुई थीं, अब तो उनमें चलने की शक्ति ही नहीं थी। मैंने उन्हें बलात् पीठ पर लाद लिया। घने अन्धकार में विकट वनभूमि के मार्ग से हम लोग भागे। सोचने का अवसर ही नहीं मिला।

# उपसंहार

कथा का इतना ही अंश अघोरनाथ से प्राप्त हुआ है। पं. व्योमकेश शास्त्री ने इस कथा के सम्बन्ध में यह टिप्पणी भेजी थी :

"अघोरनाथ ने शिला पर उट्टंकित लेख से इस कथा के उद्धार करने का दावा किया है। परन्तु दो बातें इसमें चिन्त्य हैं—प्रथम तो यह कि इस पूरी (या वस्तुतः अधूरी) कथा में चन्द्रलेखा का लिखा अंश बहुत कम है। बाकी अंश जो राजा सातवाहन के मुख से कहलाया गया है, किस प्रकार संगत है, यह स्पष्ट नहीं होता। इस सम्बन्ध में पूछने पर अघोरनाथ बहुत असन्तुष्ट हो गए थे और ज्ञानी के लहजे में बोल उठे थे कि पत्थर पर खुदी हुई बातें ही सत्य नहीं होतीं, समाधिस्थ चित्त में प्रतिफलित बातें भी इतनी ही सत्य होती हैं। इसका मतलब यह हुआ कि कुछ बातें उनके समाधिस्थ चित्त में भी प्रतिफलित हुई थीं। दूसरी बात यह है कि कथा में अनेक प्रसंगों में परवर्त्ती ग्रन्थों की चर्चा की गई है, एक दोहा तो 'बिहारी सतसई' का भी आ गया है। अरबी-फ़ारसी के शब्द भी प्रचुर मात्रा में आए हैं।

ऐतिहासिक दृष्टि से कथा में असंगति नहीं है। ऐसा लगता है कि किसी ने ऐतिहासिक तथ्यों को सोच-विचारकर इसमें पिरोया है। फिर भी उज्जयिनी के राजा सातवाहन का कोई प्रमाण नहीं है। सबसे खटकनेवाली बात इसकी शैली है। शिला पर उट्टंकित लेख पहले से लिखा गया होता है, परन्तु कथा दैनन्दिनी शैली में है। लेखक आगे घटनेवाली घटनाओं से एकदम अपरिचित जान पड़ता है।

अघोरनाथ आधुनिक विचारों के, पुरानी परिपाटी में शिक्षित, सिद्ध हैं। वे भावुक और कल्पनाप्रवण जीव हैं। कथा में ऐसे विचार मिलते हैं जो आधुनिक युग की देन हैं, पर सर्वत्र उन पर पुराने ढंग की भाषा का आवरण है।

कथा में सांस्कृतिक और धार्मिक तत्त्व हैं, पर उन्हें आधुनिक शिक्षा-प्राप्त व्यक्ति के संस्कार से समावृत्त होना पड़ा है। यह एक विचित्र बात है कि हर तान्त्रिक साधना का मनोवैज्ञानिक अर्थ इस कथा में खोजा जा सकता है। जिन बातों का समाधान कथा में नहीं मिलता उनकी व्याख्या आधुनिक ज्ञान के आलोक

में हो जाती है। इल्मिशखाँ की समाधि के पास पाए गए अग्निगर्भ मिट्टी के ढेलों का रहस्य उस क्षेत्र में पाए गए केरोसिन और पेट्रोलियम की जानकारी से समाधेय हो सकता है। सीदी मौला के रसेश्वरी मत को आधुनिक युग के इलेक्ट्रॉन और प्रोटोन के तोड़ने के प्रयत्नों से ठीक-ठीक समझा जा सकता है।

ये मेरे मन में कथा की प्रामाणिकता के विषय में उठी शंकाएँ हैं। परन्तु कथा का स्वर विश्वसनीय है। अघोरनाथ के लिए भी यह असम्भव ही जान पड़ता है कि इसमें से तथ्य और कल्पना को अलग-अलग करके दिखा दें। वस्तुतः इस दृष्टि से कथा में एक जीवन्त ऐक्य है। साहित्य के शिक्षार्थी के लिए यह बात कम महत्त्वपूर्ण नहीं है।

# परिशिष्ट

1. तुलनीय–मिनाहज सिराज लिखित (1193-1226) 'तवक़ाते नासिरी' 199
2. तुलनीय–'प्रबन्ध कोश', 'हर्ष-प्रबन्ध' और 'पुरातन प्रबन्ध-संग्रह', 'जयित्रचन्द्र प्रबन्ध'
3. केरोसिन तेल के आविष्कार के पहले का रूप
4. 'पुरातन प्रबन्ध-संग्रह' में
5. तुलनीय–

   *दुर्वारस्फारगौड़ द्विरदरवघटाकुम्भनिर्वेदभीमो*
   *हम्मीरं न्यस्तवैरं मुहुरिह समरक्रीडया यो विधत्ते*
   *शाश्वतसंचारिवल्गत्तुरगखुरपुटोल्लेखमुद्रासनाथ-*
   *क्षोणीस्वीकारदक्षः स इह विजयते प्रार्थनाकल्पवृक्षः॥*

   –1109 ई. का गोविन्दचन्द्र का ताम्रपत्र (एपिग्राफिका इंडिका, जिल्द 18, पृ. 15)
6. सर्वानन्द की 'अमरकोष' की टीका में उद्धृत कश्मीरी कवि वल्लभदेव की 'सुभाषितावली' से गृहीत श्लोक से तुलनीय
7. 'वेणीसंहार' नाटक 3-6 से तुलनीय
8. 'बृहत्कल्प भाष्य' नामक जैन-ग्रन्थ की निम्नलिखित गाथाओं से तुलनीय–
   *मा एवमसग्गाहं गिण्हसु सुयं तइय चक्खु। किं वा तुमे निलसुतो न स्सुयपुव्वो अवो राआ॥1154॥ जव राआ दीहपट्ठो सचिवो पुत्तो अ गद्दभो तस्स। धूता अडोलिया गद्दभेण छूढा य अगडम्मि॥1155॥ पव्वयशां च नरिदे पुणरागमणं डोलि खेलणं चेडा। जव पत्थणं खररसा उवस्सवो फरुस सालाए॥1556॥*
9. *अभ्रकस्तव बीजन्तु, मम बीजन्तु पारदः। अनयोर्मेलनं देवि मृत्युदारिद्र नाशनम्॥*–सर्वदर्शनसंग्रह, पृ. 274॥
10. प्राणतोषिणी में 'नारद-पाँचरात्र' से तुलनीय
11. 'स्वतन्त्र-तन्त्र' में छिन्नमस्ता के रूप में उद्भव का जो कारण दिया हुआ है, उसमें देवी के असन्तोष और चण्डभाव का रहस्य है

12. रुद्रयामल के अनुसार सोलह कुमारियों के नाम इस प्रकार हैं–सन्ध्या, सरस्वती, त्रिधामूर्ति, कालिका, सुभगा, उमा, मालिनी, कुब्जिका, कलसन्दर्भा, अपराजिता, रुद्राणी, भैरवी, महालक्ष्मी, पीठनायिका, क्षेत्रज्ञा और अम्बिका
13. तुलनीय–'साधनामालाः' आर्यनागार्जुनपादैः भोटेषु समुद्धृतम्
14. तुलनीय–

*ताराया दक्षिणे पार्श्वे अक्षोभ्यं परिपूजयेत्।*
*समुद्रमन्थ देवि, कालकूटं समुत्थितम्।*
*सर्वे देवाः सदाराश्च महाक्षोभमवाप्नुयुः।*
*क्षोभादिरहितं यस्मात् पीतं हालाहलं विषम्।*
*अतएव महेशानि अक्षोभ्यं परिकीर्तितः।*

15. तुलनीय–"अहोमूर्खता लोकस्य। केचिद्वदन्ति शुभाशुभकर्म विच्छेदनं मोक्षः, केचिद्वदन्ति वेदपाठश्रितो मोक्षः, केचिद्वदन्ति निरालम्ब-लक्षणो मोक्षः" इत्यादि।–'अमरौधशासनम्', पृ. 8-9
16. तुलनीय–

*षट्चक्रं षोडषाधारं द्विलक्ष्यं व्योमपञ्चकम्।*
*स्वदेहे ये न जानन्ति कथं सिद्ध्यन्ति योगिनः।*
*एकस्तम्भं नवद्वारं गृहं पंचाधिदैवतम्।*
*स्वदेहे ये न जानन्ति, कथं सिद्ध्यन्ति योगिनः* ॥ **गोरक्षशतक 13-14**॥

17. तुलनीय–'अमरौधशासनम्', पृ. 8
18. मैं यमुना पुलिन पर घर के काम के लिए पानी लाने गई थी। उसी समय घनघोर उमड़ते हुए मेघों से आसमान सब ओर से काला हो उठा। गरजती हुई धारासार वर्षा से मैं असहाय होकर धरती पर गिर गई। अचानक चतुर नट के समान कलाबाज़ कोई चपल आया और मुझे गोद में उठा लिया। उस चपल की जय हो!
19. भागवत के इस श्लोक से तात्पर्य जान पड़ता है :
यदयुज्यतेऽसु वसुकर्मवचो मनोभिर्देहात्मजादिषु नृभिस्तदसत् पृथक्त्वात्।
तैरेव सद्भवति चेत् क्रियतेऽपृथक्त्वात्सर्वस्य तद्भवति मूलनिषेचनं यत्॥
20. तुलनीय–पृथ्वीराज रासो : इंछिनी विवाह प्रसंग
21. मुनि लोग इसे देवताओं का चाक्षुष यज्ञ कहते हैं।
22. इतिहास के पंडित महाराज हरिश्चन्द्र के नाम से प्राप्त दानपत्रों की समस्या सुलझाने में अभी सफल नहीं हुए हैं। साधारणतः विश्वास किया जाता है कि चन्दावर की लड़ाई में गाहड़वार राजाओं का अन्त हो गया। फिर भी, बहुत बाद तक जयित्रचन्द्र के पुत्र महाराजा हरिश्चन्द्र के दानपत्र मिलते हैं।

इधर तिब्बती यात्री धर्मस्वामी (जो 1232 से 33 तक बिहार में था) का यात्रा-विवरण प्रकाशित हुआ है, जिसमें लिखा है कि कोई चन्द्र नामक हिन्दू राजा तुर्कों की सहायता कर रहा था। चन्द्र का हरिश्चन्द्र होना सम्भव है।

23. अशोक चल्ल के दानपत्र बोधगया में प्राप्त हुए हैं। इन दानपत्रों में उन्हें सपादलक्ष (शिवालिक) का राजा बताया गया है

24-25. तुलनीय–ताराभक्तिसुधार्णव, षष्ठ तरंग

26. तुलनीय–ताराभक्तिसुधार्णव, सप्तम तरंग

27. हाल ही में धर्मस्वामी नामक तिब्बती बौद्ध भिक्षु का यात्रा-विवरण प्रकाशित हुआ है। ये सन् 1232 ई. में आए थे। उन्होंने लिखा है कि नालन्दा में 7 मन्दिर, 14 बड़े और 84 छोटे विहार ध्वस्त हो गए थे। सिर्फ एक विहार बचा था, जिसमें प्रधानाचार्य राहुल भद्र सत्तर भिक्षुओं के साथ रहते थे। बुद्धगया के राजा बुद्धसेन इनकी मदद करते थे, पर उन्हें भी भागना पड़ा। तब ओदन्तपुरी के धनी ब्राह्मण जयदेव उन्हें सहायता पहुँचाने लगे। उन्हें तुर्कों ने कारागार में डाल दिया। तब भी वे सहायता पहुँचाते रहे। धर्मस्वामी ने भी राहुल भद्र से पढ़ा था। उन्होंने उनकी आयु 90 वर्ष लिखी है। कारागार में ही जयदेव को पता लगा था कि नालन्दा पर दूसरा आक्रमण होगा। उनसे सूचना पाकर भिक्षु लोग भाग गए, पर राहुल भद्र और धर्मस्वामी नहीं भागे

28. तुलनीय–

*कहौ तोहि प्रन्नाम मो सिद्धि देवी। प्रकारं सुधारं विवद्धी सुसेवी॥*<br>
*अहौं मोकल्यौ हाहुली पास काजं। तितं प्रच्छभं माव सा क्रित्त राजं॥*<br>
*कहौ कारनं अम्ब साराज अम्बी। पहं पंजली छंहि सीसं सुलम्बी॥*<br>
*रहौ आप थट्टं दुअं पानि मण्डी। अगं कारनं जानि बोली न चण्डी॥*

**–'पृथ्वीराजरासो', छन्द 723-724**

29. तुलनीय–

*भीता रुबंति कु कु क्विंति ताभ्रचूडा–स्त्यक्त्वा रुतानि भयदान्यपराणि रात्रौ।*<br>
*स्वस्थैः स्वभावविरुतानि निशावसाने। ताराणि राष्ट्रपुरपार्थिववृद्धिदानि॥*

**–वराहमिहिर की 'बृहत्संहिता' 88/34**

30. तुलनीय–

*उच्चैर्धोरंवर्गमुच्चार्य पूर्व पश्चात् क्रोशेत् क्रोष्टुकस्थानुरूपम्।*<br>
*या सा क्षेमं प्राह वित्तस्य चाप्ति संयोगं वा प्रोषितेण प्रियेण॥*

**–'बृहत्संहिता', 90/15**

●●●